Zwergengold

Das dunkle Geheimnis der Klutert
Band V

Roman
von
Uwe Schumacher

◩ Klutert Verlag

Sie können uns auch im Internet unter
www.klutertverlag.de besuchen.

Bibliographische Information der Deutschen Bibliothek:

Die Deutsche Bibliothek verzeichnet diese Publikation in der
Deutschen Nationalbibliographie; detaillierte bibliographische
Daten sind im Internet über http://dnb.ddb.de abrufbar.

Originalausgabe

ISBN 978-3-9809486-5-4

© November 2008
Klutert Verlag, Bernd Arnold
Straßburger Weg 57, 58511 Lüdenscheid
Tel. 0 23 51 / 7 87 19 75

Umschlagentwurf: Robbie Wiedersprecher
Umschlaggestaltung: Thomas Seibel
Technische Realisation: Achim Stachelhaus

Das Titelbild zeigt zwei Ritter der Hagener Ritterschaft der
Wolfskuhle im Kampf, den Volmetal-Express am Goldbergtunnel
und den Zwerg Geoffrey Such.

Gedruckt in Deutschland

Für Jens und Pui Kheng

> **Wer sleht den lewen? Wer sleht den risen?**
> **Wer überwindet jenen unt disen?**
> **Daz tuot einer, der sich selber twinget.**
> (Walther von der Vogelweide)

> Wer erschlägt den Löwen, wer den Riesen?
> Wer überwindet jenen und auch diesen?
> Das vermag nur einer, der sich selbst bezwingen kann.
> (Übertragung aus dem Mittelhochdeutschen)

Danke...

Großen Dank für ihre Unterstützung schulde ich auch diesmal wieder der „Ritterschaft der Wolfskuhle", die im Hagener Wasserschloss Werdringen zu Hause ist. Ganz besonders bedanken möchte ich mich bei deren Vorsitzenden, Artur Pollack-Hoffmann, der dieses Buch in mittelalter-technischer Hinsicht einer „Authentizitätsprüfung" unterzogen hat, sowie bei Olaf Vohmann, der sich unter seinem alter Ego „Dietrich von Volmarstein" gemeinsam mit „Goswin von Eppenhausen" alias Artur Pollack-Hofmann für die Kampfszene auf dem Titelbild zur Verfügung gestellt hat. In diesem Zusammenhang danke ich natürlich auch ganz herzlich meinem walisischen Freund Geoffrey Such, dessen „typisch keltisches Gesicht" uns allen hervorragend zur Darstellung des Zwerges geeignet schien.

Bedanken möchte ich mich ferner bei Patrice Cailly von der Kluterthöhle & Freizeit GmbH sowie ganz speziell sowohl bei unserem „Goldsucher" und Hobbygeologen Siegfried Gams als auch bei Jens Krumbach vom Arbeitskreis Kluterthöhle, die mir beide sozusagen das „Innenleben" des Hagener Goldbergs gezeigt haben. Nicht zuletzt gilt mein Dank dem Gevelsberger Autorenehepaar Renate Voigt-Schmidt und Gustav Adolf Schmidt für deren freundliche Erlaubnis, ihre Version der „Goldbergsage" abdrucken zu dürfen. Schließlich bin ich meiner Schwägerin Ingrid Bissa sehr dankbar für ihre unermüdlichen Recherchen in der Kölner Geschichte, ohne die ich sicherlich das Rätsel der hochmittelalterlichen Rheinüberquerung nicht so schnell hätte lösen können.

Vor allem aber danke ich auch diesmal wieder meinem unschlagbaren Team, den Lektoren Anja Michel und Bernd Arnold, unseren „Haus- und Hoffotografen" Reiner Eulenhöfer und Robbie Wiedersprecher, den beiden Technikern Achim Stachelhaus und Thomas Seibel sowie natürlich auch meiner Frau Gabriele für ihre wohlwollend kritische Begleitung beim Verfassen dieses Buches und für ihr großzügiges Verständnis, das sie meiner unstillbaren Leidenschaft für eine der faszinierendsten Epochen der europäischen Geschichte entgegenbringt.

Uwe Schumacher im November 2008

Inhalt:

	Prolog	....	6
	Der Preis der Macht	....	7
Kap. 1	Das Vermächtnis des Pfalzgrafen	....	9
Kap. 2	Ein Leben für die Liebe	....	57
Kap. 3	Bürgerkrieg	....	111
Kap. 4	Warten auf Samhain	....	159
Kap. 5	Spurensuche	....	210
Kap. 6	Die Isenburg	....	262
Kap. 7	Sligachans Los	....	317
Kap. 8	Der Sänger des Reiches	....	359
Kap. 9	Flucht in die Wildnis	....	419
Kap. 10	Deirdres Reif	....	471
Anhang	Anmerkungen des Autors	....	507
	Umgebung des Goldberges um 1200 n. Ch.		509
	Das Kölner Stadtzentrum um 1200 n. Ch.		510
	Begriffserklärungen	....	511
	Literatur	....	518

Prolog

Dort, wo die Flüsse Ennepe und Volme sich vereinigen, liegt heute Hagen, die größte Stadt des Sauerlandes. Wenn man von der Stadtmitte über den Bergischen Ring nach Südosten geht und dann zum Parkplatz am Stadtgarten abbiegt, kann man über die Straße am Waldhang oder auf dem „Goldbergpfad" den Goldberg umwandern. Unter diesem kegelförmigen Hügel verläuft der Goldbergtunnel, der die Bahnhöfe Wehringhausen und Oberhagen miteinander verbindet. Weiter oben, in der Nähe des weithin sichtbaren Bismarckturms, hat man in alten Zeiten nach Gold und Silber gegraben. Eine Lehnsurkunde zwischen dem Kölner Erzbischof Adolf und seinem Bruder, dem Grafen Arnold von Altena-Nienbrügge, aus dem Jahr 1200 bezeugt die Suche nach den edlen Metallen. Die alteingesessenen Hagener erzählen dazu folgende Geschichte:

Vor urlangen Zeiten ging einst ein junger Bergmann am Goldberg seiner Arbeit nach. Er wollte die schöne Tochter des Dorfvorstehers heiraten, wurde aber von deren Vater schroff abgewiesen, da er ein armer Schlucker war.

Doch eines Tages fand er einen Schatz aus Edelsteinen und Gold, den die Zwerge versteckt hatten. Als er damit zum Vater seiner Liebsten eilte, wurde der Bergmann als Dieb hingestellt. Der Förstersohn, der ebenfalls das Mädchen liebte, hatte ihm eine Falle gestellt. Der junge Mann vermochte seine Unschuld nicht zu beweisen, und so wurde er zum Tode auf dem Scheiterhaufen verurteilt. Während die lodernden Flammen den Ärmsten töteten, flog eine weiße Taube aus dem Feuer.

Die Mutter des Unschuldigen aber stieg mit einem Korb voller Mohnsamen auf dem Haupt den Goldberg hinauf und verfluchte das teuflische Metall: „So viele Jahre wie ich Mohnkörner trage, soll hier kein Gold mehr gefunden werden!" Danach stürzte sie sich in den gähnenden tiefen Schacht, und seitdem wurde dort kein einziges Klümpchen Gold mehr gefunden.

Die Goldbergsage, aufgeschrieben von
Renate Voigt-Schmidt und Gustav Adolf Schmidt

Der Preis der Macht

Tiusche man sint wol gezogen,
rehte als engel sint diu wip getan.
Swer sie schildet, derst betrogen;
ich enkan sin anders niht verstan.
Tugend und reine minne,
swer die suochen will,
der sol komen in unser lant! Da ist wünne vil!
Lange müeze ich leben dar inne!
(Walther von der Vogelweide)

Deutsche Männer sind wohlerzogen,
gleich wie Engel sind ihre Frauen angetan.
Wer schlecht über sie spricht, der muss verblendet sein;
ich könnte diesen sonst nicht verstehen.
Tugend und reine Minne,
wer die suchen will,
der soll kommen in unser Land! Da ist alles, was das Herz
erhebt!
Lange möchte ich dort leben!
(Übertragung aus dem Mittelhochdeutschen)

Im Jahre 1198 geriet in Deutschland die streng geregelte Welt des Mittelalters völlig aus den Fugen. Nach dem frühen Tod von Kaiser Barbarossas Sohn und Nachfolger, Heinrich VI., konnten sich die Fürsten des Reiches nicht einigen, wer nun König werden sollte. Heinrichs kleiner Sohn Friedrich war noch viel zu jung, und er lebte in der Obhut seiner Mutter Konstanze im fernen Sizilien. Da brach der alte, immer noch schwelende Konflikt zwischen den Geschlechtern der Welfen und der Staufer wieder auf, und die Anhänger beider Parteien versuchten, ihren jeweiligen Kandidaten durchzusetzen. Als dies nicht gelang, wählten die Welfen den erst 16-jährigen Grafen Otto von Poitou, den dritten Sohn Heinrichs des Löwen, während sich die Stauferpartei für Barbarossas jüngsten Sohn Philipp von Schwaben entschied. Beide Bewerber wurden gekrönt, doch die Zeremonien wiesen entscheidende Mängel auf, so dass der „rechtmäßige" König nicht zu ermitteln war: Otto wurde am vorgesehen Ort in Aachen durch den richtigen Mann, nämlich den Erzbischof von Köln, in sein Amt eingeführt. Philipp dagegen empfing die Krone zwar am falschen Ort in Mainz, erhielt dafür aber die echten Reichsinsignien, die ja noch in staufischem Besitz waren. Da keine der beiden Parteien zum Einlenken bereit war, kam es zur Machtprobe und zum Bürgerkrieg, der alte Feindschaften wieder aufriss und für das Reich unsäglich viel Elend und Unglück brachte.

Im Laufe der Jahre nahm der Konflikt an Schärfe zu und gewann europäische Dimensionen, denn auf Ottos Seite kämpfte das Königreich England, während der französische König den Staufer Philipp unterstützte. Der junge Papst Innozenz III. verhielt sich zunächst neutral. Als er zum Schiedsrichter in diesem Streit angerufen wurde, sprach sich Innozenz zwar offen für den Welfen Otto aus, doch später verhandelte er heimlich auch mit dessen Gegner. Mit der Niederlage des englischen Königs Johann in Frankreich verloren Otto und seine Anhänger nicht nur eine wesentliche Stütze, sondern auch ihre wichtigste Geldquelle. Zudem fiel bald darauf Ottos eigener Bruder von ihm ab, und selbst der Erzbischof von Köln erklärte sich für den Staufer, sofern dieser bereit sei, sich noch einmal von ihm krönen zu lassen. Der Stern des Welfenkönigs schien unaufhaltsam zu sinken, und seine einzige Möglichkeit, den Kampf fortzuführen, bestand offenbar darin, enorme Summen für die Kriegskasse aufzutreiben. Auch die westfälischen Grafen, die nach uraltem Treueverständnis stets zu den Herzögen aus dem Geschlecht der Welfen gehalten hatten, sahen sich gezwungen, neue Geldquellen zu erschließen. Die Ausbeutung der Mine am Goldberg in den Wäldern oberhalb der Volme diente wahrscheinlich genau diesem Zweck…

Kapitel 1
Das Vermächtnis des Pfalzgrafen

Ich saz uf einem steine
Und dahte bein mit beine:
Dar uf satzt ich den ellenbogen:
Ich hete in mine hant gesmogen
Daz kinne und ein min wange.
Do dahte ich mir vil ange,
wie man zer welte sollte leben.

(Walther von der Vogelweide)

Ich saß auf einem Steine,
übereinandergeschlagen die Beine,
hatte darauf den Ellenbogen gestützt
und in meine Hand geschmiegt
das Kinn und meine Wange.
So überlegte ich sehr bange,
wie man in dieser Welt sollt` leben.

(Übertragung aus dem Mittelhochdeutschen)

Leng Phei Siang, September 2006

Die stählerne Außentreppe neben dem Nordeingang des Dortmunder Hauptbahnhofs vibrierte unter dem dröhnenden Sound des Doublebasses, während heruntergestimmte E-Gitarren in wahnsinnig schnellem Rhythmus eine unheimlich laute, düstere Melodie erklingen ließen. Unwillkürlich hielt ich mir die Ohren zu und drehte mich erstaunt zu Fred um. Doch mein Mann lächelte nur wissend und reichte mir ein Päckchen mit Ohrenstöpseln.

„Steck sie lieber jetzt schon rein, Siang", riet er mir grinsend, „drinnen hältst du es sonst bestimmt nicht lange aus!"

„Bist du sicher, dass wir hier richtig sind?", fragte ich zweifelnd.

Fred nickte.

„Klar, das ist Heavy Metal, Siang, und unsere Tochter singt schließlich in einer solchen Band."

Ich zuckte mit den Schultern und ging auf den Eingang zu. Als unsere Tochter zu Hause für diesen Auftritt übte, hatte ich immer den Eindruck gehabt, dass ihr Part sehr melodisch war. Daher konnte ich mir nur schwer vorstellen, wie ihr Gesang zu dieser Musikrichtung passen sollte.

Trotz der Pfropfen in meinen Ohren wurde die Musik immer lauter. An der Kasse sprach mich ein junges Mädchen an, aber ich konnte beim besten Willen nicht hören, was sie sagte. Also nahm ich die Stöpsel wieder heraus.

„Für uns müssten Karten hinterlegt worden sein!", rief Fred dem Mädchen zu. „Von Pui Tien Hoppe-Leng. Sie ist Background-Sängerin bei der Düsseldorfer Gruppe ‚Belfry'!"

Das Mädchen nickte uns zu und kramte in einer Art Karteikasten. Wir nahmen die Karten entgegen und bekamen Stempel auf die Handrücken. Im dämmrigen Licht der Disco leuchteten deren Abbilder fluoreszierend. Die Musik von der Bühne erfüllte mit ihrem dröhnenden Sound den ganzen Raum. Fred hakte sich bei mir unter und führte mich zielstrebig zu einem der bereitstehenden Tische.

„Sie sind gleich dran!", brüllte er in mein Ohr, doch mir kam es nur wie ein leises Säuseln vor.

Das Instrumentalstück der Band auf der Bühne steigerte sich zu einem infernalischen Stakkato und endete abrupt in wallenden Nebelschwaden. Applaus brandete auf, und ein Mann mit schulterlangen Haaren sprang auf das Podest.

„Das war die Metal-Gruppe ‚Devils Pride' aus Lünen!", rief er ins Mikrofon. „Heute zum ersten Mal beim Live-Musik-Wettbewerb ‚Emergenza' in Dortmund! Wer dafür ist, dass diese Band eine Runde weiterkommen soll, hebe bitte jetzt die Hand!"

Aus der Zuschauertraube vor der Bühne reckten etwa 20 Fans ihre Arme hoch. Gemessen an der Anzahl der Besucher des Wettbewerbs waren es nicht gerade viele. Der Ansager auf dem Podest zählte sie trotzdem gewissenhaft. Inzwischen sammelten die Bandmitglieder ihre Instrumente ein. Ihren enttäuschten Mienen nach zu urteilen, waren sie mit dem Ergebnis nicht besonders zufrieden.

Plötzlich tippte mir jemand auf die Schulter. Ich fuhr herum und sah in Pui Tiens strahlendes Gesicht. Unsere Tochter trug ihre neuen schwarzen Jeans und ein ebenso dunkles Top, das ihren Nabel freiließ. Ihre hüftlange pechschwarze Mähne umfloss ihre schmalen Schultern wie ein wallender Schleier. Auf meine Lippen stahl sich ein Lächeln.

Erst jetzt bemerkte ich die beiden Jungs, die sich an ihrer Seite befanden. Auch sie waren vollkommen in Schwarz gekleidet. Der eine war ein schlanker hübscher deutscher Bengel, der andere ein etwas pummeliger und untersetzter asiatischer Jugendlicher.

„Mensch, Pui Tien, du hast uns ja gar nicht gesagt, dass du eine Zwillingsschwester hast!", entfuhr es dem deutschen Begleiter unserer Tochter unwillkürlich.

„Das ist meine Mama, Jürgen!", stellte Pui Tien klar.

Die beiden Jungs starrten mich überrascht an.

„Jürgen Klein!", sagte der Angesprochene und reichte mir spontan die Hand.

„Leng Phei Siang", antwortete ich freundlich und schaute anschließend den asiatischen Jungen erwartungsvoll an.

„Wo ßiang Schen Diyi Er Dsi" (ich heiße Schen Diyi Er Dsi), murmelte dieser, während er die Hände zusammenlegte und sich kurz verneigte.

„Mann, den Namen kann sich doch keiner merken", mischte sich Jürgen ein. „Wir nennen ihn immer nur ‚Didi'."

Die beiden wandten sich Fred zu, der bis dahin interessiert zugeschaut hatte, und die Prozedur wiederholte sich.

„Bist du aufgeregt, Nü er?" (Tochter), fragte ich inzwischen Pui Tien leise.

„Sse (Ja), Mama", flüsterte sie zurück.

Hinter Pui Tien zogen die anderen Bandmitglieder vorbei. Sie trugen ihre Instrumentenkoffer und unterhielten sich angeregt. Eine blonde Frau lächelte uns zu.

„Kommt ihr, Pui Tien?", forderte sie meine Tochter und deren Begleiter auf.

„Das ist Vivien", meinte Pui Tien elektrisiert. „Es geht los. Bitte, drückt uns die Daumen, und vergesst nicht, nachher für uns zu stimmen, ja?"

Die drei liefen hinter den anderen her, um ihnen beim Aufbau der Instrumente und der Anlage zu helfen.

„Sind das wirklich deine Eltern, Pui Tien?", fragte Jürgen unsere Tochter, während sie zur Bühne gingen. „Ich dachte eben, mich träfe der Schlag, deine Mutter sieht ja genauso aus wie du. Und dein Vater scheint kaum zehn Jahre älter als Didi und ich zu sein. Sei ehrlich, Pui Tien, du hast doch eine Schwester, und das war ihr Freund, nicht wahr?"

Was Pui Tien darauf antwortete, konnte ich nicht mehr hören, denn im gleichen Augenblick ertönten die schrillen Laute des Soundchecks.

„Hast du gesehen, Siang, wie die beiden unsere Tochter angehimmelt haben?", sagte Fred grinsend. „Sie ist jetzt gerade mal ein paar Monate in der Schule und hat schon zwei Verehrer."

„Ich weiß nicht, Fred", antwortete ich zweifelnd. „Ich finde, sie muss noch immer zu sich selbst finden und sich einen Platz in unserer Welt erkämpfen. Sie hat die Sache mit Arnold noch nicht überwunden, und hier ist für sie alles so fremd und neu."

„Sie ist siebzehn, Siang", entgegnete Fred. „Pui Tien ist eine aufgeweckte junge Frau, und sie wird ihren Weg gehen. Außerdem ist sie atemberaubend schön, genau wie ihre Mutter. Ich muss das schließlich wissen!"

Ich streichelte lächelnd seine Wange und steckte mir die Stöpsel wieder in die Ohren. Fred nahm meine Hand und zog mich in Richtung Bühne. Der Auftritt von „Belfry" begann mit einem wahnsinnig lauten Einsatz aller Instrumente. Doch dann erklang eine für mich überraschend schöne, aber auch irgendwie melancholisch-traurige Melodie. Heavy Metal war also durchaus nicht nur laut. Ich glaubte sogar, Pui Tiens Part wiederzuerkennen. Die Sängerin Vivien hatte eine einmalig tolle Stimme.

„Dark and cold this tale begins
The night still young, the candles tall
Her eyes shine like stars in the dim light
He cannot move, his throat is dry."

Ich lauschte ergriffen, aber wie schon in den Wochen zuvor bei Pui Tien vermochte ich auch jetzt wieder nur Bruchstücke vom englischen Text zu verstehen. Fred bedeutete mir, die Ohrenstöpsel herauszunehmen, dann rief er mir die Übersetzung zu:

„Dunkel und kalt beginnt diese Geschichte
Die Nacht noch jung, die Kerzen hoch
Ihre Augen leuchten im Halbdunkel wie die Sterne
Er kann sich nicht rühren, seine Kehle ist trocken."

Ich nickte Fred zu, dass ich verstanden hatte. Inzwischen sangen Pui Tien und ihre beiden Freunde gemeinsam mit Vivien:

„There they sit, don't know what to do
Related souls yet too weak to see."

Als Fred mir die beiden Zeilen übersetzte, lief es mir eiskalt den Rücken hinunter:

„Dort sitzen sie, wissen nicht, was sie tun müssen
Verwandte Seelen, doch zu schwach, um zu sehen."

Beim Refrain fielen auch die anderen Bandmitglieder ein. Die Instrumente verbreiteten dabei eine geradezu unheimliche Stimmung:

„It's a special night – the snow glows white
No noise to hear – the wrong move they fear
It's a special night – the path is laid
Together they fail – alone they will die."

Die E-Gitarren setzten mit voller Lautstärke ein, während alle auf der Bühne wild mit den Köpfen nickten. Fred übersetzte:

„Es ist eine besondere Nacht – der Schnee glänzt weiß
Kein Laut ist zu hören – sie fürchten die falsche Bewegung
Es ist eine besondere Nacht – der Pfad ist bestimmt
Gemeinsam werden sie scheitern – allein werden sie sterben."

Ich schauderte und war zugleich fasziniert. Auf der Bühne hielten alle Bandmitglieder einen Arm mit zwei ausgestreckten Fingern hoch und feuerten im Takt das Publikum an:
„Hey, hey, hey!", gellten ihre Rufe durch den Saal.
Die Zuschauer gingen mit und johlten. Die Stimmung im Saal schien überzukochen. Ich steckte mir die Stöpsel wieder in die Ohren und sah Fred erschrocken an.
„Es ist nur eine Show!", brüllte er mir zu. „Sieh doch, Pui Tien hat ihren Spaß!"
Ich hoffte nur, dass er recht behielt. Als das Lied vorbei war, wurde die Band mit frenetischem Applaus belohnt. Auch ich klatschte eifrig mit. Pui Tiens Augen leuchteten auf, als sie uns in der Menge entdeckte. Die bewundernden Zurufe der Fans vor der Bühne schien sie dagegen ebenso

zu ignorieren wie die schmachtenden Blicke ihrer beiden männlichen Verehrer.

Fred und ich zogen uns nach hinten zu dem Stehtisch zurück, an dem wir uns bereits zuvor aufgehalten hatten. Nach drei weiteren Stücken war die Zeit der Band „Belfry" um. Vivien stellte alle Beteiligten vor: Martin, den Schlagzeuger, die Gitarristen Benedikt und Michael, den Bassisten Jens und natürlich den Background-Chor mit Pui Tien und ihren beiden Freunden. Dann kam es zur Abstimmung, und gemeinsam mit uns hoben mehr als fünfzig Zuschauer ihre Arme. Die Metal-Band „Belfry" war eine Runde weiter.

Pui Tien stürzte sich in unsere Arme. Sie schien überglücklich zu sein. Natürlich wollte sie den Erfolg mit den anderen zusammen feiern. Der Bassist Jens, der auch den Text zu dem denkwürdigen ersten Lied geschrieben hatte, würde sie später nach Hause bringen. Da er selbst in Ennepetal aufgewachsen war, kannte er unseren abgelegenen Weiler Schweflinghausen. Fred und ich hatten nichts dagegen. Allerdings mussten wir uns bald verabschieden, denn der letzte Zug nach Hagen würde nicht auf uns warten. Dort wollte unser Freund Achim uns in Empfang nehmen.

Ich genoss die Stille im fast leeren Zug, während Fred schläfrig seinen Kopf auf meine Schulter legte. Ein paar Minuten später war ich ebenfalls eingenickt, und so kam es, dass wir unsere Ankunft im Hagener Hauptbahnhof verpassten. Ich schrak erst hoch, als mich das Knirschen der Weichen weckte. Ich stieß Fred an, doch da fuhren wir bereits in einen langen Tunnel ein.

Fred sah mich zuerst verständnislos an, aber dann begriff er, was passiert war.

„Mist!", rief er. „Das muss der Goldbergtunnel sein. Wir sind ja in den Zug nach Lüdenscheid gestiegen. Der nächste Halt ist in Oberhagen. Hoffentlich hast du Achims Handynummer mit."

Ich schüttelte lächelnd den Kopf.

„Wie weit ist es denn zurück zum Hauptbahnhof?"

„Ein paar Kilometer werden es schon sein", meinte Fred resigniert. „Achim wird sich wundern, wenn wir auf einmal aus der entgegengesetzten Richtung auftauchen. Falls er überhaupt so lange auf uns wartet."

Zu allem Übel blieb der Zug mitten im Tunnel stehen.

„Das kann ja heiter werden!", kommentierte mein Gemahl wütend.

„Wieso heiter, Fred? Es ist dunkel", entgegnete ich grinsend.

Der Zug ruckte an und blieb abermals stehen. Mit einem Mal fiel auch der Strom aus. Nun war es stockdunkel.

„Na super!", sagte Fred. „Jetzt sitzen wir fest!"

Ich tastete nach seinem Arm und klammerte mich an ihn fest. Fred strich mir sacht über das Haar.

„Auf jeden Fall sind wir endlich mal ganz allein", kicherte ich, während meine Hände seine Wangen fanden.

Wir küssten uns inniglich, und mich durchströmte ein wohliges Gefühl. Da entdeckte ich urplötzlich neben uns draußen an der Tunnelwand einen hellen flackernden Schein.

Wir fuhren erschrocken auseinander und starrten beide wie gebannt auf den verwaschenen milchigen Lichtfleck. Er sah so aus, als brenne er sich regelrecht durch das Gestein. Im nächsten Augenblick blickten wir in einen langen, von Fackeln erleuchteten unterirdischen Gang. Es kam mir so vor, als könnte ich irgendwo weit vor uns rhythmische Hammerschläge vernehmen. Unwillkürlich rieb ich mir die Augen, doch die Erscheinung blieb. Die Luft war feucht, heiß und stickig - beinahe wie zu manchen Jahreszeiten in meiner tropischen Heimat. Auf dem Boden des Stollens hatte sich eine lange Wasserpfütze gebildet, und es tropfte ständig von der Decke nach. In der Ferne erklangen auf einmal schwerfällige Schritte. Ich ergriff Freds Hand und drückte sie fest. Aus dem diffusen Licht der Fackeln schälten sich die Konturen eines Menschen in abgerissenen alten Kleidern heraus. Der Mann war klein und gebückt, doch als er aufsah und mich mit unendlich müden und traurigen Blicken musterte, erkannte ich ihn: Es war Oban, der Hüter der Geheimnisse der Klutert, den ich noch vor wenigen Monaten als Pui Tiens weisen Lehrer kennen gelernt hatte. Im nächsten Moment war der Spuk vorbei, und wir waren wieder allein. Die Deckenbeleuchtung ging an, und der Zug rollte weiter, als wäre nichts geschehen.

Fred starrte fassungslos und mit schreckensbleichem Gesicht auf die dunkle Tunnelwand. Erst allmählich fand er wieder in die Realität zurück. Doch da hielt bereits der Zug. Noch benommen von dem, was wir gesehen hatten, rafften wir uns auf und verließen hastig den Waggon.

„Was war das?", fragte Fred immer noch ergriffen, als wir mutterseelenallein auf dem Bahnsteig des Haltepunktes standen. „Der erschöpfte kleine Mann im Berg sah aus wie dieser Oban, nicht wahr?"
Ich nickte gedankenverloren.
„Ich hatte den Eindruck, dass wir uns einen Moment lang in einem uralten Bergwerk befanden", führte ich an. „Gab es denn hier früher so etwas?"
„Nicht, dass ich wüsste", entgegnete Fred kopfschüttelnd. „Mir ist nur dieser Tunnel bekannt. „Aber nach all den Erfahrungen, die wir bisher mit solchen Erscheinungen gemacht haben, sollten wir damit rechnen, bald wieder von den Mächten des Berges in Anspruch genommen zu werden."
Seine Stimme klang bitter, aber Fred hatte vollkommen recht. Seitdem wir beide zum ersten Mal in den Bann dieser unerklärlichen Kräfte geraten waren, hatten wir kein normales Leben mehr führen können. Bei diesen Gedanken stiegen mir unwillkürlich Tränen in die Augen.
„Ich hatte wirklich gehofft, dass uns ein wenig mehr Zeit mit unserer Tochter vergönnt gewesen wäre", seufzte ich niedergeschlagen. „Wir haben doch schon ihre ganze Kindheit verpasst."
Fred legte tröstend seinen Arm um meine Schultern.
„Vielleicht dauert es noch eine Weile", meinte er. „Eigentlich wissen wir gar nichts."
Ich sah beschämt zu Boden.
„Fred, ich will nicht, dass wir Pui Tien noch einmal verlieren", flüsterte ich beschwörend.
„Ich auch nicht, Liebes, ich auch nicht."

Pui Tien

Ich wusste, dass diese neue Welt fremd und verwirrend für mich sein würde, doch ich war fest entschlossen, ihre Geheimnisse zu ergründen. Als Mama und Papa mich aus dem Mittelalter zurückholten, glaubte ich wirklich, es würde mir mit der Zeit gelingen, mich an all die wundersamen Dinge, die es hier gab, zu gewöhnen. Immerhin hatte ich mir während meiner unfreiwilligen Verbannung in die Vergangenheit nichts sehnlicher gewünscht, als wieder mit meinen Eltern vereint zu sein. Tatsächlich bereiteten mir schon bald weder die Verständigung mit anderen, noch das Begreifen der Unmenge an technischen Hilfsmitteln größere Probleme, auch wenn ich vieles davon für überflüssig hielt. Dafür fiel es mir anfangs sehr schwer, nicht mehr allein durch die Wälder zu ziehen, sondern in einer großen Familie leben zu müssen. Natürlich spürte ich, dass mich zu Hause alle liebten. Schließlich hatten sie mich schon als kleines Kind in ihre Herzen geschlossen. Doch dann war ich kurz vor meinem zweiten Geburtstag auf mysteriöse Weise in der Kluterthöhle verschwunden, und als ich wiederkehrte, waren für mich 15 lange Jahre vergangen…

Ich habe mich immer wieder gefragt, warum das allgegenwärtige Schicksal gerade mir ein solches Los zugedacht hatte, aber selbst Oban, der so viel über die Anderswelt der Geister und Götter wusste, konnte es mir nicht erklären. Erst als meine Eltern mich endlich fanden, erfuhr ich allmählich die ganze Wahrheit.

Gleich in den ersten Tagen in der Gegenwart erzählte mir Mama ihre Geschichte: Als sie etwa in meinem jetzigen Alter war, floh sie mit Oma Liu Tsi und Opa Kao aus der Heimat unserer Vorfahren in China, weil dort ein grausamer Mann namens Mao Tsetung um seine Herrschaft fürchtete und deshalb alle jungen Leute aufstachelte, mit Gewalt gegen die gebildeten Menschen des Landes vorzugehen. Hier in Deutschland lernte sie Papa kennen, doch noch bevor die beiden ein richtiges Paar werden konnten, wurden sie durch die unheimlichen Mächte der Kluterthöhle weit in die Vergangenheit versetzt. Wie Mama und Papa später herausfanden, konnte dies nur geschehen, weil sie „verwandte Seelen" waren und eine Gabe besaßen, die sie befähigte, an einem bestimmten Tag im Jahr die dann besonders dünne Schicht zwischen den Welten zu durchdringen. Mama und Papa strandeten damals im Jahr 1224 und erlebten all die Ereignisse mit, die 12 Monate später zur Ermordung des mächtigen Kölner Erzbischofs und Reichsverwesers, des Grafen Engelbert von Berg, führten. In dieser Zeit freundeten sie sich ausgerechnet mit dem Mann an, den man zu Unrecht des Verbrechens beschuldigte. Sie versuchten, ihm zu helfen, doch sie konnten letztlich nicht verhindern, dass ihr Freund für den Mord, den er nicht begangen hatte, hingerichtet wurde. Dass Mama und Papa schließlich wieder in ihre eigene Zeit zurückkehren konnten, verdankten sie den Hinweisen des Zwerges Sligachan, der die Geheimnisse der Klutert hütete. Da sie bis dahin aber schon zwei Jahre in der Vergangenheit gelebt hatten, gab es die unsichtbaren Fäden, die sie mit ihrer eigenen Epoche verbanden, nicht mehr, und meine Eltern kamen 30 Jahre zu spät nach Hause. Körperlich waren sie noch so jung wie damals, als sie in der Höhle verschwanden, doch alle ihre Angehörigen und Freunde waren um diese drei Jahrzehnte gealtert. Papas eigener Vater Horst war längst gestorben, und Opa Kao hatte Deutschland aus Verzweiflung über den vermeintlichen Verlust seiner Tochter verlassen. Nur Oma Liu Tsi und Oma Gertrud hatten die Hoffnung nie aufgegeben, ihre Kinder eines Tages doch noch wiederzusehen.

Mama und Papa bekamen keine Gelegenheit, sich in der für sie fremden, modernen Welt richtig einzugewöhnen, denn der Zwerg Sligachan rief sie über den Abgrund der Zeit hinweg zu Hilfe. Doch auch damit war ihre Odyssee durch die Jahrhunderte nicht beendet. In den zwei Jahren nach ihrer ersten Heimkehr wurden die beiden insgesamt drei Mal in die Vergangenheit versetzt. Beim vorerst letzten Mal befanden sie sich in Mamas alter Heimat auf der Suche nach Opa Kao, als nur das Eingreifen des Zwerges sie vor dem sicheren Tod bewahren konnte. Dafür mussten sie sich in einer grausamen Epoche, in der die wilden Horden der Mongolen gerade zum Sturm auf das Reich der Mitte angesetzt hatten, von China bis zur Kluterthöhle durchschlagen, um rechtzeitig zu Samhain durch die Mauer der Zeit schreiten zu können. Bei diesem gefährlichen Unternehmen haben meine Eltern mich gezeugt.

Ich bin das Kind ihrer unendlichen Liebe, das hat Mama mir stets versichert, seitdem wir wieder zusammen sind. Und da ein Mensch nach dem Glauben unserer Ahnen bereits als Person existiert und eine Seele besitzt, wenn er noch ungeboren im Mutterleib heranwächst, kann ich mit Fug und Recht behaupten, dass unser allgegenwärtiges großes Geheimnis mich im Jahr 1260 erschaffen hat. Die Stelle hoch oben am Karakuri See im Kunlun Schan, an dem sich Mama und Papa vereinigten, um mir das Leben zu schenken, wird seit undenklichen Zeiten als einer der heiligsten Orte mehrerer großer Religionen verehrt. Wie man sagt, begegnen die Götter des Himmels dort allem irdischen Sein. Deshalb gaben meine Eltern mir auch den Namen Pui Tien, was soviel wie „Himmelsmädchen" bedeutet. Der Zwerg, der den beiden auch damals wieder half, in ihre eigene Welt zurückzukehren, prophezeite Mama und Papa, dass ich einst ihrer beider Gaben in mir vereinigen würde. Und von meiner Geburt an, die dann im Frühjahr des Jahres 2004 geschah, versuchten meine Eltern stets, mich von den Mächten der Kluterthöhle fernzuhalten. Aber als ich zwei war geriet ich dennoch in deren Einflussbereich und wurde weit in die Vergangenheit geschleudert.

Ohne zu wissen, was mit mir geschehen war, wachte ich in der lebensfeindlichen Wildnis des Jahres 1155 auf. Normalerweise hätte ich schon die erste Nacht niemals überstehen können, doch der Sturz durch die Zeit weckte in mir bislang verborgene Kräfte, deren Wesen ich bis heute nicht zu erklären vermag. Allein mit Hilfe meines Willens konnte ich plötzlich Gegenstände bewegen, Feuer entzünden und Tiere in meinen Bann zwingen. So wuchs ich in den ersten Jahren unter Wölfen auf, bis mich Oban und die anderen Zwerge fanden. Unter seiner Anleitung lernte ich mit der Zeit nicht nur die Welt der letzten Hüter der Klutert zu verstehen, sondern auch meine geheimnisvollen Gaben zu beherrschen. Ich wurde zur Priesterin der Bel und dadurch eine Mittlerin zur Anderswelt. Doch draußen in den Wäldern fürchteten mich die Menschen wegen meiner unerklärbaren Kräfte und meines fremdartigen Aussehens. Sie glaubten, ich wäre eine gefährliche Hexe, die ihnen mithilfe ihrer Zauberkraft Missernten bescherte und das Vieh aus den Ställen raubte. Man jagte mich, wo man mich erblickte, aber ich konnte den Häschern stets entkommen. Doch eines Tages gelang es einem fremden Mann, der mit dem Kaiser in diese Gegend gekommen war, mich zu überlisten und einzufangen. Dieser Mensch redete auf einmal zu mir in Papas Sprache und nannte mich bei Mamas Namen. Ich vermochte zu fliehen, war aber völlig verwirrt. Wie hätte ich auch ahnen können, dass er ein Freund meiner Eltern war, den diese bei ihrem dritten Aufenthalt in der Vergangenheit zurücklassen mussten. Er war ein mächtiger Fürst geworden und ließ eine Nachricht für Mama und Papa in den Felsen meißeln, weil er ahnte, was mit mir geschehen war. Zu diesem Zeitpunkt hatte ich bereits 15 Jahre in der Wildnis verbracht. Doch Mama und Papa fanden die Nachricht ihres Freundes nur zwei Wochen nach meinem Verschwinden und erfuhren so, in welchem Jahr dieser mir begegnet war. Es gelang ihnen, jener einzigen Spur zu folgen und mich in ihre Welt zurückzubringen. Natürlich hatten sie erwartet, mich als kleines Kind anzutreffen und nicht als 17-jährige junge Frau. So kam es, dass ich jetzt nur ganze neun Jahre jünger bin, als meine eigene Mutter. Kein Wunder, dass Jürgen felsenfest davon überzeugt war, dass er nicht Mama, sondern meine Zwillingsschwester kennen gelernt hatte. Eine Antwort auf seine drängenden Fragen bin ich ihm allerdings aus gutem Grund schuldig geblieben.

Und genau das ist es, was mich von allen anderen Jugendlichen meines Alters unterscheidet. Sie sind in diese Zeit hineingeboren worden und auch in ihr aufgewachsen. Für sie ist alles, was ich erst lernen musste, so selbstverständlich, als ob es nie etwas anderes gegeben hätte. Ich dagegen wagte es nicht, mich ihnen zu offenbaren. Ich lebte mit einem Geheimnis und durfte es niemandem erzählen. Wenn nur mein Hunger auf all das Seltsame und Neue in dieser Welt nicht so unstillbar groß gewesen wäre. Als es Mama und Papa über ihre Freundschaft zum Bürgermeister tatsächlich gelang, mich probeweise in eine der 11. Klassen des hiesigen Gymnasiums unterzubringen, hatte ich es nicht erwarten können, mit den anderen Jungen und Mädchen am Unterricht teilnehmen zu dürfen. Außer dem Bürgermeister, dem Direktor und einem Jahrgangsstufenlehrer war niemand in mein Geheimnis eingeweiht. Doch ich merkte bereits ziemlich schnell, dass ich noch so viele Dinge nicht wusste. Aber zum Glück war da ja Opa Kao, der mir mit seiner liebenswerten und geduldigen Art half, zumindest die gravierendsten Wissenslücken allmählich zu schließen. Auf der anderen Seite fühlte ich mich besonders zu Oma Gertrud hingezogen, denn sie brachte mir alles bei, was ich über unsere Stadt wissen musste. Immerhin war sie Papas Mutter, und irgendwie fühlte ich mich trotz meiner frappierenden Ähnlichkeit mit Mama zur Hälfte auch als Deutsche. Oma Liu Tsi lehrte mich hingegen, den alten Glauben meiner chinesischen Ahnen besser zu verstehen, während Tante Phei Liang sich redlich bemühte, mir in den Abendstunden die englische Sprache näherzubringen. Wenn ich dann endlich überhaupt nicht mehr aufnahmefähig war, gar zwischendurch einschlief und mit bohrenden Kopfschmerzen erschöpft in das Zimmer meiner Eltern taumelte, sank ich nur noch kraftlos zwischen Mama und Papa aufs Bett.

Nach einigen Wochen in der Schule stellte ich erschrocken fest, dass die meisten Jungs mir bewundernd nachschauten oder frech hinter mir her pfiffen. Wie sollten sie auch wissen, dass ich noch immer meiner verlorenen Liebe zum jungen Grafensohn Arnold nachtrauerte. Trotzdem gebe ich ehrlich zu, dass mir die betonte Aufmerksamkeit des anderen Geschlechts auf eine seltsame Weise schon sehr schmeichelte. Besonders Jürgen und dieser Didi waren ziemlich hartnäckig und blieben mir fast ständig auf den Fersen. Ich ließ mich nicht ungern immer öfter von ihnen begleiten und einladen. Jürgen und Didi waren es auch, die mich zu einem Konzert dieser Düsseldorfer Heavy Metal-Band mitnahmen. Deren heftige und laute Musik erschien mir anfangs zwar fremd, aber in gewisser Weise ehrlicher und direkter als die seichten Töne der Charts. Wahrscheinlich passte sie sogar haargenau zu dem aufgewühlten Zustand meines Gemüts. Und als wir erfuhren, dass die Bandleute für den bevorstehenden Wettbewerb noch einen Background-Chor suchten, machte ich begeistert mit.

An den Wochenenden aber hielt mich nichts mehr im Haus. Bei jedem Wetter streifte ich allein oder auf meinem Pferd Gang Li durch die Wälder, die vor vielen Jahrhunderten einmal meine Heimat gewesen waren. Doch wenn mein einziger, aus dieser fernen Zeit verbliebener treuer Freund, der Wolf, in den Nächten heulte und vergeblich nach seinen Artgenossen rief, dann wurde mir erst richtig bewusst, was die Menschen dem Land und seinen Tieren in den achthundert Jahren, die zwischen meiner und dieser Welt lagen, angetan hatten.

Fred Hoppe

Achim war tatsächlich noch da und lief ungeduldig vor dem Eingang des Bahnhofes auf und ab. Als er uns sah, schüttelte er nur den Kopf.

„Ihr habt gepennt und seid bis nach Oberhagen gefahren, gebt es zu!", rief er uns schon von Weitem entgegen.

Ich nickte zerknirscht und setzte zu einer Entschuldigung an, doch mein alter Freund winkte grinsend ab.

„Hauptsache, euch sind in Dortmund bei dem Krach nicht die Ohren abgefallen. Wie hat sich mein kleiner Wirbelwind gemacht?"

„Pui Tien hat toll gesungen, wenn du das meinst!", entgegnete ich stolz. „Die Fans waren begeistert, und die Band ist eine Runde weiter."

„Hab' ich's doch gewusst!", tönte Achim zufrieden lächelnd. „Sie sollte so was öfter machen. Den ganzen Tag und bis in die Nacht hinein lernen ist auch nicht richtig. Unser kleines Mädchen braucht dringend mehr Ausgleich. Das habe ich euch schon immer gesagt."

Der letzte Satz hatte ein wenig vorwurfsvoll geklungen. Phei Siang öffnete den Mund, aber ich winkte ab.

„Lass es lieber!", flüsterte ich ihr zu. „Er glaubt sowieso nicht, wenn du ihm sagst, dass sie es selbst so will."

„Gib dir keine Mühe, Fred!", brummte Achim. „Ich habe gute Ohren! Ich sage euch, ihr müsst dafür sorgen, dass eure Tochter mal was anderes als ihre Lehrbücher sieht. Und ihr beide könntet auch eine Luftveränderung gebrauchen!"

Phei Siang grinste verstohlen.

„Wie ich dich kenne, hast du sicher schon etwas Bestimmtes im Sinn", vermutete sie.

„Klar, in der zweiten Herbstferienwoche fahren wir alle zusammen nach Heidelberg!", offenbarte uns Achim fröhlich. „Damit ihr endlich etwas Lebenskultur kennen lernt."

„Du meinst wohl eher Weinkultur?", neckte ich ihn.

Achim sah mich strafend an.

„Keine Widerrede, Fred Hoppe! Nach der Warterei auf euch Schlafmützen habe ich was gut!"

Ich zuckte mit den Schultern und setzte mich neben Phei Siang auf den Rücksitz.

„Und wie stellst du dir die Sache vor?", fragte ich ergeben.

„Na ja", meinte Achim. „Wir checken in ein kleines Hotel ein und schauen uns die tolle Altstadt an. Am Samstag darauf fahren Margret und ich mit Pui Tien nach Hause. Sie muss ja Montag wieder zur Schule. Aber ihr beide bleibt noch eine ganze weitere Woche bis zum 22. Oktober da."

„He, so geht das nicht!", protestierte ich. „Wir können unsere Tochter noch nicht allein lassen."

„Reg dich ab, Fred!", wies mich mein alter Freund zurecht. „Pui Tien hat ein eigenes Zimmer, und außerdem sind schließlich noch alle ihre Lieben im Haus. Irgendwann muss sie sich ja mal von euch abnabeln."

Ich wusste genau, worauf Achim anspielte. Seitdem wir unsere Tochter wiedergefunden hatten, war noch nicht eine einzige Nacht vergangen, in der sie nicht in unserem Bett schlief. Sie war von einer panischen Angst ergriffen, uns noch einmal verlieren zu können. Mit Brechstangenmethoden, wie Achim sie da vorschlug, war dem nun mal nicht beizukommen. Deshalb schüttelte ich energisch den Kopf, doch Phei Siang legte ihre Hand auf meinen Arm.

„Ich finde, das ist sehr lieb von dir, Achim", sagte sie zu meiner Überraschung. „Wenn Pui Tien einverstanden ist, nehmen wir die Einladung gern an."

Ich blickte Phei Siang verständnislos an.

„Aber du hast doch selbst eben noch…"

Sie legte mir ihren Zeigefinger auf die Lippen.

„Djin bu ßiän dsai!" (Bitte nicht jetzt), sagte sie leise.

„Also gilt es?", hakte Achim nach.

„Sicher!", antwortete Phei Siang bestimmt.

Auf dem gesamten Heimweg grübelte ich darüber nach, was ihren Meinungsumschwung bewirkt haben könnte. Als Achim sich verabschiedete, lächelte er still vor sich hin.

„Mach dir nichts draus, Fred", riet er mir noch wohlwollend. „Da musst du jetzt durch. Das Hotel ist sowieso schon längst gebucht."

Im Haus war alles ruhig, denn es musste bereits weit nach Mitternacht sein. Phei Siang öffnete leise die Tür und streifte sich gleich die Schuhe ab. Ich grinste unwillkürlich, als sie barfuß die Diele betrat und schnell die Treppe hinaufschlich. Diese typisch asiatische Eigenart legte sie auch im tiefsten Winter nicht ab. In unserem Zimmer drehte sie sich spontan um und zog mich auf unser Bett.

„Weißt du, Fred", begann sie, während sie ihre Arme um meinen Hals schlang, „ich denke, Achim hat recht. Unsere Tochter sollte sich wirklich langsam daran gewöhnen, in ihrem Zimmer zu schlafen."

Ich küsste Phei Siang sanft auf die Stirn.

„Wir dürfen ihre Ängste nicht einfach beiseiteschieben", warf ich ein. „Pui Tien ist noch nicht so weit. Außerdem hast du selbst vorhin noch gesagt, dass du sie nicht wieder verlieren willst. Gerade jetzt, wo wir wissen, dass uns die Mächte des Berges vielleicht schon bald wieder beanspruchen werden, sollten wir sie nicht abweisen."

Siang streichelte nachdenklich meine Wange.

„Genau daran habe ich gedacht, Fred", flüsterte sie mir zu. „Wenn wir plötzlich wochen- oder gar monatelang aus dieser Zeit abberufen werden, wäre der Schock für sie viel größer, falls sie bis dahin nicht gelernt hat, ohne uns die Nacht zu verbringen."

Ich wiegte zweifelnd den Kopf, aber Phei Siang lächelte nur und zog mich zu sich herab.

„Vielleicht glaubt sie ja auch, dass wir sie immer bei uns haben wollen und traut sich deshalb nicht weg?"

„Daran habe ich gar nicht gedacht", gab ich überrascht zu.

Phei Siang schloss die Augen und küsste mich.

„Auf jeden Fall brauchen wir beide auch mal wieder ein wenig Intimität!", meinte sie bestimmt.

Dabei sah sie mich auf ihre unnachahmliche Art lauernd von der Seite her an. Ihr rechter Fuß schlüpfte in mein Hosenbein, und ihre Zehen arbeiteten sich langsam an meinem Unterschenkel hoch. Ich genoss das kribbelnde Gefühl ihrer zärtlichen Berührung.

In diesem Augenblick öffnete sich die Tür, und ein schwarzer Haarschopf schob sich vorsichtig um die Ecke.

„Mama, Papa, schlaft ihr?", fragte Pui Tien mit leiser Stimme. „Es war so toll! Ich habe mich wahnsinnig gefreut, aber jetzt kann ich vor Müdigkeit kaum noch stehen."

Sie huschte ins Zimmer, streifte sich Hose und Top ab und zog sich schnell ihr bereitliegendes Nachthemd über. Als unsere Tochter sich zwischen uns auf das Bett drängte, kräuselte Phei Siang einen winzigen Moment lang enttäuscht die Lippen, bevor sie das Licht löschte.

„Das freut mich für dich, Nü er", seufzte sie ergeben.

Ich lag auf dem Rücken und starrte eine Weile in die Dunkelheit. Pui Tien tastete nach meiner Hand, ergriff sie und drückte sie krampfhaft fest. Bevor ich einschlief, dachte ich noch bewusst: Siang hat vollkommen recht!

Pui Tien

Ich zog Gang Li am Zügel und näherte mich der Lichtung vorsichtig aus dem Windschatten. Der Damhirsch stand keine zehn Meter vor mir im hohen Gras. Er hob den Kopf und witterte. Ich blieb stehen und hielt die Hand über die Nüstern meines Pferdes, damit es uns nicht durch ein Schnauben verraten konnte. Meine Augen konzentrierten sich auf die stolze Gestalt des Tieres, während ich meine geistigen Fühler nach ihm ausstreckte und versuchte, das Wesen des Hirsches zu erfassen. Allmählich gelang es mir, den Kontakt herzustellen, und ich konnte spüren, was er empfand: Bereitschaft zur sofortigen Flucht, grenzenloses Vertrauen in die eigenen angespannten Muskeln und großen Hunger, jedoch gleichzeitig auch Kampfeswillen sowie den unwiderstehlichen Drang, sich paaren zu wollen. Ich lächelte still vor mich hin. Natürlich, es wurde Herbst, die Brunftzeit begann.

Meine Augen wurden starr und ausdruckslos. Ich wollte seinen mächtigen Körper berühren und zwang den Damhirsch, zu mir zu kommen. Mein Geist wurde eins mit dem Tier, und ich spürte seine Angst, seine Unsicherheit, sein Widerstreben, aber auch seine Machtlosigkeit gegenüber meinen unsichtbaren Kräften. Schließlich drehte er seinen Kopf mit dem gewaltigen Schaufelgeweih zu mir. Meine Augen glühten wie Feuer. Mein Blick bohrte sich in das Gehirn des Tieres, und meine Gedanken übertrugen meinen Willen auf sein Bewegungszentrum. Die Vorderläufe zitterten leicht, die Gelenke bogen sich, zuerst zögernd, doch dann stapfte der Damhirsch los. Ich streckte meine Hand aus, um ihn zu berühren und sein Fell zu streicheln, während mich ein ungeheures Glücksgefühl durchströmte.

Zwischenspiel

Der mittelgroße drahtige Mann in der grünen Uniformjacke des Revierförsters musterte die abgestorbenen Stämme der gut 30-jährigen Fichten, deren kahle Äste wie die ausgetrockneten Fingerknochen eines Skeletts gespenstisch in den tiefblauen Himmel ragten. Der Kreis der toten Bäume hatte einen Durchmesser von fast 50 Metern, und er schien beinahe so exakt gezogen wie mit einem überdimensionalen Zirkel. Noch im Frühjahr war von diesem Käferloch mitten in den Wäldern zwischen dem oberen Tal der Ennepe und der Ortschaft Schweflinghausen nicht die geringste Spur zu sehen gewesen.

Der Förster nahm das Gewehr von der Schulter und sah sich um. Der nächste Wanderweg, der breit genug war, um über ihn den Transport der zu fällenden Bäume abzuwickeln, befand sich etwa 500 Meter unterhalb der Stelle in einem Siepen. Man würde wohl eine Schneise schlagen müssen. Auf jeden Fall musste das Käferloch noch vor dem Winter ausgeschlagen werden, sonst würde den gefräßigen Insekten im nächsten Jahr ein noch viel größeres Areal zum Opfer fallen. Zum Glück war das Schädlingsproblem in den Wäldern des Sauerlandes noch nicht so groß wie in höheren Mittelgebirgen. Einen Moment lang dachte der Förster an die riesigen Flächen von kahlen Nadelholzbeständen im Deutsch-Tschechischen Nationalpark. Dort rauften sich die bayerischen Kollegen seit einigen Jahren die Haare, weil die Verantwortlichen auf der böhmischen Seite die abgestorbenen Stämme nicht mehr beseitigten. Die Natur solle das Problem allein regeln, so lautete die Devise. Aber wenn diese gewagte Vermutung nicht stimmte, dann war der Böhmerwald unrettbar verloren.

Der Revierförster schüttelte den Kopf und nahm das Gewehr wieder auf. Doch nach ein paar Schritten stutzte er. Direkt vor ihm verlief im aufgeweichten Waldboden die Spur eines Hundes. Zumindest waren es eindeutig die Abdrücke von Hundepfoten, aber ihre Anordnung stimmte nicht. Vorder- und Hinterpfoten waren wie erwartet paarweise hintereinander auszumachen, aber anstatt eine in etwa gerade Linie zu bilden, strich das hintere Pfotenpaar jeweils zur Seite aus. Der Förster erinnerte sich an seine Ausbildung und kam immer wieder zum gleichen Ergebnis. Aber das war doch unmöglich! Ein Tier, das eine solche Fährte hinterlassen hatte, konnte nur ein Wolf sein.

Der aber war in dieser Gegend bereits seit mehr als 160 Jahren ausgerottet. Zwar gab es nun wieder zwei frei lebende Wolfsrudel, die von Polen aus nach Sachsen eingewandert waren, doch so weit nach Westen konnten sie nicht vorgedrungen sein. Vielleicht war der Wolf aus einem Zoo ausgebrochen. Aber nein, dann hätte der Revierförster davon längst Meldung erhalten, denn der nächste Tierpark war in Dortmund, was bedeutet hätte, dass der Wolf schon mehrere Tage in Freiheit sein musste, um bis in diese Wälder zu gelangen. Die Möglichkeit, dass man ihn zum Narren halten könnte, zog der Förster gar nicht erst in Betracht.

Unter allen Umständen musste geklärt werden, was es mit diesen Wolfsspuren auf sich hatte. Nicht auszudenken, was für eine Panik entstehen konnte, wenn ein wilder Wolf von Spaziergängern oder in der Nähe von Siedlungen gesehen würde. Bei diesen Gedanken musste der Revierförster nun doch lächeln, denn ein Wolf stellte natürlich absolut keine Gefahr für Menschen dar. Allerdings würden die Jagdpächter in der gesamten Umgebung sicher rebellieren, weil das Raubtier ein ernst zu nehmender Konkurrent war.

Der Förster folgte der Fährte bis zu einer Lichtung im Hochwald, wo er eine Bewegung im Gras bemerkte. Vorsichtig schlich er sich heran und nahm das Fernglas zur Hand. Was er zu sehen bekam, verschlug ihm glatt den Atem.

Zwischen zwei umgestürzten Baumriesen stand ein kapitaler Damhirsch und starrte wie gebannt auf eine junge asiatische Frau, die keine zehn Meter von dem Tier entfernt am Rande der Lichtung hockte. Ihre schwarzen Augen, die ihrerseits den Hirsch fixierten, leuchteten irisierend und schienen fast zu glühen. Mit einem Mal erwachte der Damhirsch aus seiner Starre, stapfte schwerfällig auf die Asiatin zu und ließ sich von ihr streicheln. Doch damit nicht genug. Hinter der jungen Frau befand sich ein Pferd und neben ihr und dem Hirsch lag der gesuchte Wolf friedlich im Gras.

Der Förster setzte das Fernglas ab und rieb sich ungläubig die Augen. Außerdem glaubte er, die junge Frau recht gut zu kennen. In seinen Augen war es Phei Siang, die Frau seines Freundes Fred. Deshalb verließ der Förster sein Versteck und ging offen auf die Asiatin zu.

Pui Tien

Urplötzlich riss der Damhirsch seinen massigen Körper herum und stob davon. Irgendetwas hatte ihn erschreckt, und das konnte eigentlich nur die Nähe eines anderen Menschen sein. Ich sah enttäuscht auf und bemerkte, wie ein Mann in grüner Jacke über die Lichtung kam.

„Hallo Phei Siang!", rief der Fremde. „Wie hast du es bloß geschafft, den Damhirsch anzulocken?"

Mein Freund, der Wolf, sprang auf und jagte in den Wald hinein. Der Mann im grünen Rock blieb stehen und sah ihm nach.

„Das war doch ein Wolf!", stellte er fest. „Gehört der etwa zu dir?"

„Ja, er ist mein Freund", antwortete ich bereitwillig. „Er lebt bei mir und meinen Eltern, aber er ist nicht gefährlich."

Ich musterte den Fremden und registrierte erst jetzt, dass er ein Gewehr trug.

„Er wildert auch nicht", fügte ich an, nachdem mir klar geworden war, dass ich einen Beamten des staatlichen Forstdienstes vor mir hatte.

„Phei Siang?", fragte der Mann zweifelnd.

„Ich bin Pui Tien!", erklärte ich. „Phei Siang ist meine Mama."

Der Förster sah mich verständnislos an.

„Wie ist das möglich?", fragte er verblüfft. „Ich weiß natürlich, dass Fred und Phei Siang eine Tochter haben, aber die ist doch erst zweieinhalb."

„Ich bin es aber wirklich", sagte ich ungerührt. „Ich kann es dir erklären, Förster, wenn du ein Freund von Mama und Papa bist. Willst du meine Geschichte hören?"

Natürlich wollte er.

Ich weiß auch nicht, warum ich zu diesem fremden Mann mehr Vertrauen hatte als zu meinen eigenen Freunden. Vielleicht lag es daran, dass er mir in gewisser Weise ähnlich war, denn auch er schien das Umherstreifen in den Wäldern zu lieben, und allein diese Tatsache unterschied ihn von allen anderen Menschen, die ich bis jetzt in dieser Epoche kennen gelernt hatte. Außerdem glaubte ich, dass er wie ich eine besondere Beziehung zu den frei lebenden Tieren pflegte. Und so erzählte ich ihm freimütig, was mir geschehen war, und dabei hatte ich das Gefühl, als könne dieser Jens, so hieß er nämlich, meine Probleme mit dem Leben in der modernen Welt tatsächlich verstehen.

„Ich denke, du und dein Wolf, ihr seid beide hier sehr einsam, nicht wahr?", meinte Jens, der Förster, hinterher nachdenklich.

Ich nickte zustimmend.

„Aber du darfst mich nicht falsch verstehen", fügte ich leise an. „Ich liebe meine Eltern über alles, und ich will sie nie wieder verlieren. Trotzdem fühle ich mich fremd in dieser Zeit, und es tut mir weh, wie die Menschen mit der Natur umgehen. Weißt du, in der Vergangenheit haben sie vor meinen Kräften große Angst gehabt und mich als Hexe verfolgt, aber auch hier muss ich diese vor allen anderen verbergen."

Es hatte mir gut getan, mich einem anderen Menschen zu offenbaren. Revierförster Jens hatte vorgeschlagen, dass wir uns öfter samstags auf der Lichtung treffen und reden sollten. Ich spürte, dass er ein guter Mensch war, der sich nicht wie die Jungs in meiner Schule mehr für mein Aussehen interessierte als für das, was ich dachte und fühlte. Abgesehen davon hätte er vom Alter her gut mein Vater sein können, und vielleicht war dies auch der eigentliche Grund, dass ich mich davor scheute, mit Papa über meine Gefühle zu sprechen. Nicht, dass ich ihm nicht vertraute, ich liebte ihn wie Mama, doch Papa war schließlich körperlich nur elf Jahre älter als ich, und ich sah ihn wohl deshalb zwangsläufig mehr als meinen größeren Bruder an. Dasselbe Problem hatte ich mit Mama, obwohl sie es war, die mir erklärt hatte, wie es ist, eine Frau zu sein. Tante Phei Liang hatte mir selbst rundheraus gesagt, dass sie sich als meine ältere Schwester verstand, und auf dieser Ebene kamen wir wunderbar miteinander klar. Opa Kao war lieb und weise. Ich achtete ihn sehr, aber ich hätte niemals gewagt, ihn mit meinen Sorgen und meinem Kummer zu belästigen. Genauso verhielt es sich mit Oma Liu Tsi. Oma Gertrud hingegen war die Einzige, der ich von meinem Gespräch mit dem Förster Jens erzählte, und es blieb unser beider Geheimnis.

Leng Phei Siang

Der Anblick von Pui Tiens entsetztem Gesicht versetzte mir einen Stich ins Herz. Sie schaute betreten zu Boden, als meine Hand sanft über ihre Wange strich.

„Du kannst jederzeit zu uns kommen, wenn du in der Nacht aufwachen solltest, Nü er", versuchte ich sie zu trösten. „Aber wir finden, du musst langsam lernen, allein einzuschlafen."

Unsere Tochter schluckte und nickte wortlos. Ich spürte, dass sie den Tränen nah war.

„Hast du denn immer noch Angst, dass wir dich verlassen könnten?", fragte ich leise.

Pui Tien schüttelte langsam den Kopf und sah unsicher auf.

„Ich weiß nicht, Mama", flüsterte sie fast unhörbar.

Ich legte vertrauensvoll meinen Arm um ihre Schultern. Der junge Wolf beäugte uns misstrauisch, während wir zum Fenster gingen.

„Es ist so", begann ich vorsichtig, „Achim will in den Herbstferien mit uns verreisen, weil er meint, wir sollten mal etwas anderes sehen. Dabei hat er beschlossen, dass Papa und ich noch länger bleiben, wenn er nach ein paar Tagen mit dir wieder nach Hause fährt. Du wärst dann eine Woche lang nur mit den anderen zusammen, ohne uns, verstehst du?"

Auf Pui Tiens Lippen stahl sich ein flüchtiges Lächeln.

„Deshalb soll ich bereits jetzt versuchen, allein zu schlafen, nicht wahr?", schlussfolgerte sie.

„Ja, Nü er", bestätigte ich, „aber vor allem sollst du allmählich deine Ängste ablegen. Das ist wichtig für dein künftiges Leben."

Das angedeutete Lächeln um Pui Tiens Mundwinkel entwickelte sich zu einem schelmischen Grinsen.

„Mama, würdest du denn gern tun, was Onkel Achim beschlossen hat?", fragte sie lauernd.

„Ich würde mich freuen, wenn du einverstanden wärst, Nü er", antwortete ich ehrlich.

„Gut, dann will ich versuchen, meine Angstdämonen zu besiegen und euch schon ab heute allein lassen, damit ihr endlich wieder Liebe machen könnt!"

Ohne es zu wollen, wurde ich rot und wendete verschämt meinen Blick von ihr ab. Pui Tien kicherte hinter vorgehaltener Hand.

„Und ich darf wirklich zu euch kommen, wenn ich in der Nacht aufwache?"

„Sicher, Nü er, aber bitte klopf vorher an die Tür!"

Im Nachhinein musste ich über Pui Tiens kompromisslose Direktheit schmunzeln. Es wurde wirklich langsam Zeit, dass ich meine Tochter nicht mehr als kleines Mädchen betrachtete, sondern als fast erwachsene junge Frau. Trotzdem plagten mich Gewissensbisse, denn immerhin hatte ich ihr die unheimliche Erscheinung bei dem unfreiwilligen Stopp im Goldbergtunnel verschwiegen. Selbst Achim und den anderen hatten wir nichts davon gesagt, damit es Pui Tien nicht auf Umwegen erfahren konnte. Denn Fred und mir war klar, dass uns die Mächte des Berges über kurz oder lang wieder in die Vergangenheit lotsen würden, und spätestens dann musste unsere Tochter eine ungewisse Zeit lang ohne uns auskommen. Ich hoffte nur, dass sie bis dahin in ihrem neuen Leben gefestigt war.

Die Nachricht von der bevorstehenden Reise nach Heidelberg hatte sie jedenfalls so freudig aufgenommen, dass sie voller Eifer ankündigte, mit ihrem Großvater im Internet nach interessanten Ausflugszielen in der Umgebung suchen zu wollen. Dabei fand ich es wieder einmal höchst erstaunlich, wie selbstverständlich Pui Tien mit den Errungenschaften der modernen Technik umging. Als wir sie vor einem knappen halben Jahr aus dem 12. Jahrhundert in die Gegenwart zurückbrachten, hatte sie noch nicht einmal Telefon oder Autos gekannt. Trotzdem wusste ich genau, dass sie die dichten Urwälder und die wilden Tiere des Mittelalters vermisste, denn mit denen verband sie eine besonders innige Beziehung. In dem Zusammenhang hatten wir unsere Tochter ausdrücklich davor gewarnt, vor anderen Menschen ihre unerklärbaren Kräfte einzusetzen. Wenn Pui Tien auch damals in jener gefährlichen Epoche ihre übersinnlichen Gaben zum Überleben benötigt hatte, so würde sie hier damit vor allem die fragwürdige Aufmerksamkeit von Militärs und Geheimdiensten auf sich ziehen, und es wäre dann für sie unmöglich, ein normales Leben zu führen.

Fred Hoppe

Als die beiden Jungs völlig außer Atem und total verschwitzt um die Hausecke bogen und in gebückter Haltung innehielten, um zu verschnaufen, musste ich unwillkürlich grinsen. Wahrscheinlich waren sie die drei Kilometer von Rüggeberg bis nach Schweflinghausen um die Wette gelaufen, um möglichst schnell bei ihrer Angebeteten zu sein.

„Entschuldigung!", keuchte dieser Jürgen, den wir vom Live-Band-Wettbewerb in Dortmund kannten. „Ist Pui Tien..., äh, ich meine, ist Ihre Tochter da?"

Ich stellte den Vorschlaghammer ab, den ich gerade zuvor geschultert hatte, um damit auf der Weide am Waldrand neue Zaunpfähle einzuschlagen, und reichte den beiden lächelnd meine Sprudelflasche. Der etwas pummelige asiatische Jugendliche nickte mir prustend zu.

„ßiä ßiä!" (Danke), murmelte er, von Husten unterbrochen, auf Chinesisch.

Offenbar ging er davon aus, dass ich die Sprache verstehen würde.

„Ni hao ma?", (Wie geht es dir), fragte ich freundlich.

„Besser!", antwortete der Junge, der von seinen Freunden Didi genannt wurde, auf Deutsch.

Ich öffnete die Haustür und rief nach Pui Tien. Da ich keine Antwort bekam, zog ich mir die Stiefel aus und ging hinein. Die beiden Jungs hatten es sich inzwischen auf unserer alten Familienbank vor dem Haus gemütlich gemacht. Ich fand unsere Tochter schließlich im Zimmer meiner Mutter. Die beiden saßen dicht beieinander, und Pui Tien las ihrer Oma aus der Tageszeitung vor.

„Hm", meinte ich, anstelle einer Begrüßung. „Ich störe euch zwar ungern, aber Pui Tien hat Besuch. Es sind deine beiden Freunde, Tochter."

Pui Tien blickte überrascht auf und sah meine Mutter fragend an.

„Geh nur, Mädchen!", forderte sie unsere Tochter auf. „Dein Papa kann mir ja den Rest des Artikels vorlesen."

Pui Tien lächelte dankbar und eilte aus dem Zimmer.

„Eure Kleine ist der liebste Schatz in diesem Haus!", betonte meine Mutter, als wir allein waren. „Ich bin so froh, dass ihr sie zurückgeholt habt, Fred."

Ich nickte versonnen.

„Mutter, es kann sein, dass Siang und ich bald wieder in den Bann der Mächte des Berges gezogen werden", erzählte ich ihr leise. „Wir haben vor ein paar Tagen eine Erscheinung gehabt, die uns darauf hingewiesen hat."

Meine Mutter sah mich erschrocken an.

„Pui Tien weiß nichts davon", fuhr ich fort, „und sie soll es auch nicht so bald erfahren, denn sie fürchtet sich noch immer davor, dass wir sie wieder verlassen könnten."

„Ich weiß, dass ihr euch nicht dagegen wehren könnt", stellte meine Mutter zu meinem Erstaunen nüchtern fest. „Ich habe das mittlerweile verstanden. Aber macht euch keine Sorgen um die Kleine, ich glaube, ich kann ihr den nötigen Halt geben."

Ich war gerührt und umarmte sie spontan.

„Sag das auch deiner Siang, damit sie sich nicht vor lauter Sorgen verzehrt."

Ich nickte dankbar und verließ den Raum, bevor sie die Tränen in meinen Augen bemerken konnte.

Pui Tien

„Du hast Besuch, Nü er!", rief mir Mama zu, als ich mit hochrotem Kopf in der Diele die Treppe zu meinem Zimmer hinauflief.

„Wo dschi dau!" (Ich weiß), antwortete ich schnell, bevor ich hastig die Tür aufstieß.

Ich öffnete meinen Kleiderschrank und schob die Bügel beiseite. Endlich hatte ich den roten Sarong gefunden, den mir Mama am Tag meiner Heimkehr geschenkt hatte. Ich legte das kostbare Stück aufs Bett und kramte nach meinen Sandaletten. In Windeseile zog ich Top und Jeans aus und warf sie achtlos auf den Boden. Dann legte ich den Sarong an, schlüpfte in die Sandaletten und befestigte die Lederriemen um meine Fußknöchel. Auf dem Weg zum Spiegel knickte ich mehrmals um, weil ich nicht gewohnt war, in hochhackigen Schuhen zu laufen. Ich biss die Zähne zusammen und bürstete mir die Haare. Zum Schluss setzte ich mir Obans goldenen Stirnreif auf und betrachtete mein Werk. Höchstzufrieden mit dem, was sich mir im Spiegel darbot, stolzierte ich auf die Diele hinaus und stieg die Treppe hinab. Dabei wäre ich beinahe gestürzt, weil ich wieder einknickte. Trotzdem stolperte ich zielstrebig durch das Wohnzimmer auf die Haustür zu.

Mama, die gerade mit einer Schüssel Reis am Tisch saß, blickte überrascht zu mir auf und ließ vor Schreck ihre Essstäbchen fallen.

„Willst du wirklich so zu den beiden gehen?", brachte sie erstaunt hervor.

Ich wurde wieder rot und senkte den Kopf.

„Ich habe Besuch, da muss ich mich doch festlich kleiden", murmelte ich kleinlaut.

Ein wissendes Lächeln umspielte Mamas Lippen. Sie nahm die Essstäbchen wieder auf und deutete auf meine Schuhe.

„Die solltest du vielleicht besser erst dann tragen, wenn du mit ihnen zum Tanzen in die Disco gehst", schlug sie mir vorsichtig vor. „Draußen auf dem Hof und auf der Wiese könntest du umknicken und dir die Knöchel brechen."

Ich stakste unsicher ein paar Schritte auf sie zu. Mama hielt sich spontan die Hand vor den Mund, damit ich nicht sah, wie sie sich amüsierte.

Ich blieb stehen, sah auf meine Füße hinab und verzog die Mundwinkel zu einem gequälten Grinsen.

„Eigentlich kann ich noch gar nicht richtig damit laufen", gab ich zu. „Die Jungs werden sich über mich lustig machen, nicht wahr?"

Mama stand auf und nahm meine Hände.

„Nein, Nü er!", meinte sie schmunzelnd. „Sie lachen dich bestimmt nicht aus. Aber du solltest wirklich deine normalen Schuhe anziehen."

Der Wolf kam aus der Küche gelaufen, schnupperte an meinen Beinen und stutzte. Dann zerrte er mit seinen Zähnen an den Lederriemen. Mama versuchte, ihn wegzuziehen.

„Siehst du, Nü er, dein Freund ist auch meiner Meinung."

Ich bückte mich, löste die Riemen und schleuderte die Sandalen mit den hohen Absätzen einfach beiseite. Dann schlüpfte ich in meine flachen Lederschuhe, die neben der Tür standen und ging hinaus.

Jürgen erblickte mich zuerst. Er schluckte, stieß seinen Freund heftig mit dem Ellenbogen in die Seite und starrte mich mit offenem Mund an. Didi sah auf und musterte mich zunächst eher scheu. Doch dann blieben seine Augen einen Moment lang wie gebannt auf meine unbedeckte linke Schulter gerichtet. Als er registrierte, dass ich es bemerkt hatte, senkte er sofort beschämt den Kopf.

„Wow, Pui, du siehst aus wie eine thailändische Prinzessin!", begrüßte mich Jürgen. „Läufst du eigentlich hier immer so herum?"

Ich lächelte geschmeichelt.

„Nein, nur wenn ich Besuch habe, und das kommt nicht sehr oft vor."

Jürgen pfiff durch die Zähne.

„Ich würde sagen, das wird sich in Zukunft bestimmt ändern, nicht wahr, Didi?"

Der Angesprochene nickte kurz und stand auf.

„Wei (Hallo), Pui Tien", stammelte er unbeholfen.

„Ich freue mich riesig, dass ihr den weiten Weg zu mir gekommen seid", erwiderte ich lachend und hakte mich bei den beiden unter. „Kommt, ich zeige euch die Pferde."

An diesem Nachmittag fühlte ich mich zum ersten Mal seit meiner Rückkehr richtig glücklich in der Welt meiner Eltern. Ich genoss es, von meinen beiden Freunden bewundert und hofiert zu werden. Selbst, als sie abwechselnd und wie zufällig damit begannen, zaghaft ihren Arm um meine Hüfte oder um meine Schultern zu legen, zuckte ich nicht, wie sonst, erschrocken zurück, sondern ließ sie gewähren.

Natürlich unterhielten wir uns meistens über die Schule, die Lehrer und unsere Klassenkameraden, doch ich merkte schon bald, wie Jürgen und Didi sogar dabei unterschwellig um mich warben. Langsam dämmerte es mir, worauf das hinauslief: Sicher würden sie irgendwann von mir erwarten, dass ich mich für einen von ihnen entschied. Aber ich war fest entschlossen, ihnen genau diesen Gefallen nicht zu tun. Trotzdem beschäftigte mich das Problem so sehr, dass ich mich während meiner abendlichen Übungsstunde mit Opa Kao kaum auf dessen Fragen konzentrieren konnte.

„Was ist los, Ssun nü (Enkelin)?", fragte er mich und klappte das Lehrbuch zu. „Bist du zu müde, oder haben sich die beiden Jungen in deinem Kopf so breit gemacht, dass du an nichts anderes mehr denken kannst?"

Ich fühlte mich ertappt und errötete, erwiderte aber nichts. Opa Kao lächelte mir mit verständnisvoller Miene zu und schaltete den Computer ein.

„Vielleicht sollten wir jetzt mal im Internet nachschauen, was euch in Heidelberg erwartet", schlug er vor. „Das wolltest du doch, oder?"

Ich nickte eifrig und rückte meinen Stuhl vor die Tastatur. Opa Kao stand gähnend auf und strich mir über das Haar.

„Weißt du was, Ssun nü?", meinte er wie beiläufig. „Ich gehe jetzt zu den anderen und gönne mir eine Tasse Tee. Wenn ich gleich wiederkomme, hast du bestimmt schon herausgefunden, wer das Heidelberger Schloss so gründlich zerstört hat, dass seine Ruine zum romantischen Wahrzeichen der Stadt werden konnte."

Ich lächelte still vor mich hin. Natürlich war mir bewusst, dass er mir damit eine Aufgabe gestellt hatte. Er tat so, als ob er sich ausruhen musste, aber in Wirklichkeit wollte er nur prüfen, ob ich in der Lage war, einen bestimmten Namen im Internet zu finden. Nun gut, nichts leichter als das.

Schon wenige Minuten, nachdem mein Großvater den Raum verlassen hatte, wusste ich bereits, dass der französische König Ludwig XIV. das Schloss im sogenannten Pfälzischen Erbfolgekrieg zerstören ließ. Von anderen Geschichtsstunden bei Opa Kao war mir bekannt, dass dieser Ludwig auch der „Sonnenkönig" genannt wurde, und genau das war wahrscheinlich auch die Bezeichnung, die er von mir hören wollte. Die Aufgabe war also gelöst.

Da mir mein gutmütiger Lehrer noch Zeit ließ, sah ich mir die abgebildete Ruine über der Altstadt von Heidelberg etwas genauer an. Im Text darunter war von einem riesigen Weinfass die Rede, das sich dort befinden sollte. Ich klickte auf die entsprechende Erläuterung und staunte über das wirklich enorm große Ding. Das war bestimmt etwas für Onkel Achim. Wenn wir dort waren, sollten wir es uns unbedingt anschauen. Ich machte mir eine Notiz.

Im Geiste sah ich bereits, wie ich mit Mama und Papa durch die engen Gassen schlendern würde. Dort gab es sicher viele hübsche Läden mit modischen Kleidern und Schmuck. Ich kaute auf dem Bleistift und stellte mir vor, dass ich vielleicht eines dieser kurzen ausgefransten Tops anprobieren könnte, die mir so gut gefielen. Ich notierte: Einkaufsbummel durch die Altstadt für Mama und mich.

Nun musste ich noch für Papa etwas Spezielles finden. Ihn würde bestimmt die Geschichte des Ortes interessieren. Wie alt war Heidelberg überhaupt? Ich sah mir einige Links auf der Seite an und stieß auf den Hinweis: „Erste Erwähnung der Stadt Heidelberg in einer Urkunde des Pfalzgrafen Heinrich für das Kloster Schönau im Jahre 1196."

Ich stutzte. Der Titel „Pfalzgraf" erinnerte mich gleich wieder an all die Jahre, die ich im Mittelalter verschollen war. Mama und Papa hätten mich niemals finden können, wenn es ihren Freund Frank nicht gegeben hätte. Meine Eltern hatten ihn schweren Herzens in der Vergangenheit zurücklassen müssen, weil dieser es so wünschte. Um mit seiner über alles geliebten Isolde leben zu können, musste Frank damals die Identität eines Mannes annehmen, der vom letzten Kreuzzug nicht zurückgekehrt war. Und so wurde aus dem Mathematikstudenten Frank Schmidt der hoch angesehene Pfalzgraf Konrad der Staufer. Fünfzehn Jahre später begleitete er seinen vermeintlichen Vetter, den Kaiser Friedrich Barbarossa, auf dessen Umritt durch das Reich, wobei er mich in den Wäldern um die Klutert entdeckte. Es war jener Frank, der die Nachricht in den Felsen des Hohensteins schlagen ließ und damit zu meinem Retter wurde.

Unwillkürlich fragte ich mich, was wohl aus ihm geworden war. Denn die Urkunde nannte eindeutig einen Pfalzgrafen

Heinrich. Allerdings wurde sie 1196 ausgestellt, ganze 26 Jahre nach unserer Begegnung.

Mit einem Mal war ich wie elektrisiert, und ich verspürte ein seltsames Kribbeln im Bauch. Um mehr zu erfahren, musste ich mir unbedingt diese Urkunde näher anschauen. Über einige weitere Links bekam ich sie tatsächlich in ihrer hochdeutschen Übersetzung auf den Schirm. Schon die ersten Sätze ließen mich aufhorchen: „Heinrich, Pfalzgraf bei Rhein, und seine Gattin Agnes bestätigen dem Zisterzienserkloster Sankt Marien in Schönau alle diese aufgezählten Rechtakte: Der Schwiegervater des Ausstellers, Pfalzgraf Conradus bei Rhein, und dessen Gemahlin Irmingarde, die beide in Schönau ihre Begräbnisstätte erwählt hatten, gewähren folgende Vergünstigungen…"

Demnach mussten Frank und seine Gattin irgendwann in den Jahren nach unserer Begegnung gestorben sein, und dieser Heinrich, der ihre Tochter geheiratet hatte, wurde Franks Nachfolger im Amt des Pfalzgrafen. Aber etwas verwirrte mich: Die Frau, um deretwillen der Freund meiner Eltern in der Vergangenheit geblieben war, hieß doch Isolde und nicht Irmgard. Was war da geschehen?

Das Dokument konnte nicht falsch sein, denn es wurden eine ganze Reihe von Zeugen aufgeführt, unter anderen auch jener „Leutpriester Conradus zu Heidelberg", dem die Stadt am Neckar ihre erste urkundliche Erwähnung verdankte.

Auf jeden Fall musste ich unbedingt Mama und Papa erzählen, dass ihr Freund Frank offenbar ganz in der Nähe von Heidelberg begraben wurde, denn meine Eltern hatten immer geglaubt, Isolde und er wollten ihr Leben auf ihrer geliebten Burg Eberstein an der Nahe beschließen. Nun bekamen wir vielleicht die Gelegenheit, zu deren Gedenken unsere Räucherstäbchen genau dort zu entzünden, wo ihre Körper wieder zu Erde geworden waren. Ich sprang auf und stürmte ins Wohnzimmer.

Leng Phei Siang

Für Fred und mich hatte es schon etwas Beklemmendes, nun auf einmal zu wissen, wo unser Freund begraben lag. Natürlich war uns schon damals, als wir Frank in der Vergangenheit zurückließen, völlig klar gewesen, dass er bereits über achthundert Jahre lang tot sein würde, sobald wir in der Gegenwart aus der Kluterthöhle traten. Doch in unserem Verständnis lebte Frank weiter - nur in einer anderen Ebene der Zeit. Und tatsächlich war es uns vergönnt, ihn nur drei Jahre später während der Suche nach Pui Tien noch einmal wiederzusehen. Allerdings hatte unser Freund bis dahin weitere 15 Jahre in der Vergangenheit zugebracht und stand mittlerweile in seinem 45. Lebensjahr. Das alles lag für Fred und mich erst wenige Monate zurück, und es war uns deshalb noch frisch im Gedächtnis.

Aus der Urkunde, auf die unsere Tochter gestoßen war, ging zwar nicht hervor, wann Frank gestorben war, aber auch das fanden wir mithilfe des Internets schnell heraus. Fred hatte sich bisher immer davor gescheut, Näheres über die historische Person, deren Identität Frank angenommen hatte, in Erfahrung zu bringen, aber nun war eine andere Situation eingetreten. Und so lasen wir, dass Franks Todesdatum der 8. November 1196 war. Er und Isolde mussten im Laufe der Zeit eine besondere Beziehung zu dem Zisterzienserkloster in Schönau am Neckar entwickelt haben, warum auch immer. Jedenfalls erwählten es beide zu ihrer Begräbnisstätte. Allerdings trat dieser Fall für Isolde wesentlich früher ein. Offenbar war Franks große Liebe bereits kurze Zeit nach der letzten Begegnung mit unserem Freund gestorben.

Fred schaute mich betroffen an, als wir diese Tatsache entdeckten, und ich ergriff spontan seine Hand.

„Mach dir keine Vorwürfe, du konntest es damals nicht wissen", flüsterte ich ihm zu.

Beim Abschied von den beiden hatte Fred Isolde und Frank einen kleinen Blick in die Zukunft gewährt, den er dem Geschichtslexikon entnommen hatte, das er stets mit sich führte. Und darin stand, dass Frank, beziehungsweise Konrad der Staufer, eine Tochter haben würde, die einst durch eine heimliche Liebesheirat den jahrzehntelangen Konflikt zwischen den Geschlechtern der Staufer und der Welfen beenden sollte. Natürlich war Fred davon ausgegangen, dass Frank dieses Mädchen mit Isolde zeugen würde, und hatte den beiden das auch in Aussicht gestellt. Dagegen mussten wir nun zur Kenntnis nehmen, dass Frank nach Isoldes Tod wieder geheiratet hatte. Und diese Irmingard von Henneberg war in Wirklichkeit die Mutter jener Agnes von Staufen, die durch ihre Verbindung mit dem ältesten Sohn Heinrichs des Löwen den im ganzen Reich so lange ersehnten Ausgleich herbeiführte.

Immerhin war Frank wenigstens im Tod mit seinen beiden Frauen vereint, denn auch Irmingards Grabstätte lag im Kreuzgang des Klosters Schönau.

Dass wir die paar Kilometer von Heidelberg aus dorthin fahren würden, verstand sich von selbst, denn eine solche letzte freundschaftliche Geste waren wir unserem treuen Freund einfach schuldig.

Fred Hoppe, Anfang Oktober 2006

Die beiden so unterschiedlichen Verehrer unserer Tochter ließen sich immer öfter blicken, und Pui Tien schien ihre Aufmerksamkeit regelrecht zu genießen. Angeblich wollten die Jungs ihr bei den Hausaufgaben helfen, doch mir war längst klar, dass deren ach so fürsorgliche Bemühungen einen ganz anderen Hintergrund hatten. Schließlich waren für mich selbst nur sieben Jahre vergangen, seit ich jede nur erdenkliche Ausrede erfinden musste, um meiner Phei Siang nahe sein zu können. Im Vergleich zu Jürgen und Didi hatte ich damals allerdings einen unschätzbaren Vorteil gehabt: Immerhin war ich der alleinige Bewerber um die Gunst meiner Angebeteten gewesen. Irgendwann würden die beiden verliebten Gecken das Problem ihrer stillen Konkurrenz zueinander lösen müssen, wenn Pui Tien sich nicht selbst für einen von ihnen entschied. Dabei hatte dieser hübsche Bengel Jürgen sicher die besseren Karten. Der plumpe, rundliche Didi tat mir fast schon ein wenig leid. Aber das ließ ich mir selbstverständlich nicht anmerken.

Seltsamerweise sah das unser junger Wolf offenbar völlig anders. Er ließ sich scheinbar recht gern von Didi streicheln und hielt sich daher häufig in dessen Nähe auf, während er Jürgen ständig misstrauisch beäugte oder sogar grimmig anknurrte, sobald der Junge an der Seite unserer Tochter war. Vielleicht konnte das Tier spüren, wer ihm am meisten Konkurrenz machte, vermutete ich.

Natürlich kamen die beiden auch in den Herbstferien regelmäßig auf den Hof. Pui Tien hatte es mittlerweile aufgegeben, sich jedes Mal besonders fein herauszuputzen, und war zu Jeans und Top zurückgekehrt. Aber sie freute sich immer noch außerordentlich über ihre Besucher.

An jenem letzten Nachmittag vor unserer Abfahrt nach Heidelberg hatte ich gerade die Pferde auf die Koppel am Waldrand gebracht, als Pui Tien mit ihren Freunden auftauchte und mich bat, das weiße Flatterband ein Stück weit abzunehmen. Gang Li hatte sie bereits gesehen und galoppierte spontan auf die Gruppe zu. Jürgen und Didi wichen erschrocken zur Seite, während die Stute abrupt bremste und direkt vor unserer Tochter zum Stehen kam. Pui Tien lachte laut auf, schwang sich mit einem Satz auf den Rücken des Pferdes und preschte davon.

„Könnt ihr reiten?", fragte ich die verdutzten Jungs, aber die beiden winkten entsetzt ab.

„Pech für euch!", lachte ich. „Dann müsst ihr wohl hinterherlaufen, sonst seht ihr sie heute nicht mehr."

Jürgen und Didi ließen sich das nicht zweimal sagen und stürmten los. Der junge Wolf machte jedoch keine Anstalten, ihnen zu folgen. Vielmehr legte er sich ins Gras und verbarg leise winselnd seine Schnauze zwischen den Pfoten. Ich schüttelte erstaunt den Kopf und nahm das Band, um es wieder am Zaunpfahl zu befestigen, da bemerkte ich, dass etwas nicht stimmte: Gang Li kam zurück, aber ohne seine Reiterin. Ich rannte der Stute entgegen, doch sie stoppte nicht, sondern galoppierte mit angstvoll verdrehten Augen an mir vorbei. Ohne zu überlegen, hastete ich weiter in den Wald hinein. Unsere Tochter lag regungslos im Gras unter einer alten Buche. Ihre beiden Freunde knieten bereits neben ihr und versuchten sie wachzurütteln. Als ich kam, machten Jürgen und Didi mir bereitwillig Platz. Ich fühlte kurz Pui Tiens Halsschlagader und beruhigte mich wieder: sie war offenbar nur bewusstlos.

„Da war plötzlich ein greller Blitz, und das Pferd bäumte sich auf!", sagte Didi fassungslos. „Aber es hat sie nicht abgeworfen, denn sie klammerte sich an dessen Hals fest. Ich hätte das niemals gekonnt."

Ich tastete vorsichtig Pui Tiens Arme und Beine nach verborgenen Verletzungen ab, konnte aber nichts finden.

„Quatsch!", kommentierte Jürgen zu seinem Gefährten gewandt. „Natürlich hat das verrückte Pferd sie abgeworfen. Was redest du da?"

„Nein, das stimmt nicht!", behauptete Didi vehement. „Tien hatte das Pferd sogar fast wieder unter Kontrolle.

Aber dann blickte sie ganz starr zu dem Baum, als ob sie irgendwas Bestimmtes gesehen hätte. Erst danach hat sie die Mähne losgelassen und ist ins Gras gefallen."

Ich schaute den asiatischen Jungen durchdringend an.

„Du willst damit sagen, sie hätte bereits das Bewusstsein verloren, als sie noch auf der Stute saß?"

Didi nickte. Seine Augen wurden feucht, und er blickte beschämt zur Seite. Jürgen stieß ihn an.

„Du spinnst, Didi!", beharrte er. „Sie wollte uns zeigen, wie toll sie reiten kann, und das Pferd hat sie abgeworfen."

Ich schob meine Hände unter Pui Tiens Schultern und Knie, um sie aufzuheben, da schlug unsere Tochter die Augen auf. Mir fiel ein Stein vom Herzen, und ich lächelte sie an.

„Papa", murmelte sie erfreut und schüttelte den Kopf. „Da war ein Blitz. Gang Li hat sich gefürchtet."

Ich nickte bestätigend.

„Das habe ich gehört, Liebes. Kannst du stehen?"

Pui Tien richtete sich langsam auf und ging ein paar Schritte.

„Ich bin nicht verletzt", meinte sie zuversichtlich.

Jürgen legte fürsorglich seinen Arm um ihre Schultern, aber Pui Tien schüttelte ihn achtlos ab und sah mich mit ernster Miene an.

„Ich habe etwas gesehen, Papa!", betonte sie nachdenklich.

Ich dachte unwillkürlich an das seltsame Verhalten des Wolfes und schauderte innerlich.

„Wir haben auch etwas gesehen", spottete Jürgen, „und zwar, dass du vom Pferd gefallen bist."

Pui Tien beachtete ihn nicht. Sie ergriff meine Hand und drückte sie fest.

„Da war ein Mädchen, Papa!", flüsterte sie mir ganz leise zu. „Sie war blond und schien in meinem Alter zu sein. Sie hat mich gerufen. Dann wurde es dunkel vor meinen Augen, und ich bin auf den Boden gefallen."

„Vielleicht hat sie sich versteckt oder ist weggelaufen, als sie sah, dass sie dich erschreckt hatte", vermutete ich.

Pui Tien schaute mich skeptisch an.

„Papa, das Mädchen war nicht wirklich da!", protestierte meine Tochter halblaut. „Ich konnte durch sie hindurch sehen. Außerdem trug sie kostbare Kleider wie die hochgestellten Frauen in der Welt, aus der ihr mich heimgeholt habt."

Ich hatte es fast geahnt. Im Stillen machte ich mir große Vorwürfe. Wir hätten ihr von unserer eigenen Erscheinung im Tunnel erzählen sollen.

Pui Tien

Ich war verwirrt, weil ich keine Erklärung für die seltsame Begegnung mit dem fremden Mädchen aus dem Mittelalter finden konnte. Mama und Papa schienen mir zwar zu glauben, wollten aber offensichtlich nicht gleich mit mir darüber sprechen. Vorerst dürfe niemand davon erfahren. Das war ziemlich ungewöhnlich, denn normalerweise redeten wir über alles, was mir auf dem Herzen lag. Allerdings vermochten meine Eltern nicht zu verbergen, dass sie über mein Erlebnis sehr erschrocken waren.

Ahnten oder wussten Mama und Papa vielleicht, was dies alles zu bedeuten hatte? Darüber grübelte ich in meinem Bett noch bis spät in die Nacht. Jürgen und Didi hatten das Mädchen jedenfalls nicht gesehen, das stand einwandfrei fest. Also galt die Erscheinung wohl nur mir. Die Fremde aus dem Mittelalter hatte mich traurig angeschaut und meinen Namen gerufen. Woher sollte sie mich kennen, wenn ich ihr doch nie zuvor begegnet war?

Die längst besiegt geglaubte Angst vor dem Verlassensein stieg wieder in mir hoch, und die Beklemmung presste wie ein unsichtbarer Schraubstock meinen Brustkorb zusammen. Ich glaubte, nicht mehr allein atmen zu können, und floh aus meinem Zimmer. Erst in Mamas Armen beruhigte ich mich langsam.

„Du brauchst dich nicht zu fürchten, Nü er!", beschwor sie mich leise. „Es ist unsere Gabe, die uns für solche Dinge empfänglich macht. Es muss nichts bedeuten."

Ich schloss die Augen und klammerte mich an Mama fest, erwiderte aber nichts. Ich wusste genau, dass sie mir zum ersten Mal nicht die Wahrheit gesagt hatte, denn der Glaube unserer Ahnen lehrte uns etwas völlig anderes: Nichts geschieht ohne Grund.

Früh am nächsten Morgen verabschiedeten wir uns von den anderen und stiegen zu Margret und Achim in den Wagen. Ich hatte kaum zwischen Mama und Papa Platz genommen, da riss sich mein junger Wolfsfreund von Tante Phei Liang los und sprang mit einem gewaltigen Satz in den noch immer weit geöffneten Kofferraum. Dort war er auch durch gutes Zureden nicht wieder wegzubewegen. Achim raufte sich die Haare, aber alle Versuche, das Tier zu den Wartenden zu bringen, scheiterten daran, dass der Wolf immer wieder in Windeseile zum Auto zurückkehrte. Ich sah Papas alten Freund flehend an. Er hatte mir noch nie einen Wunsch abschlagen können. Tatsächlich willigte Achim schließlich ein, dass der Wolf uns begleiten durfte. Diese Entscheidung würde sicher noch für einige Probleme sorgen, aber das nahm ich gern in Kauf.

Die Fahrt nach Heidelberg dauerte etwa vier Stunden, doch ich genoss sie in vollen Zügen. Die Autobahn schlängelte sich wie ein unendlicher Lindwurm durch die Wälder und Berge, und ich staunte jedes Mal aufs Neue, wenn wir über riesige Brücken die tiefen Täler zwischen ihnen überquerten. Für mich war diese moderne Welt mit all ihren Errungenschaften immer noch faszinierend, auch wenn ich mittlerweile wusste, wie abhängig sich die Menschen von ihrer Technik gemacht hatten.

Lange bevor wir in flachere Gefilde kamen und weite wellige Stoppelfelder die dicht bewaldeten Hänge ablösten, war Papa eingenickt. Achim grinste bedeutungsvoll in den Rückspiegel, doch Mama quittierte es nur mit einem entschuldigenden Schulterzucken sowie einem milden Lächeln. Ich aber schaute unentwegt nach allen Seiten, um nur ja kein Detail der vorbeifliegenden Landschaft zu verpassen.

„Pui Tien ist die Einzige von euch, die eine Autofahrt richtig zu schätzen weiß", kommentierte Achim mein Verhalten.

Auf der rechten Seite tauchte in der Ferne die Ruine einer großen Burg auf, und meine Augen konzentrierten sich auf die Überreste der einst so wehrhaften Mauern.

„Das ist die Festung Greifenstein", erklärte Margret.

„Sie gehörte den Grafen von Nassau!", brummte Papa im Halbschlaf.

Mama sah mich verschwörerisch an, hielt sich die Hand vor den Mund und gab glucksende Geräusche von sich. Achim schüttelte genervt den Kopf.

„Selbst im Schlaf gibt er seinen historischen Senf dazu!", schimpfte er. „Kannst du mir mal erklären, Phei Siang, was du an dem Kerl findest?"

„Ich liebe ihn!", antwortete Mama unbefangen.

„Ich auch!", beeilte ich mich, Achim und Margret zu versichern.

Auf Papas Lippen stahl sich ein Lächeln. Mein Freund, der Wolf, leckte ausgiebig seinen Nacken.

„Ihr seid schon ein komischer Haufen, ihr drei mit eurem wilden Wolf!", sagte Achim und schüttelte sich.

Wir wechselten auf eine andere Autobahn und fuhren nach Süden. Das wellige Gelände wurde steiler, und bald kamen wir wieder durch einen großen Bergwald. Doch danach ging es unweigerlich immer tiefer hinab in die Ebene. Am Horizont schälten sich allmählich Hochhäuser aus dem Dunst. Achim drehte sich kurz zu mir um und grinste.

„Das ist Mainhattan, Pui Tien!"

„Heißt es nicht ‚Manhattan', Onkel Achim?", fragte ich verwirrt. „Und ist das nicht ein Teil von New York?"

„Bring ihr nicht so einen Unsinn bei!", wies Margret ihren Gatten zurecht. „Natürlich heißt es ‚Manhattan', und es ist ein Stadtteil von New York. Was du da siehst, ist das Bankenviertel von Frankfurt, Pui Tien. Spötter wie Achim nennen es ‚Mainhattan', weil Frankfurt mit dieser Vielzahl von Hochhäusern einer amerikanischen Stadt sehr ähnlich sieht und am Fluss Main liegt. Da bietet sich der Vergleich mit Manhattan schon an."

„Sag ich doch!", protestierte Achim.

„Eben nicht!", beharrte Margret. „Du musst Pui Tien so was genau erklären, sonst lernt sie nur die falschen Begriffe, ohne zu wissen, wie sie zustande gekommen sind."

„Mir war das auch neu", beteuerte Mama überrascht. „Fred erzählt mir immer nur etwas aus der Geschichte einer Stadt."

Margret und Achim lachten. Ihr kleiner Disput war vergessen. Mama lehnte sich zurück und schlief bald mit einem zufriedenen Lächeln auf den Lippen ein. Eine Stunde später erreichten wir unser Ziel.

Das kleine Hotel, das Achim für uns ausgesucht hatte, lag direkt am Ufer des Neckars, und ich konnte von meinem Zimmer aus auf die alte Steinbrücke mit den riesigen Figuren und auf die gewaltigen Ruinen des einst so mächtigen

Schlosses schauen. Unser Wolf sprang neben mir hoch und stützte sich mit den Vorderbeinen auf dem Fenstersims ab.

„Siehst du das, Wolf?", neckte ich ihn belustigt. „Das ist Kultur! So etwas kennst du nicht und ich auch nicht!"

Ich zwängte mich in die hautengen Jeans und zog mir mein kürzestes Top an. Hüften und Bauch blieben bis zum Rippenansatz unbedeckt. Mein vierbeiniger Freund sah mir aufmerksam zu.

„Das ist auch Kultur!", erklärte ich ihm. „Man nennt es Mode. Es ist sexy und echt geil!"

Ich hielt mir vor Schreck die Hand vor den Mund. Ich sollte so etwas nicht sagen, hatte Papa gemeint, denn Jungs könnten das falsch verstehen. Aber die Mädchen in meiner Klasse sagten es andauernd. Ich vermochte nichts Schlimmes darin zu sehen und zuckte mit den Schultern. Dann breitete ich meinen dicken Wintermantel auf dem Boden aus.

„Lai (Komm), Wolf!", forderte ich meinen Freund auf.

Der Wolf kauerte sich auf die weiche Unterlage, und ich hob ihn mit dem Mantel hoch.

Draußen auf dem Flur schlüpfte ich in meine bereitstehenden Halbschuhe. Auf dem Flur konnte ich niemanden entdecken. Wahrscheinlich warteten die anderen schon längst unten vor dem Hotel auf mich. Schnell bedeckte ich die aus dem Bündel lugende Wolfsschnauze und stieg die Treppe zur Eingangshalle hinab. Der Mann an der Rezeption war in ein Gespräch vertieft, aber als ich an ihm vorbeiging, blickte er kurz auf und sah mir nach. Während ich die Tür öffnete, bekam ich gerade noch mit, was er seinem Gegenüber zuflüsterte.

„Diese jungen Asiatinnen sind doch alle gleich: Laufen bei jedem Wetter mit nacktem Bauchnabel durch die Gegend, haben aber immer ihren Wintermantel dabei."

Ich grinste verstohlen vor mich hin. Bis jetzt war noch niemand darauf gekommen, dass ich einen wilden Wolf ins Hotel geschmuggelt hatte.

Meine Eltern erwarteten mich gemeinsam mit Margret und Achim auf dem Parkplatz der Pension. Als ich entdeckte, dass Mama fast genauso gekleidet war wie ich, musste ich laut lachen. Auch sie trug ihren zusammengefalteten Wintermantel vor sich her. Achim bekam große Augen.

„Wer versteckt denn nun den Wolf, du, Pui Tien, oder Phei Siang?", wollte er wissen.

Anstelle einer Antwort entließ ich unseren vierbeinigen Freund aus seiner Verpackung. Mama öffnete ihr eigenes Bündel und hielt es den anderen hin.

„Ich habe nur unsere Sachen für das Ching Ming (Toten-Feier oder -gedächtnis) eingewickelt", erklärte sie lächelnd. „Was sollen die Leute denken, wenn sie sehen, dass wir bei einem Ausflug Räucherstäbchen und Blütenschalen mit uns herumschleppen?"

Leng Phei Siang

Wir fuhren nur etwa 12 Kilometer flussaufwärts am Neckar entlang und bogen dann in das Tal der Steinach ab. Bald weitete sich der Grund zu einer lieblichen Wiesenlandschaft, aus der sich die roten Dächer von Schönau erhoben. Wir kamen über die Hauptstraße in den Ort und stellten bereits nach wenigen Minuten fest, dass von dem großen alten Zisterzienserkloster fast nichts mehr vorhanden war. Offenbar hatte man viele der heutigen Gebäude über die ehemalige Anlage gebaut, die sich vor vielen hundert Jahren einmal über den gesamten Innenstadtbereich erstreckt haben musste. Unter diesen Umständen schien es fast unmöglich, Franks Grabstätte ausfindig zu machen. Das mussten Fred und ich leider recht schnell einsehen.

Während wir drei uns mit dem Wolf im Schatten der Bäume am Nordrand der Altstadt ins Gras setzten, machten sich Achim und Margret auf, um Material über die Geschichte Schönaus zu besorgen. Inzwischen waren mehrere Busse mit Touristen angekommen, und die Insassen strömten in größeren Gruppen aus, um die frühere Klosterstadt zu erkunden. Dabei musterten einige im Vorbeigehen misstrauisch unseren vierbeinigen Begleiter. Wahrscheinlich hielten sie den Wolf für eine Art langbeinigen Husky, aber ganz sicher waren sie sich wohl nicht. Ich hoffte nur, dass sich unter den Schaulustigen keine Experten befanden, die auf Anhieb erkennen würden, was sich unter dem grauen Fell unseres Freundes wirklich verbarg.

Schließlich kamen Margret und Achim zurück. Schon von Weitem winkten sie uns aufmunternd zu.

„Es gibt einen historischen Rundgang, der über 28 Stationen führt!", verkündete Achim freudestrahlend. „Den sollten wir zuerst mal machen, um einen Überblick zu gewinnen."

„Der Start ist am Rathaus, das übrigens genau über dem ehemaligen Kapitelsaal des Klosters erbaut worden ist", ergänzte Margret. „Im Keller sind noch die Mauerreste vorhanden. Außerdem diente er als Begräbnisstätte."

Die archäologische Forschung hatte tatsächlich beinahe die gesamte Klosteranlage ergraben und exakt katalogisiert. Neben den noch vorhandenen Klosterbauten waren einige der wertvollen Ausgrabungsfunde als sogenannte „historische Schaufenster" offen gehalten worden. Zudem stellten auffällige Sandsteinpflasterungen die unter den Straßen vorhandenen Grundrisse der Mauern dar. In der evangelischen Stadtkirche, die früher einmal der Speisesaal der Mönche gewesen war, befanden sich sogar einige aufgestellte Grabplatten, die aus der ehemaligen Klosterkirche stammten. Doch von Franks und Isoldes Ruhestätte fanden wir keine Spur.

Irgendwann sprach uns ein älterer Mann an, ob er uns helfen könne. Ihm war aufgefallen, dass Fred und ich ziemlich niedergeschlagen wirkten. Wir erzählten ihm, dass wir auf der Suche nach den Gräbern des ersten Pfalzgrafen und seiner beiden Gemahlinnen wären, aber bis jetzt keine Hinweise dazu entdeckt hätten. Der Mann runzelte die Stirn.

„Sie meinen den Klosterstifter Konrad von Staufen, nicht wahr?", resümierte er. „Das ist in der Anfangszeit des Klosters gewesen, und es gibt meines Wissens nach nur die Vermutung, dass der Pfalzgraf und seine Familie im Kreuzgang begraben wurden. Doch wo er genau liegt oder ob er seine letzte Ruhestätte in der Klosterkirche oder im Kapitelsaal gefunden hat, ist nicht bekannt."

Wir bedankten uns höflich und machten uns auf den Rückweg zum Auto. Der ältere Mann sah uns kopfschüttelnd nach.

Mit einem Mal hechtete der Wolf in großen Sätzen davon. Fred und Pui Tien rannten sofort hinterher. Wir bekamen vielleicht Ärger, weil wir „unseren Hund" nicht angeleint hatten, aber wenn irgendjemand entdecken sollte, dass ein Wolf durch die Gassen hetzte, gab es bestimmt eine Panik.

Ein paar hundert Meter weiter auf dem Marktplatz war die Jagd zu Ende. Der Wolf stoppte vor einer großen Brunnenschale aus Sandstein und begann, an deren Unterseite wie wild zu kratzen. Als Margret, Achim und ich dort ankamen, wischten Fred und Pui Tien an der gleichen Stelle eine Inschrift frei. Sie war in Latein, das konnten wir schnell erkennen. Fieberhaft versuchten Fred und Achim, sie zu lesen, während Margret geistesgegenwärtig den Text auf einem Zettel notierte:

„*FRANKI S.OL D.UCET E.XTEMPORALIS S.INUM C.AELI*
A.D P.ACEM E.TERNITATEM"

Ich schaute flüchtig auf Margrets Zettel und zuckte mit den Schultern. In China hatten wir nie Latein gelernt.

„Könnt ihr das verstehen?", fragte ich.

„Franki Sol", murmelte Achim. „Des Franken Sonne, wenn ich nicht irre. Aber mehr weiß ich auch nicht."

„Duket", ergänzte Fred. „Das muss eine Form des Verbs ‚ducere' sein und bedeutet wohl ‚er, sie, es führt'."

Ich sah noch einmal auf Margrets Notizen.

„Schön", sagte ich schmunzelnd, „und was bedeuten die Punkte zwischen den Buchstaben einzelner Worte?"

„Keine Ahnung!", antworteten Fred und Achim wie aus einem Mund.

Ich musste lachen, und Margret stimmte mit ein.

„Des Franken Sonne führt ohne Umschweife den Bogen des Himmels zum ewigen Frieden!", erklang hinter mir die Stimme des älteren Mannes, der uns zum Marktplatz gefolgt war.

Fred blickte erstaunt auf, und Achim starrte den Mann mit offenem Mund an. Margret und ich drehten uns zu dem Sprecher um.

„Wir kennen die Inschrift schon lange, aber der Spruch macht keinen Sinn!", erklärte der ältere Herr lächelnd. „Und Ihren Pfalzgrafen werden Sie hier auch nicht finden. Die Brunnenschale stammt zwar aus dem frühen 13. Jahrhundert, aber sie stand früher im sogenannten Lavatorium, dem Brunnenhaus, das seinen Zugang vom Kreuzgang her hatte."

Mit einem Seitenblick musterte er Pui Tien, die ihre Arme um den Hals des Wolfes geschlungen hatte. Dann schaute er wieder zu mir.

„Sie beide sehen sich ungemein ähnlich. Darf ich fragen, ob sie Schwestern sind?"

Ich nickte nur. Warum sollte ich die Sache komplizieren?

„Wir sind Ihnen sehr dankbar!", wandte sich Margret an den älteren Mann. „Könnten Sie mir die Übersetzung bitte noch mal sagen, damit ich es aufschreiben kann?"

Der hilfsbereite Herr erfüllte ihr die Bitte. Doch dann schüttelte er wieder den Kopf und deutete auf den Wolf.

„Es ist schon erstaunlich, dass Ihr Hund so plötzlich darauf zu gelaufen ist", sinnierte er. „Als ob er geahnt hätte, dass es hier eine Inschrift gab. Seltsam, nicht wahr?"

„Seltsam, ja", bestätigte Fred. „Und Sie sind sicher, dass die Brunnenschale nichts mit Pfalzgraf Konrad zu tun hat?"

„Nun ja", entgegnete der ältere Mann nachdenklich. „Sicher bin ich da natürlich nicht. Aber wie gesagt, die Inschrift macht keinen Sinn."

Er verabschiedete sich und entfernte sich ein paar Schritte. Doch dann drehte er sich noch einmal zu uns um.

„Ihr Hund ist schon ein besonderes Tier, nicht wahr?", fragte er abschließend. „Was ist das überhaupt für eine Rasse? Man könnte meinen, es wäre ein Wolf."

Fred Hoppe

Am Abend brüteten wir in der Hotelbar über die Bedeutung der Inschrift. Pui Tien hatte auf bewährte Weise ihren Schützling aufs Zimmer geschmuggelt, wo sich der Wolf in Ruhe ungestört über die heimlich gesammelten Reste unseres Menüs hermachen konnte.

Dass der in der Brunnenschale eingravierte Text irgendeinen verborgenen Hinweis beinhalten würde, stand für uns alle fest, denn die Umstände seiner Entdeckung durch den Wolf konnten kein Zufall gewesen sein. Trotzdem erzielten wir kein brauchbares Ergebnis.

„Des Franken Sonne", zitierte ich noch einmal den Anfang des Verses, „damit könnte Isolde gemeint sein, denkt ihr nicht auch?"

„Wenn es ‚Franks Sonne' heißen würde, könnte ich dir zustimmen", warf Achim ein, „aber ‚die Sonne des Franken'? Was soll das?"

„Nun, ist Frank nicht zu einem Grafen der Franken geworden?", überlegte Phei Siang nachdenklich. „Fred, du hast mir doch erzählt, dass die Pfalzgrafschaft ein alter fränkischer Gau war."

„Stimmt!", pflichtete ich ihr bei. „Demnach wäre Frank ‚der Franke' aus der Inschrift. Übrigens sähe ihm eine solche Konstruktion ähnlich. Der Mann hatte schon eine besondere Art von Humor."

„Ich habe euch schon immer gesagt, dass der Kerl spinnt!", brauste Achim auf. „Selbst bei seinem eigenen Begräbnis hinterlässt er noch ein Rätsel. Das ist doch nicht normal!"

Unser alter Freund machte ein richtig wütendes Gesicht, und wir brachen in schallendes Gelächter aus. Wir hatten uns gerade wieder beruhigt, als Pui Tien zurückkehrte.

„Was ist denn so lustig?", fragte sie erstaunt.

„Dein alter Onkel Achim schimpft mit einem Menschen, der seit über 800 Jahren tot ist", erklärte ich ihr.

„Wer ist hier alt?", protestierte Achim mit gespielter Entrüstung.

Pui Tien beugte sich über den Zettel und fuhr mit dem Zeigefinger den lateinischen Vers entlang.

„Wir haben schon die Übersetzung, Kleines", erinnerte Achim sie. „Darum brauchst du dich nicht mehr kümmern."

Pui Tien blickte überrascht auf.

„Konnte euer Freund Frank denn auch Englisch?"

„Eh, Schätzchen, das ist Latein!", prustete Achim los.

Pui Tien sah ihn lächelnd an.

„Das weiß ich doch, Onkel Achim!", erwiderte sie. „Aber wenn man nur liest, was mit Punkten von anderen Buchstaben abgeteilt ist, kommt etwas auf Englisch heraus."

Wir starrten alle verblüfft auf den Text.

„Hier, schaut!", sagte Pui Tien triumphierend. „Es beginnt mit ‚FRANKIS. OLD'. Dann wird es ein wenig schwieriger, denn der Abschnitt ‚UCETE' bis zum nächsten Punkt macht keinen Sinn. Wenn man aber einmal den englischen Anfang gefunden hat und nach weiteren Worten in dieser Sprache sucht, dann kommt man schnell darauf, dass man nur die ersten Buchstaben der folgenden Wörter lesen muss. Sie sind ja auch immer durch einen Punkt hervorgehoben. Daraus ergibt sich dann ‚FRANKIS OLD ESCAPE'."

„Franks alte Zuflucht!", übersetzte ich staunend. „Ich glaube, Siang und ich wissen genau, was damit gemeint ist. Tochter, du hast das Rätsel gelöst!"

Ich umarmte Pui Tien stürmisch und gab ihr einen Kuss auf die Stirn. Phei Siang sah sie nur strahlend an, aber Pui

Tien wusste genau, wie stolz ihre Mama auf sie war. Nur Achim schaute verdutzt in die Runde.

„Schön, die Kleine hat uns gezeigt, dass wir alle den Wald vor lauter Bäumen nicht gesehen haben", gab er unumwunden zu. „Aber verratet mir doch nun mal, wo sich dieser Frank immer verkrochen hat."

„Für ihn und Isolde gab es keinen schöneren Ort auf Erden als ihre geliebte Burg Eberstein an der Nahe", klärte Phei Siang Achim auf.

Leng Phei Siang

„Oh, Heidelberg, ich muss dich lassen", so hieß es doch in einem dieser studentischen Wanderlieder, anhand derer wir in der Schule etwas über die ferne europäische Kultur lernen sollten. Damals hätte ich nicht im Traum daran gedacht, dass ich jemals diese Stadt, die für uns zum Inbegriff der deutschen Romantik hochgelobt wurde, überhaupt betreten würde. Und nun stand mir ein ähnliches Schicksal bevor wie jenem armen Studenten, der Heidelberg den Rücken kehren musste. Bis auf unser kleines Hotel am Neckar hatten wir bis jetzt noch nichts von der wunderschönen Altstadt gesehen oder gar die weltberühmte Ruine des Schlosses betreten. Dafür verbrachten wir die wenigen kostbaren schönen Herbsttage in Achims Wagen auf der Autobahn oder suchten vergeblich in einem Kloster, das es nicht mehr gab, nach einem verloren gegangenen Grab.

Als wir nach fast zweistündiger Fahrzeit endlich Bad Kreuznach erreichten und entlang der Nahe talaufwärts fuhren, ertappte ich mich dabei, dass ich ernsthaft erwog, Franks Geist für die vertane Urlaubszeit zur Rechenschaft zu ziehen.

Wie immer konnte sich unsere Tochter wieder einmal an den von der Sonne beschienenen herbstlich gefärbten Weinbergen nicht satt sehen, während mein ritterlicher Gemahl sein müdes Haupt an ihre Schulter lehnte und selig schlummerte. Ich versuchte mich zu erinnern, wie diese Landschaft im 12. Jahrhundert ausgesehen hatte, als wir mit Frank und seiner Isolde zum ersten Mal die Burg Eberstein aufsuchten. Damals war die Festung auf einer felsigen Anhöhe über dem Fluss noch in der Hand von Isoldes grausamem Gemahl, des Pfalzgrafen Hermann, gewesen, und es war uns gelungen, sie durch eine List zurückzuerobern. Für Fred und mich waren seitdem nur drei Jahre vergangen, doch unser Freund Frank hatte danach sein ganzes Leben in jener Epoche verbracht und auch in ihr sein Ende gefunden. Der berühmte Physiker Einstein hatte durchaus recht gehabt: Zeit war wirklich ein äußerst relativer Begriff.

Ich schrak aus meinen Gedanken, weil Achim den Wagen abrupt zum Stehen brachte. Auch Fred wachte auf und sah sich unsicher um.

„Weiter geht es nicht!", brummte unser alter Freund missmutig. „Der Weg hinauf ist so holprig, da handele ich mir nur einen Achsbruch ein. Deshalb müssen wir wohl oder übel das letzte Stück zu Fuß gehen."

Schmunzelnd stieg ich aus und schaute den Berg hinauf. Die Burg Eberstein war nur noch eine stark verfallene Ruine. Außer dem Bergfried ragten lediglich die Außenwand des Palas sowie die Reste des Torhauses und zweier Ecktürme aus dem dichten Gestrüpp heraus. Allerdings konnte man immer noch erkennen, dass einer der beiden Ecktürme mit anderen, helleren Steinen gebaut worden war. Ich klammerte mich an Freds Schulter und wies mit einem wehmütigen Blick nach oben. Er legte seine Arme um meine Hüften und gab mir einen liebevollen Kuss.

„Es ist der Eckturm, den wir damals zum Einsturz gebracht haben", flüsterte Fred. „Weißt du noch, wie Frank davon geträumt hatte, dass er seinen Wiederaufbau beaufsichtigen würde, lange bevor er überhaupt wusste, dass es die Burg Eberstein gab?"

Ich nickte fröstelnd.

„Nichts geschieht ohne Grund, Fred", erwiderte ich leise.

Wir folgten dem steilen Pfad zur Burgruine, bis auch der so sehr zugewachsen war, dass wir nicht mehr vorwärts kamen. Also bahnten wir uns einen direkten Weg durch die Büsche am Hang hinauf und gelangten so an den Fuß der zerfallenen Ringmauer. Dort hangelten wir uns an ihr entlang zum Torhaus hin. Der künstliche Graben, über den einst die Zugbrücke führte, hatte sich im Laufe der Jahrhunderte mit Trümmerschutt aufgefüllt, so dass kaum noch etwas von ihm zu sehen war. Bald standen wir im ehemaligen Burghof und versuchten uns zu orientieren. Aber wonach sollten wir eigentlich suchen? Franks Hinweis hatte uns nur zu seiner und Isoldes Lieblingsstätte geführt, nicht aber zu einem konkreten Versteck. Falls es aber tatsächlich irgendetwas gab, was uns unser Freund über den Abgrund der Zeit hinweg mitteilen wollte, dann sollte es sich in dieser Ruine befinden.

Andererseits war es schließlich der Wolf gewesen, der die Botschaft des toten Pfalzgrafen gefunden hatte. Also achteten wir genau darauf, wie dieser sich benahm. Doch bis auf einige ungestüme Ausflüge auf die zerborstenen Außenmauern ließ der Wolf nicht erkennen, dass er von etwas Bestimmtem angezogen wurde.

Nach einer halben Stunde hatte sich auch Achim endlich von dem anstrengenden Aufstieg erholt, denn er fluchte bereits unablässig über die holprige Trümmerwüste.

„Das sieht dem Kerl ähnlich!", rief er erbost, als er zum wiederholten Mal über einen aus dem Boden ragenden Stein gestolpert war. „Kein Wunder, dass dies Franks Lieblingsplatz war. Der Ruinenhaufen hier passt zu dem Chaosfanatiker."

Fred und ich grinsten uns gegenseitig an. Auch Margret konnte ein herzhaftes Lachen nicht unterdrücken. Als Achim Frank kennen lernte, hatte dieser versucht, ihm die Chaostheorie des Universums zu erklären, war aber bei unserem alten Freund nur auf Unverständnis gestoßen.

Plötzlich schrie Achim laut auf und stürzte der Länge nach hin. Wir fuhren zu ihm herum und sahen, wie der Autoschlüssel, den er wohl in seiner Hand gehalten hatte, in hohem Bogen davonflog. Während Margret, Pui Tien und ich zu unserem Freund eilten, ließ Fred den Schlüssel nicht aus den Augen und ging zu der Stelle, an der er von der Wand des Palas abgeprallt war.

Achim war mit dem Fuß in ein Loch getreten, hatte sich aber bei dem darauf folgenden Sturz glücklicherweise nicht verletzt. Da unser alter Freund meine Hilfe offenbar nicht benötigte, lief ich zu Fred, um diesem bei der Suche nach dem Autoschlüssel zu helfen, doch mein Gatte stand nur da und starrte auf die schmale Fensteröffnung in etwa drei Metern Höhe. Der Schlüssel lag unberührt direkt vor seinen Füßen. Ich hob ihn auf und stieß Fred in die Seite.

„Shenme (Was ist los)?", fragte ich.

„Siang, erinnerst du dich, was Frank uns über seine erste Nacht mit Isolde erzählt hat?", entgegnete Fred, ohne seine Augen von der Fensteröffnung abzuwenden.

Ich folgte seinem Blick und dachte nach.

„Er sagte, ‚der Mond schien durch das Fenster, und ich konnte mich nicht erinnern, schon einmal eine so zauberhafte Nacht erlebt zu haben'", antwortete ich nach kurzer Überlegung. „Ich habe das behalten, weil es so poetisch klang und ganz ungewöhnlich für Frank war. In dieser Nacht haben sie sich zum ersten Mal geliebt."

„Er meinte das Fenster dort oben, Siang, da bin ich mir sicher! Dieser Teil des Gebäudes beherbergte das Grafenzimmer. Allerdings gibt es keinen Fußboden mehr, deshalb ist es nicht auf Anhieb zu erkennen. Ich wäre nie darauf gekommen, wenn Achims Schlüssel nicht an diese Wand geflogen wäre."

„Du meinst…?", begann ich und brach ab.

„Ja, Siang!", fuhr Fred fort. „Diese Festung war ihr Lieblingsort, und in diesem Zimmer haben sie ihre erste gemeinsame Nacht verbracht. Es geht um Liebe, Siang, das ist es."

Fred drehte sich zu mir, und wir sahen uns an.

„Soll ich es versuchen?", schlug ich vor.

Fred nickte eifrig und hielt mir seine gefalteten Hände hin. Ich setzte meinen Fuß hinein und ließ mich von ihm hochstemmen. Dabei stützte ich mich an der Wand ab und tastete mich Fuge für Fuge bis zum Fenstersims hinauf. Direkt unterhalb des Rahmens aus Basalt traf ich auf einen beweglichen Sandsteinquader.

„Er lässt sich bewegen!", teilte ich Fred aufgeregt mit.

„Kannst du ihn herausziehen?", fragte er zurück.

Ich bejahte es, bedeutete ihm aber, dass ich einen besseren Halt benötigte. Daraufhin hob Fred mich an und setzte meine Füße auf seine Schultern. Unterdessen kamen auch die anderen angelaufen. Achim hatte sogar das Fluchen vergessen.

Ich schleuderte den Steinquader zur Seite und griff in die entstandene Öffnung hinein, die sich nach unten zu einem kleinen Hohlraum erweiterte. Darin lag ein verrostetes Eisenkästchen.

Fred Hoppe

Mir schlug das Herz bis zum Hals, als ich versuchte, den Deckel zu öffnen. Doch meine Hände zitterten, und es gelang mir nicht, den Verschluss zu brechen. Phei Siang legte ihre Arme um meine Schultern und zog mich sanft zur Seite, um Achim Platz zu machen. So schauten wir stumm und gespannt zu, wie unser alter Freund kurzerhand einen Stein nahm und ihn mehrmals kräftig gegen das Gehäuse schlug. Es gab ein knackendes Geräusch, als der Deckel aufsprang.

Das Kästchen enthielt eine kleine Bleiröhre, und in dieser befanden sich mehrere Blätter beschriebenes Papier, das wiederum in einer schützenden Plastikfolie eingewickelt war. Achim faltete die vergilbten Pergamentseiten auseinander und reichte sie mir. Meine Hände zitterten immer noch, während ich begann, laut vorzulesen:

„Liebe Phei Siang, lieber Fred und liebe Pui Tien (ist doch richtig, der Name, soweit ich mich erinnere?)!

Wenn Ihr diese Zeilen lesen solltet, bin ich seit mindestens achthundert Jahren tot und längst zu Staub zerfallen. Aber das soll Euch nicht stören, mich so in Eurem Gedächtnis zu behalten, wie ich war, als wir uns zum letzten Mal begegneten. Die Tatsache, dass Ihr diesen Brief als mein einziges Vermächtnis in den Händen haltet, beweist schließlich auch, dass es Euch gelungen ist, gemeinsam durch das Zeittor heimzukehren. Verzeiht mir bitte mein kleines Rätselspiel, das ich im Kreuzgang neben unserer gemeinsamen Grabstätte auf dem Brunnen hinterlassen habe. Ich war mir sicher, ihr würdet die Inschrift trotz des lateinischen Blödsinns verstehen und hierher kommen, zu dem einzigen Ort auf der Welt, der mir und meiner über alles geliebten Isolde immer heilig war. Damit dies möglich wurde, musste ich doch verhindern, dass irgendwelche Spinner oder gar Schatzräuber späterer Jahrhunderte meinen Hinweisen folgen konnten und das für sie wertlose Minnekästchen zerstörten.

Lieber Fred, kennst du die Geschichte von der Affenpfote? Der Autor W. W. Jacobs hat gewusst, was passieren muss, wenn Menschen versuchen, dem Schicksal ein Schnippchen zu schlagen. In seiner Story lässt er ein Ehepaar in den Besitz dieser verdammten Affenpfote gelangen, von der man sagt, dass sie jedem ihrer neuen Herren drei Wünsche erfüllt. Also wünschen sich die armen Leute 200 Pfund, um ihre Schulden abzahlen zu können. Und am nächsten Tag kommt ein Polizist und teilt den beiden mit, dass ihr Sohn tödlich verunglückt ist. Zum Trost bekommen sie dessen letzten Lohn ausbezahlt: exakt die ersehnten 200 Pfund. Die Alten sind zwar schockiert, aber sie haben ja noch zwei Wünsche frei. Also befehlen sie dem teuflischen Ding, ihnen den Sohn zurückzubringen. Während der Nacht erscheint eine Art Zombie aus dem Totenreich vor ihrer Haustür, und in ihrer Not wünschen die beiden sich das Ding aus dem Jenseits vom Hals.

So ähnlich ist es mir ergangen, nachdem ich von dir erfahren hatte, dass wir eines Tages eine Tochter bekämen, die den Konflikt zwischen Welfen und Staufern beenden würde. Ich mache dir keinen Vorwurf, Fred, denn du hast es wohl selbst nicht besser gewusst. Doch ich habe geglaubt, mir und Isolde wäre ein zufriedenes langes Leben vergönnt. Dagegen hat mich das Schicksal für diesen Frevel hart bestraft.

Nur wenige Wochen nach meiner Heimkehr vom Umritt des Kaisers starb meine geliebte Isolde an einem Fieber. Ich konnte nichts für sie tun, und sie welkte unter meinen Händen dahin. Ich war sehr verzweifelt, denn ich verstand die Welt nicht mehr. Du hattest uns doch diese Tochter Agnes versprochen. Wenn es damals eine Möglichkeit für mich gegeben hätte, wieder in die Gegenwart zurückzukehren, ich hätte sie genutzt. Tatsächlich habe ich oft mit dem Gedanken gespielt, zum Tage „Samhain" die Klutert aufzusuchen, doch letztlich habe ich mich vor den Konsequenzen gefürchtet. Immerhin besitze ich ja nicht eure Gabe. Vielleicht hätten mich die Mächte des Berges zermalmt. Es dauerte Jahre, bis ich lernte, nicht mehr mit meinem Schicksal zu hadern, und letztlich habe ich das nur dir, Phei Siang, zu verdanken, denn du hast mich damals nicht umsonst zurechtgewiesen.

Nach fünf Jahren heiratete ich ein zweites Mal, und ein Jahr später bekamen wir wirklich unsere Tochter Agnes. Doch dann starben nacheinander alle meine Söhne. Wie sollte Agnes auch sonst mein Erbe antreten und die Weissagung erfüllen können? Ich liebte sie über alles, denn sie war die einzige Hoffnung, die mir geblieben war..."

Ich legte Franks Brief zur Seite und sprang in Panik auf, denn Pui Tien, die mir bis dahin wie die anderen auch an den Lippen gehangen hatte, öffnete urplötzlich ihren Mund zu einem erstickten Schrei und kippte wie ein gefällter Baum nach hinten um.

Kapitel 2
Ein Leben für die Liebe

*Deheinen rat kond ich gegeben,
wie man driu dinc erwurbe,
der keines niht verdurbe.
Dieu zwei sint ere und varnde guot,
daz dicke ein ander schaden tuot:
daz dritte ist gotes hulde,
der zweier übergulde.
Die wollte ich gerne in einem schrin.*
(Walther von der Vogelweide)

Doch konnte keinen Rat ich geben,
wie man drei Dinge erwerbe,
ohne dass eines davon verderbe.
Die ersten zwei sind Ehre und weltlich Gut,
von denen eins dem anderen oft schaden tut.
Das dritte aber ist Gottes Huld,
die viel mehr gilt als diese beiden.
Die hätt' ich gern gehabt in einem Schrein.
(Übertragung aus dem Mittelhochdeutschen)

Pui Tien

Von einem Augenblick auf den anderen entstand vor mir ein bodenloses schwarzes Loch, das mich mit unwiderstehlicher Kraft anzog. Ich wollte schreien, aber der Laut blieb mir in der Kehle stecken. Ich sah Papas erschrockenes Gesicht, erkannte schemenhaft, dass er das Pergament fallen ließ und aufsprang, dann war da nur noch Finsternis.

Ich weiß nicht, wie lange es dauerte oder ob überhaupt Zeit verging, doch als ich die Augen öffnete, war die alte Burg auf einmal keine Ruine mehr, und die mit Gras bewachsenen Trümmer hatten sich in einen geräumigen flachen Hof verwandelt. Ich sah Söldner und Bauern, die vor beladenen Ochsenkarren standen, doch diese blickten durch mich hindurch, als ob ich für ihre Augen nicht vorhanden wäre. Ich erschrak fürchterlich, denn ich wähnte mich wieder in der Welt, aus der mich Mama und Papa vor wenigen Monaten heimgeholt hatten.

Aber irgendetwas war anders. Ich kann es nicht beschreiben, doch auf eine mir unbegreifliche Weise wurde mir langsam bewusst, dass ich nicht tatsächlich dort sein konnte. Meine Rolle war vielmehr die einer unsichtbaren Zuschauerin, und allmählich begann ich, mich an diesen unwirklichen Zustand zu gewöhnen.

Aus dem wieder erstandenen Palas kam ein grauhaariger Mann. Ich hatte es beinahe erwartet, denn es war der gleiche, der mich in der anderen Welt vor der Kluterthöhle gefangen hatte und dem ich meine Rettung verdankte. Der Freund meiner Eltern, der in dieser Zeit der Pfalzgraf Konrad war, hatte sich verändert, denn er sah nun wesentlich älter aus, als ich ihn in Erinnerung hatte. Die Linien um seine Mundwinkel waren tief eingegraben, und eine unergründliche Trauer hatte sich wie ein dunkler Schatten über sein Antlitz gelegt. Der Mann tat mir leid, und wie aus einem plötzlichen Impuls heraus wollte ich seine Wange streicheln, doch meine Hand glitt durch ihn hindurch. Trotzdem schien er etwas gespürt zu haben, denn er drehte sich erstaunt zu mir um, aber da war nur der warme Wind des beginnenden Frühlings, der über seine halblangen Haare strich.

Die schwere Eichentür des Palas wurde geöffnet, und die Wachen ließen ein kleines Kind in den Hof hinaus. Im gleichen Augenblick schnürte mir etwas die Kehle zu. Es war das Mädchen, das ich zu Hause im Wald gesehen hatte. Es musste jetzt etwa drei Jahre alt sein. Die blonden Locken des Kindes tanzten im Wind, während die Kleine fröhlich lachend auf ihren Vater zu lief. Die harten Züge des Pfalzgrafen wurden umgehend von einem glücklichen Lächeln gemildert, mit dem er seine Tochter begrüßte.

Und dann geschah das Unfassbare. Das kleine Mädchen zwinkerte mir zu, als es von seinem Vater auf den Arm gehoben wurde. Sie war die Einzige in dieser Welt, die mich sehen oder wenigstens meine Anwesenheit spüren konnte. Das ließ nur einen Schluss zu: Es musste ihr ruheloser Geist gewesen sein, der mich durch die Mauer der Zeit zu sich gerufen hatte. Aber warum? Was war mit dieser einsamen Seele geschehen?

Ich versuchte mich zu entsinnen, was ich von ihr wusste. Es war nicht viel. Sie hieß Agnes, und sie würde eines Tages aus Liebe heimlich einen Feind ihrer mächtigen Familie heiraten. Aber da war noch mehr. Zwischen ihr und mir gab es eine seltsame Verbindung, ich konnte sie direkt spüren.

Der laute Klang der Fanfare des Herolds auf dem Eckturm riss mich aus meinen Gedanken. Es dauerte nicht lange, bis die Zugbrücke im Torhaus herabgelassen wurde und eine Schar Ritter in Kettenhemden und bunten Wappenröcken im Burghof erschien. Sie begleiteten einen kastenförmigen Wagen, der von vier Pferden gezogen wurde. Der Kutscher sprang ab und öffnete die Tür, während die kleine Agnes sich ängstlich an die Beine ihres Vaters schmiegte.

Unterdessen half einer der Ritter einer edlen Dame mit geflochtenen blonden Haaren aus dem Wagen. Sie trug ein langes Oberkleid aus roter Seide, deren Ärmel sich nach unten hin zu großen Trichtern öffneten, die von ihren Handgelenken fast bis zum Boden reichten, sowie kostbar verzierte Schuhe aus feinem Leder. Hinter ihr sprang ein ungestümer, etwa sechsjähriger Junge heraus. Er stolperte gleich über einen der emporragenden Steine und landete mit schrillem Aufschrei mitten in einer Wasserpfütze. Der Pfalzgraf fuhr erschrocken zusammen und eilte zu dem Jungen, um ihm aufzuhelfen, aber der edlen Dame stieg die Zornesröte ins Gesicht.

„Henrik, watt hav yi dann?" (Heinrich, was hast du gemacht), brüllte sie das Kind auf Sächsisch an.

Ich wunderte mich noch darüber, dass ich die Frau verstehen konnte, während mir alles, was ich bisher von den Burgbewohnern vernommen hatte, immer noch rätselhaft erschien, als das kleine Mädchen über das Missgeschick des Jungen laut zu kichern begann. Der Knabe wehrte die hilfsbereit ausgestreckten Hände des Pfalzgrafen wütend ab, stemmte sich aus der Pfütze hoch und hechtete auf die junge Spötterin zu. Agnes nahm Reißaus, und die Jagd ging quer über den Burghof auf das Torhaus zu. Kurz davor holte der Junge das Mädchen ein und packte es. Seltsamerweise befand ich mich auf einmal ohne mein Zutun direkt bei ihnen und bekam mit, wie sie sich anschauten. Dieser gegenseitige Blick dauerte nur Sekunden, aber ich spürte, dass etwas Unbegreifliches zwischen ihnen geschah. Die Kinder lachten, fassten sich an den Händen und liefen zusammen über die Zugbrücke aus der Burg hinaus.

Meine Augenlider flatterten, und ich sah in Mamas nachdenkliches Gesicht.

„Sie kommt wieder zu sich!", hörte ich Onkel Achims Stimme erfreut rufen.

Mama und Papa halfen mir auf. Dabei schaute ich mich verwirrt um. Die Burg Eberstein war wieder zu einer verfallenen Ruine geworden, und auf den vom Gras überwucherten Mauern des ehemaligen Palas lag das vergilbte Pergament, auf das der Pfalzgraf vor über achthundert Jahren seine letzte Nachricht an uns geschrieben hatte.

„Geht es dir gut, Nü er?", fragte Mama besorgt, während der Wolf die Finger meiner rechten Hand ableckte.

Ich nickte lächelnd. Onkel Achim klopfte mir freundschaftlich auf die Schulter.

„Mädchen in deinem Alter haben schon mal solche Aussetzer", meinte er aufmunternd.

„Wir sollten das nicht auf die leichte Schulter nehmen", riet Tante Margret mit ernster Miene. „Soll ich mit dir runter zum Auto gehen, Pui Tien?"

Ich lehnte höflich ab und versicherte ihr, dass ich mich wieder fit fühlen würde. In Wahrheit war ich alles andere als das. Mir zitterten die Knie, ich hatte Kopfschmerzen, und mir wurde allmählich schwindelig. Vielleicht sollte ich mich doch besser setzen. Papa sah mich einen Augenblick lang durchdringend an, und ich gab ihm mit einem Aufschlag meiner Lider zu verstehen: ja, es ist wieder passiert. Er tat so, als hätte er nichts bemerkt, nahm das Pergament mit der Nachricht seines Freundes aus der Vergangenheit wieder auf und las weiter vor:

„Als unsere Tochter drei Jahre alt war, teilte uns Kaiser Friedrich durch einen Boten mit, er wünsche, dass wir die kleine Agnes mit dem ältesten Sohn des Sachsenherzogs Heinrich dem Löwen verloben sollten, um die wieder aufflammenden Streitigkeiten mit den Welfen im Keim zu ersticken. Ich gehorchte, genau wie damals, als er mich unbedingt bei seinem Umritt als Vermittler dabei haben wollte. Zuerst hatte ich ein schlechtes Gewissen, weil ich euch doch versprochen hatte, dafür zu sorgen, dass unsere Tochter nur den Mann bekommen sollte, den sie lieben würde. Allerdings habe ich mich schon gefragt, Fred, ob deine Weissagung nicht auch aus der Luft gegriffen war, denn immerhin sollte ich auf Anordnung meines Herrn und Kaisers auf einmal exakt das in die Wege leiten, was du mir seinerzeit als heimliche Liebesheirat verkauft hast. Aber dann geschah das große Zerwürfnis zwischen unserem

Vetter Friedrich und dem Sachsenherzog. Heinrich der Löwe fiel in Ungnade und wurde nach England an den Hof seines Schwiegervaters verbannt. Das Herzogtum Sachsen wurde zerschlagen und aufgeteilt, das Geschlecht der Welfen entmachtet. Und mit einem Mal sollte die Verlobung meiner Tochter nicht mehr bindend sein, denn Friedrich hatte bereits andere Pläne mit ihr. Aber er kam nicht mehr dazu, sie zu verwirklichen, denn der Dritte Kreuzzug begann, und Friedrich kehrte nicht mehr zurück.

Inzwischen stellten meine neue Gemahlin Irmgard und ich fest, dass unsere kleine Agnes sich tatsächlich unsterblich in den drei Jahre älteren Sohn des Löwen verliebt hatte. Also musste deine Geschichte doch stimmen, Fred. Nachdem mir das klar geworden war, begann ich um das Leben meines einzigen verbliebenen Kindes zu fürchten. Denn ich wusste, was kommen würde. Tatsächlich forderte bald Friedrichs Sohn und Nachfolger Heinrich VI. unmissverständlich, Agnes Verlöbnis zu lösen, weil er unsere Tochter bereits dem französischen König versprochen hatte. Eine Weigerung meinerseits hätte mich nicht nur mein hohes Amt gekostet, sondern mich auch vogelfrei gemacht, und Agnes trotzdem nicht vor dem ihr zugedachten Schicksal bewahrt. Also willigte ich zum Schein in den Handel ein, denn ich war alt geworden und des ewigen Kampfes müde.

Ein einziges Mal noch benutzte ich mein Geschick, um unserer Tochter wenigstens ein Quäntchen Sicherheit in den bevorstehenden gefährlichen Zeiten zu garantieren: als Gegenleistung für die Zustimmung zu des Kaisers Plänen forderte ich von diesem die Erlaubnis ein, Agnes mein Amt und Lehen vererben zu dürfen. Ansonsten wäre beides nach meinem Ableben von der Krone eingezogen und neu vergeben worden, weil ich keine männlichen Nachkommen mehr vorweisen konnte. Erst danach erklärten wir offiziell die Verlobung der beiden jungen Leute für aufgelöst. Natürlich musste ich meiner armen Tochter die Wahrheit erzählen, das war ich ihr schließlich schuldig. Und so erfuhr sie nicht nur, was Irmgard und ich wirklich planten, sondern auch alle Umstände meiner tatsächlichen Herkunft.

Als sie 17 geworden war, drängte Philipp August von Frankreich auf eine baldige Hochzeit, und wir sahen uns zum Handeln gezwungen. In aller Eile sandten wir Boten nach Braunschweig, um ihren Heinrich auf die Burg Stahleck einzuladen. Ich selbst sorgte dafür, dass ich mit drin-

genden Angelegenheiten im Reich unterwegs war, als der junge Welfe am 5. November 1193 eintraf. Zuvor hatte meine Gemahlin Irmgard bereits alles organisiert, damit in meiner Abwesenheit die Trauung der beiden jungen Leute umgehend stattfinden konnte.

Natürlich schäumte der Kaiser zunächst vor Wut und verlangte sogar die Auflösung der Ehe, doch fand er sich erstaunlich schnell mit den vollendeten Tatsachen ab, weil er zumindest innenpolitisch seinen Nutzen aus dem ‚romantischen Ereignis' zog, Und im folgenden Frühjahr stand sogar die Versöhnung mit Heinrich dem Löwen an. Ich war mit meinem Coup noch einmal davongekommen.

Aber ich bin Realist und habe nicht umsonst viele Jahre die Verhältnisse im Reich studiert. Deshalb weiß ich genau, dass gerade jetzt, während ich diese Zeilen an Euch, meine lieben Freunde in der Zukunft, schreibe, der Boden für große Umwälzungen und gefährliche Entwicklungen im Reich bereitet wird. Die Welfen werden sich nicht auf Dauer mit einer Dynastie der Staufer abfinden, sondern nur darauf warten, bis ihre Stunde schlägt. Ich kann nur hoffen, dass meine geliebte Tochter nicht den Machtinteressen der Großen zum Opfer fällt. Ich weiß auch, dass ich nicht von Euch verlangen kann, sie zu retten, wenn es nötig werden sollte. Doch erfüllt einem alten Freund die Bitte, aus der Zukunft heraus ihren Lebensweg zu begleiten, um zu erfahren, wohin meine Spur in der Zeit letztlich führen wird.

Jetzt, da ich am Ende meines Lebensweges stehe, ist es gut zu wissen, dass auch in achthundert Jahren noch Menschen existieren, die manchmal an mich denken werden.

Euer treuer Freund Frank im September des Jahres 1195"

Papa rollte die Pergamentblätter zusammen. Dann schaute er Mama eine Weile schweigend an. Auch die anderen sagten kein Wort, und aus Onkel Achims Augen flossen sogar ein paar Tränen. Darüber wunderte ich mich ein wenig, weil er doch sonst nie um eine abfällige Bemerkung über den alten Freund meiner Eltern verlegen war. Schließlich nahm Mama den Beutel mit Räucherstäbchen und Opferschalen und ging damit wieder zu der Wand in der Ruine, aus der sie das Kästchen geborgen hatte. Wir folgten ihr stumm.

Mama kniete unterhalb der schmalen Fensteröffnung und legte die Stäbchen unserer Familie zwischen ihre Hände.

Während sie leise zu den Ahnengeistern betete, kniete sich Papa neben sie und zündete die Stäbchen an. Dann nahm er sie nacheinander aus Mamas Händen und steckte sie in den Boden. Mama verneigte sich mehrmals vor dem aufsteigenden Rauch, während Papa die kleinen Schalen mit den Blüten des ewigen Frühlings aus dem Beutel holte und sie vor den Stäbchen platzierte.

Ich war sehr ergriffen, obwohl ich ihren Freund Frank kaum gekannt hatte. Doch ich verdankte diesem Mann mein jetziges Leben, deshalb kniete ich ebenfalls nieder, um die Göttin zu bitten, seine unsterbliche Seele in die Anderswelt zu führen. Dabei murmelte ich die uralten Formeln und Beschwörungen, die mir Oban in seiner Sprache beigebracht hatte, als ich selbst noch ein kleines Mädchen war. Tante Margret und Onkel Achim standen hinter uns. Sie hörten verwundert zu, sagten aber nichts.

Auf dem Rückweg zum Auto ging ich zwischen meinen Eltern und ergriff deren Hände.

„Was ist passiert, Nü er?", fragte mich Mama, nachdem die beiden anderen außer Hörweite waren.

„Ich habe wieder das Mädchen aus dem Wald gesehen", antwortete ich leise.

„Hier in den Ruinen?", hakte Mama überrascht nach.

„Ja, aber die Burg war plötzlich wie früher", erklärte ich. „Es ist seltsam, denn ich stand neben eurem Freund Frank, der ein alter Mann geworden war, doch weder er noch die anderen Leute dort konnten mich sehen. Und dann kam das Mädchen aus dem Haus, vor dessen Mauern wir gebetet haben. Sie war noch ganz klein, aber ihre Augen erkannten mich wieder. Wenigstens weiß ich jetzt, wer sie ist."

„Es war Franks Tochter Agnes, nicht wahr?", meinte Papa ahnungsvoll.

Ich nickte nachdenklich.

„Was mag sie von mir wollen?"

Mamas Hand zitterte leicht, als sie mir zärtlich über das Haar fuhr.

„Es wird deine Gabe sein, die dich für ihre Seele empfänglich macht, Nü er", vermutete sie mit einem bedeutungsvollen Seitenblick auf Papa.

„Ich will versuchen, mehr über sie und ihr Leben herauszufinden, wenn ich wieder zu Hause bin", sagte ich unbefangen.

Mama machte ein erschrockenes Gesicht.

„Du musst sehr vorsichtig mit diesen Dingen sein, Nü er!", ermahnte sie mich. „Bei Papa und mir kündigen die Mächte des Berges auf solche Weise an, dass sie uns wieder in ihren Bann ziehen wollen."

„Aber ich will doch nur im Internet nachschauen, ob dort etwas über diese Agnes steht", wandte ich ein.

Mama legte besorgt den Arm um meine Schultern.

„Das Mädchen Agnes darf keine Gewalt über dich bekommen, hörst du, Nü er?", beschwor sie mich. „Du wirst noch weitere Erscheinungen haben, aber du darfst dich nicht von ihnen leiten lassen. Ich will dich nicht wieder verlieren!"

„Vor allem solltest du nicht in die Nähe der Höhle gehen, Pui Tien!", betonte Papa eindringlich. „Wenn die Seele von Franks Tochter wirklich etwas Bestimmtes von dir will, dann finden wir es gemeinsam heraus, sobald Mama und ich in einer Woche wieder zurückkommen."

Ich nickte ergeben, aber die beiden hatten mir Angst gemacht. Gab es wirklich einen Grund für die plötzliche Sorge meiner Eltern? Steckten vielleicht die Mächte des Berges bereits ihre Fühler nach uns dreien aus? Mir kam ein furchtbarer Verdacht, und ich sah Mama und Papa mit großen Augen an.

„Sagt mir bitte die Wahrheit!", flehte ich sie an. „Habt ihr auch etwas gesehen?"

Mama und Papa hakten sich fast gleichzeitig bei mir unter und schritten schneller voran, denn Margret und Achim waren nur noch zehn Meter hinter uns.

„Es stimmt also!", stellte ich bestürzt fest. „Ihr habt etwas gesehen!"

„Ja, Nü er", gab Mama flüsternd zu. „Wir sind vor ein paar Wochen während der Fahrt von Dortmund nach Hagen im Zug eingeschlafen und haben den Ausstieg verpasst."

Ich musste unwillkürlich grinsen.

Papa sah mich gleich strafend an.

„Ich sage nichts!", beteuerte ich. „Wahrscheinlich hat Onkel Achim mit euch geschimpft, weil ihr ihn habt warten lassen."

„Jedenfalls ist der Zug in einem Tunnel stehen geblieben", fuhr Mama fort.

„Und dort ist uns einen Augenblick lang dein alter Lehrmeister Oban erschienen", ergänzte Papa ernst. „Wir wissen bis heute nicht, was das bedeuten mag."

Leng Phei Siang

Am Abend saßen Fred und ich noch lange mit Margret und Achim in der Hotelbar zusammen. Unsere Tochter war nach dem Essen gleich aufs Zimmer gegangen. Sie hatte noch immer dieses Schwindelgefühl und wollte lieber früh ins Bett, um am nächsten Morgen für die Heimreise fit zu sein. Ich hatte ein ungutes Gefühl bei dem Gedanken, dass Pui Tien nun eine ganze Woche allein mit ihren Ängsten und Erscheinungen konfrontiert sein würde. Andererseits freute ich mich so sehr darauf, diese Zeit mit Fred verbringen zu dürfen, dass ich nun ein richtig schlechtes Gewissen bekam. Unseren Freunden blieb das nicht verborgen.

„Dein Gesicht spricht Bände, Phei Siang!", tönte Achim vollmundig. „Am liebsten würdest du morgen mit der Kleinen nach Hause fahren, stimmt' s?"

Margret legte fürsorglich ihre Hand auf meinen Arm.

„Ich kann dich gut verstehen", tröstete sie mich. „Aber du und Fred, ihr braucht nach all der Aufregung um Pui Tien dringend einmal ein paar Tage nur für euch! Sieh mal, eure Tochter ist ja daheim nicht ganz allein. Sie hat ihre Großeltern, ihre Tante und uns. Außerdem schläft da noch der Wolf in ihrem Zimmer. Tagsüber ist sie mit der Schule so beschäftigt, dass sie euch bestimmt nicht vermisst, und an den Nachmittagen werden die beiden Jungs sie sicher auf ganz andere Gedanken bringen."

„Was ist, wenn sie wieder ohnmächtig wird?", gab Fred zu bedenken.

Ich sah ihn dankbar an. Also ging es ihm ähnlich wie mir. Natürlich hatten wir unseren Freunden nicht erzählt, was wir von Pui Tien wussten, denn wir wollten schließlich weder sie noch unsere Eltern oder Phei Liang beunruhigen, daher konnten wir lediglich die äußerlichen Symptome des Problems ansprechen.

„Wir werden schon dafür sorgen, dass man auf sie aufpasst!", entgegnete Achim jovial. „Macht euch nicht allzu viele Sorgen. Das ist wirklich ganz normal für ein Mädchen in ihrem Alter und hat nichts zu bedeuten."

Ich nickte lächelnd. Er meinte es ja nur gut.

„Falls es noch mal vorkommt, wird Phei Liang mit ihr vorsichtshalber zum Arzt gehen!", versicherte Margret. „Ihr könnt also ganz beruhigt sein und eure Zeit hier genießen."

Natürlich war ich überhaupt nicht beruhigt, aber ich bemühte mich redlich, wenigstens die Spur eines Anscheins davon zur Schau zu tragen. Fred kannte mich besser, und so diskutierten wir noch bis weit nach Mitternacht darüber, ob wir unsere Tochter nicht doch begleiten sollten.

„Wenn die Mächte des Berges uns diesmal alle drei in ihren Bann ziehen wollen, dann können wir uns wohl kaum dagegen wehren", meinte er resigniert.

„Andererseits wissen wir noch viel zu wenig, um auch nur vermuten zu können, warum das geschehen sollte", entgegnete ich. „Ich vermag einfach keine Gemeinsamkeit zwischen ihrem und unserem Erlebnis zu erkennen."

„Also bleibt uns wieder mal nichts anders übrig als abzuwarten, was geschehen wird", schloss Fred nach einem müden Gähnen. „Und das können wir schließlich hier genauso gut wie zu Hause."

Er zog seine Decke bis zum Hals und drehte sich zur Seite. Ich setzte mich auf und machte ein empörtes Gesicht.

„He, ni biän dschi dä ßiung mau!" (du fauler Pandabär), fuhr ich ihn an.

Fred drehte sich zu mir und grinste mich unverschämt an.

„Panda ist okay, Siang", meinte er frech, „aber wie kommst du darauf, dass ich faul wäre?"

Ich zog einen Schmollmund und tat beleidigt.

„Weil du träge bist und schlafen willst, obwohl du endlich allein mit deiner exotischen Märchenprinzessin im Bett sein darfst, du weißhäutiger, langnasiger Schuft!"

Im nächsten Moment schubste Fred mich auf das Kissen zurück und bedachte meinen Hals mit zärtlichen Küssen.

Pui Tien

Das fremde Mädchen aus der Welt meiner zeitlichen Verbannung ließ mich nicht mehr los, besonders, da ich nun wusste, dass sie die Tochter des Mannes war, der mich gerettet hatte. Ich konnte es kaum erwarten, nach Hause zu kommen, um mit Opa Kaos Hilfe im Internet nach Spuren zu suchen, die sie in der fernen Vergangenheit hinterlassen haben mochte.

Gleich nach dem Frühstück packte ich meine Sachen und wickelte den Wolf in meinem Wintermantel ein. Der Mann an der Rezeption schüttelte erwartungsgemäß leicht den Kopf und lächelte still vor sich hin, als ich an ihm vorbeiging. Sicher würde er sich in seiner Beurteilung des seltsamen Verhaltens junger Asiatinnen bestätigt sehen, aber das war mir völlig egal. Onkel Achim hatte den Wagen bereits vorgefahren. Er stieg aus, öffnete den Kofferraum und nahm mir das Bündel mit dem Wolf ab. Da uns der Hotelmann bestimmt beobachtete, platzierte er schnell eine Tasche vor den Mantel.

„Du bist aber heute pünktlich, Kleine!", stellte Onkel Achim erstaunt fest. „Fällt es dir denn nicht schwer, deine Eltern hier zurückzulassen?"

Ich lächelte ihn an.

„Nein, Onkel! Mama und Papa machen jetzt Ferien von mir."

Tante Margret und Onkel Achim lachten, aber ich senkte den Kopf.

„Ich habe sie sehr beansprucht!", fuhr ich fort. „Aber von nun an will ich lernen, eine große Tochter zu sein."

Onkel Achims Augen schweiften mit kritischem Blick über mein rotes Top und den unbedeckten Bauchnabel, wanderten weiter hinab über den kurzen Jeansrock zu meinen nackten Beinen und blieben bei den dünnen Sandalen an meinen bloßen Füßen haften.

„Hm", machte er vielsagend, „zumindest siehst du schon ziemlich erwachsen aus."

„Achim!", wies Tante Margret ihn zurecht. „Bring sie nicht so in Verlegenheit! Pui Tien ist nicht an deine Macho-Witze gewöhnt!"

„Kein Wunder, dass dir die Jungs nachlaufen!", meinte Onkel Achim anerkennend und mit einem gewissen väterlichen Stolz in der Stimme. „Du kannst sie alle mit Leichtigkeit um den Finger wickeln."

Ich blickte auf und sah die beiden mit einem verstohlenen Lächeln an.

„Ich glaube, ich weiß schon, was du meinst, Onkel", erwiderte ich vorsichtig. „Aber ich habe keinem von ihnen mein Herz versprochen."

Tante Margret nahm meine Hand.

„Das musst du auch nicht, Kind", versicherte sie.

Als sich die Hoteltür öffnete, kamen Mama und Papa heraus, um sich von uns zu verabschieden. Sie umarmten ihre beiden Freunde und bedankten sich nochmals wortreich dafür, dass Tante Margret und Onkel Achim ihnen diesen Aufenthalt in Heidelberg ermöglichten. Dann war ich an der Reihe. Papa drückte mich zärtlich an sich, gab mir einen Kuss auf die Stirn und wünschte mir eine gute Reise, während Mama und ich uns nur einen Moment lang gegenseitig in die Augen schauten, bevor ich endgültig ins Auto stieg. Als wir auf die Autobahn fuhren, kam Onkel Achim noch einmal auf diese Geste zu sprechen:

„Sag mal, Pui Tien, du hast doch keinen Streit mit deiner Mama, oder?"

„Nein, Onkel, wieso fragst du das?", entgegnete ich verwundert.

„Achim sorgt sich darum, weil deine Mama und du euch nicht umarmt habt", erklärte Tante Margret ohne Umschweife.

Ich musste lachen.

„Mama würde das nicht tun, wenn ihr dabei seid", sagte ich fröhlich. „Chinesen zeigen ihre Gefühle nicht so wie ihr und Papa. Oder habt ihr schon einmal gesehen, dass sie Tante Phei Liang, Oma Liu Tsi oder Opa Kao die Hand gibt?"

„Nein, tatsächlich nicht", gab Tante Margret überrascht zu. „Jetzt, wo du es sagst, fällt mir ein, dass deine Mama so etwas wirklich noch nie getan hat. Aber sie hat doch auch Achim und mich umarmt."

„Das ist etwas anderes!", behauptete ich bestimmt. „Wir glauben, dass die Liebe, die wir für jemanden empfinden, in alle Richtungen verstreut wird und verloren geht, wenn wir sie offen vor anderen zeigen. Deshalb verabschieden wir uns mit den Augen. Da ihr aber nicht daran glaubt, umarmt Mama euch trotzdem, weil sie euch nicht beleidigen will."

„Moment mal, Pui Tien!", warf Onkel Achim ein. „Deine Mama umarmt doch auch deinen Papa in unserer Gegenwart."

„Ja, aber er ist schließlich einer von euch, doch sie würde ihn vor euren Augen nie so küssen, wie es verliebte Paare hier tun."

„Aha!", meinte Onkel Achim. „Darauf werden wir demnächst mal genauer achten! Aber was ist eigentlich mit dir, Pui Tien? Hast du nicht Angst, dass du die Liebe deines Papas verlieren könntest, wenn er dich vor uns umarmt?"

„Nein", antwortete ich lächelnd. „Ich bin schließlich zur Hälfte eine von euch."

Ein wenig später schlug Onkel Achim vor, am Rhein entlang nach Hause zu fahren. Das sei zwar ein kleiner Umweg, aber ich bekäme dadurch die Gelegenheit, all die schönen Städtchen, die vielen Burgen und die Weinberge zu sehen. Natürlich stimmte ich zu.

„Weißt du, Pui Tien", fügte Onkel Achim an, „dabei kommen wir auch nach Bacharach und an der Burg Stahleck vorbei, wo Frank und Isolde als Pfalzgrafenpaar residierten. Haben Mama und Papa dir eigentlich gesagt, dass sie damals dort gegen Isoldes ersten Ehemann, den grausamen Grafen Hermann, und dessen schwarzen Schatten, dieser unheimlichen Sagengestalt Hagen, kämpfen mussten?"

Ich war gleich Feuer und Flamme.

„Alles konnte ich nicht behalten, Onkel Achim", gab ich zu. „Ich habe ja noch so wenig Hochdeutsch und Chinesisch verstanden, als Mama und Papa mich in der anderen Welt fanden."

Und so erzählten Tante Margret und Onkel Achim mir noch einmal die spannende Geschichte von der aufregenden Jagd durch die Jahrhunderte nach dem finsteren Hagen, der sich mit dem Schatz der Nebelinger in der Mitte des 12. Jahrhunderts auf der Burg Stahleck versteckt hatte, und wie es dazu gekommen war, dass Frank seine Isolde finden konnte. Mit ihr war er schließlich so glücklich geworden, dass er beschloss, für immer in jener Zeit zu bleiben.

Nachdem ich alles gehört hatte, wurde ich nachdenklich.

„Was habt ihr gesagt, wann Mama und Papa in der Höhle durch das Tor zwischen den Welten gegangen sind, um wieder nach Hause zu gelangen?", wollte ich unbedingt wissen.

„Sie haben Frank und Isolde im Jahr 1155 verlassen", erklärte Tante Margret. „Es war Ende Mai, als sie die Gegenwart erreichten."

Ich atmete schwer und musste mich zurücklehnen. Tante Margret drehte sich besorgt zu mir um.

„Was hast du, Pui Tien? Ist dir nicht gut?"

„Es geht schon Tante", versicherte ich ihr. „Es ist nur… Als ich damals als kleines Kind in der Höhle verschwand, bin ich genau in diesem Jahr 1155 gestrandet. Wisst ihr, was das bedeutet?"

Onkel Achim trat abrupt auf die Bremse. Vor Schreck hätte er beinahe die Abfahrt nach Bingen verpasst.

„Oh Gott, Kind!", rief er bestürzt. „Das hieße ja, du wärst als Zweijährige durch die Wildnis an der Klutert gekrochen, während Fred und Phei Siang gerade dort waren, um in der Halle mit dem unheimlichen Tor durch die Zeit versetzt zu werden!"

„Und sie haben nicht gewusst, dass du praktisch ganz in ihrer Nähe warst!", ergänzte Tante Margret erschrocken.

Ich nickte bestätigend und überlegte wieder.

„Aber da ist noch etwas", fügte ich an. „Meine Versetzung in dieses bestimmte Jahr beweist auch, dass es eine gewisse Beziehung zwischen mir und eurem Freund Frank geben muss. Denn 15 Jahre später war er derjenige, der die Nachricht an Mama und Papa in den Felsen meißeln ließ, damit sie wussten, wo sie mich finden konnten."

Ich war nahe daran, den beiden mein seltsames Erlebnis mit Franks kleiner Tochter Agnes in den Ruinen der Burg Eberstein zu schildern, aber ich ließ es dann doch, weil Mama und Papa mir eingeschärft hatten, dass ich die beiden nicht beunruhigen sollte. Zudem bot sich uns in diesem Moment ein fantastischer Blick auf den Rhein und die steilen Hänge der Weinberge, so dass wir den ernsten Hintergrund unseres Gesprächs von einem Augenblick auf den anderen einfach vergaßen. Es war wie das Eintauchen in eine fremdartige wunderschöne Märchenlandschaft.

„Na, Pui Tien, gefällt es dir?", fragte Onkel Achim lauernd.

„Supergeil!", entfuhr es mir spontan.

Onkel Achim lachte laut auf. Tante Margret drehte sich lächelnd zu mir um und drohte mir scherzhaft mit erhobenem Zeigefinger. Ich wurde krebsrot im Gesicht. Verschämt senkte ich den Kopf und ließ meine Haare vor die Augen fallen

„Entschuldigt bitte…", stammelte ich. „Ich meine, es ist herrlich schön hier."

Tante Margret strich den schwarzen Vorhang vor meinem Gesicht beiseite und fuhr mit ihrer Hand sacht über meine Wange.

„Keine Angst, Kleine", beruhigte sie mich. „Wir sind da von unseren Kindern einiges gewöhnt. Aber ‚Supergeil'? Sagt man das heute in der Schule so?"

Ich nickte zögernd.

Inzwischen hatten wir bereits Bacharach erreicht, und Onkel Achim fuhr von der breiten Bundesstraße ab, um in den Ort hineinzugelangen. Meine Augen hefteten sich an die immer noch vorhandene alte Stadtmauer und folgten ihr den Berg hinauf. Hoch auf einem Sporn über der Altstadt thronte die Burg Stahleck. Onkel Achim hielt auf dem Seitenstreifen, und wir stiegen aus.

„Am besten, wir gehen zu Fuß weiter", schlug er vor. „Dann sehen wir mehr. Ich könnte einen Kaffee brauchen."

Die Straße führte uns an hübschen Fachwerkhäusern und uralten Weinlaubenhöfen vorbei direkt auf den Marktplatz. Nicht mehr ganz aktuelle Spruchbänder kündeten noch von einer großen 650-Jahrfeier, die eine Woche zuvor stattgefunden hatte. Da es noch immer recht warm war, setzten wir uns auf die Terrasse eines Cafés und genossen den Ausblick auf die engen mittelalterlichen Gässchen und den Burgberg. Die Bedienung lächelte mir zu und sprach uns auf Englisch an. Tante Margret klärte das Missverständnis auf und stellte mich als ihre Nichte vor. Dadurch kamen wir allmählich ins Gespräch. Es stellte sich heraus, dass die nette Serviererin mit dem Herbergsvater auf der Stahleck gut bekannt war. Die Burg sei schon vor vielen Jahrzehnten zu einer Jugendherberge ausgebaut worden, und von dort habe man eine besonders schöne Aussicht auf das Rheintal bis hin zur Loreley. Im Folgenden schlug sie uns vor, doch dort oben eine Nacht zu verbringen. Es sei recht preiswert, und sie könne das auch umgehend vermitteln.

„Wann hat man schon mal die Gelegenheit, in einer der ältesten Burgen am Rhein zu schlafen?", versuchte sie uns zu locken. „Überlegen Sie doch mal, wenn Sie das gleiche auf der Burg Katz oder Gutenfels machen wollen, müssen Sie auch in der Nebensaison glatte 100 Euro pro Person dafür berappen. Außerdem wäre es doch etwas ganz Besonderes für Ihre hübsche junge Nichte aus China."

Ich hielt mir die Hand vor den Mund und tat so, als hätte ich einen Hustenanfall, um zu verbergen, dass ich lachen musste. Tante Margret und Onkel Achim berichtigten die Serviererin diesmal nicht. Tatsächlich waren beide offenbar nicht abgeneigt, sich auf den Vorschlag einzulassen. Erwartungsvoll schauten alle drei zu mir.

„Ich würde mich freuen", bekannte ich ehrlich. „Es ist doch erst Samstag, und der Unterricht beginnt am Montag."

Onkel Achim rieb sich nachdenklich das Kinn.

„Oh, Ihre chinesische Nichte studiert sogar in Deutschland?", stellte die Serviererin fest. „Dann könnte sie doch auf diese Weise gut Land und Leute kennenlernen."

Die Frau war ziemlich hartnäckig, fand ich. Aber die Möglichkeit, die Burg näher in Augenschein nehmen zu können, auf der Mama und Papa in einer anderen Welt vor vielen hundert Jahren gewesen waren, reizte mich schon.

„Wir müssten zu Hause anrufen und Bescheid geben, dass wir erst morgen kommen", überlegte Tante Margret laut. „Sie könnten die Nachricht weitergeben, falls Phei Siang und Fred sich melden sollten. Was meinst du, Achim?"

Der Angesprochene musterte den steilen Burgberg mit skeptischem Blick.

„Gibt es da eine Straße hinauf, die man mit dem Auto befahren kann?", erkundigte sich Onkel Achim.

„Natürlich!", lachte die Serviererin mit einem abschätzigen Seitenblick auf dessen Leibesfülle. „Sie fahren auf dieser Straße ein Stück weit aus der Stadt heraus und biegen dann nach rechts ab. Es ist ausgeschildert. Dann kommen Sie von oben her an die Stahleck heran. Allerdings müssen Sie an der Seite des Bergsporns parken und ein paar hundert Meter weit zum Burgtor gehen."

Onkel Achim nickte zufrieden.

„Was sagst du dazu, Pui Tien?"

Ich war einverstanden, obwohl ich lieber direkt hinaufgelaufen wäre.

„Pui Tien? Das klingt aber schön!", tönte die Serviererin. „Was bedeutet es?"

„Auf Deutsch heißt es in etwa ‚Himmelsmädchen'", antwortete ich belustigt, während ich meine Tasse Kakao anhob.

Die geschäftstüchtige Frau entschwand, um uns auf der Burg anzukündigen.

„Ist es dir wirklich recht?", fragte Tante Margret, als wir allein waren.

„Ich freue mich, Tante!", versicherte ich ihr noch einmal. „Es ist so schön hier, dass ich euch am liebsten sowieso gebeten hätte, noch eine Nacht hier zu bleiben. Ich habe mich aber nicht getraut."

Eine Stunde später hatten wir bereits unsere Zimmer auf der Burg Stahleck bezogen. Der Herbergsvater war so nett gewesen, mir einen der wenigen Räume mit einem einzigen Bett zuzuweisen, die normalerweise nur Lehrern zustanden. Bis auf eine Gruppe Wanderer, die am Abend erwartet werde, hätten wir praktisch die ganze Burg für uns, erzählte er.

Am nächsten Morgen solle allerdings ein Bus mit Studenten aus Shanghai eintreffen, verriet er Tante Margret mit einem Seitenblick auf mich. Mit denen könnte ich mich bestimmt gut unterhalten, das sei ja wohl so was wie eine unverhoffte Begegnung mit der Heimat. Ich quittierte seine Empfehlung mit einem unergründlichen Lächeln, erwiderte aber nichts. Ich war nur froh, dass es diesmal so einfach sein würde, den Wolf in mein Zimmer zu schmuggeln.

Nach dem Abendessen gingen Tante Margret und Onkel Achim in die Stadt hinunter, um ein paar Schoppen Wein zu trinken. Ich entschuldigte mich, weil ich mir noch die Burg ansehen und danach früh zu Bett gehen wollte. Also lief ich durch den Zwinger über die hölzerne Brücke und stieg auf den Felsen oberhalb des Halsgrabens. Von dort aus genoss ich in der Dämmerung den wunderschönen Blick auf das Innere der Burg und das Rheintal. Der wuchtige Bergfried zwischen dem oberen und dem unteren Burghof ragte wie ein drohender riesiger Zeigefinger in den dunklen Himmel. Ich fragte mich unwillkürlich, ob Mama und Papa dies vor achthundert Jahren wohl auch so empfunden hatten. Wie mochten sie damals in diese wehrhafte Anlage eingedrungen sein? Soweit ich erkennen konnte, hätten sie dafür die sperrige und ungewöhnlich hohe Schildmauer überwinden müssen, deren glatte Wand direkt über den mit Wasser gefüllten Halsgraben aufragte. In dem kleinen Infoheft über die Stahleck stand, dass die Burg in den ersten Jahren des 20. Jahrhunderts nach alten Plänen und Zeichnungen wiederaufgebaut worden war. Demnach musste sie im Mittelalter zumindest sehr ähnlich ausgesehen haben und fast uneinnehmbar gewesen sein. Angesichts dessen wuchs mein Respekt vor dem Mut und der Entschlossenheit meiner Eltern noch weiter an.

Als die einsetzende Dunkelheit kaum noch Einzelheiten erkennen ließ, machte ich mich auf den Rückweg. Vorsichtig stieg ich die in den Fels gehauenen Stufen zum Halsgraben hinab. Auf der Brücke blieb ich noch einmal stehen und schaute über den ruhigen kleinen See. Ich zuckte mit den Schultern und ging durch den Zwinger zurück in den unteren Hof der Burg. Vor mir ragte der Bergfried auf. Ein unbestimmtes Gefühl veranlasste mich, die unregelmäßigen Steinquader seiner Grundmauern zu berühren.

„Hey, don't be afraid!"

Ich fuhr erschrocken zusammen und drehte mich um. Vor mir stand ein Junge in meinem Alter, der verlegen den Kopf wiegte. Er musste zu der Wandergruppe gehören, die der Herbergsvater angekündigt hatte.

„Du kannst Deutsch mit mir sprechen", sagte ich ihm.

Der Junge grinste.

„Ich wollte dich nicht erschrecken", erwiderte er. „Aber ich habe gemerkt, dass du mich nicht gesehen hast. Bist du mit einer Gruppe hier oder mit deinen Eltern?"

„Mit meiner Tante und meinem Onkel", antwortete ich.

„Aus Japan oder aus China?"

„Aus Deutschland", sagte ich lächelnd. „Aber meine Mutter ist Chinesin, wenn du das meinst."

Der Junge nickte.

„Hab' schon verstanden. Entschuldige!"

„Wofür?"

„Na, dass ich dich gleich als Ausländerin eingestuft habe, du weißt schon."

„Wie solltest du ahnen, dass ich keine bin?"

„Stimmt auch wieder! Jedenfalls finde ich, dass du sehr hübsch bist."

„Danke. Sagst du das allen Mädchen, die dir gefallen?"

Der Junge lachte.

„Nein, nur den außergewöhnlich hübschen! Aber Scherz beiseite. Interessiert dich der Turm?"

„Ja. Warum?"

„Na, weil du wie in Trance auf ihn zumarschiert bist, ohne mich zu bemerken."

„Bin ich das?"

„Bist du. Aber sag mal, weißt du denn, wozu man ihn früher benutzt hat?"

Ich berührte die Steine, und plötzlich erschien vor meinen Augen das schemenhafte Bild von einem Mädchen in kostbaren, aber mit Schmutz besudelten Kleidern. Es war nicht Agnes. Trotzdem zog ich blitzschnell meine Hand zurück, und das Bild verschwand.

„Dort befand sich ein Verlies!", behauptete ich bestimmt.

Der Junge beobachtete mich misstrauisch.

„Woher weißt du das?"

Fast hätte ich gesagt, „ich habe es gesehen", aber ich beherrschte mich.

„Ich glaube, hier wurde eine junge Frau gefangen gehalten", meinte ich stattdessen.

„Wer hat dir das erzählt?", fragte der Junge überrascht. „Mein Vater ist Geschichtsprofessor an der Uni in Mainz, und selbst er hat erst vor Kurzem herausgefunden, dass der grausame Hermann von Stahleck seine eigene Frau, die Pfalzgräfin Isolde, sieben Jahre lang in diesen Kerker eingesperrt hat. Aber das ist so gut wie niemandem bekannt."

„Nun, dann nimm an, ich hätte es erraten", schlug ich vor.

Der Junge starrte mich entgeistert an. Als ich an ihm vorbeiging, funkelten meine Augen wie glühende Kohlen. Urplötzlich fuhr ein heftiger Windstoß durch mein Haar und blies ihm die Strähnen ins Gesicht. Er wich entsetzt zurück.

„Wer bist du?", murmelte er vor sich hin.

„Pass auf, dass du nicht über die Stufen fällst!", rief ich ihm noch nach, bevor ich im Eingang der Jugendherberge verschwand.

Drinnen schüttelte ich ärgerlich den Kopf. Was war nur mit mir los? Der Junge war doch ganz süß gewesen, und er wollte nur nett sein. Stattdessen hatte ich ihn mit meinen unbegreiflichen Kräften erschreckt und weggestoßen. Dabei war ich selbst verängstigt und hätte gern die Nähe eines anderen Menschen gesucht. Mama hatte mich ausdrücklich davor gewarnt, die geheimnisvolle Fähigkeit, die mich als kleines Kind in der Wildnis vor dem sicheren Tod bewahren konnte, in der Gegenwart anderer einzusetzen. Die Tatsache, dass dies nur für einen winzigen Augenblick und unbewusst geschehen war, entschuldigte mein unmögliches Verhalten ganz und gar nicht. Vielmehr bewies es mein Unvermögen, die gefährlichen Gewalten zu kontrollieren. Zumindest dann, wenn ich innerlich verwirrt und aufgewühlt war, so wie eben.

Wütend stürmte ich in mein Zimmer und warf mich aufs Bett. Wie sollte ich jemals in dieser Welt zurechtkommen, wenn ich auch hier alle Menschen, die mir sympathisch waren, verschreckte, bevor ich sie näher kennenlernen konnte? Erst als mir der Wolf die salzigen Tränen von den Wangen leckte, beruhigte ich mich wieder und schlief ein.

Es war auf einmal bitterkalt geworden, und eine eisige Brise zog durch alle Ritzen des Gemäuers. Schneekristalle wirbelten durch die schmale Fensteröffnung und schmolzen auf den hölzernen Planken des Fußbodens. Unwillkürlich wollte ich mir die wärmende Decke über den Kopf ziehen, doch da war keine. Ich lag auch nicht mehr in meinem Bett, sondern befand mich mitten in diesem ungemütlichen Raum, der mit absoluter Sicherheit nicht mein Zimmer war. Ich versuchte gerade, die aufsteigende Panik in mir zu unterdrücken, da ließ mich das Geräusch von knisterndem Holz herumfahren, und ich blickte in das züngelnde Feuer eines offenen Kamins.

Das Mädchen auf der gekachelten Bank war Agnes. Ihr blasses Gesicht sah genauso aus wie bei unserer ersten Begegnung im Wald. Sie war jetzt so alt wie ich und trug einen kostbaren, mit Fehpelzen besetzten Umhang über ihrem langen, eng geschnittenen Oberkleid. Sie schaute mich offen an, und einen Moment lang glaubte ich, in ihren Augen den gütigen Blick ihres Vaters wiederzuerkennen. Dann stand sie auf und gab mir schweigend mit der Hand ein Zeichen ihr zu folgen.

Durch eine kleine Holztür mit spitzem Bogen ging es in einen reich verzierten Raum, in dem sich eine etwa 45-jährige Frau aufhielt, die gerade von ihren Zofen ein Gebende angelegt bekam. Sie musste Agnes Mutter sein, die mir nur vage als Irmingard von Henneberg bekannt war. Weder diese noch die Bediensteten konnten mich sehen, das wusste ich bereits von meinem seltsamen Erlebnis vor zwei Tagen auf der Burg Eberstein. Für die Menschen dieser Epoche musste ich eine Art Geist sein, dessen Körper nicht zu einem Bestandteil ihrer Zeit gehörte. Für Agnes selbst waren aber offenbar seit dem letzten Mal mindestens 13 oder 14 Jahre vergangen.

Durch die schmale Fensteröffnung erkannte ich deutlich den Bergfried wieder, auch wenn er mir nun massiger und höher vorkam. Damit stand fest, dass ich mich immer noch auf der Burg Stahleck befand. Auf den Turmhauben und im Burghof lag frisch gefallener Schnee, was darauf deutete, dass die Jahreszeit nicht mit der meiner Gegenwart übereinstimmte. Allerdings war mir das auf der Burg Eberstein auch schon aufgefallen.

Erstaunlicherweise fühlte ich mich überglücklich, und ich war bis aufs Äußerste auf ein bestimmtes Ereignis gespannt, dessen Eintreten ich kaum noch erwarten konnte. Konnte es sein, dass ich in dieser Welt ihre Gefühle mitempfand? Allmählich machte mich die Sache neugierig. Nicht einmal die Eiseskälte, die durch das glaslose Fenster hereinströmte, machte mir mehr etwas aus. Dabei trug ich noch immer dieses dünne Top und den kurzen Jeansrock.

Erstaunt sah ich an mir hinab. Ja, sogar meine Beine und Füße waren nackt, aber ich fror kein bisschen. Nachdenklich schaute ich zu Agnes, die in ihrem dicken Fehpelz eingehüllt vor ihrer Mutter stand und sich mit ihr unterhielt.

Plötzlich wurde die Tür aufgestoßen, und ein atemloser Söldner der Torwachen trat ein. Ich konnte nicht verstehen, was der Mann sagte, aber es hatte zur Folge, dass Agnes sofort losstürmte. Bevor ich begriff, was geschah, war ich bei ihr und huschte wie ein ihr anhaftender Schatten mit durch den Zwinger auf das Torhaus zu. Dort stieg gerade eine Gruppe bewaffneter Reiter von den Pferden, und aus deren Mitte löste sich ein junger Mann. Seine Augen strahlten vor Glück, als er Agnes entdeckte. Er warf das Kapuzenteil der Gugel zurück und breitete seine Arme aus.

Das muss Heinrich von Braunschweig sein, dachte ich, während er Agnes auffing, herumwirbelte und die beiden sich innig küssten. Gleichzeitig spürte ich, wie in mir ein unbändiges Feuer aus Leidenschaft und Begehren entbrannte, das ich nur allzu gut kannte. Verschämt wendete ich mich ab, denn es erinnerte mich überdeutlich an meine eigene vergebliche Liebe zu Arnold und den schon fast vergessen geglaubten grausamen Schmerz des Verzichts.

„Agnes, warum tust du mir das an?!", schrie ich ihr entgegen, aber kein einziger Laut entwich meinen Lippen.

Dann war da auf einmal nur noch dumpfe Traurigkeit, und ich wachte auf.

Ich lag auf meinem Bett im Jugendherbergstrakt der Burg Stahleck, und die aufgehende Sonne schien hell in mein Zimmer. Der Wolf lag weit von mir entfernt in eine Ecke gekauert und zitterte. Doch jetzt kam er wieder und leckte meine Finger. Ich streichelte beruhigend über das graue Fell meines Freundes. Er musste gespürt haben, dass mich der Geist dieses Mädchens aus ferner Vergangenheit wieder heimgesucht hatte.

Ich stand auf und zog mir die verschwitzten Kleider aus. Unter der Dusche kehrten meine Lebensgeister, aber auch mein schlechtes Gewissen zurück. Ich war gerade mal einen Tag lang auf mich gestellt, und schon hatte ich mindestens zweimal gegen die dringenden Ermahnungen meiner Eltern verstoßen. Für den chinesischen Teil meiner Erziehung kam so etwas fast einer Katastrophe gleich. Gegen diese demutsvolle Einsicht rebellierte allerdings mein europäisches Erbgut energisch. Ich hätte nicht ahnen können, was ein Besuch der Burg Stahleck auslösen würde, redete ich mir ein. Doch! Hättest du wohl, nach allem, was auf der Ruine Eberstein passiert ist, hielt meine asiatische Komponente entgegen. Nichts geschieht ohne Grund!

War ich nun unvernünftig und unbeherrscht gewesen? Oder fehlte es mir lediglich an Erfahrung, mit meiner geheimnisvollen Gabe umzugehen? Fest stand doch, dass ich aus diesem traumähnlichen Zustand ausbrechen konnte, wenn die Situation für mich unerträglich wurde. Andererseits wollte ich unbedingt wissen, was mit Agnes geschehen war. Aber das konnte mir nur gelingen, wenn ich mich auf sie einließ. Also musste ich künftig versuchen, die Begegnungen mit ihr zu steuern. Vielleicht würde das, was ich so erfuhr, ja auch für Mama und Papa wichtig sein.

Ich trocknete mich ab und stellte mich vor den Spiegel, um meine zersauste Mähne zu bürsten. Der Junge hatte gesagt, dass ich sehr hübsch wäre. Ob er das wohl auch sagen würde, wenn er mich jetzt so sehen könnte? Vielleicht hielt er mich nach meiner Vorstellung von gestern Abend doch eher für eine unheimliche Hexe. Ich streckte meinem Spiegelbild die Zunge raus. Bäh! Die komische Miene, die mir entgegenblickte, brachte mich augenblicklich zum Lachen. Übermütig scheitelte ich mein Haar in der Mitte und knüpfte mir zwei lange Zöpfe, die ich an ihren unteren Enden jeweils mit einer Schleife versah. Dann kramte ich in meiner Tasche nach dem blauen Top und streifte es mir über. Da es etwas kühler war als an den vergangenen Tagen, zog ich zuletzt meine engen Jeans an und schlüpfte in die flachen Halbschuhe. Ich stellte mich noch einmal vor den Spiegel und betrachtete mich kritisch. Zum Spaß neigte ich den Kopf zur Seite, nahm die Enden der Zöpfe zusammen und hielt sie mir vor den Bauchnabel.

„Sag, bin ich jetzt brav und hübsch, Wolf?"

Aber der Angesprochene beachtete mich nicht. Zufrieden nagte er an dem Knochen, der vom abendlichen Mahl übrig geblieben war. Ich streichelte meinem Freund über das Fell und ging hinunter zum Frühstückssaal.

Der Junge saß mit seinem Vater und anderen jungen Leuten zusammen. Als er mich sah, verschluckte er sich und hustete. Dadurch wurden auch seine Begleiter auf mich aufmerksam.

„Ist sie das, Tom?", tuschelte sein rechter Tischnachbar.

Tom hustete weiter und brachte keinen Ton heraus. Ich tat so, als hätte ich nichts bemerkt, und suchte den Saal nach Tante Margret und Onkel Achim ab, konnte sie aber nicht entdecken. Also ging ich zum Buffet, nahm mir eine Tasse Tee und Müsli. Ich sah mich vorsichtig um und steckte heimlich noch ein paar Wurststücke sowie zwei Brötchen in eine bereitgehaltene Plastiktüte. Anschließend verschwand ich mit meiner Beute in Richtung meines Zimmers.

Dass der Junge mir gefolgt war, registrierte ich erst, als es zu spät war. Er stand praktisch gleichzeitig mit mir im Raum und verschränkte die Arme.

„So, so, du hast deinen Hund mit in die Herberge geschmuggelt!", sagte er mit vorwurfsvoller Stimme.

Der Wolf schaute mich erwartungsvoll an und kümmerte sich nicht weiter um den ungebetenen Gast. Ich öffnete die Tüte und warf ihm die Wurst und die Brötchen hin. Danach drehte ich mich zu dem Jungen um.

„Du heißt also Tom, nicht wahr?", erwiderte ich lächelnd.

Mein Gegenüber wurde rot.

„Du hast das eben gehört, ja?"

„Nicht alles, nur, dass du Tom heißt."

„Okay, dann sind wir wohl quitt."

„Sind wir das?", fragte ich schnippisch.

Tom sah sich in meinem Zimmer um und schüttelte den Kopf, als er den kurzen Jeansrock und das rote Top auf dem Bett entdeckte.

„Hast du etwa in deinen Klamotten gepennt?"

„Und wenn es so wäre?"

„Mann, wie kann man nur so toll aussehen wie du und so zickig sein!", entfuhr es ihm.

„Was ist das, ‚zickig sein'?"

„Das ist nicht dein Ernst! Du weißt nicht, was ‚zickig sein' bedeutet?"

„Nein, weiß ich nicht. Erklär es mir."

Tom raufte sich die Haare, doch dann entblößte er die Zähne zu einem breiten Grinsen. Ich fand, er sah ungemein süß aus, wenn er lachte. Außerdem wollte ich nicht länger ‚zickig sein', was immer das auch war. Ich prustete los und hielt mir die Hand vor den Mund.

„Kommst du mit nach draußen?", fragte Tom, nachdem wir uns wieder beruhigt hatten.

Ich nickte zustimmend und verließ mit ihm das Zimmer. Unterwegs begegneten wir Tante Margret und Onkel Achim.

Das Erstaunen stand ihnen ins Gesicht geschrieben, als sie mich in Begleitung eines Jungen aus meinem Zimmer kommen sahen. Tom wurde puterrot, aber ich begrüßte die beiden fröhlich. Tante Margret lächelte still vor sich hin.
„Ich glaube, wir fahren erst heute Nachmittag ab", gab mir Onkel Achim mit auf den Weg.
Ich sah ihn dankbar an, aber er zwinkerte mir nur kurz zu und marschierte weiter in Richtung Speisesaal.
„Puh!", meinte Tom, als wir den Burghof betraten. „Was werden die wohl jetzt von dir denken?"
„Mach dir darüber keine Sorgen!", beruhigte ich ihn. „Sie wissen, dass ich auf mich selbst aufpassen kann."
„Wie alt bist du denn?"
„Siebzehn, aber wenn man wie die Chinesen die Zeit im Mutterleib mitrechnet, dann wäre ich schon achtzehn."
„Ich bin noch 16", sagte Tom.
Es klang etwas niedergeschlagen. Doch seine Miene hellte sich schnell wieder auf.
„Ich weiß noch nicht mal, wie du heißt", fuhr er fort.
„Ich bin Pui Tien!", erwiderte ich lächelnd und reichte ihm die Hand.
Er nahm sie und hielt sie fest. Ich hatte nichts dagegen.
Wir rannten gemeinsam zur Brüstung auf der anderen Seite des Burghofes und schauten über den in der Sonne hell glitzernden Strom auf die herbstlich bunt gefärbten Wälder. Tom hielt noch immer meine Hand fest umklammert, als fürchtete er, ich könnte ihm wieder entwischen.
„Wieso hast du eigentlich dein Haar in Zöpfen geflochten?", fragte er unvermittelt.
„Damit es nicht wild umherflattert und dir wieder ins Gesicht schlägt", neckte ich ihn.
Tom schaute mich traurig an.
„Warum bist du nur so kratzbürstig?", erwiderte er. „Ich dachte, das hätten wir abgehakt."
Nur mit Mühe widerstand ich dem spontanen Impuls, mich loszureißen und wegzulaufen. Schließlich lenkte ich ein und bekannte flüsternd:
„Manchmal weiß ich selbst nicht, warum ich so bin."
Tom ergriff daraufhin auch meine andere Hand und gab mir einen flüchtigen Kuss auf die Wange. Da war es auf einmal wieder, dieses kribbelnde Gefühl im Bauch und die verhaltene Sehnsucht nach Wärme, die ich seit der kurzen Zeit mit Arnold verdrängt und aus Angst vor einer weiteren

bitteren Enttäuschung in den hintersten Winkel meiner Seele verbannt hatte. Kurz entschlossen drehte ich mich um und schwang mich auf die Brüstung.

„Komm!", forderte ich ihn auf, während ich mich bereits vorsichtig auf der anderen Seite der Mauer in das dichte Gestrüpp des alten Burggartens hinabließ.

Tom folgte mir, ohne ein weiteres Wort zu verlieren. Ich nahm seine Hand und zog ihn durch die Büsche hinter mir her, bis wir eine ebene Stelle fanden, die nicht so leicht vom Burghof aus eingesehen werden konnte. Wir setzten uns nebeneinander in das welke Gras und schauten uns lange schweigend an. Endlich nahm ich all meinen Mut zusammen und umarmte ihn. Tom zog mich zu sich heran, bis sich unsere Lippen berührten. Auf das zaghafte Tasten seiner Zunge hin, öffnete ich leicht meinen Mund und schloss die Augen.

In meinem Kopf entstand mit einem Mal wieder das Bild von Agnes und Heinrich, die ihre zärtliche Liebe zueinander nicht einmal vor den Wachen am Torhaus verbargen. Allerdings schien es, als ständen die beiden nun direkt vor mir im Burggarten. Verwirrt löste ich mich aus Toms Armen, doch dort, wo sich die beiden gerade noch befunden hatten, stand lediglich eine uralte verkrüppelte Eiche.

Tom berührte mich sacht an der Schulter.

„Was ist, Pui Tien, siehst du Gespenster?"

„Ich glaube, ja", antwortete ich und rieb mir die Augen. „Oder zumindest so etwas Ähnliches."

Tom nickte nachdenklich.

„Willst du es mir erzählen?", fragt er mit ernster Miene.

Ich zuckte mit den Schultern.

„Würdest du mir glauben?"

Tom lächelte mich verliebt an.

„Versuch es doch einfach!", forderte er mich auf.

Was ich ihm sagte, war die Wahrheit. Na gut, wenigstens zum größten Teil. Ich konnte ihm ja wohl kaum zumuten, mir meine fantastische Lebensgeschichte abzukaufen. Doch ich schilderte ihm immerhin meine seltsamen Wachträume, in denen ich Agnes bereits begegnet war, und äußerte anschließend sogar die Vermutung, dass die Tochter des Pfalzgrafen mir über den Abgrund der Jahrhunderte hinweg irgendetwas Wichtiges sagen oder zeigen wollte. Das allein war schon viel mehr, als ich irgendeinem anderen Menschen aus der Gegenwart jemals anvertraut hätte.

Tom dachte über meine Geschichte nach, während ich meinen Kopf auf seine Knie legte und aufmerksam sein Mienenspiel betrachtete.

„Diese Gräfin Isolde", begann er nach einer Weile. „Du hast gesehen, wie sie dort im Kerker saß, als du die Steine des Bergfrieds berührtest, nicht wahr, Pui Tien? Nur deshalb konntest du das wissen."

Ich lächelte ihn an und nickte.

„Ich glaube dir, so unwahrscheinlich und fantastisch deine Geschichte auch ist", fuhr er fort. „Ich könnte meinen Vater fragen, was mit Agnes und ihrem Heinrich weiter geschehen ist, wenn du das möchtest."

Ich nickte wieder.

„Das würde bedeuten, dass du mir deine Adresse und deine E-Mail aufschreiben solltest", ließ er vorsichtig anklingen. „Außerdem möchte ich dich natürlich gern wiedersehen, wenn du das auch willst."

Tom zupfte einen Grashalm und ließ ihn spielerisch um meinen Bauchnabel kreisen. Es kitzelte, und ich zuckte unwillkürlich zusammen. Tom nahm den Halm weg, aber ich ergriff seine Hand und führte sie zurück.

„Ja, das wäre schön", bejahte ich seine unausgesprochene Frage.

Tom beugte sich zu mir herab und gab mir einen Kuss.

„Wenn ich dich besuche, trägst du dann auch wieder diese fürchterlichen Zöpfe?"

„Klar, weil ich ein braves Mädchen bin und dir nicht gefallen möchte."

Zwei Stunden später reisten wir ab. Obwohl die Strecke am Rhein entlang und an der Loreley vorbei wunderschön war, bekam ich nicht viel davon mit. Zum ersten Mal in meinem Leben saß ich teilnahmslos im Auto und interessierte mich nicht für meine Umgebung. Tante Margret und Onkel Achim überließen mich lange ungestört meinen Gedanken, doch kurz vor Köln hielten sie es wohl nicht mehr aus.

„Pui Tien, Liebes!", begann Tante Margret einfühlsam. „Ich will dich ja nicht gängeln oder dich irgendwie maßregeln, aber ich hoffe doch, dass dir deine Mama gesagt hat, worauf du achten musst, wenn du mit einem Jungen zusammen bist."

„Herr Gott, Margret!", fuhr Onkel Achim auf. „Die Kleine ist 17! Natürlich weiß sie über Verhütung Bescheid! Es geht vielmehr darum, dass dieser Bursche ihr nicht das Herz bricht! Ist er in Ordnung? Siehst du ihn wieder? Oder muss ich mir den Knaben vorknöpfen, damit er kapiert, dass man nicht ohne ernste Absichten mein kleines Mädchen verführen darf?"

Ich lachte schallend und konnte mich kaum beruhigen. Onkel Achim war einfach köstlich. Er verstand es immer wieder, mich aufzuheitern.

„Keine Angst!", bekannte ich, immer noch glucksend. „Ich habe nicht mit ihm geschlafen, er ist mir nur aufs Zimmer gefolgt. Aber er ist lieb und unheimlich süß. Ich weiß nicht, ob ich mich in ihn verliebt habe."

„Nicht?", fragte Onkel Achim erstaunt.

„Doch, ich glaube schon", murmelte ich kleinlaut.

„Aha!" ließ Onkel Achim vernehmen. „Ich habe gute Ohren, Pui Tien."

Tatsächlich machte ich mir schon seit unserer Abfahrt die größten Vorwürfe. Solange ich noch mit Tom zusammen gewesen war, hatte ich mich wohl und glücklich gefühlt, aber mit jedem Kilometer, der uns der Heimat näher brachte, wuchsen meine Zweifel und mein schlechtes Gewissen.

Tom hatte mich seinem Vater und dessen Studenten vorgestellt. So erfuhr ich, dass der Professor ihnen am Beispiel der Stahleck zeigen wollte, wie sehr damals zu Beginn des 20. Jahrhunderts der von romantischen Idealen geleitete Wiederaufbau der Burg die ursprüngliche Anlage verfälscht hatte. Da Tom ihnen voller Stolz berichtete, dass ich mich besonders für das Schicksal der Pfalzgräfin Agnes von Staufen interessierte, durfte ich mich gleich einer kleinen Führung anschließen. Ein derartiger Rundgang war nämlich sonst für normale Besucher nicht möglich. Unter anderem zeigte uns Toms Vater auch im Wohntrakt der heutigen Jugendherberge den echten Verlauf der ursprünglichen Grundmauern. Dabei überraschte es mich überhaupt nicht, dass der Professor die ehemalige Kemenate exakt dort vermutete, wo sich mein Zimmer befand. Nicht weit davon entfernt stießen wir auf die frühere Burgkapelle. Da der Palas, wie uns der Professor erklärte, im Laufe der Jahrhunderte insgesamt sieben Mal zerstört und immer wieder neu errichtet worden war, hatte auch dieser Raum im ausgehenden 12. Jahrhundert einen anderen Standort besessen. Wo der gewesen war, das fanden Tom und ich nur wenige Minuten später heraus, als wir uns unbemerkt von den anderen absetzten.

Leise kichernd drangen wir beide über eine Wendeltreppe in den kellerähnlichen Gewölberaum ein, um uns noch einmal ungestört küssen zu können. Eng umschlungen genossen wir gerade unsere gegenseitigen Liebkosungen, als urplötzlich eine Reihe von Fackelträgern durch uns hindurchmarschierte. Allerdings bekam nur ich etwas davon mit, denn Tom blieb diese geheimnisvolle Welt verschlossen. Wie er mir später erzählte, sei ich mit einem hellen Aufschrei zurückgewichen und hätte bewegungslos die Wand hinter ihm angestarrt. Das für Tom unsichtbare Schauspiel, das vor meinen Augen ablief, war nicht mehr und nicht weniger als die Zeremonie der heimlichen Hochzeit von Agnes und Heinrich gewesen, von der Frank meinen Eltern in seinem Vermächtnis berichtet hatte.

Als die Erscheinung vorbei war, lag ich auf dem Boden ausgestreckt in Toms Armen. Mein neuer Freund hatte mich geistesgegenwärtig aufgefangen, als ich besinnungslos zusammengebrochen war. Nach diesem Erlebnis verließen wir fluchtartig die alten Gemäuer, packten schnell meine Sachen zusammen und verbrachten die uns noch verbliebene Zeit in der Nähe von Onkel Achims Auto.

Tom hielt mich in seinen Armen, und ich lehnte meinen Kopf vertrauensvoll an seine Schulter. Ausgerechnet in diesem Moment kam der Reisebus mit den Studenten aus Shanghai und parkte neben uns auf dem schmalen Seitenstreifen. Die Mädchen und Jungen, die kaum zwei oder drei Jahre älter sein konnten als ich, drängten sich sofort fast alle auf der uns zugewandten Seite und schauten neugierig zu. Um ihren peinlichen Blicken zu entfliehen zog ich Toms Kopf in meine Richtung, schloss die Augen und begann ihn stürmisch zu küssen. Natürlich erregte das noch mehr die Aufmerksamkeit der jungen Leute im Bus, und der ältere Reiseführer merkte, dass ihm niemand mehr zuhörte. Beim Aussteigen zollten uns die Jugendlichen auch noch kräftig Beifall. Ich wurde rot und versuchte, Tom von ihnen wegzuziehen, doch es war bereits zu spät. Der gestrenge Reiseleiter hatte uns schon erspäht. Wild mit den Armen fuchtelnd scheuchte er wortreich die Gruppe über die Straße, wo der kleine Fahrweg zur Burg begann. Danach kam er zu uns zurück und blieb direkt vor mir stehen, um mich zur Rede zu stellen:

„Ni djü dschi bu kan ren schou de!" (Du benimmst dich unerträglich), brüllte er mich an.

Tom ließ vor Schreck von mir ab und starrte den wütenden Mann fassungslos an. Er war sich keiner Schuld bewusst - wie sollte er auch? Ich dagegen senkte beschämt meinen Blick zu Boden. In den Augen des offensichtlich sehr traditionell erzogenen Mannes hatte ich wahrscheinlich das Ansehen des ganzen Landes besudelt und seinen braven Schülern noch dazu ein äußerst schlechtes Beispiel geliefert, und das, obwohl ich jünger war als diese. Mama hatte mich immer vor so etwas gewarnt.

Normalerweise hätte ich dem Lehrer nun wenigstens Respekt erweisen und ihn zerknirscht um Entschuldigung bitten müssen, doch irgendetwas in mir begehrte dagegen auf. Der Mann kannte mich nicht einmal. Woher nahm er das Recht, mich zu maßregeln? In mir begann es zu brodeln.

„Gun kai!", fauchte ich erbost zurück. „Bu yau da rau wo!" (Verschwinde und lass mich in Ruhe)

Der ältere Reiseleiter wurde blass. Doch dann drehte er sich abrupt um und lief hinter seinen Studenten her. Tom blickte ihm erstaunt nach.

„Das klang ja nicht gerade freundlich", stellte er nüchtern fest. „Dabei heißt es doch, alle Asiaten lächeln immer. Was hat er überhaupt zu dir gesagt?"

„Er fand, ich benähme mich ungebührlich, weil ich dich in aller Öffentlichkeit geküsst habe", fuhr ich fort. „So etwas tut man besser nicht! „Das sagt meine Mama auch."

„Und was hast du ihm geantwortet?"

„Ich habe ihm gesagt, er soll verschwinden und mich in Ruhe lassen!", antwortete ich kleinlaut.

„Oh je!", meinte Tom mitfühlend. „Das wäre deiner Mama bestimmt nicht recht."

„Ich weiß nicht", entgegnete ich nachdenklich. „Manchmal handelt auch sie gegen ihre Erziehung, besonders wenn sie ihr Herz entscheiden lässt, was sie tun soll."

Tom umarmte mich wieder und zog mich an sich.

„Ich glaube, du bist deiner Mama sehr ähnlich, Pui Tien", flüsterte er mir ins Ohr.

„Ich sehe sogar fast genauso aus wie sie", bekannte ich lächelnd.

„Wie soll ich das jetzt verstehen?", entgegnete Tom irritiert.

„Warte nur ab, bis du sie siehst!", tat ich geheimnisvoll.
„Du kommst doch wirklich in zwei Wochen zu uns, ja?"
„Mit allen Informationen, die ich dir bis dahin noch nicht gemailt habe, versprochen!", versicherte er. „Und ich bleibe auch bis Allerheiligen bei dir, wenn ich darf."
Ich betrachtete ihn skeptisch. Tom machte ein entrüstetes Gesicht.
„Denkst du, ich würde eine solch exotische Schönheit wie dich versetzen?"
„Ich weiß nicht, Tom", meinte ich zweifelnd. „Ich habe das schon einmal erlebt…"
„Zeig mir den Idioten und ich prügele ihn windelweich!", behauptete Tom großspurig, um dann grinsend anzufügen: „Oder ist er etwa ein Sumo-Ringer? Dann überlege ich es mir noch mal."
„Was ist ein Sumo-Ringer?", fragte ich spontan.
„Das weißt du nicht? Du bist unheimlich süß, Pui Tien. Ein Sumo ist ein japanischer Schwergewichtsringkämpfer."
Ich nickte gedankenverloren.
„Ich kann dir meinen früheren Freund nicht zeigen, Tom", nahm ich den Faden wieder auf. „Er lebt nicht in deiner Welt. Aber frag mich nicht weiter, ich will versuchen, es dir zu erklären, wenn wir uns wiedersehen."
„Noch ein Rätsel, Pui Tien?", lachte Tom.
Ich kam nicht mehr dazu, ihm zu antworten, denn Tante Margret und Onkel Achim brachten ihre Sachen und wollten gleich losfahren. Aus Scheu vor den beiden gab ich Tom nur noch einen flüchtigen Kuss und stieg ein.
„Uns ist die angekündigte Gruppe aus Shanghai begegnet", berichtete Onkel Achim, während wir die Serpentinen hinab ins Rheintal fuhren. „Hast du dich auch schön mit denen unterhalten können, wie unser Herbergsvater vorgeschlagen hatte?"
„Nein, Onkel", sagte ich. „Ich bin ihnen zu fremd."

War es wirklich Liebe, die mich zu Tom hinzog, oder hatte dieses übermächtige Gefühl sich nur von Agnes Geist auf mich übertragen? Auf jeden Fall kam ich mir hilflos, egoistisch und gemein vor. Was würden Jürgen und Didi von mir denken, wenn sie erfuhren, dass ich sie bisher verschmäht, mich aber dem ersten hübschen Jungen, der mir begegnet war, an den Hals geworfen hatte? In weniger als zwei Tagen ohne Mama und Papa war es mir bereits gelungen, ein fürchterliches Chaos anzurichten. Was würde wohl noch geschehen? Warum nur um alles in der Welt musste ich den alten Reiseführer anschreien? Mit etwas mehr Respekt und gutem Willen hätte ich dem Mann vielleicht erklären können, dass ich keine echte Chinesin war, die in den alten Traditionen erzogen wurde. Hatte auch dabei diese Agnes von mir Besitz ergriffen? Sogar mein treuer Freund, der Wolf, ging mir aus dem Weg und kauerte still im hintersten Winkel des Autos. Wie einfach war doch mein Leben gewesen, als ich noch ungebunden in der anderen Welt durch die Wälder streifen konnte.

Bei der ganzen Grübelei hatte ich überhaupt nicht mitbekommen, dass wir schon fast zu Hause waren. Ich schrak praktisch erst aus meinen düsteren Gedanken hoch, als wir in den holprigen Fahrweg zu unserem Haus einbogen.

Tante Phei Liang hielt uns die Tür auf. Sie musste sich regelrecht dagegenstemmen, so heftig fegten die Windböen um das alte Gemäuer. Ich beeilte mich, meine Sachen aus dem Kofferraum zu holen, denn der Sturm peitschte den Regen schon in dichten Schwaden vor sich her. Daher wurden wir alle drei noch nass bis auf die Haut, bevor wir das schützende Dach erreichten. Fröstelnd streifte ich beim Eintreten die durchgeweichten Halbschuhe ab und flüchtete weiter in das warme Zimmer. Dabei hinterließen meine Füße feuchte Abdrücke auf dem Boden. Am Rhein war es noch richtig warm gewesen. Dort hatte es mir nichts ausgemacht, nur mit meinem dünnen Top und den Jeans bekleidet im Gras zu sitzen, doch hier zeigte sich der Herbst bereits von seiner unangenehm kühlen Seite, und ich fror erbärmlich. Oma Liu Tsi schickte mich auch gleich nach oben, weil ich mir trockene Sachen anziehen sollte. Auf der Diele hörte ich, was Onkel Achim den anderen zuraunte:

„Bedrängt sie besser nicht, euch sofort alles zu erzählen. Ich glaube, die Kleine hat Liebeskummer."

Mir wurde es plötzlich trotz der Kälte ganz heiß, und ich schämte mich. Jetzt würden sie natürlich wissen wollen, was ich wieder angestellt hatte. Vielleicht hätte ich Onkel Achim und Tante Margret bitten sollen, nichts zu erzählen, aber dazu war es nun zu spät. Niedergeschlagen öffnete ich die Tür zu meinem Zimmer und hockte mich auf das Bett. Ich fühlte mich auf einmal ganz matt und hundeelend. Selbst die Schranktür schien meilenweit. Nach einer Weile klopfte es an der Tür, und Tante Phei Liang trat ein. Sie stützte Oma Gertrud, die nach mir sehen wollte.

„Kind, du sitzt ja noch immer in deinen nassen Kleidern da!", stellte Papas Mutter bestürzt fest. „Außerdem bist du halbnackt, und das bei dem Wetter."

Tante Phei Liang sah bezeichnend zur Decke, und ich musste lächeln.

„Heute morgen war es noch so schön und warm, Oma Gertrud", entschuldigte ich mich. „Ich habe nicht gewusst, wie kalt und nass es hier sein würde."

Oma Gertrud streichelte liebevoll meine Wange und zog erschrocken ihre Hand zurück.

„Dein Gesicht ist ja ganz heiß", meinte sie kopfschüttelnd. „Kind, du hast Fieber und musst sofort ins Bett!"

Tante Phei Liang fühlte meine Stirn und nickte.

„Ni yi ding yau wo tschuang ßiou ßi!" (Du brauchst dringend Bettruhe), lautete ihr unerbittlicher Kommentar.

Ich gehorchte und zog mir das nasse Top aus. Tante Phei Liang holte ein Handtuch aus dem Schrank und rieb mir den Rücken ab. Sie half mir auch, die Jeans abzustreifen und ein Nachthemd überzuziehen. Danach sank ich dankbar auf das Kissen und schloss die Augen. Ich bekam gar nicht mehr mit, dass sie mich zudeckte.

Agnes saß mitten in der Wildnis auf einem umgestürzten Baumstamm und weinte. Ihr kostbares Surcot mit den langen herabhängenden Ärmeln war verschmutzt und mit Blut besudelt. Vor ihr lag ein toter Ritter in gekrümmter Haltung auf dem Waldboden. Sein Hals war von einem Pfeil mit Barbillon-Spitze durchbohrt, der die engmaschigen Kettenglieder des Kinnschutzes durchschlagen hatte. Ich wollte mir die Tränen abwischen, doch stattdessen schmierte ich mir nur noch mehr von der klebrigen Masse, die meinen Händen anhaftete, ins Gesicht. Ich erschrak, denn die verzweifelte junge Frau auf dem Baumstamm war ich selbst. Ich sah durch Agnes Augen und wusste mit einem Mal, was geschehen war.

Die durch meine heimliche Heirat herbeigeführte Versöhnung zwischen den Geschlechtern der Staufer und der Welfen hatte nicht lange Bestand gehabt. Kurz nach der Geburt meines ersten Kindes war mein Vetter, Kaiser Heinrich VI., gestorben, und die Großen des Reiches wollten nun dessen kleinen Sohn, der im fernen Sizilien aufwuchs, nicht mehr als König anerkennen. Stattdessen wählte ein Teil der Fürsten Otto, den jüngsten Bruder meines Gemahls, zum neuen Herrscher. Doch die Anhänger meiner eigenen Familie gaben sich nicht geschlagen und erhoben nun prompt Heinrichs Bruder Philipp auf den Thron. Seitdem kämpften beide Parteien unerbittlich um die Rechtmäßigkeit ihres jeweiligen Anspruchs. Der Krieg, der das Land ausblutete, dauerte nun schon über drei Jahre, und er hatte bereits unzählige Opfer gefordert. Wo immer Anhänger der Staufer und der Welfen aufeinandertrafen, ließen sie die Waffen sprechen.

Mein Gemahl und ich wollten uns aus den Kämpfen heraushalten, doch das war uns nicht gelungen. Unsere beiderseitigen Verwandten forderten unmissverständlich Gefolgschaftstreue. Da wir diese nicht bieten konnten, ohne unsere Liebe zueinander zu verraten, zahlten wir alles, was wir erübrigen konnten, in beide Kriegskassen ein. Bald war uns auch das nicht mehr möglich, ohne den Ausverkauf unserer gemeinsamen Lehen hinzunehmen. Wir mussten uns für eine Partei entscheiden. Schließlich erklärte sich in Rom der junge Papst Innozenz offen für den Bruder meines Gemahls, und wir schöpften Hoffnung, dass damit der Thronstreit endlich entschieden wäre. Aber das Gegenteil war der Fall. Zwar wurde mein Vetter, der Staufer Philipp, gebannt, doch die englischen Verbündeten der Welfen verloren den Kampf in Frankreich, und immer mehr Fürsten fielen von Otto ab, so auch Erzbischof Adolf, der bis dahin der hartnäckigste Gegner der Staufer gewesen war.

Das war vor einem Monat geschehen, aber wir hatten es nicht gewusst, als wir durch dessen Land zu Ottos Hof nach Braunschweig ritten. Hier in der Wildnis des südlichen Sachsenlandes lauerten uns die feindlichen Schergen auf, bevor wir die sicheren Mauern der Reichsstadt Dortmund erreichen konnten. Nichts ahnend gerieten wir mit unserem Tross in die vorbereitete Falle. Der Kutscher meines Wagens wurde von Pfeilen tödlich getroffen, und die Pferde gingen durch. In rasendem Tempo zogen sie den Kasten durch den Wald. Schließlich riss eine vorstehende Wurzel das Vorderrad ab, mein Gefährt wurde umgeworfen und zerschellte an einem Baumstamm. Ich wurde hinausgeschleudert und blieb besinnungslos liegen. Als ich wieder zu mir kam, war schon alles vorbei. In der Zwischenzeit mussten sich mein Gemahl und unsere Ritter gegen die feigen Schützen wehren, die aus ihren Verstecken heraus mit

Armbrüsten schossen. Dabei wurden fast alle unsere Begleiter getötet, ohne dass sie auch nur einen ihrer Gegner zu Gesicht bekamen. Nur mein Gemahl und der Ritter von Sooneck konnten den Mördern entkommen und sich zu mir durchschlagen. Ein Pfeil hatte dessen Hals durchschlagen, und er fiel blutend vor meine Füße. Ich bettete den Kopf des alten Ritters in meinen Schoß, wo er nur wenige Augenblicke später starb. Wir hatten noch nicht einmal Zeit, seinen Leichnam zu bergen, denn die Verfolger waren uns bereits auf den Fersen.

Durch Agnes Augen sah ich, wie deren Mann ihre Hand ergriff, die nun auch die meine war, und mich hinter sich her in das Dickicht zog. Zu Fuß flohen wir immer tiefer in die Wälder. Stunden um Stunden vergingen. Bald wussten wir nicht mehr, wo wir uns befanden. Trotzdem hielten wir nicht an, bis wir hinunter in ein Tal und an einen unbekannten Fluss gelangten. Eine Weile lang wateten wir durch das Wasser, um unsere Spuren zu verwischen. Ich fühlte mit Agnes Körper deren totale Erschöpfung, und als ihr Gemahl sie endlich zu sich auf das Ufer zog, sank ich mit ihr ermattet ins Gras. Auf der anderen Flussseite gähnte im Hang des Berges das schwarze Loch einer Höhle. In diesem Augenblick wurde mir klar, dass wir an der Klutert waren.

Ich schrak hoch, als der Wecker klingelte und schaute mich benommen um. Fieber und Mattigkeit waren völlig verschwunden. Trotzdem dauerte es noch eine ganze Weile, bis ich mich wieder an die Realität gewöhnen konnte. Im Traum war mir alles so echt erschienen, dass ich tatsächlich geglaubt hatte, in Agnes Körper gefangen zu sein.

Ich warf die Decke beiseite, nahm mir frische Sachen aus der Kommode und ging in das Zimmer meiner Eltern, um die Dusche anzustellen. Dabei kam ich an Mamas Spiegel vorbei und fuhr entsetzt zurück: Mein Gesicht war blutverschmiert! Zögernd und mit pochendem Herzen riskierte ich einen zweiten Blick: Das Blut des toten Ritters war weg!

Allmählich dämmerte es mir, dass ich Agnes offenbar so lange nicht entkommen konnte, bis sie mir die Geschichte ihres Lebens vollständig erzählt hatte. Aber wann würde das sein, und vor allem, wie würde diese enden? Mit ihrem Tod? Ich schauderte, denn davor fürchtete ich mich. Nur mit Mühe gelang es mir, die aufsteigende Panik zu unterdrücken, aber schließlich besann ich mich auf die uralte Weisheit von Mamas Ahnen, die auch Oban mich damals in der Höhle gelehrt hatte, als ich noch ein Kind war: Nichts geschieht ohne Grund!

Ich stellte die Dusche an und ließ das heiße Wasser auf meine Haut prasseln. Das beruhigte mich und lenkte meine wirren Gedanken in geordnete Bahnen. Der Grund, warum Agnes mir hier im Traum erscheinen konnte, war offensichtlich, dass sie tatsächlich einmal in dieser Gegend gewesen war. Aus dem Brief ihres Vaters wusste ich auch, dass dieser seiner Tochter die Wahrheit über seine Herkunft erzählt hatte. Dabei würde Frank ihr wohl auch nicht verschwiegen haben, was es mit mir und der Höhle auf sich hatte. Vielleicht war Agnes nach dem Überfall sogar Oban begegnet. Aber warum versuchte ihr Geist ständig, über den Abgrund der Zeit hinweg mit mir Kontakt aufzunehmen? Was war an der Höhle geschehen? Weshalb war es so wichtig, dass ich die Geschichte ihres Lebens erfahren sollte? Auf all diese Fragen würde ich sicher nur dann eine Antwort erhalten, wenn ich es zuließ, dass sie mich weiterhin in ihren Bann ziehen konnte. Ich wagte kaum daran zu denken, doch bestimmt würde ich es am ehesten herausfinden, wenn ich zur Klutert ging. Genau das hatte mir Papa aber besonders eindringlich verboten.

Ebenso wie Mama fürchtete er, dass mich die Mächte der Höhle wieder erfassen und abermals in unbekannte Regionen der Vergangenheit schleudern könnten, falls sie mich nicht sogar zermalmen würden. Aber ich wusste auch, dass ich zu meinem Schutz nur einen Gegenstand benötigte, der sowohl in dieser als auch in der anderen Zeit existierte, und ein solches Objekt besaß ich schließlich mit dem Reif der Deirdre, den Oban mir in der anderen Welt zum Abschied geschenkt hatte. Das einzige Problem bestand darin, dass ich eine Möglichkeit finden musste, meinen Eltern den Weg zu mir zu ebnen. Immerhin konnten sie mir dann zu Samhain am 31. Oktober folgen, denn dies war der einzige Tag, der es ihnen erlauben würde, durch das Tor zu gehen.

Ich hielt erschrocken inne. War ich tatsächlich bereit, alle Ermahnungen und Gebote zu missachten, um nach dieser Agnes zu forschen? Hatte ich nicht gelobt, eine gehorsame, verantwortungsbewusste Tochter zu sein? Und was war mit Tom, wenn er mich wirklich besuchen kam? Wollte ich in Wahrheit vielleicht nur allem entfliehen, weil ich mich in dieser Welt nicht zurechtfand? Im Geiste sah ich vor mir

Mamas trauriges Gesicht, und ich machte mir bittere Vorwürfe. Niedergeschlagen trocknete ich mich ab und stieg aus der Dusche.

Vor mir stand mein Freund, der Wolf. Er hatte sich schon in der Nacht aus meinem Zimmer geschlichen, weil er sich vor dem Geist des fremden Mädchens aus der Vergangenheit fürchtete. Er hielt den Kopf gesenkt und beobachtete mich scheu, als ob er sich fragen würde, ob ich überhaupt noch die gleiche Person war, die er bisher gekannt hatte.

In der Schule war ich unkonzentriert und wurde mehrmals von den Lehrern ermahnt. Zuvor hatte ich bereits tunlichst vermieden, auch nur in die Nähe von Jürgen und Didi zu kommen, weil ich ihren drängenden Fragen nach meinen Erlebnissen während der Reise nach Heidelberg ausweichen wollte. Natürlich bemerkten die beiden sofort, dass etwas nicht in Ordnung war, und ich erreichte nur das Gegenteil. Bei jeder sich bietenden Gelegenheit bestürmten sie mich mit ihren diesbezüglichen Fragen. Bald fielen mir keine Ausreden mehr ein, und ich gab zögerlich zu, dass mich etwas bedrückte. Da ich aber nicht so recht mit der Sprache herausrücken wollte, vermutete Jürgen schon nach kurzer Zeit, dass ich wohl einen anderen Jungen kennen gelernt hätte. Ich errötete und schwieg betroffen, weil ich mich schuldig fühlte. Daraufhin fluchte Jürgen einen Moment lang leise vor sich hin, trat wütend gegen den Papierkorb und entfernte sich kopfschüttelnd. Didi sah ihm traurig nach, blieb aber bei mir stehen.

„Darf ich trotzdem weiter dein Freund sein und zu dir kommen, Pui Tien?", flüsterte er leise nach einer Weile.

Ich nickte kurz und versuchte zu verbergen, dass mir die Tränen kamen. Didi kramte umständlich nach einem Taschentuch und reichte es mir wortlos. Dabei wich er meinen Blicken aus und schaute beschämt zur Seite. Ich wischte mir die Augen und lächelte ihn verstohlen an.

„He, würdest du mir heute Nachmittag bei den Hausaufgaben helfen?", fragte ich lauernd. „Ich habe nicht gut aufgepasst und weiß nicht recht, was genau wir in Deutsch machen sollen."

„Sieht er gut aus?", murmelte Didi statt einer Antwort und fuhr sich missmutig mit der Hand über den Bauch. „Dämliche Frage, natürlich sieht er gut aus."

Ich wurde wieder rot.

„Er heißt Tom", sagte ich nur.
„Wirst du ihn wiedersehen?"
„Er hat gesagt, er käme mich in zwei Wochen besuchen."
„Dann habe ich ja nicht mehr viel Zeit, dich umzustimmen", erwiderte Didi grinsend.
Ich musste lachen, obwohl mir nicht danach zumute war.
„Wozu umstimmen?", fragte ich keck.
Didi schwieg bezeichnend, und ich beließ es dabei.

Die Großeltern meines Klassenkameraden besaßen eine Brauerei in Tianjin, die sie im Zuge der großen Reformen in China gegründet und selbst aufgebaut hatten. Nach Öffnung der Märkte entwickelten sie eine intensive Kooperation mit der Privatbrauerei in unserer Nachbarstadt Schwelm. Als Verbindungsmann hatten sie bereits vor vielen Jahren ihren jüngsten Sohn und dessen Familie nach Deutschland geschickt. Didi war praktisch hier aufgewachsen, doch seine streng traditionelle Erziehung verhinderte, dass er viele Freunde unter den anderen Kindern finden konnte. Jürgen, der mit seinem tollen Aussehen und seiner offenen Art vor allem bei den Mädchen gut ankam, war immer Didis großes Vorbild gewesen. Im Schatten eines solchen Freundes öffneten sich auch für den eher schüchternen und etwas pummeligen chinesischen Jungen viele Türen, die ihm sonst sicher verschlossen geblieben wären. Dass Didi allein von sich aus fragen würde, ob er mich weiterhin besuchen dürfe, hätte ich ihm, nachdem Jürgen mich nun demonstrativ mit Verachtung strafte, nicht zugetraut. Einerseits war ich froh, offenbar doch nicht gleich beide verloren zu haben. Andererseits machte ich mir bittere Vorwürfe, denn durch meine Schuld hatte ich die beiden wohl endgültig auseinandergebracht. Wahrscheinlich würde Didi sich jetzt an mich klammern, und ich wusste nicht, ob ich dem gewachsen war. Was hatte ich da nur wieder angerichtet?

Nach der letzten Stunde sprach ich unter einem Vorwand den Lehrer an, um nicht mit den anderen hinausgehen zu müssen. Tatsächlich gelang es mir dadurch, als eine der Letzten das Gebäude zu verlassen. Der Bus war natürlich weg, aber das war mir durchaus recht. Ich wollte mit meinem Kummer allein sein, und - ich gebe es zu - ich benötigte vor mir selbst eine Rechtfertigung, zu Fuß zur Stadt hinabzugehen und dafür die Abkürzung durch den Wald an der Flanke des Klutertberges wählen zu können. Es lag nicht in meiner Absicht, eine weitere Begegnung mit Agnes oder ihrem ruhelosen Geist herbeizuführen, aber ich wollte einer solchen auch nicht ausweichen. Immerhin war die Tochter des Pfalzgrafen einst auf der Flucht vor ihren Verfolgern in die unmittelbare Nähe der Kluterthöhle gelangt. Wenn meine Vermutung stimmte, dass sie mich stets zu den Orten locken wollte, mit denen sie auf unerklärliche Weise verbunden war, dann würde auch jetzt wieder etwas geschehen, das mich in ihren Bann zog. Obwohl ich jeden Moment mit einem solchen Ereignis rechnete, schaute ich mich immer wieder ängstlich um, als ich betont langsam die im Steilhang des Waldes angelegten Treppen hinabstieg.

Plötzlich vernahm ich ein Geräusch neben mir im Dickicht. Ich blieb erschrocken stehen. Das Herz pochte mir bis zum Hals, und meine Handflächen wurden feucht. Voll Panik riss ich den Schulrucksack vom Rücken und kramte verzweifelt darin herum. Ich hatte Obans Stirnreif vergessen!

Ich machte sofort kehrt und lief, so schnell ich konnte, wieder bergauf, doch schon bei der dritten Stufe stolperte ich und schlug mit dem Kopf gegen einen Baumstumpf. Augenblicklich schwanden mir die Sinne.

Die Fesseln schnitten mir tief ins Fleisch, während der rohe Scherge mich zur Eile antrieb und grob an dem Strick zog, der mich mit dem Sattel seines Pferdes verband. Keuchend unterdrückte ich den Schmerz und versuchte, den steilen Aufstieg zu bewältigen, ohne ins Straucheln zu geraten. Der Schweiß tropfte aus den wirren Strähnen meines aufgelösten Haares. Unter höhnischem Gelächter stieß mir ein anderer Bewaffneter das stumpfe Ende seines Spießes ins Kreuz.

„He, eine hochgestellte Dame wollt Ihr sein?", rief er gehässig auf Sächsisch. „Eine Pfalzgräfin gar? Und Euer Galan noch dazu der Bruder unseres Königs Otto? Warum versteckt Ihr Euch dann bei den ungläubigen Ketzern vom kleinwüchsigen Volk?"

Rasend vor Zorn wollte ich mich umdrehen, um meinem Peiniger ins Gesicht zu spucken, doch das Seil riss mich mit einem brutalen Ruck nach vorn, und ich strauchelte über eine hervorstehende Wurzel. Für meine vergebliche Mühe wurde ich mit einem vielstimmigen Johlen unserer Bewacher belohnt. Tränen der Wut und des Schmerzes trübten meine Augen und ließen mich meine Umgebung nur schemenhaft erkennen.

Die Söldner hatten uns am frühen Morgen vor der Kluterthöhle aufgelauert und im Handstreich überwältigt. Ohne Vorwarnung schlugen sie meinen Gemahl Heinrich nieder, noch bevor dieser sein Schwert ziehen konnte. Der alte Canmor und die restlichen drei greisen Zwerge wurden gefesselt und in vorbereitete eiserne Käfige gezwängt, die mithilfe von Packpferden vor die Höhle gebracht worden waren. Die verbliebenen Hüter des Berges leisteten keine Gegenwehr, denn sie wussten, was ihnen bevorstand. Sie erzählten es uns gleich, nachdem sie meinen Gemahl und mich vor einigen Tagen entkräftet an der Höhle gefunden und vor den Häschern des Erzbischofs in Sicherheit gebracht hatten. Denn es war die Gier nach Gold, die die Zwerge zu Opfern werden ließ.

Schon immer standen die letzten Altvorderen in dem Ruf, dass allein ihnen bekannt sei, wo in den Tiefen der Berge das begehrte gelbe Metall verborgen war; aber bislang war es niemandem gelungen, sich an ihre Fersen zu heften. Vor einigen Jahren jedoch hatte der Sohn eines der Waldbauern aus der Umgebung der Klutert auf der anderen Seite des Berges die Zwerge beobachtet, wie sie mit prallgefüllten Lederbeuteln aus einer Spalte im anstehenden Fels krochen. Neugierig geworden untersuchte der Bauernjunge später die Stelle genauer und fand tatsächlich einige Körner Goldstaub zwischen den Steinen. Die Nachricht verbreitete sich schnell und erreichte wenig später auch den Landesherrn, den mächtigen Grafen Arnold von Altena-Nienbrügge.

Obwohl ich praktisch in Agnes Gedankenwelt gefangen war, durchfuhr mich im Augenblick dieser Erkenntnis ein eisiger Schrecken. Allmählich begann ich zu begreifen, was geschehen war. Ausgerechnet auf Anordnung meines früheren Freundes Arnold hin wurden ein Bergwerk gebaut und Stollen in das Gestein getrieben. Und seine eigenen Schergen wachten darüber, dass niemand die Pfründe daraus behalten konnte.

Arnold wollte das gefundene Gold nicht für sich, sondern zur Unterstützung seines Königs, denn er war immer ein treuer Gefolgsmann der Welfen geblieben. Als es dann bald um deren Sache immer schlechter bestellt war und die Geldquelle aus dem verbündeten englischen Königshaus versiegte, musste zwangsläufig auch die Suche nach dem edlen Metall verstärkt werden. Also ließen Arnold und sein ältester Sohn, Graf Everhard, einen Teil der Zwerge gefangen nehmen, um diese zur Mitarbeit zu zwingen. So waren bereits mein alter Lehrmeister Oban und das jüngere Paar Guinifee und Belrigg zusammen mit ihrem einzigen Sohn Sligachan in die Gewalt der Söldner geraten. Nun hatten sie sich auch noch die restlichen Zwerge geholt. Und dabei waren mein Gemahl und ich ebenfalls gefangen worden.

Ich spürte Agnes Empörung und ihre Verzweiflung über das Unrecht, das ihren Rettern zugefügt wurde; und gleichzeitig wuchs meine Sorge um das Leben der mir so vertrauten Menschen, die mich selbst während meiner zeitlichen Verbannung in ihre Gemeinschaft aufgenommen hatten, ins Unermessliche. Die unerklärbaren Gewalten in mir brodelten, als mein Blick starr das Seil fixierte, das mich mit dem Sattel verband. Doch kurz bevor die unsichtbaren Kräfte wirksam werden konnten, rief mich eine ferne Stimme bei meinem Namen.

„Pui Tien, Pui Tien!", klang es immer lauter in meinen Ohren. „Pui Tien, bitte, wach auf!"

Ich öffnete die Augen und schaute in Didis besorgtes Gesicht. Er hatte bereits sein Handy aus der Tasche genommen und war gerade dabei, den Notruf einzugeben. Ein wenig benommen richtete ich mich langsam auf.

„Das kannst du wegstecken", sagte ich mit leicht zittriger Stimme. „Mir fehlt nichts, ich bin nur gestolpert."

„Du warst bewusstlos, Pui Tien", entgegnete er trocken. „Genauso wie letztes Mal im Wald."

Ich winkte ab.

„Onkel Achim sagt, das passiert Mädchen in meinem Alter schon mal."

„Ich finde das aber nicht normal, Pui Tien. Vielleicht solltest du zum Arzt gehen. Ich kann dich begleiten."

Ich schüttelte energisch den Kopf.

„Was tust du eigentlich hier?", fragte ich stattdessen.

„Ich bin dir gefolgt", gab Didi kleinlaut zu. „Du sahst so traurig aus, da habe ich gedacht, ich passe besser auf, was du machst…"

Ich sah ihn giftig an, und Didi senkte beschämt den Blick. Doch dann gab ich mir einen Ruck und stieß ihn von der Seite an.

„Eh, ist schon gut!", meinte ich lächelnd. „Danke, dass du da warst, sonst hätte ich vielleicht noch bis heute Abend

hier gelegen und Ärger bekommen, weil ich nicht mit dem Schulbus gefahren bin."
Didi nickte verstohlen.
„Kannst du wieder gehen, oder soll ich dir helfen?"
„Würdest du mich etwa bis in die Stadt tragen, wenn ich es nicht könnte?", erwiderte ich grinsend.
„Natürlich, Pui Tien!", behauptete Didi ernsthaft.
Ich nahm lachend meinen Schulrucksack auf und stieg ein paar Stufen hinab, blieb dann aber abrupt stehen.
„Was ist Pui Tien?", erkundigte sich Didi gleich. „Kannst du doch nicht weiter?"
Ich schaute mich unsicher um und machte kehrt.
„Nein, alles in Ordnung. Aber ich möchte doch lieber wieder nach oben und über die Straße in die Stadt gehen."

Im Bus nach Rüggeberg gingen mir tausend Dinge auf einmal durch den Kopf. Der Stirnreif mit dem Deirdre-Symbol. Wo hatte Oban das Gold, aus dem dieser gegossen worden war, hergeholt? Wenn ich das in Erfahrung bringen könnte, wüsste ich auch bestimmt, wo das Bergwerk lag, in dem Arnolds Söldner meinen Lehrmeister und die anderen Zwerge zur Arbeit gezwungen hatten. Gleichzeitig schalt ich mich wegen meines Leichtsinns. Ich hätte mich nicht so nah an die Höhle wagen dürfen. Wenn mich dabei die Mächte des Berges erfasst hätten, wäre ich verloren gewesen. Andererseits benötigten Oban und seine Leute dringend meine Hilfe. Und damit konnte ich nicht so lange warten, bis Mama und Papa zurückkamen. Aber ich musste mein Vorhaben gründlich planen. In diesem Zusammenhang fiel mir ein, was meine Eltern über ihre eigene geheimnisvolle Begegnung mit meinem alten Lehrmeister erzählt hatten. Es gab also doch einen Zusammenhang zwischen ihrer Erscheinung und meinen Begegnungen mit Agnes. Wahrscheinlich hatte Oban sie am Bergwerk getroffen und erfahren, wer sie war. Auf irgendeine Weise musste es ihm gelungen sein, ihren Geist zu mir zu senden. Aber in welcher Zeit war dies alles geschehen? Als Arnold mich verließ und meine Eltern mich heimholten, schrieb man das Jahr 1170. Sechs Jahre später wurde Agnes geboren. Ihre heimliche Hochzeit auf der Burg Stahleck fand 1193 statt. Ich musste nun nur noch herausfinden, wann der Bürgerkrieg nach der doppelten Königswahl begonnen hatte. Mit den Möglichkeiten des Internets dürfte dies für mich wohl kein Problem sein. Aus Agnes Gedächtnis war mir bekannt, dass sie drei Kindern das Leben schenkte. Nicht allzu lange nach der Geburt des letzten musste sie an der Höhle gewesen sein, überlegte ich.

Zu Hause schlich ich in mein Zimmer, um meine Blessuren in Augenschein zu nehmen, doch gerade, als ich die ausgewachsene Beule an meiner Stirn im Spiegel betrachtete, trat Tante Phei Liang ein und sah die Bescherung.

„Ich bin in der Schule vor den Türpfosten gelaufen!", log ich dreist.

„Dschen schi de?" (wirklich), fragte Tante Phei Liang lauernd.

Ich nickte und bemühte mich, nicht zu erröten. Niemand durfte erfahren, was tatsächlich geschehen war, sonst würden sie mich nicht gehen lassen. Immerhin saß ihnen allen noch immer der Schreck meines ersten Verschwindens in den Gliedern.

„Du lügst noch schlechter als deine Mama, kleine Schwester-Tochter!", sagte Tante Phei Liang bestimmt.

„Wir haben uns gestritten!", schluchzte ich unter Tränen. „Dabei ist es passiert, und jetzt will Jürgen nichts mehr mit mir zu tun haben."

Tante Phei Liang nahm mich in die Arme.

„Du hast auf der Reise einen anderen Jungen kennen gelernt, nicht wahr?"

Ich nickte wieder, aber diesmal war mir dabei wohler, denn die widerstreitenden Gefühle, die mich bedrückten, waren schließlich echt. Tante Phei Liang strich mir behutsam über das Haar.

„Liebe und Schmerz gehören zusammen wie Bruder und Schwester!", erklärte sie. „Du wirst noch lernen, damit umzugehen."

„Wenigstens will Didi mich weiter besuchen kommen", deutete ich an.

„Klar, er weiß, dass er weder gegen Jürgen noch gegen den anderen eine echte Chance hat!", lachte Tante Phei Liang. „Daher hat sich für ihn ja nichts geändert."

„Aber ich habe ihn gern!", protestierte ich halblaut. „Und ich freue mich, wenn er nachher kommt."

„Sicher!", meinte Tante Phei Liang wohlwollend.

Während sie hinausging, lächelte sie still vor sich hin. An der Tür drehte sie sich noch einmal um.

„Wie heißt er denn?"

„Wer?"
„Dein Reisefreund natürlich!"
„Tom", antwortete ich leise.

Mir fiel ein Stein vom Herzen, denn offensichtlich war es mir gelungen, Tante Phei Liangs Misstrauen vorerst zu zerstreuen. Beinahe war ich regelrecht froh über das Chaos meiner Gefühle.

Unterwegs zum Computer in Opa Kaos Arbeitszimmer kämpfte ich gegen mein schlechtes Gewissen an. Es fiel mir immer schwerer, meine Schuldgefühle zu unterdrücken, die mir einsuggerieren wollten, dass ich im Begriff war, sowohl Mama und Papa als auch alle anderen im Haus zu hintergehen.

Ich schaltete den Computer an und stellte fest, dass Tom mir eine E-Mail geschickt hatte. Die Nachricht war recht lang, und sie handelte hauptsächlich von Agnes.

„Bingo!", rief ich laut aus, während ich sie schnell überflog. Der Anfang war ziemlich pathetisch gehalten:

„In Christian Grabbes Drama ‚Heinrich VI.' (1830) ist Agnes von Staufen das resolute Mädchen, das unbekümmert um die Autoritäten der hohen Politik erst einen Reichstag mit ihrem Anspruch auf Liebesglück in Verblüffung versetzt und dann auch noch, den ängstlichen Bräutigam immer hinter sich herzerrend, am Totenbett Heinrichs des Löwen die Versöhnung von Welfen und Staufern bewirkt. ‚Rose, blühen musst du zwischen Felsen', sagt der sterbende Herzog zu ihr, und Kaiser Heinrich VI. seufzt: ‚Wer kann der Liebe wehren?' Der Dichter hat kaum übertrieben, nur den Part ausgelassen, den Agnes Mutter Irmgard dabei spielte. Denn die war es, die bei dem Unternehmen die Fäden zog. Agnes von Staufen, Tochter des Pfalzgrafen bei Rhein, war schon früh mit dem Sohn Heinrichs des Löwen, Heinrich dem Jüngeren, verlobt worden. Ihr Vetter Kaiser Heinrich VI. hatte jedoch andere Pläne mit ihr; sie sollte Philipp II. August von Frankreich heiraten. Ehe es dazu kommen konnte, griff die Mutter ein. Sie nutzte die Abwesenheit ihres Mannes und ließ den Welfen auf die Burg Stahleck kommen. Dort veranstaltete sie am 5. November 1193 eine Hochzeit für die jungen Leute. Als Heinrich VI. davon erfuhr, geriet er in heftigste Wut, fand sich aber bald damit ab, da er einsah, dass sich, wenn nicht außenpolitisch, so doch innerhalb des Reiches, einiges aus dem romantischen Ereignis machen ließ..."

Ich musste unwillkürlich schmunzeln. Das wussten wir besser, denn schließlich hatten wir Franks Brief gefunden, und außerdem war ich praktisch Augenzeugin all dieser Dinge geworden. Interessanter war da schon der Abschnitt über Agnes Kinder. Da gab es einen Heinrich, der 1197 geboren worden und bereits als 17-Jähriger gestorben war, ferner eine Tochter mit Namen Irmgard, die im Jahre 1200 das Licht der Welt erblickte, und eine zweite, die ebenfalls Agnes hieß. Sie wurde nur ein Jahr später geboren, war die Großmutter des späteren Kaisers Ludwig des Bayern und galt als Stammmutter des Hauses Wittelsbach.

„Es finden sich zwar nur spärliche Hinweise auf Agnes weiteres Leben", schrieb Tom, *„aber sie muss hautnah mitbekommen haben, wie der friedensstiftende Zweck ihrer Liebesehe durch den Bürgerkrieg zwischen den Parteien ihres Mannes und ihrer eigenen Verwandtschaft zerrieben wurde und immer mehr den Bach runterging. Die Auseinandersetzung begann schon 1198 mit der Doppelwahl des Welfen Otto sowie des Staufers Philipp zum deutschen König und zog sich über zehn lange Jahre hin. Das Ganze muss die junge Frau völlig fertiggemacht haben. Immerhin ist sie nur 27 Jahre alt geworden und bereits 1204 in einem Kloster namens Sankt Marien in Stade gestorben. Auf jeden Fall ziehe ich den Hut vor deiner Agnes, liebste Pui Tien, denn sie hat allen Widrigkeiten und der hohen Politik zum Trotz ein Leben für die Liebe geführt, auch wenn sie vielleicht zuletzt daran zerbrochen ist. Wer kann das wohl heute schon von sich behaupten?"*

Ich war dem Weinen nahe. Ein Leben für die Liebe, sinnierte ich immer wieder in Gedanken, während ich wehmütig Toms freudige Ankündigung, mich bald wiedersehen zu wollen, las. Mir selbst war so etwas offenbar nicht vergönnt. Wahrscheinlich würde ich längst in der Vergangenheit sein, wenn mein Freund mich besuchen kam.

Mechanisch loggte ich mich aus und schaltete den Computer ab. Nach allem, was ich nun erfahren hatte, konnte Agnes nur wenige Monate vor ihrem Tod an der Klutert gewesen sein, und dies war mindestens 33 Jahre nach meinem Verschwinden aus jener Zeit geschehen.

„Warst du schon mal da oben?", fragte ich Didi mit einem Seitenblick auf den Hagener Stadtplan, wo mein Zeigefinger auf einer Stelle mit der vielversprechenden Bezeichnung „Goldberg" ruhte.

Mein Schulfreund zuckte mit den Achseln.

„Ich habe gar nicht gewusst, dass es in Hagen einen Berg und eine Gegend gibt, die so heißt", erwiderte er erstaunt. „Aber kannst du mir noch mal erklären, warum du dort unbedingt hin willst? Du hast vom Geist einer Frau geträumt, die dir was Wichtiges sagen will?"

Didi schüttelte ungläubig den Kopf.

„Hat man dir denn nicht beigebracht, dass man den Zeichen, die uns die Ahnen geben, folgen muss?"

„Meine Großeltern reden ständig über so was, aber meine Eltern glauben nicht mehr daran", verteidigte er sich. „China ist ein modernes Land geworden, Pui Tien. Du müsstest mal unsere großen neuen Städte sehen."

„Ihr habt die alten Weisheiten vergessen", folgerte ich traurig. „Das hat meine Mama mir auch schon gesagt."

Didi zuckte zusammen. Er fühlte sich getroffen.

„Ich sage ja nicht, dass alles Unsinn ist!", beteuerte er schnell. „Vielleicht weiß deine Oma mehr über diese Dinge, und du solltest sie fragen."

„Das geht nicht!", beschied ich ihm barsch. „Niemand darf davon wissen. Deshalb frage ich ja dich, ob du mit mir dort hingehst."

„Natürlich, Pui Tien!", beeilte sich Didi zu versichern. „Ich freue mich riesig, dass du mich in deine Geheimnisse einweihen willst."

„Also ist es abgemacht. Wir suchen den ‚Goldberg'."

Während ich auf meinen Schulfreund wartete, war mir eingefallen, dass Mama und Papa ihre Erscheinung mit Oban in einem Eisenbahntunnel hatten, nachdem sie im Hagener Hauptbahnhof im Zug sitzen geblieben waren. Daher suchte ich mir den entsprechenden Stadtplan aus Papas Kartensammlung und schaute mir die weitere Streckenführung an. Tatsächlich entdeckte ich sofort den sogenannten „Goldbergtunnel" auf der Route durch das Volmetal. Der Berg gleichen Namens befand sich unterhalb des Bismarckturms, und er lag praktisch auf der Ostseite des Gebirgsblocks, zu dem auch die Kluterthöhle gehörte. Es passte alles zusammen.

Natürlich war mir klar, dass Didi mich dorthin begleiten würde, auch wenn er meine Geschichte als Spinnerei abtat. Und so saßen wir beide eine Stunde später bereits im Bus, der uns hinunter in die Stadt brachte. Zu Hause hatte ich erzählt, wir müssten ein bestimmtes Buch besorgen, das man nur in Hagen bekommen könnte. Da ich zusammen mit Didi unterwegs war, schöpfte niemand Verdacht.

Im Zug nach Hagen berichtete ich Didi von allen meinen bisherigen Erlebnissen mit dem ruhelosen Geist der Agnes von Staufen, verschwieg ihm aber geflissentlich die besondere Beziehung meiner Eltern zu deren Vater.

„Angenommen, ich glaube dir, Pui Tien", meinte Didi anschließend nachdenklich, „welchen Grund sollte diese Frau aus dem Mittelalter haben, ausgerechnet mit dir Kontakt aufzunehmen?"

Ich schaute beschämt zu Boden.

„Das darf ich dir nicht sagen!", antwortete ich gequält. „Noch nicht! Aber du wirst es erfahren, denn du musst meinen Eltern später erzählen, was geschehen ist."

Didi starrte mich mit offenem Mund an.

„Was soll das bedeuten, Pui Tien? Warum willst du es ihnen denn nicht selbst berichten?"

„Weil ich dann nicht mehr da bin!"

„Wie soll ich das verstehen?"

Didi klang bestürzt. Vielleicht vermutete er gar, ich wollte mir etwas antun. Aber ich hatte ihm bereits schon zuviel gesagt und konnte nicht mehr zurück. Verzweifelt suchte ich nach Worten, um ihm zu erklären, was ich vorhatte, denn ich brauchte ihn, damit Mama und Papa in der Lage sein würden, meiner Spur zu folgen. Ich ergriff seine Hand und schaute ihn flehend an.

„Vertrau mir!", bat ich beschwörend.

„Wobei?"

Ich öffnete meinen kleinen Rucksack und nahm den goldenen Stirnreif heraus. Diesmal hatte ich ihn nicht vergessen.

Didi blickte verständnislos.

„Erkennst du ihn?", fragte ich. „Ich habe ihn aufgesetzt, als Jürgen und du mich zum ersten Mal besucht habt."

Didi nickte kurz.

„Ich habe diesen Reif vor über achthundert Jahren von meinem Lehrmeister geschenkt bekommen."

„Du machst dich über mich lustig, Pui Tien, das finde ich nicht gut."

„Um zu verstehen, was ich vorhabe, musst du begreifen, dass ich bis vor einem halben Jahr im 12. Jahrhundert gelebt habe."

„Warum erzählst du mir solche Märchen, Pui Tien?"

„Didi, ich meine es vollkommen ernst! Meine Eltern und ich besitzen eine Gabe, die uns für die Mächte, die das Gefüge der Zeit beherrschen, empfänglich macht."

Didi wich vor mir zurück.

„Ich glaube dir kein Wort, Pui Tien!"

Ich nahm abermals seine Hand, die er zurückgezogen hatte, und hielt sie fest.

„Didi, ich will dich nicht verspotten oder mich über dich lustig machen, denn ich brauche deine Hilfe. Hör mir einfach zu und versuch bitte, mich zu verstehen."

Und dann erzählte ich ihm meine ganze Geschichte. Inzwischen war der Zug im Hagener Hauptbahnhof angekommen. Wir stiegen aus, spazierten über den Bergischen Ring und dann hinauf zum Stadtgarten. Erst am oberen Parkplatz beendete ich meinen Bericht.

Obwohl er mich nicht ein einziges Mal unterbrochen hatte, betrachtete mich Didi immer noch skeptisch.

„Pui Tien, du hast dir das wirklich nicht nur alles ausgedacht?"

„Es ist die Wahrheit, ich schwöre es dir bei unseren Ahnen!"

Didi schüttelte den Kopf.

„Jürgen würde dir das niemals abkaufen, Pui Tien, das weißt du."

„Aber du glaubst mir?"

Didi breitete seine Arme aus.

„Ganz ehrlich, Pui Tien, ich weiß nicht…"

„Nun gut, das musst du auch nicht, aber wenn ich in der Höhle verschwunden bin, wirst du es tun."

Ich konnte sehen, wie er mit sich kämpfte.

„Hast du diesem Tom das auch alles erzählt?"

„Nein, Didi, nur du allein kennst die ganze Wahrheit."

In seinen Augen spiegelte sich die Eifersucht. Ich kam mir hilflos und schäbig vor. Benutzte ich ihn?

„Ihn liebst du, aber mir vertraust du dein größtes Geheimnis an?", hakte Didi nach. „Wie soll ich damit umgehen?"

Ich biss mir auf die Lippen.

„Es tut mir leid, Didi", murmelte ich leise. „Vergiss es!"

Enttäuscht und verletzt ließ ich ihn stehen und lief davon.

Schen Diyi Er Dsi (Didi)

Sie rannte den Berg hinunter, ohne sich umzusehen. Ich hingegen stand wie angewurzelt da und machte keine Anstalten, ihr zu folgen oder sie gar aufzuhalten. Das war's, dachte ich bitter. Soll sie doch auf ihren Tom warten und ihn mit ihrer total verrückten Geschichte einseifen. Wieso um alles in der Welt war ich nur mit ihr auf den dämlichen Berg gestiegen, auf dem rein gar nichts auf ein uraltes Bergwerk hinwies. Wie hatte ich mir bloß einbilden können, diesen Traum von einem Mädchen für mich gewinnen zu können? Sie war viel zu hübsch, um auch nur einen einzigen ernsthaften Gedanken an mich zu verschwenden.

Ich wischte mir den Schweiß von der Stirn und schüttelte traurig den Kopf. Ich sollte dabei sein und sie festhalten, falls der Geist jener Frau aus dem Mittelalter sich hier oben noch einmal ihrer bemächtigen sollte. Dabei wollte sie angeblich herausfinden, was mit den Zwergen geschehen war, die sie erzogen hätten. Wenn ich diesen Blödsinn in der Schule erzählte, würde man Pui Tien in eine Zwangsjacke stecken. Doch damit nicht genug, anschließend wollte sie in die Kluterthöhle gehen, um mitsamt diesem Stirnreif in die Vergangenheit versetzt zu werden, damit sie ihren Zwergenfreunden beistehen konnte. Und ich sollte ihren Eltern von alledem berichten. Ich lachte schrill auf. Wie konnte sich nur ein so tolles Mädchen eine dermaßen absurde Geschichte ausdenken? Pui Tien war krank, das stand wohl einwandfrei fest.

Im Zug hatte sie mir diesen seltsamen Stirnreif gezeigt, dessen Verzierung aus zwei ineinandergedrehten Strängen bestand. Das Ding musste ein Vermögen wert sein, denn es war aus purem Gold. Wehmütig erinnerte ich mich an den Tag vor einigen Wochen, als Pui Tien den Reif zum ersten Mal getragen hatte, und dabei kam mir gleich in den Sinn, wie sie damals vom Pferd gefallen war. Ich hatte deutlich einen hellen Blitz gesehen, der das Tier erschreckte, auch wenn mir Jürgen weismachen wollte, ich hätte mir das nur eingebildet.

Ich fröstelte unwillkürlich. Und wenn Pui Tien mir doch die Wahrheit gesagt hatte? Mir lief es eiskalt den Rücken hinunter. Dann hatte ich sie jetzt im Stich gelassen.

Ich fluchte laut vor mich hin und schaute mich gleich verschämt um. Meine Großeltern hätten mich verständnislos und strafend angesehen, denn nach deren Auffassung war ein solches Verhalten in höchstem Maße ungebührlich. Aber meine Großeltern hätten Pui Tiens Geschichte auch nicht sofort als verrückte Spinnerei abgetan.

Was wusste ich überhaupt von ihr? Sie war vor ein paar Monaten plötzlich in unsere Klasse gekommen, und niemand hatte sie zuvor hier gesehen. Dabei war den meisten in der Schule bekannt, dass ihr Vater einer alteingesessenen Familie entstammte. Wo hatte sich Pui Tien eigentlich all die Jahre zuvor aufgehalten? In China jedenfalls nicht, denn dafür war ihr Han yü (Hochchinesisch) einfach viel zu schlecht.

Ich begann zu rennen. Ich musste unbedingt so schnell wie möglich zur Kluterthöhle, um zu verhindern, dass sie eine Riesendummheit beging.

Pui Tien

Unterwegs zum Bahnhof beschimpfte ich mich selbst immer wieder als Idiotin. Was hatte ich mir nur dabei gedacht, Didi in das große Geheimnis meiner Familie einzuweihen? Warum war ich überhaupt mit ihm auf den Goldberg gegangen? Im Grunde war das alles Zeitverschwendung gewesen. Ich hätte nicht in Panik geraten dürfen und meine Vorgehensweise besser überlegen sollen. Am liebsten wäre ich heulend wie ein kleines Kind in Mamas Arme gelaufen, um mich von ihr trösten zu lassen. Auf welche Weise sollte ich jetzt meinen Eltern mitteilen, dass ich keine andere Wahl gehabt hatte, als in die Vergangenheit zurückzukehren?

Mein Verhalten gegenüber dem armen Didi war unmöglich gewesen. Ich hatte es verdient, keine Freunde zu haben. Was auch immer ich in dieser Welt begann, lief schief. Vielleicht gehörte ich ja tatsächlich nicht hierher. Andererseits war ich wütend auf meinen einst so geliebten Arnold, denn er schämte sich offenbar nicht, Oban und die anderen vom Volk der kleinwüchsigen Leute aus Gefolgschaftstreue gegenüber seinem König zu quälen, um ihnen das Versteck des Goldes zu entreißen. Der Grafensohn würde mich noch fürchten lernen.

Zum Glück begegnete mir zu Hause niemand, als ich wie eine Furie in mein Zimmer stürmte und den Kleiderschrank nach dem kostbaren Gewand durchwühlte, das mir die Zwerge zum Abschied geschenkt hatten. Ich holte das knöchellange Unterkleid, das grüne, Brokat besetzte Oberkleid mit den langen Ärmeln sowie den dicken Tasselmantel mit seinem Futter aus Fehfellen heraus und legte sie auf das Bett. Den dazu gehörenden Gürtel und meine ledernen Halbschuhe fand ich zusammengebunden in einer Schublade meiner Nachtkonsole. Ich leerte meinen Schulrucksack aus und versuchte, alle Teile hineinzuzwängen, doch das wollte mir nicht gelingen. Also lief ich in Mamas und Papas Zimmer, um eine größere Tasche zu suchen. Ich öffnete ihren Kleiderschrank und tastete mit den Händen unter den aufgehängten Röcken danach. Dabei fiel Papas Schwert nach vorn und schlug mit dem Knauf gegen meine Stirn.

Ich spürte den Schmerz und sank benommen zurück. Das Schwert in seiner Scheide polterte scheppernd auf den Boden. Es war, als ob der heftige Schlag mit einem Mal den Wirrwarr in meinem Kopf hinweggefegt hätte. Ich konnte plötzlich ganz klar denken. Das magische Schwert des Zwerges Sligachan, das war es. Es würde meine Eltern zu mir führen.

Der große Rucksack, der Mama und Papa auf ihren letzten Reisen durch die Zeit begleitet hatte, lag direkt vor mir. Dahinter befanden sich Papas Kettenhemd, sein Topfhelm und der rote Wappenrock. Ich öffnete die Verschnürung und schaute hinein. Neben Taschenlampen, diversen Feuerzeugen, Scheren, Nadeln und Zwirn gab es da noch eine ganze Reihe anderer moderner Hilfsmittel und Medikamente, die allesamt die Überlebenschancen im Mittelalter wesentlich verbessern konnten. Plötzlich hielt ich mein altes weißes Fellkleid in den Händen. Ich überlegte nicht lange, ergriff Papas Schwertgehänge und schleifte den Rucksack in mein Zimmer. Dort packte ich schnell meine Kleider hinzu, setzte mich an den Schreibtisch, um eine Nachricht an meine Eltern und die anderen zu verfassen. Danach schlich ich mitsamt meiner Beute auf den Dachboden.

Ich öffnete die Luke und kletterte hinaus. Da ich das Haus mit Rucksack und Schwert niemals unbemerkt verlassen konnte, ließ ich beides an einem Seil zu der uneinsehbaren Nische zwischen Hauptgebäude und Stall hinab. Mit klopfendem Herzen begab ich mich anschließend auf normalem

Weg ins Wohnzimmer. Oma Gertrud beobachtete mich aus ihrem Schaukelstuhl.

„Gehst du noch mal fort, Kind?", fragte sie unbekümmert.

Ich nickte und verspürte gleichzeitig einen Kloß im Hals.

„Sei so lieb und bring mir doch bitte noch meine Brille und die Zeitung", bat sie. „Liu Tsi und Kao sind mit Phei Liang zum Einkaufen gefahren."

Während ich Oma Gertrud das Gewünschte brachte, stiegen mir die Tränen in die Augen. Ich senkte schnell den Blick, aber sie hatte es bereits bemerkt.

„Was hast du denn Kind?", wollte sie gleich wissen. „Ist irgendetwas nicht in Ordnung?"

Statt einer Antwort drückte ich sie kurz und lief wortlos hinaus.

Im Hof wäre ich beinahe über den Wolf gestolpert, der sich mir in den Weg gelegt hatte. Ein paar Sekunden lang starrte ich ihn schweigend an, doch mein Freund aus der Vergangenheit machte keinerlei Anstalten, mich vorbeizulassen. Kurz entschlossen wich ich zur Seite aus und lief in die Nische, wo sich Rucksack und Schwert befanden. Ich stülpte eine Plastiktüte über den Schwertknauf und steckte das schwere Gehänge so tief wie möglich in das Gepäck. Dann nahm ich den Rucksack auf und stieg über den Gartenzaun. Auf der Fahrstraße erwartete mich der Wolf. Ich zuckte mit den Schultern und gab mich geschlagen.

„Lai!" (Komm), forderte ich ihn resigniert auf.

Ich war dem Weinen nah und musste doch lächeln. Wir waren schon ein seltsames Gespann, das da durch die kleine Ortschaft Schweflinghausen zog. Wir überquerten den Fahrweg und eilten durch den Wald auf Rüggeberg zu, denn ich wollte nicht riskieren, im letzten Moment doch noch den heimkehrenden Einkäufern zu begegnen. Aber meine Sorge war unbegründet. Auf der Nebenstraße zur Bushaltestelle hielt ein Jeep an, und Jens, der Förster, bot mir an, mich in die Stadt mitzunehmen.

Natürlich wunderte er sich, dass ich zur abendlichen Stunde allein mit dem schweren Rucksack und dem Wolf unterwegs war, aber ich sagte ihm, ich müsse zu einer Probe für ein neues Stück der Theater AG, wobei auch ein Hund mitwirken würde.

„Wirst du denn danach abgeholt, Pui Tien?", erkundigte sich der Förster besorgt. „Immerhin wird es schon ziemlich früh dunkel."

Ich sagte ihm einfach, Tante Phei Liang würde mich nach dem Einkaufen mitnehmen. Der Förster runzelte kurz die Stirn, aber offenbar kaufte er mir die Lüge ab. Zum Glück ließ er mich am Haus Ennepetal raus, da er noch zum Forstamt nach Gevelsberg fahren wollte. Ich ging durch die Tiefgarage in den Innenhof des Bürgerzentrums und stieg die Treppe zur Brücke über die Ennepe hinauf. Auf der Seite des Klutertberges stellte sich mir plötzlich eine Gestalt in den Weg.

Es war Didi. Er musste wohl schon einige Zeit auf mich gewartet haben. Zuerst hatte ich ihn in der Dämmerung gar nicht erkannt.

„Was willst du?", zischte ich ihn an.

„Pui Tien, es tut mir leid, dass ich so dämlich reagiert habe!", beteuerte er zerknirscht. „Bitte, lass uns noch mal darüber reden!"

„Geh mir aus dem Weg!", fauchte ich zurück.

Der Eingang zur Höhle stand offen. Ich schubste Didi zur Seite und rannte los. Mein Schulfreund strauchelte kurz, fing sich aber wieder und wollte nach mir greifen. Aber der Wolf knurrte ihn mit gesträubten Nackenhaaren an, so dass er vor Schreck zurückwich. Inzwischen hatte ich den Höhleneingang erreicht.

„He, was machen Sie da?", erklang eine strenge Stimme hinter dem Schalter des Gebäudes daneben. „Sie können nicht einfach da reinlaufen, und mit Tieren schon mal gar nicht!"

Ich drehte mich kurz um und konnte gerade noch sehen, wie der Mann aus dem Haus kam und mit Didi zusammenstieß, dann war ich um die erste Biegung verschwunden. Der Wolf hastete an mir vorbei. Da die Höhlengänge beleuchtet waren, kamen wir schnell vorwärts. Ich hätte den Weg allerdings auch im Dunkeln gefunden. Ich rannte durch den langen Gang mit der schrägen Spaltendecke, der mich unweigerlich in die Halle führen würde, die man heute die „Kirche" nannte. Zwischendurch blieb ich kurz stehen und lauschte. Tatsächlich hallten hinter mir schnelle Schritte. Ich wurde verfolgt. Nun gut, sie sollten nur kommen.

In der „Kirche" lief ich nach links in den dunklen Seitengang hinein. Ich stellte den Rucksack auf den Boden, holte den Stirnreif heraus und setzte ihn mir auf. Direkt vor mir verlief ein kaum sichtbarer senkrechter Spalt. Zufrieden kniete ich nieder und breitete meine Arme aus.

Unmittelbar darauf begann ein dumpfes Grollen. Die Wände vor mir erzitterten, und knisternde Entladungen züngelten an meinen Armen entlang. Aus den Augenwinkeln bemerkte ich, wie Didi den Höhlenführer zur Seite stieß und sich auf mich hechtete. Dann blitzte es hell auf. Ich spürte noch, wie ich umgerissen wurde, doch bevor mein Körper den felsigen Boden berührte, wurde es schlagartig finster, und ich verlor die Besinnung.

Leng Phei Siang, 17. Oktober 2006

Achim war die ganze Nacht durchgefahren, um uns so schnell wie möglich nach Hause zu holen. Am Abend zuvor saßen Fred und ich in einem gemütlichen Lokal in der Heidelberger Altstadt, als sie versuchten, uns telefonisch zu erreichen. So erfuhren wir erst nach Mitternacht, dass unsere Tochter in die Höhle gegangen war. Pui Tien musste diesen folgenschweren Schritt von langer Hand geplant haben, denn sie hatte einen Brief hinterlassen, in dem sie uns alle um Verzeihung und Verständnis bat.

Nach dem ersten Schock versuchte ich, die Sache nüchtern zu betrachten. Immerhin hatte unsere Tochter offenbar sowohl alle nötigen Vorkehrungen zu ihrer eigenen Sicherheit getroffen als auch dafür gesorgt, dass wir ihr problemlos folgen konnten. So fand Achim uns am frühen Morgen in unerwartet gelassener Stimmung am Frühstückstisch.

„Mein Gott, wenn ich gewusst hätte, wie locker ihr das Ganze wegsteckt, wäre ich erst heute Morgen losgefahren!", jammerte er gleich beim Eintreten anstelle einer Begrüßung. „Zu Hause sind alle völlig fertig. Niemand hat damit gerechnet, dass Pui Tien uns so hintergehen würde."

„Beruhige dich erstmal", beschwichtigte Fred seinen alten Freund. „Ich glaube nicht, dass unsere Tochter euch leichten Herzens einfach hinters Licht geführt hat. Sie wird bestimmt gute Gründe für ihr Verhalten haben."

Achim ließ sich ächzend auf den bereitgestellten Stuhl an unserem Frühstückstisch sinken.

„Dann seid ihr uns nicht böse, weil wir nicht besser auf eure Tochter aufgepasst haben?", merkte er vorsichtig an.

„Nein, bestimmt nicht!", erwiderte ich lächelnd. „Diesmal ist sie nicht spurlos verschwunden, und sie will uns auch nicht einfach verlassen, oder haben wir das falsch verstanden?"

„Das ist schon richtig!", gab Achim zu. „Aber es trifft uns doch hart, dass sie unser Vertrauen so missbraucht hat."

„Wärt ihr denn bereit gewesen, sie gehen zu lassen, wenn sie euch eingeweiht hätte?", fragte Fred provozierend.

„Natürlich nicht!", antwortete Achim prompt.

Fred und ich sahen uns vielsagend an.

„Wahrscheinlich hätten wir an ihrer Stelle nicht anders gehandelt", erklärte ich für uns beide.

Achim nickte versonnen und legte Pui Tiens Brief auf den Tisch. Er war nicht sehr lang, aber er schilderte deutlich die Gewissensnot, in der sich unsere Tochter befunden haben musste. Fred und ich lasen die Zeilen gemeinsam:

„Bitte verzeiht mir, dass ich Euch soviel Kummer bereiten muss, aber ich habe keine Wahl. Ich wollte so gern eine gehorsame Tochter sein, doch ich muss meinem Herzen folgen. Der Geist des Kindes Eures alten Freundes Frank hat mir gezeigt, dass die Hüter des Berges in großer Gefahr sind. Sie brauchen meine Hilfe. Ich werde in die Höhle gehen, aber mir wird nichts geschehen, denn ich trage Obans Reif. Bitte folgt mir am Tage Samhain, ich habe dafür gesorgt, dass Ihr mich in der richtigen Zeit findet.

Ich bin sehr traurig, aber ich liebe Euch alle

Eure Tochter, Enkelin und Nichte Pui Tien."

Fred runzelte die Stirn.

„Hm, ich frage mich nur, wie sie es angestellt hat, dass wir in der Lage sein sollen, ihr zu folgen", meinte er nachdenklich.

„Das haben wir uns zu Hause auch schon gefragt, Fred", entgegnete Achim. „Vielleicht hat es etwas damit zu tun, dass sie dir dein magisches Schwert geklaut hat."

Kapitel 3
Bürgerkrieg

Ja leider desn mac niht gesin,
daz guot und weltlich ere
und gotes hulde mere
zesamene in ein herze komen.
Stig und wege sint in benomen:
Untriuwe ist in der saze,
gewalt vert uf der straze:
friede unde reht sint sere wunt.
Diu driu enthabent geleites niht,
diu zwei enwerden e gesunt.
(Walther von der Vogelweide)

Doch leider kann es eben nicht sein,
dass Gut und weltliche Ehre
und dazu auch noch Gottes Huld
in einem Herzen zusammen kommen:
Steg und Weg sind ihnen genommen,
Untreue liegt im Hinterhalt,
Gewalt beherrscht die Straße,
Friede und Recht sind schwer verwundet,
und ehe von denen keines gesundet,
finden die drei niemals Schutz.
(Übertragung aus dem Mittelhochdeutschen)

Pui Tien

Didis Gewicht presste mich gegen den kalten, feuchten Höhlenboden, und die spitzen Höcker hervorlugender Steine stachen mir schmerzhaft in den Rücken. Zumindest war damit bewiesen, dass ich noch lebte und die Mächte des Berges mich nicht zermalmt hatten. Doch hatte mich Obans Reif auch in die richtige Zeit geführt? Neben mir sprang der Wolf auf und huschte lautlos davon. Vermutlich wollte er diese unheimliche Stätte so schnell wie möglich verlassen. Er würde sich bestimmt draußen vor der Höhle verstecken und auf uns warten. Erst in diesem Moment wurde ich mir vollends der Tatsache bewusst, dass der Sog der unheimlichen Kräfte offensichtlich auch meinen Schulfreund mit in die Vergangenheit gerissen hatte.

Zu meinem Erschrecken darüber gesellte sich sogleich auch verzweifelte Wut. Wieso musste dieser Idiot sich ausgerechnet in jenem entscheidenden Augenblick auf mich stürzen, und warum hatte er es überhaupt getan?

Ich stemmte mich mit aller Kraft gegen Didis reglosen Körper und versuchte, ihn von mir wegzuwälzen. Dabei wachte er auf.

„Pui Tien, was ist passiert?", stöhnte er halblaut. „Es ist auf einmal so dunkel."

„Frag dich lieber, was du getan hast!", fuhr ich ihn giftig an, während ich nach meinem Rucksack tastete.

„Da war dieser grelle Blitz - du warst in Gefahr!", stammelte Didi verwirrt.

„So?", zischte ich zornig. „Was glaubst du wohl, was du mit deiner Heldentat erreicht hast?"

„Ich habe dich von dem Blitz weggerissen", entgegnete Didi zuversichtlich. „Wenn ich dich dabei verletzt habe, tut es mir unendlich leid…"

Ich lachte schrill auf.

„Ich wollte dir nicht wehtun, Pui Tien!"

In der Dunkelheit konnte er nicht sehen, dass ich mir auf die Lippen biss und unwillig den Kopf schüttelte. Endlich hatte ich den Rucksack erwischt. Ich fand eine der Taschenlampen und schaltete sie ein. Didi hockte vor mir auf dem Boden und starrte fassungslos auf die Höhlenwände.

„Tropfstein!", stellte er erstaunt fest. „Der war doch eben noch gar nicht da."

„Ach nein?", kommentierte ich gehässig. „Dann muss er wohl gerade schnell gewachsen sein."

Didis Augen weiteten sich vor Erschrecken.

„Pui Tien, sind wir etwa wirklich…?"

Ich zwang mich zu einem flüchtigen Lächeln.

„Ja, Didi, wir sind in der Vergangenheit. Vielleicht glaubst du mir jetzt endlich."

„Aber…"

„Kein aber!", unterbrach ich ihn schroff. „Ich bin da, wo ich hinwollte, doch du solltest nicht hier sein!"

Die Erkenntnis traf ihn wie ein Schlag. Ich registrierte es mit wachsender Genugtuung.

„Wie kommen wir wieder zurück?", fragte er entsetzt.

„Weiß nicht!", beschied ich ihm grimmig. „Auf jeden Fall nur mit meinen Eltern, aber vielleicht erst in einem Jahr. Du allein hast keine Chance, denn du besitzt die Gabe nicht."

Verzweifelt und resigniert schlug sich Didi die Hände vors Gesicht. Ich beachtete ihn nicht weiter, sondern suchte im Schein der Taschenlampe den Felsen ab, bis ich den Spalt gefunden hatte. Erleichtert nahm ich das Schwert des Zwerges samt Scheide und Aufhängung aus dem Rucksack und schob es in Augenhöhe in die Öffnung. Vorsichtshalber deckte ich danach den Knauf noch mit einem passenden Stein ab. Das Schwert würde nun die kommenden Jahrhunderte dort überdauern und hoffentlich von Papa problemlos gefunden werden. Nach allem, was wir von der letzten zeitlichen Versetzung wussten, existierte es damit gleichzeitig sowohl in dieser Epoche als auch in der Gegenwart und würde meine Eltern zwangsläufig zu mir führen.

„Was machst du da?", hörte ich Didis Stimme hinter mir.

Offenbar hatte er sich schnell wieder gefasst.

„Ich sorge dafür, dass meine Eltern uns in dieser Zeit finden können, sobald sich am letzten Tag im Oktober auch für sie das Tor zwischen den Welten öffnen wird", antwortete ich bereitwillig.

Der Zorn auf meinen Schulfreund war beinahe verflogen. Allerdings machte ich mir keine Illusionen. Für ihn würde dieser Zwangsaufenthalt in der Vergangenheit bestimmt kein Spaziergang sein. Ich konnte nur hoffen, dass ich in der Lage sein würde, ihn ausreichend zu beschützen, falls er in Gefahr geriet.

Didi schaute mich fragend an, aber ich verspürte keine Lust, ihm die Zusammenhänge zu erläutern. Stattdessen forderte ich ihn einfach auf, mir zu folgen. Schließlich mussten wir erst einmal die Höhle verlassen, um uns draußen orientieren zu können. Denn ganz sicher wusste ich noch nicht, ob wir tatsächlich in der Epoche meiner Traumbegegnungen gelandet waren.

„Hast du schon daran gedacht, dass du nun vielleicht deinen Freund Tom nie mehr sehen wirst?", riss mich Didi aus meinen Überlegungen.

Ich blieb schlagartig stehen und atmete tief durch. Die wieder aufgebrochene Wunde in meinem Herzen tat so weh. Mit den aufsteigenden Tränen kehrte auch meine Wut zurück.

„Was ist eigentlich mit deinem Hund geschehen?", plapperte Didi munter weiter. „Ist er nicht auch mit uns versetzt worden?"

„Er hat es in deiner Nähe nicht ausgehalten und ist schon mal vorausgelaufen!", giftete ich zurück.

„Ich verstehe ja, dass du sauer auf mich bist, Pui Tien, aber..."

„Nein, Didi!", unterbrach ich ihn barsch. „Das verstehst du ganz und gar nicht!"

Im Schein der Taschenlampe konnte ich erkennen, dass in den Nischen der benachbarten Höhlenhalle, die man später „Kirche" nennen sollte, noch die ausgebrannten Fackeln von Oban und seinen Leuten steckten. Die Hüter der Klutert hatten also wirklich ihre Heimstatt verlassen müssen. Ich berührte die verkohlten Enden. Sie waren alle feucht und mit einem kalkartigen Überzug versehen. Die Fackeln hatten seit Wochen nicht mehr gebrannt. Ich zögerte und überlegte. Dann warf ich Didi den Rucksack zu und sagte ihm, er solle sich eine eigene Lampe herausnehmen.

„Was hast du vor, Pui Tien?", fragte er verwirrt. „Du willst mich doch nicht allein zurücklassen?"

„Keine Angst, du Held!", entgegnete ich schnippisch. „Ich will nur kurz zu einem anderen Ort in der Höhle gehen. Benutze die Taschenlampe, dann brauchst du dich in der Dunkelheit nicht zu fürchten."

Ich ließ ihn stehen und eilte den linken Gang hinunter.

„Wo willst du denn hin?", hörte ich Didi noch rufen, aber da war ich schon um die nächste Biegung verschwunden.

Nach wenigen Metern verzweigte sich die Höhle in drei Richtungen. Ohne anzuhalten rannte ich nach links und sprang über hervorstehende Felsen tiefer in den Berg hinein. Der Gang wurde bald wieder flacher, und im diffusen Schein meiner Taschenlampe glänzte vor mir ein unterirdischer See. Erleichtert stellte ich fest, dass sich offenbar kein Fremder bis hierhin vorgewagt hatte. Alles war noch genauso, wie ich es kannte, bis auf das „ewige Licht" an der Felswand gegenüber. Schließlich hatte es niemand mehr erneuern können.

Ich legte die Taschenlampe ab, tastete mich vorsichtig an der Höhlenwand entlang und sprang an der engsten Stelle mit einem Satz über das Wasser. Die vor langer Zeit geschlagenen Tritte waren feucht und rutschig, aber ich erreichte sicher den Standort der Fackel. Ich kramte in den

Taschen meiner Jeans nach dem Feuerzeug, das ich noch zu Hause eingesteckt hatte, denn die bereitstehenden Gerätschaften zum Feuerschlagen waren nass und unbrauchbar geworden. Eigentlich war es ein Frevel, das heilige Licht der Göttin mithilfe eines modernen Feuerzeugs zu entzünden, aber das war mir im Augenblick völlig egal. Es dauerte zwar eine Weile, doch schließlich brannte die Fackel und tauchte Halle und See in ein gespenstisches Licht. Ich registrierte es mit grimmiger Genugtuung, während ich mich zurückzog. Ich betete vor der erleuchteten Felswand.

„Bel, inasch ma Chridh!" (Dein Kind und Dienerin, Bel), murmelte ich in der Sprache der Altvorderen. „Ich bin zurück!"

Ich hob meine Arme, öffnete den Mund und schloss die Augen, um die Stille auf mich einwirken zu lassen. Ganz allmählich wurde ich ruhiger und ausgeglichener. Der Schmerz in meiner Seele ließ nach. Ich spürte, wie mich die Kraft dieses magischen Ortes durchströmte, und in mir wuchs das überwältigende Gefühl, eins mit den Mächten des Berges zu sein. Als ich aufstand, war mein Kopf völlig klar. Ich wusste, dass ich das einzig Richtige getan hatte. Beim Aufstieg durch das Labyrinth der Höhlengänge fühlte ich mich regelrecht beschwingt. Zum ersten Mal musste ich über den naiven Eifer meines Klassenkameraden lächeln.

Didi erwartete mich ungeduldig in der Halle und sah mich mit großen Augen an.

„Pui Tien, wo bist du so lange gewesen?", fragte er besorgt. „Es ist alles so anders geworden. Allein finde ich hier bestimmt nicht mehr raus."

„Der Weg ist der gleiche wie in deiner Zeit, Didi", entgegnete ich, ohne auf seine Frage einzugehen. „Allerdings müssen wir nun den größten Teil der Strecke kriechen."

Ich ging zielstrebig an ihm vorbei und kletterte auf den kleinen Felsvorsprung, hinter dem sich der schmale, lang gezogene Spalt öffnete, der zum Ausgang der Höhle führte. Didi beeilte sich, mir zu folgen, doch schon bald hörte ich ihn erschöpft schnaufen. An manchen Stellen hatte er tatsächlich große Probleme, sich durch die engen Lücken im Gestein zu zwängen. Ich wartete und ließ mir von ihm den Rucksack geben, damit er besser vorankam. Dabei konnte ich im Licht der Taschenlampe deutlich erkennen, wie ihm der Schweiß in Strömen von der Stirn rann. Als ich ihm meine Hand reichen wollte, lehnte er trotzig ab.

„Ich weiß selbst, dass ich zu dick und ungelenk bin!",
schimpfte er vor sich hin, ohne mich dabei anzuschauen.

Auf meine Lippen stahl sich ein flüchtiges Lächeln, und
ich drehte mich schnell um, damit Didi es nicht bemerkte,
doch es war schon zu spät.

„Ja, mach dich ruhig über mich lustig, Pui Tien!", fuhr er
keuchend auf. „Ich bin auch ein Idiot, weil ich mich so sehr
in dich verliebt habe, aber..."

Er brach erschrocken ab. Nun war es heraus.

Ich blickte ihn nur traurig an.

„Wo ke bu ai ni!" (Aber ich liebe dich doch gar nicht), flüsterte ich tonlos. „Ke ßi" (leider).

Entgegen meiner Erwartung grinste Didi.

„Du meinst wahrscheinlich ‚Duäi bu tji' (es tut mir leid),
nicht wahr?"

Ich nickte verschämt.

„Das ist auch etwas, was mir eigentlich schon früher hätte
auffallen müssen", fuhr Didi ungerührt fort. „Du siehst tatsächlich fast genauso aus, wie deine Mama, und man könnte wirklich meinen, sie wäre nur ein paar Jahre älter als du,
aber dein Han yü (Hochchinesisch) ist im Gegensatz zu
ihrem grottenschlecht."

„Ich habe es ja auch erst vor einem halben Jahr wieder
sprechen gelernt", bestätigte ich kleinlaut.

Didi winkte ab.

„Ich versuche nur zu verstehen, warum du so bist, wie du
bist", erklärte er. „Du erscheinst plötzlich aus dem Nichts an
unserer Schule wie eine Göttin und verdrehst allen Jungs
den Kopf. Aber niemand vermag deine Gunst zu gewinnen,
denn dein Herz schlägt noch immer hier in der fernen Vergangenheit, aus der du gekommen bist, nicht wahr? Deshalb hast du auch nur auf eine Gelegenheit gewartet, wieder zurückzukehren. Du bist hier zu Hause, und das ist
deine Welt, stimmt's?"

„Glaubst du das wirklich?", fragte ich leise. „Ich habe mich
doch immer bemüht, mich in eure Zeit einzugewöhnen. Ich
hätte so gern gute Freunde gehabt, Didi, das kann ich dir
versichern. Und ich habe mich sogar in einen Jungen ver..."

Ich brach ab, denn ich wollte ihn nicht noch mehr verletzen.

„Sicher, du hast dich in diesen Tom verliebt, aber du hast
ihn gleich wieder fallen lassen, als du die Gelegenheit be-

kamst, zurück in die Vergangenheit zu gehen!", erwiderte Didi giftig.

„Ich musste doch...", begann ich unter Tränen, aber ein dicker Kloß in meinem Hals hinderte mich daran, den Satz zu vollenden.

Didi strich mir sanft die nassen und verklebten Haarsträhnen aus dem Gesicht.

„Ich verstehe dich ja", flüsterte er mit erstickter Stimme. „Ich möchte nur, dass du mich nicht ganz wegstößt, denn ohne dich ist mein Leben wertlos geworden."

Ich schluckte mehrmals.

„Darum bist du mir gefolgt, nicht wahr?", sagte ich kaum hörbar.

Didi nickte stumm. Er zwängte sich an mir vorbei und kroch verbissen weiter durch den schmalen Spalt auf den Ausgang zu. Ich schaute noch einen Augenblick lang schweigend vor mich hin und robbte hinter ihm her.

In meinem Kopf schwirrten tausend Gedanken auf einmal. War es nicht wirklich so, wie Didi vermutete? Redete ich mir nicht bloß ein, dass ich meinen Freunden helfen musste, um einen Grund zu haben, aus der fremden Zeit zu entfliehen, aus einem Leben, an das ich mich in Wirklichkeit nicht gewöhnen wollte? Vielleicht hatte ich mich ja auch für Agnes Geist nur allzu empfänglich erwiesen, weil ich mich danach sehnte, wie sie ein Leben für die Liebe zu führen. Doch was würde ich hier vorfinden, mehr als dreißig Jahre nach meinem Verschwinden aus dieser Epoche? In meiner Vorstellung war Arnold immer ein hübscher junger Mann gewesen, der sich um meinetwillen sogar gegen seinen mächtigen Vater aufgelehnt hatte, aber nach allem, was ich bisher in Erfahrung bringen konnte, musste er zu einem verbitterten alten Mann geworden sein.

Ich war so sehr in meine Gedanken vertieft, dass ich zuerst gar nicht registrierte, wie nah wir schon dem Höhlenausgang waren. Plötzlich fiel mir ein, dass ich Didi davor warnen sollte, unbedacht hinauszukriechen.

„Didi, ting!" (Halt), brüllte ich mit panischer Stimme, doch es war schon zu spät.

Mein Schulfreund stieß einen überraschten Schrei aus und war plötzlich verschwunden.

Ich ließ den Rucksack los, hechtete mich nach vorn und lugte aus der Öffnung, aber in der einsetzenden Dämmerung vermochte ich ihn nicht zu entdecken. Ich rief mehrmals seinen Namen, doch er antwortete nicht. Aus der Tiefe drang nur das gleichmäßige Rauschen der wilden Ennepe an meine Ohren. Hoffentlich war er nicht in die eiskalten reißenden Fluten gestürzt. Mit der Taschenlampe leuchtete ich jeden Zentimeter des Steilhangs unter mir ab, und endlich sah ich ihn. Didi lag zusammengekauert auf der Wurzel einer riesigen Buche, die seinen Fall gestoppt haben musste. Dabei war er offenbar mit dem Kopf gegen den mächtigen Stamm geschlagen. Vorsichtig kletterte ich zu Didi herab und berührte die Halsschlagader.

Ich fühlte das regelmäßige Pochen und beruhigte mich wieder. Erst jetzt bemerkte ich, wie kalt es draußen war. In der Gegenwart hatte ich noch keinen Mantel oder gar Strümpfe benötigt, und so fröstelte ich jetzt in meinem dünnen Top. Der kühle Windhauch brachte auch Didi wieder zur Besinnung.

„He, beweg dich nicht!", raunte ich ihm zu. „Sonst stürzen wir beide ins Wasser."

Didi erkannte seine Lage und sah mich erstaunt an.

„In dieser Zeit gibt es das Plateau vor der Höhle noch nicht", erklärte ich ihm. „Ich wollte dich noch warnen, aber da bist du schon abgestürzt. Du hast mir einen gewaltigen Schrecken eingejagt, weil ich dich nicht sofort entdecken konnte."

Didi tastete nach der Beule auf seiner Stirn und grinste.

„Du hast dir Sorgen um mich gemacht, Pui Tien? Das ist ein gutes Gefühl!"

Ich fühlte mich ertappt und wendete mich zur Seite, doch Didi packte meinen Arm und zog mich zurück. Er sah mich offen an:

„Ich weiß, dass ich nicht dein Traumtyp bin, Pui Tien, aber ich werde um dich kämpfen!"

Ich wollte mich aus seinem Griff winden, aber Didi hielt mich fest.

„Bitte, gib mir eine Chance", flüsterte er.

Ich zögerte. In seinen Augen erkannte ich eine ungeheure Sehnsucht nach Geborgenheit und Liebe, die mich verunsicherte. Zum ersten Mal sah ich in ihm nicht den Schulfreund, sondern einen jungen Mann, der mit einer bislang nicht gekannten Leidenschaft um mich warb. War es der Zauber dieses abgeschiedenen Ortes in einer fernen, gefährlichen Vergangenheit, der ihm den Mut eingegeben hatte, auf einmal so offen über seine Gefühle zu sprechen?

Vor meinem geistigen Auge erschienen nacheinander die hübschen Gesichter und sportlich schlanken Gestalten von Tom, Jürgen und Arnold. War es nicht vornehmlich deren beeindruckende Erscheinung gewesen, die mich jeweils zu ihnen hingezogen hatte? Wieso vermochte plötzlich ausgerechnet dieser plumpe rundgesichtige Junge das bereits vorhandene Chaos der Gefühle in meinem Inneren noch mal aufs Neue so sehr durcheinanderzuwirbeln, dass ich nicht mehr wusste, was ich empfinden sollte?

„Ich..., ich weiß nicht, Didi...", stammelte ich.

Seine Hand strich sanft über meine Wange.

„Du sollst dich nicht entscheiden, Pui Tien", murmelte er leise. „Ich will nur eine Chance, dir zu beweisen, wie sehr ich dich liebe. Gibst du sie mir?"

„Ja, Didi, ich denke, das kann ich."

Das flüchtige Lächeln auf seinen Lippen erstarb, denn von irgendwoher aus dem Dickicht ertönten knackende Geräusche. Ich sprang sofort auf, um zum Höhleneingang zu klettern, aber Didi hielt meinen Fuß umklammert.

„Duck dich!", zischte er mir zu.

Unten an der Ennepe konnte ich eine schemenhafte Bewegung zwischen den Zweigen ausmachen. Ein Pferd schnaubte, dann teilte eine Lanze das Gebüsch, und eine Horde Bewaffneter erschien am gegenüberliegenden Ufer. Das fahle Mondlicht spiegelte sich auf ihren kegelförmigen Helmen. Ich erstarrte in meiner Bewegung. Didi schloss seine Augen, während sich auf seiner Stirn trotz des kühlen Windes Schweißperlen bildeten. Die Söldner schauten angestrengt zu uns hinauf in Richtung des Höhleneingangs, machten aber keine Anstalten, über den Fluss zu kommen. Sie schienen etwas zu suchen, waren sich nur nicht sicher, ob sie es hier finden würden. Derweil versuchte ich krampfhaft, das Gleichgewicht zu halten. Ich stand mit einem Bein auf der Wurzel und hatte das andere angewinkelt auf den nächsten Felsen des Steilhangs gesetzt. Ein einziger heftiger Windstoß hätte mich umgeworfen, und ich wäre in die Ennepe gestürzt. Dass Didis Griff um meine Ferse dies verhindern könnte, nahm ich erst gar nicht an. Immerhin, so kam mir seltsamerweise in den Sinn, empfand ich die Wärme seiner Hand um mein Fußgelenk als wohltuend.

Endlich zogen sich die Söldner zurück und verschwanden wieder im Dickicht des Unterholzes. Trotzdem verharrten wir noch mehrere Minuten schweigend in unserer Position, bevor wir es wagten, uns wieder zu bewegen.

„Puh! Das war knapp!", ächzte Didi. „Was waren das für seltsame Figuren, Pui Tien?"

„Das erkläre ich dir, wenn du meinen Fuß loslässt", erwiderte ich lächelnd.

Wir verbrachten die Nacht im Eingangsbereich der Klutert und wärmten uns dabei mit den Decken, die sich noch im Rucksack befunden hatten. Ein Feuer anzuzünden traute ich mich nicht, denn offenbar hielten sich die Söldner noch immer in der Nähe auf. In der Dunkelheit konnten sie schließlich nicht viel weiter durch den Wald gezogen sein. Vielleicht hatten sie sogar beabsichtigt, ebenfalls in der Höhle zu kampieren und waren durch irgendetwas davon abgehalten worden. Allerdings fragte ich mich schon die ganze Zeit, was sie hier zu suchen hatten, denn auf dem Waffenrock des Anführers und den Schilden hatte ich eindeutig ein mir völlig fremdes Wappen gesehen.

Inzwischen hatte ich Didi in groben Zügen darüber informiert, was ich selbst über Kleidung und Bewaffnung in dieser Zeit wusste, und ihm klargemacht, dass uns die Männer mit Sicherheit umgebracht hätten, wenn wir ihnen vor die Füße gefallen wären.

„Nach allem, was ich bisher weiß, herrscht augenblicklich in diesem Land ein grausamer Krieg zwischen den Anhängern der Staufer und der Welfen", fuhr ich fort. „Und die fremden Bewaffneten sind bestimmt darauf aus, das Vieh der hiesigen Bauern zu töten und die Ernte zu vernichten."

„Was soll das bezwecken?", fragte Didi verwundert. „Ich denke, es geht doch nur um einen Streit zwischen den Adeligen, wer der rechtmäßige König sein soll. Was haben die Bauern damit zu tun?"

„Jeder Grundherr lebt in dieser Zeit von den Abgaben seiner Bauern, Didi", erläuterte ich. „Wenn man diese umbringt, ihr Vieh abschlachtet und das Korn verbrennt, dann sind Ritter und Landesherren von ihrer eigenen Versorgung abgeschnitten und können keinen Kriegsdienst für ihren König leisten, weil sie sich um ihr Überleben kümmern müssen."

„So habe ich das noch nicht gesehen", gab Didi unumwunden zu. „Dann ist es also doch ein richtiger Bürgerkrieg mit allen Konsequenzen für die unbeteiligten Bauern. Und das, obwohl sich eigentlich nur zwei Leute nicht darüber einigen können, wer König sein soll."

„Ein Menschenleben gilt hier nicht viel, Didi, das habe ich selbst erfahren müssen!", merkte ich bitter an. „Graf Everhard, der Vater meines Freundes, hätte mich damals am liebsten als Hexe verbrennen lassen."

Didi nickte, aber dabei fielen ihm bereits die Augen zu. Ich war nicht sicher, ob er meinen letzten Satz überhaupt noch registriert hatte. Ich selbst konnte lange keinen Schlaf finden, denn in meinem Kopf spukten viele Gedanken herum.

Plötzlich raschelte es neben der Höhle im Unterholz, und ich fuhr sofort erschrocken hoch. Doch bevor ich mich auf die unbekannte Bedrohung konzentrieren konnte, um meine geheimnisvollen Kräfte zu entfalten, schob sich die spitze Schnauze des Wolfes vorsichtig um die Ecke.

Lange vor Sonnenaufgang warf ich meine Decke zur Seite, winkte dem Wolf, mir zu folgen und ging zur Ennepe hinab. Kurz entschlossen stieg ich ins Wasser und watete zum anderen Ufer. Der Kälteschock war fürchterlich, aber so konnte ich mich beizeiten wieder an die Verhältnisse dieser Epoche gewöhnen. Dass dabei meine modernen Halbschuhe unbrauchbar wurden, interessierte mich nicht. Wenn ich zurückkam, würde ich sowieso meine mittelalterliche Kleidung anlegen. Überdies würde mich der dicke Tasselmantel viel besser wärmen als es die provisorischen Decken vermochten. Doch dann fiel mir ein, dass ich ja noch mein weißes Lederkleid mitgenommen hatte, und ich beschloss, es gleich anzuziehen, wenn ich wieder am Eingang der Höhle war. Aber zunächst musste ich unbedingt herausfinden, ob die Schergen, die meine Freunde geholt hatten, auch unser altes Versteck gefunden hatten.

Ich schlich wie eine scheue Katze am Fluss entlang und versuchte dabei, möglichst keine Geräusche zu verursachen. Immer wieder blieb ich im dichten Gestrüpp hängen, und nach einer halben Stunde war mein Top bereits an mehreren Stellen aufgerissen. Dornen ritzten meine Arme und Knie blutig, aber es kümmerte mich nicht. Vielmehr spürte ich mit jedem weiteren Schritt, wie ich den feuchtkalten Odem der Wildnis in mir aufsog, in meine Lungen aufnahm und inhalierte, so, als ob es sich um eine gute Medizin handeln würde. Ich fühlte mich freier und ungezwungener als je zuvor. Mehr und mehr bröckelte die brüchige dünne Fassade der Zivilisation des 21. Jahrhunderts von mir ab. Ich war wieder zurück in meiner vertrauten Welt.

Der mit wilden Efeuranken verhangene Eingang in den verborgenen Teil der Höhle war auch nach all den Jahren noch unverändert, und meine Hoffnung stieg. Dann stand ich von einem Augenblick zum anderen auf einer Wiese, die von hohen Felsen umkränzt wurde, und sah mich der kleinen Pferdeherde meiner Freunde gegenüber. Der Wolf hockte sich ins Gras und wartete einen Moment, bevor er sich in vielfach eingeübter Manier an die Herde heranschlich, um dann im richtigen Moment aufzuspringen. Die Pferde wichen erwartungsgemäß in meine Richtung aus, und es gelang mir auf Anhieb, eines von ihnen an der Mähne zu packen. Mit einem Satz schwang ich mich auf den Rücken der Stute. Das Tier stieg erschreckt, doch nach einigen Minuten hatte ich es unter Kontrolle gebracht.

Unterdessen war der Wolf eifrig bemüht, die Herde in die weitgeöffnete kleine Koppel zu treiben. Ich beobachtete das Schauspiel vom Rücken der Stute aus mit wachsender Begeisterung. Eine Weile später hatte ich ein weiteres, besonders ruhiges Exemplar ausgesucht, dem ich das bereitliegende lederne Geschirr anlegte, das ich mit einem langen geflochtenen Band versah. Bei der Vorstellung, was für ein Gesicht Didi machen würde, wenn ich ihm sein Pferd brachte, musste ich schmunzeln. Der Weg zurück zum Eingang der Höhle durch den hohen lichten Bergwald gab mir Gelegenheit, mit den beiden Reittieren vertraut zu werden. Inzwischen hatte ich längst die lästigen nassen Schuhe weggeworfen und genoss stattdessen den Kontakt meiner nackten Füße mit dem taubenetzten Laub zwischen den hohen Bäumen. Um mich herum zogen feuchte Nebelschwaden den Hang hinauf und verwandelten den Klutertberg in eine mit wallenden Schleiern durchzogene Zauberlandschaft. Wenn ich allein gewesen wäre, hätte ich mich stundenlang schweigend ins Gras gesetzt und fasziniert den Aufgang der Sonne erwartet.

Schen Diyi Er Dsi

Ich erwachte mit knurrendem Magen. Wie gewöhnlich wollte ich aus dem Bett springen, doch die kleinste Bewegung bereitete mir stechende Schmerzen im Rücken. Gequält schlug ich stöhnend die Augen auf und stellte erschrocken fest, dass ich auf einem nackten, kühlen Fels lag. Die Sonne schien in den Höhleneingang, doch sie vermochte die kalten Steine nicht zu erwärmen. Ich fröstelte und langsam dämmerte mir, was geschehen war.

Du musst völlig verrückt sein, schoss es mir durch den Kopf, während ich mich ächzend aufrichtete. Ich sah mich um, aber ich war allein. Das Mädchen, für das ich mich auf diese absolut wahnsinnige Sache eingelassen hatte, war verschwunden. Dafür saß ich tatsächlich viele Jahrhunderte von meiner eigenen Zeit sowie den Annehmlichkeiten der Zivilisation entfernt an einem eiskalten Herbstmorgen im Eingang der Kluterthöhle. Nur mühsam unterdrückte ich die aufsteigende Panik. Bleib ganz ruhig, befahl ich mir selbst. Sie wird dich schon nicht hier allein zurücklassen. Hastig sah ich mich in der fremden Umgebung um. Ihre Decke lag nur wenige Meter entfernt, aber der Rucksack war weg. Wo ist sie bloß hin, und was hat sie vor, fragte ich mich.

Vorsichtig kroch ich bis zur Öffnung im Berg und schaute hinaus. Etwa 20 Meter tief unter mir rauschte die Ennepe. Am Abend zuvor war ich nichts ahnend aus der Höhle geschlüpft und abgestürzt. Diese schmerzhafte Erfahrung war für mich der letzte Beweis gewesen, dass wir wirklich in der Zeit versetzt worden waren. Pui Tien hatte mir keinen Bären aufgebunden. Sie hatte mir die Wahrheit über sich selbst und ihre Gabe erzählt.

In Gedanken ließ ich die vergangenen Monate noch einmal Revue passieren. In dem Augenblick, als sie zum ersten Mal unsere Klasse betrat, hatte ich mich in sie verliebt. Ihr bloßer Anblick, wie sie da mit dem Klassenlehrer stand, in ihrem roten Top, dem kurzen Jeansrock und den hüftlangen pechschwarzen Haaren, ließ mein Herz schneller schlagen. Ich hatte mich nicht satt sehen können: ihre gertenschlanke, grazile Gestalt, der forschende neugierige Blick aus ihren dunklen Mandelaugen, ihr leicht geöffneter Mund mit den sinnlichen Lippen, ihre zuerst noch holprige und seltsame Sprechweise, ihre offene, ruhige und zuvorkommende Art. Das alles brachte mich fast um den Verstand.

Natürlich war ich nicht der Einzige, der diese, plötzlich wie aus dem Nichts aufgetauchte Göttin anhimmelte. Sogar mein bester Freund Jürgen hatte Feuer gefangen, und dafür musste ich ihm noch dankbar sein. In seinem Schatten durfte auch ich meiner Angebeteten nahe sein. Ich allein hätte das niemals zuwege gebracht. Pui Tien hätte mich nie beachtet, zumal sie sich hier in Europa bestimmt viel mehr für einen weißen Jungen als für einen Chinesen interessierte. Denn schon ihre Eltern waren ein deutsch-asiatisches Paar, das sicherlich nicht, wie bei uns, peinlich darauf bedacht sein würde, nur asiatische Freunde ihrer Tochter zu akzeptieren.

Der erste Schock traf mich völlig unvorbereitet, als Pui Tien uns ihre Mutter vorstellte, weil diese ihr fast bis aufs Haar glich. Jürgen hatte ihr das allerdings nie abgekauft. Für ihn stand fest, dass ihre angebliche Mutter in Wirklichkeit Pui Tiens ältere Schwester sein musste. Für mich dagegen war dies ein Rätsel, das meine Angebetete noch geheimnisvoller machte, als sie schon war.

Und dann passierte das Unmögliche. Da sie Jürgen mit ihrem Urlaubsflirt Tom verprellt hatte, blieb ich als ihr einziger vertrauter Freund übrig. Mit einem Mal wurde mir Pui Tiens ganze Aufmerksamkeit zuteil. Natürlich war mir das zu Kopf gestiegen, und ich hatte mir eingebildet, vielleicht mit der Zeit auch noch den tollen Tom ausstechen zu können, aber da hatte ich mich gewaltig geschnitten. Pui Tien vertraute mir zwar in ihrer Not sogar ihr größtes Geheimnis an, bedeutete mir aber gleichzeitig unmissverständlich, dass sie mich nicht lieben würde. Nach meinem asiatischen Verständnis kam dies einer völlig vernichtenden Niederlage gleich, denn dadurch hatte ich das Gesicht verloren. Warum ich dennoch nicht aufgab, kann ich mir nicht erklären. Sie hatte mir ihre Geschichte erzählt und angedeutet, was sie vorhatte, und ich nehme an, ich liebte sie so sehr, dass ich sie trotzdem beschützen wollte, ganz gleich, was geschah.

Und nun waren wir hier gestrandet, vermutlich mehr als achthundert Jahre vor meiner eigenen Zeit. Meine Eltern, die Schule und alles andere waren in unerreichbare Ferne gerückt. Aber der Kummer über den Verlust bedrückte mich nicht, denn Pui Tien hatte mir letztlich doch noch die einmalige Chance gegeben, ihr meine Liebe zu beweisen.

Mit dieser ermutigenden Zuversicht ausgestattet kletterte ich aus der Höhle und hangelte mich über Wurzeln und Felsen, bis ich auf weniger steiles Terrain gelangte. Irgendwo musste Pui Tien doch sein. Daher schaute ich mich in dem unübersichtlichen Waldgelände um, aber schon nach wenigen Metern schrak ich fürchterlich zusammen, als direkt vor mir plötzlich zwei ausgewachsene Pferde auftauchten. Ich beschloss die unheimlichen Tiere zu ignorieren und schlich mich an ihnen vorbei. Wenn Pui Tien sie entdecken sollte, dann käme sie vielleicht noch auf den Gedanken, sie einzufangen und reiten zu wollen.

Ich wollte mich nicht allzu weit von der Höhle entfernen, deshalb setzte ich mich auf einen Felsen. Nur wenig später erkannte ich eine schemenhafte Bewegung zwischen den Bäumen, und der seltsame Hund, den ich allmählich in Verdacht hatte, ein Wolf zu sein, rannte mich fast um. Gleich darauf erschien Pui Tien und versetzte mich wieder in Erstaunen. Sie trug nun auf einmal ein blendend weißes Fellkleid, das in der Mitte von einem Ledergürtel gehalten wurde und ihr bis weit über die Knie reichte. Ihre hüftlangen schwarzen Haare standen dazu in besonders auffälligem Kontrast. Ihre ganze Erscheinung ließ absolut keinen Zweifel darüber aufkommen, dass sie selbst ein Teil dieser urtümlichen Natur war. Und das, obwohl sie doch eigentlich frieren musste, denn ihre Füße waren nackt. Pui Tien aber schien die Kälte des Bodens nichts auszumachen.

„Was hast du mit deinen Schuhen gemacht?", fragte ich daher unvermittelt.

„Weggeworfen!", beschied sie mir fast fröhlich.

Da ich sie ziemlich entgeistert ansah, fühlte sie sich offenbar doch zu einer näheren Erläuterung verpflichtet:

„Ich musste durch den Fluss waten, und das haben sie nicht ausgehalten - modernes Leder, weißt du?"

Ich nickte kurz, aber meine Verwirrung war sicher nicht zu übersehen. Ich konnte einfach meine Blicke nicht von ihr abwenden.

„Du wunderst dich über mein Kleid?", vermutete Pui Tien richtig. „Nun, ich habe es schon früher hier in den Wäldern getragen. Es ist das Fell eines weißen Hirschen, eines heiligen Tieres. Ich kann mich darin besser bewegen als in den kostbaren Brokatkleidern. Aber du fragst ja gar nicht, was ich gemacht habe, Didi."

Täuschte ich mich, oder war da wirklich etwas Schelmisches in ihrem Blick? Ich zuckte mit den Schultern und versuchte dabei, einen möglichst lässigen Eindruck zu machen. Tatsächlich hielt sie es nicht mehr aus und ließ die Bombe platzen:

„Ich habe für uns beide Pferde besorgt, findest du das nicht toll? Jetzt lernst du endlich reiten!"

Pui Tien

Didis Gesichtsausdruck sprach Bände, trotzdem ließ ich nicht locker. Immerhin hatte er sich selbst in diese missliche Lage gebracht, und nun musste er sehen, wie er damit fertig wurde. Ich gebe ja zu, ein klein wenig schämte ich mich doch, denn schließlich war er meinetwegen in die Vergangenheit geraten, und ich konnte nicht umhin, seinen Mut zu bewundern. Insgeheim fragte ich mich, ob Jürgen oder Tom sich darauf eingelassen hätten, nur um in meiner Nähe bleiben zu können. Im Grunde genommen war Didi unheimlich lieb, obwohl ich ihn zurückgewiesen hatte. Aber ich konnte doch meinem Herzen nicht befehlen, Tom einfach zu vergessen. Konnte ich das wirklich nicht?

Ich schüttelte unwillig den Kopf, aber Didi nahm es als Kritik, weil er es nicht schaffte, auf den Rücken seines Pferdes zu kommen. Die gutmütige Stute, die ich für ihn ausgesucht hatte, quittierte seine wiederholten Fehlversuche mit einem lässigen Schnauben. Der Wolf schaute mit schief gehaltenem Kopf wie gebannt zu.

„Es tut mir leid, Pui Tien", sagte er säuerlich. „Aber ich kann das nicht."

„Du musst!", forderte ich unerbittlich. „Ohne Pferde sind wir nicht beweglich genug, wenn uns die Häscher des Grafen verfolgen."

Didi nahm einen erneuten Anlauf, krallte sich an der Mähne des Pferdes fest und rutschte abermals ab. Diesmal schrie er vor Schmerz laut auf, als er mit dem Rücken auf eine Wurzel krachte.

Ich bekam einen riesigen Schrecken und lief zu ihm. Didi stöhnte und fasste sich an die Hüfte. Ich bückte mich und tastete vorsichtig die Stelle ab, aber er drehte sich weg. Er stand ächzend auf und verzog das Gesicht zu einem gequälten Grinsen:

„Ich mache weiter, Pui Tien, aber es ist schön, dass du dich um mich sorgst."

Ich drehte mich wütend um und schwang mich auf mein Pferd.

"Du siehst unglaublich toll aus, wenn du zornig bist!", rief Didi hinter mir her.

Ich trieb meine Stute an.

"Ich bin unten am Fluss, wenn du mich suchst!", beschied ich ihm gehässig. "Am Besten, du beißt die Zähne zusammen, so sagt man doch, oder? Lai, Wolf!"

Ohne mich noch einmal umzudrehen, verschwand ich zwischen den Bäumen. Der Wolf zögerte einen Moment, schaute unschlüssig zwischen Didi und mir hin und her und folgte mir schließlich nach.

Ich kochte innerlich, wusste aber eigentlich gar nicht, warum. Vielleicht sollte ich mir eingestehen, dass mich seine innere Seelennot doch mehr berührte, als ich wahrhaben wollte. Dabei konnte ich ihm nicht helfen, selbst, wenn ich es versuchte. Ich liebte ihn nun mal nicht. Aber warum wurde ich gerade jetzt wieder das Gefühl nicht los, dass sich so etwas ändern könnte?

Ein Ast schlug mir ins Gesicht und hätte mich beinahe abgeworfen. Ich war aufgebracht, hielt sofort an, sprang ab und knickte ihn um. Erst in diesem Moment kam ich zur Besinnung. Was tat ich da bloß? Ich durfte Didi nicht mit der Stute allein lassen. Wie sollte er sie ohne meine Anleitung jemals dazu bewegen, zum Fluss hinunterzugehen? In seiner Verzweiflung tat er wohlmöglich noch etwas Unsinniges und verletzte sich ernstlich. Ich musste sofort zurück.

Besorgt trieb ich die Stute zur Eile an, doch der steile Hang ließ mich nur langsam vorankommen. Ich schmiegte mich an den Hals des Pferdes, um mein Gewicht zu verlagern. Trotzdem dauerte es noch mehrere Minuten, bis ich die Stelle erreichte, an der ich Didi zurückgelassen hatte.

Ich glaubte, meinen Augen nicht zu trauen, aber mein Schulfreund saß auf dem Rücken seines Pferdes und grinste mich triumphierend an. Er hatte das Tier vor einen Felsen geführt, war auf diesen hinaufgeklettert und von dort aus aufgesprungen.

"Wenn du mir jetzt noch verrätst, wie ich das Pferd überreden soll, sich in Bewegung zu setzen, könnten wir aufbrechen!", verkündete Didi stolz.

"Oh, ein klein wenig mehr musst du schon noch lernen", entgegnete ich lachend.

Fast den ganzen Rest des Tages über versuchte ich, die Pferde an die Gegenwart des Wolfes zu gewöhnen, und brachte Didi bei, wie er sein Reittier führen und zügeln musste. Am Abend war er tatsächlich soweit, dass wir einen Ausflug in die nähere Umgebung der Klutert wagen konnten. Mir war natürlich bewusst, dass er fürchterlich hungrig sein musste, aber er beklagte sich nicht ein einziges Mal. Trotzdem brauchten wir dringend etwas zu essen, und ich konnte nur hoffen, dass inzwischen wenigstens ein geeignetes Tier in einer der etwa ein Dutzend Fallen saß, die ich noch am frühen Morgen über den gesamten Klutertberg verteilt hatte. Als ich Didi über diese Aussicht informierte, hatte ich eigentlich angenommen, dass er sich darüber freuen würde, doch stattdessen machte er ein erschrockenes Gesicht.

„Du willst damit andeuten, dass wir wirklich ein lebendiges Tier töten, ausnehmen und braten sollen?", meinte er entsetzt. „So wie bei einer dieser Überlebenskurse?"

Ich nickte lächelnd.

„Genauso!", bestätigte ich bestimmt.

„Und du kannst so was?", fragte er zweifelnd.

„Ja, aber wenn du lieber warten willst, bis es hier in sieben- oder achthundert Jahren einen Laden gibt, in dem du Fleisch kaufen kannst...", deutete ich schnippisch an.

Didi winkte resigniert ab.

„Schon gut, Pui Tien, ich weiß, ich stelle mich sicher ziemlich blöd an."

Ich zuckte mit den Schultern und schwang mich auf mein Pferd.

„Solange du nicht darauf bestehst, bei jeder Mahlzeit Reis serviert zu bekommen, kann ich damit leben", zog ich ihn belustigt auf. „Im Augenblick wäre ich sogar sehr zufrieden, wenn du schon mal Steine für ein Lagerfeuer zusammensuchen würdest."

Damit ließ ich ihn stehen und ritt los, um die Fallen zu kontrollieren. Diesmal blieb mein Freund, der Wolf, bei Didi sitzen, und ich wunderte mich.

Ich grübelte noch einen Moment lang über das seltsame Verhalten des Wolfes nach. Normalerweise folgte er mir auf Schritt und Tritt. Wenn er nun bei dem fremden Jungen blieb, musste er diesen sehr mögen. Vielleicht hatte Didi ja doch seine Vorzüge. Zumindest konnte er nicht schlecht riechen. Der Gedanke daran zauberte ein Lächeln auf meine Lippen.

Bei der dritten Falle wurde ich fündig. Ein allzu neugieriges Kaninchen war aus seinem Bau gekrochen und hatte sich in der präparierten Bastschlinge selbst erwürgt. Ich sprang ab, zog den Dolch aus dem Gürtel, schnitt dem Tier die Kehle durch und hielt es hoch, damit es ausbluten konnte. Danach nahm ich das Kaninchen an Ort und Stelle aus, um Didi den Anblick zu ersparen. Mein vierbeiniger Freund hatte eben Pech gehabt, weil er mich nicht begleiten wollte. Seine Artgenossen würden sich sicher über das Festmahl hermachen, und ich gönnte es ihnen, denn ich erinnerte mich nur allzu gut daran, wie ich selbst als kleines Kind mit einem Wolfsrudel gezogen war, um in der Wildnis zu überleben.

Nachdem ich dem Kaninchen das Fell abgezogen hatte, kniete ich auf dem Waldboden, schloss die Augen und breitete meine Arme aus. Leise murmelte ich die uralten heiligen Worte des Dankes an die Göttin und verharrte eine Weile in andächtiger Stille, während der Abendwind kühl über mein Gesicht strich. Wie lange hatte ich das nicht mehr getan? Schließlich band ich das Kaninchen mit dem Baststrick an den Rist meines Pferdes und ritt weiter.

Bis auf die letzte Falle waren alle anderen leer. Dort hatte sich ein anderes Kaninchen mit den Hinterläufen in der Schlinge verfangen. Ich stieg ab, befreite das Tier und ließ es laufen.

„Du hast großes Glück gehabt!", rief ich ihm fröhlich nach.

Zufrieden kehrte ich danach mit meiner Beute zur Höhle zurück.

Der zweite Morgen in dieser Epoche war nicht so friedlich. Ich wachte schlagartig auf, als mir der typische Geruch von Feuer in die Nase drang. Die Nacht war kalt gewesen, und über der Ennepe hatten sich dichte Nebelschwaden gebildet. Da sich die kühle Luft im Tal sammelte, konnte der Brandherd demnach nur oberhalb von unserem Standort sein. Was immer da auch gebrannt hatte, war längst erloschen, denn ein frisches Feuer roch anders. Also waren wir nicht direkt bedroht. Trotzdem fragte ich mich, was da oben in den Bergen wohl passiert sein konnte.

Ein kurzer Blick zu Didi überzeugte mich davon, dass er noch schlief. Das sollte ich ausnutzen. Ich hangelte mich zum Fluss hinab und streifte mir das Fellkleid über den Kopf. Nackt, wie ich nun war, sprang ich kurzentschlossen in die eiskalten Fluten. Im ersten Moment dachte ich, mir bliebe das Herz stehen, doch danach empfand ich das Bad richtig erfrischend. Allerdings drang die Kälte alsbald in meine Glieder, und ich sah zu, dass ich schnell wieder aus dem Wasser kam. Dabei bemerkte ich, wie mich zwei große Augen aus dem Höhleneingang heraus beobachteten. Im gleichen Moment schaute Didi beschämt zur Seite. Ich griff seelenruhig nach dem Fellkleid und zog es wieder an. Während ich den Gürtel umlegte, musste ich lächeln.

„Wolltest du mir zuschauen, oder hast du wieder geglaubt, du müsstest mich retten?", neckte ich ihn.

Sogar aus dieser Entfernung konnte ich beobachten, wie Didis Gesicht rot anlief.

„Es..., es tut mir leid, Pui Tien", stammelte er verlegen. „Ich habe das Platschen des Wassers gehört..."

„Mach dir nichts draus!", unterbrach ich ihn. „Ich kann nicht immer warten, bis du ganz fest schläfst, wenn ich mich waschen will. Daher wirst du mich wohl noch öfter nackt sehen, bis wir versuchen können, wieder in deine Zeit zu gelangen."

Didis Antwort bestand aus einem unverständlichen Gebrummel. Dazu wendete er sich ab und fuchtelte gestenreich mit den Armen in der Luft herum. Offenbar schimpfte er in seinem Tianjin-Dialekt vor sich hin. Ich konnte mir das Lachen nicht mehr verkneifen und prustete laut los. Didi blieb stehen und drehte sich zu mir um.

„Warum tust du mir das an, Pui Tien?", rief er aufgebracht. „Du weißt doch, dass ich dich liebe und was du mit so was in mir auslöst!"

„Nein, weiß ich nicht!", beteuerte ich mit unschuldiger Miene. „Was löse ich denn in dir aus?"

Didi winkte empört ab und schnappte sich unsere Decken.

„Ach, vergiss es, Pui Tien!", zischte er nur.

Ich zuckte mit den Schultern und wies ihn an, beide Decken auf den Rücken seines Pferdes zu legen. Anschließend schnappte ich mir den Rucksack und band ihn seiner Stute um den Hals. Didi sah mich verständnislos an.

„Weiter oben am Berg hat in der Nacht etwas gebrannt", erklärte ich ihm. „Wir müssen nachsehen, was passiert ist, und vielleicht erfahren wir etwas, das uns weiterhelfen kann."

Didi war noch immer verwirrt.

„Und was sollen die Decken auf meinem Pferd?"

„Och, die sind nur dafür da, damit du heute Abend ohne Schmerzen sitzen kannst", teilte ich ihm grinsend mit.

Schen Diyi Er Dsi

Nachdem wir in der Vergangenheit gestrandet waren, hatte sich Pui Tien allmählich völlig verändert. Und seit sie jenes weiße Fellkleid trug, erinnerte so gut wie nichts mehr an das etwas hilflos und lebensfremd wirkende Mädchen, in das ich mich so unsterblich verliebt hatte. Fast schien es mir, als würde sie von Stunde zu Stunde immer mehr mit dieser menschenleeren, weglosen Wildnis verwachsen und zu deren Teil werden. Zuvor hätte ich nicht einmal im Traum daran gedacht, dass Pui Tien dazu fähig gewesen wäre, einem kleinen Kaninchen den Hals umzudrehen, es auszunehmen und über einem Feuer zu braten. Zu meinem sprachlosen Entsetzen verrichtete sie jedoch das blutige Geschäft ohne auch nur mit der Wimper zu zucken und so zielsicher, als ob sie nie etwas anderes getan hätte. Bei allen Ahnengeistern meiner Großeltern, sie war doch genau wie ich erst siebzehn und zusammen mit mir in eine Klasse gegangen!

Im Dickicht des Waldes bewegte sie sich genauso lautlos und gespenstisch wie ihr spezieller Freund, dieser wilde Wolf. Denn dass der tatsächlich ein solcher war, hatte sie mir erst am abendlichen Lagerfeuer gebeichtet. Allein die Vorstellung, dass Pui Tien und der vierbeinige Räuber im eisgrauen Fell anderen Tieren auflauern würden, um sie zu zerfleischen, ließ mir die Haare zu Berge stehen.

Andererseits kam ich nicht umhin, sie wegen ihrer Fähigkeiten zu bewundern. Zudem hatte das schmucklose, aber kleidsame weiße Fell die Schönheit ihrer Erscheinung nicht im Mindesten geschmälert, und so war ich gleichzeitig schockiert und fasziniert, als sie sich plötzlich vor meinen Augen splitternackt auszog, um nur wenige Sekunden später ins eiskalte Wasser der Ennepe einzutauchen.

Erst, als sie mich entdeckte, während sie aus den Fluten stieg, gelang es mir endlich, meine Augen in eine andere Richtung zu zwingen, aber dafür fühlte ich mich auf grausame Weise ertappt und entlarvt. Wie sollte sie mich nun noch achten, wenn ich ihr praktisch selbst den Beweis dafür geliefert hatte, wie sehr ich sie begehrte? Was war ich nur für ein Idiot? Mit welchem Recht konnte ich jetzt noch behaupten, ehrenhafter zu sein als alle ihre anderen Verehrer?

Pui Tien gab sich jedoch völlig gleichgültig gegenüber meinen Empfindungen. Es schien sie nicht im Mindesten zu stören, dass ich sie beim Baden beobachtet hatte. Stattdessen machte sie sich über meine Ungeschicktheit beim Reiten lustig. Offensichtlich war für sie das Thema damit erledigt, und sie wandte sich anderen Dingen zu. Wahrscheinlich waren diese auch viel wichtiger als unser ständiges Geplänkel. Erst als wir gut eine Stunde später ein ziemliches Stück weiter oben eine Rodungslichtung im Wald betraten, ahnte ich, dass sich während der vergangenen Nacht Entscheidendes ereignet haben musste. Zuerst war es nur der unangenehme Geruch von verbranntem Fleisch, der mir sagte, dass etwas nicht in Ordnung war, doch dann wies Pui Tiens ausgestreckter Arm auf einen kleinen niedergebrannten Bauernhof, von dem eine dünne schwarze Rauchsäule aufstieg.

„Meninghardehuson", sagte sie leise. „Die Sachsen hier nennen diesen Hof so. Ich kannte damals den Sohn des Bauern. Er hieß Hinnerik und war genauso alt wie ich."

Täuschte ich mich oder hatte da in ihrer Stimme so etwas wie Verachtung mitgeklungen?

„Er war der jüngste Sohn und musste daher in Graf Everhards Dienste treten", fuhr Pui Tien fort. „Ich weiß nicht, ob er oder sein älterer Bruder jetzt den Hof bewirtschaftet, auf jeden Fall muss Hinnerik, falls er noch lebt, nun um die 50 sein."

„Wie kannst du sicher sein, dass inzwischen so viele Jahre ins Land gezogen sind?", fragte ich zurück.

„Ich habe die Zeichen gesehen, wir sind in der richtigen Zeit", flüsterte Pui Tien. „Demnach sind mehr als dreißig Jahre seit meinem Verschwinden aus dieser Epoche vergangen."

Mir schwirrte der Kopf. Wenn ich richtig nachgerechnet hatte, dann war Pui Tien erst im Frühling in unserer Gegenwart aufgetaucht. Doch sie schien die Konsequenz dieser gewaltigen Sprünge zwischen den Jahrhunderten überhaupt nicht zu interessieren, denn sie gab ihrem Wolf ein kurzes Zeichen und lief auf das zerstörte Bauernhaus zu.

„Komm, Didi, wir müssen nachschauen, ob wir für dich etwas anderes zum Anziehen finden!", befahl sie mir. „In deinen modernen Jeans fällst du noch mehr auf als durch dein fremdes Aussehen."

Ich schauderte. Also rechnete sie schon praktisch damit, dass der Brand auch menschliche Opfer gekostet haben könnte, und wollte wahrscheinlich die Leichen ihrer Kleidung berauben.

„Glaubst du, die fremden Söldner haben das hier angerichtet?", fragte ich, um mich selbst von meinen düsteren Gedanken abzulenken.

„Natürlich, Didi, es ist Krieg!", antwortete Pui Tien ungerührt.

Sie huschte gebückt über das kleine Stoppelfeld und blieb plötzlich kurz vor den rauchenden Trümmern stehen, um zu lauschen. Tatsächlich konnte auch ich nun deutlich ein leises Wimmern hören. Wir bewegten uns beide vorsichtig darauf zu. Bald sahen wir, was geschehen war. Einer der eingestürzten Balken des Hauses hatte einen älteren Mann unter sich begraben. Der eingeklemmte Bauer trug ein braunes sackähnliches Gewand mit einer großen Kapuze. Als er uns sah, schien er vor Schreck zu erstarren.

Ich dachte zuerst, seine Reaktion sei darauf zurückzuführen, dass er uns für Räuber hielt, die im Gefolge der feindlichen Soldaten auf Beute aus waren, doch seine ängstlichen Blicke waren ausschließlich auf Pui Tien gerichtet. Abwehrend streckte er ihr seine unverletzten Hände entgegen.

„Snäiwitteken!", rief er laut und mit panikerfüllter Stimme. „Dä Wulfshekse es truggan!"

Ich schaute Pui Tien verständnislos an.

„Er hat mich wiedererkannt, Didi!", erklärte sie mir. „Er nennt mich Snäiwitteken - wegen meines weißen Fellkleides, weißt du? Und er glaubt immer noch, dass ich eine Wolfshexe bin."

„Wie soll das möglich sein?", gab ich erstaunt zurück. „Du sagst doch, hier wären inzwischen über dreißig Jahre vergangen."

„Ich bin nicht gealtert, Didi", erklärte Pui Tien seelenruhig. „Ich sehe immer noch genauso aus, wie sie mich in Erinnerung haben. Und wahrscheinlich fürchten sie mich aus diesem Grund noch viel mehr als früher, denn meine Jugend muss für sie der Beweis sein, dass ich mit dem Teufel im Bunde stehe."

Ich versuchte krampfhaft, das Gehörte zu verarbeiten.

„Ich werde den armen Mann aus seiner misslichen Lage befreien, Didi!", kündete Pui Tien an. „Wir brauchen dringend Informationen über die augenblickliche Lage."

„Wie willst du das anstellen? Der Balken ist sicher wahnsinnig schwer."

„Lass mich nur machen, Didi!", entgegnete Pui Tien gelassen. „Aber wunder dich bitte nicht über das, was gleich geschieht. Denn du wirst jetzt auch noch mein allerletztes Geheimnis erfahren."

„Was meinst du damit?", entfuhr es mir spontan, doch Pui Tien antwortete nicht.

Vielmehr fixierte sie auf unheimliche Weise den Balken, und mir lief es eiskalt den Rücken hinunter. Fast kam es mir so vor, als wäre sie plötzlich der Welt völlig entrückt. In ihre Augen trat auf einmal ein schimmerndes Glühen. Unwillkürlich wich ich zurück.

Dann geschah das Unfassbare: der Balken hob sich, ja er hob sich wie von selbst stetig an und gab den Bauern frei. Ich wollte nicht glauben, was ich da sah, doch der zuvor eingeklemmte Mann kroch tatsächlich unter dem verkohlten Holz hervor. Hinter ihm krachte der Balken mit lautem Getöse auf den Boden. Ich stand da und staunte fassungslos, während der alte Bauer zitternd im verbrannten Stroh lag.

Pui Tien

Nun war es geschehen. Ich musste mein bislang so strenggehütetes Geheimnis preisgeben. Damit war Didi auch noch Zeuge meiner unerklärbaren Kräfte geworden, aber ich bedauerte es keinen Augenblick, denn er würde darüber schweigen wie ein Grab, wenn ich ihn darum bat. Dass der alte Bauer Hinnerik, er war es wirklich, den unheimlichen Vorgang ebenfalls gesehen hatte, kümmerte mich nicht. Immerhin hatte ich vor einigen Jahren schon seinen Vater auf diese Weise von einem umgestürzten Baum befreit. In seiner Vorstellung war meine Gabe nur ein weiterer Beweis für die Tatsache, dass ich in seinen Augen wirklich nur eine Hexe sein konnte. Auf der anderen Seite nutzte ich die Situation schamlos aus. Hinnerik zitterte wie Espenlaub und war natürlich ohne Umschweife bereit, mir die verlangten Informationen zu liefern.

Und so erfuhren wir auch, wie die fremden Söldner am vorherigen Abend seinen Hof überfallen hatten. Kurz zuvor waren die Anhänger der staufischen Partei in das kleine

Dorf Üöver dä Vuorde eingefallen und hatten die Wintervorräte der Einwohner geraubt. Wie vermutet, galt der Kriegszug der Schwächung der mächtigen Grafen von Altena, den wichtigsten Verbündeten des Welfenkönigs Otto. Hauptziel des Vorstoßes aber war das geheimnisvolle Goldbergwerk, das sie irgendwo hier in den unzugänglichen Bergwäldern vermuteten. Mein früherer Freund, Graf Arnold, hatte es vor wenigen Jahren ausdrücklich mit Erlaubnis seines jüngeren Bruders, des Kölner Erzbischofs Adolf, auszubeuten begonnen, um Münzen für die Welfen schlagen zu können. Denn diese waren nach der Niederlage ihres englischen Hauptverbündeten in Frankreich von sämtlichen Geldquellen abgeschnitten. Und der Krieg gegen die Staufer war teuer. Immerhin dauerte er schon einige Jahre an, und ein Ende war nicht abzusehen.

Eigentlich war es erstaunlich, dass Hinnerik all diese Umstände überhaupt kannte. Doch zu unserem Glück hatte es mein Widersacher von einst in den Diensten der Altenaer Grafen bis zum Hauptmann der neuen Burg auf dem Isenberg gebracht. Allerdings waren unterdessen seine Brüder gestorben, und Hinnerik hatte den väterlichen Hof Meninghardehuson übernommen, nachdem er mit seinen mehr als fünfzig Lebensjahren aus dem aktiven Dienst für seinen Herrn entlassen worden war.

Ich wurde hellhörig. Der Name „Isenburg" war mir aus den Erzählungen meiner Eltern natürlich bekannt, und ich wollte wissen, wer sie gebaut hatte. Die Antwort überraschte mich dann doch.

Den Auftrag hatte Arnolds jüngerer Bruder Adolf erteilt, nachdem dieser zum Erzbischof von Köln geweiht worden war, um den enorm wichtigen Hilinciweg zu sichern, der von Köln zur Reichsstadt Dortmund und weiter in die östlichen Gebiete des Sachsenlandes führte. Jener Adolf, den ich ein einziges Mal als Jungen gesehen hatte, als er seinen älteren Bruder auf eine Jagdgesellschaft im Tal des Steinbaches begleitet hatte, war inzwischen zum wichtigsten und mächtigsten Fürsten des Reiches aufgestiegen. Vor zehn Jahren hatte er die Freilassung des englischen Königs Richard Löwenherz erzwungen und sich sogar den Wünschen des damaligen Kaisers Heinrich widersetzt, dessen kleinen Sohn Friedrich zum König zu wählen. Es war Adolf gewesen, der stattdessen nach Heinrichs Tod den Welfen Otto gekrönt und gesalbt hatte. Mit solch großer Machtfülle ausgestattet, konnte Adolf es sich ohne Weiteres erlauben, den Sohn seines Bruders Arnold mit der Isenburg und der Vogtei des Stiftes Essen zu belehnen.

Ich versuchte, mir meine innerliche Aufregung nicht anmerken zu lassen, als ich Hinnerik schließlich über meinen früheren Freund ausfragte. Der alte Bauer bekreuzigte sich, teilte mir aber bereitwillig mit, was aus meinem einstigen Geliebten geworden war.

„Ich war damals noch ein junger Mann, als mein Herr, Graf Arnold, in der Königspfalz der Reichsstadt Dortmund vor den Fürsten schwor, auf dich zu verzichten, Snäiwitteken", begann Hinnerik mit zitternder Stimme.

Er fürchtete wohl, mich so wütend zu machen, dass ich ihn dafür büßen lassen würde.

„Sprich weiter und hab keine Angst, ich werde dir nichts tun!", versicherte ich ihm daher. Der alte Bauer schaute mich unsicher an, fasste sich dann aber wieder.

„Da war dieser englische Ritter, der vom Kaiser ein Gottesurteil forderte, um den alten Grafen Everhard zu zwingen, dich nicht mehr länger als Hexe zu verfolgen", fuhr Hinnerik fort. „Er besiegte Arnolds Vater, doch der alte Graf war voller Hass gegen dich. Im letzten Augenblick, bevor ihm der englische Ritter den Todesstoß versetzen konnte, warf sich Arnold dazwischen und tat den Schwur, um seinem Vater das Leben zu retten."

Meine Augen füllten sich mit Tränen, und ich blickte zur Seite. Papa hatte mir zwar alles über die Begebenheit erzählt und mich um Vergebung gebeten, aber es schmerzte noch immer.

„Von Stund an war der junge Graf Arnold nicht mehr derselbe", berichtete Hinnerik weiter. „Er kehrte nicht mit uns zurück, sondern zog in das nordöstliche Grenzgebiet an der Lippe und ließ sich dort nieder, um eine eigene Burg mit Namen Novus Ponte zu errichten, was in unserer Sprache Nienbrügge bedeutet. Ich selbst und einige unserer Reisigen wurden später von Graf Everhard zu ihm geschickt. Arnold selbst hat seitdem die Burg Altena nie wieder betreten. Als sein Vater starb, überließ Arnold sie seinem jüngsten Bruder Friedrich. Mit diesem teilte er sich fortan die Herrschaft. Erst viele Jahre später hat er dann geheiratet, doch an sich selbst ließ er niemanden heran, weder seine Familie noch uns Bedienstete. Seine eigenen Kinder kannten ihren Vater kaum, denn Graf Arnold war so in sich gekehrt, dass er nur das Nötigste mit ihnen sprach. Sogar als eines Tages plötzlich sein jüngerer Bruder auf der Burg Altena starb, gab er die Verwaltung des südlichen Teils der Grafschaft ohne zu zögern an dessen noch unmündigen Sohn Adolf weiter. Mein Herr, das kann ich dir versichern, Snäiwitteken, ist seit jenem unglückseligen Tag in Dortmund ein ganz einsamer Mann. Ich glaube, er hat dich immer geliebt und deinen Verlust nie verschmerzen können."

Mir kamen die Tränen, und ich versuchte nicht einmal, dies vor dem alten Bauern zu verbergen. Stattdessen forderte ich ihn tonlos auf weiterzusprechen.

„Nun ja, Snäiwitteken", meinte Hinnerik und räusperte sich vernehmlich. „Der Rest ist schnell erzählt. Graf Arnold ist heute ein sehr mächtiger Mann und das angesehene Oberhaupt der edlen Familie derer von Neuenberge. Selbst sein Neffe aus der Stammburg des Geschlechts am Fluss Wupper hört auf seinen Rat. Wenn man so will, herrscht mein Herr, Arnold von Altena-Nienbrügge, wie er sich seit langem nennt, jetzt über vier Grafschaften und übt das alleinige Münzrecht über die Erträge aus dem Goldberg aus. In Dortmund hat er gemeinsam mit unserem König Otto sogar erstmals Sterlinge schlagen lassen. Das hat es vorher noch nie gegeben, denn bislang reichte das Metall nur für Pfennige und höchstens für Schillinge."

Hinneriks Erwähnung der Ausbeutung der Goldmine meiner Freunde vom kleinwüchsigen Volk trieb mir unvermittelt die Zornesröte ins Gesicht.

„Welcher von den Grafensöhnen und Neffen ist für das Bergwerk verantwortlich?", fuhr ich den alten Bauern an.

Hinnerik schrak zusammen.

„Sag mir jetzt, wer die Altvorderen versklavt und zwingt, ihre Geheimnisse preiszugeben!", bedrängte ich den Verängstigten.

„Es…, es ist der junge Graf Everhard von Altena-Isenberg, Snäiwitteken", stammelte Hinnerik. „Er sorgt dafür, dass immer genug edles Metall gefördert wird, um die Kriegskasse der Welfen zu füllen. Aber in der letzten Zeit gerät König Otto immer mehr in Bedrängnis, denn wie es heißt, fiel nun sogar dessen eigener Bruder, der Pfalzgraf, von ihm ab, und unser Erzbischof Adolf hat sich auf einmal darauf besonnen, dem Staufer Philipp die Krönung anzubieten. Niemand versteht das hier, am wenigsten natürlich Graf Arnold, denn dadurch können die feindlichen Staufer-Heere jetzt ungehindert in unser Gebiet eindringen, so wie es ja auch gestern Abend geschehen ist."

Ich nickte Hinnerik kurz zu und schaute mich forschend um. Der alte Bauer hatte sich offenbar wieder gefasst, immerhin schien er mich nicht mehr unmittelbar als Bedrohung anzusehen. Nur als der Wolf erschien und damit begann, schnuppernd zwischen den Trümmern nach getötetem Vieh Ausschau zu halten, flackerte für einen Augenblick wieder die Angst in seinem Gesicht auf. Er hob abwehrend die Hände und blickte mich flehend an.

„Ziehst du jetzt wieder mit den Wölfen, Snäiwitteken?", fragte er mit zaghafter Stimme.

Ich schüttelte energisch den Kopf.

„Nein, Hinnerik!", erwiderte ich bestimmt. „Ich ziehe nur noch gegen Menschenschinder, die meine Freunde versklaven, um an das edle Metall aus den Bergen zu gelangen!"

Der alte Bauer nickte bedächtig.

„Die Zeiten haben sich geändert, Snäiwitteken", murmelte er leise. „Ich nehme an, dass zwischen uns keine Feindschaft mehr ist?"

„Wir sind nie Feinde gewesen, Hinnerik!", beschied ich ihm. „Erinnerst du dich nicht mehr daran, wie ich deinem Vater geholfen habe, obwohl ihr Bauern mich und die Wölfe gejagt habt?"

„Wir haben dich und deine Zauberkräfte gefürchtet, Snäiwitteken!", rechtfertigte sich Hinnerik. „Aber es stimmt, du hast sie nie gegen uns eingesetzt."

Der alte Bauer bemühte sich aufzustehen, und ich reichte ihm meine Hand, um ihm zu helfen. Als er dann vor mir stand, fiel mir auf, wie klein und eingefallen er doch war. Hinnerik schien meine Gedanken zu erraten.

„Ich bin nicht mehr jung, Snäiwitteken", meinte er zum ersten Mal mit dem Anflug eines Lächelns auf den Lippen. „Dabei waren wir beide doch etwa im gleichen Alter. Wie kann es sein, dass die vielen Jahre so spurlos an dir vorübergegangen sind?"

„Dort, wo ich herkomme, ist seit damals nur ein halbes Jahr vergangen!", entgegnete ich wahrheitsgemäß.

Allerdings nahm ich nicht an, dass Hinnerik die Bedeutung meiner Antwort verstehen würde. Sollte er ruhig glauben, ich könnte mich in eine Welt zurückziehen, in der so gut wie keine Zeit verging. Tatsächlich nahm er meine schlichte Aussage einfach als gegeben hin. Nach seinem Verständnis schien eine Zauberin und Hexe wohl solch fantastische Möglichkeiten zu haben. Dafür richtete er seine Aufmerksamkeit auf die für ihn völlig fremd aussehende Gestalt von Didi, der bislang schweigend hinter mir gestanden hatte.

„Die Augen und Haare deines Begleiters sind genauso wie deine, Snäiwitteken", bemerkte er interessiert. „Hast du ihn aus deinem Land jenseits der Zeit mitgebracht?"

Ich nickte, denn jede andere Erklärung hätte Hinnerik sicher nicht begreifen können.

„Er braucht ein Gewand und eine Gugel!", stellte ich klar. „Kannst du ihm so etwas geben?"

Hinnerik schüttelte bedauernd den Kopf.

„Schau dich um, Snäiwitteken, ich besitze selbst nichts mehr."

Ich überlegte kurz. Hinnerik hatte recht, die staufischen Söldner hatten ihm nicht nur den Hof über dem Kopf angezündet, sondern auch sein Vieh und seine Ernte vernichtet. Er musste nun um sein eigenes Überleben kämpfen, und dabei stand der Winter erst noch bevor. Ich fasste einen Entschluss.

„Hinnerik, würdest du dich jetzt, da die Hüter der Klutert nicht über ihren Berg wachen, in die Nähe der Höhle wagen?", fragte ich unvermittelt.

Der alte Bauer sah mich erwartungsvoll an und nickte zögernd.

„Gut, dann folge dem Fluss, der am Eingang vorbeifließt, bis zu seiner ersten Biegung!", riet ich ihm. „Dort findest du im Fels eine mit Efeu verhangene Grotte. Geh durch sie hindurch, und du wirst in eine kleine Schlucht gelangen, in der es eine Koppel mit Pferden gibt. Du darfst dir zwei Tiere nehmen und mit ihnen machen, was du willst. Zumindest werden sie soviel wert sein, dass du deine Abgaben bezahlen und den Winter überstehen kannst. Ich werde den Männern vom alten Volk erklären, dass ich es dir erlaubt habe."

Vor Dankbarkeit sank Hinnerik vor mir auf die Knie, was mir furchtbar peinlich war. Mir tat der alte Mann leid. Der immer noch vorhandene Groll, den ich tief in meinem Inneren gegen die hiesigen Bauern hegte, weil sie mich und die Wölfe einst verfolgt hatten, war endgültig verschwunden. Auch sie waren immer nur Opfer gewesen.

Ohne ein weiteres Wort drehte ich mich zu Didi um und forderte ihn auf, sein Pferd zu besteigen, was ihm nach zwei vergeblichen Versuchen auch gelang. Ich sprang auf den Rücken meines eigenen Reittieres und schlug ihm die Fersen in die Weichen. Wenig später waren wir im Wald verschwunden. Hier stellte mich mein Begleiter zur Rede.

„Ich will ja nicht neugierig erscheinen, Pui Tien, aber könntest du wenigstens versuchen, mir zu erklären, wie du den Balken angehoben hast?", drängte Didi ungeduldig. „Außerdem hätte ich schon gern gewusst, was dir der alte Bauer erzählt hat. Ich habe nämlich kein einziges Wort mitbekommen. Was ist das nur für eine abgehackte, komische Sprache?"

Schen Diyi Er Dsi

Es war unglaublich, wie wenig ich bis vor ein paar Tagen von Pui Tien gewusst hatte. Und nun stellte sich heraus, dass sie offensichtlich sogar über ausgeprägte telekinetische Kräfte verfügte. Dass sie zudem auch noch diese altertümliche Sprache, das westfälische Sächsisch des Mittelalters, beherrschte, wunderte mich in dem Zusammenhang schon gar nicht mehr. Ich fragte mich bereits, mit welcher Überraschung sie wohl noch aufwarten konnte. Allerdings erfüllte mich das auch mit Stolz, denn so nah wie ich, war ihr bestimmt noch kein anderer Junge gekommen, auch wenn sie weiterhin kategorisch betonte, dass sie mich nicht liebte. Natürlich konnte ich nur hoffen, dass in dieser Hinsicht noch nicht das letzte Wort gesprochen war.

Pui Tien hatte mir ausführlich berichtet, was sie von dem verschütteten alten Bauern in Erfahrung bringen konnte, und ich war einigermaßen verwirrt angesichts der ziemlich komplizierten Lage. Wenn ich alles richtig verstanden hatte, dann mussten wir gehörig aufpassen, nicht zwischen den Fronten dieses blutigen Bürgerkriegs zermalmt zu werden; denn wir durften nicht davon ausgehen, dass irgendeine der verfeindeten Seiten unsere Sache unterstützen würde. Unsere einzige Chance, Pui Tiens Zwergenfreunde aus ihrer misslichen Lage zu befreien, lag darin, im Verborgenen zu agieren. Folglich waren wir gezwungen, Handelswege, Höfe sowie vereinzelte Siedlungen zu meiden und uns durch die dichten Wälder an den vermuteten Standort des Bergwerkes heranzuschleichen.

Doch das war einfacher gesagt als getan. Ich selbst hätte schon in der Gegenwart nicht gewusst, wo genau welches Seitental der Ennepe oder des Hasperbaches war oder gar wie weit und wohin sich die jeweiligen Berge dazwischen erstreckten. Aber nun in dieser unendlich dichten Wildnis des Mittelalters wäre ich allein völlig verloren gewesen. Pui Tien hingegen führte uns mit einer geradezu schlafwandlerischen Sicherheit durch das Dickicht des Urwaldes, so dass ich beinahe geneigt war, den bösen Gerüchten der Bauern über ihre angeblichen Zauberkünste Glauben zu schenken.

Ab und an, wenn ich mich nicht gerade vor zurückschnellenden Zweigen ducken musste, erkannte ich mit einem flüchtigen Blick den Wolf, wie er als huschender Schemen zwischen den Büschen auftauchte und kurz darauf wieder inmitten des uns überall umgebenden Gestrüpps verschwand. Plötzlich blieb unser stummer graupelziger Begleiter abrupt stehen und hob lauschend den Kopf. Sofort hielt Pui Tien an, sprang von ihrem Pferd und lief geduckt zu ihrem vierbeinigen Freund. Als es mir endlich gelang, ebenfalls vom Rücken meines Pferdes herunterzukommen, waren die beiden verschwunden. Ich zuckte mit den Schultern und hockte mich ergeben auf den Waldboden hin. Was auch immer ihre Aufmerksamkeit erregt hatte, ich würde es sicher bald erfahren. Tatsächlich brauchte ich nicht lange zu warten, denn schon nach wenigen Minuten erschien Pui Tien mit einem breiten Grinsen auf den Lippen.

„Unten am Bach waschen die Frauen der Bauern vom Schöpplenberg die Kleider ihrer Männer", deutete sie vielsagend an. „Ich glaube, nun können wir dir endlich ein unauffälligeres Aussehen verschaffen."

„Du willst wirklich den armen Leuten die Sachen stehlen?", protestierte ich halblaut.

Pui Tien nickte nur lächelnd und gab mir ein Zeichen, ihr zu folgen. Kopfschüttelnd und mit ziemlich gemischten Gefühlen kroch ich vorsichtig hinter ihr her.

Bald fiel das Gelände vor uns steil ab, und ich konnte in einiger Entfernung bereits den Bach sehen, der sich munter plätschernd durch einen lichten Auenwald schlängelte. Gleichzeitig trug der Wind uns die hellen Stimmen mehrerer Frauen und Mädchen zu. Trotzdem vermochte ich niemanden zu entdecken, bis Pui Tien sie mir mit ausgestrecktem Arm zeigte. Tatsächlich erblickte ich zuerst die auf einer Wiesenlichtung zum Trocknen ausgelegten Schuhe und Kleidungsstücke, bevor mir die laut schwatzende Frauengruppe daneben ins Auge fiel.

Lautlos schlichen wir uns näher heran, und ich konnte erstmals die schmucklosen, graubraunen Leibröcke und andere, seltsam zugeschnittene Teile mit langen, spitz zulaufenden Enden oder Zipfeln unterscheiden.

„Das sind Kapuzen, die über die Schulter getragen werden", flüsterte Pui Tien mir zu, als sie meinen erstaunten Gesichtsausdruck bemerkte. „Sie sind aus Wolle und schützen gut vor Regen und Kälte. Man nennt sie Gugel."

Ich schüttelte unwillig den Kopf.

„Ich laufe doch nicht mit so einem Ding herum!", zischte ich zurück.

Pui Tien lächelte mich unwiderstehlich an:

„Bitte, Didi, sei vernünftig! Das tun alle hier in dieser Zeit."

Ich gab mich geschlagen. Wahrscheinlich waren die verfilzten Teile zu allem Übel nass und mit Läusen durchsetzt. Ich sah mich schon schniefend und fiebrig auf einem feuchten Strohlager liegen, mit einem hochroten Gesicht, das mit Pusteln übersät war. Aber Pui Tien kannte keine Gnade. Sie huschte bereits geduckt durch das herbstlich braune Farnkraut zum Bach hinunter, sprang in einem unbeobachteten Moment auf die andere Seite und entschwand im hohen Gras meinen Blicken. Nur wenige Augenblicke später sah ich, dass einige der ausgebreiteten Wäscheteile wie durch Geisterhand angehoben wurden und sich auf einen Baumstumpf zu bewegten. Gleichzeitig tauchte unvermittelt der Wolf aus dem Unterholz auf, legte seinen Kopf in den Nacken und stieß ein markerschütterndes Geheul aus. Die Frauen und Mädchen zuckten erschrocken zusammen und flohen panisch den gegenüberliegenden Berghang hinauf. Ich wartete noch einen Moment lang ab, dann stand ich auf und zog mich niedergeschlagen zu unseren Pferden zurück.

Pui Tien

Didi ließ skeptisch die noch feuchten Leinentücher durch seine Hände gleiten und sah mich missmutig an.

„Was soll das sein?", fragte er mich ungläubig. „Unterhosen? Das ist nicht dein Ernst, Pui Tien. Darin sehe ich aus wie ein großes Baby in Windeln!"

„Wickel sie dir trotzdem um!", forderte ich ihn ungeduldig auf. „Du kannst nicht mit deinen modernen Slips oder was auch immer du unter deinen Jeans trägst, durch diese Zeit laufen. Was ist, wenn dich jemand damit erwischt? Willst du unbedingt als Hexer verbrannt werden?"

Didi schaute sich unschlüssig um. Ich verstand und musste unwillkürlich grinsen.

„Schon gut, Didi!", meinte ich lachend. „Ich setze mich da vorn zum Wolf und schaue auch nicht zu, versprochen! Du kannst ja kommen, wenn du fertig bist."

Die Erleichterung war ihm direkt anzumerken.

Während ich darauf wartete, dass Didi sich vollständig aus- und ankleidete, überlegte ich, wie wir vorgehen sollten, wenn wir die Edelmetallmine am Goldberg gefunden hatten. Ich musste damit rechnen, dass meine Freunde tief unten im Schacht gefangen gehalten würden. In dessen unmittelbarer Nähe war zudem wahrscheinlich eine große Zahl von Söldnern des jungen Grafen Everhard postiert. Aber selbst, wenn es mir unter diesen Bedingungen wirklich gelingen sollte, die Zwerge zu befreien, wo konnte ich sie hinbringen? Ihre Heimat war und blieb die Höhle, in die sich bereits die Vorfahren der Altvorderen schon vor hunderten von Jahren zurückgezogen hatten. Das wussten allerdings auch die Untergebenen der Grafen von Altena, und man würde sie dort bestimmt zuerst suchen. Ohne die erzwungene Hilfe der Hüter des Berges wären die Parteigänger der Staufer bestimmt nicht in der Lage, genügend Gold und Silber zu finden, um ihrem König Otto die nötige Unterstützung zukommen zu lassen. Wie ich es auch drehte und wendete, die Aussicht auf eine Chance, mein Vorhaben zu einem glücklichen Ende zu führen, war nicht besonders gut, und zum ersten Mal kamen mir ernsthafte Zweifel an einem möglichen Erfolg meiner selbst gewählten Mission.

Natürlich würde ich Didi nichts davon erzählen, denn seine Anwesenheit erschwerte die ganze Sache sowieso. Zum Beispiel schränkte seine Unbeholfenheit meine Bewegungsfreiheit gewaltig ein. Mit ihm im Schlepptau würde ich nicht wie früher blitzschnell aus den Wäldern auftauchen, zuschlagen und wieder verschwinden können, das war mir völlig klar. Also musste ich zuerst ein Versteck finden, in dem ich ihn zurücklassen konnte. Doch dafür durfte er nicht auffallen, sonst würde man schnell eine Verbindung zwischen ihm und mir herstellen können, wenn man seiner habhaft wurde. Was Didi in einem solchen Fall bevorstand, mochte ich mir gar nicht erst ausmalen. Daher hatte ich so vehement darauf bestanden, dass er sich von nun an in mittelalterlicher Kleidung bewegen sollte.

Doch als er dann endlich in seinem grauen, knielangen Leibrock und der Gugel vor mir stand, konnte ich mir ein verstohlenes Lächeln nicht verkneifen. Ich bemühte mich, schnell eine ernste Miene aufzusetzen und musterte ihn mit kritischem Blick von allen Seiten. Schließlich stülpte ich ihm mit einem Ruck das Kapuzenteil der Gugel über den Kopf.

„Was soll der Unsinn, Pui Tien?", protestierte er heftig. „Das blöde Ding behindert mich beim Sehen!"

Ich ging nicht darauf ein und zog stattdessen den Rand der Kapuze noch tiefer.

„He, ich bin doch nicht der Boss von Darth Vader!", grummelte er.

„Wer ist Darth Vader?", fragte ich unbekümmert.

„Was, den kennst du auch nicht?", erwiderte Didi beinahe belustigt.

Er stellte sich breitbeinig vor mich hin und verzog den Mund.

„Komm auf die dunkle Seite der Macht, Luke!", flüsterte er mit dumpfer Stimme und sah mich erwartungsvoll an.

„Du sprichst in Rätseln, Didi. Wer ist jetzt Luke?"

„Na ‚Star Wars', ‚Krieg der Sterne'. Sag bloß, du hast noch nie was von dem tollen Film gehört?"

Ich schüttelte bedauernd den Kopf und verknotete das lange Ende des Hanfseiles genauso, wie ich es von den Menschen dieser Zeit kannte.

„Also gut, Pui Tien", seufzte Didi, „Darth Vader ist der Fiesling in einem berühmten Film, der in der Zukunft spielt, und Luke, eigentlich Luke Skywalker,..."

„Wir sind aber in der Vergangenheit, Didi, vergiss das bitte nicht!", unterbrach ich ihn.

„Ich will ja auch nur sagen, dass dieser Boss von Darth Vader immer mit so einer komischen Kapuze herumlief, unter der man sein Gesicht nicht erkennen konnte."

„Schön Didi!", entgegnete ich, während ich den Rand der Kapuze noch ein Stück tiefer zog. „Dann spielst du eben von nun an den Boss von Darth Vader. Aber bitte lass niemals zu, dass die dunkle Seite der Macht deine Schlitzaugen unter der Kapuze sieht, sonst bist du verloren, hörst du?"

Schen Diyi Er Dsi

Pui Tien hatte die Zügel meines Pferdes genommen und zog es praktisch hinter sich her. Ich musste mich mit den Händen an der langen Mähne festkrallen, damit ich nicht abgeworfen wurde, denn wir preschten im gestreckten Galopp durch den Wald. Unterdessen war ich schon beinahe froh, dass ich unter der Kapuze der Gugelhaube so gut wie nichts erkennen konnte. Äste und Büsche flogen nur so an mir vorbei, und mir wurde bereits schwindelig. Zum Glück stoben wir offenbar über eine Hochebene dahin. Doch nach etwa einer Stunde wurde das Gelände unregelmäßiger, und wir mussten langsamer reiten. In einer der nun plötzlich auftauchenden Kuhlen hielt Pui Tien an und warf mir die Zügel meines Pferdes zu. Von nun an ging es im Schritttempo weiter, denn auch das Unterholz wurde zunehmend dichter. Zu meiner Rechten stieg der Waldboden zu einer unüberschaubaren Kuppe an, während er auf der linken Seite plötzlich steil abfiel. Wir stiegen ab und führten unsere Tiere am Zügel weiter am Hang entlang, bis wir zu einem passähnlichen Einschnitt kamen. Dort stieß auch der Wolf wieder zu uns.

„In deiner Zeit verläuft hier eine Straße, die in das Tal des Kettelbaches hinabführt", erklärte Pui Tien nachdenklich. „Es gibt hier oben auch ein Restaurant, an dessen Namen ich mich aber nicht erinnern kann, irgendwas mit ‚Hinnen'…"

Ich zuckte nur mit den Schultern.

„Wir müssen nun ein wenig hinunter bis in den oberen Talgrund und dann nach links über den Bergrücken, um zum Goldberg zu kommen", fuhr Pui Tien fort.

„Duo yüän?" (wie weit ist es), fragte ich sie.

„Bu yüän" (nicht weit), gab sie mir vage zur Antwort.

„Hm, soll das bedeuten, du weißt es auch nicht?"

Pui Tien zögerte. Schließlich gab sie sich einen Ruck.

„Etwa eine weitere Stunde", sagte sie langsam, „aber wir müssen vorher ein Versteck suchen, in dem du mit den Pferden bleiben kannst."
Ich schüttelte entschieden den Kopf.
„Glaub mir, es ist besser, wenn ich allein gehe, Didi!", beschwor sie mich.
„Vergiss es, Pui Tien!", bekräftigte ich fest entschlossen. „Ich lass dich nicht allein in die Höhle des Löwen. Wir ziehen das zusammen durch oder gar nicht!"
„Didi, ich…"
„Ich weiß, dass es gefährlich ist, aber ich kann nicht einfach irgendwo im Wald auf dich warten, ohne zu wissen, was passiert ist. Lass uns zusammen gehen!"
Pui Tien schaute mich flehend an, aber ich blieb hart.
„Ich will bei dir sein, wenn du deine Freunde befreist!", betonte ich. „Notfalls kann ich die Bewacher der Mine ablenken, falls du in den Schacht klettern musst."
Ich weiß nicht, was mich antrieb, wahrscheinlich war es eine Art gekränkte Eitelkeit. Jedenfalls hätte Pui Tien mich nicht überreden können, in irgendeinem sicheren Versteck auszuharren, während sie sich selbst in Gefahr begab. Vielleicht vermochte ich mir nur nicht einzugestehen, dass ich im Gegensatz zu ihr keinerlei Erfahrung im Kampf besaß. Im Grunde war ich ein ahnungsloser Idiot, und deshalb gebe ich offen zu, dass ich mir alles, was danach geschah, einzig und allein selbst zuzuschreiben hatte.

Pui Tien

Ich gab es auf, Didi davon überzeugen zu wollen, dass er sich bei der Aktion lieber zurückhalten sollte. In mir kochte eine unbeschreibliche Wut auf diesen unvernünftigen Irren, der sich einbildete, er müsse den Helden spielen und mich beschützen, obwohl er nicht den geringsten Schimmer davon haben konnte, in welche Gefahr ihn das bringen würde. Aber ich war es auch leid, mich immer wieder aufs Neue mit ihm zu streiten. Deshalb wendete ich mich wortlos ab und sprang mit einem gewaltigen Satz auf mein Pferd. Den ganzen restlichen Weg bis zu dem Bergsattel hoch über dem Tal der Volme sprach ich mit Didi kein einziges Wort. Und danach hätte uns sowieso jeder Ton verraten können.

Ich hielt an, sah mich vorsichtig um und horchte. Der Wolf hielt sich dicht an meiner Seite. Tatsächlich erklangen aus dem Wald hinter der runden Bergkuppe neben uns vereinzelte Stimmen und das monotone Geräusch von Hammerschlägen.

Wir drangen langsam Schritt für Schritt weiter vor und führten dabei unsere Pferde an den Zügeln. Bald hatten wir die breite Kuppe erreicht, doch von den gesuchten Bergbauschächten war noch immer nichts zu sehen. Zwischen den Ästen der Bäume hindurch schimmerte tief unten im Tal vor uns die Volme. Ich versuchte, mich daran zu erinnern, was ich zu Hause auf der Karte gesehen hatte. Demnach musste die runde Kuppe, auf der wir nun standen, der eigentliche Goldberg sein. In der Gegenwart stand hier der weithin sichtbare Bismarckturm. Ich hätte viel darum gegeben, wenn er auch in dieser Zeit schon da gewesen wäre, denn von dort oben hätte ich eine bessere Übersicht gehabt. So aber schlichen wir uns quasi blind weiter durch den Wald, den nun deutlich vernehmbaren Geräuschen entgegen.

Auf einmal blieb der Wolf stehen. Ganz unvermittelt tat sich unterhalb der Kuppe eine Lichtung auf. Gleichzeitig befanden wir uns inmitten vieler lang gezogener Gräben, die sich kreuz und quer über den Waldboden erstreckten. Offenbar hatten hier einige Glücksritter bereits vor Eröffnung des Schachtes nach anstehenden Erzadern gegraben. Wir mussten gewaltig aufpassen, während wir unsere Pferde durch das Wirrwarr der achtlos aufgeschichteten Steinhaufen führten.

Und dann sahen wir sie: Söldner mit kegelförmigen Helmen und Speeren, die Bauern in schmucklosen, grauen oder braunen Leibröcken zur Arbeit antrieben, Frauen und Kinder, die grobe Steinbrocken mit Hämmern bearbeiteten und zwei Pferdekutscher, deren offene Karren gerade mit Erz- und Metallstücken beladen wurden. Über dem offenen Schacht stand ein hölzernes Gerüst, von dem ein Seil herabhing und in die Tiefe führte. Zwei höchstens 14-jährige Jungen machten sich daneben an einem Tretrad zu schaffen und zogen einen Korb herauf. Mein Herz schlug mir plötzlich bis zum Hals, denn in dem eimerartigen Gebilde befanden sich die beiden Zwerge Grischun und Truistan.

Sie hatten sichtlich Mühe, aus dem schwankenden Gefährt auszusteigen, und ihre Gesichter drückten totale Erschöpfung aus. In diesem Augenblick kam einer der Aufseher schimpfend auf die beiden zu, holte aus und schlug mit einer Peitsche auf sie ein. Der laute klatschende Knall, mit dem der Riemen die Rücken meiner Freunde traf, weckte in mir einen unbändigen Zorn. Grischun und Truistan sanken auf ihre Knie, aber der Scherge ließ nicht von ihnen ab. Unwillkürlich ergriff ich die Zügel meines Pferdes und wollte mich aufschwingen, da packte mich Didi an den Schultern, riss mich brutal zurück und zog mich in seine Deckung. Der Wolf knurrte verdächtig und schien jeden Augenblick bereit zu sein, Didi anzuspringen.

„Lass den Blödsinn, Pui Tien!", zischte er mir zu. „Du kommst keine zwanzig Meter weit, dann wirst du von Pfeilen durchbohrt!"

Ich schluckte eine giftige Erwiderung hinunter und erhob mich vorsichtig, um über die Lichtung zu blicken. Tatsächlich standen auf der anderen Seite vier Armbrustschützen mit ihren gespannten Waffen im Anschlag und zielten über den Platz. Ich hatte sie glatt übersehen. Sofort duckte ich mich wieder und schaute Didi erschrocken an.

„Danke", murmelte ich zerknirscht.

Didi winkte ab.

„Lass uns lieber überlegen, wie wir sie ablenken können", schlug er mit ruhiger Stimme vor.

Ich nickte nur. Innerlich kämpfte ich mit meiner ungerechten Wut auf Didi, mit meinem rasenden Zorn auf die Schergen der Grafen und mit meiner eigenen Unvernunft. Ich schämte mich dafür, meinen Freund so abweisend und herablassend behandelt zu haben. Didi hatte mir gerade das Leben gerettet, darüber bestand kein Zweifel, denn ohne sein Eingreifen wäre ich blindlings in mein Verderben gerannt. Aber er kostete seinen Triumph nicht aus.

„Ich denke, wir sollten bis zum Abend warten", fuhr er einfach fort. „Dann ist es dunkel, und deine Freunde befinden sich bestimmt alle außerhalb des Schachtes. Das macht die Sache leichter, findest du nicht auch, Pui Tien?"

Ich hatte keine Einwände.

„Vielleicht sollten wir die Pferde zurückziehen und in ein Versteck in der Nähe bringen", kam Didi auf meinen ursprünglichen Plan zurück. „Wenn wir deine Freunde befreit haben, müssen wir sie nur noch dorthin schaffen und können uns dann aus dem Staub machen, denn ich habe keine anderen Reittiere entdecken können, außer den Karrengäulen. Und die müssten auch erstmal ausgespannt werden."

„Du hast recht, so machen wir es", bestätigte ich schlicht.

Didi stand auf und schaute angestrengt über die Lichtung.

„Sie haben die beiden Zwerge gefesselt an die Seite geführt", berichtete er, während er sich zu mir umdrehte. „Also haben sie wohl im Augenblick nichts weiter zu befürchten."

Ich sah meinem Klassenkameraden offen in die Augen.

„Didi, verzeihst du mir?", bat ich ihn. „Ich war hochnasig und ungerecht zu dir."

„Vergiss es, Pui Tien!" erwiderte Didi grinsend. „Und übrigens, es heißt ‚hochnäsig'."

Ich lächelte verlegen.

In diesem Moment knackte es mehrfach laut und vernehmlich vor uns im Gebüsch. Ich sprang auf und ergriff Didis Arm. Der Wolf spitzte die Ohren und verschwand seitwärts im Dickicht.

„Los, aufs Pferd!", raunte ich ihm zu. „Sie haben uns entdeckt und schleichen sich an."

Didi stand einige Sekunden wie versteinert da und starrte wie abwesend zur Lichtung. Ich sprang auf den Rücken meines Tieres.

„Didi, lai!" (komm), rief ich mit aufsteigender Panik.

Es zischte, und direkt neben mir fuhr ein Armbrustbolzen in den Baum. Mein Pferd stieg, und ich umklammerte mit den Armen seinen Hals. Ich konnte mich im Augenblick nicht um meinen Klassenkameraden kümmern, wenn ich verhindern wollte, dass wir zu Zielscheiben wurden. Daher schlug ich dem Tier mit aller Kraft meine nackten Fersen in die Weichen und brachte es so dazu, mit einem gewaltigen Satz nach vorn zu schießen, auf die Lichtung zu. Ein kurzer Blick zurück bestätigte mir, dass es Didi letztlich doch noch gelungen war, ebenfalls aufzusteigen.

Bis zu diesem Moment hatte ich noch immer geglaubt, dass man uns entdeckt hätte. Deshalb fixierte ich den erstbesten Schergen, den ich auf der Lichtung zu Gesicht bekam. Doch dann fiel mir auf, wie dieser taumelte. Erst jetzt bemerkte ich den Pfeil, der in seiner Brust steckte. Der Söldner brach zusammen.

Inzwischen hatte ich die Lichtung erreicht. Ich sprang neben dem am Boden liegenden Mann ab und rannte geduckt auf die gefesselten Zwerge zu. Hinter mir galoppierte Didi auf die Lichtung. Die anderen Schergen liefen ziellos umher, als ob sie nicht wüssten, gegen wen sie zuerst kämpfen sollten, gegen uns oder gegen einen unsichtbaren Feind.

Angestrengt konzentrierte ich mich auf einen Armbrustschützen, der Didi ins Visier genommen hatte. Mein Blick wurde starr, und meine Augen begannen zu glühen. Endlich gelang mir der Kontakt, und die Waffe des Mannes ging gerade noch rechtzeitig in Flammen auf, bevor sich der Schuss lösen konnte. Der Söldner schrie auf und ließ die brennende Armbrust fallen.

Irgendjemand packte meinen Arm und riss mich herum. Ich sah einen langen Dolch vor meiner Brust aufblitzen und erwartete den Stoß, doch da war Didi bereits heran und stürzte sich auf den Schergen, der mich bedrohte. Endlich vermochte ich meine Kräfte zu entfalten. Warum ging das so langsam? Der überraschte Söldner hatte Didi abgeschüttelt und wollte ihn aufspießen, als er von meinen unsichtbaren Gewalten weggeschleudert wurde. Meine Augen glühten nun wie Kohlen, und selbst Didi schrak vor mir zurück.

Zwischen uns und den gefangenen Zwergen standen fünf Bewacher mit gespannten Bogen. Unter meinen Kräften zersplitterte deren Holz in unzählige Teile. Die Männer starrten mich mit angstverzerrten Gesichtern an und flohen. Der Weg zu Grischun und Truistan war frei. Didi und ich liefen auf die beiden zu. Ich versuchte, mich auf die Fesseln der Zwerge zu konzentrieren, da spürte ich einen brennenden Schlag gegen meinen linken Oberarm. Der Schmerz war so heftig, dass er mir beinahe den Atem raubte. Ich blieb keuchend stehen und sank auf die Knie.

In diesem Augenblick brachen Dutzende von fremden Söldnern aus dem Gebüsch hervor und stürmten auf die Lichtung. Ihr Anführer war ein Ritter mit Helm und Kettenhemd. Bevor es mir endgültig schwarz vor Augen wurde, erkannte ich das fremde aufgenähte Schildzeichen auf seinem Waffenrock wieder. Es war das gleiche, das wir vor zwei Tagen an der Höhle gesehen hatten. Die Staufer, fuhr es mir noch durch den Kopf, dann verlor ich endgültig die Besinnung, kippte vornüber und schlug hart auf dem Waldboden auf.

Ich brenne! Das war mein erster Gedanke, als ich die Augen aufschlug und in ein knisterndes Flammenmeer blickte. Die Schmerzen in meinem Arm verstärkten den Eindruck und bewiesen mir, dass ich nicht träumte. Nun haben sie es doch noch geschafft und mich als Hexe auf den Scheiterhaufen gebracht, durchfuhr es mich. Doch langsam kam ich wieder zu mir und stellte fest, dass ich in einer Blutlache auf dem Boden lag. Die Flammen, die ich gesehen hatte, loderten keine zwanzig Schritte entfernt über dem Bergwerksschacht. Sie haben das Gerüst angezündet, erkannte ich.

Ich wollte aufstehen und knickte wieder ein. Dabei spürte ich ein höllisches Stechen in meinem linken Arm. Der Armbrustbolzen hatte ihn glatt durchschlagen und war auf der anderen Seite herausgetreten. Das weiße Fellkleid war von Blut durchtränkt. Ich biss die Zähne zusammen und startete einen zweiten Versuch. Diesmal gelang es mir tatsächlich, auf die Knie zu kommen und aufzustehen. Mein linker Arm hing schlaff herab. Jeder Versuch, ihn auch nur ein kleines Stück anzuheben, trieb mir Tränen des Schmerzes in die Augen. Deshalb war mein erster Blick in die Runde getrübt, und ich bemerkte erst nach und nach, dass die ganze Lichtung von Leichen übersät war. Der Schock brachte mich zur Besinnung.

Erst jetzt spürte ich ein stechendes Ziehen in der Rippengegend. Wahrscheinlich hatte mich einer der siegreichen Staufer-Söldner für tot gehalten und mich zur Feststellung dieser vermeintlichen Tatsache in die Seite getreten. Zum Glück war ich bewusstlos gewesen und hatte mich nicht gerührt, sonst hätte ich wohl nicht überlebt.

Wankend und voller schlimmer Ahnungen schlurfte ich zu der Stelle, an der Grischun und Truistan gefesselt gelegen hatten. Trotzdem traf mich der Schock unvorbereitet. Ich schrie laut auf und schloss einen Moment gequält meine Augen. Truistans Schädel war von einer Streitaxt gespalten worden, und Grischun blutete aus einer schweren Stichwunde in seiner Brust. Er lebte zwar noch, aber instinktiv wusste ich, dass jede Hilfe zu spät kommen würde. Ich kniete vor meinem alten Freund, nahm seine Hand und schluchzte laut wie damals als kleines Kind. Bruchstückhaft zogen Bilder und Erinnerungen an die lange gemeinsame Zeit vor meinem geistigen Auge auf. Der gutmütige Grischun hatte niemals einem anderen Menschen ein Leid zugefügt. In der kleinen Gemeinschaft der letzten Altvorderen hatte er die Aufgabe des Schneiders. Mit seinen geschickten Händen hatte er mein erstes Kleid angefertigt, und auch mein kostbares Brokat-Surcot mit dem pelzgefütterten Tasselmantel stammte aus seiner kleinen Werkstatt in der Höhle. Die heißen Tränen, die nun wie ein warmer Regen auf seinen geschundenen Körper tropften, wurden von einem anderen, viel ärgeren Schmerz als dem der Wunde an meinem Arm verursacht: Es waren Tränen der Trauer und einer dumpfen, verzweifelten Wut, die mich ergriffen hatte.

Ich weiß nicht mehr, wie lange ich so bei dem sterbenden Zwerg verharrte, doch irgendwann wurde ich von dem Geräusch knackender Zweige und dem Trappeln von Hufen aus meiner Lethargie gerissen. Ich fuhr hoch und sah mich suchend um, als mein Pferd laut wiehernd auf die Lichtung zurückkehrte. Offenbar hatte es sich aus dem Staub gemacht, als der Überfall der Staufer begann und ich von dem Armbrustpfeil getroffen wurde. Erst in diesem Moment wurde mir bewusst, dass ich bislang auch von Didi keine Spur entdeckt hatte.

Mich durchfuhr abermals ein eisiger Schrecken, und ich überlegte fieberhaft, wo ich ihn zum letzten Mal gesehen hatte. Wir waren beide auf die gefesselten Zwerge zugestürmt, doch was war mit meinem Klassenkameraden geschehen, nachdem ich zusammengebrochen war? Ich suchte die ganze Lichtung ab, fand aber keinen Hinweis auf ihn. Hatte er vielleicht doch noch sein Pferd erreicht und fliehen können? Und wenn, dann wohin? Die staufischen Söldner hatten die Lichtung umstellt und waren praktisch von allen Seiten her vorgedrungen. Auch der erste Pfeil, der auf uns abgeschossen worden war, konnte nur von diesen stammen.

Während ich noch grübelte, entdeckte ich auf einmal unseren Rucksack im Gras. Ich hatte ihn eigentlich so fest an Didis Pferd gebunden, dass er sich nicht von allein hätte lösen können. Also musste dies während einer Kampfhandlung geschehen sein. Didi selbst befand sich aber glücklicherweise nicht unter den Toten. Langsam und allmählich reimte ich mir zusammen, was wahrscheinlich geschehen war. Es blieb nur eine Lösung übrig: Die feindlichen Staufer-Söldner mussten meinen Freund gefangen und verschleppt haben. Diese erschreckende Erkenntnis ließ mich noch mehr verzweifeln. Das hatte ich nicht gewollt.

Niedergeschlagen hob ich mit meinem gesunden Arm den Rucksack auf und band ihn umständlich an den Hals meines Pferdes. Zu allem Unglück konnte ich noch nicht einmal den übrigen Zwergen tief unten im Bergwerk helfen. Wahrscheinlich hatte man sie dort irgendwo angekettet, aber der brennende Schacht und die zerstörte Winde machten es unmöglich, dass ich zu ihnen gelangen konnte, selbst wenn mich mein verletzter Arm nicht daran gehindert hätte.

Das Einzige, was ich tun konnte, war, die beiden Zwerge fortzubringen. Und selbst damit musste ich mich beeilen, denn der Überfall der Staufer war bestimmt unten im Tal der Volme nicht unbemerkt geblieben. Praktisch jeden Augenblick konnte Verstärkung für die Bewachung des Bergwerkes hier auftauchen. Die Söldner des Grafen Everhard würden zwar zu spät kommen, aber sie durften mich keinesfalls erwischen. In meinem angeschlagenen Zustand würde ich für sie eine leichte Beute sein.

Wie recht ich mit dieser Vermutung hatte, bewies nur eine Stunde später ein Fanfarensignal, das von unten herauf ertönte. Ich hatte gerade mühsam den schwer verletzten Grischun und den toten Truistan auf eine Art Tragegestell aus Ästen und Zweigen gebettet, die ich eilig an meinem Pferd befestigte. Ich unterbrach meine Arbeit und lief zum unteren Rand der Lichtung. Tatsächlich konnte ich bereits sehen, wie sich die sinkende Herbstsonne auf den Helmen der Schergen spiegelte. Mir blieb noch höchstens eine Viertelstunde, um mit meiner Last im Wald zu verschwinden. Ich unterdrückte die wieder aufflammenden Schmerzen in meinem Arm und führte ganz langsam mein Pferd am Zügel aus der Gefahrenzone. Zu meinem Glück setzte kurz danach die Dämmerung ein, so dass es etwaigen Verfolgern schwer fallen würde, im Dickicht des Waldes meine Spuren zu entdecken. Trotzdem versuchte ich schnell voranzukommen, aber nach zwei Stunden war ich so erschöpft, dass ich auf dem kleinen Pass über dem Tal des Kettelbaches ermattet neben meinem Pferd auf den Boden sank.

Diesmal rief mich eine leise heisere Stimme ins Leben zurück. Grischun war aus seiner Besinnungslosigkeit erwacht. Ich hockte mich neben ihn und nahm abermals seine kleine Hand, als er die Augen aufschlug und mich erkannte. Niemals mehr werde ich den sanften erfreuten Blick vergessen, mit dem der sterbende Zwerg mich begrüßte.

„Snäiwitteken, ma Chridh", flüsterte Grischun kaum hörbar in der singenden Sprache der Altvorderen. „Du bist wirklich gekommen?"

Er machte eine Pause und atmete schwer. Ich begann wieder zu weinen, aber Grischun drückte meine Hand.

„Nicht traurig sein, Snäiwitteken", fuhr er leise fort. „Die Anderswelt hat mir etwas Zeit gegeben, dich noch einmal zu sehen. Oban hat dich durch die junge Frau mit reinem Herzen gerufen, aber wir haben nicht geglaubt, dass du es über den Abgrund zwischen den Welten hören könntest."

„Du darfst nicht sprechen!", schluchzte ich, aber Grischun ließ sich nicht beirren.

„Höre, Snäiwitteken! Es ist wichtig! Oban ist mit dem letzten Spross unserer Art gefangen auf der Isenburg. Rette unsere Zukunft!"

Ich nickte nur, denn ich brachte keinen Ton mehr heraus.

„Versprich mir, dass du den jungen Sligachan retten wirst, Snäiwitteken!", forderte mich Grischun mit immer leiser werdender Stimme auf. „Lehre ihn, was wir dich gelehrt haben, und sage ihm, er soll stolz auf seine Vorfahren sein."

„Ich verspreche es!", schwor ich. „Ich verspreche es!"

Aber Grischuns Augen waren wieder geschlossen, und ich konnte nicht sicher sein, ob er mich noch gehört hatte. Sein grauer Leibrock war feucht von frischem Blut, und sein Atem ging rasselnd. Ich würde ihm einige von Mamas Penicillin-Tabletten verabreichen. Während ich hastig den Rucksack öffnete, um nach den Medikamenten zu suchen, streifte der Pfeil in meinem Arm einen herabhängenden Ast, und ich jaulte vor Schmerzen unwillkürlich laut in die Nacht hinein. Einen Moment lang sank ich erschöpft zurück und lehnte mich an einen Baumstamm. Ich musste diesen verdammten Pfeil so schnell wie möglich loswerden, doch wenn ich versuchte, ihn herauszuziehen, würde ich die Wunde nur vergrößern. Vielleicht war ja doch auch der Knochen gesplittert. Es fühlte sich jedenfalls furchtbar an. Zu alledem kam die Gewissheit, dass ich auf ganzer Linie versagt hatte.

Müde, verzweifelt und von Schmerzen gepeinigt schloss ich die Augen und dachte an Didi. Wohin würden ihn die staufischen Söldner bringen? Was sollte ich nur tun, um ihn zu retten? Ich fühlte mich so elend, machtlos und schwach. Wenn doch nur Mama und Papa bald kämen. Aber durch meinen Übereifer war ich gezwungen, noch fast zwei Wochen darauf zu warten. Wenn ich bis dahin selbst überhaupt noch lebe, kam es mir in den Sinn.

Ich raffte mich schwerfällig auf und setzte die Suche nach den Medikamenten fort. Auch ich benötigte dringend Mamas Penicillin, das war mir schlagartig klar geworden. Und vor allem musste ich mir eine dieser Tetanus-Spritzen setzen, sonst würde mich der Wundbrand töten.

Ich fand die Medizin ganz unten im Rucksack neben den ledernen Stiefeln, die Truistan noch für mich zurechtgeschnitten und genäht hatte. Der arme Truistan. Ich hatte den toten Zwerg auf den zusammengebundenen Zweigen liegen gelassen und gar nicht mehr an ihn gedacht. Aber jetzt, da ich die feingearbeiteten Stiefel in der Hand hielt, überkam mich wieder diese lähmende, dumpfe Traurigkeit, die ich schon überwunden glaubte.

Mechanisch zog ich die Kappe von der Injektionsspritze und stach sie mir in den verletzten Arm. Nachdem ich die Lösung aus der Kanüle gepresst hatte, sank ich seufzend in das spärliche Gras zurück. Eine Weile lag ich bewegungslos auf dem Rücken nur so da und starrte mit leerem Blick in den sternenklaren Himmel.

Geweckt wurde ich von meinem eigenen gellenden Aufschrei. Es tat so weh, dass ich im ersten Moment dachte, jemand bräche mit roher Gewalt meine Knochen entzwei. Doch als ich erschrocken die Augen aufschlug, stupste mich der Wolf mit seiner feuchten Schnauze in die Seite.

„Ni schi de huäi lai" (du bist zurückgekommen), murmelte ich erstaunt mit schmerzverzerrter Miene.

Und dann sah ich die zerbrochene Pfeilspitze auf dem Boden liegen. Der Wolf bleckte die Zähne. Offensichtlich hatte er sich in der Nacht an mich herangeschlichen, gemerkt, dass ich verletzt war und danach den Pfeil in meinem Arm einfach durchgebissen.

Ich fasste neuen Mut und packte das gefiederte Ende des Pfeils. Ein kurzer Ruck, ein stechender Schmerz, und ich hatte ihn in der Hand. Aus der klaffenden Öffnung sickerte frisches Blut auf mein weißes Fellkleid, aber ich störte mich nicht daran. Es würde die Wunde reinwaschen. Vorsichtig bewegte ich meinen verletzten Arm auf und nieder. Ich atmete erleichtert auf, denn scheinbar hatte der Armbrustbolzen weder Knochen noch Sehnen und Nerven durchtrennt. Erst jetzt bemerkte ich, wie kalt es an diesem Morgen geworden war. Durch die wabernden Nebelschwaden glitzerte Raureif in der aufgehenden Sonne. Ich hockte mich wieder hin und rieb mir die nackten eisigen Zehen. Allein die Tatsache, dass ich meine kalten Füße spüren konnte, bewies mir, dass ich das Schlimmste überstanden hatte. Als dann noch das bohrende Gefühl des Hungers hinzukam, wusste ich, dass ich bald wieder gesund sein würde. Der Wolf schien mein Verlangen nach etwas Essbaren geahnt zu haben, denn er legte mir gleich einen erbeuteten Hasen vor die Füße. Dankbar kraulte ich ihm dafür das eisgraue Fell.

Aber bevor ich den Hasen ausnahm und aufspießte, wollte ich noch sehen, wie Grischun die kalte Nacht überstanden hatte. Außerdem musste ich ihm endlich die Penicillin-Tabletten verabreichen. Als der Wolf sich jedoch weigerte, mir zum Lager des Zwerges zu folgen, ahnte ich schon, was mich erwarten würde. Grischun war tot.

Schen Diyi Er Dsi

Ich sah die ungezähmte, gewaltige Kraft in Pui Tiens glühenden Augen und schrak unwillkürlich davor zurück. Die gespannten Bogen der Söldner vor uns zerbarsten in einem wahren Funkenregen aus gesplittertem Holz, und wir stürmten beide auf die gefesselten Zwerge zu. In diesem Augenblick geschah der Überfall der feindlichen Söldner auf die Bewacher des Bergwerkes, mit dem keiner von uns rechnen konnte. Von einer Sekunde zur anderen befanden wir uns plötzlich mitten in einem Inferno und Kampfgetümmel, das uns eigentlich überhaupt nichts anging. Doch die gepanzerten Schergen und Ritter interessierte das überhaupt nicht. Für sie stellten wir nur ein weiteres Hindernis dar, das sie aus dem Weg räumen und niedermachen mussten. Es blieb uns auch keine Zeit mehr, das Weite zu suchen. Unsere Gegner drangen aus allen Richtungen auf die Lichtung und erschlugen jeden. Ich wollte noch umkehren, wollte Pui Tiens Hand ergreifen, um sie wegzuziehen, doch es war schon zu spät. Ein Pfeil durchschlug ihren Arm und blieb darin stecken. Pui Tien lief noch ein paar Meter weiter, sank dann auf ihre Knie und kippte um wie eine leblose Puppe. Ihr weißes Fellkleid färbte sich blutrot.

Vor lauter Schreck und Entsetzen blieb mein gequälter Aufschrei in der Kehle stecken. Für den Bruchteil einer Sekunde stand ich wie erstarrt da, doch dann war dieser fremde Ritter schon über mir und holte mit seinem Schwert aus. In meiner Verzweiflung trat ich vor seinen gepanzerten Bauch und verschaffte mir damit ein wenig Luft. Während der überraschte Ritter zurücktaumelte, floh ich zu meinem Pferd, erreichte es tatsächlich und versuchte aufzusteigen. Da ich keinen anderen Halt finden konnte, ergriff ich die Verankerung von Pui Tiens Rucksack. Im selben Moment erhielt ich einen mörderischen Schlag auf den Kopf und verlor augenblicklich die Besinnung.

Als ich wieder zu mir kam, lag ich an Händen und Füßen gefesselt im Gras. Von den Bewachern des Bergwerkes hatte offenbar keiner den Überfall überlebt. Aber auch die meisten Bauern und die beiden Zwerge waren gnadenlos erschlagen worden, selbst die Frauen und Kinder hatte man nicht verschont. Nur ein einzelner junger Mann lag ebenfalls gefesselt neben mir. Die Kapuze meiner Gugel war zurückgeschlagen, und ich begriff allmählich, dass ich mein Leben einzig und allein meinem fremden asiatischen Aussehen verdankte. Der Scherge der uns bewachte, packte mich immer wieder aufs Neue am Schopf und betrachtete in seltsamer Verzückung mein Gesicht von allen Seiten.

Endlich entdeckte ich Pui Tien. Sie lag noch immer dort, wo sie zusammengebrochen war. Der Pfeil steckte in ihrem linken Arm. Ich wusste, dass sie noch lebte, denn eine andere Verletzung hatte sie nicht abbekommen, aber man hatte sie nicht gefesselt. Das viele Blut mochte bei den siegreichen Söldnern den Eindruck erweckt haben, sie wäre tot. Ich hoffte nur, dass sie nicht gerade jetzt aus ihrer Bewusstlosigkeit erwachen würde. Andererseits machte ich mir große Sorgen wegen ihres Blutverlustes.

Plötzlich sah ich, wie ein Ritter auf sie zuging, und mir blieb vor Schreck fast das Herz stehen. Er holte mit seinem Fuß aus und trat ihr mit aller Kraft in die Seite. Im Geiste glaubte ich zu hören, wie ihre Rippen krachten, doch Pui Tien rührte sich nicht. Der Ritter machte eine wegwerfende Handbewegung und wandte sich ab.

Etwa eine Stunde später wurde ich quer über mein Pferd gelegt und festgebunden. Die feindlichen Söldner zogen ab, und ich war ihr Gefangener. Als wir die Lichtung verließen und in den dichten Wald eindrangen, erblickte ich noch unseren Rucksack, der unberührt auf der Wiese lag. Wahrscheinlich hatte ich ihn vom Pferd gerissen, als ich zusammengesackt war. Die Erinnerung an diesen Anblick wurde für die nächsten Tage und Wochen zu meinem einzigen Trost, denn ich hoffte inständig, dass Pui Tien den Rucksack finden und die richtigen Schlüsse ziehen würde.

Pui Tien

Ich begrub meine beiden Zwergenfreunde unter den ausladenden Ästen einer uralten Eiche, denn hier konnten ihre Seelen über die Brücke des heiligen Baumes in die Anderswelt fliegen, während ihre Körper langsam vergehen würden. Anschließend kniete ich vor den aufgehäuften Erdhügeln, breitete meine Arme aus und betete laut in der Sprache der Altvorderen zur Göttin Brigando. Ich bat sie, die Wunden meiner Freunde zu heilen und sie sicher in das Land der Götter und Geister zu geleiten. Währenddessen trieb der Wind die welken Blätter durch die Luft und ließ sie langsam trudelnd zu Boden sinken.

In den letzten Stunden war es immer kälter geworden. Aber der erste strengere Frost dieses Herbstes hatte bereits das eherne Gesetz des Vergehens in Gang gesetzt, und mir wurde klar, dass ich nicht mehr lange im Freien übernachten konnte. Also machte ich mich bald zur Höhle auf, die ich bis zum Mittag zu erreichen hoffte. Ich benötigte dringend ein paar Tage Ruhe, in denen ich mich von dem Blutverlust erholen und wieder zu Kräften kommen konnte. Doch zuvor wusch ich noch meine Füße und mein weißes Fellkleid in der sprudelnden Quelle des Kettelbaches. Danach zog ich Triustans lederne Stiefel an und bestieg mein Pferd.

Ich hatte nun viel Zeit zum Nachdenken. Denn ich musste unbedingt irgendwie herausfinden, wohin die staufische Kriegstruppe Didi verschleppt haben könnte. Ich nahm mir vor, nicht noch einmal so unüberlegt und voreilig zu handeln, war aber gleichzeitig fest entschlossen, die verbleibende Zeit bis zur Ankunft meiner Eltern zu nutzen, um einen wirklich realistischen und durchführbaren Plan zur Befreiung Didis und der Zwerge zu entwickeln.

Natürlich war ich auch traurig und fühlte mich hilflos gegenüber der allgegenwärtigen Gewalt, die augenblicklich überall im Lande zu herrschen schien, doch echte Rachegelüste waren mir fremd. Wenn sich aber herausstellen sollte, dass man Didi getötet hatte, dann wollte ich nicht mehr in die Welt der Gegenwart zurückkehren.

Ich befand mich zwar erst ein paar Tage in der Vergangenheit, und doch war schon so viel geschehen, dass allmählich bereits die Erinnerung an die Gesichter der Menschen in der Welt meiner Eltern zu verblassen begann.

Kapitel 4
Warten auf Samhain

Ich horte ein wazzer diezen
Und sach die vische fliezen;
Ich sach, swaz in der welte was,
velt, walt, loup, ror unde gras,
swaz kriuchet unde fliuget
und bein zer erde biuget,
daz sach ich unde sage iu daz:
der keinez lebet ane haz.
(Walther von der Vogelweide)

Ich hörte ein Wasser rauschen
und sah die Fische schwimmen;
ich sah, was es in der Welt alles gab,
Feld, Wald, Bäume, Schilf und Gras,
alles, was kriechet und flieget
und sein Gebein zur Erde neiget,
das alles sah ich, und ich sage euch das:
nichts davon lebt ohne Hass.
(Übertragung aus dem Mittelhochdeutschen)

Leng Phei Siang, 17. Oktober 2006

Achim fuhr die ganze Strecke nach Hause ohne Pause durch, während mein ritterlicher Held wie üblich schon nach den ersten 20 Kilometern sein müdes Haupt auf meine Schulter legte und bald einschlief. Da unser alter Freund an diesem Tage offenbar nicht sehr gesprächig war, blieb mir viel Zeit zum Nachdenken.

Auch wenn ich es nicht offen zeigte, machte ich mir natürlich große Sorgen über Pui Tiens Alleingang, und ich fragte mich, ob ich an ihrer Stelle genauso gehandelt hätte. Rein körperlich betrachtet, war meine Tochter zwar nur ganze neun Jahre jünger, doch ich bezweifelte ernsthaft, dass ich in ihrem Alter eine derart enorme jugendliche Impulsivität an den Tag gelegt hatte. Aber als ich 17 war, musste ich mich auch völlig anderen Herausforderungen stellen. Damals waren wir gerade unseren Verfolgern während der großen Kulturrevolution entronnen und gezwungen gewesen, uns in Deutschland ein neues Leben aufzubauen. Ich war vollauf damit beschäftigt, die fremde Sprache zu lernen und mich in die europäische Gesellschaft einzugewöhnen. Allerdings hatte ich, genau wie Pui Tien, die Enttäuschung einer verlorenen ersten Liebe zu verarbeiten, was mir nicht gerade leicht fiel. Ich fühlte mich schrecklich einsam, todunglücklich und von allen Freunden verlassen, denn ich war weder in der alten Heimat noch in der neuen Welt zu Hause.

Ich stutzte. Nüchtern betrachtet, war dies doch genau die Situation, in der sich meine arme kleine Tochter befinden musste. Mit einem Seitenblick musterte ich meinen friedlich schlummernden Gatten. Wie gern hätte ich gerade jetzt mit ihm darüber gesprochen. Ich wollte unbedingt verstehen, warum Pui Tien glaubte, so übereilt handeln zu müssen. Hatte sie wirklich keine andere Möglichkeit gesehen?

Achim räusperte sich und blickte mich erwartungsvoll im Rückspiegel an. Ich schenkte ihm die Andeutung eines Lächelns und hob den Kopf.

„Ach übrigens, Phei Siang", begann er gewichtig. „Du solltest vielleicht wissen, dass sich deine Tochter auf dem Rückweg in einen Jungen verliebt hat."

Ich machte ein erstauntes Gesicht.

„Wie soll ich das verstehen, Achim? Etwa im Vorbeifahren?"

„Punkt für dich, Phei Siang!", lachte Achim. „Natürlich nicht so, sondern auf der Burg Stahleck, wo wir noch übernachtet haben."

„Soll wohl bedeuten, dass ihr am Samstag gar nicht nach Hause gefahren seid, sondern noch Bacharach besucht habt?", vermutete ich ahnungsvoll.

„Stimmt!", bestätigte Achim. „Ach ja, das habe ich euch noch gar nicht erzählt."

Ich dachte an Pui Tiens unheimliche Begegnungen mit dem Geist von Franks Tochter, und mir schwante nichts Gutes. Wie wir aus dessen Brief wussten, hatte schließlich sogar Agnes heimliche Hochzeit auf der Burg Stahleck stattgefunden. Mir war sofort klar, dass es an diesem speziellen Ort einen weiteren Kontakt gegeben haben musste, vielleicht sogar den entscheidenden. Trotzdem durfte ich

Achim keinen Vorwurf machen, denn wir hatten ihm und Margret diese Dinge verschwiegen. Es rächt sich eben immer, wenn man nicht die Wahrheit sagt. Andererseits vermutete ich aber auch, dass wir sowieso nicht hätten verhindern können, was geschehen sollte. Deshalb fragte ich eher neugierig:

„Was hat euch eigentlich zu dem Entschluss gebracht, ausgerechnet dort einen Zwischenstopp einzulegen? Bacharach liegt doch gar nicht auf der Strecke."

„Nun ja", druckste Achim herum, „immer den gleichen Weg zurück ist doch langweilig, und dann auch noch auf der dämlichen Autobahn. Da habe ich gedacht, die Kleine freut sich bestimmt, wenn sie noch das schöne Rheintal sieht. Dass wir in Bacharach hängen geblieben sind, war reiner Zufall."

„Was für ein Zufall?"

Achim drehte sich kurz um und sah mich irritiert an.

„Es tut mir leid, Phei Siang, aber ich konnte nicht ahnen, dass du etwas dagegen gehabt hättest."

„Hätte ich auch nicht. Ich möchte nur wissen, was euch dazu gebracht hat, über Nacht auf der Burg Stahleck zu bleiben."

„Du glaubst doch nicht etwa, unser Zwischenstopp könnte etwas mit dem Verschwinden von Pui Tien zu tun haben?", meinte Achim betroffen.

„Ich weiß nicht, Achim, aber ich halte es für möglich."

„Gibt es da etwas, das ich wissen sollte, Phei Siang?", kombinierte Achim messerscharf.

Ich senkte den Kopf.

„Ja, ich denke schon", gab ich zu.

Und dann erzählte ich ihm von den unheimlichen Begegnungen, die Fred und ich sowie unsere Tochter gehabt hatten. Achim hörte so interessiert zu, dass er die ganze Zeit über auf der rechten Fahrspur blieb und keine Anstalten machte, auch nur einen Lastwagen zu überholen.

„Soviel zum gegenseitigen Vertrauen unter alten Freunden!", konstatierte er danach ein wenig bitter.

„Wir wollten euch nicht beunruhigen, Achim, das ist alles", brachte ich kleinlaut hervor.

„Immerhin hätten wir manche Dinge besser verstehen können", erwiderte er trotzig. „Wenn wir gewusst hätten, dass diese Agnes unsere Pui Tien heimsucht, wären wir bestimmt nie zu der Burg gefahren, in der sie gelebt hat."

Ich schüttelte vehement den Kopf.

„Nein, Achim!", betonte ich bestimmt. „Auch, wenn es wie eine Ausrede klingt, wahrscheinlich solltet ihr das alles nicht erfahren, damit ihr auf jeden Fall dort auftauchen würdet."

„Im Nachhinein kann man immer behaupten, alles wäre Schicksal und sei vorbestimmt gewesen!", konterte Achim.

Ich quittierte seinen Einwand mit einem milden Lächeln. Auch mein Fred hatte früher aus seinem christlich geprägten Selbstverständnis heraus, die Existenz einer wie auch immer gearteten universalen Vorbestimmung rundherum geleugnet. Erst im Laufe der Jahre war er allmählich bereit gewesen, seine Einstellung zu überdenken.

„Überleg doch mal, Achim", startete ich einen neuen Versuch. „Als dir die Idee kam, wir sollten zusammen nach Heidelberg fahren, hast du sicher nicht daran gedacht, dass dies etwas mit Frank und seiner Tochter Agnes zu tun haben könnte?"

„Sicher nicht!", brummte unser alter Freund mürrisch.

„Und doch hast du damit den Keim für alles gelegt, was daraus folgte", erklärte ich ihm. „Denn sonst wäre Pui Tien nie auf den Gedanken gekommen, im Internet etwas über die Stadt herausfinden zu wollen. Wie du weißt, stieß sie dabei auf die Urkunde über die erste Erwähnung des Ortes und fand so Franks Grab."

„Du meinst also tatsächlich, dass alles, was wir tun oder nicht tun einem festgelegten Plan folgt?"

„So ist es!", bestätigte ich lächelnd.

„Dann gehörte wohl auch dazu, dass unser schlummernder Held da hinten im Hagener Hauptbahnhof das Aussteigen verpennt hat", frotzelte Achim mit einer angedeuteten Kopfbewegung in Richtung meines Gatten.

„Selbstverständlich!", bestätigte ich. „Sonst hätte uns doch Pui Tiens alter Lehrmeister nicht im Goldbergtunnel erscheinen können. Nur solltest du hierbei nicht alles auf Fred schieben, ich habe auch geschlafen."

„Weiß ich doch!", erwiderte Achim grinsend. „Aber du bist ein Engel, und die dürfen das."

„Dann verzeihst du uns, dass wir euch nicht informiert haben?", fragte ich lauernd.

„Ausnahmsweise!", erwiderte Achim mit erhobenem Zeigefinger. „Aber macht das bitte nicht wieder!"

„Nur, wenn es der universelle Plan verlangt."

Achim lachte laut auf.

„Wie hält es der arme Fred eigentlich aus, dass du immer das letzte Wort haben musst?"

„Genauso gut wie du", antwortete ich und setzte mein unschuldigstes Lächeln auf. „Aber mich interessiert noch immer, wie es dazu kam, dass ihr auf der Burg Stahleck übernachtet habt."

„Hm, wir sind nur in eines der Cafés in Bacharach gegangen, und die Serviererin hat Pui Tien auf Englisch angesprochen, weil sie eure Tochter für eine chinesische Touristin hielt. Dadurch kamen wir mit der Frau ins Gespräch. Sie erzählte uns, dass sie den Herbergsvater auf der Burg gut kennen und uns gern den Aufenthalt vermitteln würde. Wir sind auf das Angebot eingegangen, das ist alles."

„Warum habt ihr dieses bestimmte Café gewählt?"

„Weiß ich nicht, Phei Siang, es lag auf unserem Weg."

„Aber ihr habt nicht überlegt, ob ihr vielleicht in ein anderes gehen solltet, oder?"

„Nein, eigentlich sind wir alle drei unabhängig von einander und ohne uns abzusprechen darauf zugegangen…"

Achim brach ab und drehte sich erschrocken um.

„Verdammt, Phei Siang, du könntest recht haben."

Ich nickte kaum merklich.

„Und wie war das jetzt mit dem Jungen?", hakte ich nach.

Fred Hoppe

Gut, ich war nie wirklich der geborene Autofahrer gewesen und auf den Rücksitz verbannt, machte ich unterwegs schon mal gern ein Nickerchen. An der Seite meiner Prinzessin fühlte ich mich rundherum glücklich, wenn ich meinen Kopf an ihre Schulter lehnen konnte und selig vor mich hin träumen durfte. Allerdings soll das keineswegs bedeuten, dass ich während der Fahrt überhaupt nichts mitbekam. Doch manchmal erschien es mir einfach klüger, den Gesprächen nur still zu lauschen und mich nicht aktiv daran zu beteiligen. So ließ ich denn auch Phei Siang allein ausbaden, was wir mit dem Verschweigen unserer Erscheinungen gegenüber Achim und Margret angerichtet hatten. Immerhin besaß ich aber noch soviel Ehrgefühl, mich gleichzeitig dafür stumm und ergeben zu schämen.

Aber Phei Siang machte ihre Sache gut, und irgendwelche dummen Bemerkungen eines vorgeblich Schlafenden hätten da sicher eher kontraproduktiv gewirkt. Wie ich meinen alten Freund Achim kannte, hatte er dem geheimnisvollen asiatischen Lächeln und den tiefgründigen Blicken aus den schwarzen Augen meiner Angebeteten noch nie lange widerstehen können. Tatsächlich war er schon bald versöhnt und ließ sich über die Beziehung unserer Tochter zu einem gewissen Tom aus, in den diese sich angeblich verliebt haben sollte. Allerdings brachte mich diese unerwartete Nachricht so gründlich aus dem Konzept, dass ich abrupt hochschrak und ein völlig überraschtes „Was?" ausstieß.

„Ach, unser strahlender Held ist plötzlich aus seinen süßen Träumen erwacht!", kommentierte Achim süffisant. „Also noch einmal zum Mitschreiben für die schlummernde Fraktion auf den Hinterbänken: Eure liebreizende Tochter hat sich offenbar am Samstagabend auf der Burg Stahleck von einem neunmalklugen Professorensohn den hübschen Kopf verdrehen lassen."

„Soll heißen, ihr wart nicht dabei, stimmt' s?", entfuhr es mir spontan.

Achim drehte sich kurz um und warf mir einen giftigen Blick zu.

„He, du antiquierter, verhinderter Moralkasper da hinten auf den billigen Plätzen! Dein zartes Töchterlein ist siebzehn, und sie lässt sich nicht mehr so ohne Weiteres festbinden. Außerdem ist hier mittlerweile das 21. Jahrhundert angebrochen, da machen die Kids sowieso, was sie wollen."

Phei Siang prustete los und verschluckte sich vor Lachen. Ich klopfte ihr hilfreich auf den Rücken.

„Ich wette, nach ein oder zwei Schoppen Wein unten in Bacharach hast du das auch gar nicht mehr so eng gesehen!", spottete ich schamlos weiter.

Phei Siangs Husten ging in ein Glucksen über. Achim drehte sich zu ihr um und blickte sie flehend an.

„Bitte, erinnere deinen Gatten daran, dass er mir als dem Älteren ein wenig mehr Respekt schuldet, ja?"

Achim und ich tauschten noch einige weitere „Nettigkeiten" aus, bis uns schließlich keine neuen Varianten mehr einfielen. Was ich dabei tatsächlich über Pui Tiens Eskapaden erfuhr, ließ mich allerdings nicht immer nur schmunzeln. Unsere Tochter schien wirklich ein regelrechtes Talent zu haben, sich selbst in Schwierigkeiten zu bringen. Langsam machte ich mir doch ernsthaft Sorgen.

Dass ich damit nicht so ganz falsch lag, bestätigte Achim uns nur wenig später, als er nach Verlassen der Autobahn endlich damit herausrückte, was genau geschehen war. Unser gemeinsamer Freund, der Höhlenführer Patrice, hatte unsere Lieben zu Hause noch am Abend von Pui Tiens Verschwinden unterrichtet und dabei steif und fest behauptet, sie wäre nicht allein gewesen.

„Der Beschreibung nach kann es sich nur um diesen pummeligen jungen Chinesen handeln, der sie vor eurem Urlaub jeden Tag besucht hat", erläuterte Achim mit ernster Miene.

Phei Siang und ich sahen uns betroffen an. Augenblicklich war unsere gelöste Stimmung dahin.

„Tut mir leid, aber ich wollte euch nicht gleich damit überfallen", sagte er leise. „Dass der Junge ebenfalls verschwunden ist, kompliziert die Sache natürlich sehr."

„Ich nehme an, dass die strikte Geheimhaltung, die wir mit Patrice und den anderen Eingeweihten für einen solchen Fall vereinbart haben, damit nun hinfällig geworden ist", schloss ich daraus.

„Tja, bis jetzt gilt sie noch", erwiderte Achim überraschend. „Aber wir schätzen, dass die Eltern des Jungen schon dabei sind, Druck zu machen. Wir hatten gehofft, dass ihr beide vielleicht mit ihnen reden könntet…"

„Wie stellt ihr euch das vor?", fuhr ich auf. „Wir kennen die Eltern des Jungen doch gar nicht. Warum sollten sie uns vertrauen und die vertrackte Geschichte abkaufen?"

Phei Siang legte mir sacht die Hand auf den Arm.

„Weil sie Chinesen sind, Fred", vermutete sie ganz nüchtern. „Und weil wir beide die Einzigen sind, die ihnen aus eigener Erfahrung sagen können, was genau passiert ist."

„Stimmt!", bestätigte Achim. „Wir haben euren Freund, den Bürgermeister, gebeten, die Eltern des Jungen heute Morgen nach Schweflinghausen zu bringen. Sie werden jetzt wohl schon in eurem Haus auf euch warten. Ihr wisst ja, dass die Polizei erst nach Ablauf einer gewissen Zeit tätig wird. Bis dahin hoffen wir, dass ihr sie davon überzeugen könnt, keine Vermisstenanzeige zu erstatten. Sie müssen nur einsehen, dass niemand außer euch in der Lage ist, ihren Sohn zu retten."

„Sie werden uns kreuzigen, Achim!", verkündete ich düster. „Es sind noch zwei volle Wochen bis zum Tage Samhain, und vorher können wir rein gar nichts tun. Davon abgesehen, gibt es keine Gewissheit, wie und wann wir zurückkommen werden, selbst, wenn wir es durch das Tor an den Externsteinen versuchen. Vielleicht müssen die Eltern des Jungen ein ganzes Jahr lang auf ihren Sohn warten."

„Ich weiß, Fred!", beteuerte Achim. „Aber es gibt keine andere Chance. Wenn die Öffentlichkeit erfährt, dass wieder ein junges Paar in der Höhle verschwunden ist, wird alles nur schlimmer."

„Ich hätte wirklich nicht gedacht, dass Pui Tien so weit gehen würde, einfach einen Klassenkameraden ins Mittelalter zu entführen", flüsterte ich Phei Siang traurig zu. „Warum hat sie das nur getan? In ihrem Brief klang sie zwar verzweifelt, aber nicht unvernünftig."

Phei Siang nahm meine Hand und drückte sie.

„Wir wissen nicht, was geschehen ist, Fred!", mahnte sie beschwichtigend.

Unterdessen hatten wir bereits die Abfahrt ins Tal der Ennepe erreicht. In weniger als einer Viertelstunde mussten wir uns zu Hause den sicherlich völlig aufgelösten Eltern des Schulfreundes unserer Tochter stellen.

„Ach übrigens", fügte Achim beinahe schmunzelnd an, als wir die steile Straße nach Schweflinghausen erreichten, „sie hat sogar noch einen zweiten Begleiter, nämlich euren Wolf."

Leng Phei Siang

Sie hieß Lin Xiuhey und war eine außergewöhnlich elegante Frau von 36 Jahren. Ihr knapp schulterlanges Haar umrahmte ein fein geschnittenes, herzförmiges Gesicht mit sanften Zügen. Ich konnte mir lebhaft vorstellen, dass diese Frau eigentlich gern lachte, auch wenn ihre Augen und Wangen nun die Spuren verwischter Tränen aufwiesen. Ihr Mann, den uns Freds alter Freund Michael, der Bürgermeister, förmlich als Herrn Schen Bao vorstellte, legte das typische Gebaren eines höflich distanzierten Geschäftsmannes an den Tag. Beide begrüßten uns in fast akzentfreiem Deutsch, allerdings ohne dem europäischen Automatismus des freundlichen Händeschüttelns Folge zu leisten. Wir standen uns lediglich eine Weile lang gegenüber und schauten uns schweigend an. Schließlich beendete Michael die in seinen Augen sicher etwas peinliche Situation und bat Didis Eltern, sich doch zu setzen.

Wahrscheinlich dachten sowohl er als auch die meisten anderen, dass Fred und ich nun zu sprechen begännen. Nicht so Schen Bao und seine Frau Lin Xiuhey. Sie warteten geduldig ab, bis meine Mutter und Phei Liang den Tee serviert hatten, und blickten dann zu ihr und meinem Vater. Ich dagegen registrierte dies mit Erleichterung, denn für mich war damit klar, dass es in Didis Familie sehr traditionsbewusst zugehen musste. Bei Leuten aber, denen unser alter Ahnenkult noch vertraut war, rechnete ich von vornherein eher mit einem Mindestmaß an Verständnis für das Vorhandensein einer jenseitigen Welt.

In den folgenden zwei Stunden erfuhren Didis Eltern aus dem Munde meines Vaters unsere ganze Geschichte, und die beiden unterbrachen ihn nicht ein einziges Mal. Natürlich sprach er dabei chinesisch, was dazu führte, dass sich Michael, Achim und Margret alsbald in eine andere Ecke des Wohnzimmers zurückzogen, um sich dort leise über den augenblicklichen Stand der Dinge zu unterhalten. Fred aber blieb treu an meiner Seite und ergriff nur stumm meine Hand, während Phei Liang sich zu Freds Mutter gesellte, um ihr in der Trauer um das Verschwinden ihrer geliebten Enkeltochter beizustehen. Allein für diese liebe Geste waren wir dankbar.

Mein Vater beendete seinen Bericht, in dem er Didis Eltern den Brief unserer Tochter zeigte und ihnen erklärte, dass wir trotzdem noch immer nicht genau wüssten, warum Pui Tien keinen anderen Ausweg gesehen hatte, als mit Hilfe ihrer Gabe in jene Zeit zurückzukehren, in der sie aufgewachsen war. Danach bat er Didis Eltern inständig um Verzeihung, dass sie durch unsere Familie soviel Kummer erleiden müssten und versicherte den beiden noch einmal ausdrücklich, dass Fred und ich unserer Tochter am 31. Oktober folgen würden, um sie und Didi zurückzuholen.

Schen Bao und Lin Xiuhey saßen zunächst nur stumm da, ohne sich zu rühren. Doch endlich stand Didis Mutter auf und Fred schien instinktiv zu fühlen, dass sie mit mir allein sprechen wollte, denn er machte ihr bereitwillig Platz. Lin

Xiuhey legte behutsam ihre Hände auf meine Schultern und schaute mich lange an. In ihren Augen standen Tränen.

„Ich glaube das, was dein Vater gesagt hat, jüngere Schwester!", flüsterte sie leise auf Chinesisch. „Allein dein Aussehen hat mich überzeugt, denn du scheinst wirklich nicht viel älter zu sein als deine eigene Tochter. Willst du mir versprechen, dass du und dein Mann mir meinen Sohn zurückbringen werdet?"

„Ich verspreche dir, ältere Schwester, dass mein Mann und ich alles tun werden, um unsere beiden Kinder wieder in diese Zeit zu führen", antwortete ich tief bewegt. „Ich danke dir für dein Vertrauen."

„Dann werde ich zu unseren Ahnen beten, damit sie euch helfen, den richtigen Weg zu finden!", erwiderte Xiuhey.

Unterdessen gab sich auch ihr Mann einen Ruck und sprach Fred auf Deutsch an:

„Ich nehme nicht an, dass Sie alles verstanden haben, was Ihr Schwiegervater uns erklärt hat, Herr Hoppe. Trotzdem weiß ich es wohl zu schätzen, dass Sie unsere Sitten offenbar nicht nur kennen, sondern auch respektieren. Deshalb möchte ich Sie ganz im Vertrauen von Vater zu Vater etwas fragen."

„Bitte, fragen Sie", antwortete Fred bereitwillig.

„Sehen Sie eine Möglichkeit, Ihre Tochter und meinen Sohn früher als in einem Jahr wieder zurückzubringen?"

Fred sah Schen Bao offen an und zögerte keinen Augenblick:

„Ganz ehrlich gesagt, ich weiß es nicht."

Schen Bao schaute einen Moment lang betreten zu Boden, doch dann hatte er sich wieder gefasst.

„Ich danke Ihnen für Ihre Aufrichtigkeit, Herr Hoppe. Vielleicht ist es besser, wenn wir uns gleich auf diese lange Zeit einstellen. Aber sagen Sie mir bitte, ob mein Sohn überhaupt all die vielen Monate in jener Epoche überleben kann. Ich habe gelesen, dass sehr viele Menschen im Mittelalter oft aus nichtigen Gründen getötet wurden oder an Krankheiten gestorben sind."

„Ja, das ist leider wahr!", bestätigte Fred. „Und was Sie anführen, ist noch nicht einmal alles. Ihr Sohn wird schon allein durch sein asiatisches Aussehen auffallen, denn in der fraglichen Epoche hält man alles Fremde für gefährlich und dämonisch. Außerdem sind die Lebensumstände äußerst primitiv, es gibt kaum Schutz vor Unwettern, Schnee und Kälte, auf den wenigen Wegen ist man nie sicher vor Überfällen, und wer sich in den dichten Wäldern verläuft, ist als moderner Mensch so gut wie verloren. Wenn Ihr Sohn kein ausgebildeter Schwertkämpfer ist, hat er nur eine Chance zusammen mit unserer Tochter, denn sie ist in der Wildnis des Mittelalters aufgewachsen und praktisch dort zu Hause. Deshalb kann ich nicht begreifen, dass unsere Pui Tien Ihren Sohn einfach mitgenommen hat."

Trotz der sicher niederschmetternden Auskunft, zeichnete sich um Schen Baos Lippen die Spur eines Lächelns ab.

„Oh, ich denke, das kann ich Ihnen erklären, Herr Hoppe", deutete er an. „Unser Sohn hat es zwar zu verbergen versucht, aber wir glauben mit Sicherheit zu wissen, dass er unsterblich in Ihre Tochter verliebt ist. Daher gehe ich davon aus, dass er Ihrer Pui Tien gar keine Wahl gelassen hat."

„Letzteres kann ich nur bestätigen, Fred!", mischte sich plötzlich der Bürgermeister in das Gespräch ein. „Nachdem Patrice und ich heute Morgen noch einmal eingehend mit dem Höhlenführer gesprochen haben, hat der nämlich genau das behauptet. Seiner Aussage nach, hätte er nämlich noch versucht, Ihren Sohn zurückzuhalten, Herr Schen. Doch Ihr Junge habe sich mit Gewalt losgerissen und anschließend auf Pui Tien gestürzt. Danach seien beide in einem Blitz verschwunden."

Fred Hoppe

Den Rest des Nachmittags über versuchte ich, mir nicht anmerken zu lassen, wie erleichtert ich war. Also hatte Pui Tien offenbar doch nicht absichtlich diesen Jungen und seine Eltern ins Chaos gestürzt. Vielmehr hatte sie mit ihrem unerfahrenen, aber bis über beide Ohren verliebten Klassenkameraden nun wahrscheinlich einen gewaltigen Klotz am Bein, denn sie würde ihn rund um die Uhr beschützen müssen. Hoffentlich ging das gut. Schließlich waren Phei Siang und mir bis Samhain die Hände gebunden.

Lin Xiuhey und ihr Mann Schen Bao verhielten sich erstaunlich kooperativ. Sie hatten ziemlich schnell begriffen, dass wir die Einzigen waren, von denen sie Hilfe erhoffen konnten, und als Michael sie vorsichtig darum bat, keine

Vermisstenanzeige zu stellen, willigten sie sofort ein. Ich begann einzusehen, dass es richtig gewesen war, uns mit den beiden zusammenzubringen.

Verständlicherweise wollten Didis Eltern noch mehr über unsere Pläne erfahren und auf welche Weise wir beabsichtigten, die beiden in die Gegenwart zurückzuholen. Allerdings war uns selbst vieles von dem, was Pui Tien zu ihrem verzweifelten Schritt bewogen hatte, noch unklar, und so beschlossen wir kurzerhand, gemeinsam nach Erklärungen zu suchen. Während wir über diese Dinge sprachen, verging die Zeit bis zum Abendessen wie im Fluge. Unser Freund Michael war unterdessen wieder ins Rathaus gefahren, um seinen normalen Verpflichtungen nachzukommen. Als ich ihn hinausgeleitete, war ihm die Erleichterung über den guten Ausgang der Begegnung deutlich anzumerken.

Ich hatte das untrügliche Gefühl, dass Lin Xiuhey und Schen Bao vor lauter Angst und Ungewissheit über das Schicksal ihres Sohnes völlig verzweifelt waren. Deshalb durften wir sie nicht einfach nach Hause schicken und möglicherweise ein ganzes Jahr lang sich selbst und ihrem Kummer überlassen. Wir mussten ihnen beistehen. Doch als ich endlich eine Gelegenheit fand, in der Küche mit meiner Mutter und Phei Liang allein zu sprechen, erlebte ich eine kleine Überraschung.

„Du warst noch nie ein Mensch mit schneller Auffassungsgabe, Schwager!", stellte Phei Liang spöttisch fest. „Ich wunder mich immer wieder, wieso Siang sich in dich verlieben konnte. Während du in dich gekehrt bist, um deine asiatische Ader zu entdecken, haben wir bereits gehandelt und für unsere neuen Freunde Platz geschaffen."

„Natürlich bleiben die beiden hier, Fred, das ist doch keine Frage!", ergänzte meine Mutter lächelnd. „Wir haben mit Margret und Achim gesprochen. Sie werden gleich Christians altes Zimmer für Phei Liang und ihren Mann herrichten, damit die Eltern des armen Jungen hier schlafen können. Sie sollen solange bleiben, wie sie möchten."

Ich war gerührt und sah die beiden dankbar an. Meine Mutter ergriff meine Hand und drückte sie fest.

„Bringt mir meinen kleinen Engel und ihren Freund gesund zurück, Fred!", bat sie.

Beim Hinausgehen berührte mich Phei Liang an der Schulter, nahm meine Hand und zog mich auf die Diele.

„Du weißt, dass ich eine Spottdrossel bin, die manchmal ihren Mund nicht halten kann", begann sie verlegen lächelnd. „Die Kleine hatte eine dicke Beule am Kopf, als sie am Montag von der Schule nach Hause kam. Angeblich hat es wegen ihres neuen Freundes einen Streit gegeben, und dieser Jürgen will nun nichts mehr von ihr wissen. Von ihrem Fanclub ist also nur noch Didi übrig. Ich habe sie aufgezogen, weil der ja wegen seines pummeligen Aussehens wohl keine Chancen hätte. Allerdings konnte ich deutlich spüren, dass meine teure Nichte während unseres Gespräches gelogen hat, dass sich die Bretter biegen, oder wie sagt ihr?"

„Es heißt ‚dass sich die Balken biegen', Phei Liang", korrigierte ich sie wunschgemäß. „Aber wieso glaubst du, dass Pui Tien dich belogen hat?"

„Das ist es ja gerade!", erwiderte Phei Liang nachdenklich. „Sie kam viel zu spät nach Hause, und schon ihre Erklärung für die Beule war nicht ehrlich. Da muss etwas anderes passiert sein."

„Du meinst, sie wäre bereits am Morgen an der Klutert gewesen?", vermutete ich.

„Genau, vielleicht ist sie dort gestürzt und konnte deshalb nicht gleich verschwinden oder so ähnlich. Jedenfalls hat sie sich seltsam benommen und ist in Vater Kaos Arbeitszimmer gehuscht."

„Der Computer!", fiel mir plötzlich ein.

Phei Liang nickte zustimmend. Ich zog sie kurz an mich, gab ihr einen Kuss auf die Stirn und lief die Diele entlang zum Zimmer von Siangs Vater. Phei Liang schaute mir kopfschüttelnd nach.

In ihren Dateien hatte sie nur schulische Dinge und den üblichen Jungmädchenkram, wie Rockmusik-Texte, Schmink- und Modetipps, die Korrespondenz mit ihren Klassenkameraden und diverse Fotos gespeichert. Aus Letzteren entnahm ich auch ihre E-Mail-Adresse. Allerdings brachte mich das nicht weiter, denn natürlich hatte ich keine Ahnung, wie ihr Passwort lauten würde.

„Probier es doch mal mit ‚Oban'!", schreckte mich Phei Siangs Stimme auf.

Ich hatte nicht einmal gehört, wie sie ins Zimmer gekommen war. Ein wenig fühlte ich mich dann doch ertappt, weil ich in den persönlichen Dateien meiner Tochter herumschnüffelte und wurde rot.

„Du tust nichts Verwerfliches, Fred", beruhigte sie mich, während sie ihre Arme um meine Schultern legte und sich an mich schmiegte. „Die Idee ist gut, und wir brauchen schließlich mehr Informationen."

Ich gab als Passwort „Oban" ein, doch es tat sich nichts. Danach probierten wir es mit „Klutert", „Wolf" und „Snäiwitteken", aber auch damit stellte sich kein Erfolg ein.

„Von den Jungs kann es ebenfalls niemand sein", schloss ich entmutigt. „Sie hat uns doch ausdrücklich gesagt, dass sie keinem von beiden ihr Herz schenken wollte."

„Sie hat ihr Herz ja auch schon einmal vergeblich verschenkt", merkte Siang traurig an.

Ich schaute sie überrascht an, und Siangs Augen leuchteten auf.

„Das ist es!", riefen wir beide wie aus einem Mund.

Ich tippte den Namen „Arnold" ein, und wir waren drin.

In Pui Tiens Posteingang befand sich nur eine neue Nachricht. Sie war von heute und stammte von diesem Tom, der ihr nach Achims bühnenreifer Erklärung den hübschen Kopf verdreht haben sollte. Die letzte Nachricht, die sie kurz vor ihrem Verschwinden gelesen haben musste, war ebenfalls von jenem Professorensohn, den Pui Tien auf der Burg Stahleck kennen gelernt hatte. Ich klickte darauf, und wir schauten sie uns an. Tatsächlich schrieb der uns noch unbekannte Tom da etwas von Franks Tochter Agnes. Pui Tien musste ihren neuen Freund darum gebeten haben, mehr über deren Leben herauszufinden.

Wir überflogen die allgemeinen Passagen über Literatur und Kinder der Betroffenen. Aber dann stießen wir auf dies: *„Es finden sich zwar nur spärliche Hinweise auf Agnes weiteres Leben, aber sie muss hautnah mitbekommen haben, wie der friedensstiftende Zweck ihrer Liebesehe durch den Bürgerkrieg zwischen den Parteien ihres Mannes und ihrer eigenen Verwandtschaft zerrieben wurde und immer mehr den Bach runterging. Die Auseinandersetzung begann schon 1198 mit der Doppelwahl des Welfen Otto sowie des Staufers Philipp zum deutschen König und zog sich über zehn lange Jahre hin. Das Ganze muss die junge Frau völlig fertiggemacht haben. immerhin ist sie nur 27 Jahre alt geworden und bereits 1204 in einem Kloster namens Sankt Marien in Stade gestorben. Auf jeden Fall ziehe ich den Hut* *vor deiner Agnes, Pui Tien, denn sie hat allen Widrigkeiten und der hohen Politik zum Trotz ein Leben für die Liebe geführt, auch wenn sie vielleicht zuletzt daran zerbrochen ist. Wer kann das heute schon von sich behaupten?"*

Phei Siang und ich schauten uns betroffen an. Für uns war damit klar, dass unsere Tochter etwas über die Zeit in Erfahrung bringen wollte, in die zu gehen sie beabsichtigte. Ob sie wohl diesen Tom in ihr Vorhaben eingeweiht hatte? Darüber rätselten wir noch eine Weile, ohne ein Ergebnis zu erzielen. In ihrem Brief an uns hatte Pui Tien davon gesprochen, dass Agnes Geist ihr von einer großen Gefahr berichtet habe, in der sich ihr alter Lehrmeister Oban und wahrscheinlich auch die anderen letzten Hüter des Berges befänden. Uns war zwar immer noch nicht bekannt, was für eine Gefahr das war, aber immerhin wussten wir nun, in welcher Zeit all das geschehen sein musste. Und allein diese Gewissheit trug nicht gerade zu unserer Beruhigung bei, denn Pui Tien war offensichtlich ausgerechnet mitten in der gefährlichsten Epoche des europäischen Mittelalters gelandet.

Rein aus einem Reflex heraus öffnete ich nun auch die letzte Nachricht, die unsere Tochter selbst nicht mehr hatte lesen können, weil sie schon durch das Tor gegangen war. Und tatsächlich enthielt diese genau die letzten Hinweise, die wir benötigten, um zu verstehen, warum Pui Tien dachte, nicht mehr auf uns warten zu können.

„Liebste Pui Tien, du wirst es nicht glauben, aber mein Vater hat etwas Sensationelles entdeckt: Deine Agnes von Staufen, die dich in deinen Träumen so verfolgt, muss wirklich in deiner Gegend gewesen sein, und zwar noch kurz vor ihrem Tod. Es muss mit einer Gold- oder Erzmine zusammenhängen, die es irgendwo da oben in euren Bergen gegeben hat. Denn die Anhänger der Staufer wollten damals den Welfenkönig Otto von der Möglichkeit abschneiden, in Dortmund weiter Münzen für seine Kriegskasse schlagen zu lassen. Auf jeden Fall scheint deine Agnes auf dem Weg nach Norden in diese Auseinandersetzung hineingeraten zu sein, und sie muss sich fürchterlich empört haben, wie hart und unbarmherzig Ottos Gefolgsleute mit den Ärmsten umgegangen sind, die zur Arbeit im Bergwerk gezwungen wurden. Danach hat sich Agnes Ehemann, der ja immerhin König Ottos Bruder war, von diesem losgesagt, und beide wurden in Norddeutschland festgesetzt. Wahr-

scheinlich ist Agnes von ihrem geliebten Heinrich getrennt und ins Kloster gesteckt worden, wo sie bald darauf vor Kummer gestorben ist.

Ich hoffe, meine Informationen können dir ein wenig weiterhelfen zu verstehen, warum dir diese Frau aus dem Mittelalter immer wieder erscheint. Wenn du und deine Eltern nichts dagegen haben, komme ich dich am 29. Oktober besuchen. Ich weiß zwar noch nicht, welchen Zug ich nehmen muss, aber ich werde schon zu euch finden. Bis bald, dein Tom."

Einen Moment lang waren wir beide sprachlos, doch dann fiel es uns wie Schuppen von den Augen.

„Die Erscheinung im Goldbergtunnel!", brachte Phei Siang die Sache auf den Punkt. „Wir haben Oban gesehen, wie er im Bergwerg zur Arbeit für den Welfenkönig gezwungen wurde."

„Klar, er und die anderen der letzten Altvorderen!", ergänzte ich. „Wahrscheinlich hat man sie zuvor sogar erpresst, das Geheimnis des Goldlagers zu verraten. Natürlich konnten wir Oban auch nur dort sehen, wo er tatsächlich vor vielen hundert Jahren nach Edelmetallen gegraben hat."

„Also muss es in dieser Zeit am Hagener Goldberg wirklich ein Bergwerk gegeben haben", nahm Phei Siang den Faden auf. „Vielleicht findet mein Vater darüber etwas in den Archiven."

Ich machte ein nachdenkliches Gesicht.

„Hm, nach allem, was wir bis jetzt wissen, geht es um das Jahr 1204, nicht wahr?"

„Natürlich, es muss das Jahr sein, in dem Franks Tochter gestorben ist!", bekräftigte Phei Siang. „Es ist so gut wie jedes andere, Fred."

„Nicht ganz, Siang. Kannst du dir vorstellen, wer da wohl in König Ottos Namen die Zwerge knechtet?"

„Ich weiß, Fred, es wird wohl Graf Arnold sein, Pui Tiens einstige große Liebe. Aber seitdem sind in jener Epoche über dreißig Jahre vergangen. Vielleicht erinnert er sich nicht einmal mehr an mich oder unsere Tochter."

„Da magst du recht haben", gab ich zu. „Aber wir haben es nicht nur mit Arnold zu tun. Er muss sich zu dieser Zeit auf dem Höhepunkt seiner Macht befinden und das Oberhaupt der gesamten Familie derer von Neuenberge sein. Unser direkter Gegner ist viel mehr nun dessen ältester

Sohn Everhard, der im Auftrag seines Vaters handelt und von der Isenburg aus das Land regiert. Und du weißt doch, wer Everhards Bruder ist?"

Phei Siang erschrak.

„Unser treuer Freund, Graf Friedrich! Nein, er wird erst zwanzig Jahre später zu unserem Freund. Bei unseren Ahnen, Fred, er darf uns keinesfalls sehen!"

„Ja, Siang, doch das ist nur einer der beiden Personen, denen wir niemals direkt begegnen dürfen, wenn wir durch das Tor gegangen sind. Der andere ist der Zwerg Sligachan!"

Leng Phei Siang

Lin Xiuhey und Schen Bao saßen zusammen mit den anderen im Wohnzimmer und warteten auf das Abendessen, als wir ihnen von unserer Entdeckung berichteten. Allerdings brachten es weder Fred noch ich übers Herz, Didis Eltern von der Beziehung unserer Tochter zu diesem Tom zu erzählen. Wir deuteten lediglich an, dass Pui Tien die entsprechenden Informationen von einem Bekannten erhalten hätte. Margret und Achim schauten uns zwar einen Moment erstaunt an, sagten aber nichts.

Dafür schilderten mein Vater und Fred abwechselnd die politische Situation, die uns in jener Epoche des Mittelalters erwarten könnte. Doch mit welchen konkreten Auswirkungen wir selbst in der Vergangenheit unserer eigenen Region konfrontiert würden, darüber vermochten die beiden Experten nur vage Vermutungen anzustellen.

„Das Beste wird sein, wenn ich mich als zurückkehrender Kreuzfahrer ausgebe, der in muslimische Gefangenschaft geriet und nur durch die Heirat mit der Tochter eines türkischen Emirs die Freiheit erlangte", schloss Fred. „Das könnte uns einerseits einen gewissen Schutz vor Übergriffen beider Parteien bieten und andererseits Phei Siangs fremdartiges Aussehen erklären."

Mein Vater stimmte der Idee vorbehaltlos zu. Immerhin sei in unserem Zieljahr 1204 gerade der vierte Kreuzzug beendet worden. Allerdings dürfte Fred nicht die Identität eines deutschen Ritters annehmen, da diese wegen des andauernden Bürgerkrieges an jenem Feldzug ins Heilige Land nicht beteiligt waren.

„Aber was ist mit deinem Schwert?", warf Achim ein. „Ich begreife immer noch nicht, warum Pui Tien es mitgenommen hat."

„Ich vermute, es wird der Wegweiser sein, der uns in die richtige Zeit führt", entgegnete Fred nach kurzer Überlegung. „Wir müssen es nur finden."

„Du willst mir doch wohl jetzt nicht erzählen, dass die Kleine für euch noch so was wie eine Schnitzeljagd organisiert hat, damit euch die zwei Wochen bis zum 31. nicht zu lang werden?", frotzelte Achim kopfschüttelnd.

„Nein, sie benötigte etwas ganz Persönliches von uns, das als Bindeglied zwischen den Welten fungiert", antwortete ich an Freds Stelle.

„Das klingt nach einem ganz schön riskanten Spiel!", gab Achim zu bedenken.

„Es war nie anders", entgegnete Fred lächelnd. „Aber sollten wir wegen des Risikos unsere beiden Kinder im Stich lassen?"

„Natürlich nicht!", seufzte Achim und gab sich geschlagen.

Schen Bao, der bis dahin still und in sich gekehrt zugehört hatte, sah plötzlich auf.

„Ich bin bereit, Sie beide auf ihrer Mission zu begleiten!", erbot er sich unvermittelt. „Sie müssen mir nur sagen, was ich zu tun habe."

Lin Xiuhey war bei den Worten ihres Mannes erschrocken zusammengezuckt. Fred und ich schauten uns vielsagend an. Mein Vater schüttelte bedächtig den Kopf.

„Ich kann Sie verstehen, mein Freund", sprach er schließlich auf Deutsch, damit ihn alle verstanden. „Aber das würde die Sache noch viel komplizierter machen. Meine Tochter und ihr Mann müssten ständig auf Sie aufpassen und könnten sich bestimmt nicht so frei bewegen, wie es nötig wäre. Außerdem würde bestimmt das Gefüge jener Epoche durch einen weiteren Fremden zu sehr belastet. Sie würden die ganze Mission damit gefährden."

„Mein Vater will damit sagen, dass die fremde Zeit noch mehr als üblich bestrebt sein würde, uns alle wieder abzustoßen", erklärte ich. „Praktisch gesehen, würden sich die Gefahren für unser aller Leben gewaltig erhöhen."

„Es geht um meinen Sohn!", entgegnete Schen Bao.

„Phei Siang hat recht!", betonte Fred bestimmt. „Wir erzählen Ihnen keine Märchen, weil wir Sie nicht dabei haben wollten, das müssen Sie uns glauben. Wir haben diesen Abstoßungseffekt, wie wir ihn genannt haben, oft genug selbst erlebt. Er produziert eine Häufung von Gefahren, die nicht kalkulierbar sind. Bei unserem ersten unfreiwilligen Aufenthalt im Mittelalter haben wir dadurch unser erstes Kind verloren, und Phei Siang wäre beinahe daran gestorben."

Freds Worte verfehlten ihre Wirkung nicht, denn Schen Bao sank in sich zusammen wie ein welkes Blatt.

„Meine Frau und ich können doch nicht ein ganzes Jahr lang untätig warten und so tun, als wäre nichts geschehen!", protestierte er kraftlos.

„Das müssen Sie auch nicht!", merkte meine Mutter an. „Bleiben Sie bei uns, so lange Sie wollen und helfen uns mit Ihrer Hoffnung, dass meine Kinder Erfolg haben werden."

Didis Eltern blieben wirklich. In den nächsten Tagen halfen sie uns beim Zusammenstellen unserer Ausrüstung, lauschten den Geschichten, die Fred und ich ihnen über unseren Freund, den Grafen Friedrich von Isenberg, dessen Brüder sowie den Grafen von Tecklenburg erzählten. Sie begleiteten auch meinen Vater beim Durchforsten der Archive. Schen Bao erbot sich sogar, das Geld für die Spezialanfertigung eines neuen knielangen Kettenhemdes für Fred aufzubringen. Zu diesem Zweck mussten wir extra nach Iserlohn fahren, weil dort ein bestimmter Schmied wohnte, der in der Lage war, diesen ungewöhnlichen Auftrag schnell genug zu erledigen. Außerdem benötigte Fred für seine neue Identität einen zweiten Waffenrock mit einem großen aufgenähten Kreuz. Die entsprechenden Tuche mussten die richtige Farbe haben, und sie durften natürlich nicht zu modern wirken. Deshalb ließen wir uns vor deren Kauf noch eingehend von erfahrenen Näherinnen eines Mittelaltervereins beraten.

Da Pui Tien unseren alten Rucksack nebst meiner gut bestückten Sammlung von Medikamenten, Feuerzeugen, Taschenlampen und Nähzeug mitgenommen hatte, mussten wir auch alle diese Dinge neu zusammenstellen. Ich wollte mich lieber nicht darauf verlassen, dass wir nach der Ankunft im 13. Jahrhundert unsere Tochter samt Ausrüstung sofort finden würden. Schließlich gab uns Achim noch seinen alten Seesack, den er nach seiner Militärzeit einfach behalten hatte. Als wir alle Sachen im Zimmer unserer Tochter aufstellten, stand schnell fest, dass wir sie nicht auf einmal in die Höhle tragen konnten. Trotzdem bestand Fred darauf, dass wir zusätzlich unsere schweren mittelalterlichen Reitersättel und auch die farbigen Pferdedecken mitnehmen sollten.

Nachdem sogar noch Freds Schild, mein Langbogen samt Lederköcher und Pfeilen hinzugekommen waren, befürchtete ich schon, dass wir mehrere Tage benötigen würden, um alles aus der Höhle hinauszuschaffen. Aber Fred wollte unter allen Umständen gleich vollauf gerüstet sein. Dabei baute er fest darauf, dass die Entführer der Zwerge deren Pferdeherde nicht gefunden hatten.

Das einzige Teil, das uns jetzt noch fehlte, war das magische Schwert des Zwerges. Bislang konnten wir zwar nur vermuten, dass Pui Tien es nach ihrer Ankunft in der Vergangenheit versteckt hatte, damit es die Jahrhunderte unbeschadet überdauerte, aber der Sinn dieser Aktion war klar. Doch dazu mussten wir das Schwert erst einmal finden. Eigentlich kamen dafür nicht viele Orte in Frage, und der wahrscheinlichste war die Höhle selbst.

Lin Xiuhey und Schen Bao kamen mit, als wir am vorletzten Sonntag im Oktober in die Klutert gingen. Sie wollten mit eigenen Augen den Ort sehen, an dem ihr Sohn und Pui Tien verschwunden waren. Unser alter Freund Patrice ließ vorsichtshalber die Höhle für Besucher sperren. Es war zwar noch eine gute Woche hin bis zu dem Tag, an dem an magischen Orten die Schicht zwischen den Welten dünn genug war, dass Menschen mit unserer Begabung sie durchschreiten konnten, doch niemand vermochte zu sagen, was geschehen würde, wenn verwandte Seelen wie Fred und ich diese Stätte betraten.

Ich muss zugeben, dass mich selbst stets ein eigenartiges Gefühl der Beklemmung überkam, wenn ich in die düstere unterirdische Welt der Höhle eintauchte. Das war natürlich an diesem Tag nicht anders, und ich bin sogar davon überzeugt, dass auch Fred ähnliches verspürte. Sonst hätte er sicher nicht die längst überfällige Suche nach dem Schwert des Zwerges so lange hinausgezögert. So schauten wir uns beide ständig nach allen Seiten um, wenn wir an eine Wegkreuzung gelangten, und lugten vorsichtig in die abzweigenden dunklen Gänge hinein, bevor wir sie passierten.

Trotzdem geschah bis zur großen Halle, die man die „Kirche" nennt, nichts, was uns hätte beunruhigen können. Alles blieb still, bis auf das platschende Geräusch vereinzelter Tropfen, die von der Höhlendecke herab zur Erde fielen.

Wir warteten einige Minuten stumm vor der uns so gut bekannten Öffnung zu dem besagten Gang, der aus der Halle nach links abzweigte. Fred tastete sich langsam an die auffällige kreisrunde Vertiefung im Boden heran. Ich folgte ihm, während Patrice mit Didis Eltern zurückblieb.

„Hier ist es, nicht wahr?", flüsterte Xiuhey leise.

„Ja, aber gehen Sie bitte nicht dorthin!", hörte ich Patrices Stimme antworten.

Ich hatte unterdessen Fred erreicht und blieb direkt hinter ihm stehen. Automatisch legten sich meine Hände um seine Hüften. Patrice schaltete den mitgebrachten Scheinwerfer ein und leuchtete systematisch die Felswand vor uns ab.

„Stopp, Patrice!", hallte Freds Stimme plötzlich durch den Raum. „Kannst du bitte noch einmal den Spalt über unseren Köpfen anstrahlen?"

Ich folgte Freds ausgestrecktem Zeigefinger und sah im Licht des Scheinwerfers einen gelben Punkt aufleuchten. Fred griff in den länglichen Riss hinein, der sich etwa zwei Meter weit erstreckte, und holte einige bröckelnde Steine heraus. Dann schob er seine Hand in die erweiterte Öffnung und förderte ein verstaubtes, mit brüchigem Leder umsäumtes Schwertgehänge zutage. Doch während das Holz der Scheide längst verfault war, schimmerte der Paranussknauf des Griffs auch nach all den vielen Jahrhunderten immer noch wie pures Gold.

„Hier ist es!", rief er triumphierend.

Wir sprangen wie gehetzt über die runde Vertiefung und liefen mit unserer Beute in die große Höhlenhalle zurück. Xiuhey und Bao maßen uns mit ehrfurchtsvollen Blicken, während Patrice uns breit entgegengrinste.

„Seht ihr, auf eure Kleine ist doch Verlass!", begrüßte er uns lachend.

Fred pellte die fetzigen Lederreste langsam und vorsichtig von der Klinge, als ob er damit rechnete, dass sie vom Rost fast gänzlich zerfressen sein würde. Doch zu unser aller Überraschung war dies überhaupt nicht der Fall. Das Schwert des Zwerges glänzte wie eh und je im diffusen Licht der in den Nischen verborgenen Lampen. Es wies lediglich ein paar winzige dunkle Stockflecke auf. Und das, obwohl es sage und schreibe achthundert Jahre lang der ungemein hohen Luftfeuchtigkeit in der Höhle ausgesetzt gewesen war. Ich glaubte, meinen Augen nicht zu trauen. Das konnte einfach nicht mit rechten Dingen zugehen.

Auf dem Weg nach draußen dachte ich unablässig daran, dass ich diesen unheimlichen Ort niemals würde begreifen können. Nur allzu gut erinnerte ich mich daran, wie wir während unseres zweiten Abenteuers in der Vergangenheit eine Nachricht an unsere Freunde zu Hause in einem rostfreien modernen Stahlzylinder gesteckt und diesen in der Höhle an einem zuvor vereinbarten Ort versteckt hatten. Achim war nicht einmal in der Lage gewesen, das Behältnis in der Gegenwart unversehrt zu bergen, denn es zerbröselte förmlich unter seinen Fingern zu rostigem Staub. Was war das nur für ein Material, aus dem der Zwerg Sligachan diese Waffe geschmiedet hatte? Wir wussten zwar, dass es aus den Bruchstücken des sagenhaften Schwertes Balmung bestand und einst als Schlüssel zum Tor durch die Zeiten diente, aber seinen eigentlichen Ursprung kannten wir nicht. Wieder einmal waren mehr Rätsel als Lösungen aufgetaucht, und ich schauderte unwillkürlich, als wir aus dem Halbdunkel der Höhle ins helle Sonnenlicht traten.

Natürlich mussten wir Didis Eltern noch einmal die Geschichte des sagenhaften Schwertes erzählen, aber eine vernünftige Erklärung für das augenscheinliche Wunder hatten auch sie nicht parat. Sogar Patrice schüttelte immer wieder ungläubig den Kopf. Er holte ein paar Lappen aus dem Büro der Höhlenführer und reichte sie uns. Während Fred langsam damit die Klinge abwischte, meinte ich, kleine Funken sprühen zu sehen und ein leises Knistern zu hören. Patrice wurde darauf aufmerksam, und er strich ganz sacht und leicht mit der Hand über die Schneide. Plötzlich zog er sie mit einem unterdrückten Aufschrei zurück, von seinen Fingern tropfte Blut.

Fred Hoppe

Wie lange das Schwert des Zwerges in der Spalte gelegen hatte, bewies allein die Tatsache, dass der Gurt und die hölzerne Scheide verrottet waren. Nur die ehemalige lederne Ummantelung war noch in Resten vorhanden gewesen und hatte sich im Laufe der Zeit in brüchigen Fetzen um die Klinge gelegt. Nach deren Entfernen schien die Schneide so scharf zu sein wie eh und je. Ich kannte kein irdisches Metall, das angesichts einer dermaßen hohen Feuchtigkeit auch nur annähernd lange stabil zu bleiben vermochte. Das war ein Wunder, für das es schlicht und einfach keine Erklärung gab.

Doch so sehr ich auch selbst darüber staunte, in den Mienen unserer beiden chinesischen Begleiter spiegelte sich das pure Entsetzen, und sogar meine Siang blickte mit einer gewissen ungläubigen Scheu auf die blanke Klinge in meiner Hand. Wie alle buddhistisch geprägten Asiaten war ihnen jedes leblose Objekt, das offenbar auch nach Jahrhunderten keinerlei Anzeichen von Zerfall zeigte, höchst suspekt. Ich dagegen begann mich langsam an den Gedanken zu gewöhnen, dass ich mir über meine Bewaffnung nach dem bevorstehenden Gang durch das Zeittor keine Sorgen mehr zu machen brauchte. Die hölzerne Scheide konnte ich binnen einer Woche leicht ersetzen, und ein entsprechender Lederbezug würde sich ebenfalls finden.

Patrice hatte sich inzwischen Verbandszeug um die Wunden an seinen Fingern gewickelt. Seine Überlegungen kreisten bereits um einen völlig anderen Aspekt, der sich mehr um die praktische Anwendung menschlicher Logik drehte als um die Geheimnisse, mit denen seine Höhle aufwarten konnte.

„Sag mal, Fred", meinte er wie nebenbei, „wie oft kann eigentlich ein und derselbe Gegenstand zur gleichen Zeit existieren?"

„Was?", fragte ich verwirrt. „Was meinst du damit?"

„Nun ja, Ihr habt doch erzählt, dass der Zwerg euch das Schwert im Jahr 1250 geschmiedet hat. Wenn Pui Tien es aber wirklich im Jahre 1204 in den Spalt gesteckt hat, muss es doch schon da gewesen sein, bevor er es überhaupt anfertigen konnte. Und genauso lag es doch wohl schon seit achthundert Jahren hier in der Höhle, als eure Tochter es vor ein paar Tagen aus dem Schrank stibitzt hat."

In meinem Kopf überschlugen sich die Gedanken, aber ich kam zu keinem brauchbaren Ergebnis.

„Im Prinzip hast du recht, Patrice!", betonte Phei Siang an meiner Stelle. „Aber die richtige Antwort muss etwas mit Ursache und Wirkung zu tun haben. Ich kann dir nur noch nicht genau sagen, was."

„Es tut richtig gut, dass ich euch beide endlich mal in Erklärungsnot gebracht habe!", freute sich Patrice. „Mehr will ich gar nicht. Für mich birgt die Klutert mehr Geheimnisse, als wir jemals erfahren werden."

„Trotzdem ist deine Frage höchst interessant", merkte ich an. „Wir werden uns bestimmt noch damit befassen, auch wenn wir jetzt keine Lösung präsentieren können."

„Frank hätte bestimmt eine gewusst!", behauptete Phei Siang prompt.

Es klang etwas trotzig, aber ihre Stimme war traurig.

„Ich vermisse ihn auch, Siang", flüsterte ich leise.

Zu Hause machte ich mich mit Achims Hilfe gleich ans Werk, eine neue Scheide samt Schwertgehänge zu bauen. Als Vorbild dienten uns dabei entsprechende Miniaturen aus dem Codex Mannesse. So musste ich zum Beispiel streng darauf achten, dass die Lederstreifen, mit denen das Wehrgehänge am Gurt befestigt werden sollte, in einer ganz bestimmten Weise über Kreuz an die Scheide gebunden wurden. Keinesfalls durfte ich die Schwertscheide einfach mit Ösen am Gürtel aufhängen, dieser Fehler wäre im beginnenden 13. Jahrhundert sofort aufgefallen. In jener Epoche galt das Schwert noch als wichtiges Statussymbol der ritterlichen Gesellschaft. Man trug es geknotet am Gürtel oder umwickelt in der Armbeuge.

Phei Siang besserte unterdessen unsere kostbaren Obergewänder aus feinen Tuchen aus, bürstete unsere mit Fehfellen gefütterten Tasselmäntel sowie meine Gugel und legte sich sogar ein Gebende mit zugehörigem Schleier zurecht. Wenn sie sich auch oft während unserer ersten Abenteuer im Mittelalter vehement geweigert hatte, diesen in ihren Augen „unwürdigen Knebel" einer verheirateten Frau anzulegen, so trug sie diesmal offenbar der schieren Notwendigkeit Rechnung, dass wir unter keinen Umständen Aufsehen erregen durften.

Natürlich versuchte ich mehrfach, mit meinem alten Freund Achim das Problem der gleichzeitigen Existenz des Schwertes zu diskutieren, doch der schien daran nicht besonders interessiert zu sein.

„Nimm es doch einfach hin, wie es ist, Fred!", riet er mir immer wieder. „Wir sind nicht geboren, um alles zu verstehen. So ähnlich sagt es jedenfalls meine Schwiegertochter."

Schen Diyi Er Dsi, 20. Oktober 1204

Ich erwachte mit fürchterlichen Gliederschmerzen und einem ohnmächtigen Hungergefühl. Für mich und den jungen Bauern war bereits der zweite Morgen in Gefangenschaft angebrochen. Am Abend zuvor hatten die staufischen Söldner wiederum mitten im Wald angehalten, weil sie in der hereinbrechenden Dunkelheit nicht mehr weiterziehen konnten oder wollten, und uns einfach ins Gras geworfen. Die feuchtnasse Kälte durchweichte meine filzartige Bekleidung und ließ mich frösteln, aber niemand dachte auch nur im Traum daran, mir wenigstens eine Decke zu bringen. Die Söldner und ihre ritterlichen Anführer saßen an ihrem Lagerfeuer und kümmerten sich nicht mehr um uns. Vielmehr aßen und tranken sie bis zum Umfallen, spielten mit Würfeln oder schwatzten laut durcheinander bis zum Morgengrauen. Zu der Nässe, die sich unaufhaltsam von außen durch meinen Leibrock fraß, kam in immer kürzeren Abständen noch meine eigene Harnflüssigkeit hinzu. Keiner meiner Bewacher scherte sich darum, dass auch ich schließlich meine Notdurft verrichten musste. Ich fühlte mich hundeelend, dreckig, und ich stank zum Himmel. Gegessen hatte ich zum letzten Mal, bevor wir zu dem überfallenen Bauernhof aufgebrochen waren.

Mir kamen Zweifel, ob Pui Tien überhaupt noch lebte. Und wenn, wie sollte sie mich jemals finden? Allmählich fragte ich mich, wie lange ich das alles noch durchstehen würde.

Ich lag auf dem Rücken und starrte in den blauen Morgenhimmel. Ein paar dünne Wolkenfetzen zogen langsam in die Richtung, aus der wir gekommen waren. Plötzlich fiel mir ein, wie uns der Geografielehrer vor noch nicht allzu langer Zeit ein paar Grundregeln für die Wetterbeobachtung in Mitteleuropa beigebracht hatte. Damals fand ich das fürchterlich langweilig, und meine Augen schweiften immer wieder heimlich zu dem Platz am Fenster ab. Dort saß Pui Tien, und ich schaute wie gebannt auf ihre wundervollen pechschwarzen Haare, die in voller Pracht über ihren Rücken hingen. Natürlich hatte der Lehrer bald bemerkt, dass ich geistig abwesend war, und mich aufgerufen. Ich sollte doch wiederholen, was er gerade über die vorherrschende Windrichtung gesagt hätte. Ich tippte einfach auf Süden und erntete ein brausendes Gelächter. Dass die richtige Antwort

„Westen" gewesen wäre, hatte sich seitdem so tief in mein Gedächtnis eingebrannt, dass ich es nie wieder vergessen würde. Doch welchen praktischen Nutzen konnte ich jetzt in meiner hoffnungslosen Lage aus dem Wissen ziehen, dass sich meine Peiniger mit mir im Schlepptau ständig nach Westen hin bewegten? Woher sollte ich wissen, welche Burg oder Stadt sich im Mittelalter in dieser Richtung befand? Natürlich Köln, du Idiot! schalt ich mich in Gedanken. Hatte Pui Tien mir nicht erzählt, dass der Erzbischof von Köln zur Gegenseite übergelaufen war?

Also würde man mich nach Köln bringen, schloss ich daraus. Jetzt müsste ich nur noch eine Möglichkeit finden, Pui Tien diesen wahrscheinlich wichtigen Hinweis zu übermitteln. Aber wie? Ich war an Händen und Füßen gefesselt und hatte nichts, worauf oder womit ich schreiben konnte. Und selbst, wenn es mir irgendwie doch gelingen sollte, ihr eine Nachricht zu hinterlassen, musste sie diese erst einmal finden - falls sie tatsächlich noch lebte.

Fast panisch schob ich den letzten Gedanken in den hintersten Winkel meines Bewusstseins ab, denn wenn ich mich jetzt auch noch der einzigen verbliebenen Hoffnung beraubte, war ich verloren. Nein, ich musste mich daran klammern, musste mit aller Kraft daran glauben, dass ich sie wiedersehen würde, sonst könnten sie und ihre Eltern nur noch meine Leiche befreien. In diesem Moment kam mir eine Idee. Ich begann laut zu schreien. Der ebenfalls gefesselte Bauer sah mich verblüfft an.

Tatsächlich kamen sofort einige meiner Bewacher angelaufen, traten und schlugen auf mich ein. Wie ich mir gedacht hatte, konnten sie es sich nicht erlauben, dass ich sie durch mein Geschrei verriet.

Zum Glück schritt bald einer der Ritter ein. Er brüllte den Schergen etwas zu, was ich nicht verstand, aber sie ließen von mir ab, gerade noch rechtzeitig, bevor ich das Bewusstsein verlor. Der Mann im Kettenhemd rümpfte zwar die Nase, aber er zückte seinen Dolch und schnitt mir die Fesseln durch. Dann rief er ein paar Befehle, und mir wurde ein hölzerner Napf mit etwas Brei gereicht. Ich sah den Ritter dankbar an und schluckte gierig die geschmacklose weißliche Brühe hinunter. Mein „Wohltäter" nickte, als er registrierte, dass ich nicht mehr weiter schrie, und begab sich wieder zum Feuer. Ich hatte gewonnen.

Da meine Füße gefesselt waren, dachte niemand daran, dass ich fliehen würde. Deshalb blieb ich noch eine Weile lang unbeobachtet. Ich wälzte mich zur Seite und hockte mich vom Lager abgewandt auf meine Knie. Ich beugte mich vor und tat so, als ob ich mich übergeben müsste. In Wirklichkeit versuchte ich, mithilfe des Löffelstiels den hart gefrorenen Boden aufzuritzen. Zuerst ging es sehr schwer, doch bald hatte ich eine lange tiefe Kerbe zuwege gebracht. Ich sah mich vorsichtig um und bemerkte, wie die Schergen, die mich vorher getreten hatten, zusammenstanden und über mich lachten. Nur der Bauer hatte mich aufmerksam gemustert, aber er würde mich wohl nicht verraten.

Nach einigen Minuten war mein Werk vollendet. Ich hatte es tatsächlich geschafft, das Wort „Köln" zu schreiben und die Rillen der Buchstaben mit kleinen Steinen aufzufüllen. Ich legte mich seitlich daneben und zog heimlich einen abgestorbenen Ast heran, um meinen Hinweis damit zu bedecken. Trotzdem würde jeder, der genau hinschaute, entdecken, dass da etwas nicht stimmte. Also musste ich die Söldner daran hindern, hierher zu kommen.

Das konnte ich allerdings nur, wenn ich dafür sorgte, dass ich selbst nicht mehr hier lag. Daher stand ich mühsam auf und hüpfte die zwanzig Meter bis zum Lagerfeuer. Kurz vor dem Ziel wurde ich entdeckt, und meine Peiniger kamen mit hocherhobenen Stöcken auf mich zu. Die ersten Hiebe trafen meinen Rücken, als ich bereits beim Feuer war. Ich verbiss mir den Schmerz, sank wieder auf meine Knie und streckte meine Hände nach den Flammen aus, damit sie denken sollten, ich wollte mich wärmen. Die Stockschläge prasselten auf mich ein, und ich kippte kraftlos zur Seite. Bevor ich das Bewusstsein verlor, hörte ich den Ritter laut lachen und einige Befehle rufen.

Ich war tot und lag aufgebahrt auf einem Haufen Stroh. Trotzdem schmerzte mein ganzer Körper, und auch der beißende Gestank von Urin war noch immer da. Stimmen drangen an mein Ohr und riefen laut durcheinander irgendwelches unverständliches Zeug. Wenn das der Übergang zu meinem nächsten Leben war, dann hatte ich sicher keine höhere Stufe der Daseinskette erreicht. Und Pui Tien würde ich bestimmt dort auch nicht finden.

Enttäuscht und frustriert schlug ich die Augen auf und blickte in eine Reihe fremder Gesichter. Es waren Männer,

Frauen und Kinder in ärmlichen, verschmutzten Kleidern, die sich kaum von meinen eigenen unterschieden. Die meisten dieser Leute, selbst die jüngeren, hatten schlechte, häufig sogar kaum noch Zähne, aber sie gafften mich an, als wenn ich ein Fabeltier wäre. Einige deuteten mit schmutzigen Fingern auf mich. Sie lachten so laut und gehässig, dass es meinen Ohren wehtat. Ich wollte aufspringen und weglaufen, doch da waren Ketten an meinen Armen. Die Spötter waren bei meinem abrupten Ausbruchsversuch erschrocken zurückgewichen. Aber nun kamen sie zurück und feixten. Erst jetzt registrierte ich, dass ich auf einem alten, mit Stroh beladenen Karren angebunden war, der mitten auf einem grob gepflasterten Platz stand. Ich war weder tot, noch in einem neuen Leben, sondern nur ein zur Schau gestelltes fremdes Tier, das zur Belustigung der Bewohner dieser mittelalterlichen Stadt herhalten sollte.

Die Stadt musste Köln sein, aber ich erkannte kein einziges Gebäude wieder. Nicht einmal den Dom, obwohl doch die riesige Kathedrale, die den Platz beherrschte, eigentlich nur der Dom sein konnte. Aber er war anders, gedrungener gebaut und mit unzähligen Rundbögen versehen. Einer davon überdeckte ein großes Portal, und aus dem trat gerade der Ritter, der mich niedergeschlagen und gefangen hatte, in Begleitung mehrerer Männer in kostbaren purpurnen Gewändern.

Der Mann im Kettenhemd deutete auf mich, und sofort bahnten sich bewaffnete Söldner einen Weg durch die Menge. Sie lösten die Ketten, die mich an den Karren banden, packten und schleiften mich über den Platz zu einem turmähnlichen Gebäude, das mit Wehrgängen und Zinnen bestückt war. Die Schergen schlossen ein schweres, eisenbeschlagenes Tor auf und zerrten mich hinein.

Während sie mich eine düstere Treppe hinunterdrängten, erklangen draußen Fanfaren und lautes Hufgetrappel, gefolgt von einem unbeschreiblichen Gejohle der auf dem Platz versammelten Menge. Unwillkürlich blieb ich stehen, aber jemand hieb wieder mit einem Stock auf mich ein, ich stolperte und fiel hin, wurde abermals von rohen Händen gepackt, hochgerissen und vorwärtsgetrieben.

Endlich zerrte man mich vor eine andere Tür, die im oberen Drittel eine primitive Holzklappe aufwies. Einer der Söldner schloss sie auf, und man stieß mich in einen finsteren Raum hinein. Dann wurde die Tür wieder verschlossen, und ich war allein.

Es dauerte eine Weile, bis sich meine Augen an die Dunkelheit gewöhnt hatten. Der Kerker, in dem ich gefangen war, hatte einen fast quadratischen Grundriss und maß höchstens drei mal drei Meter. Es gab zwar eine kleine vergitterte Fensteröffnung, die in einer der Wände eingelassen war, aber die lag für mich in unerreichbarer Ferne, denn sie befand sich in mindestens drei Metern Höhe und ließ nicht viel Licht herein. Trotzdem versuchte ich gleich, an den grob behauenen Blöcken hochzuklettern, um sie zu erreichen, doch ich rutschte ab und stürzte auf die feuchtkalten Steinplatten. Irgendetwas piepste neben mir und huschte weg: eine Ratte!

Stöhnend vor Schmerzen richtete ich mich mühsam auf und untersuchte meine Glieder. Zum Glück hatte ich mir nichts gebrochen, aber die vielen von den Stockschlägen verursachten Platzwunden auf Brust und Rücken nässten. An einigen Stellen klebte der Stoff des Leibrocks daran fest. Ich kauerte mich in eine Ecke des Raumes hin und schlang die Arme um meine Knie, aber obwohl ich mich elend und müde fühlte, getraute ich mich nicht einzuschlafen, denn ich hatte fürchterliche Angst, dass dann die Ratten hervorkommen würden, um mich anzufressen. Ich fühlte mich vollkommen verzweifelt und mutlos. Meine einzige Hoffnung war, dass Pui Tien doch noch lebte und mein im Wald hinterlassenes Zeichen entdecken würde. Irgendwann schlief ich vor lauter Erschöpfung ein.

Leng Phei Siang, 29. Oktober 2006

Ich hatte schlecht geschlafen und mich ständig von einer Seite auf die andere gewälzt. Der arme Fred neben mir wachte mit einem dicken blauen Fleck am Hals auf. Offenbar hatte ich um mich geschlagen und ihn dabei unbeabsichtigt getroffen. Ich konnte mich dunkel erinnern, von einem unheimlichen Traum geplagt worden zu sein, doch die genauen Zusammenhänge waren mir entfallen. Allerdings erschien immer wieder ein bestimmtes Bild vor meinen Augen. Es zeigte Pui Tien, wie sie mit schmerzverzerrtem Gesicht durch die Wälder galoppierte. Meine Tochter wirkte verzweifelt, erschöpft und gehetzt, denn sie schaute sich andauernd nach allen Seiten um, aber da schien niemand zu sein, der sie verfolgte. Sobald ich versuchte, mir mehr Einzelheiten ins Gedächtnis zu rufen, verblasste die Vision und verschwand. Ich konnte mir keinen Reim darauf machen. Fred hingegen war sofort alarmiert.

„Wenn ich eines gelernt habe, Siang, dann ist es die Einsicht, deine Träume ernst zu nehmen", meinte er nachdenklich. „Vielleicht ist Pui Tien in Schwierigkeiten."

„Uns sind bis übermorgen die Hände gebunden, ob uns das passt oder nicht", entgegnete ich niedergeschlagen.

Fred sprang mit einem Satz aus dem Bett und schlug frustriert mit der geballten Faust vor den Schlafzimmerschrank. Es war das erste Mal, dass ich ihn so unbeherrscht sah.

„Das verdammte Warten macht mich verrückt!", fluchte er unterdrückt.

Ich stand auf, trat leise hinter ihn und schlang meine Arme um seine Hüften.

„Wenn es wirklich wichtig sein sollte, was ich gesehen habe, dann bedeutet das Bild doch, dass sie lebt und ihr nichts geschehen ist", versuchte ich ihn zu trösten.

Fred entspannte sich spürbar. Er drehte sich zu mir um und drückte sanft meinen Kopf an seine Brust.

„Das mag schon richtig sein, Siang", flüsterte er. „Aber du hast schließlich nur sie gesehen und nicht diesen Didi. Was machen wir, wenn dem Jungen etwas passiert ist?"

Ich erblasste vor Schreck.

„Daran habe ich gar nicht gedacht."

Nach dem Frühstück verabschiedeten sich Xiuhey und Bao, weil sie mit meinem Vater einen Termin zur Einsicht in die Archive wahrnehmen wollten. Beim Hinausgehen drückte mir Didis Mutter verlegen etwas in die Hand. Es war ein Foto, das mit einer Sofortbildkamera aufgenommen worden war, und es zeigte einen kleinen rundlichen chinesischen Jungen mit seinen Großeltern vor der Kulisse des Flughafens von Shanghai.

„Bitte, jüngere Schwester, gib es unserem Sohn, wenn ihr die beiden gefunden habt!", sagte Xiuhey mit Tränen in den Augen. „Und sag ihm, seine Großeltern würden zu unseren Ahnen beten."

Ich versprach es, schämte mich aber gleichzeitig dafür, dass wir ihr nichts von unseren Befürchtungen berichtet hatten. Wenn sich herausstellen sollte, dass Didi tatsächlich etwas Schlimmes zugestoßen war, dann könnte ich Xiuhey bestimmt nicht mehr in die Augen sehen.

Sie schaute sich unsicher um, als fürchtete sie, beobachtet zu werden. Ihr Mann war schon vorausgegangen, um seinen Wagen vorzufahren, und als er um die Hofecke bog, ergriff Xiuhey meinen Arm und zog mich zur Seite.

„Bitte erzähl Bao nichts davon", flüsterte sie eindringlich. „Er hat Diyi Er Dsi streng traditionell erzogen, aber er möchte nicht, dass wir dem alten Glauben folgen. Deshalb versteht er sich auch nicht mehr mit seinen Eltern. Er wäre wütend, wenn er wüsste, dass ich dir das Foto gegeben habe."

„Du kannst mir vertrauen, ältere Schwester", entgegnete ich ruhig. „Mach dir keine Sorgen."

Xiuhey sah mich einen Moment lang traurig an, doch dann stahl sich ein schüchternes Lächeln auf ihre Lippen.

„Weißt du, ich würde mich freuen, wenn wir Freundinnen werden könnten. Ich fühle mich manchmal sehr einsam…"

Ich erwiderte ihr Lächeln und nickte kurz.

„Ich will gern deine Freundin sein, wenn du das willst", bot ich ihr offen an. „Und ich glaube, dass Phei Liang dir das gleiche sagen würde. Du kannst immer zu uns kommen."

Xiuhey wischte sich flüchtig mit der Hand über die Augen. Ich hatte das Gefühl, dass sie mir noch etwas sagen wollte, doch in diesem Moment öffnete mein Vater die Haustür. Xiuhey bot ihm ihre Hand.

„Fäi tschang gan ßiä ni de bang dschu!" (Vielen Dank für Ihre Hilfe), sagte mein Vater erfreut.

Die beiden stiegen ins Auto und schnallten sich an.

„Ich glaube, wir werden etwas finden, Kind!", rief mir mein Vater noch zu.

„Da liang yün tji!" (viel Glück), murmelte ich, aber der fromme Wunsch galt eigentlich eher Fred und mir.

Fred Hoppe

Ich fand Phei Siang betend vor dem kleinen Altar im Wohnzimmer. Sie hatte die Räucherstäbchen mit dem Geruch, der den Ahnen ihrer Familie geweiht war, angezündet und hielt ihren Kopf gesenkt. Da ich sie nicht stören wollte, blieb ich einfach hinter ihr stehen und wartete. Draußen fegte der Wind über den Hof und trieb eine Wolke aus braunen Blättern vor sich her. Meine Augen folgten deren turbulentem Tanz um die unsichtbare Luftsäule im Zentrum der kreisenden Bewegung und versuchten, sich auf einen bestimmten Punkt dahinter zu konzentrieren.

„Wir haben nie daran gedacht, den Sandkasten abzubauen, nicht wahr?", holte mich Siangs sanfte Stimme aus meinen Tagträumen zurück.

Ich hatte nicht bemerkt, dass sie an meine Seite getreten war. Wie von selbst fanden unsere Hände zueinander, und wir schauten eine Weile lang stumm gemeinsam hinaus.

„Ich kann noch immer kaum glauben, dass unsere Tochter vor einem halben Jahr als kleines Mädchen dort draußen gespielt hat", sagte ich mit belegter Stimme. „Seitdem ist soviel geschehen, und nun ist sie wieder verschwunden."

Phei Siang lehnte zärtlich ihren Kopf an meine Schulter.

„Sie ist wie wir", flüsterte sie. „Wir drei sind nur Gäste in dieser Zeit, die unsere Lieben und Freunde als Gegenwart bezeichnen. Weißt du noch, wie du mir das gesagt hast?"

„Natürlich, es war am Hohenstein", antwortete ich leise.

Phei Siang nickte versonnen.

„Ich war so verzweifelt, weil ich glaubte, wir hätten unser Kind für immer verloren. Hast du damals geahnt, dass ich ernsthaft mit dem Gedanken gespielt habe, mich von der Felsklippe zu stürzen?"

Ich zögerte. Ja, ich hatte es geahnt, aber niemals versucht, mit ihr darüber zu reden. Ich war so froh gewesen, sie noch rechtzeitig gefunden zu haben, und wir hatten das Thema totgeschwiegen. Und danach hatten sich die Ereignisse überschlagen.

„Es war, als wäre ich nicht mehr ich selbst gewesen, verstehst du das, Fred?", offenbarte sie mir, als ich nicht zu einer Erwiderung ansetzte. „Ich konnte die Not und die Verzweiflung von Pui Tien körperlich spüren, und das über den Abgrund der Zeit hinweg. Tatsächlich hat unsere Tochter, kurz bevor wir sie endlich finden konnten, an der gleichen Stelle gestanden und denselben Gedanken gehabt. Das hat sie mir später im Vertrauen erzählt."

„Warum sagst du das, Siang?", entgegnete ich erschrocken. „Ich will euch nicht verlieren, das weißt du doch."

Sie schaute sich hastig um, lächelte mich unergründlich an und küsste mich plötzlich leidenschaftlich.

„Fred, du brauchst keine Angst um uns zu haben!", versicherte sie. „Ich will dir damit nur sagen, dass es über all die Jahrhunderte hinweg eine ständige gefühlsmäßige Verbindung zwischen Pui Tien und mir gibt. Das war immer so, und es ist auch jetzt der Fall. Deshalb weiß ich, dass etwas passiert sein muss, was sie niedergeschlagen und traurig macht, aber sie lebt, Fred. Sie lebt und wartet darauf, dass wir kommen und ihr helfen!"

„Du sprichst von deinem Traum, ja?", meinte ich überrascht.

„Von meinem Traum und von der Gewissheit, dass unsere Tochter lebt!", bestätigte Phei Siang ernst. „Aber sie ist wahrscheinlich verletzt und in großen Schwierigkeiten. Etwas Schlimmes muss vor achthundert Jahren geschehen sein. Deshalb habe ich zu meinen Ahnen gebetet."

„Zwei Tage, Siang", flüsterte ich beschwörend. „Es sind noch zwei verdammte Tage."

Leng Phei Siang

Vor lauter Ungeduld räumten wir bereits am Mittag unsere gesamte Ausrüstung aus Pui Tiens Zimmer und schleppten sie zu Achims Wagen, wo wir die Sachen sorgfältig verstauten. Unser alter Freund schüttelte verständnislos den Kopf, ließ uns aber gewähren.

„Es sieht ja fast so aus, als könntet ihr es nicht erwarten, endlich durch die Zeitmauer abzuhauen", frotzelte Achim säuerlich. „Danach müssen wir wieder ein ganzes Jahr lang Däumchen drehen, ohne zu wissen, was passiert ist."

Ich musterte ihn mit vorwurfsvoller Miene.

„Schon gut, Phei Siang, schon gut!", wiegelte Achim ab. „Es geht um die Kleine. Bringt sie mir bloß gesund zurück!"

„Was ist mit ihrem Freund?", fragte ich provozierend. „Der Junge besitzt keinerlei Erfahrung und ist vielleicht schon ernsthaft erkrankt."

„Okay, ich sag ja nichts mehr!", beschwichtigte Achim. „Trotzdem könntet ihr beide…"

„Siang! Komm schnell her und sieh dir das an!", gellte Freds Stimme aus Pui Tiens Zimmer.

Ich zuckte mit den Schultern und setzte ein entschuldigendes Lächeln auf. Dann ließ ich den schweren Rucksack einfach fallen und lief ins Haus zurück.

Ich stürmte ins Zimmer unserer Tochter und fand Fred ganz ruhig und in sich gekehrt auf Pui Tiens Bett sitzend. Er blätterte in einem Taschenbuch. Als er mich endlich bemerkte, hielt er mir das Buch entgegen, so dass ich den Titel lesen konnte: „Die Schwarzen Führer: Westfalen" stand da, und der Untertitel lautete schlicht: „Mysteriöses, Geheimnisvolles, Sagenhaftes". Ich sah Fred fragend an.

„Das ist unglaublich!", rief er aus. „Sie steht hier drin, die Sage vom Hagener Goldberg."

Ich nahm Fred das Taschenbuch aus der Hand und las die Geschichte selbst. Zwischendurch blickte ich mehrfach überrascht auf, legte das kleine schmale Buch wieder hin und begann von neuem.

Die Autoren dieser Westfälischen Sagensammlung, eine Renate Schmidt-Voigt und Gustav-Adolf Schmidt, hatten der Geschichte sogar eine genaue Wegbeschreibung vorangestellt: „In der Nähe des weithin sichtbaren Bismarckturms hat man in alten Zeiten nach Gold und Silber gegraben. Eine Lehnsurkunde zwischen dem Erzbischof Adolf von Köln und Arnold von Altena von 1200 bezeugt die Suche nach Edelmetallen."

Fred hatte das Taschenbuch zufällig in Pui Tiens Buchregal entdeckt, als er seinen Schild aufheben wollte. Wahrscheinlich hatten wir beide es ihr sogar selbst gekauft, damit sie sich mit den Geschichten ihrer Heimat vertraut machen konnte. Ich nahm seine Hand. Freds Miene offenbarte noch immer fassungsloses Erstaunen.

„Das ist der letzte Hinweis, der uns noch fehlte!", meinte er schließlich. „Es kann ja wohl kein Zufall sein, dass wir ihn ausgerechnet jetzt kurz vor Samhain gefunden haben."

„Nichts geschieht ohne Grund!", erwiderte ich lächelnd.

In diesem Moment wurde die Tür aufgestoßen, und Achim stürmte keuchend ins Zimmer. Zuerst starrte er uns verständnislos an, doch dann setzte er ein breites Grinsen auf.

„Fred, du bist ein Schwerenöter!", polterte er lachend los. „Ich hab' schon gedacht, es ginge um Leben und Tod. Stattdessen finde ich euch beide hier oben wie frisch verliebte Turteltäubchen auf dem Bett eurer Tochter sitzen. Ist wohl besser, ich frag gar nicht erst, was du Phei Siang da so unbedingt zeigen wolltest."

„Ein Buch!", antwortete ich schnippisch und tat entrüstet. „Was hast du denn geglaubt?"

Achim winkte ab.

„Wird schon ein besonderes Buch gewesen sein, was?"

„Im Ernst!", mischte sich Fred ein. „Es gibt eine Sage über den Goldberg in Hagen, und Pui Tien hatte das Taschenbuch die ganze Zeit über hier in ihrem Regal stehen. Jetzt wissen wir endlich, wo wir suchen müssen."

Achim machte ein nachdenkliches Gesicht.

„Hm, ihr meint also wirklich, dass an der Sache mit dem Bergwerk was dran ist?"

„Alles deutet darauf hin", antwortete Fred. „Bis vor ein paar Tagen hätte ich das allerdings auch nicht geglaubt."

„Aber warum gibt es heute keine Spuren mehr?", fragte Achim zweifelnd. „Anscheinend ist es ja wohl nicht einmal in Hagen bekannt, dass es am Goldberg eine Mine gab."

Fred zuckte ratlos mit den Schultern.

„Immerhin ist es achthundert Jahre her", vermutete ich. „Oder hast du vielleicht gewusst, dass es in dieser Zeit einen schrecklichen Bürgerkrieg gab, der das ganze Land verwüstete?"

Achim schüttelte den Kopf.

„Es könnte doch sein, dass der Abbau der Edelmetalle noch während der Auseinandersetzungen eingestellt wurde", gab Fred zu Bedenken. „Dann wäre es einleuchtend, dass man heute nichts mehr davon weiß."

„Bis auf die Sage", schränkte Achim ein.

„Bis auf die Sage!", bestätigte Fred. „Aber wie viel davon wahr ist, werden wir bestimmt bald herausfinden."

Fred Hoppe

Nachdem wir die restlichen Sachen in Achims Auto verstaut hatten, zogen Phei Siang und ich uns für den Rest des Nachmittages in den Stall zurück. Vorgeblich wollten wir uns noch ausgiebig um die Pferde kümmern, doch in Wirklichkeit ging es uns beiden nur darum, einfach eine Weile allein zu sein.

Draußen fegte der Wind über den Hof, und der Regen prasselte gegen die Holzwände. Phei Siang und ich lagen Arm in Arm schweigend im Stroh und genossen die Stille.

Meine Gedanken kreisten unablässig um die Gefahren, die auf uns und unsere Tochter in jener wilden grausamen Zeit lauern würden. Der Zwerg Oban hatte Pui Tien und uns zu Hilfe gerufen, doch ich bezweifelte, dass wir tatsächlich etwas für die letzten der Altvorderen tun konnten. Schließlich waren Phei Siang und ich während unserer ersten Versetzung nur 20 Jahre später aufgetaucht, und da gab es bereits keine Spuren mehr von ihrer Existenz. Ich wusste zwar nicht, wie alt Oban und die anderen waren, geschweige denn, was für eine Lebenserwartung diese Leute hatten, aber die Tatsache, dass 1224 außer Sligachan niemand mehr von ihnen lebte, konnte nichts Gutes für unsere bevorstehende Mission bedeuten. Oder waren wir im Begriff, wieder eine parallele Welt zu betreten, in der die Entwicklung völlig anders verlaufen war?

Unsinn, schalt ich mich in Gedanken, denn dann hätte sich der Hüter des Berges nicht an uns gewandt, sondern an unsere Doppelgänger in der anderen Welt. Aber was, wenn in jener parallelen Realität Phei Siang und ich unsere erste Reise gar nicht angetreten hätten? Ich schüttelte unwillig den Kopf. Der Weg durch die Klutert in andere Welten war ein für allemal verschlossen. Das mussten wir schließlich am Besten wissen.

Phei Siang setzte sich auf und kitzelte meine Nase mit einem Strohhalm. Ich unterdrückte ein Niesen, schüttelte mich und lächelte sie versonnen an.

„Deine Gedanken sind so weit weg von mir!", meinte sie unvermittelt. „Aber ich brauche deine Nähe."

Ich strich sanft durch ihr wundervolles Haar.

„Wir haben einen schweren Gang vor uns, Siang", erwiderte ich leise. „Es wird nicht leicht werden, Oban und den anderen Zwergen zu helfen."

Phei Siang nickte kurz und beugte sich zu mir herab.

„Aber wir werden zusammen sein und unser Bestes geben", entgegnete sie leise. „Alles andere regeln Mächte, auf die wir keinen Einfluss haben, Fred."

Sie öffnete leicht ihren Mund und sah mich liebevoll an. Doch bevor sich unsere Lippen berühren konnten, klopfte es an der Stalltür. Dann hörten wir Liu Tsis Stimme:

„Er Dsi, Nü er! Djin ma schang djiou lai ma? (Sohn, Tochter, kommt ihr bitte). Kao de lai huäi!" (Kao ist zurückgekommen).

Phei Siang erhob sich sofort, und ich schaute ihr bedauernd nach, doch dann raffte ich mich ebenfalls auf. Hand in Hand gingen wir ins Haus.

„Es gab dieses Bergwerk wirklich, Kinder!", empfing uns Siangs Vater statt einer Begrüßung. „Wir haben den Beweis in einem der uralten Lehnsregister gefunden, die im Staatsarchiv Münster lagern. Demnach hat Erzbischof Adolf im Jahre 1200 seinem Bruder, dem Grafen Arnold von Altena-Nienbrügge, die Schürfrechte am sogenannten Goldberg überlassen, und der befindet sich im Wald oberhalb der Volme. Was sagt ihr nun?"

Wir nahmen die Nachricht mit gebührender Überraschung und Dankbarkeit auf, denn es wäre ein Zeichen von Respektlosigkeit gewesen, wenn wir ihm gleich berichtet hätten, dass wir dies bereits aus einem Sagenbuch wussten, das ausgerechnet in Pui Tiens Zimmer gelegen hatte.

Mein Schwiegervater und Didis Eltern erzählten uns aber noch andere interessante Details, die für uns nicht nur neu, sondern auch überraschend waren. So hatte offenbar der feierliche Akt der Lehensvergabe bei einem Familientreffen auf der Isenburg stattgefunden, und die Schürfrechte am Goldberg waren nur eine unter vielen Angelegenheiten gewesen, die an diesem Tage dort geregelt wurden. Unter anderem war auch Arnolds ältester Sohn Everhard zum Burggrafen von Isenberg ernannt worden, und über unseren späteren Freund Friedrich hieß es, dass Erzbischof Adolf sich verpflichtet hätte, ihn binnen fünf Jahren zum Domherrn zu machen.

„Demnach können wir wohl davon ausgehen, dass wir ihm nicht begegnen werden, weil er in Köln ist und unter der Obhut seines Onkels steht", schloss Phei Siang daraus.

Diese Sorge waren wir also los. Da nicht damit zu rechnen war, dass Arnold sich häufig in der Gegend aufhalten würde, konnten wir uns wenigstens relativ frei bewegen und mussten uns nicht die ganze Zeit über verstecken. Nach solch positiven Aussichten schmeckte mir auch das Abendessen wieder. Es war sowieso wahrscheinlich für lange Zeit das letzte Mahl, das wir gemeinsam mit allen unseren Lieben einnehmen würden, dachte ich noch.

Ich merkte Phei Siang sofort an, dass sie es ebenso empfand, denn sie war gleich wieder zu Scherzen aufgelegt, obwohl wir uns in dieser Hinsicht schon aus Rücksicht auf Xiuhey und Bao zurückhalten mussten. Trotzdem ließ sie es sich nicht nehmen, Achim wegen seines überaus gesunden Appetits und seiner ausgesprochenen Vorliebe für fettes Schweinefleisch zu necken. In dieser Beziehung waren die beiden immer schon wie Hund und Katze gewesen, aber ich hatte natürlich meinen heimlichen Spaß daran.

Phei Siang war meinem alten Freund gerade zuvorgekommen und hatte ihm mit ihren Stäbchen frech die letzte aufgespießte Hummerkrabbe von der Gabel stibitzt, als es an der Haustür klingelte. Sie steckte sich das eroberte Stück schnell in den Mund und wich Achims Griff geschickt aus, indem sie zu Tür eilte, um diese zu öffnen.

Draußen stand ein fremder Junge im Alter unserer Tochter, der Phei Siang so sprachlos anstarrte, als ob sie ein Geist wäre.

„Pui Tien?", fragte er schließlich mit zweifelnder Stimme, schüttelte dann aber verunsichert den Kopf.

„Komm erst mal rein, es regnet!", forderte Phei Siang den fremden Jungen auf, der noch immer unschlüssig in der offenen Tür stand und seine Blicke nicht von ihr abwenden konnte.

Erst jetzt erkannte ich, dass der Junge einen kleinen Koffer in der Hand hielt, und im gleichen Moment wurde mir klar, wer da gekommen war.

„Ich..., ich bin Tom", stammelte unser neuer Besucher, während er endlich das Haus betrat.

Leng Phei Siang

Als der Junge seinen Namen nannte, ging mir sofort ein Licht auf, und ich sah mich Hilfe suchend nach Fred um, doch mein ritterlicher Held hielt sich nur erschrocken die Hand vor den Mund. Uns beiden war völlig entfallen, dass Pui Tiens Freund in seiner letzten E-Mail an unsere Tochter ausdrücklich seinen Besuch angekündigt hatte. Schlimmer noch: aus Rücksicht auf Didis Eltern hatten wir nicht einmal erwähnt, wer dieser Tom war. Dementsprechend ratlos schauten alle drein.

Ich war total perplex, und gleichzeitig schämte ich mich in Grund und Boden, doch meine Schwiegermutter rettete auf ihre unnachahmliche Art die Situation.

„Siang, Kind!", rief sie von ihrem Sessel aus. „Du kannst unseren Besucher doch nicht einfach da stehen lassen. Er ist ja völlig durchnässt. Geh doch bitte schnell mit ihm nach oben und zeige ihm das Bad, damit er sich trockene Sachen anziehen kann. In der Zwischenzeit solltest du mit Phei Liang zusammen das Bett der Kleinen neu beziehen."

Ich ließ mir das nicht zweimal sagen und nutzte die Chance, Tom aus dem Raum zu bugsieren.

„Komm mit, meine Schwiegermutter hat völlig recht!", forderte ich ihn auf. „Vorstellen kannst du dich gleich, wenn du dich umgezogen hast."

Während ich mit Tom in Richtung Dielentür verschwand, warf ich Fred noch einen bedauernden Blick zu. Der Ärmste würde nun allen erklären müssen, wer der überraschende Besucher war.

Auf der Treppe sprach mich der Junge wieder an. Er hatte sich noch immer nicht ganz gefasst.

„Du bist…, äh, Sie sind nicht Pui Tien, nicht wahr?"

Ich blieb stehen und war um ein Lächeln bemüht, das mir nicht so richtig gelingen wollte.

„Nein, ich bin ihre Mutter!", sagte ich.

„Aber…, aber, wie ist das möglich? Sie sehen genauso aus wie meine Freundin Pui Tien!"

„Hat sie dich wirklich nicht gewarnt?", entgegnete ich statt einer Erklärung.

Tom machte ein ungläubiges Gesicht.

„Du…, äh, Sie machen Witze! Das ist ein Scherz, nicht wahr? Das sähe Pui Tien jedenfalls ähnlich. Sie hat das so arrangiert, und du bist in Wahrheit ihre ältere Schwester, stimmt's?"

Ich versuchte ernst zu bleiben, aber es fiel mir schwer.

„Nein, Tom, ich schwöre dir, das ist kein Scherz! Ich bin tatsächlich Pui Tiens Mutter."

Der Junge erschrak nun sichtlich.

„Sie hat mir so was erzählt, aber ich habe es nicht ernst genommen. Das gibt es doch auch gar nicht."

Tom schüttelte immer wieder den Kopf.

„Was hat sie dir denn gesagt?"

„Da war so ein komischer Typ von Reiseleiter, ein Chinese, und der verstand überhaupt keinen Spaß. Er regte sich auf, weil Pui Tien und ich uns geküsst haben. Mist! Das hätte ich wohl doch nicht sagen sollen, wenn Sie wirklich Pui Tiens Mutter sind, oder?"

Ich winkte lachend ab.

„Nein, sprich weiter!", forderte ich ihn auf.

„Nun ja, sie hat mir übersetzt, wie der Typ mit ihr geschimpft hat, weil sie das Ansehen des Landes in den Schmutz zöge oder so ähnlich, und dann hat sie mir von ihrer Mutter erzählt, äh, also von Ihnen? Jedenfalls gab sie mir zu verstehen, dass Sie…, dass ihre Mutter auch nicht immer täte, was Anstand und Respekt von ihr forderten, sondern einfach ihrem Herzen folgen würde…"

„Oh, danke!", unterbrach ich den Jungen überrascht. „Schön zu hören, dass meine Tochter eine so gute Meinung von mir hat."

„Nun, ja", fuhr Tom ein wenig irritiert fort. „Ich habe ihr dann gesagt, dass sie wahrscheinlich ihrer Mutter sehr ähnlich sei, und Pui Tien antwortete, sie sähe sogar genauso aus wie sie, aber ich habe ihr nicht geglaubt…"

Ich schaute einen Moment lang nachdenklich auf den Boden, auf dem sich bereits eine Wasserlache breit machte. Tom tropfte wie eine nasse Katze.

„Es ist wohl besser, wenn du jetzt schnell trockene Sachen anziehst!", schlug ich vor. „Aber danach kommst du gleich in das Zimmer, das meine Schwester und ich jetzt in der Zwischenzeit für dich fertig machen. Ich muss nämlich dringend mit dir sprechen, und zwar, bevor wir wieder zu den anderen gehen, ja?"

Tom schien immer noch ein wenig verlegen zu sein. Den Empfang im Haus seiner neuen Freundin hatte er sich bestimmt anders vorgestellt. Aber noch wusste er ja überhaupt nicht, dass Pui Tien verschwunden war. Das musste ich ihm zuerst möglichst schonend beibringen. Ich hatte natürlich keine Ahnung, welche Schlüsse er daraus ziehen würde. Vielleicht reiste er enttäuscht und traurig wieder ab. Ich könnte es ihm nicht verübeln. Allerdings täte es mir für meine Tochter sehr leid, denn schließlich hatte sie sich offenbar Hals über Kopf in den hübschen Burschen verliebt.

Phei Liang gab mir in dieser Beziehung vollkommen recht. Meinen leise geflüsterten Protest ignorierend, schlich sie kurzerhand zum Badezimmer und spähte frech durch den kleinen Riss in der Tür. Ich bekam einen hochroten Kopf, als sie unterdrückt kichernd zu mir zurückkehrte.

„Ich kann meine Nichte gut verstehen, Daotije (große Schwester)!", verkündete sie prompt, was mich zu einem missbilligenden Kopfschütteln veranlasste. „Ich sage dir, dieser Tom hat von allen ihren Verehrern sicher die besten Chancen. Pass bloß auf, dass er dir nicht wegen deiner Ähnlichkeit mit Pui Tien den Hof macht."

Ich schleuderte Phei Liang das gerade frisch bezogene Kopfkissen entgegen, aber meine Wahlschwester duckte sich so geschickt, dass es über sie hinweg flog und direkt vor Toms Füßen landete. Während der Junge das Kissen aufhob und mir brachte, huschte Phei Liang laut lachend die Treppe hinunter und entschwand meinen Blicken.

„Entschuldige bitte, meine Schwester sollte es eigentlich auffangen!", sagte ich jovial. „Soll ich dir das Kissen neu beziehen?"

Tom winkte lässig ab, setzte sich auf das Bett und schaute mich erwartungsvoll an.

„Pui Tien ist nicht hier, stimmt's?", erwiderte er unvermittelt. „Demnach hat sie auch meine letzte Mail nicht bekommen, und ihr habt gar nicht mit mir gerechnet."

Seine Stimme hatte dabei gefasst, aber auch ein wenig traurig geklungen.

„Stimmt, du hast mich erwischt!", bestätigte ich rundheraus seine Vermutung. „Das soll aber keinesfalls bedeuten, dass du nicht willkommen bist. Es ist nur…"

Ich schluckte und suchte nach Worten. Der nette Junge tat mir leid.

„Du…, ihr wisst aber, dass ich und Pui Tien…?"

Tom ließ das Ende des Satzes offen.

„Ja, mein Mann und ich wissen, dass ihr euch auf der Burg Stahleck getroffen habt und…"

Ich schluckte nochmals und fuhr dann fort:

„Und dass ihr beiden miteinander geht. Das ist auch von uns her völlig okay. Nicht, dass du denkst, wir hätten etwas dagegen, dass sich Pui Tien in dich verliebt hat, weißt du?"

Tom nickte kurz und schaute zu mir auf.

„Dass sie nicht hier ist, hat das etwas mit ihren Erscheinungen zu tun?", fragte er direkt. „Hat sie dir…, ich soll doch du sagen, oder?"

„Ja, natürlich!", wiederholte ich bestimmt. „Entschuldige, dass ich dir noch nicht gesagt habe, wie ich heiße. Ich bin Phei Siang, okay?"

Der Junge brachte mich völlig aus dem Konzept. Was mich so irritierte, war vermutlich dieser ständige, prüfende Blick, mit dem er mich fast unaufhörlich musterte.

„Gut!", fuhr Tom fort. „Also hat sie dir erzählt, dass ein Mädchen aus der Vergangenheit ihr immer wieder in ihren Träumen begegnet ist?"

„Du meinst Agnes von Staufen?", ergänzte ich.

„Ja, Agnes von Staufen. Pui Tien kann sich nicht gegen diese Kontakte wehren, und sie glaubt fest daran, dass die Tochter des ersten Pfalzgrafen bei Rhein ihr etwas Bestimmtes sagen will."

„Mein Mann und ich haben deine Mails an Pui Tien gelesen", gab ich offen zu. „Wir wissen darüber Bescheid. Aber hat Pui Tien dir auch etwas über uns, also über ihre Eltern, erzählt?"

Tom wirkte erstaunt und schüttelte den Kopf.

„Nein, hat sie nicht. Nur, dass Sie…, dass du ihr so ähnlich bist."

Ich versuchte krampfhaft, meine Gedanken zu ordnen, denn ich sah ein, dass ich ihm unsere Geschichte erzählen musste.

„Okay, Tom! Es hat einen besonderen Grund, warum meine Tochter mir so sehr gleicht, dass du sie im ersten Augenblick mit mir verwechselt hast."

Ich machte eine kleine Pause, um meine Worte wirken zu lassen.

„Ich bin zwar Pui Tiens Mutter, aber nur neun Jahre älter als sie."

Tom starrte mich mit offenem Mund an.

„Wie kann das möglich sein?"

Ich hockte mich vor dem Jungen hin und nahm vertrauensvoll seine Hände.

„Ich weiß, es ist schwer zu verstehen, Tom", begann ich mit sanfter Stimme. „Aber vor etwas mehr als sechs Monaten war Pui Tien noch ein kleines Kind von zwei Jahren."

Fred Hoppe

In dieser Nacht konnten Siang und ich lange Zeit keinen Schlaf finden, denn die Ereignisse überstürzten sich kurz vor unserem Aufbruch.

„Für den Jungen war es ein großer Schock, als er Pui Tiens Lebensgeschichte hörte", berichtete mir Phei Siang. „Ich weiß nicht, ob er damit fertig wird und akzeptieren kann, dass seine neue Freundin eine unheimliche Gabe besitzt, die sie an die ferne Vergangenheit kettet."

„Glaubst du denn, die junge Liebe zwischen den beiden könnte diese Probe überstehen?"

Phei Siang schüttelte traurig den Kopf.

„Tom ist ein Kind dieser modernen Zeit, Fred. Er wird es wohl nicht verstehen, denn unsere Tochter ist für ihn mit einem Mal zu einem magischen Zauberwesen geworden, das er nicht einzuordnen vermag."

„Meinst du, Pui Tien hat gewusst, dass sie ihn verlieren würde, wenn sie dem Hilferuf der Zwerge folgt?"

„Davon bin ich überzeugt, Fred!", antwortete Phei Siang bestimmt. „Es muss ihr sehr wehgetan haben, als sie sich dazu entschloss, durch das Tor zu gehen."

„Das heißt, sie hat ganz bewusst ihre neue junge Liebe geopfert, um die Hüter des Berges zu retten", sinnierte ich. „Ich weiß nicht, ob ich dazu die Kraft gehabt hätte."

„Sie ist unsere Tochter, Fred! Ich denke, wir sollten stolz auf sie sein!"

Ich nickte versonnen.

„Hoffentlich kommt sie mit uns zurück, Siang. Stell dir vor, es gelänge uns nicht, Oban und die anderen Altvorderen vor ihrem Schicksal zu bewahren."

„Pui Tien ist stark, Fred, wahrscheinlich ist sie sogar viel stärker als wir beide. Denk nur daran, wie sie 15 Jahre allein in jener Epoche überlebt hat, ohne jemals die Hoffnung aufzugeben, uns eines Tages doch wiederzusehen."

„Du hast ja recht, Siang, aber ich fürchte, sie wird zu einem schrecklich einsamen Mädchen werden, das genau wie ihre Eltern in keiner Zeit zu Hause ist. Aber ist es denn so falsch, wenn ich unserer Tochter ein normales Leben wünsche?"

„Nein, Fred, das ist nicht falsch", sagte sie leise.

Leng Phei Siang, 30. Oktober 2006

Didis Eltern und Tom hatten sich schon am Frühstückstisch scheu beobachtet und kaum ein Wort miteinander gewechselt. Die Stimmung war allgemein gedrückt, denn immerhin wusste jeder am Tisch darüber Bescheid, dass dies unser letzter Tag im Kreise der Familie und Freunde sein würde. Nur bei Tom war ich mir nicht ganz sicher, inwieweit er tatsächlich verinnerlicht haben mochte, was ich ihm am Abend zuvor noch hatte sagen können.

Da der Regen aufgehört und der Wind nachgelassen hatte, entschuldigte ich mich bald bei der schweigenden Runde, zog mir die Jacke über und ging hinaus auf die Koppel, um mich von den Pferden zu verabschieden. Es dauerte auch nicht lange, bis mich die Tiere auf der Weide umringten. Fast schien es mir, als hätten sie bereits auf mich gewartet. Gang Li kam zu mir und legte ihren Kopf über meine Schulter, so dass ich die Nüstern der Stute streicheln konnte. Ich wusste, dass sie traurig war, weil ihre Reiterin Pui Tien fehlte. Plötzlich stand Tom vor mir.

„Ich wundere mich schon über mich selbst, dass ich mich hierhin mitten unter die Pferde traue", begann er verlegen. „Normalerweise mache ich einen großen Bogen um alle Viecher, die größer sind als ein Kaninchen. Du musst ein gutes Gespür für Tiere haben. Kann Pui Tien denn auch so gut mit ihnen umgehen?"

„Meine Tochter ist viel besser darin!", lachte ich. „Sie ist praktisch mit Pferden groß geworden."

„In der Wildnis der Vergangenheit, nicht wahr?"

Ich nickte bestätigend.

„Ich glaube, niemand, der ein Problem mit Pferden hat, könnte auf die Dauer gesehen mit ihr zusammen sein!", erklärte ich ihm und bereute gleichzeitig, was ich gesagt hatte, als sich Toms Miene verfinsterte.

„Ich muss zugeben, ich kenne Pui Tien gar nicht", meinte er niedergeschlagen. „Und jetzt werde ich wohl auch keine Gelegenheit mehr bekommen, das zu ändern."

Ich schaute den Jungen durchdringend an.

„Das liegt doch aber an dir!", entgegnete ich ruhig. „Wenn eure Liebe groß genug ist, werdet ihr auch wieder zueinander finden. Du musst nur Geduld haben und darauf vertrauen, dass wir sie zurückbringen."

In Toms Augen standen Tränen. Unwillkürlich versuchte ich, sie zu trocknen, aber der Junge ergriff meine Hand und hielt sie fest.

„Es tut mir leid, Phei Siang!", beteuerte er. „Wenn du ihr nicht so ähnlich sähest, dann würde ich mich schämen und könnte es dir gar nicht sagen. Aber mir ist klar geworden, dass ich kein Recht auf Pui Tiens Liebe habe. Sie ist von so vielen Geheimnissen umgeben, dass ich mich davor fürchte, in ihr Leben zu treten."

„He, so solltest du das nicht sehen!", versuchte ich, ihn umzustimmen. „Glaube mir, die Liebe hat immer eine Zukunft, solange man bereit ist, für sie einzustehen."

Tom schüttelte vehement den Kopf.

„Nein, Phei Siang, ich kann das nicht!", schluchzte er auf und drehte sich abrupt um.

Ohne ein weiteres Wort ließ er mich stehen und lief zum Haus zurück.

Ich stand noch eine ganze Weile verdattert da und machte mir bittere Vorwürfe. Was hatte ich nur getan? Ich wollte den Jungen doch nur dazu ermutigen, Pui Tien nicht aufzugeben. Aber vielleicht wurde er auch nicht mit der Tatsache fertig, dass unsere Tochter wahrscheinlich anders war als alle Mädchen aus seiner eigenen Zeit. Mechanisch streichelte ich weiter über Gang Lis Nüstern, während ich im Geiste Pui Tiens Stimme vernahm, die gequält immer wieder Toms Namen rief. Mit einem Mal spürte ich eine Hand auf meiner Schulter und erschrak.

„Siang! Was ist mit dir?", riss Fred mich aus meinen trüben Gedanken. „Ich habe gesehen, wie der Junge bei dir stand und urplötzlich weggelaufen ist."

Ich wischte mir über die feuchten Augen und sah Fred traurig an.

„Sie hat ihn verloren, Fred. Es tut mir für beide so leid."

Fred biss sich auf die Lippen und senkte den Kopf.

„Für unsere Tochter ist das nun schon das zweite Mal", sagte er gepresst.

Es war einer der Momente, in denen auch ich mit dem Schicksal haderte, und am liebsten wäre ich zum Haus gelaufen, um Tom aufzuhalten. Doch ich tat nichts dergleichen. Ich fühlte mich auf einmal wieder genauso macht- und kraftlos wie damals, als die Mächte der Höhle unser kleines Mädchen geraubt hatten und wir nicht wussten, in welcher Zeit wir es suchen sollten.

Wir trafen Tom schon nicht mehr an. Wie uns meine Mutter berichtete, hatte er nur noch seine Sachen geholt und war eiligst zurück nach Mainz aufgebrochen. Natürlich wollte sie wissen, was vorgefallen war, doch ich vermochte es ihr nicht zu erklären.

„Pui Tien ist jung!", versuchte sie, mich zu trösten. „Eines Tages wird sie jemanden finden, der keine Angst vor ihrer Gabe hat und nicht vor ihren Geheimnissen davonläuft."

„Einen hat sie ja schon gefunden!", entgegnete ich abschätzig. „Und der springt ihr sogar noch in die Vergangenheit hinterher!"

„Wo bu ßi huan, Nü er!" (Das gefällt mir nicht, Tochter), wies mich meine Mutter zurecht. „Deine Worte beleidigen unsere Gäste, und das weißt du auch!"

Ich konnte mich nicht daran erinnern, dass sie mich jemals so angefahren hatte. Aber ich hätte das auch nicht sagen dürfen. Zorn und Frustration sind niemals gute Ratgeber. Sie verführen einen nur dazu, ungerecht und gemein zu anderen Menschen zu sein. Ich wünschte, die Erde hätte sich aufgetan und mich verschluckt. Ich schämte mich so sehr, dass ich weinend den Raum verließ und in unser Zimmer flüchtete. Dort warf ich mich aufs Bett und vergrub meinen Kopf unter den Kissen.

Nach einer Weile klopfte es zaghaft an der Tür, und ich dachte, Fred wäre gekommen, um die Wogen, die ich so unbedacht aufgepeitscht hatte, zu glätten. Ich stand auf und öffnete die Tür, um mich in seine Arme zu werfen, doch stattdessen blickte ich in Xiuheys verweintes Gesicht.

„Kannst du mir meine unbedachten Worte verzeihen?", fragte ich zaghaft, während ich ihre Hände nahm und sie in das Zimmer zog.

„Du hast ja recht!", entgegnete sie zu meiner Überraschung. „Mein Sohn ist so blind vor lauter Liebe zu deiner Tochter, dass er einfach nicht erkennt, wie sehr er sie bedrängt. Dabei müsste er doch nur in den Spiegel schauen, um zu sehen, dass er ihr Herz niemals gewinnen kann. Und nun hat deine Pui Tien ihn am Hals wie einen Mühlstein, und sie muss aufpassen, dass er nicht beide mit seiner Unerfahrenheit ins Unglück stürzt. Ich schäme mich für meinen Sohn, und ich schäme mich dafür, dass ich euch bitten muss, ihn mir zurückzugeben."

„Du sagst mir das, weil du mir zeigen willst, wie ungerecht ich bin und wie unmöglich ich mich benommen habe!"

„Nein, jüngere Schwester!", meinte Xiuhey kopfschüttelnd. „Ich sage das, weil es die Wahrheit ist. Und trotzdem bitte ich euch, ihn zurückzubringen. Aber ich glaube, es ist wichtig, dass wir ehrlich zueinander sind. Bao ist nicht wirklich von euren Fähigkeiten überzeugt. Er denkt, ihr würdet es nicht schaffen, unsere Kinder da herauszuholen. Er ist es einfach nicht gewohnt, sich auf andere zu verlassen."

„Soll das vielleicht heißen, dass er morgen versuchen will, uns zu folgen?"

Xiuheys Augen starrten durch mich hindurch.

„Ich will ihn nicht auch verlieren!", sagte sie verzweifelt.

Fred Hoppe, 31. Oktober 2006

Ich konnte Siangs unbedachten Ausbruch verstehen, denn auch mir war die Sache mit diesem Tom an die Nieren gegangen. Zudem lagen mittlerweile bei uns beiden die Nerven blank. Dementsprechend fiel es mir ziemlich schwer, nach ihrer Flucht auf unser Zimmer die Gemüter der anderen zu beruhigen. Danach war der Tag praktisch gelaufen. Phei Siang wollte nicht mehr nach unten gehen. Sie schämte sich zu sehr für ihren Auftritt. Irgendwie erinnerte mich ihre ganze Haltung ein wenig an die schlimme Zeit nach dem ersten Verschwinden unserer zweijährigen Tochter vor sieben Monaten, und schon allein deshalb wagte ich es in den darauf folgenden Stunden nicht, sie allein zu lassen. Als sie mir aber dann am Abend von ihrem Gespräch mit Xiuhey erzählte, fasste ich den Entschluss, die Dinge so zu beschleunigen, dass man uns nicht mehr das Heft aus der Hand nehmen konnte. Siang, die sich bis dahin eng an mich geklammert hatte, richtete sich auf.

„Was hast du vor, Fred?", fragte sie mit plötzlich erwachtem Interesse. „Du wirst doch hoffentlich nicht alles noch schlimmer machen."

„Nein, aber ich werde verhindern, dass Didis Vater sich selbst und seine Frau ins Unglück stürzt!", betonte ich. „Dazu muss ich allerdings noch mit unseren Eltern und Achim reden, ohne dass jemand anderes zuhört."

Phei Siang sah mich erwartungsvoll an.

„Ganz einfach, ich möchte Achim bitten, uns noch während der Nacht heimlich zur Höhle zu bringen."

„Sollen wir uns denn wirklich wieder so davonstehlen, obwohl wir nicht wissen können, wann wir wiederkommen?"

„Es wird uns wohl nichts anderes übrig bleiben, wenn wir verhindern wollen, dass Schen Bao sich den Gang durch das Tor erzwingt."

„Du weißt auch, dass du damit unsere Eltern zu einem Komplott drängst, bei dem sie das Gesicht verlieren können!", gab Phei Siang zu bedenken.

„Das mach ich nur, um von deinem eigenen Fehltritt abzulenken!", entgegnete ich grinsend.

Auf Phei Siangs Lippen stahl sich ein zaghaftes Lächeln. Für mich war es wie der erste Sonnenstrahl nach einem schweren Gewitter.

Gegen vier Uhr morgens vernahmen wir das Klacken von kleinen Steinen, die unser alter Freund Achim an unser Fenster warf. Es war das verabredete Zeichen zum Aufbruch. Ich gürtete mir die lederne Aufhängung des magischen Schwertes um den Waffenrock und öffnete leise unsere Zimmertür. Phei Siang schlang den Tasselmantel um ihre Schultern und raffte den Saum ihres blauen Oberkleides, damit sie auf der Treppe nicht ins Stolpern geriet. Unsere Ausrüstung befand sich ja zum Glück schon längst im Kofferraum von Achims Wagen. Moderne Kleidung nahmen wir gar nicht erst mit.

Im Wohnzimmer wurden wir von unseren Eltern, Phei Liang, Christian und Margret erwartet. Phei Siang schaute betreten zu Boden, als sie die Versammlung sah, doch ihre Mutter ging einfach auf sie zu und nahm sie schweigend in den Arm. Ich rechnete es Liu Tsi hoch an, dass sie sich mit dieser schlichten, liebenswerten Geste trotz der vielen Zuschauer einfach über die traditionelle Konvention hinwegsetzte. Danach verabschiedeten wir uns ebenfalls stumm von jedem Einzelnen.

Unsere Lieben würden allesamt vorgeben, dass sie von unserem plötzlichen Aufbruch nichts gewusst hätten, so hatten wir es verabredet. Sollte Schen Bao auf Phei Siang und mich wütend sein, machte es mir nichts aus. Zudem war ich felsenfest überzeugt, dass es sowieso zu seinem und unserem Besten war, wenn er uns nicht begleitete. Sein Zorn auf unser eigenmächtiges Handeln würde spätestens dann verraucht sein, wenn es uns gelingen sollte, mit seinem Sohn zurückzukehren. Trotzdem atmete ich erleichtert auf, als sich die Haustür hinter uns fast lautlos schloss.

Während wir vom Hof um die Ecke unseres Hauses bogen, warf uns Achim einen verschwörerischen Blick zu. Das kleine Versteckspiel war sicher nach seinem Geschmack.

„Meint ihr nicht, wir könnten es noch einmal mit unserem alten erprobten Nachrichtensystem probieren?", schlug er vor, als wir durch das verschlafene Dorf Rüggeberg fuhren. „Es wäre doch toll, wenn wir wenigstens wüssten, ob es den Ausreißern gut geht."

„Das Problem ist, dass mir keine Stelle einfällt, die seit achthundert Jahren unverändert geblieben ist", nahm ich den Faden auf. „Allerdings wäre es schon nicht schlecht, eine Verbindung zu euch herzustellen, doch jetzt haben wir kein rostfreies Material mitgenommen, in das wir eine solche Nachricht stecken könnten."

Achim drehte sich kurz zu uns um und grinste frech. Phei Siang krauste die Stirn und schlug unserem alten Freund heftig vor den Oberarm.

„Du bist ein gemeiner Schuft!", fuhr sie ihn lachend an. „Ich wette, du hast längst etwas vorbereitet."

Achim fasste seelenruhig in seine Jackentasche und förderte einen kleinen Stahlzylinder mit verschließbarer Kappe zutage. Triumphierend reichte er uns den Behälter nach hinten. Phei Siang nahm ihn an sich und steckte das Teil in ihre lederne Gürteltasche. Ich gab mich geschlagen.

„Schön!", sagte ich ergeben. „Und wo sollen wir unsere Botschaft deponieren?"

„Hm", machte Achim, als ob er noch überlegen müsste.

Dabei hatte er wahrscheinlich bereits mit meinem Schwiegervater alles ausgiebig diskutiert. Trotzdem ließ er uns noch bis Milspe zappeln. Erst als wir schon an der Berufsschule vorbeifuhren, gab er uns preis, was die beiden ausgebrütet hatten:

„Also, euer Vater Kao und ich haben uns den ganzen gestrigen Nachmittag lang darüber die Köpfe zerbrochen, während ihr beide ja unbedingt in eurem Zimmer schmollen musstet. Dabei sind wir zu dem Ergebnis gekommen, dass ihr höchstwahrscheinlich in die unmittelbare Nähe der Isenburg kommen werdet."

„Du hast aber schon daran gedacht, dass die Burg 20 Jahre nach unserer Ankunft ziemlich gründlich zerstört wurde, ja?", warf ich ein.

„Außerdem ist doch bestimmt später bei den Ausgrabungsarbeiten so gut wie jeder Stein umgedreht worden!", ergänzte Siang.

„Na ja, Phei Siang", entgegnete Achim beinahe fröhlich, „dein Vater meinte, direkt unterhalb der Höhe, in der sie damals die Brandpfähle in den Bergfried eingerammt haben, müsste alles so belassen worden sein, wie es war. Ihr solltet vielleicht nur einen oder zwei Steine rauskratzen und den Zylinder dort deponieren. Immerhin kann ich mich noch gut daran erinnern, dass es auf den alten Bildern vor der Ausgrabung noch Reste des Mauerputzes zu sehen gab."

„So, so, du bist also wieder scharf auf eine kleine Kletterpartie", neckte ich ihn. „Aber im Ernst, die Idee an sich ist gar nicht schlecht. Es wird für uns sicher nicht ganz ungefährlich, denn diesmal haben wir keine Freunde auf der Isenburg. Wir müssten uns bei Nacht und Nebel anschleichen, bevor wir ans Werk gehen."

„Und bei der Gelegenheit könnt ihr den Zylinder verstecken!", konterte Achim.

„Gut, aber wo genau?", wollte Phei Siang wissen.

„Am Scheitelpunkt der linken Seite, wo die schrägen Felsschichten der Sandsteinbank des Halsgrabens auf die Mauer stoßen", erklärte ich automatisch, „also etwa zwei Meter neben der heutigen Fahrstraße in den Burghof."

„Das musst du mir aufschreiben, Fred!", forderte Achim. „So was Umständliches kann sich doch keiner merken."

Kurz bevor wir über die alte Talbahntrasse fuhren, reichte er mir tatsächlich Papier und Bleistift nach hinten. Ich gab ihm den beschriebenen Zettel zurück, als wir vor dem hell erleuchteten Therapiegebäude an der Klutert hielten.

„Aber wartet mit der Bergung der Nachricht auf jeden Fall noch mindestens einen Monat!", ermahnte ich meinen alten Freund beim Aussteigen.

Rein theoretisch war das natürlich Unsinn, denn falls es uns wirklich gelingen sollte, eine Nachricht am Bergfried der Isenburg zu platzieren, musste sie eigentlich bereits seit achthundert Jahren dort auf ihre Bergung durch Achim und meinen Schwiegervater warten. Aber einer logischen Überprüfung hielt diese Schlussfolgerung nicht stand, denn wie sollte etwas dort sein, was wir noch gar nicht deponiert haben konnten. Daher war ich davon überzeugt, dass Achim zum augenblicklichen Zeitpunkt auch nichts finden würde. Erst, wenn wir vielleicht in einem Monat die Gelegenheit bekommen würden, die Nachricht zu verstecken, sollte sie wirklich da sein. Wenn ich recht hatte, dann war damit praktisch bewiesen, dass man in ganz geringem Umfang doch den Ablauf der Zeit verändern konnte. Aber diese Schlussfolgerung behielt ich für mich.

Vor der Höhle erwartete uns dann noch eine kleine Überraschung, denn auf dem Platz vor dem Eingang nahm uns Patrice in Empfang. Achim hatte ihn vorher telefonisch von unserem Vorhaben unterrichtet.

Mit vereinten Kräften schafften wir unsere gesamte Ausrüstung mit einem Mal in die Höhle und schleppten sie durch die verzweigte unterirdische Welt. Patrice hatte bereits die verborgenen Lampen angeschaltet, und so waren alle Gänge, die wir bis zur Halle, die man die „Kirche" nennt, durchschreiten mussten, hell erleuchtet. Trotzdem lief mir wie eh und je seit unserer ersten unfreiwilligen Versetzung ein kalter Schauer über den Rücken. Unsere Schritte klangen seltsam hohl und düster in der ansonsten totenstillen Höhle, und der dumpfe, scheppernde Widerhall, den die Kettenringe meines Panzerhemdes verursachten, wenn ich an einer engen Stelle an die Felswand stieß, ließ mich jedes Mal aufs Neue frösteln. Ich würde mich wohl nie an die unheimlichen, hier überall gegenwärtigen Mächte des Berges gewöhnen können.

Phei Siang und ich gingen voraus, doch gleich, als wir die „Kirche" betraten, blieben wir stehen und ließen die beiden anderen passieren. Auf der linken Seite öffnete sich der in dieser Epoche nur wenige Meter reichende Seitengang. Ein wenig scheu und übervorsichtig betraten Patrice und Achim die auffällige Vertiefung, die von einer trichterförmigen Sinterterrasse gebildet wurde. Sie sahen sich aufmerksam um und lauschten, bevor sie die Ausrüstungsgegenstände niederlegten, aber nichts geschah. Danach kehrten unsere Begleiter in die Halle zurück. Phei Siang und ich atmeten auf, aber die Anspannung blieb. Meine Hände zitterten, und auf meiner Stirn bildete sich ein Netz von Schweißperlen.

Für viele Worte reichte die Zeit nicht, denn ich vernahm bereits ein fernes Grollen. Als der Boden unter unseren Füßen zu beben begann, umarmten wir nur noch einmal kurz unsere Freunde und eilten zu der Sinterterrasse.

Im gleichen Augenblick schienen die Felsen zu wackeln, und die Sicht auf die Höhlenhalle mit Patrice und Achim verblasste. Von der Decke her zuckte ein Blitz, der Phei Siang und mich in ein grelles fluoreszierendes Leuchten tauchte. Es folgte ein gewaltiger Donnerschlag, und alles versank in schemenloser Dunkelheit.

Kapitel 5
Spurensuche

Daz wilt und daz gewürme
Die stritent starke stürme,
sam tuont die vogel under in;
wan daz si habent einen sin:
si duhten sich ze nihte,
si entschüefen starc gerihte.
Sie kiesent künege unde reht,
si setzent herren unde kneht.

(Walther von der Vogelweide)

Das Wild und das Gewürme,
die fechten große Kämpfe aus,
ebenso halten es die Vögel untereinander;
aber in einer Hinsicht sind sie verständig:
sie hielten sich für nichtig,
erschafften sie sich keine starken Gesetze.
Sie küren sich Könige und Rechte,
sie bestimmen Herren und Knechte.

(Übertragung aus dem Mittelhochdeutschen)

Leng Phei Siang, 31. Oktober 1204

Wir lagen in vollständiger Dunkelheit nebeneinander auf dem kalten Felsen des Höhlenbodens, als unser bewusstes Empfinden zurückkehrte. Der eigentliche Vorgang der zeitlichen Versetzung blieb nicht nur fremd und unbegreiflich, sondern war für unser Gehirn auch nicht nachvollziehbar. Zum letzten Mal hatten wir ihn hier in der Kluterthöhle vor nunmehr drei Jahren erlebt. Damals mussten wir im Jahre 1260 die gewaltige Strecke von Ostasien bis nach Mitteleuropa in nur viereinhalb Monaten zurücklegen, um pünktlich zum Tage Samhain in der Höhle zu sein. Ich hatte fürchterliche Ängste ausgestanden, denn ich war schwanger gewesen und wusste nicht, ob unsere ungeborene Tochter den

Schritt durch das Tor in die Gegenwart überleben würde. Doch unser ältester Bekannter aus dieser fernen Epoche, der Zwerg Sligachan, hatte mir versichert, dass für unser Kind dabei keine Gefahr bestehe.

Nun waren wir hier, um eben diesen Zwerg, der später einmal der letzte verbliebene Hüter des Berges aus dem Geschlecht der Altvorderen sein würde, zu retten. Das war schon verrückt. Ob er damals gewusst oder vielleicht geahnt hatte, dass wir irgendwann zu einer solchen Mission aufbrechen würden? Ich konnte mir das beim besten Willen nicht vorstellen, denn bei unserer ersten Begegnung mit ihm, die vom Zeitpunkt des Zieles unserer aktuellen Reise aus betrachtet, ja erst in zwanzig Jahren stattfinden sollte, hatte er uns definitiv nicht gekannt.

Ich schüttelte die Flut der wirren Gedanken ab und versuchte, mich auf die nächstliegenden Dinge zu konzentrieren. Zunächst mussten wir unbedingt die Höhle verlassen, um nicht Gefahr zu laufen, abermals von den geheimnisvollen Mächten des Berges erfasst und zurückgeschleudert zu werden. Also schaltete ich die Taschenlampe ein und sah mich um.

Fred stand bereits vor dem Felsspalt, in dem wir das Schwert des Zwerges gefunden hatten, und streckte seine Hand zur Höhlenwand aus. Mich durchfuhr ein eisiger Schrecken.

„Ni bu dsuo!" (tu das nicht), rief ich voller Panik.

Von den Wänden der Höhle hallte das letzte Wort mehrfach wieder. Fred zuckte zurück und blieb wie angewurzelt stehen. Zögernd drehte er sich zu mir um. Sein Gesicht war kreidebleich.

„Ein und derselbe Gegenstand kann physikalisch gesehen nicht den gleichen Raum einnehmen!", stieß er hervor. „Ich glaube, ich war gerade im Begriff, eine Riesendummheit zu begehen."

Ich nickte und atmete hörbar aus.

„Wer weiß, was passiert wäre, wenn du das versteckte Schwert berührt hättest", orakelte ich düster. „Vielleicht wärst du zusammen mit dem Stahl der beiden Waffen verbrannt. Lass uns lieber hier verschwinden."

Gemeinsam beeilten wir uns, so schnell wie möglich die Ausrüstung aus dem Seitengang in die „Kirche" zu schaffen, aber als wir das Zentrum des magischen Ortes zum letzten Mal betraten, begann der Fels unter uns wieder zu vibrieren. Fred riss mich mit Gewalt zurück, und wir stürzten beide in die Höhlenhalle hinein. Achims Seesack und die schweren Sättel blieben vorerst an ihrem Platz. Doch mit den zurückgebliebenen Sachen im Seitengang geschah weiter nichts.

„Das war verdammt knapp!", raunte Fred mir zu. „Besser, wir verschwinden erstmal aus dem Gefahrenbereich. Die restlichen Teile können wir auch morgen noch bergen."

Ich nickte ihm nur kurz zu und rappelte mich auf. Der Schreck saß mir in den Gliedern. Wir nahmen unsere Waffen und den Schild auf, bevor wir hastig in den Gang zum Ausgang krochen. Wir benötigten eine ganze Weile, um ans Tageslicht zu gelangen, denn mein langer Bogen und Freds sperriger Schild behinderten uns beim Vorankommen.

Draußen regnete es in Strömen, und neben der Höhle rann überall das Wasser durch schmale Furchen über hervorstehende Felsen in die brausenden Fluten der angeschwollenen Ennepe. Ich warf Fred einen skeptischen Blick zu, doch mein ritterlicher Held grinste mich nur an, hängte sich seinen Schild um und hangelte sich geschickt über die dicken Baumwurzeln seitlich am Höhleneingang vorbei auf eine weniger stark geneigte Fläche.

Unwillkürlich musste ich lächeln, denn bei unserer ersten zeitlichen Versetzung war Fred noch einfach aus der Höhle getreten und sogleich den steilen Hang zum Fluss hinuntergepurzelt, weil er nicht damit gerechnet hatte, dass es die in der Gegenwart vorhandene Plattform vor dem Eingang nicht gab. Schmunzelnd kletterte ich ebenfalls hinaus und reichte ihm meinen Bogen. Mit dessen Hilfe zog mich Fred zu sich heran. Erst danach schauten wir uns um.

Auf der anderen Seite der Ennepe zogen graue Nebelschwaden durch den kahlen Wald. Spuren einer Besiedelung waren nicht zu erkennen. Nur das ferne heisere Krächzen der Krähen kündete davon, dass wir beide nicht die einzigen Lebewesen in dieser urtümlichen Wildnis waren.

Fred nahm meine Hand, und wir stiegen weiter den Klutertberg hinauf, bis wir einen uns aus früheren Abenteuern bekannten Felsüberhang erreichten, der uns einigermaßen Schutz vor der Nässe bieten konnte. Wir kauerten uns eng zusammen und breiteten die Mäntel über unsere Schultern aus. In die Höhle würden wir an diesem speziellen Tag bestimmt nicht mehr zurückkehren, dafür war unser Respekt vor den unberechenbaren Mächten des Berges viel zu groß.

Nur gut, dass jene unerklärbaren Gewalten für uns beide lediglich an diesem einen Tag im Jahr wirksam werden konnten.

Unter den dick gefütterten Tasselmänteln wurde uns bald wieder warm, und wir hatten nun Zeit genug, unsere nächsten Schritte in der Vergangenheit zu planen. Natürlich mussten wir zuallererst nach Pui Tien suchen, doch das konnte eigentlich nicht allzu schwer sein. Unsere Tochter hatte schließlich auf unser Eintreffen gewartet und wollte sicher gefunden werden. Also würde sie es Fred und mir wohl entsprechend leicht machen. Doch diese Annahme erwies sich als falsch, denn so sehr wir auch nach Beendigung des Regens die nähere Umgebung absuchten, es gab keine Hinweise oder frischen Spuren von Pui Tien und ihrem Klassenkameraden. Das Einzige, worauf wir stießen, war eine mindestens zwei Wochen alte Feuerstelle.

„Sie waren hier, das ist doch schon was", meinte Fred ermutigend. „Sie müssen vorsichtig sein, immerhin ist hier jetzt Krieg."

Mich stimmte seine pauschale Begründung nicht gerade zuversichtlich.

„Vielleicht sollten wir in einem größeren Umkreis suchen", entgegnete ich mutlos. „Es könnte doch sein, dass sie von hier lebenden Bauern gesehen worden sind."

Fred nickte und verzog dabei schmerzlich das Gesicht.

„Weißt du, wie schwer dieses Kettenhemd ist, Siang?"

„Du wirst es schon schaffen. Oder hast du eine bessere Idee?"

Fred zuckte resigniert die Achseln.

„Allerdings werden sich die Leute wundern, wenn ein fremder Ritter und seine Dame ohne Pferde durch die Wildnis streifen, und das in diesen unsicheren Zeiten."

„Dafür werden sie uns aber auch nicht als besonders gefährlich ansehen und vielleicht ihrem Herrn keine Meldung darüber machen. Es ist ja nicht gerade ein Spaziergang bis zur Isenburg oder nach Altena."

Fred wiegte den Kopf.

„Damit könntest du recht haben!", meinte er schließlich. „Also gehen wir weiter bergauf. Ganz oben auf der Höhe liegt der Hof Meininghausen. Da er einer der ältesten Siedlungen in der Gegend ist, wird es ihn sicher auch jetzt schon geben."

Ich steckte umständlich meine langen Haare zu einem dicken Kranz im Nacken zusammen, nahm das Gebende aus der Gürteltasche und band es mir unter dem Kinn fest. Danach bahnten wir uns Schritt für Schritt bergan einen Weg durch das Dickicht.

Fred hatte recht behalten, der Marsch war fürchterlich anstrengend. Bald standen uns die Schweißperlen auf der Stirn, und immer wieder mussten wir anhalten, um zu verschnaufen. Es dauerte fast zwei Stunden, bis wir den Rand der kleinen Lichtung auf der Höhe erreichten. Bereits der erste Blick über die kahlen Stoppelfelder auf die verkohlten Dachbalken und eingestürzten Fachwerkwände des kleinen Bauernhauses bewiesen uns, wie trügerisch die friedliche Stille der anmutigen herbstlichen Landschaft war.

Trotzdem ließ uns die Neugier alle Vorsicht vergessen, als wir uns über das offene, weithin einsehbare Feld den Trümmern der Kate näherten. Allerdings bereuten wir nur wenige hundert Meter vor dem zerstörten Hof sofort diesen unverzeihlichen Fehler, denn zwischen den Ruinen tauchten plötzlich Bewaffnete auf.

Sie trugen kegelförmige Helme, Kettenkapuzen sowie dickgesteppte Wamse, die mit Eisenschuppen besetzt waren. Sie stocherten mit langen Spießen in den mit geborstenen Bohlen durchsetzten Strohhaufen herum. Für einen unbemerkten Rückzug war es zu spät, denn die ersten Schergen hatten uns bereits entdeckt. Es ertönte eine befehlende Stimme, und dann erschien ein gepanzerter Ritter auf dem Platz, der gleich sein Pferd in unsere Richtung lenkte. Aus den Augenwinkeln konnte ich erkennen, dass hinter ihm Söldner mit gespannten Bogen zwischen den Trümmern auftauchten.

„Lauf, Siang!", rief Fred in größter Panik.

Im gleichen Moment packte er mein Handgelenk und riss mich zurück. So schnell wir konnten, stürmten wir dem Waldrand zu. Mein Gebende löste sich und flog davon. Es zischte kurz, als ein Pfeil dicht an meinem Ohr vorbeisauste und neben mir in den harten Boden fuhr. Ein anderer jagte mit einem lauten Plopp vor uns in einen alten Baumstumpf. Wir schlugen einen Haken und liefen weiter. Mir wurde klar, dass wir um unser Leben rannten. Hinter uns trieb der Ritter sein Pferd an, und ich glaubte, das heisere Schnaufen des Tieres hören zu können. Hastig sah ich mich um und erkannte erschrocken, dass der Mann im Panzerhemd bereits seinen an einer Kette hängenden Morgenstern schwang. Er war nur noch ein paar Dutzend Meter von uns entfernt und holte zügig auf.

Endlich erreichten wir keuchend die ersten Bäume, aber der Ritter war nun direkt hinter uns. Jeden Moment konnte die mit eisernen Dornen bestückte Kugel auf einen von uns beiden niedersausen. Im Laufen drehte sich Fred plötzlich um, und ich blickte in sein angstverzerrtes Gesicht. Mit aller Kraft schubste er mich weg, während er selbst zur anderen Seite ins Dickicht hechtete. Der Schlag mit der tödlichen Waffe ging ins Leere, und der Ritter preschte auf seinem Pferd zwischen uns hindurch.

Ich landete unsanft im Gestrüpp und versuchte, mich wegzurollen, aber die Dornen der Büsche hielten mich fest. Unterdessen war Fred trotz des schweren Kettenhemdes schon wieder aufgesprungen und warf sich mit aller Macht gegen das Pferd unseres Gegners. Das Tier strauchelte und brach zur Seite aus, gerade als der Ritter wieder zuschlagen wollte. Die Wucht des Hiebes riss den Mann nach vorn. Fred wurde zum Glück von den Eisenzacken nur am gepanzerten Ellenbogen gestreift, aber er nutzte blitzschnell seine Chance und zog seinen Gegner vom Pferd. Der Ritter stürzte krachend auf den Waldboden.

Unterdessen waren die Bogenschützen und die übrigen Söldner nur noch wenige Meter entfernt. Fred zögerte und schaute sich um. Dann eilte er zu mir und half mir auf. Ohne ein weiteres Wort zu verlieren, spurteten wir sofort los und flohen tiefer in den Wald hinein. Zum Verschnaufen blieb keine Zeit, denn die Schergen hatten bereits ihren gestürzten Anführer erreicht. Bestimmt würden sie gleich damit beginnen, systematisch den Wald zu durchkämmen.

Nach einigen Minuten blieb Fred abrupt stehen. Er war vollkommen erschöpft, stützte sich mit den Händen auf den Knien ab und rang japsend nach Luft. Der schwere Kettenpanzer, der lange steile Marsch bergauf, das sicher auch nicht gerade leichte Schwertgehänge und der verzweifelte Angriff auf den Ritter hatten ihn seine letzten Kraftreserven gekostet. Viel weiter würden wir so nicht mehr kommen. Von oben ertönten schon die Stimmen unserer Verfolger. Ich blickte mich um, konnte aber kein geeignetes Versteck entdecken. Sollte sich hier in dieser grausamen Epoche unser Schicksal erfüllen?

Fred rieb sich mit schmerzverzerrter Miene den Ellenbogen. Der Schlag mit dem Morgenstern war offenbar doch folgenschwerer gewesen, als ich zuerst gedacht hatte. Wenn wir doch wenigstens seinen Schild und meinen Bogen mitgenommen hätten. Aber die lagen in unerreichbarer Ferne gut versteckt unter dem Felsüberhang. Ich raffte mein Kleid und zerrte an den Kettengliedern über Freds Oberarm.

„Fred, kuäi lai!" (schnell weiter), raunte ich ihm zu.

Er sah mich müde lächelnd an und nickte. Wir sprangen in einen kleinen Bach, liefen ein Stück durch das Wasser und drangen dann abrupt seitwärts in das wuchernde Haselnussgebüsch ein. Die Rufe der Schergen wurden lauter. Dazwischen ertönte auch die tiefe Stimme des Ritters. Seinen Befehlen nach versuchten unsere Verfolger offenbar, uns einzukreisen. Sie schienen ihrer Sache ziemlich sicher zu sein.

„Noch habt ihr uns nicht!", flüsterte ich unterdrückt.

„Aber es dauert nicht mehr lange!", stieß Fred hervor. „Machen wir uns nichts vor, Siang! Wenn kein Wunder geschieht, liegen wir in weniger als einer Stunde erschlagen im Wald!"

Er musste große Schmerzen haben, aber wir durften nicht aufgeben.

„Wir sind nicht zum Sterben hergekommen!", zischte ich wütend zurück.

Fred schaute einen Moment lang verwundert auf, erwiderte aber nichts.

Die Zurufe der Söldner kamen jetzt von allen Seiten. Unwillkürlich umklammerte meine Hand den Dolch an meinem Gürtel. Freds Augenlider begannen leicht zu flattern, dann sackte er nach vorn gegen meine Schulter. Erschrocken versuchte ich, ihn tiefer in das Gebüsch zu ziehen.

In diesem Augenblick teilten sich vor mir die Zweige, und ich sah in das erstaunte Gesicht eines alten Bauern.

„Du draffs nich dao bliewen, Snäiwitteken!" (dort darfst du nicht bleiben), beschwor er mich auf Sächsisch. „Borüme büst no nich binnen?" (warum bist du nicht längst drinnen)

Er streifte Fred mit einem kurzen, scheuen Blick, doch dann bückte er sich kurz entschlossen und half mir, dessen reglosen Körper in das Gebüsch zu ziehen. Hinter dem dichten Vorhang aus Zweigen öffnete sich überraschend ein dunkles Loch im Berg. Gemeinsam betteten wir Fred ein paar Meter hinter dem Eingang der Grotte oder Höhle auf den Boden. Danach begab sich der Bauer noch einmal kurz nach draußen, um die Schleifspuren zu verwischen.

Auf unserer Seite konnte ich deutlich eine Vorrichtung im Fels erkennen. Sie sah wie eine Art Rinne aus. Der Bauer machte sich seitlich daran zu schaffen und schob schließlich ohne besondere Mühe eine Felsplatte entlang der vorgegebenen Furche vor den Ausgang. Um uns wurde es schlagartig stockdunkel.

Ich tastete nach meiner Gürteltasche, holte das Feuerzeug heraus und zündete es an. Der Bauer reichte mir wortlos eine Fackel, die er sich wohl zuvor bereitgelegt hatte. In deren flackerndem Schein erkannte ich, dass der Mann mir furchtlos zulächelte. Das augenscheinliche Wunder schien ihn nicht im Geringsten überrascht zu haben.

Fred Hoppe

Der Bauer, dem wir verdankten, dass wir noch einmal davongekommen waren, hieß Hinnerik, und er war der Besitzer der zerstörten Hofstätte, die man einmal Meininghausen nennen würde. Als er wie ein rettender Engel praktisch aus dem Nichts heraus erschien, hatte er offenbar einen Moment lang Phei Siang für unsere Tochter gehalten, doch bei meinem Anblick erinnerte er sich sofort daran, dass er auch uns bereits einmal begegnet war. Für den alten Mann im grauen Leibrock und der wollenen Gugel lag dieses Ereignis jedoch schon über dreißig Jahre zurück. Trotzdem wusste er noch genau, was sich damals in der Königspfalz zu Dortmund zugetragen hatte. Immerhin war Hinnerik seit seinem 14. Lebensjahr stets ein treuer Soldat seines Herrn, des Grafen Arnold von Altena-Nienbrügge, gewesen, und er hatte mit eigenen Augen gesehen, wie ich den alten Grafen Everhard bei einem Gottesurteil besiegt und gezwungen hatte, auf die Verfolgung unserer Tochter als Hexe zu verzichten. Da ihm Pui Tiens vermeintliche Zauberkräfte aus eigener Erfahrung schon seit seiner Kindheit bekannt waren, wunderte es den alten Bauern überhaupt nicht, dass wir noch immer genauso aussahen, wie zu der Zeit seiner eigenen Jugend. Unsere Tochter hatte Hinnerik etwa eine Woche zuvor selbst getroffen und ihn aus den Trümmern seines Hauses befreit. Dabei, so erzählte uns der Bauer, hätte sie ein junger Mann in seltsamer Kleidung und mit einem fremdartigen Gesicht begleitet. Pui Tien, die er noch immer ehrfurchtsvoll „Snäiwitteken" nannte, habe ihm erklärt, dass sie die letzten dreißig Jahre in einer anderen Welt zugebracht hätte, in der die Zeit stillstehen würde. Deshalb sei sie im Gegensatz zu ihm auch nicht gealtert. Weil diese eigentlich unbegreifliche Tatsache auch auf Phei Siang und mich zutraf, war Hinnerik nun endgültig davon überzeugt, dass unsere Tochter ihm die Wahrheit gesagt haben musste.

Phei Siang und ich begriffen allmählich, dass die Begegnung mit diesem alten Bauern für uns ein ungeheurer Glücksfall war. Denn Hinnerik konnte uns nicht nur etwas über Pui Tiens Absichten und ihren Verbleib berichten, sondern auch präzise Angaben über die augenblickliche Lage machen. Demnach waren marodierende staufische Söldner in Graf Arnolds Territorium eingebrochen, hatten Hinneriks Hof überfallen und anschließend das geheime Goldbergwerk in den Wäldern über der Volme angegriffen. Dabei mussten viele Gefolgsleute des Grafen und etliche hörige Bauern getötet worden sein. Hinneriks eigener Sohn Udalrik, der ebenfalls Fronarbeit im Bergwerk leistete, wurde seitdem vermisst. Unter den Erschlagenen befand er sich jedenfalls nicht, und allein diese Tatsache hatte den Kastellan von Wetter, der in Graf Arnolds Auftrag für die Sicherheit des Goldbergwerks verantwortlich war, zu der Überzeugung gebracht, dass Hinneriks Sohn ein Verräter sein müsse. Wie anders, als mit dessen Hilfe hätte der staufische Kriegstross das Bergwerk wohl sonst überhaupt finden können?

Das war auch der Grund, warum nun der Kastellan mit seinen Söldnern hier erschienen war. Sie vermuteten, dass sich der junge Bauer Udalrik auf dem Hof seines Vaters verstecken würde. Dass jener selbst ein Opfer der staufischen Kriegsaktion geworden war, störte den Edelherrn Bruno von Wetter dabei offensichtlich nicht im Geringsten. Wenn er und seine Leute den alten Bauern dort angetroffen hätten, würde Hinnerik nicht mehr unter den Lebenden weilen. Dessen eigene Verdienste im Söldnerheer des Grafen Arnold, die Hinnerik zuletzt sogar die Stelle als Hauptmann der Isenburg eingetragen hatten, zählten nun nicht mehr. Zum Glück sprach sich der Überfall auf das Bergwerk schnell genug in den Wäldern herum, so dass der alte Bauer noch fliehen konnte, bevor die Häscher eintrafen. Doch wenn Pui Tien ihm nicht verraten hätte, wo er sich zwei Pferde der Altvorderen holen sollte, wäre Hinnerik nie auf diesen geheimen Eingang der Höhle gestoßen und hätte weder sich selbst noch uns retten können. In diesem Zusammenhang drängte sich mir schon der Gedanke an eine Fügung des Schicksals auf. Allerdings war mir nicht ganz klar, worauf das alles hinauslaufen sollte.

Ich wusste natürlich, dass unser plötzliches Erscheinen auf Meininghausen die bösen Gerüchte über Hinnerik und seinen Sohn eher noch nähren würden. Denn wenn in diesen Kriegszeiten ein fremder Ritter offen und sogar in Begleitung seiner Dame auf dem Hof eines anderen Grundherrn auftauchte, konnte das in den Augen von dessen Gefolgsleuten nur ein Komplott bedeuten. Auf jeden Fall würde man uns eine feindliche Absicht unterstellen, was in solch gefährlichen Zeiten sicher Grund genug war, uns beide gnadenlos zu verfolgen und umzubringen. Bei allen unseren bisherigen Aufenthalten in der Vergangenheit hatten wir noch nie in einer so vertrackten Situation gesteckt. In was für ein fürchterliches Chaos waren wir da bloß geraten?

Wir getrauten uns erst am Abend aus dem Versteck heraus, doch selbst nach Einbruch der Dunkelheit fühlten wir uns nicht sicher. Aber einen Weg durch die Höhle zu suchen, kam natürlich auch nicht in Frage. Abgesehen von dem unterirdischen Irrgarten, der uns da erwartet hätte, lauerte noch immer die Gefahr einer unfreiwilligen Rückversetzung in die Gegenwart. Wenn das geschah, konnten Phei Siang und ich erst in einem Jahr wieder einen neuen Versuch starten. Bei den Wirren, die augenblicklich in dieser Zeit herrschten, wäre das praktisch gleichbedeutend mit Pui Tiens und Didis Todesurteil gewesen. Wir hatten also keine Wahl.

Wenigstens war es Hinnerik gelungen, sich selbst in diesem Teil der Höhle zu verbergen. Es kostete Phei Siang und mich nur wenig Überredungskunst, sein Einverständnis dafür zu bekommen, dass er uns verriet, wo sich das Versteck der Pferdeherde befand, denn mit ihnen würden wir mit einem Schlag eine viel größere Bewegungsfreiheit erlangen. Wir versprachen Hinnerik, uns auch um den Verbleib seines Sohnes zu kümmern, sobald wir Pui Tien und ihren Freund gefunden hätten, rieten ihm jedoch, noch eine Weile in der Höhle auszuharren. Dann machten wir uns auf, die Pferde zu suchen.

Natürlich war ich froh, das unterirdische Versteck verlassen zu können, aber mein verletzter Ellenbogen machte mir zu schaffen. Insgeheim verfluchte ich die Tatsache, dass wir bis auf mein Schwert keine anderen Waffen mitgenommen hatten. Sicherlich wäre es dem Edelherrn von Wetter und seinen Schergen dann nicht so leicht gefallen, uns wie aufgescheuchte Hasen durch den Wald zu jagen, dachte ich wütend. Auf jeden Fall war das Erlebnis kein guter Start für unsere Mission gewesen. Fest stand, dass wir trotz umfassender Vorbereitung die Gefährlichkeit dieser Epoche weit unterschätzt hatten.

Phei Siang und ich folgten dem kleinen Wasserlauf in der Siepe noch eine halbe Stunde bergab, bis er sich mit einem anderen Bach vereinigte. Das steil ansteigende Gelände zu unserer Linken musste nun bereits zum Klutertberg gehören, doch ganz sicher war ich mir nicht. Obwohl ich in dieser Gegend aufgewachsen war und sie eigentlich genau zu kennen glaubte, verwirrte mich das überall wuchernde urtümliche Dickicht des Waldes. Zusätzlich wurde mir die Orientierung durch das völlige Fehlen jeglicher Siedlungen erschwert. In der Gegenwart verliefen auf der rechten Seite des Bachtals einige neu angelegte Straßen für ein Bebauungsgebiet, aber jetzt, zu Beginn des 13. Jahrhunderts, hätten die mit hohen Felsen durchsetzten Flanken der Schlucht, in der wir uns gerade befanden, auch ebenso gut in der Wildnis von Schweden oder Finnland sein können. Trotzdem fanden wir auf Anhieb den von Hinnerik beschriebenen schmalen Durchlass in den Felsen, und plötzlich standen wir auf einer leicht geneigten Koppel, die mit ihrer steinernen Umkränzung wie ein natürlicher Korral wirkte. Tatsächlich erspähten wir im hellen Mondschein bei einer hölzernen Wassertränke ein Dutzend junger und kräftiger Pferde mit langen Mähnen.

Die Tiere schienen nur auf uns gewartet zu haben, denn sie kamen gleich freudig wiehernd auf uns zu. Es war ein Leichtes, sie mit schnell gerupftem Gras ganz heranzulocken und zu streicheln. Sie mussten ihre eigentlichen Besitzer schon vermisst haben. Wir ließen uns Zeit und untersuchten zunächst die nähere Umgebung etwas genauer. Dabei fiel uns schon bald der hinter Efeuranken verborgene

Eingang zur Höhle auf. Mir blieb völlig schleierhaft, wieso es in unserer eigenen Zeit keinerlei Spuren mehr davon gab. Das Einfachste wäre nun gewesen, hineinzugehen, um eine überdachte Bleibe für den Rest der Nacht zu haben, doch aus bekannten Gründen scheuten wir beide davor zurück. Stattdessen blieben wir bei den Pferden, striegelten sie ausgiebig und machten uns allmählich mit ihnen vertraut. Nach zwei Stunden folgten sie uns bereits auf Schritt und Tritt überall hin, und bald konnte ich ohne Probleme im flackernden Schein von Phei Siangs Feuerzeug die Hufe der Tiere begutachten. Dabei machten wir eine erstaunliche Entdeckung: Alle Pferde waren beschlagen.

Am frühen Morgen wurde es ziemlich kalt. Eisgraue Nebelschwaden krochen langsam wallend den Hang der Wiese hinauf, und wir hüllten uns in unsere weiten Mäntel. Die Pferde standen dicht gedrängt um uns herum und wärmten uns zusätzlich mit ihren Körpern. Ich war hundemüde, und mein Ellenbogen schmerzte. Phei Siang schmiegte sich eng an den Hals des Tieres, das ihr am nächsten war, und verbarg ihre Hände unter dessen Mähne. Ich hätte sie lieber selbst an mich gezogen und mit meinen Armen umklammert. Endlich erreichte der dämmrige Schein des beginnenden Tages die versteckte Koppel zwischen den Felsen, und der Weg in die Höhle stand uns offen.

Diesmal zögerten wir nicht, in das dunkle Loch hinter den Efeuranken einzutauchen, und schon nach wenigen Metern empfing uns eine wesentlich angenehmere Temperatur. Wir tasteten die Wände nach den zweifellos vorhandenen Fackeln ab, fanden diese bereits nach wenigen Schritten und zündeten sie an. Ich blieb stehen und horchte, doch kein einziges Geräusch drang zu uns durch die Stille. Der Berg schwieg, und ich atmete auf. Von nun an waren wir in der Klutert wieder in Sicherheit und konnten uns hier verbergen. Wäre unsere Tochter bei uns gewesen, hätten wir bestimmt ohne weiteres durch das Gewirr der Gänge zum Ausgang auf der anderen Seite vordringen können, aber allein trauten wir uns das nicht zu.

Dafür stießen wir recht schnell auf eine große Garbe Futtergetreide und einen Haufen Stroh. Wir schleppten beides ins Freie, und ich löste das Seil um das Korn. Mit dem Schwert teilte ich den Strick in zwei gleich lange Teile, während Phei Siang den Pferden das Futter in die leeren Krippen beim Wassertrog schüttete. Anschließend wählten wir uns die zwei kräftigsten Tiere aus und legten ihnen die Seile als provisorisches Geschirr an. Danach brachen wir mit unseren neuen Reittieren auf.

Leng Phei Siang

Es kostete uns viel Mühe, die schweren Sättel aus der Höhle herauszubringen. Nachdem wir auch noch Achims Seesack zutage gefördert hatten, versuchte ich, Fred zu überreden, das schwere Kettenhemd auszuziehen, doch trotz sichtbarer Erschöpfung weigerte er sich standhaft, seine Kriegsrüstung abzulegen.

„Ich will nicht noch einmal schutzlos einer Horde Söldner entgegentreten!", betonte er uneinsichtig.

„Dein Kettenhemd hat dir aber auch nicht viel genützt!", widersprach ich.

„Meine Ausrüstung war schließlich nicht vollständig!", rechtfertigte sich Fred trotzig.

Ich quittierte seinen offensichtlichen Starrsinn mit einem resignierten Achselzucken und fuhr fort, die wichtigsten Medikamente aus dem Rucksack in meine Gürteltasche zu stecken. Allerdings ließ ich auch dabei Fred nicht aus den Augen. Jedes Mal, wenn er sich unbeobachtet fühlte, rieb er sich mit schmerzerfüllter Miene seinen angeschlagenen Ellenbogen. Ich verzurrte den Seesack und schleifte ihn ein Stück weit in die Höhle zurück, wo ich ihn in einer Felsnische versteckte.

Erwartungsgemäß dauerte es eine Weile, bis wir die Sättel endlich festgezurrt, unsere Decken verstaut und den Tieren das gezackte lederne Geschirr angelegt hatten. Zum Schluss half ich Fred, Schwertgehänge und Schild zu befestigen. Als er sich dann aber auch noch die Kettenhaube überziehen und den unförmigen Topfhelm aufsetzen wollte, war meine Geduld am Ende. Mit einer hastigen Geste nahm ich ihm das schwere Ding aus den Händen und stülpte es entschlossen auf den Sattelbaum. Mein unerschütterlicher ritterlicher Held sah mich einen Moment lang erstaunt an, gab sich aber dann doch geschlagen und nickte mir lächelnd zu. Ich hängte mir den Köcher mit Pfeilen um, warf mit wütender Bewegung mein Haar zurück und nahm den Bogen zur Hand. Fred biss die

Bogen zur Hand. Fred biss die Zähne zusammen und stieg ächzend auf sein Pferd.

Über ein paar hundert Meter klappte alles ganz gut, doch danach versperrten uns umgestürzte Bäume den Weg. Ich sprang ab und nahm mein Pferd am Zügel, um es an dem Hindernis vorbeizuführen. Schon bald merkte ich aber, dass Fred mir nicht folgte. Er hockte zusammengesunken im Sattel und schien eingeschlafen zu sein.

Kopfschüttelnd löste ich eines unserer Seile vom Knauf meines Sattels, lief damit zu Fred zurück und band es am Zügel seines Pferdes fest. Mein Gatte schrak hoch und griff zum Schwert.

„Bleib sitzen und lass dir ja nicht einfallen, abzusteigen!", befahl ich ihm unwirsch.

Zu meinem Erstaunen gehorchte Fred, ohne zu widersprechen. Er ließ sich kraftlos nach vorn auf den Hals seines Tieres sinken und schloss die Augen. Ich presste die Lippen zusammen. Seine Haltung war sicher nicht nur darauf zurückzuführen, dass er völlig ausgelaugt und übermüdet war. Sie musste mit der Verletzung zusammenhängen. Wenn wir unser Ziel, das Gebiet um den Hohenstein, erreicht hatten, musste ich mir unbedingt seinen Arm ansehen. Notfalls würde ich ihn zwingen, das Kettenhemd auszuziehen, schwor ich mir verbissen. Aber bis dahin lagen noch etliche Kilometer dichter Urwald vor uns, und mit zwei Pferden im Schlepptau würde ich sicher noch einige Zeit dafür benötigen.

Erst am frühen Nachmittag konnte ich endlich unsere Pferde und ihre Last auf den vorspringenden Felsen hoch über dem Tal der Ennepe führen. Von unserer Tochter war allerdings auf den ersten Blick auch hier keine Spur zu sehen. Ich ließ mein provisorisches Gespann einfach stehen und ging langsam bis zur Kante. Aus der Tiefe trieb der Wind einige gelbe Blätter über die steinerne Kanzel. Sie tanzten ein paar Mal um meine Füße und wirbelten säuselnd davon. Die Sonne stand bereits knapp über dem Horizont, und ihre hellen Strahlen blendeten meine Augen.

Unwillkürlich dachte ich an das unheimliche Erlebnis an dieser Stelle zurück, das mich unauflösbar mit Pui Tien verband. Im letzten Augenblick hatte uns die Erscheinung des jeweils anderen davon abgehalten, uns in die Tiefe zu stürzen. Aber während ich in der Gegenwart von der Mauer um den Aussichtspunkt zurück auf das Plateau springen konnte, war Pui Tien in ihrer Epoche gestrauchelt und abgerutscht. Sie konnte sich gerade noch am vorstehenden Felsen festhalten und wäre unweigerlich zu Tode gestürzt, wenn der junge Graf Arnold sie nicht gerettet hätte.

Ohne weiter zu überlegen, legte ich mich flach auf den Boden, beugte mich über die Kante und tastete vorsichtig mit den Händen unter den Vorsprung. Ich bekam einen losen flachen Stein zu fassen, hob ihn hoch und drehte ihn um. Auf seiner Oberfläche war eine halb verwischte Nachricht eingeritzt: „Dsai wo schan mai miau yü" (Mein Tempel in den Bergen), stand da geschrieben.

Ich wusste sofort, was sie damit meinte. Pui Tien wartete auf uns an ihrem Lieblingsplatz, den sie immer aufgesucht hatte, wenn ihr Herz schwer war oder sie auch nur ganz allein sein wollte. Es war nicht allzu weit dorthin.

Ich sprang auf und warf den Stein in hohem Bogen über den Rand der Schlucht. Dann ging ich zu den Pferden zurück. Fred schlief noch immer und lag regungslos über den Hals seines Tieres gebeugt. Seine Arme hingen schlaff herab, und die untergehende Sonne ließ die Kettenglieder seines Panzerhemdes wie Silber glänzen.

Besorgt fühlte ich den Puls an seiner Halsschlagader. Der raste wie ein Dampfhammerwerk, und Freds Stirn fühlte sich an wie die Oberfläche eines kleinen Ofens. Der schweißtreibende Aufstieg, die halsbrecherische Flucht, die Nacht im feuchtkalten Wiesengrund - er hatte sich bestimmt eine dicke Erkältung und vielleicht zusätzlich noch eine Entzündung eingefangen.

„Du Idiot!", schalt ich ihn leise. „Warum wolltest du auch das dämliche Kettenhemd nicht ausziehen?"

Ich überlegte, ob ich ihn nicht besser gleich hier versorgen sollte, doch dann müssten wir auf dem Hohenstein übernachten. Das würde eine weitere eiskalte Nacht im Freien bedeuten. In Pui Tiens Versteck gab es dagegen wenigstens schützende Felsüberhänge, Wasser und sicher eine wärmende Feuerstelle. Außerdem machte ich mir Sorgen um das Wohlergehen unserer Tochter. Was sollte dieses Versteckspiel? Warum hatte sie nicht mit ihrem Freund an der Höhle auf uns gewartet?

Ich schaute einen Moment lang über das Tal der Ennepe hinweg zur untergehenden Sonne. Die Zeit bis zum Einbruch der Nacht würde vielleicht noch reichen. Ich nahm die Zügel meines Pferdes und stieg entschlossen den Hang hinauf. Vom plötzlichen Ruck geweckt, schlug Fred die Augen auf und klammerte sich am Hals seines Tieres fest.

Im wirren Dickicht des Unterholzes musste ich mehrmals anhalten, um Ranken und Dornen aus dem Weg zu ziehen, und so kamen wir wiederum nur quälend langsam voran, aber nach etwas mehr als einer Stunde trafen wir endlich auf den Wildpfad, der uns in das benachbarte kleine Seitental der Ennepe hinabführte. Manchmal war die Spur kaum noch zu erkennen, wenn sie unter braunen Farnen und wuchernden Schlingpflanzen zu verschwinden drohte, doch es gelang mir schließlich, bis zum Einsetzen der Dämmerung an den verborgenen Biberteich zu kommen, den unsere Tochter zu ihrem Versteck erkoren hatte. Ganz unvermittelt tauchte hinter sperrigen Stachelpalmhecken mit einem Mal der kleine, von hohen Felsen umsäumte Waldsee auf. Ich ließ die Pferde stehen, um mich neben dem Wildpfad durch die anstehenden Büsche zu zwängen, damit ich das gegenüberliegende Ufer besser in Augenschein nehmen konnte. Plötzlich raschelte es in den Sträuchern, und vor mir stand zähnefletschend der Wolf.

Ich wich unwillkürlich zurück, aber unser vierbeiniger Freund hatte mich bereits erkannt und wedelte freudig mit der Rute. Er setzte sich auf die Hinterpfoten und schaute mich erwartungsvoll an. Während ich niederkniete, um den Nacken des treuen Tieres zu kraulen, registrierte ich eine flüchtige Bewegung auf der anderen Seite des Sees. Pui Tien lag auf einem provisorischen Bett aus Farnkraut unter einem Felsüberhang und sah zu mir herüber. Als sie einen Arm hob und winkte, erkannte ich erschrocken, dass ihr weißes Fellkleid mit dunklen Flecken durchsetzt war.

Ich sprang auf und rannte am steinigen Ufer des Biberteichs entlang. Zweige und Sträucher schlugen mir ins Gesicht, aber ich achtete nicht darauf. Unterhalb des Knüppeldamms hechtete ich mit einem gewaltigen Satz über den Bach, rutschte aus und stürzte in den Schlamm, doch auch dies war mir egal. Mein Kind war verletzt und brauchte mich. Das war das Einzige, was zählte. Ich war außer Atem, rannte aber weiter, bis ich bei meiner Tochter war.

Pui Tien richtete sich mühsam auf, als sie mich sah, und schaute betreten zu Boden. Sie schien sich zu schämen, doch dann kam sie zögernd auf mich zu. Sie strauchelte, aber ich fing sie in meinen Armen auf und drückte sie an mich, während mir die Tränen kamen.

„Ni bu ku tji, Mama" (nicht weinen), flüsterte sie. „Ich bin verletzt, aber es geht mir schon wieder viel besser."

Ich ließ sie los und wischte mir mit den weiten Ärmeln meines Oberkleides über die Augen. Pui Tiens Gesicht war eingefallen und blass. Sie sah fürchterlich müde aus, und mir kam es so vor, als ob sie sich nur mit Mühe aufrecht halten konnte. An ihrem linken Oberarm sickerte frisches Blut durch das Fellkleid. Meine Tochter folgte meinem prüfenden Blick und lächelte gequält.

„Ich habe keinen Verband mehr", meinte sie fast entschuldigend.

„Was ist geschehen, Nü er?", fragte ich, während ich mich zwang, ruhig zu bleiben.

„Wir haben versucht, die gefangenen Hüter des Berges zu befreien", berichtete Pui Tien mit leiser Stimme. „Doch da war auf einmal dieser staufische Kriegstross, und ich wurde von einem Armbrustpfeil getroffen. Sie haben alle am Goldberg ermordet, Bewacher und Fronarbeiter, und mich haben sie wohl für tot gehalten. Als ich wieder zu mir kam, war alles vorbei."

Pui Tien stockte und begann zu schluchzen.

„Grischun und Truistan sind tot, Mama!"

Ich strich ihr tröstend über das Haar. Pui Tien schluckte.

„Ich habe versagt, Mama!", seufzte sie selbstanklagend. „Ich habe alles falsch gemacht, und jetzt haben die Staufer auch noch Didi mitgenommen."

Mich durchfuhr ein eisiger Schreck, und ich dachte sofort an meinen Traum, aber ich versuchte, mich zu beherrschen. Pui Tien begann, bitterlich zu weinen.

„Hätte ich doch nur auf euch gewartet, Mama! Jetzt ist es zu spät. Ich weiß nicht, was wir nun machen sollen. Es ist alles meine Schuld!"

Ich nahm zärtlich ihre Hand und sah sie liebevoll an.

„Was geschehen ist, kann man nicht ändern, Nü er!", entgegnete ich mit ruhiger Stimme. „Du darfst dir keine Vorwürfe machen. Papa und ich hätten wahrscheinlich genauso gehandelt wie du."

Pui Tien schaute zaghaft auf.

„Jetzt müssen wir uns zuerst um deine und Papas Verletzungen kümmern!"

Pui Tien sah mich fragend an.

„Papa ist auch verletzt? Wie ist das geschehen? Ihr könnt doch gerade erst einen Tag hier sein."

Trotz der verfahrenen Situation musste ich lächeln.

„Du hast schon richtig gehört, Nü er. Ich habe es jetzt mit zwei angeschlagenen Kriegern zu tun. Aber das werden wir alles später besprechen. Ich möchte deinen Arm sehen."

Pui Tien

Ich wachte auf, als mir der verführerische Duft von gebratenem Fleisch in die Nase stieg. Es war bereits Tag, und von der kleinen Feuerstelle breiteten sich helle Rauchschwaden unter unserem Felsvorsprung nach allen Seiten aus. Auf einer flachen Steinplatte lagen vier rostbraun gefärbte Vogelrümpfe, die ich als Hühner identifizieren konnte. Sie waren bereits von den Lehmformen befreit, in denen Mama sie offenbar zuvor gebacken hatte. Über dem Biberteich waberten dünne Nebelschwaden, die von der Kälte des frühen Morgen kündeten, aber unter meinen Decken, in die ich wie eine Mumie eingewickelt war, fror ich kein bisschen. Zum ersten Mal seit langer Zeit durchströmte mich das wohlige Gefühl von Geborgenheit, und ich gab mich noch eine Weile jenem dämmrigen Nichts zwischen Wachsein und Schlummer hin, in dem das Bewusstsein wie in einem rauschenden Meer der Sinne zu treiben scheint. Doch irgendwann spürte ich ganz deutlich, dass mich jemand beobachtete, und ich fuhr hoch, als ob mich etwas gestochen hätte.

Papa lächelte mich an und hob vielsagend die Achseln. Er war bis zur Hüfte in Decken gehüllt und saß mir gegenüber am Felsen gelehnt auf der anderen Seite der Feuerstelle.

„He, Tochter!", rief er mir mit sanfter Stimme zu. „Es sieht so aus, als hätte man uns beide ein wenig auf Eis gelegt, nicht wahr?"

Sein Oberkörper war nackt, und er trug einen dicken Verband um seinen rechten Ellenbogen. Erst in diesem Moment wurde mir klar, dass ich selbst unbekleidet war, und ich zog mir schnell mit der Hand des gesunden Arms die Decke vor die Brust. Schließlich hatte mir Mama eingeschärft, dass ich mich auch vor Papa nicht entblößen dürfe.

„Mama wäscht gerade dein Kleid im Bach!", erklärte er mir grinsend. „Sie ist scheinbar eifrig darauf bedacht, dass wir bis zum Frühstück eine durchweg saubere Familie sind."

Mama erschien mit meinem triefnassen Fellkleid und machte ein entrüstetes Gesicht. Ich ließ mich kichernd wieder auf mein Lager fallen.

„Schön, dass ihr so fröhlich und munter seid!", meinte sie schnippisch. „Während ihr beide den Schlaf der Helden genießen durftet, haben der Wolf und ich für euer Wohl gesorgt."

Mit einem schelmischen Lächeln auf den Lippen deutete sie auf die dampfenden Hühner:

„Die hat unser vierbeiniger Räuber in der Nacht vom Hof eines Bauern geholt."

Während Papa aufstand und sich die Decke um seine Lenden wickelte, fuhr sie mit ernster Miene fort:

„Wir dürfen das nicht mehr zulassen, denn die armen Menschen hier sind schon kaum in der Lage, ihre Abgabenpflicht zu erfüllen. Sie leiden unter dem Krieg. Und wir haben nichts, was wir ihnen als Ersatz für den Schaden geben könnten."

Damit hatte sie natürlich recht. Um den Wolf von seiner vermeintlichen Pflicht abzuhalten, sein menschliches Rudel versorgen zu müssen, blieb uns nichts anderes übrig, als selbst Wild zu erlegen. Allerdings sollten Papa und ich dafür erst wieder genesen sein.

Was mich anging, befand ich mich nach dem ausgiebigen ruhigen Schlaf in der vergangenen Nacht dazu auf dem besten Weg. Allerdings war ich am Abend zuvor gewaltig erschrocken gewesen, wie übel der Ritter Papa zugerichtet hatte. Als er endlich Mamas Drängen nachkam und mit ihrer Hilfe sein schweres Kettenhemd auszog, war die Haut um seinen rechten Ellenbogen blutunterlaufen und dick angeschwollen. Ohne den Schutz des Ringpanzers und des darunter getragenen Gambesons hätte ihm der Schlag mit dem Morgenstern bestimmt das Gelenk zerschmettert. So war er mit Abschürfungen und einer schmerzhaften Prellung davongekommen. Überdies war er durch hohes Fieber als Folge der Unterkühlung so geschwächt gewesen, dass er sich kaum auf den Beinen halten konnte. Aber auch in dieser Beziehung schienen Mamas Tabletten Wunder gewirkt zu haben, denn seine Schritte zur Waschstelle am Teich kamen mir sicher und fest vor.

Mama nutzte seine Abwesenheit, um mir beim Anziehen der Kleider zu helfen, die ich damals von meinen Lehrmeistern zum Abschied geschenkt bekommen hatte. Anschließend bürstete sie geduldig meine Haare aus. Immerhin war ich wegen meiner Armverletzung schon einige Tage nicht mehr dazu gekommen. Bevor wir uns zum Frühstück am Feuer niederließen, kletterte Mama auf den großen Felsen über dem Teich, um zu den Ahnen zu beten. Papa und ich schauten ihr derweil schweigend zu.

Währenddessen schweiften meine Gedanken noch einmal zu den Ereignissen der vergangenen Wochen ab. Ich hatte so viele unverzeihliche Fehler gemacht und war doch von meinen Eltern dafür mit keinem einzigen Wort getadelt worden. Stattdessen hatten sie mir Halt gegeben und mich getröstet, wofür ich ihnen unendlich dankbar war. Allerdings vermochten auch sie nicht, mir die schwere Last der Schuld abzunehmen, die mich wegen Didis Entführung bedrückte.

Beim gemeinsamen Essen hielten wir Kriegsrat. Dabei überlegten wir fieberhaft, wie wir sowohl Didi finden als auch Oban und Sligachan aus der Isenburg befreien könnten. Natürlich waren beide Aufgaben nicht gleichzeitig zu erledigen, und wir mussten zunächst eine vernünftige Reihenfolge festlegen. Da wir ja wussten, wo die beiden Hüter der Klutert gefangen gehalten wurden, war es naheliegend, zuerst herauszufinden, wohin der staufische Kriegstross meinen Klassenkameraden verschleppt haben könnte. Vielleicht hielten sich die Staufer noch in der Nähe auf und versuchten einen zweiten Überfall auf die Bauern ihrer Gegner. Um Gewissheit über den Zug der Kriegsgruppe zu bekommen, war es erforderlich, den uralten Handels- und Heerpfad aufzusuchen, der sich von Köln durch das Bergland zur Reichsstadt Dortmund erstreckte. Da dieser Weg nicht allzu weit von unserem augenblicklichen Standort entfernt war, beschlossen wir kurzerhand, noch am gleichen Tag ein Stück weit auf ihm entlangzureiten. Vielleicht konnten wir in der an seiner Strecke gelegenen Siedlung Schwelm etwas erfahren, was uns weiterbrachte. Natürlich war uns allen klar, dass wir uns mit dieser Aktion wieder in Gefahr begaben, aber diesmal würden wir besser darauf vorbereitet sein. Mama äußerte zwar ihre Bedenken, weil Papa seinen rechten Arm kaum gebrauchen konnte, aber wir durften auch nicht mehr länger warten, sonst verloren wir Didi vollständig aus den Augen.

Es dauerte eine Weile, bis Papa mit unserer Hilfe endlich seinen Gambeson und das Kettenhemd angelegt hatte. Die Prozedur schien äußerst schmerzhaft zu sein, denn er verzerrte immer wieder das Gesicht und biss die Zähne zusammen. Zuletzt legte er seinen neuen weißen Wappenrock an, der ihn als zurückkehrenden englischen Kreuzfahrer auswies. Als er schließlich fest im Sattel saß, war ich richtig froh.

Selbstverständlich hatten wir uns zuvor genau abgesprochen, welche Identität wir vorgeben sollten, wenn wir mit adeligen Herrschaften zusammentrafen. Demnach blieb Papa zwar bei seiner oft erprobten Version des angelsächsischen Grafen Winfred, während Mama anstelle der mongolischen Prinzessin nun seine morgenländische Ehefrau darstellte, die er geheiratet hatte, um sich aus der Gefangenschaft der Sarazenen zu retten. Immerhin durfte sie dafür wenigstens die Tochter eines Emirs sein. Meine frappierende Ähnlichkeit mit ihr wies mir natürlich die Rolle ihrer jüngeren Schwester zu. Dummerweise hatte Mama bei dem gefährlichen Zusammentreffen mit dem Kastellan von Wetter ihr Käppchen mit dem Gebende verloren. Da sie aber als verheiratete Frau nicht ohne Schleier gehen durfte, setzte sie einfach meinen goldenen Reif auf, um die entsprechenden Seidentücher zu befestigen. Ich selbst brauchte mich um solche Regeln nicht zu kümmern, denn als junges Mädchen hätte ich sogar im Morgenland unverschleiert bleiben dürfen.

Dass man mich oder etwa Mama nach all den vielen Jahren noch immer als die Hexe Snäiwitteken erkennen könnte, fürchtete ich eigentlich nicht, denn außer Hinnerik und einigen wenigen anderen Bauern hatte mich nie jemand sonst zu Gesicht bekommen. Die meisten waren sicher inzwischen verstorben, und Graf Arnold, dem ich als einzigen weiteren Menschen zutraute, dass er mich nicht vergessen hatte, würde ich wohl nicht begegnen. Meine größte Sorge betraf etwas völlig anderes: wie sollte ich es bloß bewerkstelligen, mit diesen langen Kleidern vernünftig zu reiten?

Fred Hoppe

Ich war unendlich froh, Linkshänder zu sein, denn mein Ellenbogen war so arg lädiert, dass ich wohl den rechten Arm in der nächsten Zeit kaum benutzen konnte. Einem gut ausgebildeten Gegner war ich auf alle Fälle weit unterlegen. Aber wenn wir noch länger warteten, konnte Didi und den gefangenen Zwergen auf der Isenburg etwas Schlimmes zustoßen. Wie schon gesagt, wir hatten keine Wahl. Ein wenig erinnerte mich diese fatale Situation an unseren ersten unfreiwilligen Aufenthalt in dieser Epoche. Nur mit dem Unterschied, dass ich damals völlig unerfahren war und gerade mal wusste, wie ein Schwert aussah.

Bei diesen Gedanken musste ich unwillkürlich grinsen, denn dabei kam mir das kuriose Erlebnis meines ersten Turniers in den Sinn. Unsere Tarnung als angeblicher englischer Graf mit seiner mongolischen Prinzessin hatte mich in die ausweglose Situation gebracht, dass ich die Einladung unseres Gastgebers zur Teilnahme an seinem Turnier nicht ablehnen konnte. Und so stolperte ich prompt in ein äußerst gefährliches Unterfangen. Wenn mir damals nicht zum Glück eingefallen wäre, den Sattelgurt meines eigenen Pferdes durchzuschneiden, hätte mich der Lanzenstoß meines nächsten Gegners sicherlich ungespitzt in den Boden gerammt. Aber so entging ich mit verhältnismäßig geringen Blessuren diesem Schicksal. Dafür wurde mein „Bezwinger" schließlich zum besten Lehrmeister, den man sich im Mittelalter vorstellen konnte.

Dabei fiel mir ein, dass dieser Edelherr Bernhard von Horstmar ja auch in dieser Zeit schon einer der angesehensten Ritter sein musste. Er würde nun gerade im besten Mannesalter sein. Aber wo mochte er sich jetzt aufhalten? Mir war bekannt, dass Bernhard seinerzeit zusammen mit dem englischen König Richard Löwenherz im heiligen Land gekämpft hatte. In etwa zehn Jahren würde er als Brautwerber für unseren späteren Freund, Graf Friedrich von Isenberg, an den Limburger Hof reisen. Doch was machte er im Jahre 1204? Ich überlegte hin und her. Dann fiel mir ein, dass Bernhard schon immer als Ministerialer den Bischöfen von Münster gedient hatte. Demnach war der Erzbischof von Köln automatisch sein Oberlehnsherr. Würde Adolf von Altena sich nicht gerade in diesen unsicheren Zeiten seines verlässlichsten Gefolgsmannes bedienen? Was wäre, wenn ausgerechnet Bernhard den staufischen Kriegstrupp angeführt hätte? Würde ich ihm dann nicht irgendwann zwangsläufig gegenüberstehen, wenn wir Pui Tiens Freund befreien wollten? Der Gedanke an diese Möglichkeit behagte mir überhaupt nicht.

Ich verbannte die unangenehme Vorstellung in den hintersten Winkel meines Gedächtnisses und versuchte stattdessen, mich auf die vor uns liegende Strecke durch den dichten Wald zu konzentrieren. Pui Tien führte und legte ein wahnsinniges Tempo vor, so dass Siang und ich kaum mithalten konnten. Unsere Tochter lenkte ihr Reittier ohne Sattel über die steilsten und abenteuerlichsten Pfade. Sie schien geradezu mit ihrem Pferd verwachsen zu sein. Dabei war auch sie verletzt und trug ihren linken Arm in einer behelfsmäßigen Schlinge. Trotzdem hielt sie mit einer Hand das provisorische Zaumzeug fest und balancierte mit traumhafter Sicherheit auf dem glatten Rücken des Tieres die verwegensten Steigungen aus. Ich konnte einfach nicht umhin, ihre artistische Geschicklichkeit mit größtem väterlichen Stolz gebührend zu bewundern.

Auf diese Weise gelangten wir viel schneller als gedacht ins Tal, doch danach wurde das Unterholz am Fluss so dicht, dass wir nur noch zu Fuß weiter vorankamen. Ab und an blieb Pui Tien plötzlich stehen, schaute sich nach allen Seiten um und lauschte in den Wald hinein. Auch der Wolf stoppte jedes Mal abrupt in seinem Lauf und richtete die Ohren auf. An der Höhle hielten wir kurz an, und Siang kletterte den Hang zum Eingang hinauf, um den zurückgelassenen Seesack zu bergen. Das dunkle Loch im Berg befand sich direkt vor ihr, als ich die deutlichen Spuren bemerkte, die ein schleifendes Seil auf den vom Regenwasser freigespülten Wurzeln hinterlassen hatte.

Fast gleichzeitig mit Pui Tiens gellenden Warnschrei ließ Phei Siang sich fallen. Keine Sekunde zu früh, denn der aus der Höhle herausschießende Pfeil, der sie sonst mitten in die Brust getroffen hätte, zischte dicht an ihrem Ohr vorbei und riss ihr noch den Schleier vom Kopf. Noch während Siang der Länge nach den Hang hinabrutschte, tauchte eine Gestalt mit gespanntem Bogen im Höhleneingang auf und nahm mich ins Visier. Ich ergriff meinen Schild und riss ihn hoch. Das mir zugedachte Geschoss fuhr mit einem dumpfen Aufschlag in das Lindenholz. Doch da hatte Pui Tien den Angreifer bereits fixiert. Ihre Augen glühten unnatürlich auf, und im Nu flog der Bogen des Fremden zur Seite. Mit einem Aufschrei floh er ins Innere der Höhle.

Inzwischen hatte sich Phei Siang an einer hervorstehenden Wurzel festgehalten. Einen Moment lang hing sie dort einige Meter über der rauschenden Ennepe, dann fanden ihre Füße Halt an einem Felsen. Ich stieg ab, nahm den Schild wieder hoch und sprang über die Steine im Fluss auf die andere Seite, um ihr zu helfen. Doch bevor ich sie erreichen konnte, war Pui Tien schon zur Stelle. Unsere Tochter hatte einfach ihr Pferd in das eiskalte Wasser getrieben. Gleich darauf stand sie auf dem Rücken des Tieres an den Steilhang gelehnt. Phei Siang erkannte sofort, was Pui Tien beabsichtigte und platzierte vorsichtig ihre Füße auf deren Schultern. Damit hatte sie einen wesentlich besseren Ausgangspunkt erreicht. Sie bekam die Wurzel zu fassen, auf der sie zuvor gestanden hatte und zog sich wieder hinauf.

Ich nickte den beiden anerkennend zu und deutete auf die Höhle. Siang verstand mich sofort. Sie kletterte umgehend weiter, huschte in den dunklen Gang hinein und kehrte mit Achims Seesack zum Ausgang zurück. Danach nahm sie eines unserer darin verstauten Seile heraus, band es um einen Stein und warf das andere Ende zu uns herab. Beim Hinaufklettern musste sie unserer Tochter und mir behilflich sein. Trotzdem standen wir kurz darauf alle in der Klutert.

„Ich hole ihn!", sagte Pui Tien entschlossen. „Er ist jetzt unbewaffnet und hat fürchterliche Angst. Er ist bestimmt kein Krieger, sondern ein einfacher Bauer, der sich vor irgendjemandem verstecken wollte. Wir haben ihn nur aufgeschreckt, weil wir ihm zu nahe gekommen sind."

„Woher willst du das so genau wissen?", fragte ich überrascht. „Immerhin hätte er deine Mama beinahe umgebracht."

„Ich habe es gespürt!", antwortete Pui Tien, als ob so etwas das selbstverständlichste auf der Welt wäre.

Ich war sprachlos. Auch Phei Siang schaute ihre Tochter verwundert an.

„Du hast uns noch nie etwas von dieser weiteren Fähigkeit erzählt, Nü er!", entgegnete sie erstaunt. „Wir wissen, dass du Gegenstände allein mit der Kraft deines Geistes bewegen und in Brand setzen kannst, aber Gefühle eines anderen Menschen spüren?"

Pui Tien wirkte ein wenig verlegen.

„Es hängt damit zusammen, wenn ich mich auf ein lebendes Wesen konzentriere", erklärte sie fast entschuldigend. „Das geschieht zwangsläufig, wenn ich meine Kräfte auf Gegenstände in dessen unmittelbarer Umgebung anwenden muss. Ich verstehe es ja selbst nicht genau, aber es ist so, als ob sich meine Sinne erweitern und mein Geist plötzlich ertasten kann, was jemand fühlt, wenn er sich bei dem entsprechenden Gegenstand aufhält."

Ich starrte sie fassungslos an.

„Konntest du etwa seine Gedanken lesen?"

„Nein, Papa!", erwiderte sie lachend. „So etwas vermag ich nicht, aber es wäre schön, denn dann hätte ich wohl nicht so viele Probleme mit Jungs, weil ich immer wüsste, was sie wirklich von mir wollen."

„Wie ist es dann?", hakte Phei Siang nach. „Du musst die Gegenwart des Bogenschützen doch schon gespürt haben, bevor er in Erscheinung trat. Ich erinnere mich nämlich genau, dass du uns gewarnt hast, als er noch gar nicht da war."

„Ich weiß es nicht, Mama!", beteuerte Pui Tien. „Aber ich habe schon als Kind hier in den Wäldern immer gewusst, wo sich ein Tier versteckt hielt und ob es Angst hatte oder mich angreifen würde, wenn ich ihm zu nahe kommen sollte. Ich kann auch mit meinen Sinnen in ein Tier hineinschauen und es zwingen, seine eigene Angst vor Menschen zu überwinden und zu mir zu kommen, wenn ich das will."

„So wie damals, als du den wilden Wolf herbeigelockt hast, ja?", erinnerte sich Phei Siang. „Du hast mir gesagt, er würde uns warnen, falls unsere Verfolger sich näherten, aber ich habe dir das ehrlich gesagt nicht geglaubt."

Pui Tien nickte eifrig.

„Genau so, Mama!", bestätigte sie ernst. „Ich habe das schon immer gekonnt, seit dem Tag, als ich allein aus der Höhle gekrochen bin, aber Oban hat es später ganz intensiv mit mir geübt. Er sagte, ich hätte die Gabe, mit der man zur Anderswelt und den Göttern Kontakt aufnehmen kann. Deshalb hat er mich gelehrt, Bels Priesterin zu sein."

Mir ging langsam ein ganzer Kronleuchter auf.

„Du hast eine natürliche hypnotische Begabung, Kind!", folgerte ich. „Damit kannst du dich in das Gehirn von Tieren hineinversetzen und ihre Handlungen bestimmen. Bei Menschen funktioniert das nicht so einfach, weil sie selbst denken können, aber du bist trotzdem in der Lage, ihre Ängste zu spüren, nicht wahr?"

„Ich glaube, du hast recht", meinte Pui Tien nachdenklich. „Vielleicht bin ich ja auch deshalb für Agnes Geist so empfänglich gewesen. Oban hat das natürlich gewusst und diesen für seinen Hilferuf benutzt."

„So oder ähnlich muss es tatsächlich gewesen sein", murmelte ich leise.

Allmählich wurden die Zusammenhänge immer klarer. Ich hätte natürlich liebend gern weiter darüber spekuliert, welche Erkenntnisse sich noch hinter alledem verbergen mochten, doch in der Höhle befand sich jemand, der uns nach dem Leben getrachtet hatte, und wir mussten dringend erfahren, warum dem so war. Also ließen wir unsere Tochter allein nach dem Bauern suchen, obwohl ich zugeben muss, dass mir dabei nicht ganz wohl war.

Leng Phei Siang

Mir saß der Schreck in den Gliedern. Hätte Pui Tien mich nicht gewarnt, läge ich wahrscheinlich nun von einem Pfeil durchbohrt tot in der Ennepe. Allein der Gedanke daran, wie haarscharf wir gerade eben einer weiteren Katastrophe entkommen waren, jagte mir noch immer kalte Schauer über den Rücken. Dieser Aufenthalt in der Vergangenheit war mit nichts zu vergleichen, was wir früher erlebt hatten. Dass sich uns dabei eine weitere absolut fantastische, aber bislang unbekannte Gabe unserer Tochter offenbarte, nahm ich dagegen eher beiläufig zur Kenntnis. Mir drängte sich vielmehr der Eindruck auf, dass die zweifellos vorhandenen Beharrungskräfte des Zeitgefüges uns noch viel feindlicher gesonnen sein könnten als bei den vorherigen Versetzungen. Stellten wir in dieser Epoche vielleicht eine größere Gefahr für den vorgesehenen Ablauf der Ereignisse dar als sonst? Oder war das Risiko, im Strudel jenes unseligen Bürgerkriegs umzukommen, einfach enorm hoch? Auch Fred konnte mir darauf keine schlüssigen Antworten geben. Angesichts der verfahrenen Situation, in der wir uns seit unserer Ankunft in dieser Zeit befanden, schien die Aussicht auf einen Erfolg unserer Mission jedenfalls ziemlich gering.

„War das nicht immer so?", begehrte Fred bitter auf. „Wir hatten doch noch nie eine reelle Chance, den geschichtlichen Verlauf der Dinge in unserem Sinne zu beeinflussen. Uns bleibt nur die vage Vorstellung, dass ohne unser Eingreifen alles noch schlimmer werden könnte."

„Du glaubst also auch nicht wirklich daran, dass wir Oban und die anderen Zwerge retten können?", entgegnete ich mutlos.

„Sagen wir lieber, ich habe da meine Zweifel, Siang. Denn selbst, falls es uns gelingt, die letzten der Altvorderen aus der Gewalt der Goldsucher zu befreien, haben sie doch keine Zukunft. Schließlich wissen wir ja, dass in zwanzig Jahren außer Sligachan keiner mehr existiert."

Ich nickte gedankenverloren.

„Das sollten wir Pui Tien aber besser nicht erzählen!", fügte ich an. „Wir dürfen ihr jetzt nicht die Hoffnung nehmen, denn sie hat dafür schon so viel aufgegeben."

Fred setzte den Schild ab, holte seine Kettenhaube aus der Gürteltasche und zog sie sich grimmig über den Kopf.

„Wir können nur versuchen, das Beste aus unserer Lage zu machen!", meinte er entschlossen. „Vor allem müssen wir noch viel vorsichtiger sein!"

Ich starrte schweigend in das Dunkel der Höhle. Augenblicklich konnten wir nichts weiter tun, als warten. Hoffentlich gelang es Pui Tien, den flüchtigen Bauern zu stellen. Vielleicht hatte der verängstigte Mann ja doch einige wichtige Informationen. Immerhin musste irgendetwas mit ihm geschehen sein, das ihn dazu bewogen hatte, sogar einen voll ausgerüsteten Ritter anzugreifen.

Pui Tien

Er war geflohen, aber seine Angst verriet ihn. Selbst in der totalen Finsternis der Höhle konnte ich seine Spur nicht verfehlen. Irgendwann huschte der Wolf an mir vorbei und heftete sich ebenfalls an die Fersen des Bauern.

An der nächsten Verzweigung hielt ich kurz an und lauschte mit meinen unerklärbaren Sinnen in die Dunkelheit. Tief unten auf dem steilen Abhang, der zu Bels See führte, spürte ich deutlich die aufsteigende Panik des Mannes, der sich wahrscheinlich bereits heillos verirrt hatte. Ich verlangsamte meine Schritte, als ich einen schmerzerfüllten Aufschrei vernahm. Gleichzeitig wusste ich, dass der Bauer sich an einem der vielen spitzen Steine in den Wänden gestoßen und verletzt haben musste.

Ich nahm eine der hier überall an den Wänden verankerten Fackeln aus ihrer Halterung und zündete sie mit meinem kleinen Feuerzeug an. Vom unterirdischen See ertönte ein wütendes Knurren herauf. Der Wolf hatte den Flüchtenden gestellt.

„Go aff, du Bess!" (Geh weg, du Bestie), schallte es mir auf Sächsisch entgegen.

Das Knurren und Zähnefletschen des Wolfes wurden lauter. Und dann stand er vor mir. Er war dicht bis an die Höhlenwand zurückgewichen und hielt schützend einen Arm über die Augen. Das plötzliche helle Licht der Fackel schien den Bauern zu blenden. Als er sich schließlich traute aufzuschauen, begann er wie wild zu zittern.

„Du..., du..., du bist Snäiwitteken!", stammelte er voller Furcht. „Oh Gott, die alten Geschichten sind doch wahr."

Ich hielt die Fackel hoch und befahl dem Wolf zurückzuweichen.

„Ich will dir nichts tun, hörst du?", sprach ich den Bauern mit ruhiger Stimme an.

Der Mann musterte mich und den Wolf misstrauisch. Ich zwang mich zu einem freundlichen Lächeln.

„Ich verspreche, dass dir nichts geschieht!", versicherte ich ihm nochmals eindringlich. „Wir wollen nur mit dir reden. Aber dafür musst du mit mir hinausgehen."

Langsam und vorsichtig entfernte sich der Bauer von der Höhlenwand und kam zögernd einen Schritt auf mich zu.

„Ich sage dir die Wahrheit!", ermunterte ich ihn. „Wir werden dir nichts antun. Nun komm!"

Ich reichte ihm die Fackel und wies ihn an, vorauszugehen. Der Wolf folgte uns nach. An der Verzweigung musste ich ihm sagen, in welcher Richtung der Ausgang lag. Der Bauer gehorchte schweigend. Als er meine Eltern entdeckte, warf er sich zerknirscht vor den beiden auf den Boden.

Papa befahl dem Mann aufzustehen.

„Warum hast du auf uns geschossen?", fragte er ihn auf Sächsisch.

„Ich hatte Angst, Herr!", antwortete der Bauer bereitwillig. „Seid Ihr denn kein Gefolgsmann der Staufer?"

Papa schaute Mama und mich kurz bedeutungsvoll an und wies dann auf seinen Waffenrock:

„Sieht man nicht, dass ich ein Ritter des Kreuzes bin, der auf dem Weg vom Heiligen Land in seine Heimat ist? Oder ist es im Römischen Reich mittlerweile schon Sitte, auch jene anzugreifen, die unter dem besonderen Schutz der Christenheit stehen?"

Der Bauer zuckte schuldbewusst zusammen.

„Herr, ich habe Euren Wappenrock nicht bemerkt, das müsst Ihr mir glauben!", beteuerte er.

„Das tu ich auch, denn du hattest ja genug damit zu tun, deinen ersten Pfeil auf meine Gemahlin abzufeuern!"

„Ihr fremdes Gesicht hat mir Angst gemacht."

„Er glaubt, die Hexe Snäiwitteken wäre zurückgekehrt", warf ich ein. „Das hat er mir schon in der Höhle gesagt."

Papa runzelte die Stirn.

„Wer hat dir die alte Geschichte erzählt, Bauer?"

„Mein Vater Hinnerik, Herr. Er hat sie in seiner Jugend selbst gesehen."

Meine Eltern wechselten erstaunte Blicke. Auch für mich war die Eröffnung des Bauern eine große Überraschung.

„Wie, dann bist du am Ende Udalrik, der seit dem Überfall der Staufer auf die Mine am Goldberg vermisst wird!", stellte Papa fest.

Diesmal kam unser Gegenüber aus dem Staunen nicht heraus.

„Ihr kennt meinen Namen, Herr, und wisst, wer ich bin?", vergewisserte er sich.

„Dein Vater hat uns von dir erzählt!", ergriff erstmals auch Mama das Wort. „Und wir haben ihm versprochen, dass wir dich suchen werden."

Der Bauer verstand nun die Welt nicht mehr.

„Wie kann das sein, Ihr hohen Herrschaften?", fragte er völlig perplex. „Ein Kreuzritter und seine Damen kennen meinen Vater, einen einfachen Bauern? Und versprechen ihm noch, nach mir zu suchen? Oder seid Ihr am Ende doch kein Kreuzritter?"

Fred Hoppe

Udalrik war vielleicht vier oder fünf Jahre älter als ich, doch das harte bäuerliche Leben auf karger Scholle in den Widrigkeiten dieser Epoche hatte ihn gezeichnet. Obwohl er mit absoluter Sicherheit nie eine Schule besucht und Lesen, Schreiben oder Rechnen gelernt hatte, war er keineswegs dumm. Von seinem Vater, der mit seinen über 50 Jahren

Lebenserfahrung in der ganzen Gegend als weiser alter Mann galt, wusste Udalrik relativ viel über die Zusammenhänge und Hintergründe des schon so lange andauernden und grausamen Bürgerkriegs, so dass wir es bald aufgaben, ihm noch weiter etwas vorzumachen.

Natürlich erzählten wir ihm nicht die ganze Wahrheit, aber das erwies sich auch nicht als nötig. Was Udalrik von uns erfuhr, deckte sich im Großen und Ganzen mit dem, was Pui Tien und Phei Siang schon seinem Vater berichtet hatten. Dazu gehörte allerdings auch, dass wir seinen anfänglichen Verdacht bestätigen mussten, es tatsächlich mit dem legendären Snäiwitteken und dessen Eltern zu tun zu haben. Immerhin schien den Bauern diese unerwartete Eröffnung nicht allzu sehr zu erschrecken, und als wir ihm noch dazu versicherten, keinen Groll gegen ihn oder andere Bewohner der Wälder zu hegen, betrachtete er uns gleich hocherfreut als seine natürlichen Verbündeten. Denn, wie sich alsbald herausstellte, hatte Udalrik wirklich einen gravierenden Grund, um seine Sicherheit besorgt zu sein.

Nachdem er bei dem Überfall auf die Mine am Goldberg mit dem Leben davongekommen war, hatten ihn die staufischen Söldner gefesselt und mitgenommen, und zwar zusammen mit einem ebenfalls gefangenen, korpulenten und befremdlich aussehenden jungen Mann, der niemand anderes sein konnte als Pui Tiens Begleiter Didi. Am frühen Morgen nach der zweiten Nacht war es Udalrik gelungen, sich zu befreien, einen Kriegsbogen samt Pfeilen zu stehlen und zu flüchten, weil sein Mitgefangener durch einige verrückte Aktionen die Aufmerksamkeit der Bewacher auf sich gezogen hatte. Dummerweise war unserem neuen Freund aber nicht bekannt, welches Ziel der staufische Kriegstrupp ansteuern wollte.

Zum Glück ließ Pui Tien die erwähnte Begebenheit, die Udalriks Flucht ermöglicht hatte, keine Ruhe, und sie drängte den Bauern dazu, genauer zu erzählen, was sich dabei zugetragen haben mochte.

„Nun ja, er hat plötzlich angefangen, wie wild zu schreien!", erinnerte sich Udalrik. „Dabei hätte er sich doch denken können, dass sie ihn dafür zusammenschlagen würden. Aber der Ritter, der den Trupp anführte, ließ sich trotzdem erweichen und gab dem Jungen etwas zu essen."

„Was ist dann geschehen, sag schon!", forderte Pui Tien ihn ungeduldig auf.

„Ja, das war ziemlich seltsam", fuhr Udalrik fort. „Der Ritter hatte ihm die Handfesseln durchgeschnitten, damit er essen konnte. Nachdem der weg war, hat der Junge den Brei verschlungen und mit dem Löffel irgendwas in die gefrorene Erde gekratzt. Ich sage doch, er muss verrückt geworden sein. Er ist sogar aufgestanden und auf das Feuer zugehopst. Da haben sie ihn endgültig bewusstlos geschlagen, und ich konnte mich unbemerkt davonschleichen."

Pui Tien schaute ihre Mutter und mich triumphierend an. Natürlich war uns dreien sofort klar, dass es Didi offenbar gelungen war, uns eine Nachricht zu hinterlassen. Er musste den Aufstand einzig und allein angezettelt haben, um die Bewacher von der Stelle abzulenken. Udalrik hatte ihn für verrückt gehalten, aber er maß der Sache wohl schon deshalb keine Bedeutung bei, weil er selbst nicht schreiben und lesen konnte. In Wirklichkeit war Didis Handlung wohlüberlegt gewesen. Im Stillen begann ich allmählich, den Jungen für seinen Mut und seine Umsicht zu bewundern.

„Udalrik, weißt du noch, wo das genau geschehen ist?", hakte Phei Siang gleich nach. „Es ist sehr wichtig, dass du uns zu der Stelle führst, hörst du?"

Der Bauer nickte ergeben.

„Ja, Herrin, ich kann Euch dorthin führen", bestätigte er gleichmütig. „Nach Hause darf ich jetzt sowieso nicht gehen, denn man wird denken, dass ich ein Verräter wäre."

„Wir haben versprochen, dass wir dir helfen!", versicherte ich ihm noch einmal eindringlich. „Aber in der Zwischenzeit schlage ich dir vor, dass du uns begleitest. Wir werden dir ein Pferd besorgen, und du musst dich als unser berittener Sergent tarnen."

Der Bauer sah mich ungläubig an.

„Ihr wollt mich zum Sergenten machen, Herr?"

„Warum nicht, Udalrik? Wir können einen weiteren bewaffneten Gefährten in dieser unsicheren Zeit gut brauchen, meinst du nicht auch?"

Der Bauer fühlte sich sichtlich geehrt.

„Ich bin ein freier Bauer, auch wenn wir alle unserem Grundherrn dienen müssen. Mein Vater hat es sogar bis zum Hauptmann der Isenburg gebracht. Aber ich bin nicht im Waffenhandwerk geübt."

„Da mach dir mal keine Sorgen!", lachte ich. „Warum sollte es dir schwerer fallen, das zu lernen als anderen, denen ich es bereits beigebracht habe?"

„Ihr meint es ernst, Herr!", stellte Udalrik verblüfft fest.
„Sicher, sonst hätte ich dir nichts davon gesagt."
„Wie lang wollt Ihr meine Dienste denn in Anspruch nehmen, wenn ich fragen darf?"
„Nun ja, den Winter über muss dein Vater wohl schon noch allein zurechtkommen", bedeutete ich ihm. „Vielleicht kannst du zur Aussaat im Frühjahr wieder auf eure Felder zurück, ohne dass man dich gleich als Verräter hängt."
Udalrik strahlte uns an.
„Allerdings kann ich dich nicht bezahlen!", schränkte ich ein. „Dafür bist du vor der Rache deines Grundherrn sicher."
Der Bauer war einverstanden.
„Herr, darf ich noch schnell zum Versteck meines Vaters eilen, um ihm die gute Nachricht mitzuteilen? Ihr habt mir ja gesagt, wo er sich verborgen hält."
Ich überlegte kurz und nickte dann entschlossen.
„Gut, auf ein paar Stunden kommt es jetzt auch nicht mehr an. In der Zwischenzeit werden wir dir ein Pferd besorgen. Deine Waffen müssen wir uns allerdings erst noch beschaffen, aber dazu werden wir bestimmt bald Gelegenheit haben. Also abgemacht."
Ich hatte kaum ausgesprochen, da rannte unser frischgebackener Bediensteter schon los. Ich schaute ihm lachend nach.
„Meinst du wirklich, wir sollten es mit ihm wagen, Fred?", gab Phei Siang zu bedenken. „Ich möchte nicht, dass wir am Ende seinen Tod verschulden."
„Ich glaube schon, Siang!", entgegnete ich. „Udalrik ist vielleicht kein geübter Kämpfer, aber er hat bestimmt schon ziemlich erfolgreich gewildert, sonst hätte er nicht so gut mit dem geraubten Bogen umgehen können."

Leng Phei Siang

Der alte Handelsweg sah noch genauso aus, wie ich ihn in Erinnerung hatte. Oder sollte ich besser sagen, er sah schon genauso aus, wie ich ihn in zwanzig Jahren kennenlernen würde? Rein theoretisch betrachtet, hätte ich hier vielleicht sogar eine Nachricht für mich selbst verstecken können, die ich dann im Jahre 1224 bei unserem ersten Aufenthalt in der Vergangenheit finden müsste. Aber Fred behauptete steif und fest, das würde nicht funktionieren, denn es käme letzten Endes auf unsere persönliche Vergangenheit an. Und die könnte sich seiner Meinung nach nie verändern. Schließlich hätten wir damals bei unserer ersten unfreiwilligen Versetzung in der Zeit ja nicht ahnen können, dass wir später im Jahr 1204 an der gleichen Stelle auftauchen würden. Alles in dieser Epoche war schon sehr verwirrend.

Mit Pui Tiens Hilfe hatten wir uns aus dem Bestand der Zwerge ein Pferd für unseren neuen Begleiter sowie ein Packpferd geholt, auf dem unsere gesamte Ausrüstung sowie die Kleider zum Wechseln verstaut wurden. Nachdem Udalrik zurück war, brachen wir auf und stießen nach Durchqueren der engen Schlucht an der unteren Ennepe bald auf den Pfad, der von der Reichsstadt Dortmund aus quer über das Gebirge führte. Am frühen Nachmittag passierten wir bereits den Hohlweg am Strückerberg und kamen an die Stelle, wo wir fast auf den Tag genau in 21 Jahren Zeugen des Mordes an Erzbischof Engelbert werden sollten. Obwohl jetzt noch rein gar nichts auf das künftige schreckliche Ereignis hinweisen konnte, schauderte ich unwillkürlich, und Fred erging es offensichtlich ebenso.

„Was habt Ihr, Herr?", entfuhr es Udalrik gleich, während unsere Tochter unbekümmert weiterritt.

„Ich habe gedacht, dass wir auf weitere Kriegstrupps stoßen könnten", entgegnete Fred geistesgegenwärtig. „Der Ort scheint mir für einen Überfall gut geeignet zu sein."

Udalrik blickte sich scheu um. Wahrscheinlich saß ihm das schreckliche Erlebnis am Goldberg noch im Nacken.

„Sie haben uns über diesen Weg gebracht, Herr!", bemerkte er düster. „Es ist seltsam, denn ich glaube, sie hatten Probleme, vom Goldberg aus den richtigen Pfad zu finden. Als es dunkel wurde, haben sie gleich unten an der Ennepe ihr Nachtlager aufgeschlagen. Ich weiß das, weil es nicht weit vom Hof Wehringhuson gewesen ist."

„Du willst damit sagen, die staufischen Söldner und ihr Anführer kannten sich nicht aus und hatten Angst, sich in den Wäldern zu verirren!", schloss ich daraus.

„Ja, Herrin, so ist es!", bestätigte Udalrik. „Ich hatte den Eindruck, der fremde Ritter war richtig froh, als er den Handelsweg endlich erreichte."

„Dann kann es keinesfalls Bernhard gewesen sein", meinte Fred erleichtert.

Udalrik sah überrascht auf.

„Sprecht ihr etwa von dem guten Edelherrn von Horstmar, Herr?"

„Ja, genau der!", sagte Fred verwundert. „Warum? Ist er dir schon einmal begegnet?"

„Nein, Herr!", lachte Udalrik. „Aber alle in den Wäldern hier haben schon von seinen ruhmvollen Taten im Heiligen Land gehört, und wie er vor zehn Jahren den großen König Richard in seine Heimat begleitet hat, um ihm zu helfen, seine Krone zurückzugewinnen. Der Ritter von Horstmar würde niemals wehrlose Bauern erschlagen!"

Fred nickte zufrieden vor sich hin.

„Kennt Ihr den Ritter Bernhard von Horstmar, Herr?", forschte Udalrik nach. „Seid ihr vielleicht sogar ein Freund von ihm?"

„Nein, leider nicht!", erwiderte Fred bedauernd, um leise in seinen nicht vorhandenen Bart murmelnd fortzufahren: „Noch nicht."

Inzwischen hatten wir die Höhe des Strückerberges erreicht und konnten in der Ferne durch die kahlen, vom Wind zerzausten Äste der Bäume schon die kleinen, eng zusammenstehenden Häuser der Siedlung Schwelm erkennen. Von anderen Reisenden oder den Ochsenkarren der Händler und Handwerker war weit und breit nichts zu sehen. Ich glaubte nicht, dass dies ein gutes Zeichen war, denn wahrscheinlich hielt die ständig lauernde Gefahr eines Überfalls die fahrenden Kaufleute davon ab, ihre Waren über den sonst für den Fernhandel so wichtigen Pfad zu transportieren. Ich konnte mir lebhaft vorstellen, dass die adeligen Damen auf den Burgen die übliche Abwechslung im täglichen Einerlei bestimmt schon lange vermissten. Niemand, der keinen unaufschiebbar wichtigen Grund hatte, im Reich unterwegs zu sein, würde in diesen Bürgerkriegszeiten auf die Straße gehen. So betrachtet war unsere Tarnung als heimkehrende Kreuzritterfamilie schon sehr brauchbar.

Inzwischen hatte der Wind aufgefrischt, und ich zog mir den Tasselmantel enger um meine Schultern. Dichte schwere Wolken krochen wie in Zeitlupe über die Anhöhen und verdrängten zeitweise die Sonne. Udalrik schaute besorgt zum Himmel.

„Es wird einen Sturm geben, Herr!", verkündete er mit düsterer Miene.

„Dann sollten wir uns beeilen!", antwortete Fred und trieb gleichzeitig sein Reittier an.

Wie auf ein geheimes Zeichen hin jagte der Wolf plötzlich los, überholte uns alle und rannte weit voraus. Auch Pui Tien galoppierte mit dem Packpferd im Schlepptau an mir vorbei.

„Er hat recht, Mama!", rief sie mir zu. „Wir müssen uns einen Platz suchen, an dem wir geschützt sind."

Schon bald erreichten wir die strohgedeckten Katen von Schwelm, doch wenn wir gehofft hatten, hier einen Unterschlupf vor dem herannahenden Unwetter zu finden, sahen wir uns getäuscht. Vor den Häusern war niemand zu sehen. Sämtliche Türen blieben verschlossen, und vor den meisten verbarrikadierten Eingängen ragten uns schräg in die Erde gerammte Fußspieße sowie angespitzte Holzstangen drohend entgegen. Die Bewohner des Ortes hatten uns wahrscheinlich bereits von Weitem kommen sehen und ihre Vorkehrungen getroffen.

Sobald wir zwischen den Katen waren, ritten wir dicht zusammen und hielten vorsichtig nach allen Seiten Ausschau, um einen eventuellen Angriff abwehren zu können. Hinter einigen Häuserecken bemerkte ich das kurze Aufblitzen von Äxten und Sicheln, aber der Pfad selbst, der mitten durch das Dorf führte, blieb frei. Deshalb machten wir auch erst gar keinen Versuch, mit den Bauern zu sprechen, sondern sahen zu, dass wir möglichst unbehelligt die südlichen Anhöhen erklommen.

Ich konnte den Bewohnern der Siedlung ihre feindliche, abweisende Haltung nicht verübeln, denn die Erfahrung von vielen Jahren Krieg hatte sie wahrscheinlich gelehrt, dass von einer berittenen und bewaffneten Gruppe nichts Gutes zu erwarten war. Dementsprechend groß musste ihr Misstrauen uns gegenüber sein, auch wenn wir nur vier Personen waren, unter denen sich sogar zwei Frauen befanden. Immerhin ließen uns die verstörten und aufgebrachten Bauern friedlich weiterziehen.

Inzwischen flogen die dicken aufgebauschten Wolkenpakete in immer kürzeren Abständen über unsere Köpfe hinweg, und bald war der gesamte Himmel bereits in ein lückenloses dunkelgraues Einerlei gehüllt. Aus der Ferne vernahm ich dumpf dröhnendes Grollen, gefolgt von einem andauernden hohen pfeifenden Ton, der in ein furioses schrilles Jaulen überging. In der menschenleeren Wildnis der schier unendlichen Bergwälder brachte die unheimliche Geräuschkulisse automatisch das Gefühl einer unkalkulierbaren Bedrohung mit sich. Als sich für einen Moment lang Pui Tiens und meine Blicke kreuzten, spiegelten die Augen meiner Tochter deutlich den Ausdruck von erschrockenem Entsetzen wider. Der Wolf war stehen geblieben und kauerte mit zitternden Flanken sowie zwischen die Hinterläufe eingezogener Rute mitten auf dem Pfad.

Fred, dem das alles ebenfalls nicht entgangen war, sprang ab, hob das zitternde Fellbündel hoch und legte es quer über den Nacken seines Pferdes. Erstaunlicherweise ließ das Tier dies ohne Reaktion über sich ergehen. Dabei wäre zu erwarten gewesen, dass es mit den Augen rollend in Panik ausbrechen würde, doch scheinbar war die übermächtige Angst vor den ungebändigten Gewalten stärker als die kreatürliche Furcht vor dem natürlichen Feind. Für mich war dies jedenfalls ein deutliches Zeichen, dass uns ein Unwetter gewaltigen Ausmaßes bevorstehen musste.

Das brausende Pfeifen und Jaulen wurde stärker, während sich die großen Äste der Buchen über unseren Köpfen ächzend zur Seite neigten. Überall um uns herum knirschte und krachte es stöhnend im Gehölz der mächtigen Stämme. Direkt vor uns bohrte sich die abgerissene Spitze einer Fichte in den Boden. Unvermittelt sank unser neuer Begleiter Udalrik auf seine Knie und hob flehend die Hände in den Himmel. Fred hielt wieder an, sprang abermals ab und packte den Bauern an den Schultern. Er riss ihn mit Gewalt hoch und stieß ihn vorwärts zu seinem Pferd.

„Wir werden alle sterben, Herr!", schrie der verängstigte Mann.

„Unsinn, wir dürfen nur nicht hierbleiben und darauf warten, erschlagen zu werden!", rief Fred ihm zu.

In dem Moment erreichte uns der Sturm mit aller Macht. Der Wind schlug uns ins Gesicht und blies uns dabei fast um. Nur mit äußerster Mühe konnten wir die Pferde an den Zügeln halten und uns Schritt für Schritt vorankämpfen. Neben und hinter uns krachten dicke Äste auf die Erde. Die Ränder der Zweige peitschten den Pferden die Läufe. Jetzt wurde es wirklich allerhöchste Zeit, aus dem Gefahrenbereich zu verschwinden.

Dann hatte Pui Tien auf einmal eine steil abwärts führende Rinne entdeckt. Wir sprangen förmlich hinein und zogen die Pferde hinter uns her, während der Sturmwind heulend über uns hinwegrauschte. Nach kurzer Zeit erreichten die Seitenwände des kerbförmigen Einschnitts im Hang schon eine Höhe von mehr als drei Metern, und das war unser Glück, denn der plötzlich einsetzende starke Regen hatte innerhalb weniger Minuten die Wurzeln einer riesigen Eiche freigespült, und der massige Baum neben uns kippte mit lautem Getöse um.

Er hätte uns sicher alle samt den Tieren erschlagen, doch so blieb der schwere dicke Stamm an den Rändern der Schlucht hängen und bildete über unseren Köpfen eine natürliche Brücke. Darunter schwoll das kleine Rinnsal, in dem wir uns befanden, schnell zu einem brausenden Bach an. Von den Seiten kam immer mehr Wasser hinzu, und es war bereits absehbar, dass uns die steigenden Fluten in kurzer Zeit erfassen und mitreißen würden.

„Wir müssen aus dem Bachbett heraus!", rief Fred uns mit panischer Stimme auf Hochdeutsch zu.

Verzweifelt versuchten wir, unsere Pferde auf die Seite zu ziehen, doch die Tiere weigerten sich. Hinter uns rutschten Teile des Erdreichs ab und landeten klatschend im wilden Strom. Der Pegel des Baches, der längst schon zu einem Fluss geworden war, stieg rasend schnell. Gleich darauf drang Wasser in unsere Lederstiefel ein.

„Weiter unten gibt es eine Mulde, wo die Seitenhänge flacher sind!", rief uns Pui Tien zu.

Sie presste ihren verletzten Arm vor die Brust und schwang sich auf den Rücken ihres Tieres. Ich tat es ihr gleich, doch Fred hatte größere Probleme. Udalrik starrte uns mit angsterfüllten Augen verständnislos an.

„Oppsetten!" (Aufsitzen), befahl Fred auf Sächsisch.

Während Udalrik zögernd gehorchte, übernahm Pui Tien bereits die Führung. Unsere Pferde gerieten mehrfach ins Rutschten, weil ihre Hufe auf den überfluteten Steinen und im Morast keinen richtigen Halt finden konnten, doch es gelang ihnen, sich immer wieder zu fangen. Schließlich erreichten wir die Stelle, die unsere Tochter meinte, und wir trieben die Tiere aus dem Flussbett hinaus auf den Hang.

Inzwischen hatten wir beinahe den oberen Grund dieses Seitentals erreicht, und hier war die Gewalt des Sturmes nicht so stark zu spüren. Deshalb hielten wir neben einem entwurzelten Baumriesen an, um uns zu orientieren.

„Die Bauern nennen dieses Tal die Deipenbiecke", erklärte uns Pui Tien, während sie sich mit ihren langen Ärmelaufsätzen die Nässe aus dem Gesicht wischte. „Wir müssen jetzt schnell weiter hinunter zu der Stelle, wo der Bach in die Wupper mündet. Vielleicht finden wir dort eine Grotte zwischen den Felsen."

„Meinst du, wir schaffen es über den Fluss?", erkundigte sich Fred.

„Vielleicht, aber mit den Pferden wird es schwer, Papa!", erwiderte unsere Tochter.

Fred warf mir einen vielsagenden Blick zu und half Udalrik aufs Pferd. Wenn wir nicht bald eine trockene Grotte oder Ähnliches fanden, würden wir in der kommenden Nacht erfrieren. Bereits zum dritten Mal, seitdem wir diese Zeitebene erreicht hatten, stand unser Unternehmen kurz vor dem endgültigen Aus. Langsam kamen mir ernsthafte Zweifel, dass wir die Sache überleben würden.

In der nächsten Stunde quälten wir uns weiter durch das Dickicht, immer auf der Hut vor herabstürzenden Ästen und dem ständig steigenden Pegel des Baches. Dann waren wir endlich im Tal der Wupper angelangt, und dort gab es eine Überraschung: auf einem von der schäumenden Gischt umspülten Felsen am Ufer stand eine gemauerte Kapelle.

Fred Hoppe

Ich wollte meinen Augen nicht trauen. Mitten in der Wildnis hatten sich hier unten offenbar Einsiedler ein kleines Gotteshaus gebaut. Das konnte eigentlich nur in den vergangenen dreißig Jahren geschehen sein, denn auch Pui Tien, die ja schließlich um 1170 herum noch die hiesigen Wälder durchstreift hatte, wusste nichts davon. Natürlich war mir bekannt, dass wir uns in der Gegend um den späteren Wuppertaler Ortsteil Beyenburg befinden mussten, doch die als Wallfahrtsort bekannte große gotische Klosterkirche, die in der Gegenwart über der Wupperschleife thront, konnte keinesfalls aus dieser Epoche stammen. Soweit ich mich erinnerte, würde man deren Bau erst in fast hundert Jahren beginnen.

Doch angesichts unserer Notlage, stellte ich diese Überlegungen zurück, zumal die Furt durch die Wupper unterhalb der Kapelle bald nicht mehr passierbar sein würde. Daher beeilten wir uns, und trieben unsere Pferde durch den Fluss. Etwa in der Mitte, erwischte uns plötzlich eine Flutwelle, die sich nach einem Stau blockierender Äste und Bäume gebildet haben mochte. Die Pferde wurden regelrecht zur Seite geschubst, konnten sich aber mit letzter Kraft ans Ufer retten. Lediglich das Packpferd strauchelte und vermochte sich nicht mehr zu halten. Phei Siang wurde die Verbindungsleine aus der Hand gerissen. Bevor das wild um sich strampelnde Tier jedoch abgetrieben werden konnte, sprang Pui Tien beherzt in die Fluten und packte seine Zügel. Mit viel Überredungskunst zog sie es letztlich doch noch auf die Böschung. Dort sank sie erschöpft auf ihre Knie.

Während Phei Siang zu unserer Tochter eilte, um ihr aufzuhelfen, öffnete sich die Holztür der Kapelle, und mehrere Männer in dunklen Kutten traten heraus. Aus Erfahrung klug geworden, zog ich sogleich mein Schwert und lenkte mein Pferd zwischen unsere Gruppe und die Kuttenträger.

Doch diesmal war meine Sorge unbegründet, denn die Männer breiteten ihre Arme aus und machten beschwichtigende Zeichen. Ich stieß das Schwert des Zwerges in die Scheide zurück, stieg ab und wartete, bis sie bei uns waren.

„Use Hiärr si met Ink!" (Der Herr sei mit Euch), begrüßte uns der Anführer der vermutlichen Mönche auf Sächsisch.

Ich musterte ihn und seine Begleiter aufmerksam. Keiner der dunkel gekleideten Männer trug irgendein Schmuckstück außer den auffällig großen hölzernen Kreuzen vor der Brust. Sie waren allesamt nicht mehr jung, aber ihre Haltung sowie die glatt rasierten Gesichter zeugten davon, dass wir es nicht mit Leuten aus dem einfachen Volk zu tun hatten.

Der Mönch, der mich angesprochen hatte, lächelte und wies einladend auf die Kapelle. Ich drehte mich zu den anderen um und nickte kurz. Dann folgten wir den Kuttenträgern zu dem Gebäude auf dem Felsen. Unsere Kleider und auch mein Wappenrock trieften vor Nässe. Wir hatten wirklich keinen größeren Wunsch, als endlich ins Trockene zu kommen. Als zwei der Mönche sich erboten, sich um unsere Pferde zu kümmern, übergaben wir ihnen ohne zu zögern die Zügel. Während die anderen nacheinander eintraten, blieb ich noch einen Moment lang stehen und beobachtete, wie unsere Tiere in einen geräumigen Stall neben der Kapelle geführt wurden. Erst danach schritt ich ebenfalls über die hölzerne Schwelle.

Im selben Augenblick stellte ich erstaunt fest, dass es sich bei dem Gebäude offenbar gar nicht in erster Linie um eine Kirche handelte, sondern um ein echtes Wohnhaus. Soweit wir durch die geöffneten Türen erkennen konnten, waren die Räume zwar klein und karg, aber dafür stand in jedem Einzelnen ein hölzernes Bettgestell. Im hinteren Bereich gab es einen größeren Versammlungsraum, der alle Bewohner fassen konnte. Dort waren mehrere längliche Bänke hintereinander aufgestellt worden, und vor der fensterlosen Kopfwand war ein mannshohes schmuckloses Holzkreuz angebracht. Eine Reihe von angezündeten Fackeln gab dem offensichtlichen Gebetsraum ein gewisses würdevolles Flair. Bis auf die Besonderheit, dass sich hier offenbar Kirche und Räume der Mönche in einem einzigen Gebäude befanden, wies alles in allem schon auf ein klösterliches Anwesen hin. Doch welchem Orden gehörten die Kuttenträger an? Und was machte der offene Kamin mitten im Gebetsraum?

Ich staunte noch über diese weitere Besonderheit, als man uns einen Haufen zusammengelegter Decken überreichte. Anschließend wurde Udalrik und mir eines der Zimmer zugewiesen, während Phei Siang und Pui Tien ein weiteres bekamen.

„Wir haben die Sachen von eurem Packpferd genommen und bereitgelegt", erklärte der Anführer der seltsamen Mönche freundlich. „So könnt Ihr nun Eure nassen Kleider wechseln und danach zusammen mit uns speisen."

Ich schaute mein Gegenüber verwundert an.

„Macht Euch keine Sorgen, Ritter des Kreuzes!", fuhr dieser fort. „Hier seid Ihr mit Euren Damen und Eurem Sergenten in Sicherheit. Weder das fürchterliche Unwetter draußen noch weltliche Arglist kann Euch in diesem Hause etwas anhaben."

Ich bedankte mich bei unseren Wohltätern und folgte meinen Begleitern zu den uns zugewiesenen Räumen. Es war eine Wohltat, das nasse schwere Kettenhemd endlich vom Leib ziehen zu können. Auch der gesteppte Gambeson hatte sich voll Wasser gesogen. Doch während ich mir nacheinander mein weites Unterkleid und das Surcot überstreifte, konnte sich Udalrik lediglich in die bereitgelegten Decken einwickeln. Ich schnallte mir den Gürtel mit Dolch und Ledertasche um und schielte zu meinem Schwert, das ich an die Wand gelehnt hatte. Sollte ich es umlegen oder besser nicht? In einem Gotteshaus konnte das als Affront aufgefasst werden, aber handelte es sich hierbei wirklich um ein solches?

Unbeaufsichtigt zurücklassen wollte ich es auf keinen Fall, deshalb entschied ich mich dafür, den Gurt kreuzförmig über die Parierstange zu legen und das Schwert samt Scheide in der Armbeuge zu tragen, so wie es sich für einen Angehörigen meines Standes gehörte, der sich in friedlicher Absicht zu seinen Gastgebern begab.

Draußen war es inzwischen dunkel geworden, und der Sturm heulte mit unverminderter Gewalt durch das einsame Tal der Wupper. Im Versammlungsraum flackerte das wärmende Feuer im Kamin, um den sich die Mönche im Halbkreis scharten. Vor ihnen stand Phei Siang mit offenem Haar in ihrem langen blauen Oberkleid. Unsere Tochter hatte sich in Decken gehüllt und hielt sich abseits der Menge in einer Nische des Raumes auf. Sie streichelte stumm das Fell des Wolfes. Ich wunderte mich ein wenig darüber, dass die Kuttenträger nicht gegen die Anwesenheit des wilden Tieres protestiert hatten, und wies Udalrik an, sich zu ihr zu gesellen. Dann trat ich neben meine Gemahlin vor den Anführer der Mönche.

„Ah, ich sehe, Ihr habt noch trockene Gewänder in Eurer Ausrüstung gefunden", sprach dieser mich gleich an. „Wir werden dafür sorgen, dass Eure Begleiter ihre eigenen Kleider schon morgen wieder benutzen können."

Täuschte ich mich, oder lag da tatsächlich etwas Lauerndes in seinem Blick? Sicher erwarteten die Kuttenträger, dass wir ihnen berichteten, wer wir waren und was uns in diese einsame Gegend verschlagen hatte. Aber wir mussten vorsichtig sein, denn praktisch alles an dieser seltsamen Mönchsgemeinschaft war ungewöhnlich.

„Ich möchte Euch dafür danken, dass Ihr meine Gemahlin, deren Schwester und unseren Sergenten vor dem sicheren Tod gerettet habt…", begann ich, aber der Anführer der Mönche schnitt mir mit einer Handbewegung das Wort ab.

„Für unsere Gemeinschaft ist der Dienst am Nächsten selbstverständlich!", erklärte unser Gastgeber kategorisch. „Aber wir würden gern erfahren, wie es Euch im Heiligen Land ergangen ist."

Er lächelte kurz und maß Phei Siang mit einem bezeichnenden Seitenblick.

Gut, das soll er haben, dachte ich, denn auf diese Geschichte war ich vorbereitet.

„Wir sind gar nicht bis ins Heilige Land gekommen!", begann ich und registrierte dabei die verwunderten Blicke der Mönche.

„Aber Ihr seid doch dem Aufruf seiner Heiligkeit gefolgt, Jerusalem vom Joch der Heiden zu befreien und den bedrohten Christenreichen beizustehen!", entfuhr es dem Anführer der Mönche. „Ihr tragt das weiße englische Kreuz auf Eurem Waffenrock, und Eure Gemahlin…, verzeiht mir, aber sie und ihre Schwester sind doch keine Christinnen?"

„Ja, ich habe mich dem Heer des Königs von Frankreich angeschlossen", fuhr ich gelassen fort. „Aber die Venediger haben uns irregeleitet und betrogen. Wir haben für sie Zara sowie Byzanz erobert und das Lateinische Kaiserreich begründet. Ich selbst war so angewidert von all dem Morden und den Plünderungen, dass ich die Kreuzfahrer verlassen habe, um allein nach Palästina aufzubrechen. Doch ich bin nicht weit gekommen. Schon nach wenigen Tagen wurde ich von den Seldschuken überfallen und verwundet gefangen genommen."

Die Augen aller Anwesenden waren auf mich gerichtet, und Phei Siang warf mir einen flüchtigen warnenden Blick zu. Ihrer Meinung nach sollte ich meine erfundene Lügengeschichte nicht übertreiben, aber ich nickte ihr nur unauffällig zu und fuhr fort:

„Sie brachten mich zur großen Stadt Konya, wo ihr Sultan residiert, und dort wurde ich in Ketten gelegt. Da meine Verletzungen noch nicht verheilt waren, wurde meine Hinrichtung immer wieder aufgeschoben. Dafür musste ich jeden Tag mitansehen, wie einer nach dem anderen meiner christlichen Brüder enthauptet wurde."

„Aber Ihr seid den Heiden entkommen, sonst wäret Ihr nicht hier?", warf einer der Mönche ein.

„Ja, ich bin dem Schwert des Scharfrichters entkommen!", berichtete ich mit theatralischer Stimme. „Aber die Wege des Herrn sind unergründlich. Fest steht nur, dass er mein Leben noch nicht haben wollte."

„Was hat Euch zu dieser Überzeugung gebracht?", erkundigte sich ein anderer neugierig.

„Das einzige Gut, das ein Dasein in unseren Zeiten lebenswert macht, nämlich die Liebe!"

„Das müsst Ihr uns erklären!", forderte der Anführer der Kuttenträger. „Bitte, fahrt fort mit Eurem Bericht."

„Nun, die Liebe ist Gottes Geschenk an die Menschen!", nahm ich den Faden wieder auf und registrierte zufrieden, dass die Mönche einhellig nickten. „In meinem Fall war es die Liebe zwischen einem Christen und der Tochter eines Khans der Rum-Seldschuken, in deren Gewalt ich mich befand. Sie sollte mich pflegen, bis ich aus eigener Kraft vor meinem Henker treten konnte. Doch als wir zueinander entflammten, warf sie sich vor den Sultan und bat um mein Leben. Da sie eine Urenkelin des Reichsgründers Kylidsch-Arslan war, konnte der Herrscher ihre Bitte nicht abschlagen. Also holte man mich aus dem Kerker, und wir beide wurden getraut. Einige Monate später durften wir in Frieden von dannen ziehen. Phei Siang, so lautet der Name meiner Gemahlin, aber hatte Angst vor dem fremden kalten Land, von dem ich ihr immer wieder erzählte, und so gab uns ihr Vater auch noch ihre jüngere Schwester mit auf den Weg, damit seine Tochter in der Fremde jemanden hätte, der sie an die Heimat erinnert. Und nun sind wir hier."

Die Mönche nickten zufrieden, denn meine Geschichte schien so recht nach ihrem Geschmack gewesen zu sein. Allerdings war ihr Wissensdurst damit noch nicht vollständig gestillt.

„Und wohin wollt Ihr, wenn wir das fragen dürfen?", begehrte mein Gegenüber zu erfahren. „Euer Sächsisch ist zwar gut und verständlich, doch sprecht Ihr einige Dinge anders aus. Ihr tragt den Rock eines englischen Kreuzfahrers, also liegt Eure Heimat nicht im Römischen Kaiserreich."

„Ich gehöre schon dem Stamme der Sachsen an!", erwiderte ich lächelnd. „Aber meine Aussprache mag für Eure Ohren fremd klingen, weil die Burg meiner Väter jenseits des Sturmmeeres in Angelland liegt. Mein Name ist Winfred, und ich bin der Gerefa von Rotherham."

„Ah, dann seid Ihr wohl weit vom Weg abgekommen und habt Euch also in dieser Wildnis verirrt?"

Der Anführer der Mönche schaute mich durchdringend an. Jetzt musste ich aufpassen, dass ich ihm eine schlüssige Erklärung lieferte, die unseren Gastgeber gleichzeitig veranlassen würde, noch einige Informationen preiszugeben.

„Nicht ganz, denn wir mussten schließlich den staufischen Kriegstruppen ausweichen!", erklärte ich möglichst überzeugend. „Wie Ihr sicherlich wisst, ist ein angelsächsischer Ritter in deren Landen nicht gerade willkommen. Hat nicht sogar unser König Richard Löwenherz als heimkehrender Kreuzfahrer sein Vertrauen auf den Schutz der Kirche mit zwei Jahren Gefangenschaft bezahlen müssen?"

Die Kuttenträger waren zutiefst beschämt, aber sie gaben mir recht.

„Verirrt haben wir uns nur hier, weil uns der Sturm vom Pfad nach Köln abgebracht hat", fügte ich an.

Der Anführer der Mönche wirkte plötzlich bestürzt.

„Da hat Euch Gott der Herr nur von einem großen Fehler bewahrt, Graf Winfred!", betonte er. „Denn unser eigener Erzbischof, der früher ein entschiedener Gegner der Staufer war, hat nun auf einmal das Lager gewechselt. Niemand weiß, was ihn dazu bewogen hat, aber Köln ist jetzt zu einer Hochburg für König Philipp geworden, und Erzbischof Adolf will ihn im Januar sogar noch einmal krönen. Ich sage Euch, in der Domstadt seid Ihr Eures Lebens nicht sicher!"

Das war schon eine interessante, wenn auch nicht gerade beruhigende Nachricht. Vielleicht wusste diese seltsame Mönchsgemeinschaft ja sogar etwas über die Sache mit dem Überfall und wohin der staufische Kriegstrupp gezogen sein mochte. Ich setzte alles auf eine Karte.

„Ist das wohl der Grund, warum die Stauferpartei gerade jetzt sehr aktiv geworden ist?", fragte ich rundheraus. „Wir haben gehört, sie hätten vor einigen Tagen hier in der Nähe ein Bergwerk überfallen, mit dessen Erz Graf Arnold für den Welfenkönig Otto in Dortmund Münzen schlagen lässt."

„Das ist richtig!", bestätigte mein Gesprächspartner überrascht. „Aber woher wisst Ihr das?"

„Nun, Ihr habt unseren Sergenten gesehen", antwortete ich frech. „Er ist eigentlich ein freier Bauer, der hier lebte und seinem Grundherrn in jenem Bergwerk zum Dienst verpflichtet war. Bei dem Überfall wurde er zusammen mit einem fremden Jüngling von den Staufern verschleppt, doch er konnte fliehen und lief uns in die Arme. Jetzt wird er von seinen Herren verdächtigt, den Standort des Bergwerkes verraten zu haben, und kann deshalb nicht heimkehren. Daher haben wir ihn in unsere Dienste genommen."

Der alte Mann in der dunklen Kutte nickte bedächtig.

„Wir haben uns schon gefragt, warum er keine Ausrüstung und keine Waffen trägt", sagte er erleichtert.

„Die müssen wir ihm noch besorgen!", entgegnete ich mit einem spitzbübischen Lächeln. „Und zwar von denen, die ihm das angetan haben, denn ich habe ihm versprochen, auch seinen Freund aus den Händen der Staufer zu befreien. Das gebietet mir meine ritterliche Ehre. Aber dazu müsste ich wissen, wohin der Kriegstrupp gezogen ist."

„Nach Köln natürlich!", antwortete einer der Mönche spontan. „Von dort sind sie schließlich auch gekommen."

Ich atmete erleichtert auf. Die Kuttenträger hatten mir meine wilde Geschichte offenbar tatsächlich abgekauft. Ihr Anführer musterte mich nachdenklich.

„Graf Winfred, ich glaube, Ihr seid ein edler Mann, der sich wirklich die ritterlichen Tugenden zueigen gemacht hat!", meinte er mit ernster Stimme. „Man sieht es mir heute nicht mehr an, aber auch ich war einst von den Idealen unseres Standes überzeugt und habe das Kreuz genommen, um im Heiligen Land für die Christenheit zu streiten."

„Das muss dann wohl vor 15 Jahren gewesen sein, als der große Kaiser Friedrich nach Palästina aufbrach", vermutete ich.

„Wir waren viele tausend Ritter, die alle seinem Aufruf folgten!", bestätigte der Anführer der Mönche. „Ich hieß damals Geoffroy, Chevalier de Huy, und war der beste Freund des Grafen Engelbert von Berg, dessen Burg Neuenberge nun auf einem Bergsporn am Unterlauf dieses Flusses steht."

Pui Tien blickte bei der Erwähnung des Namens überrascht auf, hielt sich aber weiterhin zurück. Trotzdem konnte ich mir gut vorstellen, wie unsere Tochter mit bitteren Erinnerungen kämpfte. Immerhin war dieser Engelbert der Bruder ihres damaligen Intimfeindes Graf Everhard gewesen, und beide hatten sie jahrelang in den Wäldern als angebliche Hexe gejagt.

„Das Unglück ereilte uns schon im Lande der Serben, als mein treuer Freund bei einem Überfall erschlagen wurde", fuhr der Anführer der Mönche fort. „Ich war aufgewühlt und niedergeschlagen durch Engelberts sinnlosen Tod, lange, bevor wir das Heilige Land überhaupt erreichten."

„Soviel ich weiß, ist auch der Kaiser noch auf dem Weg nach Palästina umgekommen", warf ich ein.

Geoffroy nickte bedrückt.

„Ich habe lange gebraucht, um zu verstehen, dass wir alle nur für eine Idee geopfert wurden, deren eigentlicher Sinn nicht die Rettung der heiligen Stätten der Christenheit war, sondern die Vergrößerung der Machtfülle der Kirche. Der Glaube lehrt uns aber etwas völlig anderes. Das Kreuz darf nicht zum Sinnbild des Krieges verkommen. Das wurde mir angesichts des schrecklichen Mordens unter den Menschen klar. Es war wie eine Erleuchtung. Das was den Menschen wirklich ausmacht, ist seine Geistseele. Sie ist, wie uns der heilige Augustinus lehrt, das Abbild des dreieinigen Gottes, das jeder Mensch in sich trägt. Als ich nach dem schrecklichen Ende meines Freundes zu dieser Einsicht gefunden hatte, konnte ich nicht länger beim Heer der Kreuzfahrer bleiben. ‚Im Kreuz ist nicht Krieg, sondern das Heil', so lautet seitdem mein Wahlspruch, und ich kam zu der Überzeugung, dass ich künftig genau danach leben musste. Ich war es meinem Freund, dem Grafen Engelbert, einfach schuldig, dass ich meine neue Gemeinschaft in seinem Land aufbaute, und so kamen wir hierher. Wir bauten das Steinhaus, wie wir es nennen, und weihten die Kapelle der heiligen Maria Magdalena. Hier in der Wildnis wollen wir versuchen, ein Gott wohlgefälliges Dasein zu führen. Wenn der unselige Krieg einmal beendet ist, werden Bruder Theodorus de Celles und ich einen Orden gründen, der allen offen steht, die nach dem Heil im Kreuz streben."

Mir wurde schlagartig klar, dass diese Gemeinschaft nur der Ursprung des späteren Wallfahrtsortes Beyenburg sein konnte.

„Sie werden sich ‚die Kreuzbrüder' nennen und einst auf der felsigen Wupperschleife eine große Klosterkirche bauen", flüsterte ich Phei Siang zu.

„Versteht Eure liebliche Gemahlin denn, was ich Euch erzählt habe?", erkundigte sich Geoffroy de Huy interessiert.

„Das meiste schon!", erwiderte ich geistesgegenwärtig. „Aber einige Dinge müssen wir in ihrer Sprache bereden."

Geofroy de Huy beriet sich mit den anderen Mönchen. Kurz darauf verließen zwei von ihnen den Raum und erschienen mit einer vollständigen ritterlichen Ausrüstung. Es konnte sich eigentlich nur um diejenige handeln, die der ehemalige Kreuzfahrer für immer abgelegt hatte.

„Wenn Ihr morgen weiterzieht, dann soll Euer Sergent angemessen gekleidet sein!", eröffnete uns Geoffroy zu meiner großen Überraschung. „Ich weiß, dass ich mein Schwert und Kettenhemd in würdige Hände gebe, Graf Winfred."

Pui Tien

Hinneriks Sohn war unglaublich stolz, Ausrüstung und Waffen eines echten Ritters anlegen zu dürfen. Über dem Kettenhemd trug er wie Papa sogar den Wappenrock eines Kreuzfahrers. Für unseren frischgebackenen Sergenten musste das alles ein ungeheures Vermögen wert sein, aber der freundliche alte Kuttenträger, von dem wir nun wussten, dass er ein adeliger Krieger gewesen war, gab sein kunstfertig geschmiedetes Panzerhemd und die Waffen einfach aus der Hand, als ob es nichts wäre. Natürlich musste Udalrik noch lernen, damit umzugehen, aber Papa würde es ihm schon beibringen.

Der Sturm hatte sich in der Nacht gelegt und war am frühen Morgen heftigem Schneefall gewichen, der Bäume und Sträucher alsbald unter einer dicken weißen Decke begrub. Die Luft war kalt und feucht, doch der noch immer warme Erdboden schluckte glucksend den tauenden Schnee, so dass wir keine Probleme hatten, voranzukommen. Allerdings vermisste ich mein altes weißes Fellkleid, das wir zum Trocknen in der Grotte meines Verstecks lassen mussten. Die kostbaren Brokatkleider waren zum Reiten nun wirklich nicht sonderlich geeignet. Dafür gab es nun überall eine Vielzahl von Wildspuren, denen wir nur zu folgen brauchten, um unsere dürftigen Essensvorräte aufzufüllen.

Als wir einige Stunden später durch das Dickicht der Steilhänge auf die Lenneper Höhe gelangten, machte sich Mama mit ihrem Bogen auf. In der Zwischenzeit ließen wir unsere Pferde verschnaufen und warteten an der Weggabelung des alten Handelsweges auf sie. Nach Udalriks Überzeugung konnte es bis zu der Stelle, an der er den Staufern entflohen war, nicht mehr weit sein. Hoffentlich fanden wir dann auch die verborgene Nachricht von Didi.

Ich selbst kannte mich zwar in dieser Gegend nicht besonders gut aus, denn während meiner Zeit als Mündel der Altvorderen hatte ich mich stets von den Wäldern innerhalb des großen Wupperbogens ferngehalten, aber mir war schon bekannt, dass die Burg Neuenberge höchstens eine halbe Tagesreise entfernt liegen konnte. Da wir bislang nicht in Erfahrung bringen konnten, auf welche Seite sich der jetzige Graf von Berg geschlagen hatte, sollten wir vorsichtig sein. Das Einzige, was wir über ihn wussten, war, dass er Adolf hieß und der Sohn jenes Grafen Engelbert sein musste, der auf dem vorletzten Kreuzzug in Serbien erschlagen worden war. Auf jeden Fall war ich heilfroh, als Mama endlich mit einem erlegten Hasen erschien und wir unseren Weg fortsetzen durften.

Wir schnürten das ausgenommene Tier auf einer Seite des Packpferdes fest und machten uns auf. Bald erreichten wir eine kleine Lichtung. Das Schneetreiben wurde immer dichter und nahm uns fast die Sicht. Es war spürbar kälter geworden, und an den Nüstern der Pferde bildeten sich bereits vereinzelte Eiströpfchen. Vor mir schüttelte sich Udalrik und warf einen Haufen Schnee ab, der ihm zuvor auf den Kopf gefallen war. Die Zweige über ihm bewegten sich noch immer, aber meine Blicke folgten längst den aufgeregten Flügelschlägen einer aufgescheuchten Schleiereule, der eigentlichen Verursacherin der plötzlichen Schneelawine. Hatte wirklich das dumpfe Schnauben unserer Pferde den nachtaktiven Greifvogel aus seinem dämmrigen Tagesschlaf geweckt, oder war da vielleicht noch etwas anderes?

Ich hielt an, schloss die Augen und horchte mit meinen unerklärbaren Sinnen in den Winterwald hinein. Ich schrak unwillkürlich auf, als ich das vage Gefühl einer Bedrohung empfing. Mama und Papa schauten gebannt in meine Richtung. Sie hatten sofort registriert, dass etwas nicht stimmte, aber noch bevor ich ihnen sagen konnte, was mich bewegte, sprang Udalrik von seinem Pferd und lief zu einem am Boden liegenden abgestorbenen Ast.

„Hier ist es! Hier hat er gelegen!", rief er aufgeregt. „Ich bin mir ganz sicher!"

Udalrik zerrte den verschneiten Ast beiseite und wischte vorsichtig mit der Hand über die Erde. Tatsächlich kamen mehrere in den Boden eingeritzte Linien zum Vorschein, die mit kleinen Steinen aufgefüllt waren, damit das Regenwasser sie nicht verwischen konnte. Schließlich ergaben sie ein einheitlich lesbares Bild:

„K Ö L N" stand da in deutlichen Lettern auf Hochdeutsch geschrieben.

Allein diese Tatsache bewies, dass hier ein Mensch aus der Gegenwart seine Spuren hinterlassen hatte. In mir regte sich tatsächlich so etwas wie Stolz auf meinen Freund Didi.

„Damit wäre das schon mal geklärt!", meinte Papa erleichtert. „Jetzt haben wir endlich eine konkrete Spur."

Ich deutete warnend in die Richtung, aus der wir gekommen waren.
„Ich spüre eine Gefahr!", erklärte ich kategorisch.
Mama und Papa zögerten keine Sekunde. Während ich sofort die Pferde in den nahen Wald führte, hoben sie und Udalrik einige verstreute Zweige auf und verwischten unsere Spuren im Schnee. Dann versteckten wir uns alle hinter dem Wurzelteller eines umgestürzten Baumes. Nur wenige Minuten später knackte es verdächtig im Unterholz, doch das Geräusch kam nicht aus der erwarteten Richtung, sondern von der entgegengesetzten Ecke der Lichtung.
Ich fuhr überrascht herum und entdeckte einen zweirädrigen Karren, der von Ochsen gezogen wurde. Oben saß ein Mann im grauen Leibrock, der sich das Kapuzenteil seiner Gugel tief ins Gesicht gezogen hatte. Ohne es zu wollen, musste ich plötzlich grinsen.
„Was ist daran so lustig?", flüsterte Papa mir zu. „Lachst du über den waghalsigen Kaufmann, weil er trotz der Gefahr für sein Leben hier unterwegs ist, oder weil du dich bei deinem Gefühl in der Richtung geirrt hast?"
„Es ist nichts, ich musste nur gerade an etwas denken, was mir Didi über die Kapuzen gesagt hat", entgegnete ich ebenso leise. „Im Übrigen irre ich mich nicht in der Richtung. Etwas Bedrohliches kommt von Osten her auf uns zu."
„Wie nah ist es?", wollte Mama wissen.
„Ich weiß es nicht!", gab ich ehrlich zu.
„Dann fährt der Mann geradewegs seinem eigenen Unglück entgegen!", stellte Mama fest. „Wir müssen ihm helfen!"
Papa hatte sich bereits auf sein Pferd geschwungen und galoppierte quer durch den Wald um die Lichtung herum. Als der Händler ihn erblickte, sprang er mit einem entsetzten Aufschrei vom Karren und suchte sein Heil in der Flucht. Natürlich kam der Mann nicht weit, denn Papa schnitt ihm den Weg ab und zwang ihn stehen zu bleiben. Dann fiel er wimmernd auf die Knie und streckte die Arme in die Höhe.
Ich konnte nicht verstehen, was Papa zu ihm sagte, aber das Ergebnis war, dass er den Händler mit seinen Kettenhandschuhen packte und quer auf das Pferd hob. Danach stieg er selbst auf und kehrte mit seiner menschlichen Beute zu uns zurück.
Mit vereinten Kräften halfen wir dem Mann beim Absteigen und zogen ihn sogleich mit nach unten in unsere De-

ckung. Dabei legte ihm Papa kurz bedeutend den Zeigefinger auf den Mund. Der Händler hatte verstanden. Er setzte sich schweigend in den Schnee, starrte aber Mama und mich unablässig an. Schließlich hielt er es wohl doch nicht mehr aus.

„Warum habt Ihr mich überfallen, Herr?", fragte er leise auf Sächsisch.

Sein Akzent war schwer zu verstehen, und so dauerte es einen Moment, bis Papa ihm antwortete:

„Ich habe dich nicht überfallen. Vielmehr sind wir gerade dabei, dein Leben zu retten."

Der Händler blickte verständnislos, doch bevor Papa ihm die näheren Umstände erläutern konnte, begann der Waldboden zu beben. Mama und ich schlichen sofort zu den Pferden, um sie zu beruhigen und festzuhalten, denn offenbar kündigte sich eine ganze Reiterschar an. Es dauerte auch keine Minute mehr, bis tatsächlich ein Trupp von mehr als 25 berittenen Männern in Kettenhemden am Rand der Lichtung erschien. Sie wurden von mindestens fünf Rittern angeführt, die sich deutlich von ihren Sergenten durch ihre bunte flatternde Helmzier und die Wappen auf den Schilden unterschieden. Der vorderste Reiter trug eine auffällige rote Rose auf seinem Wappenrock. Mit einem Seitenblick auf Papa erkannte ich erstaunt, wie dieser beim Auftauchen des Ritters unwillkürlich die Hände zusammenkrampfte.

„Das ist Friedrichs Bruder Everhard", flüsterte er Mama atemlos zu.

Die Kriegertruppe überquerte die Lichtung im Galopp und stoppte abrupt beim verlassenen Ochsenkarren. Während der Ritter mit der Rose im Wappen von seinem Pferd aus Befehle gab, sprangen einige der Sergenten ab und stocherten mit ihren gezogenen Schwertern in der abgedeckten Ladung des Karrens herum. Bunt gefärbte Tücher und kostbare Seide wurden hochgewirbelt und landeten flatternd im Schnee. Einen Moment lang folgte einer der bewaffneten Söldner den immer noch gut sichtbaren Spuren des flüchtigen Händlers in den Wald, wurde dann aber zum Glück zurückgerufen, bevor er zu der Stelle kommen konnte, an der Papa den Mann gestoppt hatte. Die Sergenten stiegen auf ihre Pferde, und auf einen lauten Zuruf ihres Anführers hin, setzte sich der Zug der Reiter wieder in Bewegung.

Wir atmeten auf, blieben aber noch ein paar Minuten still in unserem Versteck. Erst als auch das letzte schwache

Beben verklungen war, wagten wir uns hervor. Der arme Händler, der den Vorgang mit weit aufgerissenen Augen verfolgt hatte, zitterte wie Espenlaub. Erst allmählich begann er sich wieder zu beruhigen.

„So, und nun sag uns, warum du in diesen gefährlichen Zeiten hier ganz allein mit deiner Ware unterwegs bist!", forderte Papa ihn auf.

„Ich bin nur ein einfacher flämischer Tuchhändler, Herr!", rechtfertigte sich der Angesprochene. „In Köln habe ich gehört, dass meine Ware am Königshof in der Reichsstadt Dortmund einen viel höheren Preis erzielen würde, und da bin ich natürlich sofort losgezogen."

„Hat man dich denn nicht gewarnt, dass hier überall Kriegsgebiet ist und du deines Lebens nicht sicher sein kannst?"

„Natürlich, Herr. Aber die Leute haben davon gesprochen, dass der Welfenkönig Otto jetzt fast besiegt wäre, nachdem man ihm ein wichtiges Bergwerk in den Wäldern zerstört hätte. Und wer kein Geld mehr hat, der kann auch keinen Krieg führen, so ist es doch?"

„Das hast du ja gerade selbst gesehen, nicht wahr? Die Welfen sind sehr wohl noch unterwegs. Du solltest allein für deine Dummheit schon mit dem Verlust deiner Ware bestraft werden."

Der Händler nickte beschämt, schielte aber dennoch begehrlich auf die zerzausten Stoffe.

„Ich bin Euch unendlich dankbar, dass Ihr mein Leben gerettet habt, Herr, aber darf ich jetzt wohl meine Tücher aufsammeln, bevor der Schnee sie ganz verdirbt?"

Ich musste unwillkürlich lächeln, aber Papa stieg die Zornesröte ins Gesicht.

„Eigentlich gehören sie dir nach dem Grundruhrrecht gar nicht mehr, sondern dem Grafen von Berg, oder sehe ich das falsch?", meinte er erbost.

„Aber Herr…!", jammerte der Händler bestürzt. „Wollt Ihr denn wirklich mein Leben zerstören? Dann hätten mich die welfischen Söldner auch gleich umbringen können. Habt doch Erbarmen! Der Graf von Berg ist doch weit weg."

„Seine Burg liegt keine zwei Stunden von hier entfernt", erwiderte Papa frostig und winkte ab. „Mach, was du willst. Aber noch einmal können wir dich nicht beschützen, wenn du unbedingt weiter nach Dortmund ziehen willst."

Der Händler verbeugte sich mehrmals und zog sich dabei immer weiter in Richtung seines Karrens zurück.

„Danke, Herr! Habt vielmals Dank!", murmelte er dabei.

Als er merkte, dass wir ihn nicht daran hindern würden, seine verstreute Ware aufzusammeln, drehte er sich noch einmal zu uns um.

„Übrigens, Herr! In Köln haben sie einen jungen Mann in den Kerker gesperrt, der hatte genauso seltsame Augen und eine braune Haut wie Eure holden Damen!"

Ich benötigte nur drei lange Sätze, um den Händler zu erreichen. Ich packte ihn an der Schulter und riss ihn herum.

„Hast du ihn gesehen?", fuhr ich den erschrockenen Mann an.

„Aber ja, junge Herrin!", bestätigte er verwundert. „Alle haben ihn gesehen, als sie ihn die Stadt gebracht haben. Er gehörte zur Kriegsbeute der Söldner, die das Bergwerk im Sachsenlande zerstörten. Wenn der Erzbischof im Januar König Philipp empfängt, um ihn rechtmäßig zu krönen, dann wird es ein großes Fest geben, bei dem man den seltsamen Menschen öffentlich zur Schau stellt, bevor man ihn zur Feier des Tages aufhängt."

Ich ließ vor Schreck den Händler los und wurde blass. Der Mann schüttelte sich unwillig und starrte mich ungeniert lüstern an.

„Oh, habt Ihr das nicht gewusst, edle Maid?", grinste er frech. „Vielleicht hättet Ihr den fremden Jüngling ja gern für die Nacht in Eure Dienste genommen. Aber daraus wird nichts, denn nach Köln geht es nur über den Rhein, und jeder, der aus dem Sachsenland kommt, ist verdächtig, ein Welfe zu sein...!"

Er brach ab, denn Papa hatte demonstrativ sein Schwert gezogen.

„Ich habe nichts gesagt, Herr!", winselte der Händler unterwürfig.

„Mach, dass du fortkommst, du undankbarer Wicht!", rief Papa ihm zu.

Der ließ sich das nicht zweimal sagen und huschte endgültig zu seinem Karren.

Wir aber mussten nun erstmal gründlich Kriegsrat halten.

Kapitel 6
Die Isenburg

So we dir, tiuschiu zunge,
wie stet din ordenunge!
Daz nu diu mugge ir künec hat
Und daz din ere also zergat!
Bekera dich, bekere!
Die circel sint ze here,
die armen künege dringent dich:
Philippe setze en weisen uf
Und heiz si treten hinder sich!
(Walther von der Vogelweide)

So weh dir, Deutsches Reich,
wie steht es um deine Ordnung!
Dass sogar die Mücke ihren König hat,
doch dein Ansehen immer mehr zerfällt!
Kehre um, kehr um!
Die ausländischen Herrscher sind zu übermütig,
die lehnsabhängigen Fürsten bedrängen dich:
Dem Philipp setze die Krone auf
Und heiße sie treten hinter dich!
(Übertragung aus dem Mittelhochdeutschen)

Schen Diyi Er Dsi, Ende November 1204

Der laue Frühlingswind strich sanft über mein Gesicht, und die wärmenden Strahlen der aufgehenden Sonne ließen die hohen Felsen in hellem Licht erstrahlen. Der Tau auf den frischen grünen Blättern glitzerte wie abertausende kostbare Perlen im Morgenschein. Dazwischen plätscherte das klare Wasser des Baches über mehrere Kaskaden in den stillen kleinen See, an dessen von Moos umsäumten Ufer sich unser Nachtlager befand. Ich schloss die Augen, um die friedliche Stille des beginnenden Tages auf mich wirken zu lassen.

Als ich sie aufschlug, blickte ich in Pui Tiens liebliches Gesicht, und ihre langen schwarzen Haare kitzelten auf meiner Brust, während sie sich zärtlich über mich beugte. Ihr leicht geöffneter Mund näherte sich meinen Lippen. In scheuer Erwartung des innigen Kusses lehnte ich mich wohlig zurück.

„Oh, Pui Tien", flüsterte ich sehnsuchtsvoll. „Wo ai ni!" (Ich liebe dich).

Der heftig geführte Schlag in mein Gesicht holte mich in die grausame Realität zurück. Anstelle von Pui Tiens zärtlichem Lächeln grinste mich ein bärtiges Monstrum mit verklebten Haaren an. Der bucklige Wärter, der gerade seine schmierigen wulstigen Hände an meinem Leibrock abwischte, war eine Ausgeburt an Hässlichkeit. Er hustete unterdrückt, und aus seinen Nasenlöchern tropfte schleimiges Sekret auf das Schulterteil der grauen Gugel.

Der schäbig gekleidete Mann erhob sich schwerfällig, bedachte mich noch mit einem keckernden, von heiserem Husten unterbrochenen Lachen und schob mit seinem von Lumpen und Stoffresten umwickelten Fuß den hölzernen Napf in meine Richtung. Die wässrige Flüssigkeit darin schwappte über und bildete kleine milchige Pfützen auf den Steinen. Der Bucklige warf mir noch ein paar Brocken aufgeweichtes Brot hin, kehrte mir den Rücken zu und verschwand. Die schwere Eichentür rastete ins Schloss, und ich war wieder allein in meinem dunklen feuchten Kerker.

Diese demütigende Prozedur wiederholte sich Tag für Tag, und mittlerweile hatte ich mich sogar an die ständigen Misshandlungen des hässlichen Grobians gewöhnt. Anfangs ekelte ich mich noch sehr vor dem dünnen Gerstenbrei sowie den matschigen, klumpigen Brotfetzen, und ich musste mich häufig übergeben. Aber irgendwann begriff ich, dass ich ohne die karge, scheußlich schmeckende Nahrung mit Sicherheit sterben würde, bevor Pui Tien und ihre Eltern mich überhaupt finden konnten. Dass dies aber doch eines Tages geschehen würde, war die einzige Hoffnung, an die ich mich klammerte, um nicht elendig zugrunde zu gehen.

Inzwischen musste ich dafür Sorge tragen, weder vor Hunger noch von einer Krankheit dahingerafft zu werden. Allerdings fiel mir das angesichts des schmutzigen, feuchten Gewölbes und der eisigen Zugluft, die stets kälter zu werden schien, immer schwerer. Manchmal, wenn ich erwachte, waren meine Knochen schwer wie Blei, und ich fand kaum noch die Kraft aufzustehen. Hin und wieder fiel ich stundenlang in eine Art Delirium, währenddessen ich glaubte, in eine wunderschöne andere Welt versetzt zu sein. Das waren die Momente, in denen ich mich schwerelos und glücklich fühlen konnte, weil meine angebetete Pui Tien mich erhörte und liebevoll umsorgte.

Vor drei Wochen hatte ein ungewöhnlich heftiger Sturm über der Stadt getobt und mit seinen entfesselten Gewalten so kräftig an den Gemäuern gerüttelt, dass ich schon glaubte, sie würden einstürzen. Zum ersten Mal seit meiner Einkerkerung war es mir gelungen, an den Bruchsteinfugen zum vergitterten Fenster hinaufzuklettern und hinauszuschauen. Der Wind wirbelte Teile von Strohdächern, Holzbalken und umgestürzte Karren durch die Gassen, die zweifellos jeden, der sich unvorsichtigerweise nach draußen wagen würde, erschlagen hätten. Während mir der Regen ins Gesicht peitschte, versuchte ich krampfhaft, die eisernen Gitterstäbe zu lockern, aber sie bewegten sich keinen Millimeter. Danach war mir endgültig klar geworden, dass ich auf diesem Wege nicht die geringste Chance haben würde zu entkommen.

Dabei hatte ich noch immer keine Ahnung, warum ich hier eingesperrt war. Wenn man mich wirklich als ernstzunehmenden Gegner eingestuft hätte, wäre mir bestimmt schon längst der Prozess gemacht worden, und meine Gebeine würden sicher bereits vor einem der großen Stadttore im Morast vermodern. Vielleicht hatte man mich auch nur schlicht vergessen und der Willkür meiner Bewacher überlassen. Ich wusste es einfach nicht.

Als ich den hölzernen Napf zum Mund führte, spürte ich, wie meine Hände zitterten. Ich erschrak, schlürfte aber trotzdem den Inhalt gierig aus und schleuderte wütend das leere Gefäß vor die Tür. War dies ein Zeichen dafür, dass ich langsam erkrankte? Das durfte nicht geschehen, denn so etwas konnte mein Ende bedeuten.

Ich horchte in mich hinein. Ging mein Atem nicht schon rasselnd? Verzweifelt strich ich mir mit der Hand über die Stirn. War da vielleicht schon die Hitze des beginnenden Fiebers zu spüren? Ich bin ein moderner Mensch und das Kind einer Zeit, die auch in China keine Not und Entbehrungen mehr kennt. Meine Großeltern hatten unter Mao Tsetung noch Hunger gelitten, doch ich bin bei Weitem nicht so abgehärtet, wie deren Generation. Auch die Kälte und die Nässe machten mir arg zu schaffen.

Ich fröstelte unwillkürlich und erschrak noch mehr. In fast schon panischer Angst presste ich die Hände vor meine Brust und vergrub sie unter dem Schulterteil der Gugel. Dabei fühlte ich nicht nur meinen Herzschlag, sondern spürte auch ganz deutlich die Rippenknochen. Verwundert zog ich die Hände zurück und begann aufs Neue, meinen Brustkorb abzutasten - überall Knochen, wohin meine Finger sich auch bewegten. Mit ziemlich gemischten Gefühlen wiederholte ich die Prozedur an den Beinen und Füßen. Das Ergebnis war: ich musste mindestens 15 bis 20 Kilo Gewicht verloren haben, und ich wusste wirklich nicht, ob ich darüber lachen oder weinen sollte.

Gut, ich war nie ein Adonis gewesen, und unter normalen Umständen hätte es mich sogar gefreut, wenn mein Äußeres der Idealvorstellung entsprochen hätte, die Mädchen meines Alters nun mal von einem Jungen haben. Doch in meiner augenblicklichen Lage war jedes Kilo Übergewicht eine Art Lebensversicherung, um länger durchzuhalten.

Falls ich richtig gerechnet hatte, war jetzt Ende November. Demnach befand ich mich noch nicht einmal eineinhalb Monate lang in der Vergangenheit. In den ersten Tagen mit Pui Tien hatte es nach meinen Begriffen zwar auch nur spärliche Rationen gegeben, doch während der letzten drei Wochen war eine Extremsituation eingetreten, die in viel größeren Ausmaßen an meinem Körpergewicht zehrte als zuvor. Jede weitere Schwächung meiner Konstitution bedeutete zwangsläufig eine erhöhte Anfälligkeit gegenüber allen möglichen Krankheiten.

Für mich stand fest, dass ich mit der dünnen Gerstensuppe, die mir zu unregelmäßigen Zeiten einmal pro Tag gebracht wurde, nicht mehr weit kommen würde. Was aber, wenn dieser Zustand sich noch über mehrere Monate hinziehen sollte? Wenn ich so lange wie nur eben möglich überleben wollte, gab es nur einen Ausweg: ich benötigte dringend mehr Proteine.

Die einzige Chance, an solche zu kommen, waren die Ratten, die mir mit steter Regelmäßigkeit hier im Kerker einen Besuch abstatteten. Schon allein der Gedanke daran widerte mich an. Doch mein entschlossener, immer noch ungebrochener Wille durchzuhalten siegte, und ich nahm mir fest vor, die ekligen Biester bei der erstbesten Gelegenheit zu töten und notfalls auch roh zu verzehren.

Leng Phei Siang, 3. November 1204

Angesichts dessen, was wir von dem gierigen Händler gehört hatten, fassten wir schon nach kurzer Beratung den Entschluss, nicht weiter nach Köln zu reiten. In der augenblicklichen Situation hätten wir wahrscheinlich keine Chance, unbemerkt in die Domstadt zu gelangen und Didi im Handstreich zu befreien. Vielmehr mussten wir einfach darauf bauen, dass Pui Tiens Freund noch eine Weile durchhielt, denn erst, wenn der Staufer Philipp mit seinem Gefolge in die Domstadt einziehen würde, um sich von Erzbischof Adolf krönen zu lassen, müsste es dort drunter und drüber gehen. Stattdessen würden wir in den nächsten Tagen und vielleicht auch Wochen alles daran setzen, Oban und Sligachan aus ihrem Gewahrsam in der Isenburg herauszuholen. Natürlich waren wir uns darüber im Klaren, dass dieser Plan ein gewisses Risiko barg, doch selbst, falls es uns gegen alle Widerstände doch gelingen sollte, zuerst den Freund unserer Tochter zu retten, hätten wir das gefährliche Isenburg-Unternehmen mit einem völlig unerfahrenen und total geschwächten Begleiter angehen müssen. Das sah auch Pui Tien schnell ein.

Allerdings wollten wir keinesfalls unvorbereitet in die Höhle des Löwen eindringen. Immerhin war die Isenburg die größte, stärkste und sicherlich wehrhafteste Festung weit und breit. Um mehr über die gegenwärtige Besatzung und deren Verteidigungsmöglichkeiten zu erfahren, würden wir zuvor der Burg Volmarstein einen Besuch abstatten. Da diese den Übergang des wichtigen Heer- und Handelswegs zwischen Köln und Dortmund über die Ruhr sicherte, fielen wir dort als heimkehrende Kreuzfahrerfamilie bestimmt weniger auf. Trotzdem gab es da noch ein Problem, denn bei unserem letzten Aufenthalt im Mittelalter waren wir drei schon einmal auf der Burg Volmarstein aufgetaucht. Doch während für uns der Besuch vor einem halben Jahr stattgefunden hatte, waren für die Menschen in dieser Epoche mehr als dreißig Jahre vergangen.

„Beim Stand der jetzigen Lebenserwartung ist das ein ganzes Menschenalter", meinte Fred zuversichtlich. „Mit etwas Glück gibt es auf der Burg Volmarstein heute niemanden mehr, der sich an uns erinnern würde."

„Graf Arnold lebt auch noch und erfreut sich bester Gesundheit!", warf ich ein.

„Wir haben damals nur eine einzige Nacht auf der Burg verbracht, Siang!", entgegnete Fred. „Selbst wenn es den Ritter Heinrich noch gibt, wird er sich wohl kaum noch an die Begebenheit erinnern. Außerdem hat man dort jetzt bestimmt andere Sorgen."

Ich schaute skeptisch zu Pui Tien, aber unsere Tochter nickte entschlossen. Sie war offenbar bereit, jedes Risiko einzugehen, um ihren alten Lehrmeister endlich aus den Fängen seiner Peiniger zu befreien. Ich zuckte mit den Schultern und gab meinen Widerstand auf.

Pui Tien

Die Entscheidung, Didi vorerst in Köln seinem Schicksal zu überlassen, mag auf den ersten Blick hartherzig und gemein erscheinen, aber sie war sicher richtig gewesen. Immerhin drohte meinem Freund dort wohl bis zum Eintreffen des Stauferkönigs Philipp keine unmittelbare Gefahr, während Oban gerade jetzt nach der Zerstörung des Minenschachtes am Goldberg um sein Leben fürchten musste. Trotzdem fühlte ich mich überhaupt nicht wohl dabei und machte mir die größten Vorwürfe. Sollte unsere gewagte Rechnung nicht aufgehen, würde ich bestimmt meines Lebens nicht mehr froh. Gleichzeitig ärgerte ich mich über das totale Chaos meiner Gefühle.

Hatte der verrückte, verliebte Geck es sich nicht selbst zuzuschreiben, dass er sich nun in dieser ausweglosen Lage befand? Keiner der anderen Jungen, die um mich warben, war so unvernünftig gewesen wie er. Warum musste mir ausgerechnet derjenige unter ihnen, der die wenigsten Aussichten hatte, mein Herz zu gewinnen, so konsequent ins Unglück folgen? Alle anderen hatten rechtzeitig eingesehen, dass sie ihr Leben aufs Spiel setzen würden, wenn sie mir zu nahe kamen, dachte ich bitter.

Ich spürte einen dicken Kloß im Hals und wischte mir mit den langen Ärmelaufsätzen über die Augen. Der Wolf sah mir dabei unverwandt zu.

„Was willst du?", herrschte ich das unschuldige Tier gereizt an. „Der Wind treibt mir den Schnee ins Gesicht!"

Mama, die neben mir ritt, schaute verwundert zu mir herüber. Trotzig schlug ich meinem Pferd die Fersen in die Weichen und setzte mich an die Spitze unseres kleinen Zuges. So konnte wenigstens niemand beobachten, wie mir die Tränen an den Wangen hinabliefen.

Warum war mir dieser Idiot nicht einfach egal? Aber je größer meine angestaute Wut auf Didi wurde, desto mehr verfolgte mich sein trauriger Blick, mit dem er mich stets gemustert hatte, wenn ich mich wieder einmal dazu hinreißen ließ, ihm brutal zu versichern, dass ich ihn nicht lieben würde.

Pah, diese treuherzigen Hundeaugen! Wie ich sie hasste! Dieses pausbäckige, weiche Gesicht, sein plumper pummeliger Körperbau, zu füllig, um problemlos durch die engen Gänge der Klutert zu kriechen! Was hatte dieser Junge schon mit der schlanken Gestalt und dem klugen Gesichtsausdruck von Tom oder der muskulösen, sehnigen Erscheinung von Arnold gemein? In deren Armen hatte ich mich geborgen gefühlt, ich hatte das zarte Streicheln ihrer sanften Hände genossen und mich beim Küssen gern dem lockenden Spiel ihrer Zunge hingegeben, hatte mich fallen lassen, um ganz und gar dem kribbelnden Gefühl in meinem Bauch ausgeliefert zu sein…

Und doch hatte ich beide verloren, weil letztlich keiner von ihnen den Mut aufzubringen vermochte, die Annehmlichkeiten und Privilegien ihrer eigenen Welt hinter sich zu lassen, um an meiner Seite glücklich zu sein. Für Didi hatten sich solche Fragen gar nicht erst gestellt. Er war mir bedenkenlos und ohne zu zögern in die tödliche Gefahr einer grausamen Epoche gefolgt, nur weil er mich selbstlos und von ganzem Herzen liebte. Und nun schimpfte ich maßlos und völlig ungerecht über seine körperlichen Mängel, nur um vor meinem schlechten Gewissen zu verdrängen, dass ich in Wirklichkeit im Begriff war, den einzigen Menschen im Stich zu lassen, der meinetwillen sein bisheriges Leben weggeworfen hatte.

Warum wollte ich nicht ehrlich zu mir selbst sein? Warum mir nicht endlich eingestehen, dass mir dieser pummelige, nervige, liebestolle und völlig verrückte Chaot längst viel mehr bedeutete, als ich jemals für möglich gehalten hätte?

Meine Tränen liefen in Strömen, und ich war froh, dass mich augenblicklich niemand beobachten konnte. Denn wenn das Schicksal beschlossen haben sollte, dass ich ihn nicht mehr wiedersehen dürfte, dann würde ich nie wieder in die Gegenwart zurückkehren.

Fred Hoppe

Der Schnee bedeckte alle Hinterlassenschaften des langen Bürgerkriegs wie ein kaltes Leichentuch. Trotzdem scheuten unsere Pferde jedes Mal aufs Neue, wenn wir an halb verwesten Tierkörpern, den ausgebrannten Ruinen von Bauernkaten oder sonstigen grausamen Zeugnissen vergangener Scharmützel vorbeikamen. Selbst hier, entlang des alten Handelsweges von Köln durch das waldige Bergland zur Reichsstadt Dortmund, waren überall die Spuren des mittlerweile schon sechs Jahre andauernden Kampfes zwischen den Anhängern beider Königsfamilien zu sehen. Das sogenannte „Bauernlegen" schien unter den ach so ritterlichen Gegnern eine ziemlich beliebte Beschäftigung zu sein. Allein auf dem relativ kurzen Wegstück bis in die Wuppersenke hinab kamen wir an mehr als einem halben Dutzend grausiger Zeugnisse dieser Ereignisse vorbei, und ich begann immer besser zu verstehen, warum die Bewohner der Siedlung Schwelm sich uns gegenüber so feindlich verhalten hatten.

Da das Schneetreiben immer dichter wurde, beschlossen wir, an diesem Tag nicht mehr bis zur Burg Volmarstein zu reiten, sondern ein kleines Stück abseits des Pfades am Ufer der Ennepe unser kleines Turnierzelt aufzuschlagen. Während Phei Siang, Udalrik und ich uns gleich daran begaben, im Auenwald die erforderlichen Eschen zu fällen, machte sich Pui Tien allein auf, noch einmal ihr Versteck aufzusuchen, um das zurückgelassene weiße Fellkleid zu holen. Jedenfalls teilte sie uns diese Absicht lapidar mit, als wir den Hohlweg am Fuße des Gevelberges verließen, und durchquerte bereits die Furt, bevor ich sie überhaupt nach dem Grund ihres eigenwilligen Vorhabens fragen konnte. Einen Moment lang schaute ich ihr sprachlos nach und stieg dann kopfschüttelnd vom Pferd. Phei Siang legte vielsagend ihre Hand auf meinen Arm:

„Lass sie, Fred! Ich glaube, sie will eine Weile allein sein, um mit sich selbst ins Reine zu kommen."

Ich sah Phei Siang erstaunt an.

„Sie war doch damit einverstanden, dass wir uns zuerst um Oban und Sligachan kümmern wollten!", entgegnete ich erstaunt. „Womit will sie dann ins Reine kommen?"

Phei Siang schenkte mir ihr typisches herzerweichendes Lächeln.

„Ach, Fred!", seufzte sie nur kurz.

„Du willst doch nicht etwa andeuten, dass sie im Begriff ist, sich in den pummeligen Spinner zu verlieben?"

Phei Siang bedachte mich mit einem strafenden Blick.

„Ist doch wahr!", meinte ich trotzig. „Mit ihrem Aussehen würde sie mit Leichtigkeit sogar Typen wie diesen Popstar Robbie Williams um den Finger wickeln."

„Du bist ganz schön gemein und ungerecht, Fred!", konterte sie mit vorwurfsvoller Stimme. „Warum habe ich mich wohl für dich entschieden?"

„Vielleicht, weil du irgendwann gemerkt hast, dass ich der Einzige bin, der dich so sehr liebt, dass er bereit ist, für dich alles auf der Welt und sogar sich selbst aufzugeben", vermutete ich grinsend.

„Genau!", beschied mir Phei Siang schnippisch und ließ mich verdutzt stehen.

Nach ein paar Metern dreht sie sich aber noch einmal um und hob mahnend den Zeigefinger:

„Denk mal darüber nach, Fred Hoppe!"

Die Nacht war sternenklar und eiskalt. Im hellen Schein des Mondes blinkten die glitzernden Kristalle wie gleichmäßig verstreute funkelnde Diamantensplitter. Hinter der dick eingefetteten Leinenwand unseres kleinen Zeltes flackerte das wärmende Feuer, während ich bibbernd draußen vor dem Eingang stand und angestrengt auf die dunkle Wand des Waldes blickte. Wie gern wäre ich ebenfalls ins Zelt gegangen und hätte mich unter der Wolldecke behaglich an Siangs Körper geschmiegt. Doch die Unruhe über das Ausbleiben unserer Tochter trieb mich immer wieder hinaus.

Es war schon weit nach Mitternacht, aber noch immer deutete nichts darauf hin, dass Pui Tien sich unserem Lager nähern würde. Bis auf vereinzelte Eulenschreie war kein einziger Laut zu vernehmen. Ab und zu huschten lediglich die flatternden Schatten von Fledermäusen über das Zeltdach hinweg. Die Pferde standen eng beieinander und hielten die Köpfe gesenkt. Auch sie schienen nichts zu wittern.

Plötzlich hörte ich, wie hinter mir die Verschnürung aufgezogen wurde. Ich fuhr herum und sah, wie sich Phei Siangs schwarzer Schopf durch die schmale Öffnung zwängte.

„Brrr, ist das kalt!", raunte sie mir zu. „Komm doch endlich zu mir. Allein friere ich sogar unter der Decke beim offenen Feuer."

Ich zögerte. Phei Siang zog einen Schmollmund. Ich musste lächeln, denn es sah zu komisch aus.

„Bitte, Fred!", flehte Siang. „Sie kommt keine Minute früher, wenn du da draußen auf sie wartest."

Ich ließ mich erweichen. Drinnen half sie mir, das schwere Kettenhemd auszuziehen. Ich entledigte mich auch des Gambesons und flüchtete zu ihr unter die Decke. Ich legte meinen Arm um Siangs Schultern, während ihr Kopf sanft auf meine Brust sank.

„Wo bleibt sie nur?", fragte ich leise. „Hoffentlich ist ihr nichts passiert."

„Sie hat 15 Jahre hier in dieser Wildnis gelebt", murmelte Siang schlaftrunken. „Wenn jemand weiß, wie man da draußen solch eine kalte Nacht übersteht, dann sie. Morgen früh ist sie wieder da, du wirst sehen."

„Hm", machte ich skeptisch, erwiderte aber sonst nichts.

Ich schielte schläfrig zu Udalrik hinüber, der auf der anderen Seite des Feuers leise vor sich hin schnarchte, und zog Siangs Oberkörper noch enger an mich. Irgendwann nickte auch ich endlich ein.

Als wenig später die Decke an meinem rechten Arm angehoben wurde, und ein kalter Lufthauch über meinen Rücken strich, registrierte ich es kaum, denn alsbald wurde ich auch von dieser Seite wieder gewärmt. Erst im dämmrigen Schein des beginnenden Morgens stellte ich erstaunt fest, dass auf meiner Brust zwei pechschwarze Haarschöpfe lagen. Phei Siang und Pui Tien schlummerten so friedlich nebeneinander, dass ich mich gar nicht traute, die beiden aufzuschrecken. Ich warf Udalrik, der bereits dabei war, neue Scheite auf das glimmende Feuer zu legen, nur einen hilflosen Blick zu, schloss die Augen und blieb einfach liegen. Endgültig geweckt wurde ich dann vom betörenden Duft frisch gebratenen Fleisches.

„Ich war in der Höhle!", sagte Pui Tien unvermittelt und lächelte, während sie mir ein saftiges Bratenstück reichte.

Phei Siang fütterte den Wolf mit Innereien. Als ich mich aufrichtete, um das dargebotene Fleisch entgegenzunehmen, sah sie mich schelmisch an.

„Ich hab dir doch gesagt, du brauchst dir keine Sorgen zu machen."

Ich nickte kurz und wandte mich an Pui Tien.

„Hast du Kummer, Tochter?", fragte ich rundheraus. „Willst du uns erzählen, warum du in der Höhle warst?"

Pui Tien schaute einen Moment lang beschämt zur Seite.

„Ich kann jetzt nicht darüber sprechen, Papa!", erklärte sie kurzum. „Aber ich werde es euch sagen, wenn ich selbst genau weiß, was ich fühle. Frag bitte nicht weiter."

„Hat es mit deinem Freund Didi zu tun?", bohrte ich unerbittlich weiter und trug mir dafür einen giftigen Blick von Phei Siang ein.

Pui Tien schluckte, aber sie wurde einer Antwort enthoben, weil Udalrik eintrat, um zu melden, dass die Pferde bereitständen. Das Thema war damit beendet, denn wir mussten uns fertig ankleiden, das Zelt abbauen und auf dem Packpferd verstauen. Allerdings hatte ich noch deutlich gesehen, wie meine Tochter errötete.

Leng Phei Siang

Ich hätte Fred den Hals umdrehen können, und er konnte nur von Glück sagen, dass sein Schienbein in jenem Moment für mich unerreichbar war. Du rücksichtsloser, ignoranter, gefühlloser, roher Klotz, dachte ich grimmig, du..., du..., du typischer Mann! Bösere Ausdrücke hatte ich in meiner Sprache leider nicht zur Verfügung, und wenn doch, dann hätte ich sie ihm bestimmt auch in Gedanken an den Kopf geworfen. Diese Kerle waren einfach nicht in der Lage, sich in das Gefühlschaos eines verzweifelten jungen Mädchens hineinzuversetzen.

Ich wartete, bis ich einen Moment lang mit Pui Tien allein war, und nahm sie tröstend in meine Arme, doch meine Tochter lächelte mich nur verklärt an.

„Papa ist so lieb", flüsterte sie versonnen. „Er macht sich solche Sorgen um mich. Ich kann wirklich glücklich sein, dass ich euch beide habe."

Das saß! Ich spürte direkt, wie mir die Schamröte ins Gesicht stieg. So viel zu meiner weiblich-instinktiven Mutter-Tochter-Psychologie. Gleichzeitig musste ich wegen meines offensichtlich schon gluckenhaften Beschützer-Komplexes laut auflachen. Nun ja, kein Wunder, wenn man wie ich im Jahr des Huhns geboren war.

„Was ist so lustig, Mama?", erkundigte sich Pui Tien verwundert.

„Ach, weißt du, Nü er, wir beide haben ein Problem", erwiderte ich grinsend. „Wir lieben denselben Mann."

Pui Tien kicherte unterdrückt, als Fred wieder im Zelt erschien, um die zusammengelegten Decken zu holen, und machte sich umgehend daran, die Lederriemen an den Eschenstangen zu lösen. Ich nutzte die Gelegenheit und folgte meinem ritterlichen Helden nach draußen. Udalrik war gerade damit beschäftigt, unsere Reittiere zu satteln. Unterdessen hatte Fred das Packpferd erreicht und begann damit, die Decken zu verstauen. Ich nahm die Zügel des Tieres und führte es soweit herum, bis es zwischen uns und dem Bauern stand.

„He, was hast du vor?", fragte Fred erstaunt.

Anstelle einer Antwort warf ich blitzschnell meine Arme um seinen Hals. Fred zog mich zu sich heran, und wir küssten uns inniglich.

Das Packpferd wieherte, und fast automatisch ließen wir voneinander ab - gerade noch rechtzeitig, bevor Udalrik auf uns aufmerksam werden konnte. Dafür hatte Pui Tien uns längst erspäht, denn unsere Tochter hockte nur wenige Meter von Fred und mir entfernt im Schnee. Ihre Arme hielten den Wolf umschlungen, während sie uns mit verklärtem Blick musterte.

Pui Tien

Der Pfad führte uns weiter über die verschneiten Höhen nördlich der Ennepe. Außer den Hufabdrücken unserer eigenen Pferde gab es keine weiteren Spuren. Bald konnten wir in der Ferne das helle Band der Ruhr ausmachen, wie es sich durch das breite Tal zwischen den Waldbergen wand. Bis zur Burg Volmarstein war es sicher nicht mehr allzu weit. Papa hatte sich bereits an die Spitze unseres kleinen Zuges gesetzt, damit die Leute auf den Wachtürmen schon von Weitem an seinem Wappenrock erkennen konnten, dass sich ihnen ein heimkehrender Kreuzfahrer ganz offen mitsamt seiner Familie näherte. Trotz der überall herrschenden Unsicherheit wegen des Bürgerkrieges hatten wir so vermutlich noch die besten Aussichten, nicht gleich als mögliche Bedrohung eingestuft zu werden.

Udalrik war mir seit unserem Aufbruch nicht mehr von der Seite gewichen. Ich spürte, dass ihn irgendetwas beschäftigte, worüber er wahrscheinlich gern sprechen würde, doch bislang hatte er dazu nicht den Mut aufgebracht. Nun aber fühlte er sich wohl endlich unbeobachtet.

„Snäiwitteken, darf ich dich etwas fragen?", begann er ein wenig zögerlich.

„Sicher, Udalrik!", antwortete ich so freundlich wie möglich, um ihn nicht zu verunsichern. „Wir sind doch nun Freunde und sollten keine Geheimnisse voreinander haben."

„Gut", meinte Udalrik erleichtert, „du bist doch eine Zauberin, wie mir mein Vater erzählt hat."

Ich nickte lächelnd, denn ich hatte sehr wohl registriert, dass er mir gegenüber das unschöne Wort „Hexe" tunlichst vermeiden wollte.

„Warum ziehen wir dann nicht einfach vor die Isenburg, und du setzt alle Waffen unserer Gegner in Brand, wie du es damals im Tal des Steinbaches mit denen der Jäger des jungen Grafen Arnold getan hast?"

„Das würde ich sicher gern tun, Udalrik!", beschied ich ihm lachend. „Aber so stark sind meine Kräfte nicht. Deshalb konnte ich auch nicht verhindern, dass mich am Goldberg der Armbrustpfeil der Staufer getroffen hat."

„Aber du hast doch damals alle in den Wäldern in Angst und Schrecken versetzt."

„Ich bin nur ein Mensch, genau wie du, Udalrik. Aber in meinem Kopf wohnt eine Gabe, die mich befähigt, mit der Kraft meiner Gedanken Dinge zu bewegen und in Brand zu setzen. Doch diese Fähigkeit musste ich erst richtig erlernen. Ich glaube, dass früher viele Menschen solche Gaben hatten, aber mit der Zeit hat man verlernt, sie zu gebrauchen. Und alles, was sie nicht kennen, macht ihnen Angst.

Die Altvorderen sind die Einzigen, die das alte Wissen noch besitzen, denn sie haben mir gezeigt, wie ich meine Kräfte beherrschen kann."

Udalrik nickte bedächtig. Wahrscheinlich versuchte er, das gerade Gehörte zu verarbeiten.

„Aber du und deine Eltern, ihr beherrscht doch den Lauf der Zeit!", wandte er ein. „Vielleicht seid ihr ja sogar unsterblich."

„Nein, Udalrik, so ist das nicht!", entgegnete ich erheitert. „Wir sind genauso sterblich wie du."

„Das kann nicht sein!", protestierte der Bauer energisch. „Mein Vater sagte, du wärst ein kleines Mädchen in seinem Alter gewesen, als er dich zum ersten Mal sah. Doch jetzt ist er ein alter Mann, und du bist noch immer so jung wie damals."

Ich überlegte einen Moment lang, wie ich ihm dieses augenscheinliche Wunder so erklären konnte, dass er es verstand.

„Es ist tatsächlich so, dass ich erst 17 bin, Udalrik, denn für mich ist nur ein halbes Jahr vergangen, seitdem ich mit meinen Eltern aus deiner Welt verschwand."

„Wie ist das möglich, Snäiwitteken? Die Zeit vergeht doch immer gleich! Nur Zauberwesen aus einer Zauberwelt können sie vielleicht überlisten. Aber dann wärst du doch nicht so wie ich, auch wenn du willst, dass ich das glauben soll."

„Hm, Udalrik, das ist nicht einfach zu erklären. Ich will es aber trotzdem versuchen. Du musst dir vorstellen, die Mächte des Berges, den wir die Klutert nennen, würden dich eines Tages packen und so weit in die Vergangenheit schleudern, dass du deinem Urgroßvater begegnest, als dieser gerade ein kleiner Junge war. Verstehst du das?"

„Ja, natürlich verstehe ich das, doch so etwas gibt es nicht."

„Oh doch, Udalrik, das gibt es! Im Berg und seiner Höhle herrschen unheimliche Mächte, die an einem ganz bestimmten Tag im Jahr die Schicht zwischen den Welten so dünn werden lassen, dass sie von Menschen, die für jene entfesselten Kräfte empfänglich sind, durchschritten werden können. Auf meine Eltern trifft dies zu."

In Udalriks Gesicht stand das pure Entsetzen geschrieben.

„Die Altvorderen, die mich erzogen, wissen davon, denn ihr Volk ist seit undenklichen Zeiten mit diesen Mächten vertraut!", fuhr ich ungerührt fort. „Sie nennen den Tag der wandernden Seelen ‚Samhain'."

„Also haben die Alten doch recht gehabt, wenn sie uns vor dem Betreten der Höhle warnten!", schloss Udalrik sinnend.

Ich nickte ihm bestätigend zu.

„Aber spinnen wir unsere Idee weiter", nahm ich den Faden wieder auf. „Du lernst also deinen eigenen Großvater in dessen Kindheit kennen. Danach hast du das Glück, in deine eigene Zeit heimkehren zu dürfen. Doch nur ein Jahr später geschieht das Gleiche mit dir noch einmal, aber diesmal landest du nicht ganz so weit in der Vergangenheit, sondern in einer Epoche, in der schon dein Vater lebt. Für dich selbst ist nur ein einziges Jahr vergangen, aber für deinen Großvater sind vielleicht mehr als 20 ins Land gegangen."

Udalrik dachte einen Moment lang nach.

„Ich glaube, ich weiß jetzt, was du meinst, Snäiwitteken!", sagte er dann. „Also bist du schon als kleines Kind so in unsere Welt gekommen. Und deine Eltern fanden dich erst, als du erwachsen warst."

„Genauso ist es, Udalrik!", bekräftigte ich überrascht. „Du bist ein kluger Mann!"

„Dann bist du also wirklich keine Hexe?", fügte er lächelnd an.

„Nein, ich bin keine Hexe!", betonte ich lachend. „Und wir sind nur deshalb zurückgekommen, weil uns mein alter Lehrmeister in seiner Not durch den Geist einer hochgestellten Frau rufen ließ."

„Eine hochgestellte Frau?", hakte Udalrik nach. „Ich habe vor einiger Zeit eine solche gesehen. Es war am Bergwerk, und man sagt, sie wäre sogar eng mit beiden streitenden Königen verwandt."

„Pfalzgräfin Agnes von Staufen!", rief ich spontan.

„Ja, so nannte man sie. Die Schergen des jungen Grafen Everhard hatten sie und ihren Mann versehentlich in den Wäldern gefangen genommen und zusammen mit den Zwergen zur Mine verschleppt. Doch dann stellte sich heraus, dass er der Bruder König Ottos war, und Graf Everhard hat seine Leute für das Vergehen auspeitschen lassen."

Unverhofft war wieder ein Puzzleteilchen an die richtige Stelle gerückt.

Obwohl Udalrik nun ziemlich genau über das Geheimnis unserer Herkunft Bescheid wusste, schien er noch nicht ganz zufriedengestellt zu sein.

„Warum sieht dein Vater aus wie wir, während du, deine Mutter und dein Freund eine dunklere Haut haben und ein fremdes Gesicht mit Augen wie Katzen?", wollte er wissen.

„Meine Mutter und der Junge, den du gesehen hast, kommen aus einem fernen Land am anderen Ende des Erdkreises, Udalrik!", versuchte ich ihm zu erklären. „Dieses Land heißt Tschung Guo, und dort sehen alle Menschen so aus. In unserer Zeit leben aber auch einige von ihnen hier, deshalb konnten meine Eltern sich ineinander verlieben."

Udalrik nickte bedächtig.

„Dann darf also in eurer Zeit jeder mit der Person zusammenleben, die er liebt?"

„Natürlich, wenn der oder die andere Person die Gefühle erwidert."

„Hier ist das leider nicht so, Snäiwitteken!", betonte Udalrik traurig. „Bei uns bestimmt der Grundherr, wen wir zur Frau nehmen dürfen. Da wir Stiftsbauern sind, wäre das der Abt von Werden, doch der hat sein Recht an den Grafen von Altena abgetreten. Und dieser achtet genau darauf, dass ein jeder niemals sein Auge auf eine Höhergestellte wirft. Aber das hast du ja auch erfahren müssen, als der alte Graf Everhard seinem Sohn verboten hatte, dich zu heiraten."

„Doch du selbst liebst auch eine Frau, die nicht deinem eigenen Stand angehört, nicht wahr?", vermutete ich.

„Woher weißt du das?", entfuhr es Udalrik überrascht.

„Das hat nichts mit meiner Gabe zu tun, dein Gemüt und deine Stimme verraten dich!", entgegnete ich lachend.

„Es ist eine Tochter des Verwalters aller Höfe des altehrwürdigen Geschlechts der Gebrüder von Hagen", murmelte Udalrik kleinlaut vor sich hin. „Sie heißt Irmingtrud, und sie ist nun Witwe, denn ihr Mann, der im Waffendienst für den Grafen stand, fiel im Kampf mit den Staufern."

„Aber ihr beide liebt euch schon seit langem!", schloss ich daraus.

„Seitdem wir Kinder waren!", bestätigte Udalrik niedergeschlagen. „Doch der Meier des Oberhofes Schöpplenberg will sie jetzt zu sich nehmen. Dabei hat er schon eine Frau, die jedoch krank ist und keine Kinder bekommen kann. Der junge Graf Everhard hat aber trotzdem schon zugestimmt, wenn der Abt von Werden den Dispens erteilt."

„Du meinst, wenn der Meier dem Abt genug Pfründe geben kann?", ahnte ich.

„So ist es. Als Sergent eines adeligen Herren könnte ich zwar sicher meinen Anspruch geltend machen, aber ich bin arm, und dein Vater kann mir auch nichts geben..."

„Und da dachtest du, ich könnte dir vielleicht mit meinen Zauberkräften helfen?", unterbrach ich ihn.

Udalrik sah überrascht auf, und an seinen Augen konnte ich erkennen, wie er begann, wieder Hoffnung zu schöpfen. Es tat mir fast leid, ihn enttäuschen zu müssen.

„Ich besitze solche Kräfte nicht, Udalrik. Ich kann weder Gold zaubern noch den Abt zwingen, in deinem Sinne zu entscheiden."

Der Bauer im Kettenpanzer eines Ritters sank sichtlich zusammen.

„Aber nachdem wir unseren Auftrag erledigt haben, können wir immer noch deine Ausrüstung verkaufen und dir den Erlös überlassen. Ich glaube, das Panzerhemd und dein Schwert sind bestimmt viel mehr wert, als der Meier vom Schöpplenberg jemals aufzubringen vermag."

„Das würdet ihr wirklich für mich tun, Snäiwitteken?", rief Udalrik hocherfreut.

„Natürlich, denn gute Freunde müssen sich doch gegenseitig helfen, oder?"

Fred Hoppe

Ich traute dem Frieden nicht, und ich sollte recht behalten. Zunächst jedoch deutete absolut nichts auf einen möglichen Überfall hin. Der Weg durch den verschneiten Winterwald im Tal des Aehringhauser Bachs hinunter zur Ruhrfurt war einsam und menschenleer. Ich versuchte immer wieder einen Blick auf den Höhenzug zu unserer Linken zu erhaschen, denn ich glaubte, dass wir die Burg Volmarstein auf ihrem felsigen Sporn hoch über dem Fluss bald erblicken müssten, doch die Bäume zu beiden Seiten des schmalen Pfades verhinderten die freie Sicht auf die Berge. Ich fragte mich bereits, ob man denn hier vielleicht die entsprechenden Hänge gar nicht abgeholzt hatte, aber dann fiel mir wieder ein, dass der isoliert stehende Burgberg ja noch ein ganzes Stück Ruhr abwärts lag. Erst kurz vor der Furt würde er zu sehen sein.

Ich schaute mich nach allen Seiten um. Nirgendwo in diesem leicht abfallenden Tal konnte man irgendwelche Spuren menschlicher Besiedlung erkennen. Außerdem war es mucksmäuschenstill, und das bereitete mir noch größere Sorgen. Als dann plötzlich vor uns wie aus dem Nichts der schlecht nachgeahmte Schrei einer Krähe ertönte, wusste ich sofort, dass ich mich nicht getäuscht hatte. Gleichzeitig stieß hinter mir Pui Tien einen gellenden Warnruf aus und gab ihrem Pferd die Sporen.

„Sie lauern an der Biegung!", rief mir meine Tochter im Vorbeireiten zu.

Ich nahm meinen Schild hoch, legte den Kinnschutz an und sah zu, an Phei Siangs Seite zu kommen, um auch ihr möglichst viel Schutz zu bieten. Währenddessen sprangen etwa hundert Meter haufenweise Bewaffnete aus den Büschen. Die Schergen hielten ihre Bogen gespannt und zielten auf uns. Trotzdem zögerten sie. Offenbar hatten sie nicht damit gerechnet, dass jemand aus unserer Gruppe in vollem Galopp auf sie zupreschen würde. Als unsere Gegner sich endlich zum Handeln entschlossen, war es bereits zu spät. Es zischte laut, und die Mehrzahl der auf uns gerichteten Pfeile und Bogen ging in Flammen auf. Überrascht und erschrocken warfen die Söldner die unbrauchbar gewordenen Waffen in den Schnee. Gleichzeitig brachen wir auf unseren Pferden durch die aufgelösten Reihen. Wir konnten es uns nicht leisten, Rücksicht zu nehmen. Jeder, der sich uns entgegenstellte wurde entweder gleich umgeritten oder zur Seite gestoßen.

Vor uns hatte Pui Tien ihr Pferd angehalten und gewendet. Während wir anderen weiterritten, fixierte sie bereits unsere Gegner aufs Neue. Dabei blickte ich kurz in ihre glühenden Augen und erschrak. Ich schaute schnell zur Seite, um nicht selbst in den Bann ihrer unheimlichen Kräfte zu geraten. Hinter uns krachten riesige Äste und ganze Bäume mit gewaltigem Getöse auf den Pfad. Danach riss Pui Tien ihr Pferd wieder herum und gab ihm die Sporen. Schon bald hatte sie uns eingeholt. Wir hielten uns nicht auf, sondern trieben gleich darauf die Tiere abermals an, denn es war klar, dass unsere Gegner nicht so schnell aufgeben würden. Wie zur Bestätigung konnte ich nur wenige

Minuten später eine Horde Reiter ausmachen, die uns verfolgte.

Doch das erschreckte uns weit weniger als die zerschlagenen Überreste des zweirädrigen Karrens, an denen wir vorbeipreschten. Von dem gierigen Kaufmann, dem wir am Tage zuvor begegnet waren, gab es keine Spur. Unwillkürlich fragte ich mich, ob er den Überfall wohl überlebt hatte, aber uns blieb keine Zeit, darüber zu spekulieren, denn Pui Tien drängte uns unmissverständlich weiter zur Flucht. Sie sah fürchterlich erschöpft aus. Ihre schwarzen Haare klebten in langen nassen Strähnen am Körper, und sie atmete schwer.

„Ich kann sie nicht noch einmal aufhalten, Papa!", beschwor sie mich keuchend. „Wir müssen schnell zur Burg kommen, sonst haben wir keine Chance!"

Ich schaute mich gehetzt um. Verdammt, wie weit war es denn noch bis ins Tal der Ruhr? Ich schüttelte unwillig den Kopf und schlug meinem Pferd die Absätze meiner ledernen Stiefel in die Weichen. Mit einem enormen Satz jagte es los, und ich setzte mich wieder an die Spitze unserer kleinen Gruppe.

Endlich lichtete sich der Wald ein wenig, und ich vermochte bereits die sumpfige Talaue zu erkennen, durch die sich träge der Fluss schlängelte. Die Höhenzüge, die uns bisher auf beiden Seiten begleitet hatten, traten zurück und gaben den Blick auf den Volmarsteiner Burgberg frei. Der unbewaldete massige Felsbrocken schob sich etwa einen Kilometer von uns entfernt in die flache Auenlandschaft hinein. Die Anlage war eindeutig eine Höhenburg, die auf dem vorstehenden Gipfel errichtet worden war. Ein breit ausladender Bergsattel trennte diesen vom angrenzenden Höhenzug. Beherrscht wurde die Burg von einem wuchtigen Bergfried mit hölzerner Dachhaube. Eine Reihe von eingefügten schmaleren Türmen ergänzte die steinerne Ringmauer, die sich gleichermaßen um Ober- und Unterburg zog. Bei unserem letzten Besuch mehr als dreißig Jahre vor dieser Zeit war mir die Volmarstein noch nicht so wehrhaft und massig vorgekommen, dachte ich unwillkürlich. Wahrscheinlich hatte auch dieser Außenposten der Kölner Erzbischöfe den unsicheren Zeiten seinen Tribut zollen müssen.

Ich lenkte unseren Zug scharf nach links, um an den Fuß des Burgberges zu gelangen, denn ich wusste, dass dort der steile gewundene Weg hinauf begann. Damals hatten wir die Volmarstein über die Höhen erreicht und mussten erst den Felsen umrunden, bevor wir zum Tor in der Unterburg vordringen konnten. Hoffentlich war nun der Pfad an der Ruhrschleife nicht überspült, sonst würden wir sehr schnell in Bedrängnis kommen.

Die Verfolger holten auf, und schon bald befanden wir uns wieder in Reichweite ihrer Pfeile. Daher ließ ich mich zurückfallen und sprang vom Pferd, um den anderen mit meinem Schild Deckung zu geben. Udalrik begriff sofort, was ich beabsichtigte, und stellte sich an meine Seite. Unterdessen nahmen Phei Siang und Pui Tien unsere Pferde an den Zügeln und führten sie zusammen mit ihren eigenen Tieren Schritt für Schritt vorsichtig über das Ufergeröllfeld.

Während wir uns langsam zurückzogen, trafen mehr und mehr Pfeile auf unsere Schilde oder fuhren direkt neben uns in die Bäume. Mein linker Ellenbogen, gegen den der schwere Lindenschild drückte, schmerzte höllisch, und mir war völlig klar, dass ich nicht mehr lange durchhalten würde. Udalrik blieb das natürlich nicht verborgen, und er schielte mit verkniffener Miene zu mir herüber. Wenn nicht schnellstens ein Wunder geschah, waren wir verloren.

Da ertönte plötzlich vom Burgberg her der dumpfe, lang gezogene Klang eines Horns. Unsere Gegner, die sich mittlerweile ebenfalls schon zwischen den ersten Gesteinsblöcken am Ruhrufer befanden, unterbrachen ihren Beschuss. Ich blieb stehen und lehnte mich erschöpft auf meinen aufgepflanzten Schild. Bald war Pferdegetrappel zu vernehmen, und eine berittene Schar Bewaffneter erschien am Eingang des Seitentals, wo der Pfad zur Burg Volmarstein begann. Wir hatten noch einmal Glück gehabt.

Leng Phei Siang

Edelherr Heinrich von Volmarstein war der zweite Träger jenes Namens, und er schien allen Widrigkeiten dieser Zeit zum Trotz ein Mann zu sein, der weder seine Freundlichkeit noch seinen Humor verloren hatte. Wie schon seinem Vater vor über dreißig Jahren ging ihm das ungeschriebene Gesetz der Gastfreundschaft über alles, denn er bot uns ohne Zögern seinen Schutz an.

Wir saßen auf fellbeschlagenen Stühlen an einem großen Tisch vor dem Kamin im relativ kleinen Saal des Palas und ließen uns die Hähnchen schmecken, die von einigen Bediensteten unseres Gastgebers aufgetragen worden waren. Da Udalrik eine höhere Stellung einnahm als ein einfacher Scherge, durfte auch er mit am Tisch Platz nehmen. Edelherr Heinrich hob seinen mit gewürztem Beerenwein gefüllten Kelch und schaute uns nachdenklich an.

„Ich verstehe nicht ganz, warum Ihr Euch mit Euren edlen Damen durch dieses vom Krieg aufgewühlte Land begeben müsst, Graf Winfred!", merkte er an. „Konntet Ihr denn vom Heiligen Land aus kein Schiff in Eure Heimat nehmen?"

„Ich habe zwar die schöne Tochter eines Khans der Rum-Seldschuken heiraten dürfen, aber nicht dessen Reichtum als Mitgift bekommen!", antwortete Fred geistesgegenwärtig. „Ich habe Euch ja bereits erzählt, wie uns die Venediger betrogen und benutzt haben. Da wollte ich mich nicht noch einmal auf das Wagnis einlassen, mein Leben und das meiner Lieben solchen Schurken anzuvertrauen. Außerdem war bereits der Mond Scheiding (September) angebrochen, und ich musste damit rechnen, in die wilden Stürme über dem Nordmeer zu geraten. So schien der lange Weg über Land am Ende sicherer zu sein, zumal ich damals glaubte, dass uns das Zeichen des Kreuzes schützen würde."

Ritter Heinrich stellte den Becher krachend auf den Tisch.

„Ha! Das Kreuz achtet in diesem Land niemand mehr!", rief er wütend aus. „Selbst mein eigener Lehnsherr, Erzbischof Adolf, scheint sich neuerdings gegen seine Heiligkeit zu stellen, weil er plötzlich den vom Papst gebannten Staufer unterstützt. Deshalb ist meine Burg nun von allen Seiten von Feinden umgeben."

„Oh, dann waren die Leute, die uns aufgelauert haben, wohl Parteigänger der Welfen?", vermutete Fred.

Ritter Heinrich schüttelte lachend den Kopf.

„Nein, Graf Winfred! So einfach ist es nun auch wieder nicht. Eure Widersacher sind heruntergekommen, elende Straßenräuber, die nichts anderes im Schilde führen, als die Wirren des Krieges für ihre eigenen Zwecke zu nutzen. Normalerweise hätte ich mit denen schon längst kurzen Prozess gemacht, wenn ich nur mit meinen Leuten die Burg verlassen könnte, ohne fürchten zu müssen, dass Anhänger der Welfen in meiner Abwesenheit den Volmarstein einnehmen würden!"

Fred nickte bedächtig, und ich warf ihm einen warnenden Blick zu. Doch mein geliebter Gatte ließ sich nicht davon abbringen, unseren Gastgeber noch mehr zu provozieren, um ihm die begehrten Informationen zu entlocken.

„Uns wurde gesagt, der Erzbischof und das Oberhaupt der gräflichen Familie derer von Neuenberge wären Brüder!", warf Fred lauernd ein. „Wie kommt es dann, dass sie auf verschiedenen Seiten stehen?"

„Nun, das ist auch mir ein Rätsel", brummte Ritter Heinrich mürrisch. „Unser Herr, der Erzbischof, war bis vor einigen Monaten der größte und mächtigste Gegner der Staufer gewesen. Aber das Kriegsglück hat die Welfen verlassen, seitdem der englische König Johann, der ja wohl auch Euer eigener Lehnsherr ist, in Frankreich immer mehr an Boden verliert. Und nun soll sich sogar König Ottos eigener Bruder von ihm abgewendet haben…"

Der Edelherr von Volmarstein brach ab und ließ den begonnenen Satz unvollendet, aber wir hatten auch so schon verstanden, was er offenbar nicht auszusprechen wagte: Unser Gastgeber fürchtete wahrscheinlich, dass Erzbischof Adolf die Sache der Welfen für verloren hielt und versuchen wollte, seine hohe Stellung im Reich zu retten. Fred nickte Ritter Heinrich nur stumm zu. Dieser bemerkte das sehr wohl und beeilte sich, eine unverfänglichere Erklärung für das Verhalten seines Lehnsherren vorzubringen.

„Allerdings munkelt man hier in den Bergen, dass Erzbischof Adolf sich mit seinem Bruder, dem Grafen von Altena-Nienbrügge, überworfen hätte, weil dieser seine Bauern bedenkenlos dem Zorn der gegnerischen Truppen aussetzen würde, indem er sie zu Frondiensten in den umkämpften Erzminen zwinge."

„Wisst Ihr denn, wo Graf Arnold sich augenblicklich aufhält?", fragte Fred unvermittelt.

„So weit ich weiß, befindet er sich jetzt flussabwärts bei seinem Sohn Everhard auf der Isenburg", antwortete der Edelherr von Volmarstein arglos. „Nach dem Überfall staufischer Söldner auf die wichtige Mine am Goldberg gibt es wohl nicht mehr genügend edle Metalle zum Schlagen von Münzen für die welfische Kriegskasse. Graf Arnold wird deshalb seinen Sohn dazu drängen, noch mehr Bauern in die Stollen zu schicken."

„…oder schnellstens neue Gold- und Silberadern aufzufinden!", ergänzte Fred grimmig.

Ritter Heinrich zog die Augenbrauen hoch.

„Woher wisst Ihr…?", fragte er überrascht.

„Ich weiß überhaupt nichts, ich vermute nur das Naheliegende!", beteuerte mein ritterlicher Held unschuldig.

„Tatsächlich geht im Tal der Ruhr das Gerücht um, der junge Graf Everhard halte Zwerge aus den Wäldern auf der Isenburg gefangen, die wüssten, wo die Lagerstätten der edlen Metalle am Goldberg verborgen seien", meinte der Edelherr von Volmarstein geheimnisvoll. „Vielleicht verlangt sein Vater ja von ihm, dass er sie peinlich befragen lässt."

Ich schaute mich unauffällig zu Pui Tien um und bemerkte, dass sie leichenblass geworden war. Auch dem Wolf war die Veränderung nicht entgangen, denn er spitzte plötzlich die Ohren und stupste seine Freundin immer wieder an.

„Was ist mit der jungen Schwester Eurer Gemahlin, Graf Winfred?", erkundigte sich Ritter Heinrich besorgt. „Mir scheint, sie fühlt sich nicht wohl."

Fred gab mir heimlich ein Zeichen. ‚Bring sie hier raus', hieß das unmissverständlich. Ich nickte ihm kurz zu und erhob mich umständlich.

„Die Anstrengung der Reise und der plötzliche Wintereinbruch", erklärte Fred unserem Gastgeber entschuldigend. „Meine Gemahlin wird ihre Schwester in unser Gemach geleiten. Die junge Prinzessin ist derlei körperliche Mühen nicht gewohnt."

Ritter Heinrich lächelte Pui Tien und mir wohlwollend zu, während ich meine Tochter unterhakte, um sie vorsichtig hochzuziehen. Pui Tien starrte geistesabwesend ins Leere, ließ sich aber widerstandslos zur Tür führen. Aus den Augenwinkeln sah ich noch, wie Ritter Heinrich demonstrativ den Kelch erhob.

„Dann erweist Ihr mir eben mit Eurem Sergenten die Ehre!", prostete der Edelherr Fred zu.

Mein Gatte ergab sich mit einem säuerlichen Blick in meine Richtung in sein Schicksal und leerte seinen eigenen Becher in einem Zug.

Pui Tien

Ritter Heinrichs freundliches Gesicht verschwamm urplötzlich vor meinen Augen. Stattdessen sah ich in die grimmig verzogene Fratze eines Söldners, der mit einer gespannten Armbrust auf mich zielte.

„Wir sind verloren, Ma Chridh!", raunte Oban mir zu. Die Stimme meines alten Lehrmeisters klang bedauernd, aber nicht furchtsam. Er hatte offenbar schon längst mit dem Leben abgeschlossen.

Ich duckte mich blitzschnell und schubste Oban zur Seite. Der Armbrustpfeil zischte über uns hinweg und prallte an den harten Sandstein des Söllers. Der Schütze hob die am Boden liegende Fackel auf und leuchtete in unsere Richtung. Vermutlich versuchte er zu erkennen, ob sein Pfeil getroffen hatte, doch wir kauerten am Boden und verbargen uns im Schutze der Dunkelheit.

Oban verzog schmerzhaft das Gesicht. Einen winzigen Augenblick musterte ich traurig seine abgehärmte und zerlumpte Gestalt. Die Streckbank hatte ihm wohl sehr zugesetzt. In mir stieg eine nie gekannte unbändige Wut auf.

„Lass sie, Ma Chridh!", stöhnte Oban unterdrückt. „Mein Leben ist nicht wichtig. Rette den jungen Sligachan und bringe ihn heil aus der Burg!"

Ich bebte vor Zorn und stand entschlossen auf. Hinter dem Söldner mit der Armbrust erschienen weitere Bewaffnete, die von zwei Rittern angeführt wurden. Beide trugen ein Wappen mit einer Rose auf ihren Waffenröcken. Im gleichen Moment zeigte einer der Söldner auf mich.

„Da ist die verdammte Hexe!", schrie der Mann mit sich überschlagender Stimme.

Der Wind fuhr durch mein weißes Fellkleid und ließ meine Haare flattern. Ich konzentrierte mich. Meine Augen bekamen einen unnatürlichen Glanz. Funken sprühten, und Flammen züngelten an den hölzernen Bogen entlang, die meine Gegner auf mich richteten. Entsetzt ließen die meisten ihre Waffen fallen, aber ich hatte es nicht geschafft, alle zu entzünden. Trotzdem schienen die Söldner wie gelähmt zu sein. Der Vorderste der beiden Ritter registrierte das sofort und riss einem der nebenstehenden Schergen den Bogen aus der Hand. Blitzschnell legte er auf mich an. Ich versuchte noch, mich auf den Pfeil zu konzentrieren, ihn mit meinen unbegreiflichen Kräften irgendwie abzulenken, doch es wollte mir nicht gelingen, denn in diesem Augenblick warf der zweite Ritter seine Kettenhaube zurück, und ich blickte in Arnolds Gesicht. Kraftlos und unfähig, mich zu wehren, erwartete ich den tödlichen Schuss.

„Wach auf, Nü er, du träumst!", rief Mama, während sie mich heftig schüttelte.

Ich blickte verwirrt auf und stellte fest, dass wir uns allein in einem kleinen Gemach befanden. Der Wind rauschte mit unheimlichem Brausen durch das Tal der Ruhr, fegte um die Zinnen des Wehrgangs und brach sich heulend an den Backen der schmalen Fensteröffnung. Ich fröstelte unwillkürlich, als ein Schwall eiskalter Luft über meine Arme strich.

„Deine Augen begannen plötzlich zu glühen, und ich hatte Angst um dich", flüsterte Mama mit sanfter Stimme. „Du warst auf einmal wie weggetreten, deshalb habe ich dich aus dem Saal gebracht."

„Bin ich denn selbst die Treppen hier hinaufgestiegen?", erkundigte ich mich verwundert.

Mama nickte und strich mir sacht über die Wangen.

„Hat dich Franks Tochter wieder zu sich geholt?"

Ich schüttelte versonnen den Kopf.

„Nein, Mama. Agnes ist stumm, seitdem ihr Geist mir das Leid der Altvorderen geklagt hat. Aber ich habe Oban gesehen und Arnold, wie er uns verfolgte..."

„Du hast eine Vision gehabt, was uns in der Isenburg erwartet?" unterbrach Mama mich überrascht.

„Ich weiß nicht", entgegnete ich unsicher. „Es war in einer großen Steinburg, und man hatte uns entdeckt..."

Ich stockte und dachte einen Moment nach.

„Wir mussten fliehen", fuhr ich fort, „doch da erschienen auf einmal überall Bogenschützen... Oban befand sich bei mir, aber er war erschöpft, und ich..., ich habe ihre Waffen brennen lassen..."

„Was ist dann geschehen, Nü er?", erkundigte sich Mama aufgeregt. „Konnten wir die beiden befreien?"

„Ich weiß es wirklich nicht, Mama!", beteuerte ich niedergeschlagen.

Sie nahm mich schweigend in ihre Arme und zog mich fest an sich.

„Wenn es wichtig ist, wirst du wieder davon träumen!", tröstete sie mich.

Mama nahm die bereitgelegten Schafsfelle und breitete sie vor der Kaminöffnung aus, von der eine angenehme Wärme ausströmte. Offenbar war deren Rauchabzug mit dem Schornstein des großen Saals unter diesem Zimmer verbunden. Ich half ihr, neue Scheite auf die glimmenden

Holzreste zu legen und stopfte dann eines der Felle in den schmalen, länglichen Schlitz des Fensters, damit sich der kleine Raum schneller erwärmen konnte. Ich zitterte am ganzen Körper, aber ich war sicher, dass die Ursache dafür nicht nur in der Kälte begründet war. Allerdings hätte ich um keinen Preis zugegeben, dass ich mich schon jetzt davor fürchtete, bald meinem eigenen Tod ins Auge zu schauen.

Fred Hoppe

Der Schneesturm wütete noch drei Tage fast ununterbrochen und begrub die hügelige Landschaft unter einem riesigen weißen Leichentuch. Pui Tien war seit unserem ersten Abend auf der gastlichen Burg Volmarstein irgendwie verändert, und ich machte mir langsam ernsthaft Sorgen um ihren seelischen Zustand. Siang hatte mir zwar erzählt, dass unsere Tochter offenbar so etwas wie eine Vision von der geplanten Befreiungsaktion gehabt haben musste, doch Pui Tien weigerte sich standhaft, noch einmal darüber zu sprechen. Jedes Mal, wenn ich versuchte, sie in dieser Hinsicht zu bedrängen, igelte sie sich sofort ein und wandte sich wortlos ab. Aber auch der Wolf benahm sich seltsam. Anders als sonst, hielt er sich meistens ein Stück weit von uns entfernt auf und reagierte nicht mehr auf meinen Zuruf.

„Als ob er auf einmal nichts mehr mit uns zu tun haben möchte", merkte Siang treffend an.

„Vielleicht wittert er ja da draußen seine Artgenossen und will sich nun einem Rudel anschließen", ergänzte ich nachdenklich. „Das Alter dafür hätte er jetzt zumindest."

Natürlich waren wir beide ein wenig traurig darüber, dass unser treuer vierbeiniger Gefährte wohl bald eigene Wege gehen würde, aber wir schoben das seinen erwachenden Instinkten zu. Wenn wir auch nur im Entferntesten geahnt hätten, was Pui Tien uns beharrlich verschwieg, wären wir sicher zu völlig anderen Schlussfolgerungen gekommen. Ganz bestimmt aber hätten wir die gefährliche Aktion nicht in Angriff genommen, und wer weiß, was dann mit den Zwergen der Klutert sowie dem vorgesehenen Verlauf der Ereignisse geschehen wäre. Im Nachhinein betrachtet, sehe ich wirklich ein, dass es schon ganz gut ist, wenn man nichts über sein künftiges Schicksal weiß.

Doch so schmiedeten Siang und ich arglos weiter an Plänen, wie es uns gelingen könnte, möglichst unbemerkt in die wohl uneinnehmbarste Festung der gesamten Region einzudringen. Natürlich war es für uns dabei von unschätzbarem Vorteil, dass wir die Isenburg aus der Zeit unserer ersten Versetzung in die Vergangenheit bis ins kleinste Detail kannten.

Zudem schien uns das augenblickliche Schnee- und Eischaos regelrecht in die Hände zu spielen, denn unter solch reisefeindlichen Bedingungen würde man kaum einen bevorstehenden Angriff vermuten.

Zwischenzeitlich nutzte ich jede freie Stunde, um Udalrik im Gebrauch seiner Waffen zu unterweisen. Unser Begleiter erwies sich als erstaunlich gelehrsam, und bis zum Einbruch der Dunkelheit war es mir tatsächlich gelungen, ihm bereits einige von Bernhards Tricks beizubringen. Das ständige Klirren der Schwerter lockte die kleine Besatzung der Burg Volmarstein in den Hof, und bald wurden unsere Übungen von vielstimmigen Anfeuerungsrufen begleitet. Auch Ritter Heinrich ließ es sich nicht nehmen, in seinen dicken Pelzmantel gehüllt dem martialischen Treiben seiner beiden männlichen Gäste beizuwohnen.

„Von wem habt Ihr nur gelernt, so gut mit dem Schwert umzugehen, Graf Winfred?", erkundigte er sich in einer Waffenpause.

„Es war ein Mann Eures Standes, der mir das ritterliche Handwerk beigebracht hat", antwortete ich ausweichend.

„Er muss einer der besten Kämpfer sein, den der Erdkreis bisher gesehen hat!", urteilte der Edelherr fachkundig. „Euer Vater hat eine gute Entscheidung getroffen, Euch ihm in jungen Jahren schon als Knappen anzudienen. Habt Ihr denn Euren Lehrmeister jemals schlagen können?"

„Nein!", gab ich lachend zu. „Das ist mir wirklich nie gelungen."

„Wenn Ihr nicht Angelsachse wärt, könnte man fast meinen, unser bester Streiter, Bernhard von Horstmar, hätte Euch ausgebildet", folgerte Ritter Heinrich nachdenklich. „Wenn mich nicht alles täuscht, habe ich solch ungewöhnliche Wendungen und Streiche bisher nur bei ihm gesehen. Aber Euer Lehrmeister kann ja wohl nur dem englischen König dienen."

„In der Tat war er einer der besten Freunde von König Richard gewesen und hat mit diesem im Heiligen Land gekämpft!", entgegnete ich wahrheitsgemäß.

„Das sagt man von unserem Ritter Bernhard auch!", warf der Edelherr von Volmarstein ein.

In meinem Kopf schrillten die Alarmglocken. Ich musste höllisch aufpassen, dass ich keine weiteren Details preisgab. Heinrich von Volmarstein war kein Dummkopf. Wäre es jetzt zwanzig Jahre später, hätte ich natürlich ohne Weiteres eingestehen dürfen, dass mich wirklich Bernhard von Horstmar im Waffenhandwerk unterwiesen hatte, aber in dieser Epoche durfte ich ihm nicht einmal begegnen, ohne dadurch ein Zeitparadoxon zu verursachen. Deshalb suchte ich mein Heil in einer Notlüge:

„Der englische Ritter, dem ich als Knappe diente, wurde von den Friesen erschlagen, bevor ich selbst zum Kreuzzug aufbrach."

Unser Gastgeber nickte sinnend.

„Wie dem auch sei, Graf Winfred", meinte er mit einem verschmitzten Lächeln. „Müsst Ihr denn wirklich schon morgen aufbrechen? Es ist kalt, und die Pfade sind hoch verschneit."

„Nun ja, dann können wir wenigstens einigermaßen sicher sein, nicht gleich wieder von Wegelagerern überfallen zu werden", gab ich grinsend zurück.

Ritter Heinrich winkte ab.

„Im Ernst, Graf Winfred", fuhr er in väterlichem Ton fort. „Ich würde mich freuen, wenn Ihr mit Euren beiden edlen Frauen den Winter über meine Gäste wärt. In diesen Zeiten kann ich meiner Gemahlin nicht viel Kurzweil bieten. Außerdem wäre uns eine geübte Waffenhand wie die Eurige sicher eine große Hilfe."

„Glaubt mir, ich weiß Euer Angebot zu schätzen!", entgegnete ich höflich. „Aber nach all den Entbehrungen während der langen Reise vom Morgenland würde ich gern so schnell wie möglich die Burg meiner Väter wiedersehen."

Leng Phei Siang, 10. November 1204

Ich knüpfte mir eine feste Schlaufe in das Tasselband, um den mit Fehfellen gefütterten Mantel enger um meine Schultern ziehen zu können. Trotzdem drang der eisige Wind durch meine Kleider und ließ mich aufs Neue erzittern. Zum ersten Mal war ich wirklich froh, das neue Gebende zu tragen, das ich von Ritter Heinrichs Gemahlin bekommen hatte, denn dieser eng anliegende Kinnverband aus weißem Leinen schützte mein Gesicht vor dem ärgsten Frost. Pui Tien dagegen schien die Kälte weit weniger auszumachen. Ihre lange schwarze Mähne flatterte, nur von Obans goldenem Reif gehalten, in der steifen Winterbrise.

Unsere Tochter hatte sich seit dem ersten Abend auf der Burg Volmarstein verändert, und mein Eindruck, dass sie uns möglichst aus dem Weg gehen wollte, verstärkte sich von Tag zu Tag. Zuletzt nahm sie nicht einmal mehr an den gemeinsamen Mahlzeiten teil. Zum Glück beschlossen wir bald nach Abflauen des Schneesturmes, die gastliche Herberge zu verlassen. Pui Tien hatte dazu nur genickt und war gleich darauf verschwunden, um ihre Sachen zu packen. Auf dem Weg hinab zur Ruhr sprach sie mit Fred und mir nur das Nötigste, hielt sich ansonsten auffällig von uns fern und ließ einzig den Wolf an sich heran. Im Gegenzug schien der wiederum sich lediglich bei ihr wohl zu fühlen. Der einzige Grund, der mir für Pui Tiens seltsames Verhalten einigermaßen plausibel erschien, war die Eröffnung von Ritter Heinrich, dass sich ihr früherer Freund, Graf Arnold, in der Isenburg befinden sollte. Unsere Tochter hatte sicher nicht damit gerechnet, noch einmal in dessen unmittelbare Nähe zu kommen. Doch gerade das war unvermeidlich, wenn wir die beiden Zwerge Oban und Sligachan aus der Gewalt von Arnolds Sohn befreien wollten. Dabei mussten wir uns voll und ganz auf Pui Tien verlassen können, sonst war unsere geplante Aktion von vornherein zum Scheitern verurteilt. Daher nahm ich mir vor, sie möglichst bald zur Rede zu stellen, aber Pui Tien wich mir stets aus, sobald ich auch nur in Rufweite kam.

Fred zuckte ratlos mit den Schultern, als ich ihm von meinen Befürchtungen erzählte.

„Wir können nicht mehr zurück, Siang!", betonte er resigniert. „Schau dir die Wolken an. Wenn es wieder tagelang schneit, sitzen wir fest, gleich wo wir uns auch befinden. Wir müssen die Sache durchziehen, und zwar bald!"

Er gab seinem Pferd die Sporen und versuchte noch einmal selbst sein Glück. Als Pui Tien Anstalten machte, auch ihn nicht an sich heranzulassen, riss Fred der Geduldsfaden, und er rief sie mit schneidender Stimme zurück.

Tatsächlich hielt Pui Tien an und zögerte. Einen Moment lang schien es so, als ob sie zur Seite ausbrechen wollte, doch dann besann sie sich offenbar doch noch und lenkte ihr Pferd zu uns. Mit gesenktem Kopf blieb sie direkt vor ihrem Vater stehen.

„Verdammt, Kind, was ist los mit dir?", herrschte Fred sie an. „Willst du Graf Everhards Wachen und Posten in die Arme laufen? Wenn wir uns weiter über das offene Gelände der Isenburg nähern, sind sie dort gewarnt, und wir können deine Freunde auch gleich ihrem Schicksal überlassen."

Pui Tien war bei der harten Zurechtweisung zusammengezuckt wie unter einem Peitschenhieb. Noch niemals zuvor hatte Fred sie so angefahren. Er biss sich auf die Lippen, und mir war klar, dass er es selbst schon bereute.

„Duäi bu tji!" (es tut mir leid), flüsterte Pui Tien kleinlaut und ohne aufzublicken.

Fred schluckte und sprang von seinem Pferd. Mit steifen Bewegungen ging er auf unsere Tochter zu und berührte sacht ihren Arm.

„Entschuldige, bitte, Pui Tien", sagte er leise. „Ich hätte nicht so laut schimpfen dürfen. Aber wir müssen jetzt sehr vorsichtig sein und eng zusammenbleiben. Mama und ich kennen eine Möglichkeit, heimlich in die Burg einzudringen, doch dafür müssen wir uns unbemerkt an sie heranschleichen. Dazu ist es ganz wichtig, dass Mama und ich von nun an die Führung übernehmen."

„Hao, Ba! Wo fu tsung" (in Ordnung, Vater, ich werde gehorchen), bestätigte unsere Tochter kaum vernehmbar.

Fred blieb noch einen Augenblick abwartend bei ihr stehen, doch sie äußerte sich nicht weiter. Er bedachte mich mit einem gequälten Blick und stieg wieder auf sein Pferd. Pui Tien verharrte auf ihrem Platz und ließ Udalrik passieren. Nun war ich mit ihr allein, und die Gelegenheit wollte ich nutzen.

„Sag mir, was dich bedrückt, Nü er!", forderte ich sie unmissverständlich auf.

Pui Tien schaute mich an und wartete, bis die beiden außer Hörweite waren. Aus ihrem Gesicht war jegliche Farbe gewichen.

„Ich habe große Angst, Mama!", bekannte sie.

„Du fürchtest dich vor einer möglichen Begegnung mit Arnold, nicht wahr?", vermutete ich.

„Ja, Mama. Ich glaube, ich werde sterben, wenn ich ihn sehe."

Fred Hoppe

Der Anblick der mächtigen Isenburg auf dem lang gezogenen Bergsporn hoch über der Ruhr schlug mich wieder genauso in Bann wie damals, als Siang und ich zum ersten Mal hierher gekommen waren.

Nach unserer unfreiwilligen Versetzung durch die Klutert in das Jahr 1224 hatten wir verzweifelt versucht, eine trockene und warme Unterkunft für den bevorstehenden Winter zu finden. Wir waren völlig ohne Erfahrung in jener Epoche gestrandet und hatten keine andere Chance zum Überleben gesehen, doch schon beim ersten Blick auf diese stolze, gewaltige Festung wollte mich damals gleich der Mut verlassen. Wie sollte man uns dort oben jemals die zuvor so hastig zusammengeschusterte Geschichte vom englischen Ritter und der mongolischen Prinzessin abkaufen, die wir erfunden hatten, um eine Erklärung für Siangs asiatisches Aussehen und mein grottenschlechtes westfälisches Sächsisch zu haben? Ganz zu schweigen von dem, was ich in der Schule über die Grausamkeit des Burgherrn dieser Zeit gelernt hatte, denn immerhin war jener Graf Friedrich von Isenberg als verabscheuungswürdiger Meuchelmörder an seinem Vetter, dem Erzbischof Engelbert von Köln, in die Annalen eingegangen.

Doch zu unserer großen Überraschung hatte sich unser Gastgeber als überaus höflicher und zuvorkommender Mann entpuppt, dessen Freundschaft wir in den kommenden Monaten gewinnen konnten. Tatsächlich hatten Siang und ich auf der Isenburg sogar die schönsten und kostbarsten Tage unserer zeitlichen Verbannung verbringen dürfen.

Aber dann geschah der Mord, und das Verhängnis nahm seinen Lauf. Das nächste Mal, als ich den Isenberg sah, lag die stolze Burg in Trümmern, und ich hätte nie mehr damit gerechnet, sie noch einmal in all ihrer Pracht anschauen zu dürfen. Nun war es doch noch dazu gekommen.

Allerdings konnten wir diesmal nicht damit rechnen, hier wieder so freundlich aufgenommen zu werden, denn das Schicksal hatte die jetzigen Burgherren, nämlich den Vater und den Bruder unseres späteren Freundes, zu unseren Gegnern bestimmt.

Hinter mir hielt Udalrik sein Pferd an und sprang ab. Siang und Pui Tien folgten dicht auf.

„Das ist die neue Burg unseres Grafen, Herr!", erklärte mir unser Sergent überflüssigerweise. „Mein Vater hat ihren Bau beaufsichtigt und mit den welschen Handwerkern verhandelt. Es hat über neun Jahre gedauert, bis sie fertig war."

Udalrik wies auf den massigen Bergfried mit seiner hölzernen Dachhaube.

„Ihr müsst wissen, dass die Mauern des Turms über dem Halsgraben an manchen Stellen zehn Meter dick sind!", fuhr er fort. „Von dort bis zum Kammertor in der Unterburg sind es mehr als 200 Meter. Dazwischen sperrt das doppelt gesicherte Haupttor den Zugang zur Oberburg. Damit verbunden ist auf unserer Seite das Grafen- und Burgmannhaus mit der Kapelle und auf der anderen das Gesindehaus mit der Küche. Der Wehrgang führt über die gesamte Ringmauer und wird ständig auf allen Seiten von Armbrustschützen bewacht. Selbst, wenn es uns gelingen sollte, unbemerkt von der Seite her an die Klippen, auf denen die Mauer steht, heranzukommen, was ich nicht glaube, so beträgt die Höhe auf der Außenseite nirgendwo weniger als 15 Meter. Glaubt mir, Herr, es ist unmöglich, in die Isenburg einzudringen!"

„Nicht, wenn man auf einem anderen Weg auf den Wehrgang gelangt!", widersprach ich lächelnd. „Siehst du den ersten Stützpfeiler am Burgmannhaus, Udalrik? Er ist so flach, dass man ihn leicht besteigen kann, denn darüber befindet sich ein Abtritt, durch den man in das Gebäude gelangt. Innen gibt es einen schmalen Durchgang, der alle Häuser verbindet und auf die überdachte Ringmauer der Oberburg führt."

„Herr, wie könnt Ihr das wissen?", fragte Udalrik erschrocken.

„Meine Gemahlin und ich kennen die Isenburg genau, das kannst du uns glauben!", versicherte ich dem verdutzten Sergenten.

„Heißt das, Ihr ward in einer anderen Zeit schon einmal dort, Herr?"

„Du hast es erfasst, Udalrik!", bestätigte Phei Siang. „Allerdings liegt das Ereignis für dich noch zwanzig Jahre in der Zukunft."

Unser Sergent schüttelte fassungslos den Kopf, aber er forschte nicht weiter nach, sondern warf nur Pui Tien einen bezeichnenden Blick zu. Wahrscheinlich waren wir ihm noch unheimlicher geworden. Schließlich rang er sich doch noch zu einer Frage durch:

„Auch wenn Ihr mit Eurer Behauptung recht haben solltet, Herr, wie wollt Ihr denn in die Unterburg hineinkommen?"

Ich lächelte hintergründig.

„Kennst du den Burggarten?"

„Ja, aber..."

„Dann weißt du auch, dass es direkt neben dem Eingang zur Oberburg ein Gartentor gibt!", unterbrach ich ihn gleich.

Udalrik schlug sich mit der flachen Hand vor die Stirn.

„Natürlich, Herr!", rief er aus. „Es besteht aus einer dicken, aber sonst nur einfach gehaltenen Eichentür, und es gibt dort keine Torhalle oder gar Fallgitter."

„So ist es, mein Freund!", bekräftigte ich schmunzelnd. „Wir werden von jetzt an im Schutze des Waldes bis zu dem kleinen Seitental unterhalb der Isenburg reiten und dort die Pferde verstecken. Nach Einbruch der Nacht schleichen wir zum Burggarten hinauf. Du, Udalrik, wirst dann am Fuß der Mauer bis zum Bergfried vorrücken und warten, während wir anderen in die Burg eindringen und die Gefangenen aus dem Verlies holen."

Der Angesprochene nickte.

„Wahrscheinlich wird man uns bis dahin bemerkt haben", fuhr ich fort. „Deshalb können wir sicher nicht mit den beiden Zwergen auf dem gleichen Weg zurückkommen. Uns bleibt dann nur noch die Flucht über die Ringmauer am Bergfried. Wir befestigen ein Seil an den Zinnen und lassen uns zu dir hinab."

„Was soll ich tun, Herr?"

Ich wies auf Udalriks Bogen.

„Du bist ganz gut mit dieser Waffe, das haben wir ja an der Höhle gesehen", deutete ich vielsagend an.

Udalrik senkte beschämt den Blick.

„Niemand tadelt dich dafür, dass du an der Klutert auf mich geschossen hast!", beruhigte ihn Phei Siang.

„Aber wir sind auf deine Treffsicherheit angewiesen!", nahm ich den Faden wieder auf. „Während wir uns von der Ringmauer abseilen, können wir uns schließlich nicht wehren. Du musst sie eben mit deinen Pfeilen so lange in Schach halten, bis wir alle unten angekommen sind."

Pui Tien

Ich war froh, dass Mama nicht näher auf meine Bemerkung eingegangen war, sonst hätten meine Eltern das Unternehmen bestimmt abgebrochen. Das durfte aber unter keinen Umständen geschehen. Ganz tief in meinem Inneren wusste ich genau, dass wir meine Freunde sonst niemals mehr lebend wiedergesehen hätten. Auch, wenn mein Leben der Preis für ihre Befreiung sein sollte, wollte ich bereit sein, ihn zu zahlen. Ohne Oban und die anderen der Altvorderen wäre ich sicher schon als kleines Mädchen in der Wildnis gestorben und hätte nie eine Chance gehabt, meine Eltern in die Zukunft zu begleiten.

Trotzdem erfüllte mich die wachsende Furcht vor meinem bevorstehenden Ende mit immer größerer Bestürzung. Ich kam mir vor wie ein zum Tode Verurteilter, der sehenden Auges das Schafott betritt, und das machte mich verrückt vor Angst. Es tat mir so schrecklich weh, dass ich weder mit Mama noch mit Papa darüber sprechen durfte, deshalb versuchte ich ständig, ihnen aus dem Weg zu gehen.

Als Papa uns seinen Plan erläuterte, glaubte ich fest daran, dass nun tatsächlich alles genauso eintreffen würde, wie ich es geträumt hatte. Meine Hände begannen zu zittern, und ich musste ständig gegen den Impuls ankämpfen, einfach wegzurennen. Dass ich es doch nicht tat, führe ich einfach auf eine Art Rauschzustand zurück, in den sich mein Bewusstsein geflüchtet hatte, um der Konfrontation mit der grausamen Wirklichkeit zu entgehen. In Opa Kaos Büchern über den Ersten Weltkrieg hatte etwas Ähnliches über den Zustand der Soldaten in den Schützengräben gestanden.

Die mit hellem Putz versehenen Mauern der Isenburg ragten hoch über unseren Köpfen schweigend in die Schwärze der Nacht, während wir uns ihnen vorsichtig näherten. Der

Osthang des Bergsporns war steil und an manchen Stellen vereist, deshalb kamen wir nur langsam voran.

Wie in dem Traum trug ich mein altes weißes Fellkleid, das mich im hohen Schnee für die Wachen auf den Söllern fast unsichtbar werden ließ. So konnte ich praktisch unter deren Augen vorausklettern und den anderen das Zeichen geben, zu mir aufzuschließen, wenn die Söldner auf der Mauer nach ihrer Runde wieder kehrtmachten. Trotzdem vergingen mehr als zwei Stunden, bis wir endlich über die Terrassen des Burggartens an das kleine Tor herankamen.

Udalrik legte sich die Schafsfelle aus unserem Turnierzelt um die Schultern und huschte in Richtung auf den Halsgraben davon. Inzwischen machte sich Papa an der Schlossöffnung des Gartentores zu schaffen. Dazu hatte er zuvor den Stahlstift, der zum Feueranzünden gedacht war, zu einem Haken umgebogen. Der Schließmechanismus war zwar nicht besonders kompliziert, doch er befand sich in einem Gehäuse, das offenbar auf der Innenseite der Tür angebracht war, und so dauerte es noch eine ganze Weile, bis sich der entsprechende Bolzen bewegte. Schließlich fuhr dieser mit einem lauten Klacken zurück. Wir hielten den Atem an.

Wir drückten die Tür vorsichtig auf und spähten in den Hof der Unterburg. In der Wachstube im benachbarten Torhaus zur Oberburg flackerte Licht, aber es rührte sich nichts. Wir huschten geduckt zur Seite und schmiegten uns an die Innenwand der Ringmauer. In deren Nachtschatten rückten wir anschließend bis zur Wand des Burgmannhauses vor. Wie Papa vorausgesagt hatte, gab es dort tatsächlich eine Treppe, die auf den Wehrgang führte.

Der große Stützpfeiler befand sich direkt neben uns. Papa ließ sich von Mama die vorbereiteten Eisenstifte geben. Ein, zwei, drei dumpfe Schläge mit der flachen Seite von Udalriks mit Stoff umwickeltem Beil, und der erste Tritt steckte fest im Mörtel. Papa setzte seinen Fuß darauf und zog sich langsam am Mauerwerk des Pfeilers hoch. Dann brachte er den zweiten und einen halben Meter schräg darüber den dritten Stift an. Über seinem Kopf gähnte das dunkle Loch der Abtrittsöffnung im Burgmannhaus. Hoffentlich überkam nicht gerade jetzt einen der Wächter in der Oberburg das Bedürfnis, seine Notdurft zu verrichten.

Die steinerne Rinne war vereist und höllisch glatt, aber nach zwei vergeblichen Versuchen, gelang es Papa, sich durch den engen Sitzabtritt zu zwängen. Mama und ich hatten etwas weniger Mühe damit. Wir befanden uns nun in einem schmalen gewölbten Gang, der durch das Burgmannhaus und den eigentlichen Palas auf die überdachte Ringmauer der Oberburg führen sollte. Damit begann der schwierigste und gefährlichste Teil des Unternehmens, denn wir waren gezwungen, die dort fraglos vorhandenen Wachen auszuschalten. Wie wir das anstellen sollten, ohne von der übrigen Besatzung bemerkt zu werden, war uns nicht klar. Fest stand allerdings, dass ich bei dieser Aktion die wichtigste Rolle zu übernehmen hatte. Daher ließen meine Eltern mich vorausgehen, weil ich im entscheidenden Moment nur dann die Kräfte meines Geistes einzusetzen vermochte, wenn ich in der Lage war, mein Opfer zu sehen.

Am Ende des Gewölbeganges befand sich eine unverschlossene Tür. Ich wartete, bis meine Begleiter herangekommen waren und öffnete sie ganz langsam. Hinter mir spannte Mama ihren Bogen, um notfalls über meine Schulter schießen zu können, falls ich versagen sollte.

Weniger als einen Meter vor uns lehnte ein Wächter mit Eisenhut über der offenen Brüstung und schaute gelangweilt in das kleine Seitental der Ruhr, aus dem wir gekommen waren. Er konnte aber Udalrik, der sich nur wenige Meter unter ihm befinden musste, noch nicht entdeckt haben, sonst hätte er bestimmt schon längst Alarm geschlagen.

Papa berührte kurz meine Schulter, um mir zu bedeuten, dass ich ihn vorbeilassen sollte. In seinen Händen hielt er ein kurzes Seil, das er dem Mann blitzschnell um den Hals schlang und zuzog. Der Söldner röchelte leise, sein Körper erschlaffte. Papa fing ihn auf und ließ ihn sacht auf den Boden gleiten. Danach reichte er Mama den Eisenhut. Sie setzte ihn auf und nahm schweigend die Stelle ein, an der der Wächter zuvor gestanden hatte. Aus der Entfernung war ihre Silhouette im Schein der Fackeln bestimmt nicht von der des Schergen zu unterscheiden.

Während Papa bereits weiter geduckt in Richtung Bergfried schlich, band ich dem bewusstlosen Wärter die Hände auf dem Rücken zusammen und stopfte ihm ein zusammengeknülltes Tuch in den Mund. Ich wartete noch ein paar Sekunden, bis ich ebenfalls loshuschte. Dabei riskierte ich vorsichtig einen Blick in den oberen Burghof und zuckte gleich wieder zurück, denn vor dem hölzernen Treppenaufgang zum Bergfried waren drei Wachen mit Armbrüsten postiert. Papa befand sich praktisch auf gleicher Höhe mit ihnen. Er stand vor einer Haarnadeltreppe, die von unserem Wehrgang auf die den Bergfried umgebende Schildmauer führte. Zwischen ihm und den Bewaffneten lagen nicht viel mehr als zehn Meter. Es hätten aber auch genauso gut zwei Kilometer sein können, denn von seiner Position aus wäre er nie unbemerkt an die Söldner herangekommen.

Mir schlug das Herz bis zum Hals, aber ich versuchte krampfhaft, mich auf die Männer zu konzentrieren. Im Geiste legte ich jedem Einzelnen eine unsichtbare Schlinge um die Brust. Meine Augen wurden starr, und ich sah ihre Herzen pochen. Ich atmete stoßweise, und auf meiner Stirn bildeten sich Schweißperlen, doch im gleichen Augenblick sanken die Schergen lautlos zu Boden. Ihre Armbrüste fielen polternd auf den felsigen Untergrund.

Papa hechtete mit einem gewaltigen Satz über die Brüstung des Wehrgangs und lief auf die Holztreppe zu. Er nahm drei Stufen auf einmal und warf sich mit voller Wucht gegen die Tür des mächtigen Turmes. Es gab ein dumpfes, knarrendes Geräusch, doch der Eingang blieb verschlossen. Verzweifelt sah Papa sich zu mir um, aber meine Kräfte hatten mich verlassen.

„Versuch es!", raunte er mir auf Hochdeutsch zu, während er sich abermals vergeblich gegen die Tür stemmte.

Aus dem Grafenhaus ertönten vereinzelte Stimmen, und aus den Fensternischen drang das flackernde Licht entzündeter Fackeln. Ich ballte meine letzten Reserven zusammen und schleuderte die unsichtbaren Energien auf das Eichentor. Plötzlich gab es einen lauten Knall, das Holz splitterte, und Papa wurde mitsamt der Tür ins Innere des Bergfrieds katapultiert. Ich sah noch, wie er sich aufraffte und die Falltür zum Angstloch öffnete, dann brach ich zusammen.

Fred Hoppe

Pui Tien hatte es in letzter Sekunde doch noch geschafft. Die Holztür zerbarst, und ich wurde mitsamt ihren Trümmern in den Bergfried hineinkatapultiert. Hastig befreite ich mich von den Brettern und zog die Falltür hoch. In diesem Augenblick fiel mir siedend heiß ein, dass der Zwerg Sligachan mein Gesicht nicht sehen durfte, sonst würde er sich vielleicht in zwanzig Jahren an mich erinnern. Deshalb zog ich die Kettenkapuze über den Kopf und befestigte auch den Kinnschutz, bevor ich das Seil am Schloss der Falltür festmachte. Während ich mich durch das Angstloch ins Verließ abseilte, verfluchte ich innerlich die Tatsache, dass wir das Problem nicht eingehender besprochen hatten. Ich konnte nur hoffen, dass Siang und Pui Tien auf die unvermeidliche Begegnung besser vorbereitet waren, sonst würden wir bestimmt ein gefährliches Zeitparadoxon schaffen. In diesem Augenblick beugte sich Phei Siang über das offene Angstloch. Ihr breiter Eisenhut füllte die Öffnung fast aus. Von ihren langen schwarzen Haaren war nichts zu sehen. Sie musste sie unter die Hutwölbung gestopft haben. Siang hatte natürlich an die möglichen Verwicklungen gedacht, die unser Erscheinen in dieser Epoche auslösen konnten.

„Mach schnell! Im Hof sind Bewaffnete aufgetaucht!"

Ich versuchte vergeblich, in der totalen Dunkelheit etwas zu erkennen. Siang warf mir eine unserer Taschenlampen herab, und ich zögerte nicht, sie auch einzusetzen. Oban wusste sowieso, dass wir aus der Zukunft kamen.

Die beiden Zwerge lagen in verschiedenen Ecken des quadratischen Raumes. Der alte Oban atmete stoßweise, aber er hob einen Arm zum Zeichen, dass er wusste, was vorging. Sligachan, beziehungsweise derjenige, von dem ich vermutete, dass er Sligachan war, zeigte keinerlei Reaktion. Seine Augen waren mit einem Stofffetzen verbunden. Was war hier geschehen? Hatte man den armen Kerl etwa geblendet? Unsinn, schalt ich mich, dann wäre er ja blind gewesen, als wir ihn zum ersten Mal trafen.

Ich schüttelte die wirren Gedanken ab. Jetzt war keine Zeit für Nachforschungen. Wir mussten handeln, und zwar sofort, sonst waren wir alle verloren. Entschlossen ging ich zu Sligachans Lager und hob ihn vorsichtig auf. Er kam mir so leicht vor wie eine Feder. Unter dem Angstloch stemmte ich seinen kleinen Körper hoch, und Phei Siang zog ihn ohne große Mühe ganz zu sich hinauf. Oban hustete und stöhnte, als ich mit ihm ebenso verfuhr. Danach kletterte ich selbst am Seil wieder hoch. Phei Siang bemühte sich unterdessen, Sligachan aufzurichten, aber erst, nachdem Oban in seiner seltsamen Sprache eine entsprechende Anweisung gegeben hatte, gehorchte der jüngere Zwerg widerspruchslos. Die Augenbinde behielt er auf. Phei Siang nahm ihn an die Hand, und die beiden verschwanden.

Ein zischendes Geräusch ließ mich herumfahren. Im gleichen Augenblick fuhr neben mir ein kurzer Armbrustbolzen in den Türrahmen. Ich forderte Oban auf, mir zu folgen, doch der kleine alte Mann winkte ab. Er fühlte sich offenbar zu schwach, bemühte sich aber redlich, aufzustehen. Ich konnte nicht mehr warten. Daher nahm ich ihn wieder auf meine Arme und lief mit meiner menschlichen Last die Holztreppe in den Hof hinab. In der Zwischenzeit zischten zwei weitere Pfeile ziemlich nah an uns vorbei. Stimmen ertönten, und Befehle wurden gebrüllt. Gleichzeitig drang das typische Geräusch von gezogen Schwertern an mein Ohr. Endlich erreichten wir den Aufgang zur Ringmauer, während urplötzlich zwischen uns und dem inneren Hof Flammen auflodersten. Offenbar hatte sich Pui Tien wieder soweit erholt, dass sie in das Geschehen eingreifen konnte. Das seltsame Glühen in ihren Augen erlosch, als ich Oban keuchend vor ihr absetzte.

„Nimm seine Hand, Tochter!", rief ich ihr zu. „Ich muss zu Udalrik und ihm helfen, euren Rückzug zu decken!"

Ich drehte mich um, lief zur Brüstung, wo Phei Siang bereits das Seil befestigt hatte, und schwang mich über die Mauer. Ich klammerte mich am Seil fest und wartete geduldig, bis Siang ihren Schützling auf meine Schultern gesetzt hatte. Sligachan schlang automatisch seine Hände um meinen Hals, als ich mich rasend schnell abseilte. Unten angekommen, nahm Udalrik den Zwerg entgegen. Ich ließ mir von unserem Sergenten meinen Bogen geben, doch auf dem Wehrgang war kein Wächter zu sehen. Inzwischen hatte auch Siang den sicheren Boden erreicht.

„Wo bleibt Pui Tien mit Oban?", fragte ich sie aufgeregt.

„Der alte Zwerg ist zu sehr geschwächt, Fred!", entgegnete sie hastig. „Er kann nicht mehr laufen, und ich schaffe es nicht, mich mit ihm auf der Schulter abzuseilen. Du musst noch einmal hinauf, um ihn abzuholen."

Ich übergab ihr wortlos meinen Bogen und den Köcher. Siang hob resigniert die Schultern und bedachte mich mit einem gequälten Blick.

„Ich beeile mich!", versprach ich, bevor ich das Seil ergriff und mich an der Mauer hinaufhangelte.

Mein angeschlagener Ellenbogen tat mörderisch weh. Plötzlich erschien Pui Tiens Gesicht. Sie beugte sich über den Söller und hievte ächzend Oban auf die Brüstung.

„Ich habe keine Kraft mehr, Papa!", zischte sie mir zu, während sie den alten Zwerg zu mir herabließ.

Ihre Stimme klang panisch.

„Komm sofort nach und warte nicht erst, bis wir unten sind!", befahl ich unmissverständlich.

Ich spürte die zusätzliche Last auf meiner Schulter, und krallte mich am Seil fest. Einen Augenblick lang dachte ich, mich nicht mehr halten zu können, doch dann gelang es mir tatsächlich, noch einmal alle Reserven zu mobilisieren und mich langsam Stück für Stück hinabzulassen. Oben kletterte derweil nun auch Pui Tien über die Mauer. Wenn uns jetzt die Bogenschützen aufs Korn nahmen, waren wir verloren. Doch nichts dergleichen geschah. Endlich waren wir alle unten am Fuß der Ringmauer angekommen. Ich hatte gerade das Seil eingeholt, als das Gartentor geöffnet wurde und eine große Schar Bewaffneter auf uns zustürmte.

Pui Tien

Trotz der gefährlichen Situation, in der wir uns befanden, empfand ich eine ungeheure Erleichterung. Es war nicht so wie in meinem Traum. Demnach würde ich wohl auch nicht durch den Pfeil sterben, weil mich Arnolds Anblick lähmte, und ich mich nicht wehren konnte. Als ich mich dann am Seil zu den anderen hinabließ, bildete ich mir einen winzigen Augenblick lang tatsächlich ein, dem Schicksal ein Schnippchen geschlagen zu haben. Doch dann standen wir von einer Sekunde zur anderen der gesamten Besatzung der Burg gegenüber.

Wir hätten es uns denken können, das stellte ich nüchtern und ohne Anflug von Bedauern fest. Ich hatte ihnen mit Hilfe der Feuerwand den direkten Zugriff auf uns im oberen Burghof verwehrt. Da war es nur logisch, dass sie uns nun durch das Gartentor von der Flanke her angriffen.

Ich schaute mich kurz um. Papa musste sich von Mama stützen lassen, Udalrik hatte Oban auf seinen Rücken genommen, und Sligachan stand stumm und mit verbundenen Augen wie unbeteiligt da. Eigentlich gab es für uns nicht die geringste Chance zu entkommen. Das war natürlich auch unseren Gegnern klar, denn die Schergen spannten in aller Ruhe und ohne die geringste Hast ihre Bogen. Offenbar warteten sie lediglich auf den Befehl, uns mit einem Regen von Pfeilen zu überschütten.

In diesem Moment begriff ich die wahre Bedeutung meines Traums. Er wollte mir zeigen, worin die einzige Möglichkeit zu unserer Rettung bestand. Eine geradezu unheimliche Ruhe nahm von mir Besitz, und mit der begegnete ich dem Blick aus Mamas schreckensgeweiteten Augen.

„Geht einfach!", forderte ich sie auf. „Uns wird nichts geschehen!"

Mama zögerte, doch dann nickte sie mir kurz zu und gab den anderen das Zeichen zum Aufbruch. Ich drehte mich zu unseren Gegnern um und schritt langsam deren Reihen entgegen. Dabei löste ich seelenruhig die beiden Zöpfe, zu denen ich meine Haare geflochten hatte. Schließlich bauschte der Wind meine hüftlange Mähne zu einem flatternden pechschwarzen Mantel auf.

Die beabsichtigte Wirkung trat umgehend ein, denn aus der Mitte der Bewaffneten trat ein Mann im Kettenhemd hervor und gebot den Bogenschützen mit einer herrischen Geste, ihre Waffen zu senken. Ich blieb abrupt stehen und wartete. Neben den Ritter im Kettenhemd trat nun ein zweiter, der die Isenbergische Rose auf seinem Waffenrock trug. Er war deutlich jünger, soviel konnte ich im Mondlicht auf dem schneebedeckten Abhang zweifelsfrei erkennen. Zwischen den beiden erhob sich ein kurzer Disput. Schließlich schüttelte der ältere Mann den Arm des jüngeren Ritters ab. Er ließ seinen Begleiter stehen und kam mir entgegen. Mein Herz begann heftig zu pochen.

Ich wartete, bis der Mann im Kettenhemd sich mir auf gut zehn Meter genähert hatte, dann hob ich die Hand. Ich wollte unter allen Umständen vermeiden, dass er bis auf Tuchfühlung an mich herankam. Er stoppte sofort, wiegte den Kopf und starrte mich mit offenem Mund an. Sein Gesicht war das eines gut 50-jährigen Mannes, mit grauen, halblangen Haaren, tief eingeschnittenen Falten und einem sorgenvollen, von Kummer verzehrten Ausdruck in den Augen. Es war Arnold, doch zwischen uns klaffte nicht nur die Lücke von wenigen Metern, sondern die unüberbrückbare Distanz von 34 Jahren. Das wurde mir schlagartig klar, und in diesem einen bewegenden Augenblick begrub ich auch noch das letzte bisschen Hoffnung in meinem Herzen, meinen einstigen Geliebten jemals wieder in meinen Armen zu empfangen. Ich schaute ihn nur noch einmal eindringlich und mahnend an, bevor ich mich wortlos abwandte und meinen Eltern mit den Zwergen zum Tal hinab folgte.

„Vater, was ist nun?", hörte ich hinter mir den jüngeren Ritter rufen. „Wollt Ihr die Staufer mit unseren Gefangenen entkommen lassen?"

Arnold gab keine Antwort, aber ich war sicher, er würde die Bogenschützen nicht auf uns schießen lassen.

Arnold von Altena-Nienbrügge, Winter 1204/05

Ich weiß nicht, ob mich wieder der Spuk meiner auf ewige Zeiten ungetilgten Schuld narrte, doch irgendetwas war anders als bei den Erscheinungen, die mich schon so oft in den vergangenen dreißig Jahren verfolgt hatten.

Die Gestalt jenes wilden und schönen Mädchens aus den Wäldern, dessen Liebe ich vor so langer Zeit verriet und dessen Geist mich seitdem stets aufs Neue heimsuchte, war auf einmal so wirklich und körperlich gewesen, als ob sie wahrhaftig vor mir gestanden hätte. Ich war wie gelähmt und fühlte mich unfähig, den längst überfälligen Befehl zu geben, die feindlichen Staufer und ihre menschliche Beute zu töten. Und das, obwohl es ihnen gelungen war, in die doch eigentlich uneinnehmbare Isenburg einzudringen und unsere wertvollen Geiseln zu befreien.

Auch ohne die heftigen Vorwürfe meines Sohnes Everhard war ich mir völlig bewusst, dass ich damit der Sache meines obersten Lehnsherrn und Kriegsführers, König Otto, gewaltigen Schaden zugefügt hatte. Aber ich konnte nicht anders, denn dieser mahnende, anklagende Blick aus ihren geheimnisvollen pechschwarzen Augen zog mich wie gefesselt in ihren Bann und ließ mir keine Wahl. Dass sie mich damit zwang, einen neuen, viel schwerwiegenderen Verrat an meiner Gefolgschaftstreue zu den Welfen zu begehen, erscheint mir dagegen nun wie ein Hohn. Ohne die Zwerge in unserer Hand werden wir niemals mehr so viel Gold und andere edle Metalle aus dem zerstörten Bergwerk holen können, wie für die Kriegskasse meines Königs bitter nötig wären. Und so werde wohl ausgerechnet ich, einer seiner treuesten Dienstmannen und Vasallen, derjenige sein, der eines Tages die endgültige Niederlage im Krieg gegen die Staufer zu verantworten haben wird. In dieser Nacht ist mir klar geworden, dass sowohl mein eigenes Schicksal als auch das meiner Familie besiegelt ist, ganz gleich, auf welche Seite wir uns letztlich stellen werden. Vielleicht hat mein Bruder Adolf genau das schon längst erkannt und sich deshalb von mir abgewandt. Ich bin ein gebrochener Mann, der die Liebe seines Lebens verkauft hat und dem nun nichts mehr bleibt, als irgendwann ehrenhaft unterzugehen.

Leng Phei Siang

Freds Gewicht lastete auf meiner Schulter, während ich ihn stützen musste. Er war so erschöpft, dass er selbstständig kaum noch einen Schritt vor den anderen setzen konnte. An der anderen Hand hielt ich den jungen Zwerg Sligachan, der wie in Trance neben mir herschritt. Udalrik trug den alten Oban auf seinem Rücken und hatte zudem noch meinen Bogen übernommen. So gesehen waren wir für unsere Gegner ein leichtes, wehrloses Ziel. Doch die Reihe der Schützen, die sich unterhalb des Gartentores aufgestellt hatte, rührte sich nicht. Es sah fast so aus, als ob die Söldner an Ort und Stelle eingefroren wären. Unwillkürlich musste ich an die starre Armee der Terrakotta-Krieger in meiner Heimat denken, die für alle Zeiten unbeweglich das Grab ihres Kaisers bewachten.

Zwischen unserer angeschlagenen Gruppe und der Besatzung der Isenburg stand Pui Tien hoch aufgerichtet und wie ein Fanal neben dem Felsen am Rand des Gartens. Der eiskalte Wind fegte durch ihre Haare und ließ diese wie dunkle, zuckende Blitze flattern. Plötzlich drehte sie sich abrupt um und folgte uns mit langsamen, majestätisch anmutenden Schritten bergab. Trotzdem wagte niemand, auch nur einen einzigen Pfeil in unsere Richtung abzuschießen. Es war eine vollkommen unwirkliche Situation. Auf jeden Fall gelangten wir unbehelligt zu der Stelle am Bach, wo wir unsere Pferde sowie den Wolf zurückgelassen hatten.

Udalrik setzte die beiden Zwerge auf das Packpferd, während wir anderen unsere eigenen Tiere bestiegen. Fred, der sich inzwischen einigermaßen wieder erholt hatte, drängte zum schnellen Aufbruch.

„Es grenzt zwar an ein Wunder, dass sie uns noch nicht wie Tontauben abgeschossen haben, aber wir sollten unser Glück nicht allzu sehr strapazieren", raunte er mir zu.

Ich wies mit einem Seitenblick auf Pui Tien, die wie eine seelenlose Puppe schweigend ins Leere stierte.

„Ohne unsere Tochter wären wir längst tot, Fred", flüsterte ich zurück. „Irgendwie hat sie es geschafft, alle dort oben zu menschlichen Salzsäulen erstarren zu lassen."

Fred nickte kurz und presste dabei die Lippen zusammen. Dann gab er seinem Pferd die Sporen und führte unsere kleine Gruppe in den nahen Wald. Ich wusste, dass er sich innerlich selbst zerfleischte, weil er Pui Tien zuvor noch so harsch angefahren hatte.

Wir hielten erst an, als Oban sich nicht länger aufrecht zu halten vermochte und nach vorn auf den Hals des Packpferdes sank. Für den kleinen alten Mann waren die Aufregungen und Anstrengungen der letzten Stunden zu groß gewesen. Als wir ihn vorsichtig auf ein paar schnell aufgeschichtete Zweige betteten, ächzte der Zwerg und hustete unterdrückt.

Während der Prozedur hatte mich Oban unentwegt angesehen, und ich war heftig erschrocken. Dieser durchdringende, traurige Blick aus seinen Augen barg eine unmissverständliche Botschaft, deren Inhalt mein Verstand im ersten Moment einfach negieren wollte. Deshalb schüttelte ich unwillkürlich und heftig den Kopf.

„Du hast mich verstanden, Leng Phei Siang, Mutter meiner geliebten Ma Chridh!", belehrte mich der alte Zwerg mit leiser Stimme. „Ich werde schon sehr bald die Anderswelt betreten."

Ich strich ihm mit der Hand sanft über die Stirn. Meine Augen füllten sich mit Tränen.

„Ich habe gute Medizin, Oban!", protestierte ich schwach. „Ich kann dich heilen."

Der alte Zwerg lächelte flüchtig.

„Ach, was redest du, schöne Frau aus dem fernen Land der Mitte? Wenn du in dich gehst, wirst du wissen, dass es so ist, wie ich gesagt habe. Auch die Geheimnisse aus deiner fernen künftigen Zeit werden daran nichts ändern. Ich habe meinen Weg gesehen, und ich werde ihn gehen..."

Ein erneuter Hustenanfall unterbrach ihn. Udalrik, der bei Sligachan und dem Packpferd geblieben war, drehte sich hastig zu uns um. Fred zuckte hilflos mit den Schultern und horchte angestrengt in die Nacht hinaus, aber Pui Tien ergriff beherzt die Hand ihres alten Lehrmeisters.

„Ma Chridh, da bist du ja", flüsterte Oban. „Ich danke den Göttern der Anderswelt, dass der Geist der armen Agnes dich erreicht hat. Durch ihren Vater besaß sie zu euch eine Verbindung, die sich wie ein unsichtbarer Faden durch die Jahrhunderte schlang. Nur so konnte ich mich dir mitteilen."

„Aber wir sind zu spät gekommen!", jammerte Pui Tien schluchzend.

Oban hustete und hob seine Hand.

„Nein, Ma Chridh. Ihr habt Sligachan gerettet. Nur das zählt."

Fred räusperte sich hörbar.

„Ich unterbreche euch ja ungern, aber wir müssen weiter!", forderte er.

„Papa hat recht!", bestätigte Pui Tien ernst. „Ich konnte sie nur aufhalten, weil ich Arnold in die Augen gesehen habe. Aber sein Sohn ist bei ihm, und der wird uns bestimmt verfolgen lassen."

Da Oban zustimmend nickte, wickelten wir den alten Zwerg in warme Decken und brachten ihn zum Packpferd zurück. Mir tat es in der Seele weh, dass wir den sterbenskranken kleinen Mann wieder auf das Reittier setzen mussten, aber es gab keine Alternative.

Bevor ich jedoch selbst auf das Pferd steigen konnte, warf sich Pui Tien in meine Arme und weinte herzzerreißend. Es fiel mir unglaublich schwer, sie loszulassen, aber Freds gequälter, mahnender Blick brachte mich zur Besinnung.

„Ma, wo sse bäi ai!" (Mama, ich bin so traurig), schluchzte sie halblaut.

„Ni bu sse du dsi de, Nü er!" (du bist nicht allein, Tochter), entgegnete ich bestimmt und mit fester Stimme. „Wir stehen das zusammen durch!"

Fred Hoppe

Der hohe Schnee behinderte zwar unser Vorankommen, doch dafür half er uns bei der schwierigen Orientierung.

Denn die gleißenden Flächen reflektierten das Mondlicht so stark, dass es für unsere Augen beinahe taghell war. So konnten wir die Konturen der hügeligen Landschaft recht gut ausmachen und wussten, welche Richtung wir einschlagen mussten, um so schnell wie möglich ins Tal der Ennepe zu gelangen. Natürlich galt das Gleiche auch für die Schergen des jungen Grafen Everhard. Zudem hatten sie noch einen weiteren Vorteil: sie brauchten nur unseren deutlich sichtbaren Spuren zu folgen. Uns allen war völlig klar, dass die Anhänger des Welfenkönigs Otto es sich keinesfalls leisten durften, uns entkommen zu lassen.

Trotzdem hoffte ich, die Häscher in den steilen Wäldern des südlichen Oberlandes abhängen zu können. Doch dazu war es nötig, dass sich unsere Gruppe aufteilte. Nur so vermochten wir vielleicht, die schwerfälligen Ritter und ihre Söldner in die Irre zu führen. Dabei mussten wir allerdings darauf achten, nicht in die Nähe der Klutert zu kommen, denn dort würde man die entlaufenen Zwerge bestimmt zuerst suchen. Aber wohin sollten wir in dieser eisigen Wildnis fliehen?

Der alte Oban benötigte dringend Ruhe sowie eine trockene und warme Bleibe. Pui Tiens altes Versteck war dazu nur bedingt geeignet und Hinneriks einstige Wohnstatt ein einziger Trümmerhaufen. Den anderen Stiftsbauern der Umgebung konnten wir nicht trauen. Doch so sehr ich mir auch den Kopf darüber zermarterte, mir fiel keine Lösung ein. Es war wie verhext. Unser kühner Plan zur Befreiung der Zwerge aus der uneinnehmbaren Isenburg hatte zwar funktioniert, aber letztlich würden wir an der widrigen Witterung scheitern. Warum nur wollte uns diesmal schier gar nichts gelingen? Aber warum waren wir dann überhaupt hier? Es stand doch wohl fest, dass Oban Pui Tien, Siang und mich aus einem bestimmten Grund gerufen hatte. Der weise alte Zwerg hätte bestimmt darauf verzichtet, wenn er nicht überzeugt gewesen wäre, dass wir etwas in seinem Sinne bewirken würden.

In diesem Moment fiel es mir wie Schuppen von den Augen. Es ging überhaupt nicht darum, die ganze Familie der letzten Altvorderen zu retten. Es ging um Sligachan und niemanden sonst, denn er musste überleben, um die Geheimnisse des Berges bewahren zu können. Alle künftigen Ereignisse in dieser Epoche hingen davon ab. Und Oban hatte das gewusst. Ja, er musste es schon sehr lange gewusst haben, vielleicht sogar bereits vor gut dreißig Jahren, als wir ihm zum ersten Mal begegneten. Wie richtig ich mit meiner Annahme lag, teilte mir der sterbenskranke kleine Mann tatsächlich mit, als wir am Fuß des Gevelberges am Ufer der Ennepe die nächste Rast einlegten.

Während Udalrik und ich einige kleinere Baumstämme fällten, um aus den Stangen ein Gestell zu bauen, das wie ein Travois der Prärieindianer aussah, hatte Oban zunächst leise mit Sligachan gesprochen. Danach schickte er den verstört wirkenden jungen Mann zur Seite. Udalrik führte ihn zu den Pferden, wo er unvermittelt auf die Knie sank und stumm zu den Göttern der Anderswelt betete. Siang und ich beobachteten das Schauspiel mit einer Mischung aus Scheu und Mitleid, denn bisher hatte aus bekannten Gründen noch niemand von uns gewagt, auch nur ein einziges Wort mit Sligachan zu reden. Obwohl er uns wegen seiner verbundenen Augen gar nicht sehen konnte, fürchteten wir uns davor, dass er sich vielleicht in zwanzig Jahren an unsere Stimmen erinnern würde.

Obans unterdrücktes Husten weckte uns aus unserer Starre. Wir eilten zu dem alten Zwerg, um ihn aufzurichten und ihm so etwas Erleichterung beim Atmen zu verschaffen. Pui Tien kniete vor ihrem ehemaligen Lehrmeister und ergriff seine Hand. Tränen standen in ihren Augen. Oban sah mich durchdringend an.

„Du glaubst, alles hätte sich gegen euch verschworen, und ihr wäret umsonst in diese Welt gekommen, nicht wahr, Graf Winfred, oder wie du dich sonst auch nennen willst?", begann der kleine Mann mit erstaunlich ruhiger und klarer Stimme.

Ich schluckte und brachte keine Erwiderung zustande.

„Was meinst du, Vater meiner geliebten Ma Chridh, weshalb steht die große Buche dort auf der anderen Seite des Flusses?", fuhr Oban ungerührt fort.

Ich zuckte mit den Schultern und rang um Worte. Phei Siang lehnte ihren Kopf an meine Schulter und schlang ihre Arme um meine Hüfte.

„Der Baum steht dort, weil er darauf wartet, dass der Wind ihn streichelt!", erklärte der alte Zwerg lächelnd. „Alles gehört zusammen, und nichts geschieht ohne Sinn. Frag deine Prinzessin, denn ihr Volk hat die alten Weisheiten bewahrt."

Ich nickte fast automatisch, denn etwas Ähnliches hatte ich auch immer wieder von Phei Siang gehört.

„Erinnerst du dich noch, wie du im Sumpf zwischen den Bergen mein Gesicht gesehen hast?", fragte Oban weiter. „Damals konntest du dir nicht erklären, wie das möglich war, doch es hat dich davor bewahrt, in die Speerfalle zu stürzen."

„Ja, ich erinnere mich", antwortete ich leise. „Dadurch habe ich den kleinen Wolf entdeckt."

Ich ahnte bereits, worauf der alte Zwerg hinauswollte, und es tat mir bereits jetzt in der Seele weh.

„Du hast bewiesen, dass du ein reines Herz hast, dem auch das Schicksal der wilden Tiere nicht gleichgültig ist. Hättest du den kleinen Wolf umkommen lassen, wäre es dir heute nicht möglich, uns zu helfen. Aber ich habe mich nicht in dir getäuscht, und so bin ich auch zuversichtlich, dass alles Weitere so geschehen wird, wie es geschehen soll. Deshalb wirst du auch eines Tages wiederkommen und eine andere wichtige Aufgabe erfüllen."

„Was hat unser Wolf damit zu tun, Oban?", fragte Phei Siang arglos.

„Er wird von nun an Sligachans Gefährte sein, Prinzessin, und er wird ihm helfen, seine Einsamkeit zu überwinden!", erwiderte der alte Zwerg. „Der junge Wolf muss meinem armen Enkel für lange Zeit die Augen ersetzen, denn die Schergen haben ihm ein glühendes Eisen zu nah an das Gesicht gehalten, um mich zu zwingen, ihnen zu verraten, wo sich weitere Erzlager am Goldberg befinden. Sligachan wird erst in einigen Monaten wieder richtig sehen können."

Phei Siang schaute mich mitfühlend an, doch ich hatte es bereits gewusst. Trotzdem konnte ich nicht verhindern, dass sich auch meine Augen mit Tränen füllten.

„Nun zu dir, Ma Chridh!", wandte sich Oban an unsere Tochter. „Ich weiß, dass sich unsere Wege nun für immer trennen müssen."

Pui Tien blickte uns flehend an, und schüttelte verzweifelt den Kopf. Es zerriss mir fast das Herz. Immerhin war der alte Zwerg für die gesamte Zeit ihrer Jugend so etwas wie ihr Ersatzvater gewesen.

„Ich werde zu den Göttern der Anderswelt gehen, Ma Chridh!", bedeutete Oban ruhig und gefasst. „Aber du musst Sligachan und den Wolf begleiten. Du weißt, dass es im Tal der Milsepe eine große, schwer zugängliche Höhle gibt, die niemand unter den Sachsen kennt. Du musst den beiden den Weg zu ihr zeigen, denn dort können sie sich verbergen und vor der Kälte des Winters schützen, während deine Eltern mich zu der Klippe über dem Fluss bringen werden, wo ich meine letzte Ruhestätte erwählt habe. Du und deine Mutter, ihr kennt die Stelle genau, denn es ist ein heiliger Ort, der auch für euch beide von großer Bedeutung ist. Wann auch immer ihr dort oben zusammen verweilt, ganz gleich in welcher Zeit, wird mein Geist bei euch sein."

Pui Tien schluchzte laut auf, und Oban streichelte ihr mit zittriger Hand über die Wange.

„Geh jetzt, Ma Chridh!", wies er sie an. „Die Häscher sind nicht mehr weit. Ihr müsst ihnen unbedingt entkommen!"

Der alte Zwerg sank erschöpft zurück. Das viele Reden hatte ihn offenbar sehr angestrengt. Pui Tien stand unschlüssig da und schaute ihre Mutter und mich fragend an. Ich bemühte mich, meine Fassung zu waren. Phei Siang nickte bestimmt.

„Er hat recht, Nü er!", sagte sie mit fester Stimme. „Ihr müsst sofort aufbrechen, sonst war alles vergebens. Wir sehen uns in einigen Tagen am Hohenstein, wenn die Jäger des jungen Grafen unaufmerksam geworden sind. Wer von uns zuerst dort eintrifft, hinterlässt ein Zeichen."

Pui Tien warf einen letzten besorgten Blick auf ihren sterbenskranken alten Freund und wandte sich zum Gehen. Da hob Oban seine Hand, und unsere Tochter hielt inne.

„Ma Chridh", flüsterte er leise. „Denk an deinen Traum. Rette Sligachan und lehre ihn, seinen Hass auf die Sachsen zu unterdrücken. Er darf nicht ungerecht werden, weil er verbittert ist. Er muss die Geheimnisse bewahren und darf seine großen Gaben nicht gegen die Menschen einsetzen. Du bist zwar jung, aber du weißt am Besten, dass Gutherzigkeit und Liebe kostbarer sind als der kurzlebige Triumph der Rache, denn diese stürzt uns alle nur ins Unglück."

Pui Tien schwieg betroffen, aber sie nickte ihrem alten Lehrmeister mit ernster Miene zu und lief dann ohne sich noch einmal umzusehen zu Sligachan und den Pferden. Udalrik half, den jungen Zwerg in den Sattel zu heben.

„Viel Glück, Tochter", murmelte ich niedergeschlagen, als sie sich den Bogen nahm, den Köcher mit den Pfeilen umhängte und die Zügel ihres Reittieres ergriff. Anschließend watete sie mit zielsicheren Schritten durch die Furt.

Leng Phei Siang

Fred stand wie versteinert auf seinem Platz und starrte unserer Tochter und dem Wolf nach, bis sie zwischen den ersten Bäumen verschwunden waren. Unterdessen kümmerte ich mich um Oban und wickelte ihn wieder in die Decken. Auch Udalrik hatte bereits gemerkt, dass wir aufbrechen mussten, denn er führte gleich unsere Pferde heran. Ich stieg auf, so dass wir den alten Zwerg zu mir in den Sattel setzen konnten. Anschließend verzurrte er die Stangen für unser Tragegestell vorerst auf dem Packpferd. Da Fred sich noch nicht von der Stelle rührte, lenkte ich mein Tier an seine Seite.

„Komm", bat ich ihn mit sanfter Stimme. „Wir müssen weiter flussabwärts, damit die Verfolger nicht auf die Idee kommen, am anderen Ufer nach Spuren zu suchen."

„Wir werden unseren vierbeinigen Freund nie wiedersehen", erwiderte Fred geistesabwesend.

„Sei nicht traurig, es war seine Bestimmung von Anfang an", versuchte ich ihn zu trösten.

Fred nickte mir zu und stieg ohne weitere Verzögerung auf sein Pferd. Wir ließen unsere Tiere mehrfach auf den Spuren trampeln, die Pui Tien hinterlassen hatte und ritten dann entschlossen weiter durch den Auenwald an der Ennepe entlang. Natürlich würden die Schergen des jungen Isenbergers entdecken, dass wir mehrere junge Bäume gefällt hatten. Bei einiger Kombinationsgabe würden sie bestimmt daraus schließen, dass es schwache oder erschöpfte Mitglieder in unserer Gruppe geben musste, doch darauf kam es auch nicht mehr an. Wichtig war nur, dass sie den Spuren unserer Pferde in Richtung des Hofes Wehringhausen folgten, damit Pui Tien genug Zeit hatte, unbemerkt flussaufwärts die Mündung der Milsepe zu erreichen.

Allerdings kamen wir nur langsam voran, denn immer wieder brachen die Hufe unserer Tiere in der noch dünnen Eisfläche ein, und wir mussten ständig absteigen, um die Pferde aus dem morastigen Gelände zu ziehen. Etwa in Höhe des späteren Gutes Rochholz waren wir gezwungen, auf die nahe gelegene Terrasse auszuweichen. Da es mittlerweile noch kälter geworden war, entfachten wir mit einem Teil unserer Holzstangen im Schutz einer Bodenwelle ein kleines Feuer, um uns ein wenig aufzuwärmen.

Fred Hoppe

Die Morgendämmerung stand kurz bevor, und über dem östlichen Horizont machte sich bereits ein heller Schein bemerkbar. Ich musterte unsere Gruppe mit kritischen Augen und kam zu dem Ergebnis, dass weder wir noch die Pferde lange durchhalten konnten. Außerdem mussten wir uns unbedingt Gewissheit verschaffen, ob unsere Verfolger wirklich nicht bemerken würden, dass Pui Tien mit dem für sie wertvollsten Flüchtling in eine andere Richtung aufgebrochen war. Siang zeigte sich zuerst von meiner Absicht, noch einmal nachzuschauen, nicht gerade begeistert, stimmte aber hinsichtlich Obans Gesundheitszustand doch zu, denn der alte Zwerg konnte sicher eine weitere Rast gebrauchen.

Ich hatte gerade mein Pferd bestiegen und wollte zum Fluss hinabreiten, als ich in einiger Entfernung zwischen den Ästen im Auenwald etwas Helles aufblitzen sah. Bei genauerem Hinsehen stellte ich erschrocken fest, dass sich eine lange Reihe Bewaffneter auf unseren Spuren durch das sumpfige Gelände bewegte. Der Zug der Söldner war höchstens fünfhundert Meter von der Stelle entfernt, an der wir die Ennepe verlassen hatten. Bestürzt kehrte ich sofort um. Jetzt konnte uns nur noch eine gewagte List retten, denn für eine Flucht war es bereits zu spät.

Udalrik trat blitzschnell das Feuer aus, während ich mir von Siang die Zügel der anderen Pferde geben ließ. Wir banden alle an ein Seil zusammen, das ich hinter mir herziehen konnte. Mit meinem Tross reiterloser Tiere stob ich anschließend den Abhang hinunter. Unterwegs dankte ich mit einem Stoßgebet dem Schicksal, dass wir uns bei meiner Identität für einen englischen Kreuzfahrer entschieden hatten, denn dessen traditionell weißer Waffenrock und Mantel bewahrten mich nun in der dämmrigen Winterlandschaft vor einer vorzeitigen Entdeckung. Unten an der Ennepe sprang ich ab und schlug mit dem Schwert möglichst viele Büsche ab, die ich auf die deutlich sichtbaren Spuren warf, die zur Terrasse hinaufführten. Danach führte ich die Reihe meiner Pferde mehrmals im Kreis herum, bis auch der geübteste Fährtenleser nichts mehr erkennen konnte und schwang mich wieder in den Sattel.

Jetzt galt es, Nerven zu bewahren, denn der Kriegstrupp sollte keine Gelegenheit bekommen, die nähere Umgebung zu untersuchen. Ich musste die Häscher dazu bringen, sofort und ohne anzuhalten hinter mir herzujagen. Allerdings durfte ich selbst auch nicht zu spät lospreschen, weil die Verfolger sonst bemerkt hätten, dass ich mit den Pferden allein war.

Ich zog das Packpferd zu mir heran, nahm einen unserer Langbogen vom Sattelbaum und legte einen Pfeil ein. Nur wenige Minuten später blitzten die hellen Kettenglieder eines Panzerhemdes zwischen den Bäumen auf. Der vorderste Reiter konnte nicht mehr als zwanzig, dreißig Schritt von mir entfernt sein. Ich vermochte nicht zu erkennen, ob ich einen Ritter oder einen Sergenten vor mir hatte, aber das war mir auch völlig egal. Ich konnte nur hoffen, dass ich den armen Kerl nicht lebensgefährlich verletzen würde, weniger weil ich mir trotz der bedrohlichen Situation Gedanken um biblische Gebote machte, sondern um zu verhindern, dass der Kriegstrupp gezwungen war, an dieser Stelle anzuhalten.

Der Pfeil surrte davon und traf, aber er schien meinen Gegner nicht aus dem Sattel zu werfen. Im gleichen Augenblick galoppierte ich davon. Das Gemisch aus lautem Geschrei und Hufgetrappel bewies mir, dass die Rechnung aufgegangen war. Die Häscher hatten sich an meine Fersen geheftet. Nun ging es darum, sie in die Irre zu führen und danach abzuhängen.

Leng Phei Siang

Ich lag neben Udalrik flach auf dem Boden und lugte vorsichtig über den Rand der Senke, als Freds Pfeil den vordersten Reiter in die Schulter traf. Der Verletzte wurde im Sattel zurückgeworfen. Gleichzeitig schrie er auf und riss an den Zügeln, so dass sein Pferd unvermittelt stieg. Trotzdem konnte er sich oben halten. Sofort erhob sich ein unbeschreibliches Gebrüll unter den nachfolgenden Söldnern. Sie zogen ihre Schwerter, schwangen Äxte oder Keulen und gaben ihren Tieren die Sporen. Derweil war Fred mit unseren Pferden bereits zwischen den Bäumen verschwunden. Unaufhaltsam stob der gesamte Tross der schwer bewaffneten Reiter an der Stelle, an der wir die Ennepe verlassen hatten, vorbei. Ich atmete auf.

Für Udalrik und mich begann dafür nun ein banges Warten. Wir wussten nicht, wie weit Fred vor seinen Verfolgern fliehen musste, bevor er sicher sein konnte, dass sie ihn verloren hatten. Falls die Häscher aber zu irgendeinem Zeitpunkt merkten, dass man sie narrte, würden sie bestimmt zurückkehren, und bis dahin sollten wir verschwunden sein. Doch in der Hast von Freds Aufbruch hatten wir die Gelegenheit versäumt, mit ihm einen Treffpunkt zu verabreden.

Ich biss mir auf die Lippen. Was konnten wir tun? Das Risiko, einfach zu warten, war mir entschieden zu groß. Also überlegte ich fieberhaft, ob es vielleicht in der Nähe einen Ort gab, den Fred mit Sicherheit aufsuchen würde, falls er uns hier nicht mehr antraf. Die Klutert kam auf keinen Fall in Frage, abgesehen davon, dass Udalrik und ich allein wohl kaum in der Lage sein würden, Oban bis dorthin durch den hohen Schnee zu tragen.

Ich schaute besorgt zum Himmel, wo sich am östlichen Horizont ein blutrotes Lichtschauspiel ankündigte. Udalrik folgte meinem Blick und fuhr erschrocken mit der Hand zum Mund.

„Oh Gott, Herrin! Es wird ein Unwetter kommen!", rief er mir halblaut zu. „Wenn wir hierbleiben, werden wir alle erfrieren!"

Meine Augen wanderten zur Ennepe, die träge durch die offene Auenlandschaft floss. An einigen Stellen hatten sich bereits dünne Eisflächen gebildet. Ich versuchte mir auszumalen, wie lange wir bei dieser Witterung mit nassen Füßen durchhalten konnten, denn über den Fluss mussten wir allemal. Wenn ich mich recht erinnerte, hatten wir bei unserem letzten Aufenthalt in dieser Epoche vor dreißig Jahren irgendwo im steilen Bergwald drüben am anderen Ufer einen Felsvorsprung entdeckt, unter dem wir damals Schutz vor dem Regen fanden.

Ich teilte Udalrik meine Überlegungen mit, und zu meiner Überraschung kannte er die Stelle genau. Von unserem augenblicklichen Standort war der schützende Felsüberhang offenbar nicht weiter als zwei bis drei Kilometer entfernt, doch ich machte mir da nichts vor: Der anstrengende Marsch mit unserer menschlichen Last im hohen Schnee durch den steilen Bergwald würde bestimmt Stunden dauern. Trotzdem hatten wir keine Wahl, wenn wir nicht weiterhin hier auf dem Präsentierteller sitzen oder gar im heraufziehenden Schneesturm erfrieren wollten. Nur wenige Minuten später wateten wir entschlossen durch das eiskalte Wasser.

Es war wie beim Schock durch einen elektrischen Schlag. Im ersten Moment dachte ich, mir bliebe das Herz stehen, doch nach den nächsten Schritten spürte ich fast überhaupt nichts mehr. Ich setzte mechanisch einen Fuß vor den anderen und versuchte krampfhaft, mich auf völlig belanglose Dinge zu konzentrieren: War heute nicht der 11. November? Natürlich, aber dann hatte Fred offenbar zum ersten Mal, seit wir uns kannten, meinen Geburtstag vergessen. Gut, damit konnte ich meinen ritterlichen Gemahl später bestimmt so richtig aufziehen.

Udalrik schien das alles überhaupt nichts auszumachen. Er stapfte seelenruhig gleichmäßig vor mir her und trug mit stoischer Ruhe den alten Zwerg auf seinen Armen. Wie gern hätte ich mich jetzt von ihm den Berg hinaufziehen lassen.

Das taube Gefühl in meinen Füßen weitete sich langsam und stetig auf meine Beine aus. Das Gehen fiel mir immer schwerer. Noch ein paar Minuten, und ich würde zu einem harten Eisklotz erstarren. Dabei war der Felsbrocken noch so unendlich weit entfernt. Und plötzlich wurde mir klar, dass ich ihn aus eigener Kraft nie erreichen würde. Im selben Moment setzten meine Gedanken aus, und ich kippte mit dem Gesicht voran in den Schnee.

Fred Hoppe

Die Häscher blieben mir dicht auf den Fersen, bis der Schneesturm begann. Ich hatte die dunkle, drohende Front der niedrigen Wolken bereits bemerkt, als der Wind die ersten wirbelnden Flocken über die nördliche Hügelkette peitschte. Fast schlagartig wurde es wieder finster, und ich vermochte kaum noch zwanzig Schritt weit zu sehen. Gleichzeitig blies der stürmische Wind mir die körnigen Eiskristalle wie stechende kalte Nadeln ins Gesicht.

Ich duckte mich bis auf den Hals meines Pferdes und trieb das Tier zur Eile an. Doch es hatte keinen Zweck. Ein paar hundert Meter weiter ging nichts mehr. Ich schaute mich angestrengt um und lauschte. Von meinen Verfolgern war weder etwas zu hören noch zu sehen. Wahrscheinlich hatten sie ihr Vorhaben wegen der schlechten Sicht aufgegeben. Dafür bekam ich nun selbst erhebliche Probleme, mich zu orientieren. Da der Schneesturm immer heftiger wurde, lenkte ich meine Pferde auf die nächste Buschgruppe zu und sprang ab. Mir war klar, dass ich zusammen mit den Tieren erfrieren würde, wenn ich nicht schleunigst für Schutz sorgte.

Also nahm ich hastig die Leinenplanen unseres Turnierzeltes vom Packpferd und versuchte, deren Enden an den Büschen festzubinden, doch die peitschenden Böen rissen das Tuch immer wieder aus der Verankerung. Schließlich gelang es mir, die Plane mit Steinen zu beschweren, um sie so am Boden festzuhalten. Anschließend führte ich die Pferde eng zusammen und zwang sie dazu, sich vor dem Busch hinzulegen. Ich bekam das obere Ende der flatternden Plane zu fassen und zog diese über mich und die Tiere. Draußen fegten die entfesselten Gewalten mit aller Macht über die künstliche Höhle hinweg und begruben das Zelt bald unter Massen von Schnee, während ich mich so nah wie möglich an die Pferde schmiegte, um von deren Körperwärme zu profitieren. Dabei wurde mir erst jetzt richtig bewusst, dass ich allein ja über unsere gesamte Ausrüstung verfügte. Phei Siang, Udalrik und Oban waren völlig schutzlos zurückgeblieben. Ich konnte nur hoffen, dass die beiden mit dem alten Zwerg nicht mehr in der Senke ausharrten, sondern sich rechtzeitig in den schützenden Bergwald aufgemacht hatten. Allein der Gedanke an ihre Not machte mich fast verrückt. Doch mir waren die Hände gebunden. Abgesehen davon, dass ich Siang und Udalrik in diesem Unwetter wahrscheinlich gar nicht gefunden hätte, wäre ich selbst erfroren.

Innerlich verfluchte ich die ausweglose Lage, in die wir uns mit der Befreiung der beiden Altvorderen gebracht hatten. Es war uns zwar gelungen, in die uneinnehmbare Isenburg einzudringen, doch für den vermeintlichen Erfolg mussten wir nun einen hohen Preis bezahlen.

Kapitel 7
Sligachans Los

Ich sach mit minen ougen
Man und wibe tougen,
daz ich gehorte und gesach,
swaz iemen tet, swaz iemen sprach.
Ze rome horte ich liegen,
und zwene künege triegen.
Da von huop sich der meiste strit,
der e was oder iemer sit;
do sich begunden zweien
die pfaffen unde leien.
Daz was ein not vor aller not:
Lip unde sele lac da tot.
(Walther von der Vogelweide)

Ich beobachtete mit meinen eigenen Augen
verstohlen Mann und Frau,
so dass ich hörte und sah,
was ein jeder tat und sprach.
Aus Rom vernahm ich die Lügen,
mit denen man zwei Könige wollt' betrügen.
Daraus erhob sich der größte Streit,
den es jemals gab, und den es jemals geben wird;
an dem entzweiten sich die Anhänger der Pfaffen (=Welfen)
und Laien (=Staufer).
Das ergab die allergrößte Not:
Leib und Seele kamen dabei zu Tod.
(Übertragung aus dem Mittelhochdeutschen)

Pui Tien, November 1204

Der gefrorene Schnee knirschte unter den Hufen meines Pferdes, doch außer diesem einen, gleichförmigen Geräusch drang an jenem Morgen weit und breit kein Laut an meine Ohren. Auch der Wolf schaute sich immer wieder unsicher um. Es war unnatürlich still, aber mein trauriges

Herz hätte auch nichts anderes ertragen. Ich fühlte mich leer und ausgebrannt, denn ich wusste, dass ich meinen alten Lehrmeister Oban nie wiedersehen würde.

Über den Bergen schimmerte der Himmel blutrot. Unter anderen Umständen hätte ich dem ungewöhnlichen Naturschauspiel vielleicht größere Aufmerksamkeit geschenkt, aber so registrierte ich das nicht alltägliche Ereignis nur am Rande und fragte mich keinen Augenblick lang, welche Bedeutung es haben könnte. Am wenigsten aber hätte ich von meinem stummen Begleiter erwartet, dass er mich ausgerechnet darauf ansprechen würde, zumal seine Augen verbunden waren.

„Spürst du denn gar nicht die Boten des großen Wintersturms?", fragte Sligachan unvermittelt in der singenden Sprache der Altvorderen. „Du bist doch Priesterin der Göttin Bel, so hat es Oban mir immer erzählt."

Im ersten Moment war ich so perplex, dass ich den Zwerg nur verwundert anstarrte. Zudem waren dies die allerersten Worte, die über seine Lippen kamen. Bevor ich mir eine möglichst unverfängliche Antwort zurechtlegen konnte, tasteten Sligachans Hände nach mir. Ich ließ die Zügel des Pferdes los und kam an seine Seite, damit er mich vom Sattel aus berühren konnte. Seine Finger fuhren über mein Gesicht und meine Haare.

„Du bist so jung wie deine Stimme, wenn sie zu Oban und deinen Eltern gesprochen hat", stellte Sligachan sachlich fest. „Auch das ist mir berichtet worden, doch ich habe es bis jetzt bezweifelt."

„Was hat Oban dir von mir erzählt?", wollte ich wissen.

„Dass die Mächte des Berges in dir schlummern und dass du als kleines Kind vor langer Zeit von ihnen in unsere Welt geschleudert wurdest", antwortete Sligachan bereitwillig. „Du bist bei meinen Vätern aufgewachsen, und Oban hat dich wegen deiner großen Fähigkeiten gelehrt, eine Mittlerin zur Anderswelt zu sein. Dann hast du uns verlassen und bist in die Welt deiner Eltern zurückgekehrt. Aber Oban hat gewusst, dass du eines Tages wiederkommen würdest, um mich zu retten, denn das war und ist deine Bestimmung. Allerdings habe ich nicht glauben können, dass du noch immer so jung sein würdest wie zu der Zeit, als du uns verlassen hast. Doch jetzt weiß ich, dass Oban sich auch darin nicht geirrt hat."

„Was weißt du von meinen Eltern?", hakte ich nach.

„Nichts!", betonte Sligachan ausdrücklich. „Er hat mir auch befohlen, dass ich dich niemals anschauen darf, sonst würde unsere ganze Welt ihre Zukunft verlieren!"

Ich nickte versonnen vor mich hin. Ja, das konnte wirklich geschehen. Mein alter Lehrmeister hatte tatsächlich an alles gedacht, bevor er den Versuch wagte, das Unvermeidbare zu überlisten, um dadurch den vorgesehenen Verlauf der Ereignisse zu beeinflussen. Ich fragte mich nur, wie lange Oban schon geplant hatte, in das Gefüge der Zeit einzugreifen. Er musste bereits vor Jahrzehnten gewusst haben, welches Schicksal den letzten Altvorderen bevorstand.

Mama hatte mir einmal erzählt, dass es zu allen Zeiten Menschen gab, die jene besondere Gabe besaßen, in die Zukunft zu schauen. „Präkognition" sei der wissenschaftliche Fachausdruck dafür, hatte Papa lächelnd ergänzt. Und ich hatte noch grinsend angefügt, dass es doch auf die Dauer langweilig sein müsse, heute schon zu wissen, was einen morgen erwartet. Im Nachhinein fand ich das alles nun gar nicht mehr lustig, denn für einen kurzen Augenblick kam mir ein fürchterlicher Verdacht: Vielleicht hatte Oban mich damals ja sogar nur zu diesem einen Zweck aufgenommen, eines Tages mit meiner Hilfe den Hütern des Berges das Überleben zu sichern. Aber durfte ich ihm deshalb böse sein? Immerhin wäre ich ohne Obans Hilfe sicher umgekommen und hätte meine Eltern niemals wiedergesehen.

„Du schweigst lange!", riss mich Sligachan aus meinen Gedanken. „Kannst du wirklich nicht spüren, dass uns ein gefährliches Unwetter droht?"

„Nein, das kann ich nicht", gab ich ehrlich zu.

Der Zwerg schüttelte verständnislos den Kopf.

„Das ist seltsam, denn ich fühle deutlich, dass mächtige Gaben in dir wohnen", fuhr er fort. „Auf jeden Fall müssen wir uns beeilen, zu der Höhle zu kommen, von der Oban gesprochen hat. Weißt du wirklich, wo sie zu finden ist?"

„Ja, du kannst mir vertrauen!", bestätigte ich und nahm die Zügel des Pferdes wieder auf.

Als wir eine halbe Stunde später die Mündung der Milsepe erreichten, brach der Schneesturm mit ungestümer Gewalt über uns herein. Trotzdem schafften wir es noch rechtzeitig, uns in Sicherheit zu bringen. Zum Glück war der verborgene Eingang hoch genug, auch mein Pferd durchzulassen. Anschließend wälzte ich innen die Steinplatte davor. Ich ließ nur einen kleinen Spalt auf, weil es sonst ganz dunkel gewesen wäre und ich kein Brennmaterial für ein Feuer auftreiben konnte. Sligachan setzte sich neben unseren graupelzigen Begleiter und schmiegte sich an dessen Fell. Der Wolf ließ es ohne Protest geschehen. Offenbar besaß dieser Zwerg genau wie ich die Gabe, Tiere unter seinen Willen zu zwingen.

„Ich muss zugeben, du kennst Geheimnisse, die Oban mir nie gezeigt hat!", stellte Sligachan nüchtern fest. „Diese Höhle ist mir unbekannt, aber es gibt einen Stein, der sie verschließt. Also werden meine Väter sie benutzt haben."

„Sie ist immer ein geheimer Zufluchtsort gewesen", erklärte ich ihm.

Sligachan schwieg eine Weile, während draußen das Unwetter tobte. Ich blinzelte durch den Spalt und registrierte zufrieden, dass unsere Spuren längst verweht und von frischem Schnee überdeckt waren.

„Du wirst mir auch all die anderen Dinge zeigen müssen, von denen ich nichts weiß", sprach er plötzlich in die Stille hinein. „Denn ich bin der Letzte der Altvorderen und der Einzige, der künftig deren Geheimnisse hüten muss."

„Rede nicht so!", fuhr ich ihn ungewollt heftig an. „Wir werden es bestimmt schaffen, auch Cluaniweg und deine Eltern zu befreien. Es geht nur nicht so schnell. Aber wir lassen euch nicht im Stich!"

Sligachan schluckte hörbar und räusperte sich.

„Du weißt es wirklich nicht, ja?"

„Ich weiß, warum Oban mich gerufen hat und was ich seinem Vermächtnis schuldig bin!", entgegnete ich.

In den ernsten Zügen des Zwerges machte sich eine unglaublich tief empfundene Traurigkeit breit. Ich sah ihn an und erschrak.

„Nein!", begehrte ich auf. „Sie sind nicht tot! Grischun hätte es mir bestimmt noch gesagt."

Sligachan senkte den Kopf, und ich wusste im gleichen Moment, dass meine Hoffnung vergeblich gewesen war.

„Guinifee und Belrigg, die meine Eltern waren, wurden im Bergwerk von herabstürzenden Steinen erschlagen!", erklärte Sligachan mit tonloser Stimme. „Und Cluaniweg starb unter den Hieben der Söldner, als er sich danach weigerte, für sie weiterzuarbeiten. Ich bin der Letzte, der noch leben wird, wenn der Schnee schmilzt."

Ich schloss meine Augen und kämpfte gegen die aufsteigenden Tränen an. Gleichzeitig wurde mir endgültig klar, was für eine Verantwortung Oban mir aufgegeben hatte. Ich hockte mich neben Sligachan und nahm seine Hand.

„Das habe ich wirklich nicht geahnt", flüsterte ich mit stockender Stimme. „Aber ich schwöre dir, dass ich so lange bei dir bleiben werde, bis du alles weißt, was du von mir noch erfahren kannst."

„Dann musst du mir sagen, wie ich dich nennen soll, denn für mich kannst du schließlich nicht ‚Ma Chridh' sein wie für deinen Ziehvater Oban."

„Die Sachsen haben mir den Namen ‚Snäiwitteken' gegeben", antwortete ich unbefangen.

Sligachan lachte höhnisch auf.

„Das klingt eigentlich viel zu schön für ihre herablassende Art. Mich beschimpften die Schergen in der Isenburg dagegen als ‚Hunbold' (Keltengnom)".

„Auch wenn sich ‚Snäiwitteken' ganz lieblich anhören mag, so hat es sie nicht gehindert, mich als Hexe jagen zu lassen und verbrennen zu wollen!", resümierte ich bitter.

„Hm, ich glaube, wir beide sind gar nicht so verschieden."

Fred Hoppe

Ich benötigte einiges an Kraft, um die Plane mit ihrer schweren Schneelast zurückzuschlagen, doch im gleichen Moment blendete mich das gleißend helle Licht der Sonne. Unwillkürlich bedeckte ich mit der Hand meine Augen, während sich die Pferde wiehernd schüttelten, bevor sie sich zögernd erhoben. Blinzelnd schaute ich mich erstaunt um.

Die Landschaft an der unteren Ennepe hatte sich total verändert. Alles lag unter Bergen von Schnee begraben, und zuvor vorhandene Senken oder Dellen im Gelände waren völlig eingeebnet worden. Bis an den Fuß der steilen Hänge des südlichen Bergwaldes erstreckte sich ein einziges, zu Eis erstarrtes weißes Meer. Irgendwo mitten darin musste sich auf der anderen Seite der Ennepe die Hofgruppe Wehringhausen befinden. Doch wo war überhaupt der Fluss geblieben?

Angesichts der Gewalten, die so etwas bewirken konnten, dachte ich mit Schaudern an das Schicksal meiner geliebten Siang. Ich musste sie und Udalrik so schnell wie möglich finden. Mein Verstand weigerte sich, darüber nachzudenken, was mit ihnen geschehen sein könnte, falls sie versucht haben sollten, dem Wüten des Schneesturms hier draußen zu trotzen. Doch wohin sollten sie geflohen sein? Auf dieser Seite des Flusses hätten sie keine Chance gehabt, sich rechtzeitig in Sicherheit zu bringen. Also waren sie bestimmt über die Ennepe in die Bergwälder gezogen. Über die Ennepe? Doch wohl eher durch die Ennepe, denn der Fluss war vor dem Unwetter noch längst nicht gänzlich zugefroren gewesen.

Fieberhaft versuchte ich abzuschätzen, wie lange die beiden mit nassen Füßen und Kleidern hätten durchhalten können. Das Ergebnis war niederschmetternd. Der einzige Ort, der für sie vielleicht noch in erreichbarer Nähe lag, war der auffällige Felsüberhang im Wald unterhalb von Meininghausen, doch auch dort hätten sie weder Decken gehabt noch ihre Kleider wechseln können. Unsere gesamte Ausrüstung war nun mal auf dem Packpferd. Und das befand sich schließlich bei mir. Verbissen trieb ich meine Tiere zur Eile an. Hoffentlich war es noch nicht zu spät.

Zunächst kam ich noch ganz gut voran. Der Schnee lag zwar überall ziemlich hoch, aber er war locker und der Untergrund fest gefroren. Doch schon bald geriet ich immer öfter in Verwehungen, aus denen ich mich mit den Pferden nur mühsam wieder befreien konnte. Dafür begann ich zu schwitzen, bis der Schweiß in Strömen floss. Zum Glück erwies sich die Ennepe nicht als schwieriges Hindernis. Allerdings kostete es mich viel Überredungskunst, die verängstigten Tiere über die schlüpfrige Eisfläche zu locken.

Der dichte Bergwald hatte erwartungsgemäß dem Sturm die meiste Kraft genommen, so dass der Neuschnee mir hier nur bis knapp unter die Knie reichte. Trotzdem erschöpfte mich der steile Anstieg unter dem schweren Kettenhemd bereits nach einer halben Stunde so sehr, dass ich wieder eine Pause einlegen musste. Ich ließ die Zügel achtlos fahren und sank keuchend zu Boden. Auch die Pferde mussten verschnaufen und würden mir schon nicht weglaufen. Als ich wieder zu Atem kam, hatte sich der Himmel erneut bezogen, und es begann abermals zu schneien.

Verzweifelt versuchte ich, mich in diesem Wirrwarr von umgestürzten Bäumen, verschneiten Buschgruppen und anstehenden Felsblöcken zu orientieren. Nach Überquerung der Ennepe war ich dem Verlauf der südlichen Flussterrasse so lange gefolgt, bis ich auf das Seitental des

Askerbaches stieß. Erst danach hatte ich den eigentlichen Hangwald betreten. Normalerweise musste der gesuchte Überhang ganz in der Nähe sein, doch an meinem augenblicklichen Standort kam mir überhaupt nichts bekannt vor. Hatte ich mich wirklich so verschätzt?

Langsam aber sicher wurde ich nervös, denn mir lief die Zeit davon. In Kürze würde die Dämmerung einsetzen. Falls Phei Siang und Udalrik noch lebten, würden sie keinesfalls hier draußen die nächste Nacht überstehen, von dem sterbenskranken Zwerg Oban ganz zu schweigen. Der Schweiß, der mir nun von der Stirn rann, kam von der nackten Angst, die sich wie ein wucherndes Geschwür in meinem Innersten ausbreitete. Das bange Gefühl, zu spät zu kommen, steigerte sich noch, als ich auch nach einer weiteren Stunde den Felsüberhang nicht gefunden hatte.

Niedergeschlagen drehte ich mich um und hielt plötzlich inne. Durch den dichten Flockenwirbel erkannte ich auf einmal vor mir die auffällige Form des Gesteinsbrockens, der uns damals als Unterschlupf vor einem heftigen Sommergewitter gedient hatte. Ich nahm entschlossen die Zügel meines Pferdes auf und stapfte, so schnell ich konnte, durch den hohen Schnee auf das Gebilde zu. Aber als ich den Überhang endlich erreichte, war von Phei Siang und den beiden anderen keine Spur zu sehen.

Pui Tien

Die Nacht war entsetzlich kalt und schien eine Ewigkeit zu dauern. Endlich, gegen Morgen, fiel ich in einen unruhigen Schlaf. Im Traum sah ich Didi, den man in ein dunkles, feuchtes Kellergewölbe gesperrt und an die Wand gekettet hatte. Ich hätte ihn beinahe nicht erkannt, denn er war bis auf die Knochen abgemagert, und seine schwarzen Augen folgten ausdruckslos den Ratten, die durch sein Gefängnis huschten. Die gierigen Nager trauten sich immer näher an ihn heran und hielten dabei ihre spitzen Nasen schnüffelnd in seine Richtung. Die Tiere spürten wahrscheinlich instinktiv, dass ihr Opfer ihnen nicht entkommen konnte. Sie brauchten nur geduldig zu warten, bis es so kraftlos geworden war, dass es nicht mehr in der Lage sein würde, sich zur Wehr zu setzen. Tatsächlich kroch bald eine der Ratten bis in die unmittelbare Nähe seines Arms. Entsetzt und angewidert schrie ich laut auf, um meinen Freund zu warnen, doch aus meiner Kehle entwich kein Laut.

Doch dann geschah etwas, das für mich unbegreiflich war: Didis Hand zuckte blitzschnell vor, packte das Tier und warf es mit Gewalt auf die Steinplatten. Anschließend hob er die tote Ratte auf und führte sie zu seinem Mund.

„Snäiwitteken, wach auf!", drang die Stimme des Zwergs in mein Bewusstsein. „Du musst zu dir kommen und dich beruhigen. Dein rastloser Geist lässt die Höhle erzittern!"

Ich schlug erschrocken die Augen auf und bemerkte, was meine entfesselten Kräfte angerichtet hatten. Eine ganze Reihe von Tropfsteinen hatte sich von der Decke gelöst und war auf dem Felsboden zerschellt. Zum Glück hatte keiner von uns unter den entsprechenden Stalaktiten gelegen, als ich im Schlaf die Kontrolle über meine Fähigkeiten verlor. Noch immer benommen richtete ich mich auf.

„Du musst versuchen, dich zu beherrschen!", wies Sligachan mich zurecht.

„Das ist mir noch nie zuvor passiert!", versuchte ich mich zu rechtfertigen.

„Deine Gefühle dürfen nicht die Oberhand über deinen Verstand gewinnen!", belehrte mich der Zwerg. „Du gefährdest sonst alle, die mit dir an einem Ort zusammen sind."

Ich nickte beschämt, ohne zu registrieren, dass mein Gegenüber diese Regung ja gar nicht sehen konnte, und dachte an das Chaos in meinem Kopf, das immer dann aufgewühlt wurde, wenn ich mich mit Didi beschäftigte. Sligachan horchte einige Sekunden lang in sich hinein.

„Du bist verliebt, Snäiwitteken!", urteilte er lapidar. „Glaub mir, ich kann das spüren."

Seine Stimme hatte dabei ganz verächtlich geklungen.

„Nein, das stimmt nicht!", protestierte ich laut.

„Mach dir nichts vor!", erwiderte der Zwerg. „Es ist eine Schwäche, die sich eine Priesterin der Bel nicht leisten sollte. Hat Oban dich denn nie davor gewarnt?"

„Das hat er, aber Oban wollte mich nur vor bitterer Enttäuschung schützen!", brauste ich wütend auf. „Die Liebe ist nichts Schlechtes, dessen man sich schämen müsste!"

„Sie macht die Menschen dumm und unberechenbar!", tönte Sligachan zurück.

„Nein, sie ist vielmehr der Quell des Lebens!", entgegnete ich entschieden. „Hüten muss man sich dagegen vor falschen Hoffnungen!"

Der Zwerg lachte höhnisch auf.

„Falsche Hoffnungen?", wiederholte er sinnend. „Etwa wie jene, die mich glauben ließen, unsere Art könne friedlich neben den Sachsen leben? War es nicht ausgerechnet deren Gott, der sie lehrte, auch andere und nicht nur sich selbst zu lieben? Schau mich doch an, dann siehst du, wie sehr sie die Altvorderen respektieren."

Ich erschrak, denn ich wusste nun, worauf Sligachan hinaus wollte. Es war genauso, wie Oban befürchtet hatte, und ich durfte das nicht zulassen.

„Was hast du vor?", fragte ich leise.

„Ich werde mich an diesem Volk rächen und es für seine Gier nach Gold bestrafen!", verkündete der Zwerg.

„Ich kann deine Augen nicht sehen, aber ich weiß, dass sie vor Hass glühen, Sligachan!", entgegnete ich bestimmt. „Doch Hass ist nie ein guter Ratgeber, das hat Oban dir sicher auch gesagt."

„Ja, aber was hat es ihm gebracht? Alle sind tot, und nun bin ich der letzte der Altvorderen!"

„Gerade deshalb trägst du eine große Verantwortung. Du musst das Erbe deiner Ahnen bewahren und darfst deren Geheimnisse nicht missbrauchen, sonst verlierst du den Kontakt zur Anderswelt!"

„Spricht aus dir die Priesterin der Bel, oder hast du nur Angst um die nichtsnutzigen Goldräuber, Snäiwitteken?"

„Ich habe Angst um deine Seele, Sligachan!".

Leng Phei Siang

Ich schlug die Augen auf und blickte in den flackernden Schein eines knisternden Lagerfeuers. Die lähmende Eiseskälte in meinen Beinen war einer wohligen Wärme gewichen. Auf dem Lager neben mir schlief der alte Oban ruhig und fest. Ich sah mich um und registrierte erstaunt, dass wir uns in Hinneriks Höhlenversteck befanden.

„Dat Wiekkan het waken!" (Das Mädchen ist aufgewacht), vernahm ich die Stimme des alten Bauern.

Neben ihm rührte sich eine andere Gestalt. Sie war in Decken eingehüllt, doch als sie näher kam, erkannte ich Udalrik. Unser Sergent zitterte wie Espenlaub.

„Wie geht es Euch?", erkundigte er sich fürsorglich.

„Hast du wirklich uns beide durch den Schneesturm bis hierher getragen?" fragte ich erstaunt zurück.

Udalrik nickte bedächtig und zog sich die Decken noch enger um die Schultern.

„Als Ihr zusammengebrochen seid, habe ich Euch zum Felsüberhang hinaufgebracht und mit meinem Mantel zugedeckt. Danach habe ich den kleinen alten Mann in das Versteck meines Vaters getragen und anschließend mit dessen Hilfe auch Euch geholt. Allein hätte ich das sicher nicht mehr geschafft, aber es war die einzige Möglichkeit gewesen, uns alle in Sicherheit zu bringen."

„Du hast unser Leben gerettet, Udalrik, dafür werde ich dir ewig dankbar sein!", brachte ich bewundernd hervor.

„Ach Herrin, ich weiß nicht", wiegelte Udalrik ab. „Mein Vater sagt, der alte Zwerg wird die Nacht nicht überleben."

„Das ist nicht deine Schuld!" beeilte ich mich, ihm zu versichern. „Oban wusste, dass er sterben würde, und er hat uns das auch gesagt. Doch dank dir kann seine Seele nun in seiner alten Heimstatt die Pforte zur Anderswelt durchschreiten. Das ist sicher mehr, als er zu hoffen gewagt hat."

Fred Hoppe

Die Angst um Siangs Leben raubte mir fast den Atem, und es fiel mir äußerst schwer, einen klaren Gedanken zu fassen. Wenn ich mich nun geirrt hatte, und sie doch unten an der Ennepe geblieben war? Dann waren sie, Udalrik und der alte Oban mit an Sicherheit grenzender Wahrscheinlichkeit erfroren. Einen Augenblick lang überlegte ich ernsthaft, wieder zum Fluss hinunterzusteigen, doch dann kam mir diese Vorstellung völlig absurd vor. Siang hätte angesichts des drohenden Unwetters niemals dort ausgeharrt, um wie verabredet auf meine Rückkehr zu warten. Doch wohin sollte sie mit den anderen sonst geflüchtet sein? Der nahe Bergwald und dieser Felsüberhang hatten weit und breit die einzige Chance geboten, vor dem Hereinbrechen der eisigen Schneemassen Schutz zu finden.

Aber vielleicht hatte Udalrik auch gewusst, wo sich ein besserer Platz befand. Immerhin musste der Bauer auf dieser Talseite mit beinahe jedem Stein vertraut sein, denn er war schließlich hier aufgewachsen. Die Ruinen seines elterlichen Hofes befanden sich nur ein paar Kilometer weit entfernt. Natürlich hätten sie dort auch keinen Unterschlupf mehr gefunden, aber da gab es doch den versteckten Höhleneingang, der schon Udalriks Vater vor dem Zugriff der Häscher bewahrt hatte. Aber waren Siang und ihrem Begleiter noch genug Zeit geblieben, dorthin zu flüchten? Ich wusste es nicht. Trotzdem durfte ich diese Möglichkeit nicht einfach beiseiteschieben.

In mir keimte neue Hoffnung auf. Entschlossen nahm ich die Zügel meines Pferdes und stapfte weiter durch den tief verschneiten Hochwald. Die Tiere protestierten schnaubend, folgten aber nach einigem Zögern notgedrungen.

Der steile Bergwald raubte mir bald die letzte Kraft, aber ich gab nicht auf und setzte verbissen einen Fuß vor den anderen. Das Kettenhemd unter meinem Waffenrock schien immer schwerer auf meinen Schultern zu lasten, und der Schweiß lief in Strömen. Als ich endlich die Lichtung auf der Höhe erreichte, in deren Mitte die Trümmer der einstigen Hofstatt wie rußgeschwärzte dunkle Finger in den Himmel ragten, war ich bereits so erschöpft, dass meine Beine den Dienst versagten und ich auf die Knie sank. Die Zügel entglitten meinen kraftlos gewordenen Händen, und mir wurde schwarz vor den Augen. Wie in Zeitlupe kippte ich nach vorn, doch die Berührung mit dem eiskalten weißen Leichentuch aus Schnee spürte ich schon nicht mehr.

Pui Tien

Im Morgengrauen verließ ich unser Versteck, um etwas zu essen zu besorgen. Ich hatte nur den Bogen und den Köcher mit den Pfeilen mitgenommen. Mein Pferd ließ ich bei Sligachan in der Höhle zurück. Normalerweise wäre mir der Wolf sofort gefolgt, doch mein treuer graupelziger Freund schaute mir nicht einmal nach. Zuerst war ich ein wenig enttäuscht, doch allmählich begann ich zu begreifen, dass ich mich bald von ihm verabschieden musste. Der Wolf würde von nun an zum ständigen Begleiter des Letzten der Altvorderen werden, so wie Oban es schon vor langer Zeit vorausgesehen hatte, und das war auch gut so.

Ich schüttelte die traurigen Gedanken ab und konzentrierte mich auf meine Aufgabe. Vielleicht gelang es ja letztlich noch am ehesten meinem vierbeinigen Freund, den von Hass und Rachegefühlen erfüllten Zwerg auf den Pfad der Rechtschaffenheit zurückzuführen.

Vorsichtig und lautlos schlich ich durch den verschneiten Auenwald zur Mündung der Milsepe zurück, aber ich konnte keine frischen Spuren entdecken. Hatten unsere Verfolger wegen des Unwetters vorzeitig aufgegeben? Nachdenklich drückte ich mir Obans goldenen Stirnreif tiefer ins Haar, um freies Sichtfeld zu bekommen, denn der heftige, kalte Nordwind zerzauste meine hüftlange Mähne und trieb mir immer wieder Strähnen ins Gesicht. Zum Glück hatte es auch in der Nacht noch weiter geschneit, so dass die peitschenden Böen überall den lockeren Schnee aufnahmen und meine Fußstapfen zuwehten. Falls ich wider Erwarten doch auf die Söldner des Grafen Everhard treffen sollte, würde niemand sehen können, woher ich gekommen war.

Langsam wurde ich mutiger und näherte mich neugierig dem Eingang zur Klutert. Vielleicht konnte ich doch unbemerkt in die alte Behausung der Zwerge eindringen und für Sligachan und mich ein paar Sachen bergen, die wir dringend benötigten. Natürlich hatte ich Papas eindringliche Warnung nicht vergessen, denn es war mir schon klar, dass man uns zuerst in der Klutert suchen würde, aber solange die Schergen noch nicht hier waren, wollte ich auf jeden Fall diese einmalige Chance nutzen.

Daher überquerte ich kurzentschlossen die Ennepe und kletterte zielstrebig zum Höhleneingang hinauf. Direkt vor dem dunklen Loch im Berg überkamen mich Zweifel, und ich zögerte einen Moment. Aber dann fegte ich meine Bedenken beiseite, bückte mich und kroch hinein. Im gleichen Moment spürte ich, wie jemand nach meinen Haaren griff.

Ich erschrak, ließ mich sofort fallen und kam dadurch frei. Meinem Widersacher gelang es nur, den Reif festzuhalten. Gleichzeitig stieß ich mich mit den Händen nach hinten ab und stürzte rückwärts aus der Höhle den steilen Hang zur Ennepe hinab. Noch während ich mich beim Fallen mehrfach überschlug, vernahm ich das laute Fluchen des Söldners, dann klatschte ich schon in die eiskalten Fluten.

Ich rappelte mich schnell wieder auf, hechtete nach vorn und bekam eine überstehende Wurzel zu fassen. Mein Bogen, den ich bei dem Angriff instinktiv losgelassen hatte, ragte zum Teil aus dem Eingang heraus. Ich hastete behände wieder hinauf, um die unentbehrliche Waffe zu retten, da lugte bereits der behelmte Kopf des Schergen aus der Höhle. Ich schmiegte mich dicht an den Berghang, während der Mann sich vorsichtig aufrichtete und packte seinen Fuß. Der Scherge schrie überrascht auf, verlor den Halt und rutschte ab. Er landete kopfüber in der Ennepe. Ich konnte gerade noch den Bogen ergreifen und zur Seite springen. Der wütend geführte Speerstoß des nachfolgenden Söldners verfehlte mich nur knapp.

Ich hängte mir den Bogen über die Schulter, krallte mich an einem überhängenden Ast fest und trat mit aller Kraft in Richtung der Höhle. Ich hatte mich nicht verrechnet, denn ich traf den Mann voll in der Seite. Es gab ein hässliches knirschendes Geräusch, als dieser vor den Felsen prallte, zusammensackte und aus der Höhle stürzte.

Die nächsten Schergen waren vorsichtiger und stachen zuerst mit ihren Speeren nach allen Seiten, bevor sie sich selbst aus dem Berg wagten. Zumindest verschaffte es mir genügend Zeit, über den Fluss zu gelangen und mich aus dem Staub zu machen. Ich blickte erst wieder zurück, als ich mich bereits im sicheren Auenwald befand, und konnte gerade noch erkennen, dass einer der Schergen meinen goldenen Reif in der Hand hielt.

Leng Phei Siang

Gegen Mitternacht hielt ich es nicht mehr länger aus. Ich machte mir ernsthaft Sorgen um Fred, denn falls es ihm gelungen sein sollte, unsere Verfolger abzuschütteln, musste er längst zu der Mulde an der unteren Ennepe zurückgekehrt sein und festgestellt haben, dass wir nicht mehr da waren. Zwar ging ich einfach davon aus, dass er mit unserem Turnierzelt den Schneesturm gut überstanden hatte, aber wie sollte er in Erfahrung gebracht haben, wo wir uns nun befanden? Natürlich musste ihm klar gewesen sein, dass wir ohne Ausrüstung in der Mulde keine Überlebenschance gehabt hätten, und ich traute ihm ohne Weiteres zu, dass er auf den Gedanken gekommen war, uns beim Felsüberhang im Wald zu vermuten. Doch spätestens dort würde er vor einem unlösbaren Rätsel stehen. Das war an sich nicht weiter schlimm, denn mit dem Zelt und den Decken konnte er auch die Nacht am Felsüberhang verbringen. Mein Problem war, dass ich nicht wusste, wann Fred begonnen haben mochte, nach uns zu suchen. Ich konnte nur hoffen, dass er bei der Eiseskälte nicht bereits den ganzen Tag über in der Wildnis umhergeirrt war. Hatte er den Felsen im Bergwald vielleicht schon längst verlassen?

Ich musste mir Gewissheit verschaffen und drängte deshalb Udalrik zum Aufbruch. Unser Sergent war verständlicherweise nicht gerade begeistert. Schließlich beruhte meine ernste Sorge nur auf einem vagen Gefühl, doch wollte er sich meinem Wunsch auch nicht verweigern. Und so machten wir uns alsbald in dicke Felle eingepackt auf, die eisige Schneewüste nach Fred abzusuchen.

Unser erstes Ziel war natürlich der Felsüberhang unterhalb von Udalriks elterlichem Hof, und so stapften wir mühsam durch den kniehohen Schnee auf die einsame Lichtung zu. In der Gegenwart waren Fred und ich den entsprechenden Weg vom heutigen Ebbinghausen hinauf zur Meininghauser Höhe schon mindestens ein dutzend Mal gegangen, und ich hätte schwören können, dass ich ihn ganz gut kannte. In der wilden Winterlandschaft des beginnenden 13. Jahrhunderts jedoch kam mir nun alles so verwirrend und fremd vor, als ob man mich auf dem Mond ausgesetzt hätte. Udalrik schien hingegen fast jeder einzelne Baum oder Strauch vertraut zu sein, und ich hatte große Schwierigkeiten, auch nur annähernd mitzuhalten.

Der Wald wollte kein Ende nehmen, und je höher wir kamen, desto tiefer wurde der Schnee. Bald war ich so erschöpft, dass ich unseren Sergenten bitten musste, mir eine Verschnaufpause zu gönnen.

„Ihr dürft nicht lange stehen bleiben, Herrin, sonst werdet Ihr erfrieren!" ermahnte er mich pflichtbewusst.

Trotzdem ließ Udalrik mich erst wieder zu Atem kommen, bevor er sich anschickte, weiterzugehen. Meine Bewunderung für unseren Sergenten wuchs praktisch von Schritt zu Schritt. Immerhin hatte er schließlich Oban und danach auch noch mich die ganze Strecke über den Berg getragen.

Endlich erreichten wir die Lichtung. Udalrik blieb abrupt stehen und wies nach vorn. Ich schaute in die angegebene

Richtung und entdeckte einige dunkle Punkte am gegenüberliegenden Waldrand, die wie Pferde aussahen. Sie hielten die Köpfe gesenkt und standen um einen menschlichen Körper, der regungslos im Schnee lag.

„Ihr hattet recht, Herrin!", rief er bestürzt aus. „Wie konntet Ihr das nur wissen?"

Nur allmählich drang die Erkenntnis zu mir durch. Udalrik war schon längst losgestürmt, da dämmerte endlich auch mir, dass wir Fred gefunden hatten.

Fred Hoppe

Ich wollte nur noch schlafen, nichts als schlafen. Was machten sie da bloß mit ihren Fingern an meinem Kopf? Warum schüttelten diese Quälgeister mich immer wieder, zerrten an mir herum und schlugen mir sogar ins Gesicht? Ich spürte zwar keinen Schmerz, aber es störte mich doch. Sie sollten mich endlich in Ruhe lassen! Ich wollte weiter von der Schneekönigin träumen, die mich in ihren eisigen Palast gelockt hatte. Ihre Hände waren so kalt wie ihr seelenloser Blick, und jeder Schritt, mit dem ich mich ihrer kristallgleichen, glitzernden Gestalt näherte, ließ mich gleichgültiger gegenüber meinem eigenen Schicksal werden. Wenn ich sie erreichte und es mir gelänge, sie zu umarmen, würde ich endlich Frieden finden in ihrer ewigen Nacht.

Aber diese schemenhaften Schatten um mich herum stellten sich mir in den Weg, sie versperrten mir die Sicht und hielten mich fest. Ich wollte mich widersetzen, wollte laut aufschreien und die dunklen, drohenden Gestalten abwehren, doch nichts dergleichen gelang. Meine Arme und Beine waren schwer wie Blei, meine Zunge blieb bewegungslos und stumm. Heißer Atem umfing meine Nase und meinen Mund. Allmählich erwachte mein Bewusstsein, und ich begann mich zu erinnern. Auf einmal spürte ich einen warmen Kuss auf meinen Lippen. Ich schlug die Augen auf und sah in Phei Siangs Gesicht.

„Du musst wach bleiben, Fred!" ermahnte mich ihre Stimme wie aus weiter Ferne. „Nicht wieder einschlafen, hörst du?"

Ich versuchte zu lächeln, aber meine Wangen schmerzten, und ich gab es auf. Siang rieb mein Gesicht mit Schnee ein, und Udalrik packte meine Arme, um mich aufzurichten. Schließlich gelang ihm das auch, doch meine Beine knickten wieder ein. Ich hatte jegliches Gefühl für meinen Körper verloren. Udalrik bückte sich und ließ mich über seine Schulter sinken. Er ächzte laut und stöhnte, als mein Gewicht und das des schweren Kettenhemdes auf ihm lastete, aber es gelang ihm, mich quer über den Sattel meines Pferdes zu hieven.

Ich weiß nicht, wie lange die schwankende Reise durch die nächtliche Winterlandschaft dauerte, aber irgendwann wurde ich auf ein Lager aus Decken und Fellen gebettet. Erstaunt registrierte ich, dass wir uns im Höhlenversteck des alten Hinnerik befanden. Also hatten Phei Siang und unser Sergent es tatsächlich bis hierhin geschafft. Ich konnte es kaum glauben. Auf jeden Fall waren wir gerettet. Mit diesem beruhigenden Gefühl schlief ich ein.

Die milchige Getreidesuppe schmeckte ziemlich fad, aber mir kam sie wie ein Festmahl vor. Gleich nachdem sie den grob geschnitzten Holzlöffel an meinen Mund geführt hatte, eröffnete Phei Siang mir, dass ich drei ganze Tage und Nächte lang fest wie ein Stein geschlafen hätte. Ich wollte das zuerst nicht wahrhaben und musste mich zunächst von meiner Überraschung erholen, doch dann berichtete ich ihr, wie es mir nach dem Sturm ergangen war.

„Zum Glück sind wir nun in Sicherheit und können in Ruhe abwarten, bis sich das Wetter bessert", behauptete ich.

Siangs Miene verfinsterte sich schlagartig.

„Ich muss dir eine traurige Mitteilung machen, Fred", verkündete sie düster.

Ich ahnte bereits, worauf sie hinaus wollte.

„Oban, nicht wahr?" erwiderte ich niedergeschlagen. „Er hat es nicht geschafft?"

Siang nickte traurig.

„Er ist nicht mehr aufgewacht und noch in der Nacht gestorben, in der wir dich gefunden haben."

Ich schaute wie abwesend in das flackernde Feuer.

„Natürlich ist mir bewusst, dass der alte Zwerg das alles so vorausgesehen und sogar sein eigenes Ende eingeplant hat", sinnierte ich vor mich hin. „Und trotzdem frage ich mich immer noch, was wir hier eigentlich machen, Siang. Diesmal ist es wie verhext, und nichts will uns gelingen."

„Vielleicht kommt uns das nur so vor", flüsterte sie ganz leise. „Was ist, wenn unsere einzige Aufgabe darin besteht, dafür zu sorgen, dass wir in zwanzig Jahren bei unserer ersten Ankunft in dieser Epoche alles genauso vorfinden, wie wir es aus unserer eigenen Erinnerung kennen?"

Ich benötigte einen Moment, um zu erfassen, was Siang gemeint haben mochte.

„Wenn das stimmt, dann führen alle unsere zeitlichen Versetzungen schließlich wieder zum Ausgangspunkt zurück", schloss ich erschrocken daraus. „Es ist, als ob wir uns in einem Kreis bewegen, der Jahrhunderte umschreibt."

Siang nickte bestätigend.

„So etwas nennt man in der Physik dann wohl eine ‚Zeitschleife'!", vermutete sie lächelnd. „Jedenfalls kann ich mich noch gut daran erinnern, dass Frank dieses Phänomen einmal so genannt hat."

Pui Tien

Ich hätte mich für meine Dummheit ohrfeigen können. Durch mein unvorsichtiges Verhalten wussten unsere Verfolger nun, dass wir uns noch immer in dieser Gegend befanden. Natürlich würden sie jetzt erst recht in der Nähe der Höhle bleiben, und wir konnten nirgendwo sicher sein. Außerdem hatten die Schergen meinen wertvollen Reif, den einzigen Gegenstand, der mich davor bewahren würde, beim Gang durch das Tor von den Mächten des Berges zermalmt zu werden. Unter normalen Umständen hätte ich vielleicht zur Höhle zurückkehren können, um ihnen das Kleinod mit meinen unerklärbaren Kräften zu entreißen, aber dazu benötigte ich Zeit, und genau die hatte ich nicht.

Meine Gabe konnte nur wirksam werden, wenn ich in der Lage war, den Gegenstand, den ich bewegen wollte, direkt anzuvisieren. Da die Schergen aber gleich nach meiner Flucht wieder in der Klutert verschwunden waren, hätte ich sie zuerst samt ihrer Beute wieder herauslocken müssen. Doch nach dem Sturz in die Ennepe war ich völlig durchnässt und musste so schnell wie möglich meine Kleider vom Körper bekommen, sonst würde ich in der Eiseskälte binnen kurzer Zeit unweigerlich erfrieren. Daher verschob ich die Lösung des Problems auf später und beeilte mich stattdessen, zum Versteck zu gelangen. Damit beging ich meinen zweiten, in seiner tragischen Konsequenz noch viel schwerwiegenderen Fehler; aber zum Glück für mein eigenes Seelenheil konnte ich das zu diesem Zeitpunkt natürlich nicht ahnen.

Sligachan tadelte mich nicht ein einziges Mal, als ich ihm von meinem törichten Unterfangen berichtete. Danach war ich erst richtig bedrückt, weil er mir das Gefühl gab, unverantwortlich gehandelt und unser beider Leben aufs Spiel gesetzt zu haben.
„Du könntest mich einfach verlassen und dich zu deinen Eltern durchschlagen", schlug er mit tonloser Stimme vor. „Ihr könntet euch retten und in eure eigene Welt zurückkehren, so als ob nichts geschehen wäre. Was kümmert euch das Schicksal des Letzten der Altvorderen? Meine Art wird sowieso über kurz oder lang untergehen, und nichts wird von uns bleiben."
Ich senkte beschämt den Blick.
„Du weißt, dass ich das nie tun würde, Sligachan!" begehrte ich auf. „Außerdem habe ich Oban mein Wort gegeben."
„Oban ist tot!" behauptete Sligachan mit düsterer Stimme.
„Aber seine Liebe zu dir und mir stirbt nie!"
„Und was sollen wir mit seiner Liebe anfangen in dieser Welt voller Hass?" entgegnete Sligachan fast spöttisch.
„Wir müssen sie in unseren Herzen bewahren, damit sie in solchen Zeiten überleben kann!"
Sligachan drehte sich zu mir um und lauschte einen Augenblick lang schweigend dem Nachhall meiner Stimme. Täuschte ich mich, oder hatte ihn die Wahl meiner Worte wirklich überrascht?
„Warum sollte ich auf ein unerfahrenes junges Mädchen wie dich hören, Snäiwitteken?"
„Weil ich wie du die Sprache dieser Wälder verstehe und weiß, was die Göttin uns gelehrt hat..."
Ich ließ meine Worte einige Sekunden wirken, bevor ich anfügte:
„...und weil ich, wie du selbst gesagt hast, mich gar nicht so sehr von dir unterscheide!"
Sligachan ließ sich auf einen Stein sinken. Es war, als ob seine Beine plötzlich die Kraft verloren hätten, ihn noch

länger zu tragen. Ich wollte noch einmal zu sprechen beginnen, doch der Zwerg schnitt mir unwirsch das Wort ab:
„Schweig jetzt, Snäiwitteken! Ich muss nachdenken! Aber wenn du glaubst, deiner Bestimmung folgen zu müssen, dann solltest du mich noch eine Weile begleiten."

Zwei Tage später näherte ich mich wieder dem Eingang zur Klutert, aber diesmal war ich weitaus vorsichtiger. Ich versteckte mich frühzeitig hinter der Wurzel eines umgestürzten Baumes und legte mich dort auf die Lauer, um zu beobachten, was sich auf der anderen Seite der Ennepe tat.
Die Söldner gaben sich nicht einmal mehr die Mühe, ihre Anwesenheit zu verbergen, denn zwei von ihnen bewachten ganz offen mit aufgepflanzten Lanzen das gähnende schwarze Loch im Berg. Die Pferde der Schergen standen zusammengebunden in der Nähe des Höhleneingangs auf flacherem Gelände im Wald. Die Häscher schienen sich ihrer Sache ziemlich sicher zu sein. Sie hielten es nicht einmal für nötig, jemanden bei den Tieren zu postieren. Zumindest sollte ich das wohl glauben.
Ich stieß verächtlich die Luft zwischen den Zähnen aus. Der Trick, mich damit anlocken zu wollen, war so offensichtlich, dass ich unwillkürlich über die Dummheit der Schergen lächeln musste. Wahrscheinlich wartete eine ganze Horde von ihnen nur darauf, dass ich versuchen würde, ihnen die Reittiere zu stehlen. Wenn ich nur wüsste, ob einer von jenen, die da drüben gespannt darauf hoffen mochten, dass ich ihnen in die Falle ging, den gestohlenen Reif bei sich trug. Fieberhaft überlegte ich, wie ich die Söldner irgendwie aufscheuchen und gleichzeitig beschäftigen konnte, ohne selbst Gefahr zu laufen, von ihnen ergriffen zu werden.
In diesem Moment schallte das markerschütternde Geheul einer Horde Wölfe durch die verschneiten Bergwälder. Ich horchte unwillkürlich auf, denn die Rufe meiner einstigen Weggenossen weckten in mir den alten Jagdinstinkt. Meine graupelzigen Brüder waren völlig ausgehungert und suchten verzweifelt nach Beute. Ihr Rudel hatte schon seit Tagen ohne Erfolg die eisige Winterlandschaft durchstreift. Sie witterten die Nähe von Menschen und schreckten vor ihnen zurück, obwohl sie von den wehrlosen Pferden unwiderstehlich angelockt wurden. Das alles schwang in den durchdringenden wehklagenden Lauten mit. Auf mich wirkten diese wie ein Fanal, sie peitschten mich hoch und woll-

ten mich fortreißen, in die weglose Wildnis hinein. Meine Muskeln spannten sich automatisch, und ich musste mich mit aller Macht zwingen, nicht dem drängenden Zwang nachzugeben, den Wölfen folgen zu wollen.

Noch während ich mit mir selbst und meinen widerstreitenden Gefühlen rang, kam mir plötzlich ein kühner Gedanke. Ich würde dem hungrigen Rudel meiner graupelzigen Brüder die ersehnte Beute verschaffen und damit gleichzeitig die Söldner aufschrecken, so dass sie um ihre Pferde kämpfen mussten. Dabei sollte es mir eigentlich gelingen, den Schergen zu finden, der Obans Reif gestohlen hatte.

Ich lehnte mich an den senkrecht aufragenden Wurzelteller, formte mit den Händen einen Trichter um den Mund und stieß ein lang gezogenes Jaulen aus. Das vielfach von den Berghängen widerhallende Echo und der böige, schneidende Wind verzerrten meinen Lockruf zu einem unheimlich anmutenden, schrillen Kriegsruf, der seine demoralisierende Wirkung auf die Schergen nicht verfehlte. Überall raschelte es verdächtig im Unterholz, als die überraschten Söldner zusammenzuckten und ihre Deckung verließen. Anschließend schauten sie sich unsicher nach allen Seiten um, was ich mit grimmiger Genugtuung registrierte.

Die Antwort des Leitwolfs ließ nicht lange auf sich warten. Diesmal konnte ich beobachten, wie meine Widersacher eng zusammenrückten und die Pferde umringten. Sie duckten sich ängstlich hinter ihren Schilden und fuhren ihre langen Speere aus. Offenbar erwarteten sie, von den gefürchteten Räubern umzingelt zu werden. Gleich darauf knackte es in den Zweigen, und schemenhafte, gedrungene Gestalten huschten durch das Unterholz. Schon war vereinzelt ein wütendes Knurren zu vernehmen.

Ich sprang auf und hastete offen zum Ufer des nahen Flusses. Endlich bekam ich alle in mein Blickfeld und konzentrierte mich auf die Speere und Schilde. Nur am Rande registrierte ich dabei das aufkeimende Entsetzen in den Gesichtern meiner Gegner, als diese das irisierende Leuchten meiner Augen bemerkt haben mussten. Es gab ein leises zischendes Geräusch, doch dann züngelten bereits Flammen an den Schäften der vordersten Speere entlang. Nur Sekunden später brannten auch die Schilde schon lichterloh. Die Schergen ließen erschrocken ihre wertlos gewordenen Waffen fallen und flüchteten schreiend in den Wald hinein. Die Pferde wieherten laut vor Angst, stiegen und rissen verzweifelt an ihren Zügeln, doch nur die wenigsten kamen los und galoppierten in Panik davon. Noch bevor der Schnee das Feuer erstickte, fielen die ersten Wölfe über die verbliebenen Reittiere her. Ich selbst war unterdessen vor Erschöpfung auf die Knie gesunken und musste tatenlos zusehen, wie die Schergen entkamen. Mein Plan war fehlgeschlagen.

Benommen und wie durch einen Schleier hindurch sah ich auf einmal den Leitwolf auftauchen. Zu meiner Überraschung bemerkte ich, dass er ein blütenweißes Fell trug. Das Tier sprang mit einem eleganten Satz auf den Felsen über dem Eingang der Höhle und blieb wie erstarrt dort stehen. Das Gemetzel, das seine Artgenossen unter den Pferden anrichteten, schien ihn nicht im Geringsten zu berühren. Im nächsten Moment wendete er den Kopf und schaute mich direkt an.

Für ein paar Sekunden hatte ich das untrügliche Gefühl, als wüsste er genau, wer ich war. Sein Blick schien mich bis auf den Grund meiner Seele zu durchdringen, und ich glaubte tatsächlich, in seinen Pupillen so etwas wie Mitleid aufflackern zu sehen. Dann legte er den Kopf in den Nacken und stimmte ein lautes Geheul an. Ich schüttelte mich fröstelnd und fuhr irritiert mit der Hand über die Augen. Der Leitwolf war verschwunden.

Nicht aber die grausige Szene, die sich neben der Klutert abspielte. Unter vielstimmigem Knurren und Fauchen zerriss das Rudel seine Beute. Ich erhob mich mühsam und wankte davon, ohne mich noch einmal umzuschauen.

Leng Phei Siang

Wir wickelten Obans Körper in Decken und banden ihn auf dem Packpferd fest, denn Fred und ich fühlten uns verpflichtet, den letzten Wunsch des alten Zwerges zu erfüllen und ihn am Hohenstein zu begraben, obwohl Hinnerik uns ausdrücklich davor gewarnt hatte, schon jetzt das schützende Versteck zu verlassen. Immerhin war Udalrik noch am Abend zuvor beinahe mit einem berittenen Kriegstrupp zusammengestoßen, als er am Rande der Lichtung des elterlichen Hofes seine ausgelegten Schlingen kontrollieren wollte. Offenbar war die Suche nach uns noch weiter ausgedehnt worden, und man hatte gleich mehrere Söldnergruppen in Marsch gesetzt.

Natürlich bewies diese Tatsache, wie ungemein wichtig dem jungen Grafen von Altena-Isenberg die Wiederergreifung der von uns befreiten Zwerge war und dass wir uns auch weiterhin vor den Häschern in Acht zu nehmen hatten. Trotzdem drängte sich mir das Gefühl auf, dass uns allmählich die Zeit davonlief. Immerhin hatte uns Freds Erholung schon drei Tage gekostet, und es war uns bisher noch nicht gelungen, mit unserer Tochter Kontakt aufzunehmen. Im Stillen rechnete ich nach, dass mittlerweile der 15. November sein musste, und ich wurde langsam nervös. Da sich das Wetter beruhigt hatte, sah ich keinen Grund, noch länger in unserem Versteck auszuharren, auch wenn ein Verlassen der Höhle sich als äußerst gefährlich erweisen würde. Fred stimmte mir völlig zu.

„Vielleicht wartet Pui Tien schon lange auf eine Nachricht von uns", meinte er besorgt. „Oder sie befindet sich sogar selbst in Not und ist auf unsere Hilfe angewiesen."

„Ich kann mir kaum vorstellen, dass sie untätig in der Heilenbecker Höhle sitzen geblieben ist", fügte ich nachdenklich an. „Schließlich muss sie sich und Sligachan irgendwie mit Nahrung versorgen."

„Dann erlaubt mir wenigstens, dass ich Euch begleite, Herr!" begehrte Udalrik spontan. „Zu Dritt können wir uns eher gegen eine Söldnergruppe behaupten und den Häschern vielleicht sogar entkommen."

„Glaub mir, wir wissen deine Treue zu schätzen!" entgegnete Fred dankbar. „Aber ich halte es für besser, wenn du uns nur in einem größeren Abstand folgen würdest. Dann bleibst du in Freiheit, falls man uns erwischt, und kannst uns später helfen oder zumindest unserer Tochter berichten, was geschehen ist."

Es fiel unserem Sergenten sichtbar schwer, sich diesem Einwand zu beugen, aber letztendlich sah er ein, dass wir so eine größere Chance bekamen, einer ausweglosen Situation zu entgehen. Schließlich mussten wir uns bald in Köln um Didi kümmern. Wenn Fred und ich in Gefangenschaft gerieten, wäre dessen Schicksal nach allem, was wir von dem dreisten Händler wussten, mit an Sicherheit grenzender Wahrscheinlichkeit besiegelt gewesen.

Entgegen seiner sonstigen Überzeugung, sich in dieser Epoche stets nur voll gerüstet bewegen zu dürfen, verzichtete Fred diesmal ausdrücklich auf sein schweres Panzerhemd und legte sich stattdessen den mit Fehpelzen gefütterten Mantel um die Schultern. Das Schwert des Zwerges befestigte er am Sattelbaum. Die leidvolle Erfahrung, im hohen Schnee mit der schweren Ausrüstung schnell zu ermüden, saß ihm offensichtlich noch tief in den Knochen.

„Wir dürfen uns eben nicht überraschen lassen", sagte er nur und begegnete meinem fragenden Blick mit einem gequälten Lächeln.

Fred Hoppe

Während der ersten Stunden, die wir durch den Hochwald bis zum Karrenweg durch das Loher Tal benötigten, blieb Udalrik noch an unserer Seite. Obwohl es ein schöner klarer Tag war, machte uns die kalte Witterung bald zu schaffen. Der schneidende Wind fegte immer wieder Wolken von aufgewirbeltem Schnee vor sich her und zwang uns dazu, das Kapuzenteil der Gugel über den Kopf zu ziehen. Trotzdem schienen die Gewalten der Elemente diesmal auf unserer Seite zu stehen, denn immerhin brauchten wir uns keine Sorgen über verräterische Spuren zu machen. Schon nach wenigen Stunden würde niemand mehr erkennen, wo wir hergekommen waren. Auch die Tiere des Waldes zogen es offenbar vor, sich zu verbergen, und bis auf das Heulen des Windes oder das gelegentliche Schnauben unserer Pferde umgab uns ringsumher nur eisige Stille.

In einem kleinen Seitental, von dem ich annahm, dass es die spätere Ischebecke war, versperrten uns umgestürzte Bäume den Weg, so dass wir absteigen und unsere Pferde auf einem Umweg über den Bach führen mussten. Ich klopfte mir den angekrusteten Schnee vom Gewand und nahm auch Phei Siangs Pferd am Zügel, damit sie es leichter hatte, durch die fast einen Meter hoch angehäuften Wehen zu stapfen. Dabei sah sie mich zweifelnd an.

„Ich wünschte, wir wären nicht aufgebrochen", flüsterte sie mir zu. „Ich friere mich jetzt schon zu Tode."

„Für einen Leichenzug ist es doch das perfekte Ambiente", raunte ich mit einem Anflug von Sarkasmus zurück. „Aber im Ernst, meinst du, dass du es schaffen kannst?"

Phei Siang nickte flüchtig und stoppte abrupt. Ich sah sie fragend an, aber sie hob nur den Zeigefinger vor ihren Mund und schaute sich lauschend um.

„Was war das?" fragte sie leise.

„Was? Ich habe nichts gehört", bekannte ich erstaunt.

Inzwischen war auch Udalrik stehen geblieben. Er drehte sich langsam um, während sein Blick auf die Kronen der Bäume gerichtet blieb. Ich schlug das Kapuzenteil meiner Gugel zurück, legte beide Hände an die Ohrmuscheln und horchte gespannt in die Wildnis hinein.

Da war wirklich etwas: Ein lang gezogener klagender Laut tönte durch die Wälder.

„Ein Wolf?!" meinte Udalrik zweifelnd. „Eigentlich kann es nur ein Wolf sein, aber es klingt trotzdem fremd."

„Vielleicht verändert ja auch der Wind den Ton, während er ihn zu uns trägt", warf ich ein.

Ich wollte mich gerade abwenden, um einfach weiterzugehen, da erhob sich das Geheul aufs Neue, diesmal aber noch durchdringender, und ich hielt erschrocken inne.

„Das ist richtig unheimlich, Fred", flüsterte Phei Siang.

Unwillkürlich zog ich sie an mich und legte schützend meinen Arm um ihre Schultern. Plötzlich teilte sich das Gebüsch, und ein Wolf mit schneeweißem Fell erschien auf der Anhöhe. Sofort griff Udalrik nach Pfeil und Bogen, doch das Tier schien sich nicht im Geringsten daran zu stören. Stattdessen fixierte es uns mit seinen eisgrauen Augen.

Unter dem starren Blick des weißen Wolfes schmolz unsere Wachsamkeit dahin. Wie in Zeitlupe ließ Udalrik die Waffe sinken, und ich selbst spürte eine seltsame bleierne Schwere in meinen Knochen. In diesem Moment drängte sich mir der Eindruck auf, als mustere uns der Wolf mit einem mitleidsvollen Ausdruck von tiefer Traurigkeit sowie grenzenlosem Bedauern. Diese absurde Situation dauerte nicht länger als vielleicht eine Minute, dann sprang das Tier auf und verschwand im Unterholz.

Phei Siang und ich benötigten eine Weile, um uns wieder zu fangen, denn das seltsame Erlebnis hatte uns beide ziemlich verwirrt. Was mochte diesen Wolf mit dem schneeweißen Fell veranlasst haben, sich uns entgegen seiner natürlichen Scheu vor Menschen so sehr zu nähern? Und vor allem, warum hatte er uns auf solch eigentümliche Weise angestarrt? Sahen wir jetzt schon Gespenster, oder hatte jener zutiefst bedauernde Ausdruck wirklich Siang und mir gegolten? Falls ja, was mochte das bedeuten? Stand uns etwa ein großes Unglück oder gar noch etwas viel Schrecklicheres bevor? Doch so sehr wir auch nach einer Erklärung für all das suchten, es gelang uns nicht, eine Lösung zu finden.

Pui Tien

Sligachan hörte aufmerksam zu, als ich ihm erzählte, was an der Höhle geschehen war.

„Was du berichtest, klingt auch für mich sehr seltsam, Snäiwitteken", meinte er nachdenklich. „Vieles davon sowie alles, was dich und deine Eltern betrifft, werde ich wahrscheinlich erst nach Jahren verstehen. Aber eines ist sicher, Mädchen: Dein Bruder Leitwolf will dich vor etwas warnen. Wüsste ich mehr über die geheimnisvolle Anderswelt meiner Väter, dann könnte ich dir bestimmt eine bessere Antwort geben."

Ich nickte niedergeschlagen, ohne daran zu denken, dass Sligachan mich ja nicht sehen konnte. Da der Zwerg offenbar annahm, ich würde nichts erwidern, wechselte er nach einer Weile des Schweigens das Thema:

„Wir müssen damit rechnen, dass die Söldner, auf die du an der Klutert gestoßen bist, nicht die Einzigen sind, die nach uns suchen. Über kurz oder lang werden die Häscher auf eine Spur stoßen, die sie letztlich auch zu diesem Versteck hier führt. Dir ist doch klar, was das bedeutet?"

„Ja", antwortete ich kleinlaut. „Wir müssen uns woanders verbergen."

„Wirst du es denn schaffen, uns fortzubringen, ohne dass wir gefangen genommen werden oder erfrieren?", fragte Sligachan lauernd. „Ich bin auf deine Hilfe angewiesen, wenn ich überleben soll."

„Du kannst mir vertrauen, Sligachan!" entgegnete ich eine Spur zu heftig. „Selbstverständlich werde ich dich und deinen neuen Gefährten in Sicherheit bringen!"

„Weißt du denn schon, wohin du uns führen willst?"

„Ich denke ja!" betonte ich bestimmt. „Es ist eine Höhle auf der anderen Seite des Volme-Flusses, die in einem Gebiet liegt, das die Sachsen meiden, weil sie denken, es wäre von Geistern und Ausgeburten der Hölle bewohnt.

Dort gibt es ein Tal aus hellem Fels, in dem kein Wasser fließt, weil das Gestein es schluckt. In Wahrheit aber sammeln sich die Bäche unter der Erde in ausgedehnten Höhlen. Die sächsischen Bauern jedoch ängstigen sich vor dem Rauschen der Bäche, die sie zwar hören, aber nicht sehen können."

„Ich glaube, ich habe davon schon einmal von Oban gehört, doch wir sind nie dort gewesen, weil unsere Heimat die Klutert ist."

„Sogar jetzt im Winter können wir den Weg dorthin in weniger als einem Tag schaffen", ergänzte ich zuversichtlich.

Daran, bereits bei dieser Gelegenheit den Hohenstein aufzusuchen, dachte ich keinen Augenblick lang, denn ich ging davon aus, nach wenigen Tagen wieder zurückkehren zu können. Abgesehen davon, dass ich einen derartig beschwerlichen Weg mit meinem verletzten Begleiter sowieso kaum hätte bewältigen können, erschien mir im Moment nur wichtig, Sligachan in Sicherheit zu bringen. Dass ich damit die Chance verspielte, Mama und Papa zu treffen, konnte ich ja nicht wissen.

Leng Phei Siang

Das felsige Plateau des Hohensteins sah noch genauso unberührt aus, wie ich es in Erinnerung hatte. Allerdings wehte diesmal kein wärmendes laues Sommerlüftchen aus der Tiefe zu uns herauf. Vielmehr brauste der eisige Wind in Sturmstärke vom Kamm des Berges herab, brach sich mit fauchendem Getöse an der Klippe und fegte eine ständige Schneefahne über den jähen Abgrund hinaus. Allein der bloße Versuch, sich nach vorn bis zu der tief abstürzenden Kante vorzuwagen, wäre lebensgefährlich gewesen.

Daher hielten wir bereits in gebührendem Abstand an und nahmen den in Decken gehüllten Leichnam des Zwerges vom Packpferd. Mit einiger Mühe trugen wir Obans sterbliche Überreste zu einer auffallend großen Buche am Rande des Felsens. Deren umfangreiches Wurzelwerk war von Regen und Sturm fast gänzlich unterhöhlt worden und bildete nun eine fast vollständig umschlossene Grotte, in die wir den kleinen Körper hineinbetteten. Anschließend zog ich mir fröstelnd den Mantel noch enger um die Schultern, kniete nieder und betete leise zu den Geistern der Ahnen. Fred beugte sich derweil schützend über mich, um den ärgsten Wind abzufangen.

Nur wenige Minuten später entschlossen wir uns, die ungastliche Stätte wieder zu verlassen. Von Pui Tien hatten wir kein Zeichen entdecken können. Daher mussten wir davon ausgehen, dass sie noch nicht hier oben gewesen war. Also war es nun unsere Aufgabe, ihr auf irgendeine Weise mitzuteilen, wann und wo sie uns treffen sollte. Natürlich durften wir keine allgemein verständliche Nachricht verfassen, die jeder entziffern konnte, das verbot sich von selbst. Andererseits sollte die Botschaft aber eindeutig sein.

Nach kurzer Überlegung verfielen wir auf die chinesische Bilderschrift. Ein spitz zulaufendes A mit zwei Querstrichen im oberen Drittel bedeutete sowohl „Himmel" als auch „Tag". Fred musste dafür nicht mehr als vier Linien in die Rinde des Baumes über Obans Grab schnitzen. Danach wiederholte er die ganze Prozedur noch einmal, bis schließlich exakt die gleichen Bilder nebeneinander standen. In der Kombination hieß das Zeichen nun „tjän-tjän", und das bedeutete schlicht und einfach „jeden Tag" oder „täglich". Wenn unsere Tochter hier erschien, brauchte sie praktisch nur noch auf uns zu warten.

Fred steckte den Dolch wieder in den Gürtel und verzog das Gesicht.

„Dir ist schon klar, dass wir von nun an jeden Abend hier vorbeischauen müssen?"

Ich nickte kurz und bedachte ihn mit einem verschämten Grinsen:

„Zumindest hält es uns fit."

Natürlich schafften wir es auf die Dauer gesehen dann doch nicht, unser eingraviertes Versprechen einzuhalten, und daran waren keineswegs die umherstreifenden Häscher schuld, sondern die unbarmherzige Witterung. Denn als es gut eine Woche später plötzlich wärmer wurde, setzte ein lang anhaltender Regen ein, der die uns umgebende Schneelandschaft in eine höllisch glatte Eiswüste verwandelte. Obwohl wir ziemlich schnell darauf verfielen, unsere Lederschuhe mit groben Fellen zu umwickeln, kamen wir nicht einmal mehr bis in das nächstgelegene Seitental hinab. Schon nach wenigen Metern gab es kein Halten mehr, immer wieder brachen wir durch die verharschte Kruste ein, rutschen aus und schnitten uns an den scharfen Kanten. Schließlich gaben wir auf und kehrten unverrichteter Dinge in den Schutz des Verstecks zurück.

Während wir danach vor Nässe und Kälte schlotternd unsere eisigen Hände über dem wärmenden Feuer rieben, tröstete ich mich mit dem Gedanken, dass unsere Tochter sicher mit den gleichen Problemen zu kämpfen hätte und bestimmt nicht an jenem Tag zum Hohenstein gegangen wäre. Doch es blieb nicht bei diesem einen fehlgeschlagenen Versuch. In den folgenden Tagen verbesserte sich die Lage keineswegs, und so verbrachten wir insgesamt sechs weitere untätige Tage in Hinneriks Höhle, ohne Obans Grab aufsuchen zu können.

Mittlerweile war es Ende November, und wir hatten noch immer keinen Kontakt zu Pui Tien hergestellt. Nicht, dass ich mir ernsthafte Sorgen um ihr Wohlergehen machte, doch allmählich wurde es Zeit, etwas zur Rettung ihres Freundes zu unternehmen.

„Wie wir wissen, wird der Staufer Philipp in einem Monat in Köln eintreffen, um sich von Erzbischof Adolf krönen zu lassen", rief uns Fred mit säuerlicher Miene ins Gedächtnis zurück. „Wenn es stimmt, was uns der Krämer erzählt hat, und dieser Didi bei der Gelegenheit gehenkt werden soll, dann müssen wir uns schleunigst etwas einfallen lassen."

„Ich kann mir nicht vorstellen, dass wir bis dahin hier festsitzen", erwiderte ich, um uns Mut zu machen.

„Das sicher nicht!", gab Fred zu. „Aber immerhin müssen wir einen Weg finden, um überhaupt in die Stadt hineinzugelangen, ohne großartig aufzufallen. Und dir ist schon klar, dass jeder reisende Ritter, der sich dem Heiligen Köln aus östlicher Richtung nähert, gleich automatisch für einen Parteigänger der Welfen gehalten werden wird."

„Und wenn wir bei Nacht und Nebel…"

„Wie sollen wir über den Rhein kommen?" unterbrach Fred sofort. „Die römische Holzbrücke gibt es schließlich nicht mehr, und jeder wird kontrolliert, bevor er eine der Fähren betreten kann."

„Meinst du nicht, dass dich das Kreuz auf deinem Waffenrock schützt?" argumentierte ich schwach.

Fred schüttelte den Kopf und presste verbissen die Lippen zusammen.

„Siang, wir haben doch erlebt, wie wenig die Identität eines Kreuzfahrers geachtet wird!"

"Ja, das war hier im Gebiet der Welfen, aber was ist in der Stadt eines Erzbischofs? Immerhin ist er doch ein Vertreter seiner Heiligkeit, der die Kreuzfahrer persönlich unter den Schutz der Kirche gestellt hat."

"Du vergisst, dass Adolf von Altena selbst früher ein Anhänger der Welfen war und nun die Seiten gewechselt hat."

Ich zuckte mit den Schultern.

"Wir müssen uns eben einen Trick ausdenken, Fred. Ein bisschen Zeit dazu haben wir ja wohl noch."

"Sicher, aber zuerst sollten wir unsere Tochter finden."

Pui Tien

Aus den wenigen Tagen, die ich noch bei Sligachan bleiben wollte, wurden Wochen. Auch meinen geplanten Ausflug zum Hohenstein konnte ich nicht unternehmen, denn der Regen machte die gesamte Umgebung unpassierbar. Weiter als ein paar Schritte kam ich nicht, denn das Gelände um unsere Zuflucht über der Volme verwandelte sich für Tage in einen einzigen Berg aus purem Eis. Unsere wenigen Vorräte gingen zur Neige, und als es endlich wieder kälter wurde, musste ich auf die Jagd gehen, um neue Nahrung zu beschaffen. Doch selbst das war nicht einfach.

Die meisten Tiere hielten sich versteckt oder hatten sich endgültig zum Winterschlaf zurückgezogen, und so kehrte ich immer häufiger müde und unverrichteter Dinge heim. Da Sligachan aber sicher noch mehrere Monate blind sein würde, war ich gezwungen, ihm und dem Wolf eine gewisse Menge an Fleisch zu beschaffen.

In meiner Verzweiflung begann ich dann nach einigen Tagen, heimlich in die Ställe der Bauern von Eppenhausen einzudringen, um deren Hühner und Gänse zu stehlen. Dabei quälte mich zwar das schlechte Gewissen, aber in unserer Not blieb mir nichts anderes übrig.

Abends saß ich mit dem Letzten der Altvorderen am Lagerfeuer und erzählte ihm alles, was ich über meine besondere Beziehung zur Göttin Bel wusste. Sligachan hörte stets aufmerksam zu und stellte nur wenige Fragen. Es kam mir so vor, als ob er das Gehörte regelrecht in sich aufsog, um es für alle Zeiten in seinem Gedächtnis zu bewahren. Natürlich war ihm vieles von dem, was ich berichten konnte, bereits in groben Zügen bekannt gewesen, und doch gab es immer noch einige wenige Details, von denen er offenbar gar nichts geahnt hatte. Das wurde mir mit einem Schlag bewusst, als ich schließlich den geheimnisvollen „Stein der Macht" erwähnte, der sich in den Tiefen der Klutert an einem besonders geheiligten Ort befand. Zwar hatte Oban ihm wohl immer wieder die uralten Legenden und Sagen seiner Vorfahren erzählt, doch von den unheimlichen Kräften jenes Steins wusste er überhaupt nichts. Das überraschte mich schon sehr, denn mein alter Lehrmeister hatte mir gegenüber stets betont, wie wichtig gerade dieser, rein äußerlich unscheinbare rote Stein für den Zusammenhalt und die Zukunft des ganzen Volkes der kleinen Männer sei.

Sligachan war auf einmal wie elektrisiert, und ich begriff, dass Oban offenbar nicht mehr dazu gekommen war, das große Geheimnis um das Mysterium des alten Volkes an seinen Nachfolger weiterzugeben. Gleichzeitig versuchte ich verzweifelt, dem Klang meiner Stimme den gewohnt ruhigen Ton zu geben, um zu verbergen, wie erschrocken ich in Wirklichkeit war.

Natürlich wusste ich aus den Erzählungen von Mama und Papa, dass Sligachan sie eines Tages beauftragen würde, den „Stein der Macht" über das Meer zu den Nachfahren jener Angehörigen seines Volkes zu bringen, die ihre hiesige Heimat schon vor vielen Jahren verlassen hatten. Wenn der Letzte der Altvorderen hier und jetzt nun ausgerechnet von mir die Geschichte des heiligen Steins erfuhr, dann würde ich selbst praktisch erst die Voraussetzung dafür schaffen, dass meine Eltern ihr zweites Abenteuer in der Vergangenheit erleben konnten, lange bevor ich überhaupt geboren wurde. Innerlich schauderte ich davor, was wohl alles geschehen, oder, was viel schlimmer war, nicht geschehen konnte, wenn ich jetzt versagen sollte und nicht die richtigen Worte finden würde. Auf einmal spürte ich die ungeheure Last der Verantwortung, die nun auf meinen Schultern lag, und ich fragte mich allen Ernstes, ob Sligachan eines Tages nicht doch noch die Wahrheit über meine Herkunft herausfinden würde.

In diesem Augenblick fiel es mir wie Schuppen von den Augen. Natürlich würde er im Laufe der kommenden Jahrzehnte mein Geheimnis irgendwann entdecken, und spätestens wenn er in zwanzig Jahren meinen Eltern begegnen sollte, würde ihm klar werden, wie alles zusammenhing.

Wie hätte Sligachan auch sonst von meinem späteren Schicksal wissen können, als Mama mit mir schwanger gewesen war?

Schen Diyi Er Dsi, Dezember 1204

Ich hatte längst aufgehört, die Tage meiner Gefangenschaft zu zählen. Auch war mir das liebliche Gesicht Pui Tiens schon lange nicht mehr im Traum erschienen. Trotzdem hatte ich die Hoffnung nicht aufgegeben, eines Tages aus diesem feuchten, dunklen Verlies zu entkommen.

Allerdings machte ich mir keine Illusionen mehr, dass Pui Tien und ihre Eltern doch noch kommen würden, um mich aus meiner misslichen Lage zu befreien. Was immer es auch war, das sie davon abgehalten haben mochte, meiner Spur zu folgen und meine Zeichen zu entdecken, ich weigerte mich strikt daran zu glauben, sie hätte den Überfall des staufischen Kriegstrupps am Goldberg nicht überlebt. Vielleicht waren ihre Verletzungen schlimmer gewesen, als ich bislang vermutet hatte, und unter Umständen dauerte ihre Genesung noch an, so dass sie überhaupt nicht in der Lage war, nach mir zu suchen. Unterdessen war es Winter geworden, und der Schnee hatte den Lagerplatz im Wald unter sich begraben. Danach mochte der Regen auch die letzten Hinweise verwischt haben. Wie dem auch sei, ich blieb auf mich allein angewiesen.

Seltsamerweise ließ mich diese bittere Einsicht ziemlich kalt. Vielleicht war ich mittlerweile auch einfach abgestumpft und gleichgültig gegenüber allem geworden, was mein eigenes Schicksal betraf. Dafür machte ich mir weit größere Sorgen um Pui Tien, und während der vielen Stunden des trüben Dahindösens und Dämmerns in diesem dunklen Loch malte ich mir aus, wie ich sie schließlich retten und in unsere eigene Zeit heimführen würde. Dabei verschwendete ich jedoch keinerlei Gedanken daran, wie ich sie überhaupt jemals wiederfinden sollte, falls es mir tatsächlich gelänge, aus dem Kerker zu fliehen.

Als das fahle Licht des Mondes durch die Gitterstäbe am kleinen Fenster hoch über mir schien, konnte ich sicher sein, dass sich keiner der Wächter mehr blicken lassen würde, um nach mir zu sehen. Sie mochten nun alle oben in der engen Wachstube sitzen und beim Würfelspiel ihren kargen Sold verjubeln. Wie fast jeden Abend hatten sie bestimmt im benachbarten Gruithaus wieder ihren hölzernen Eimer mit dem dort aus Kräutern gebrauten dunklen Bier gefüllt und hielten ein kleines Gelage ab. Bevor ich mit meinen Übungen begann, wartete ich noch sicherheitshalber ab, bis ganz deutlich das dumpf polternde Geräusch zu vernehmen war, das immer dann erklang, wenn sie ihre geleerten Näpfe auf den Tisch absetzten.

Zuerst streckte und dehnte ich meine Glieder, um das taube Gefühl aus meinen Armen und Beinen zu verbannen. Dann begab ich mich in die hinterste Ecke meines Gefängnisses, stieß mich von den moosigen Steinen ab und hechtete auf die gegenüberliegende Seite zu. Ich sprang mit einem gewaltigen Satz an der Wand hoch und bekam die Gitterstäbe zu fassen. Dann zog ich mich langsam an ihnen hinauf, bis ich den Platz vor dem Kerker überblicken sowie in die angrenzenden Gassen schauen konnte.

Mittlerweile wusste ich, dass die „Hacht", wie sie den erzbischöflichen Kerker nannten, gegenüber dem alten Dom stand. Direkt daneben, aber außerhalb meines Sichtbereichs, musste sich der eigentliche Bischofspalast befinden. Tagsüber konnte ich fast ständig das Auf- und Zuziehen des Portals hören, wenn die Wachen dort jemanden herein- oder hinausließen. Begleitet wurde die Prozedur stets von unterschiedlich langen Wortwechseln, je nachdem, wie einflussreich oder bekannt die Person war, die im Palast verkehrte. Manchmal kündete das Geräusch von Hufgetrappel davon, dass sich ein ganzer Zug Bewaffneter dem Portal näherte. Wenn der von einem Ministerialen des Erzbischofs angeführt wurde, vernahm ich vor dem Aufziehen der Tore lediglich den scheppernden Klang der Speere, die von den Wachen auf den Boden gestampft wurden. Bei solchen Gelegenheiten war es mir schon mehrmals gelungen, mich am Gitterfenster hochzuziehen und zu beobachten, aus welcher der angrenzenden Gassen der Trupp gekommen war. Und meistens handelte es sich dabei um die lang gezogene, schnurgerade Straße gegenüber. Es war die gleiche, durch die man mich auf dem Karren zum Kerker gebracht hatte.

Erst nach Wochen war mir aufgefallen, dass jene Gasse unter allen anderen, die vom Domvorplatz abzweigten, die am höchsten gelegene war. Nicht umsonst wurde sie wohl auch „Hohe Straße" genannt. Offenbar folgte sie in Nord-Südrichtung exakt dem Verlauf der Niederterrasse des Rheins und war demnach vor Hochwasser sicher. Wahrscheinlich hätte ich dieses für meinen Fluchtplan so wesentliche Detail nie bemerkt, wenn die Bewohner Kölns mehr auf die Sauberkeit ihrer Stadt bedacht gewesen wären. Überall sammelte sich nämlich haufenweise Dreck und Unrat an. Zu dem fast allgegenwärtigen Schweine- und Gänsekot in den Straßen kamen verfaulte Gemüsereste, abgenagte Knochen, ausgediente Kleidung, zerschlissene Schuhe und zerbrochene Tonkrüge. Zudem schien das Konglomerat aus verwesenden Abfällen und Scherben zumindest in den Winkeln und Ecken zwischen den Häusern von Urin getränkt zu sein, denn es verbreitete einen geradezu bestialisch beißenden Gestank. Doch der verschwand urplötzlich vor zwei Wochen praktisch über Nacht, als heftiger Regen den bis dahin vorherrschenden Frost ablöste. Direkt vor meinen Augen spielte sich innerhalb weniger Minuten ein höchst erstaunliches Phänomen ab. Der gesamte Unrat geriet auf einmal in Bewegung und wurde in östlicher Richtung weggeschwemmt. Als Ziel kam dabei wohl nur der nahe Rhein in Frage. Doch wie sollte das funktionieren, wenn die Stadtmauer wie eine Barriere im Wege stand?

Unwillkürlich hatte ich meinen Kopf an die Gitterstäbe gedrückt, um den träge dahinfließenden Abfallstrom besser beobachten zu können. Und genau in diesem Augenblick wurde das nahe Drachentor geöffnet. Anschließend brachten sich die Wachen eiligst vor der herannahenden stinkenden Brühe in Sicherheit. Das war der Moment gewesen, in dem mir klar geworden war, wie ich aus der Stadt entkommen konnte.

Das einzige Problem war der Kerker selbst. Doch von Stund an nutzte ich jede Nacht, in der meine Wärter sich in der Wachstube betranken, um die Gitterstäbe zu lockern. Anfangs gelang es mir nur, mich für einige wenige Minuten an ihnen festzuklammern, aber mittlerweile brachte ich es schon auf eine Viertelstunde. Ich hielt mich dabei mit einer Hand fest, während ich mit der anderen den Mörtel bearbeitete. Zum Auskratzen benutzte ich die spitzen Knochen der Ratten, die ich bereits verspeist hatte. Es ging zwar ziemlich langsam voran, aber immerhin war es mir in den vergangenen zwei Wochen schon gelungen, einen der vier Stäbe fast vollständig freizulegen. Damit mir die Wachen nicht auf die Schliche kamen, stopfte ich nach getaner Arbeit das ständig größer werdende Loch immer wieder aufs Neue mit den Fellen der getöteten Tiere zu und schmierte anschließend Dreck über die Stelle. Tagsüber versuchte ich, so viel wie möglich zu schlafen.

Das war nicht ganz einfach, weil ich ständig von einer Fülle von unterschiedlichen Geräuschen umgeben war. Zum geschäftigen Lärm auf dem Domvorplatz kamen noch die Streitereien der Wachen oder ihr Gefeilsche mit den Prostituierten, das überall in den düsteren Gewölben widerhallte. Doch diese wortgewaltigen Exzesse hatten auch einen Vorteil. Damals, als meine Eltern mit mir nach Deutschland übersiedelten, hatte ich all die vielen fremden Eindrücke, die auf mich einstürmten, regelrecht aufgesogen. Am faszinierendsten aber war für mich stets das Karnevalstreiben im Rheinland gewesen, vielleicht auch, weil es mich in gewisser Hinsicht an die Feierlichkeiten zu unserem eigenen Neujahrsfest erinnerte, das ja häufig etwa zur gleichen Zeit stattfand. Dabei waren es von jeher die auf Kölsch gesungenen Lieder sowie die Büttenreden, die mich fast magisch anzogen, weil ich unbedingt wissen wollte, was da gesagt wurde. So lernte ich im Laufe der Zeit immer besser, diesen eigenartigen Dialekt zu begreifen, während mir das westfälische Plattdeutsch stets ein Buch mit sieben Siegeln blieb. Als man mich vor mehr als zwei Monaten in diese Stadt brachte, war ich allerdings nicht in der Lage gewesen, die Bedeutung auch nur eines einzigen Wortes zu erahnen, doch seitdem hatte ich viel Zeit gehabt, das Gehörte zu verarbeiten. Und tatsächlich fiel mir bald eine ganze Reihe von Ausdrücken auf, die so ähnlich klangen, wie jene, die ich früher im Karneval gehört hatte. Von da an war es nur noch ein kleiner Schritt, bis ich die Sprache meiner Peiniger einigermaßen verstehen konnte. So erfuhr ich allmählich nicht nur mehr über das Leben in dieser mittelalterlichen Stadt, sondern auch über die aktuellen politischen Zusammenhänge. Und dann kam der große Schock:

Eines Tages, während ich wie üblich vor mich hin döste, drangen durch die Katakomben der Hacht einige Gesprächsfetzen zwischen meinem grobschlächtigen Wärter und einem Schergen der erzbischöflichen Wache aus dem benachbarten Palais an mein Ohr. Dabei ging es offenbar um ein für Köln und den Erzbischof überaus wichtiges Ereignis, das in naher Zukunft stattfinden sollte. Ich horchte auf und war sofort hellwach.

„Unser aller Herr, Erzbischof Adolf, will König Philipp unbedingt mit großen Ehren hier im heiligen Köln empfangen!", betonte der Soldat aus dem Bischofspalais gerade mit erhobener Stimme. „Dazu wird er sogar mit seinem Gefolge hinunter zum Hafen reiten und seinen hochgeborenen Gast persönlich willkommen heißen, wenn dessen Schiff am Wertchen landet. Vom Forum Feni (Heumarkt) bis hier hinauf zum Domplatz sollen die Gassen gesäubert und für das große Fest geschmückt werden."

„Gut, aber was hab' ich dabei zu schaffen?", tönte die missmutige Stimme meines Wärters dazwischen.

„Du musst dafür sorgen, dass der Greve zuvor deinen welfischen Gefangenen aburteilt, damit er zur Feier des Tages gehenkt werden kann!"

„Unser Herr muss den Staufern wohl beweisen, dass er nun wirklich auf deren Seite steht, was?", gab der Grobschlächtige brummend zurück.

„Hüte deine Zunge, Ulf!", raunte der bischöfliche Scherge zurück. „Oder willst du etwa neben dem fremdhäutigen Gecken am Galgen verrotten?"

„Schon gut!", wiegelte der Hacht-Wärter erschrocken ab. „Was soll ich also tun?"

„Trage meine Botschaft dem Greve zu und sage ihm, dass der Frondiener den Schlitzäugigen am Morgen des Festes gegen den Blauen Stein stoßen soll!"

Der Rest des Gesprächs ging im lauten Gekeife zweier sich streitender Marktfrauen unter, aber ich hatte auch so schon genug gehört. Wie gelähmt rutschte ich kraftlos an der Wand des Kerkers hinab. Es dauerte eine Weile, bis ich mich gefasst hatte, doch am Abend dieses denkwürdigen Tages war mir endgültig klar geworden, dass ich schnellstens aus meinem Gefängnis entkommen musste.

Inzwischen war ich mit meinen diesbezüglichen Bemühungen ja auch schon recht weit vorangekommen, doch ich hatte noch immer nicht in Erfahrung bringen können, wie viel Zeit mir noch blieb. Ich wusste zwar, dass es ungefähr Mitte Dezember sein musste, aber das war auch schon alles. Falls der Stauferkönig Philipp bereits vor Weihnachten in der Stadt eintreffen sollte, war ich verloren.

Aber in den folgenden zwei Tagen geschah zum Glück nichts dergleichen. Dafür bemerkte ich, dass die Büttel während der hellen Tagesstunden immer wieder Bettler und andere ärmlich gekleidete Stadtbewohner zusammentrieben, die den Unrat aus den Gassen aufsammeln mussten. Die Abfälle wurden auf Karren geladen und vor die niedriger gelegenen Stadttore auf der Rheinseite geschafft. Als dann auch noch am Abend ein heftiger Regen einsetzte, sah ich meine Stunde gekommen.

Gegen Mitternacht war es mir nach schweißtreibender Arbeit endlich gelungen, den zweiten Gitterstab aus seiner Verankerung im Gemäuer zu brechen, und mich überkam ein unbeschreibliches Gefühl des Triumphes.

Pui Tien

Endlich ging der Dauerregen wieder in Schnee über, und die graue, menschenleere Wildnis hüllte sich abermals in ein kaltes, weißes Leichentuch. Noch fielen die dicken weißen Flocken schwer und nass auf den kahlen Boden, doch ich wusste, dass es nicht mehr lange dauern konnte, bis der eisige Frost wieder seine Herrschaft antreten würde. Meine endlosen Gespräche mit Sligachan drehten sich allmählich im Kreis und brachten auch für ihn keine wesentlichen neuen Erkenntnisse mehr. Es wurde Zeit, dass ich mich von dem Letzten der Altvorderen verabschiedete. Ich hatte getan, was ich konnte, um Sligachan vor den Nachstellungen der Häscher des Grafen Everhard zu beschützen, doch nun musste ich unbedingt Mama und Papa finden, damit wir gemeinsam versuchen konnten, Didi aus seiner Gefangenschaft in Köln zu befreien.

In der vergangenen Nacht war ich aus meinem Traum hochgeschreckt, weil ich gesehen hatte, wie man meinen Schulfreund mit Peitschenhieben blutig schlug und ihn in Ketten über einen Platz vor einer großen Kirche zerrte. Didi war zusammengebrochen, und in seinen Augen stand das nackte Entsetzen geschrieben. Dann hatten die Schergen ihn aufgehoben und zu den dumpfen Klängen einer Trommel dreimal gegen einen großen blauen Stein gestoßen, während daneben ein Mann mit einer schwarzen Kapuze lauthals proklamierte:

„Ich stüssen dich an dä blaue Stein, du küss din Vader un Moder nit mih heim!"

Anschließend rissen ihm die Söldner die zerlumpten Kleider vom Leib, zogen auch die letzten Fetzen unter den Ketten hervor und warfen ihn unter dem Gejohle der Umstehenden splitternackt auf einen bereitstehenden Karren. In diesem Moment war ich schweißgebadet aufgewacht.

Mir war sofort klar gewesen, dass sich mein Freund nun in akuter Lebensgefahr befinden musste, und ich hatte mich umgehend entschlossen, noch am gleichen Tag aufzubrechen. Seltsamerweise befassten sich meine Gedanken in den ersten Stunden nach dieser Vision aber weitaus weniger mit dem drohenden Schicksal meines Freundes als vielmehr mit dessen äußerem Erscheinungsbild. So sehr mich das grausame Ritual, das die Söldner an Didi vollzogen hatten, auch schmerzte, es hatte mir eines ganz klar vor Augen geführt: Aus meinem früher so behäbigen, pummeligen Klassenkameraden war im Verlaufe seiner Gefangenschaft ein abgemagertes, dürres Knochengestell geworden. Ich hielt es durchaus für möglich, dass mein eigenes Unterbewusstsein den Verlauf der Vision beeinflusst hatte, aber ich war absolut sicher, mir niemals zuvor irgendeine Vorstellung über Didis Aussehen nach mehr als zwei Monaten im Kölner Kerker gemacht zu haben. Also konnte ich davon ausgehen, dass ich tatsächlich ein reales Bild seines augenblicklichen Zustandes gesehen hatte, und diese Erkenntnis beunruhigte mich doch sehr.

Erst ganz allmählich fühlte ich mich bereit, auch das übrige Geschehen aus dem Traum in meine Überlegungen einzubeziehen. Die Szene, deren unsichtbarer Zeuge ich geworden war, deutete unmissverständlich auf eine bevorstehende Hinrichtung. Aber ich konnte mich beim besten Willen nicht daran erinnern, irgendwelche Hinweise bemerkt zu haben, wann die grausame Zeremonie stattfinden würde. Aber Halt! Da war doch etwas! Während die Schergen meinen Freund zu dem seltsamen blauen Stein schleppten, hatten ihre Gestalten lange Schatten über den Platz geworfen. Also hatte die Sonne geschienen, und es musste ziemlich kalt gewesen sein, denn die Umherstehenden hatten die Kapuzen ihrer Gugeln getragen, so dass ich deshalb keine Gesichter erkennen konnte. Didi selbst hatte also nicht nur vor Angst gezittert, als sie ihm die Kleider vom Leib rissen, er hatte sicher fürchterlich gefroren.

Nachdenklich betrachtete ich noch einmal die schweren nassen Flocken, die langsam und unablässig aus einem bleiernen Himmel zur Erde sanken.

Was hatte der unvorsichtige Krämer über den Zeitpunkt der geplanten Zurschaustellung und Hinrichtung meines Freundes gesagt? „Wenn der Erzbischof im Januar König Philipp empfängt, um ihn rechtmäßig zu krönen..." Im Januar..., wiederholte ich noch einmal für mich in Gedanken, im Januar... Wir hatten daraus geschlossen, dass Didi bis dahin keine unmittelbare Gefahr drohen könnte. Doch was würde geschehen, wenn der Stauferkönig früher in der Domstadt eintreffen sollte?

Noch immer tauten die meisten Schneekristalle auf dem Boden vor unserer Höhle und hinterließen winzige Pfützen in den kleinen Vertiefungen des felsigen Gesteins. In zwei, drei Tagen vielleicht würde es wahrscheinlich kälter werden. Und danach? Würde dann noch mehr Schnee fallen, oder würde es aufklaren? Es konnte gut sein, dass uns in weniger als einer Woche eine sonnige, aber frostige Periode bevorstand, also exakt die gleiche Witterung, deren Zeuge ich in meinem Traum geworden war.

Fieberhaft rechnete ich aus, wie viele Tage wohl noch vergehen würden, bis es Januar war, und dabei kam ich auf mindestens zwei Wochen. Allerdings beruhigte mich diese Tatsache überhaupt nicht. Vielleicht hatten wir etwas Wichtiges übersehen oder gar nicht bedacht. Aber was?

Angestrengt versuchte ich, mir ins Gedächtnis zurückzurufen, was ich von Opa Kao über die Krönung der Deutschen Könige im Mittelalter gelernt hatte. Die Zeremonie selbst musste vom Kölner Erzbischof vorgenommen werden, damit sie rechtmäßig war. Im Falle des Staufers Philipp war ja schließlich genau dies nicht geschehen. Der Welfe Otto hingegen war rechtmäßig von Erzbischof Adolf von Altena gekrönt worden, als dieser selbst noch ein Gegner der Staufer gewesen war. Dafür hatte Otto nicht die Reichsinsignien besessen, weil sie sich in den Händen seines Widersachers Philipp befanden. So hatten beide Krönungen einen entscheidenden Makel gehabt. Die Rechtsauffassung des Mittelalters, so hatte Opa Kao mir eindringlich erklärt, ging davon aus, dass Gegenkönige so etwas unter sich ausmachen mussten, was im Falle von Philipp und Otto einen langen, grausam geführten Bürgerkrieg bedeutete. Aber das war nicht der Punkt. Es musste irgendetwas sein, das mit der Krönungssache an sich zu tun hatte. Ich begann noch einmal von vorn.

Der Erzbischof von Köln krönt also den Deutschen König, überlegte ich wieder. Schön, aber wo? Im Kölner Dom?

Ich erschrak und wurde blass.

Natürlich nicht! Die rechtmäßige Krönung konnte und durfte nur in Aachen stattfinden, und zwar auf dem steinernen Thron des großen Kaisers Karl. Sogar Papa hatte das nicht bedacht, als wir davon ausgingen, noch genügend Zeit zu haben. Selbstverständlich würde der Kölner Erzbischof den künftigen König nicht in Aachen erwarten, sondern in seiner eigenen Stadt, zumal die ja sowieso die wichtigste und größte des ganzen Reiches nördlich der Alpen war. Gemeinsam mit dem Thronprätendenten würde ein paar Tage später also ein riesiger Tross von Köln nach Aachen aufbrechen. Zuvor aber würde man den Königsanwärter in der Domstadt festlich begrüßen und feiern, damit noch genügend Gelegenheit war, letzte Vergünstigungen und Regalien zu erpressen, fügte ich in Gedanken bissig hinzu. Da in unserem Falle der Kölner Erzbischof selbst noch vor wenigen Jahren ein erbitterter Gegner der Staufer gewesen war, würde er diesem Philipp bei dessen Ankunft kaum besser seine neu erwachte Sympathie beweisen können, als mit der Hinrichtung von welfischen Parteigängern. Didi war ein nahezu perfektes Bauernopfer für die Interessen des feinen hohen Herrn von Köln. Wir durften also nicht länger warten, sonst würden wir unweigerlich zu spät kommen!

Sligachan hatte die ganze Zeit über schweigend im Hintergrund gestanden und in meine Richtung gelauscht. Er musste die abrupte Veränderung gespürt haben, die in mir vorging, und er sprach mich sofort darauf an.

„Du musst uns verlassen, Snäiwitteken!", meinte er bestimmt. „Denn wenn es dir nicht gelingt, dieses eine Leben zu retten, ist auch deine eigene Seele in großer Gefahr!"

Ich schluckte und ergriff dankbar die kleinen Hände des Zwerges, erwiderte aber nichts. Dann bückte ich mich zu meinem Freund, dem Wolf, der mich aus seinen treuen Augen traurig anschaute. Ich schlang meine Arme um ihn und vergrub einen Moment lang mein Gesicht in seinem Fell. Ich wusste, dass dies ein Abschied für immer war.

Bevor ich die Höhle über der Volme verlassen konnte, rief mich Sligachan noch ein letztes Mal an. Was er sagte, überraschte und bewegte mich zutiefst:

„Ich danke dir, Snäiwitteken! Du hast mir mein Herz zurückgegeben, weil ich dir glauben kann, wenn du sagst, dass die Liebe stets stärker sei als der Hass!"

Schen Diyi Er Dsi

Trotz meines abgemagerten Zustandes kostete es mich einiges an Anstrengung, mich durch die enge Öffnung zu zwängen, aber schließlich hatte ich es doch geschafft. Das grobe Pflaster des Domvorplatzes fühlte sich unter meinen geschundenen Füßen eiskalt und nass an. Dagegen nahm ich den prasselnden Regen gern in Kauf, denn mit ihm begrüßte ich meine wiedergewonnene Freiheit.

Ich blickte mich hastig nach allen Seiten um, aber bis auf die schläfrigen Wachen vor dem Eingang zum Bischofspalast konnte ich niemanden entdecken. Es musste weit nach Mitternacht sein, denn aus keinem einzigen der umliegenden Gebäude drang noch der flackernde Schein einer Fackel. Trotzdem huschte ich vorsichtig an der Wand der „Hacht" entlang in Richtung auf die Drachenpforte zu.

Kurz vor dem Eingang zu der breiten Gasse, die mir aus den Gesprächen der Marketender als Straße „Am Hof" bekannt war, weil sich dort der sogenannte „Klockring", das Hauptquartier der Kölner Gewaltrichter, befinden sollte, fiel mir ein Käfiggestell auf, in dem ein nackter Mann zitternd an den Gitterstäben rüttelte.

Das Ding musste ein Pranger sein, in dem die Missetäter öffentlich zur Schau gestellt wurden. Die Marktbesucher, die in den letzten Monaten die Quelle meines Wissens über die Kölner Sprache gewesen waren, hatten stets schaudernd und hinter vorgehaltener Hand „Kacks" dazu gesagt. Erst jetzt verstand ich, warum man diesen Käfig so sehr fürchtete, denn der arme Kerl würde bei der feuchten Kälte sicher die Nacht nicht lebend überstehen.

Ich weiß, ich hätte mich vorbeischleichen sollen, meinem Versteck im Unrathaufen an der Drachenpforte entgegen, doch ich konnte es einfach nicht. Die Lehre unseres uralten Meisters Konfuzius, die mir von meinen Großeltern noch als zwingende Lebensregel mit auf den Weg gegeben wurde, hielt mich davon ab. Das Streben nach vollkommener Tugend war für mich nun einmal keine leere Phrase, sondern eine von Klein auf erlernte Philosophie. „Zeige stets Höflichkeit, Milde, Wahrhaftigkeit, Ernst und Güte", so lautete das Gebot, dessen strikte Befolgung allein die Aussicht auf ein besseres nächstes Leben ermöglichen konnte. Ich hatte keine Wahl. Ich musste dem Mann im Käfig helfen.

Tatsächlich gelang es mir nach mehreren vergeblichen Versuchen, die Kette um den Käfig mit einem Pflasterstein aufzubrechen und das Gestell zu öffnen, doch kaum befand sich der nackte Mann in Freiheit, rief er auch schon lauthals um Hilfe. Bevor ich mich von meinem Schreck erholen und selbst das Weite suchen konnte, waren die Wachen vom gegenüberliegenden Bischofspalast bereits heran und hielten mir ihre Speere vor die Brust.

Sie zwangen mich auf den Boden und drückten mir die Spieße ins Kreuz. Angelockt von dem ohrenbetäubenden Lärm, den sowohl die Schergen als auch der ach so arme Nackte aus dem Pranger verbreiteten, erschienen immer mehr Söldner auf dem Domvorplatz und umringten mich. Mir wurden die Hände auf den Rücken gebunden, und ich wurde abgeführt. Meine Flucht war zu Ende.

In der „Hacht" war in dieser Nacht die Hölle los. Die Kerkerwächter lagen völlig betrunken auf dem Boden der Wachstube, als man mich zurückbrachte, und ich konnte noch lange deren gequälte Schreie hören, die sie ausstießen, weil man sie gleich an Ort und Stelle auspeitschte. Ich selbst wurde getreten und mit ledernden Handschuhen geschlagen, bevor man mich in der dunkelsten Ecke meines alten Verlieses an die Wand kettete. Um die herausgebrochenen Gitterstäbe kümmerte sich allerdings niemand mehr, denn ich war ja von nun an praktisch bewegungsunfähig. Auch meinen grobschlächtigen Wärter bekam ich von Stund an nicht mehr zu Gesicht, aber noch Tage später erklang sein wütendes Rufen durch das Gemäuer. Wahrscheinlich hatte man den Grobschlächtigen ebenfalls in eine der Kerkerzellen gesperrt. Richtig bedauern vermochte ich den Mann allerdings nicht.

Erstaunlicherweise bekam ich nun regelmäßige Mahlzeiten verabreicht, und der neue Wärter, der mich wegen meiner Ketten sogar füttern musste, ließ kein einziges Mal seinen Unmut darüber an mir aus. Da ich ja wusste, welches Schicksal mir zugedacht war, wunderte mich das überhaupt nicht. Wenn der Erzbischof verfügt hatte, dass ich am Tage der Ankunft des Staufers Philipp in der Stadt hingerichtet werden sollte, durfte ich nicht schon vor der Vollstreckung des Urteils vor Entkräftung und Schwäche gestorben sein. Man musste mich also regelrecht hochpäppeln, damit ich am Galgen kein schlechtes Bild abgeben konnte. Da ich kein Adeliger war, durfte ich sowieso nicht damit rechnen, eine andere ehrenhaftere Hinrichtungsart zugestanden zu bekommen. Meine Gebeine würden also in einer Art Massengrab vor dem Melatentor verrotten. Nun gut, falls das wirklich mein Schicksal sein sollte, dann musste ich es akzeptieren. Bereuen konnte ich dagegen nicht, dass ich den frierenden nackten Mann aus dem „Kacks" befreit hatte.

Etwa eine Woche nach meinem misslungenen Fluchtversuch bekam ich dann doch noch einmal für kurze Zeit die Sonne zu sehen, als man mich über den Domvorplatz zum „Klockring" führte, um mich der weltlichen Gerichtsbarkeit der Stadt zu überstellen. Inzwischen lag Schnee, und es war sehr frostig geworden. Dabei kam ich natürlich auch wieder an dem nun leeren hölzernen „Kacks" vorbei, was mich mit einer gewissen Genugtuung erfüllte. Offenbar war dem frierenden Mann wohl die Strafe erlassen worden, und ich bildete mir ein, dass ich ihm dann doch noch das Leben gerettet hatte.

Im Saal des ehrenwerten Hauses wurden ich und eine ganze Reihe anderer Gefangener von einem bunt gekleideten Komitee aus Gildeältesten und Patriziern erwartet, die als Schöffen fungierten. Die Büttel zwangen uns niederzuknien, während der Greve sein Urteil verkündete. Es lautete natürlich auf Tod durch den Strang.

Eine echte Verhandlung, bei der man sich in irgendeiner Weise gegenüber den Vorwürfen verteidigen konnte, fand nicht statt. Wahrscheinlich wäre es ihnen auch schwer gefallen, einen Straftatbestand in meinem Fall zu konstruieren. Ich hatte niemanden bestohlen, verletzt oder sonst irgendwie geschädigt. Mein Vergehen bestand sowieso nur darin, dass man mich für einen Anhänger der Welfenpartei hielt. Tatsächlich hatten Ministeriale der Kölner Kurie das einzig wirkliche Verbrechen begangen, indem sie das Bergwerk am Goldberg überfallen und mich hierher verschleppt hatten. Diese Ungerechtigkeit war das Einzige, was mich an der Farce, die sich vor meinen Augen abspielte, noch störte. Ansonsten hatte ich längst jede Hoffnung aufgegeben, vielleicht doch noch mit dem Leben davonkommen zu können.

Kapitel 8
Der Sänger des Reiches

Die Pfaffen striten sere;
Doch wart der leien mere.
Diu swert diu leiten si dernider
Und griffen zuo der stole wider.
Sie bienen, die si wollten,
und niht, den si sollten.
Do storte man diu goteshus.
Ich horte verre in einer klus viel michel ungebaere,
da weinte ein klosenaere, er klagte gote siniu leit:
„owe der babest ist ze junc! Hilf, herre, diner kristenheit!"
(Walther von der Vogelweide)

Die Pfaffen (=Welfen) kämpften unerbittlich;
Doch waren die Laien (=Staufer) in der Überzahl.
Die Schwerter legten sie danieder
Und griffen stattdessen zur Stola wieder.
Sie bannten, den sie bannen wollten,
aber nicht jenen, den sie bannen sollten.
So zerstörte man das Haus Gottes.
Ich hörte fern in einer Klause ein gewaltiges Jammern;
Da weinte ein Klausner und klagte Gott sein Leid:
„Oh weh, der Papst ist viel zu jung! Hilf, Herr, deiner Christenheit!"
(Übertragung aus dem Mittelhochdeutschen)

Fred Hoppe, Mitte Dezember 1204

Ich hatte es bereits geahnt, als wir uns keuchend die letzten Meter durch den Schnee zum Felsplateau auf dem Hohenstein hinaufkämpften: Pui Tien war schon da und erwartete uns. Sie saß bewegungslos neben Obans Baumwurzelgrab und schaute ungeduldig in unsere Richtung. Über ihr Gesicht huschte für einen winzigen Augenblick ein schelmisches Grinsen. Dann sah sie uns wieder ernst an und schüttelte mehrmals den Kopf. Geradezu theatralisch wies sie auf die eingravierten Zeichen in der Rinde.

„Hier steht: ‚Tjän-tjän', Papa!", empfing sie mich mit gespielter Empörung. „Ich glaube, das heißt ‚täglich'! Also, wo wart ihr gestern? Oder wolltet ihr etwa eure arme Tochter hier oben erfrieren lassen?"

Ich schluckte und schaute verlegen zu Boden, aber Phei Siang versetzte mir kichernd einen Stoß in die Rippen.

„Papa sse biän dschi dä ßiung mau, Nü er!" (Papa ist ein fauler Pandabär, Tochter), behauptete sie lachend. „Aber im Ernst, wir haben es in den letzten vier Wochen nicht an jedem Tag bis hier herauf schaffen können."

Pui Tien grinste und winkte ab. Erleichtert und überglücklich, sie endlich gefunden zu haben, umarmten wir sie.

„Ich habe lange vor Obans Grab gebetet", bekannte unsere Tochter. „Aber ich glaube, wir müssen uns beeilen, rechtzeitig nach Köln zu kommen, sonst wird es für Didi zu spät sein!"

Ich lächelte und strich ihr sanft über das Haar.

„Du musst dir keine Sorgen machen, Kind", meinte ich beruhigend. „Wir haben noch etwas Zeit, denn ich habe in meinem kleinen Geschichtsatlas das Datum gefunden, an dem Erzbischof Adolf den Staufer krönen wird: Es ist der Dreikönigstag am 6. Januar 1205."

Pui Tien schüttelte traurig den Kopf, und ich sah sie erstaunt an.

„Die Zeremonie findet nicht in Köln statt, das müsstest du eigentlich besser wissen als ich, Papa!"

„Natürlich nicht!" entgegnete ich wie selbstverständlich. „Der einzig rechtmäßige Krönungsort ist Aachen…"

Ich brach erschrocken ab und schlug mir mit der flachen Hand vor die Stirn. Auch Phei Siang wurde blass.

„Mein Gott!" rief ich bestürzt. „Wie konnte ich das übersehen?"

„Was glaubst du, wann Philipp in Köln eintrifft?" stellte Phei Siang die einzig relevante Frage.

„Hm, in dieser Epoche gibt es vor dem Dreikönigsfest eine ganze Reihe von hohen kirchlichen Feiertagen", resümierte ich überlegend. „Da ist zunächst ‚Vigil', die Feier der Heiligen Nacht, dann das Weihnachtsfest selbst, danach der Gedächtnistag für den Erzmärtyrer Stephanus am 2. Weihnachtstag. Als Höhepunkt der darauf folgenden Woche gilt der sogenannte ‚Weihnachtsoktavtag', den wir als Neujahrstag kennen. Dazwischen begeht man aber am 27. Dezember noch das Fest des Apostels Johannes und am 28. das Fest der Unschuldigen Kinder..."

„Fred, das reicht!", unterbrach Siang ungeduldig meinen Aufzählungssermon. „Also könnte der Staufer auch schon zu, äh, wie sagtest du noch, ‚Vigil' in der Stadt eintreffen?"

„Ja, könnte er", gab ich kleinlaut zu. „Das wäre dann allerdings schon in wenigen Tagen."

„Pui Tien hat recht!" schloss sie daraus. „Wir müssen sofort aufbrechen!"

Selbstverständlich hatte ich mir bereits in den Tagen zuvor schon immer wieder den Kopf zerbrochen, wie wir in die Bischofsstadt am Rhein gelangen könnten, war jedoch zu keinem befriedigenden Ergebnis gekommen. Zwar würde dort nun kurz vor der erwarteten Ankunft des Staufers sicher ein unbeschreibliches Durcheinander herrschen, aber das konnte uns auch nicht vor den Kontrollen an den Stadttoren bewahren. Unsere einzige Chance bestand vielleicht darin, uns unter das gemeine Volk zu mischen, das aus allen Richtungen in die Domstadt strömen würde, um dem denkwürdigen Ereignis beizuwohnen. Meine Verkleidung als heimkehrender englischer Kreuzritter wäre dabei bestimmt nicht sehr hilfreich. Abgesehen davon, dass man jeden unbekannten Waffen tragenden Adeligen verdächtigen würde, ein welfischer Spion zu sein, würde bestimmt das fremdartige Aussehen meiner beiden Frauen zu viel Aufsehen erregen, um im Verborgenen tätig werden zu können. Wahrscheinlich blieb uns nichts anderes übrig, als irgendwelche unschuldigen Bauern zu überfallen, die sich mit Waren und Vieh auf die Stadt zu bewegten. Phei Siang und Pui Tien müssten sich im Stroh auf dem Karren verstecken, den ich unauffällig an den Wachen vorbeizuschmuggeln gedachte. Doch was wäre, wenn die Stadtschergen auf die Idee kämen, mit ihren Spießen darin herumzustochern? Dennoch mussten wir handeln, und zwar schnell. Plötzlich war keine Zeit mehr für lange Überlegungen und genaue Planungen.

An ein Heranschleichen an Köln war nicht zu denken. Im Gegenteil. Nun waren wir genötigt, in aller gebotenen Eile über den kürzesten und direktesten Weg in die Domstadt zu gelangen, und der führte eben über die unsicher gewordene Handelsstraße mitten durch das Gebiet der einflussreichen Grafen von Berg. Unter diesen Umständen bedurfte es keiner Diskussion, dass ich die gefährliche Reise natürlich nur voll gerüstet antreten würde. Und so verabschiedeten wir uns noch am gleichen Abend vom alten Hinnerik, um gemeinsam mit dessen Sohn Udalrik als unserem Sergenten in das Abenteuer mit ungewissem Ausgang zu ziehen.

Es hatte aufgehört zu schneien, und der Mond tauchte die nächtliche Winterlandschaft in ein unwirkliches schemenhaftes Licht, während wir schweigend auf unseren Pferden durch die Furt am Ausgang der Kruiner Schlucht die eiskalte Ennepe durchquerten. Die kahlen, weitausladenden Äste der Buchen, die den tief in den Hang eingeschnittenen Hohlweg am Gevelberg überspannten, streckten ihre Zweige wie gespenstische dürre Finger in die Nacht. In meinen wirren Gedanken webten sie bereits ein riesiges, unheimliches Netz, unter dem wir gefangen waren, ohne die geringste Chance zu haben, dem uns zugedachten Schicksal entkommen zu können.

Eine unbestimmte kreatürliche Angst kroch in mir hoch und legte sich wie ein dunkler Schleier um meine Brust. Sie presste mein Herz zusammen und ließ mich nur noch stoßweise atmen. Unwillkürlich fühlte ich mich an jenen fernen, fast vergessenen Albtraum erinnert, der mich meine ganze Kindheit über verfolgt hatte, und jeden Moment erwartete ich, wieder in das rabenschwarze Gesicht des Köhlers zu blicken, dem wir so unverhofft während unserer ersten Versetzung in die Vergangenheit begegnet waren. Auch damals hatten Siang und ich uns in einer schier ausweglosen Lage befunden, nachdem wir feststellen mussten, in einer wilden und fremden Epoche gestrandet zu sein. Und doch waren wir gezwungen gewesen, uns irgendwie durchzuschlagen, denn einen Weg zurück hatte es nicht gegeben.

Die jetzige Situation war nicht viel anders. Zwar wussten wir ziemlich genau, auf welche Gefahren wir im Begriff waren, uns einzulassen, doch auch diesmal gab es keine Alternative. Falls es uns nicht gelingen sollte, Pui Tiens Freund zu befreien, oder, was noch schlimmer war, wenn wir zu spät kommen sollten, dann hätte ich Didis Eltern nicht in die Augen schauen und einfach weiterleben können. Und ich wusste genau, dass sowohl Siang als auch unsere Tochter ebenso empfinden würden.

Leng Phei Siang

Wir ritten die ganze Nacht hindurch, ohne auch nur ein einziges Mal anzuhalten oder eine größere Rast einzulegen. Immerhin reflektierte der Schnee ringsumher das blasse Mondlicht, so dass wir den Pfad gut erkennen konnten. Allerdings wurde die Kälte gegen Morgen derart unangenehm, dass ich mir den gefütterten Tasselmantel eng um die Schultern legte. Wir mussten einfach in Bewegung bleiben, um nicht zu erfrieren. Trotzdem fühlten sich meine Füße in den halbhohen Lederstiefeln wie Eisklötze an.

Pui Tien hatte ihr dichtes langes Haar in zwei Zöpfen zusammengebunden, um ihre Ohren vor dem eisigen Luftzug zu schützen. Im Gegensatz zu mir schien ihr die frostige Witterung ansonsten aber kaum etwas auszumachen. Auch sie hatte sich dem allgemeinen Schweigen in unserer Gruppe angeschlossen. Wahrscheinlich brütete sie genau so unablässig wie ihr Vater über unser Problem, möglichst unbehelligt in die Stadt Köln hineinzukommen. Dabei hätte ich so gern mehr darüber erfahren, wie es ihr in den vergangenen Wochen mit Sligachan ergangen war. Aber das musste wohl noch warten.

Ich selbst vermochte die düstere, nachdenkliche Stimmung meiner beiden Lieben nicht zu teilen, denn ich vertraute unerschütterlich darauf, dass uns schon eine Lösung einfallen würde, wenn wir erst einmal die Rheinebene erreicht hätten. Das mag angesichts unserer fatalen Situation, praktisch mitten in einem verheerenden Bürgerkrieg gelandet zu sein, ziemlich naiv klingen. Doch ich war felsenfest davon überzeugt, dass es uns in dem zu erwartenden Durcheinander beim großen Empfang sicher irgendwie gelingen würde, durch die Kontrollen zu schlüpfen. Köln war in dieser Zeit immerhin die wichtigste und größte Stadt des Reiches, und ein solch vielschichtiges Gebilde würde man bei einem derart großen Ereignis, wie es der Empfang eines Kandidaten zur Königskrönung nun mal darstellen musste, bestimmt nicht völlig von der Außenwelt abschotten können.

Bisher waren wir noch keiner Menschenseele begegnet. Fred gab Udalrik das Zeichen, zu uns aufzuschließen und lenkte sein Pferd an meine Seite.

„Ich glaube nicht mehr, dass wir bis zum Rhein noch mit einem Überfall zu rechnen haben", meinte er sichtlich erleichtert. „Die Partei der Welfen hält sich offenbar zurück, obwohl sie wissen müsste, dass Philipp nach Köln unterwegs ist."

„Glaubt Ihr, dass wir jetzt sicher sind, Herr?", raunte uns Udalrik halblaut zu.

„Bis zum Kastell von Deutz werden wir wohl unangefochten kommen!", gab Fred zurück. „Aber dann fangen die Schwierigkeiten an."

„Was für ein Kastell meint Ihr, Herr?" entgegnete Udalrik erstaunt. „Den Namen habe ich noch nie gehört."

„Tuitium", verbesserte sich Fred geflissentlich und beugte sich zu mir herüber, um mir sogleich flüsternd die Erklärung dafür zu liefern: „So nannte man Deutz im Mittelalter."

„Dann sollte ich vielleicht besser schon jetzt mein Gebende anlegen", schlug ich ihm vor.

Fred nickte zustimmend und hielt sein Pferd an. Wir anderen taten es ihm gleich. Ich sprang ab und holte das entsprechende weiße Leinentuch samt Käppchen aus meiner Gürteltasche. Pui Tien kam mir zu Hilfe, denn Fred hätte mit seinen Kettenhandschuhen nichts ausrichten können. Meine Tochter wickelte mir das züchtige Tuch um das Kinn und verbarg meine Haare kunstvoll unter dem zugehörigen Schleier. Geduldig ließ ich die lästige Prozedur über mich ergehen, jedoch nicht, ohne meinem Gatten einen giftigen Blick zuzuwerfen, als ich bemerkte, dass dieser sich ein flüchtiges Grinsen nicht verkneifen konnte. Wie um mich zu provozieren, löste Pui Tien lächelnd ihre eigenen Zöpfe und schüttelte energisch den Kopf. Neidisch schaute ich ihr zu. Anschließend setzten wir unsere Reise fort.

Nur ein paar Minuten später stießen wir auf die ersten Bauern, die mit handgezogenen Karren voller Käfige mit schnatternden Gänsen und gackernden Hühnern unterwegs waren. Sobald diese Leute das weiße Kreuz auf Freds Waffenrock erkannten, blieben sie stehen und verbeugten sich ehrfurchtsvoll. Trotzdem konnte ich beim Vorbeireiten deutlich erkennen, dass die meisten erschrocken mit der Hand ihren Mund bedeckten, nachdem sie das fremdartige Aussehen von Pui Tien und mir bemerkt hatten. Bald darauf stießen wir auf mehrere wandernde Mönche mit langen, knorrigen Pilgerstäben, die sich umgehend bekreuzigten, als sie unsere Tochter mit ihrer flatternden pechschwarzen Mähne entdeckten.

Aus den angrenzenden Wäldern stapften inzwischen von allen Seiten immer mehr Menschen in einfach gehaltenen braunen oder grauen Leibröcken durch den knirschenden Schnee auf unseren Pfad zu, und viele davon trugen in grobe Decken gehüllte Waren, die sie wahrscheinlich anlässlich des großen Ereignisses auf den Kölner Märkten verkaufen wollten. Deren Gesichter waren zwar ausnahmslos unter den weiten Kapuzen der über den Kopf gezogenen Gugeln verborgen, aber hin und wieder erhaschte ich doch einen der verstohlenen, neugierigen Blicke, mit denen man uns mehr oder minder unauffällig musterte.

Unter diesen Umständen schwand meine bislang zur Schau getragene Zuversicht völlig dahin. Für unser gefährliches Vorhaben erregte unsere Aufmachung jedenfalls entschieden zu viel Aufmerksamkeit. Ein heimkehrender Kreuzfahrer mochte ja vielleicht noch angehen, aber ein so offenkundig fremder und seltsamer Zug wie der unsrige konnte selbstverständlich nicht unbemerkt bleiben. Falls die Wachen an den zwölf großen, burgähnlichen Stadttoren nicht völlig stumpfsinnig waren, konnte ihnen die offensichtliche Ähnlichkeit unserer asiatischen Gesichtszüge mit denen des gefangenen vermeintlichen Welfen-Schergen nicht entgehen. Es wurde höchste Zeit, dass wir uns etwas einfallen ließen. Als ich Fred das Ergebnis meiner Beobachtungen mitteilte, runzelte dieser sorgenvoll die Stirn.

„Du hast ja recht, Siang, aber mir fällt auch nichts ein. Außerdem widerstrebt es mir, ehrlich gesagt, irgendwelche armen Bauern zu überfallen und deren Waren zu stehlen."

„Zumindest müssten wir das bald und abseits der Straße tun", gab ich niedergeschlagen zurück.

In diesem Augenblick kam Pui Tien an unsere Seite geritten. Aufgeregt wies sie mit ausgestreckter Hand auf eine Gruppe bunt gekleideter Leute, die etwa zweihundert Meter vor uns mitsamt einem vierrädrigen Pferdekarren den Pfad bevölkerten. Adelige konnten es nicht sein, denn sie gingen allesamt zu Fuß. Trotzdem trugen sie mit ihren Kleidern eine üppige Farbenpracht zur Schau, wie sie einfachen Menschen und auch Kaufleuten in dieser Epoche keinesfalls zustand. Ich kam aus dem Staunen nicht mehr heraus, denn solch einen seltsamen bunten Haufen hatten wir bei allen unseren bisherigen Aufenthalten im Mittelalter noch nie zu Gesicht bekommen. Einige aus der munteren Truppe, die es so offenkundig wagte, sich einen Dreck um die fest gefügte Kleiderordnung zu scheren, tanzten sogar mitten auf der Straße, während andere mit Trommeln, Flöten und anderen Instrumenten dazu aufspielten.

Ich war vollkommen perplex, und Fred ging es nicht anders. Musikanten waren uns bisher nur von Fürstenhöfen oder aus dem Tross des Kaisers bekannt gewesen, wo sie als bezahlte Unterhalter sozusagen eine recht angesehene Festanstellung genossen. Aber ungebundene, frei umherziehende Künstler? Das war für uns etwas völlig Neues. Und mit welchem Recht trugen sie diese gescheckten oder mit verschiedenfarbigen Karos versehenen Kleider?

Unterdessen hatte auch Udalrik unsere fragenden Blicke bemerkt.

„Spillüe! Dä sit ut dem Friede!" (Spielleute! Die sind rechtlos!), urteilte unser Sergent abfällig.

„Wie meinst du das?" hakte Fred nach.

„Nun, Herr, sie gehören keiner Gemeinschaft an, sie sind Diebe und verstehen sich auf allerlei magische Künste!", erläuterte Udalrik. „Sie kommen zu großen Festen und leben auf Kosten der Arbeit ehrlicher Menschen."

„Aber ich nehme doch an, dass man ihrem Treiben gern zuschaut", entgegnete Fred lächelnd.

„Das ist es ja!" entfuhr es Udalrik „Sie verzaubern uns mit ihrem Höllenspuk, verführen unsere Töchter und stehlen unsere Habe. Unter ihnen gibt es sogar Frauen und Mädchen, die öffentlich tanzen, singen und springen!"

„Aha!", meinte ich vielsagend. „Das mag wohl der heiligen Kirche nicht gefallen!"

„Ihr sagt es, Herrin!", versicherte Udalrik eifrig. „Deshalb bestimmt unser Gesetz auch, dass niemand bestraft wird, der ihnen Schaden zugefügt hat."

Vor so viel eingefleischter Borniertheit vermochte ich nur den Kopf zu schütteln. Fred berührte beschwichtigend meinen Arm. Er kannte mich genau und wusste, dass ich wütend war.

„Heißt das etwa, dass jeder diesen Leuten ein Unrecht antun darf?" fragte er weiter.

„Nun, unser Gesetz gesteht ihnen schon zu, dass sie den Täter vor den gräflichen Richtern anklagen können", schränkte Udalrik ein. „Allerdings dürfen sie später nur deren Schatten schlagen!"

„Immerhin sind es sehr lustige Leute!" warf unsere Tochter unvermittelt ein.

Tatsächlich vernahmen wir deutlich lautes Lachen und Singen aus der Gruppe.

„Ich glaube, mir kommt da eine Idee!", verkündete Fred fast fröhlich.

Pui Tien

Ich konnte nicht umhin, schallend aufzulachen, als ich Udalriks Gesichtsausdruck sah. Unser mutiger Sergent war schreckensbleich geworden.

„Nein, Herr! Das könnt Ihr nicht von mir verlangen!" brachte er entsetzt hervor.

„Doch Udalrik!" forderte Papa unerbittlich. „Besser können wir uns nun mal nicht verstecken."

Ohne eine Antwort abzuwarten, setzte Papa sein Pferd in Bewegung und ritt mit uns im Gefolge auf die fahrenden Musikanten zu.

„Vielleicht nehmen sie uns ja nicht bei sich auf, weil es ihnen gegen die Ehre geht, sich mit Angehörigen des Adels zusammenzutun", flüsterte Udalrik mir zu.

„Hast du nicht eben angedeutet, dass diese Leute keine Ehre besäßen?" gab ich schnippisch zurück.

Unterdessen stoben die bunt gekleideten Tänzer auseinander, um den vermeintlich hochgestellten Personen den Weg freizumachen, doch Papa hielt direkt vor ihnen an und sprang ab. Ein älterer Mann aus der Gruppe trat vor und verbeugte sich mit einer weitausholenden Geste.

„Sagget an, watt inkan Begerra si, Hiärre!" (Sprecht, Herr, was ist Euer Begehr), erkundigte er sich auf Sächsisch.

Ich stellte zufrieden fest, dass diese Musikanten offenbar aus dem Sprachbereich kamen, der mir bekannt war. Mit einem der oberdeutschen Dialekte wie Fränkisch oder Alemannisch hätte ich auch jetzt noch immer große Mühe gehabt. Papa dagegen tat so, als sei er überrascht.

„Oh, ihr seid also Spielleute aus dem Stamm der Sachsen?" fragte er lauernd. „Nach allem, was ich bis jetzt in diesem Land erfahren musste, sollten jene doch auf Seiten der Welfen stehen."

„Verzeiht meine Offenheit, Herr!", entgegnete der ältere Musikant. „Aber Ihr scheint ein englischer Kreuzfahrer zu sein, der nicht mit den Gepflogenheiten unseres Volkes vertraut ist. Wir Spielleute geben nichts um den Krieg der Mächtigen, denn deren Gerechtigkeit ist niemals die unsrige. Wir reisen von Fest zu Fest und dienen allen, die sich an unserer Kunst erfreuen."

„Hm, ich glaube, das können nur Menschen wie ihr sagen, die keinem Grundherren den Zehnten schulden", meinte Papa abwägend. „Aber, wenn du von Gerechtigkeit sprichst, alter Mann, gilt die denn nicht auch unter euch?"

„Wir sind nur Geduldete, solange wir die Menschen belustigen!", erwiderte der Musikant bitter. „Wenn das Fest vorbei ist, jagt man uns sowieso wieder fort. Aber warum interessiert Euch das, Herr? Wollt Ihr vielleicht, dass wir für Eure holden Damen aus der Fremde spielen?"

Natürlich hatten die Musikanten mit unverhohlenem Interesse unser Aussehen registriert. Zumindest schienen sie neugierig geworden zu sein, aus welch fernen Landen wir kamen. Auch Papa nahm dies gebührend zur Kenntnis.

„Du hast recht, ich bin ein englischer Kreuzritter, der auf dem Weg in seine Heimat ist", bestätigte er, ohne die eigentliche Frage des Musikanten zu beantworten. „Und du siehst hier meine Gemahlin; sie ist die Tochter eines Khans der Rum-Seldschuken. Dadurch, dass sie mich liebte und ich sie heiraten durfte, hat sie mein Leben gerettet. Denn unser Kreuzzug wurde vor Byzanz von den Venedigern verraten, und ich geriet in die Hände der Ungläubigen, die mich hinrichten wollten. Nun sind wir seit Monaten mit der jüngeren Schwester und dem Bruder meiner Gemahlin unterwegs, um auf dem angeblich sicheren Landweg meine Heimat zu erreichen. Genau wie ihr Spielleute habe ich mit diesem Krieg nichts zu schaffen, und doch geriet mein junger Schwager nicht weit von hier in den Bergen des Sachsenlandes in ein Scharmützel und wurde von Anhängern der Staufer nach Köln verschleppt. Nun will der Erzbischof ihn als angeblichen Welfen hinrichten lassen."

„Sieht Euer Schwager denn auch so fremdartig aus wie Eure edlen Damen, Herr?", erkundigte sich der alte Spielmann sichtlich betroffen. „Ich meine, sind seine Augen auch wie schmale Schlitze, und ist sein Haar so pechschwarz wie das ihre?"

Papa nickte nur.

„Dann haben wir von dem angeblichen Welfen gehört, der nie und nimmer einer von ihnen sein kann. Die Bauern aus dieser Umgebung haben es uns erzählt, und daher wissen wir auch, dass Erzbischof Adolf seinem Greve befohlen hat, das Urteil über den Fremden zu sprechen. In zwei Tagen, wenn der Staufer in die Stadt einzieht, soll dieser vor dem Hahnentor sein Leben verlieren, damit sein verrottender Leichnam den neuen König begrüßt, wenn der nach seiner Krönung aus Aachen zurückkehrt, um im Dom vor dem Schrein der Heiligen Drei aus dem Morgenland zu beten. Man munkelt sogar, dass Erzbischof Adolf damit seine Treue zu dem neuen Herrscher beweisen will, weil er ja früher wohl selbst zu den Welfen gehalten hat."

„Für einen, der sich rühmt, mit den Angelegenheiten der hohen Herren nichts zu schaffen zu haben, bist du aber erstaunlich gut informiert", merkte Papa süffisant an.

Der alte Musikant erblasste.

„Bitte, Herr, erzählt niemandem, was ich gesagt habe!", beschwor er Papa erschrocken. „Man könnte sonst denken, wir seien welfische Spione."

„Und? Seid ihr solche?" entgegnete Papa wie aus der Pistole geschossen.

Die Spielleute schauten sich nervös nach allen Seiten um.

„Schweig, Sivard! Du bringst uns noch alle an den Galgen!" rief eine der Frauen ängstlich.

Offenbar hatte Papa da unbeabsichtigt einen wunden Punkt erwischt. Unwillkürlich fixierten meine Augen den alten Musikanten, und tatsächlich: Wie damals in der Höhle spürte ich deutlich die Furcht des Mannes, entdeckt oder entlarvt zu werden. Es war klar, dass er etwas im Schilde führte, was er vor Fremden lieber geheim halten wollte.

„Ni sse you li, Ba!" (Du hast recht, Papa), teilte ich ihm lapidar mit. „Ta sse mi mi!" (Er verbirgt etwas)

Mama blickte erstaunt auf, aber Papa nickte nur kurz und lächelte mir wohlwollend zu. Dann wandte er sich wieder an diesen Sivard und schaute ihn durchdringend an.

„Ihr braucht keine Angst zu haben, denn wir werden euch sicher nicht verraten!", betonte Papa beschwichtigend. „Ich möchte vielmehr, dass ihr uns helft."

Fred Hoppe

War es Zufall oder Schicksal, dass wir im rechten Moment den Spielleuten begegnet waren? Ich vermochte es nicht zu sagen. Auf jeden Fall konnten wir es mit deren Hilfe nun tatsächlich schaffen, unbemerkt in die Stadt zu gelangen. Klar, genau wie wir, fielen diese Leute schon allein durch ihr Äußeres auf, aber das war schließlich deren Markenzeichen. Wenn wir uns ihnen anschlossen, wurden wir praktisch ebenfalls zu Außenseitern, von denen man quasi erwartete, dass sie anders waren. Ausgerechnet das, was uns allein verdächtig gemacht hätte, bot uns jetzt plötzlich in der Gruppe der bunt gekleideten Jokulatoren den besten Schutz. Eine perfektere Tarnung konnte es nicht geben.

Natürlich sträubten sich die Musikanten noch eine Weile, uns in ihrer Gruppe aufzunehmen, aber ich wusste bereits, dass ihnen eigentlich keine Wahl blieb, denn immerhin waren wir durch Zufall auf ihr strenggehütetes Geheimnis gestoßen. Tatsächlich hatte dieser Sivard wohl von seinem welfischen König den Auftrag bekommen, die Krönungszeremonie des Staufers Philipp zu beobachten. Letztlich konnten er und seine Leute nur sicher sein, dass wir sie nicht verrieten, wenn sie sich mit uns verbündeten. Genau das machte ich dem alten Sivard auch unmissverständlich klar. Der Chef der reisenden Musikanten wand sich wie ein Aal.

„Herr, wie könntet Ihr und Eure edlen Damen mit uns einfachen Leuten zusammen sein ohne aufzufallen?", gab er zu bedenken. „Wie solltet Ihr auch mit uns singen, tanzen und Kunststücke vorführen? Ihr mögt zwar ein geschickter Reiter sein und gut mit dem Schwert umgehen können, aber in den Weisen des Volkes seid Ihr sicher nicht geübt."

„Würde das fremdartige Aussehen meiner Gemahlin und deren Schwester nicht allein schon die Neugier der Menge entfachen?", erwiderte ich spöttisch. „Ich wette, keine Gruppe unter den vielen anderen Spielleuten hat einen solchen Anblick zu bieten!"

„Schon, Herr! Und doch müsste wenigstens eine von beiden auch etwas Besonderes vorführen können!"

In diesem Moment sprang unsere Tochter mit einem eleganten Satz vom Pferd und lief zu dem aufgeschlagenen Holzkarren. Unter den erstaunten Blicken der Musiker schnappte sie sich drei große, dünne Holzreifen, die die Spielleute wahrscheinlich zum Tanzen benutzten und warf sie nacheinander in die Luft. Während Pui Tien geradezu perfekt mit diesen jonglierte, stimmte sie dabei eine getragene, wunderschön klingende Melodie an. Sie sang auf Englisch, und zu meiner eigenen Überraschung erkannte ich das Lied wieder, das unsere Tochter als Background-Sängerin beim Auftritt der Heavy Metall Band vorgetragen hatte. So völlig losgelöst vom dröhnenden Rhythmus des Doublebass wirkte der Song ungemein melodiös und lieblich. Dazu begannen sich plötzlich die Reifen in der Luft um ihre eigene Achse zu drehen. Trotzdem landeten sie stets sicher in Pui Tiens Händen und wurden in immer kürzeren Abständen wieder hochgeworfen. Die Musiker staunten mit offenen Mündern und vermochten sich an dem eindrucksvollen Schauspiel gar nicht sattzusehen. Bald klatschten die Ersten von ihnen laut johlend Beifall, und andere versuchten, mit ihren jeweiligen Instrumenten die auf- und abschwingende Melodie zu begleiten.

Der alte Sivard lauschte ergriffen und lächelte verzückt, während ich nur hoffen konnte, dass Pui Tien es nicht übertrieb, denn offensichtlich setzte sie ziemlich ungeniert ihre geheimnisvolle Gabe ein. Wenn auch nur einer aus der Künstlergruppe den Eindruck gewinnen sollte, dass es hier nicht mit rechten Dingen zugehen konnte, dann hatten wir die Gunst der Jokulatoren für immer verscherzt.

„Singt sie vielleicht in der Sprache der Seldschuken?", fragte Sivard unvermittelt.

„Was?", entgegnete ich verwirrt, aber der alte Musiker hörte gar nicht hin.

„Sie muss uns unbedingt die Melodie beibringen, damit wir daraus einen Lai machen können", murmelte er versonnen. „Dieses Mädchen ist ein Geschenk des Himmels!"

Die Sonne stand bereits hoch am Himmel, als wir in gestrecktem Galopp durch die verschneite Winterlandschaft auf Deutz zuritten. Mit der Gruppe der Spielleute hatten wir zuvor vereinbart, dass wir uns zunächst ein Versteck suchen wollten, in dem wir uns unbeobachtet umziehen konnten, denn auf der belebten Straße wäre das sofort aufgefallen. Immerhin hatten uns bereits viele Leute gesehen. Also ließen wir uns die entsprechenden Gewänder geben und verbargen sie in den Satteltaschen des Packpferdes.

Unser nächstes Ziel würde dann das Kloster von Deutz oder besser „Tuitium" sein. Ich hatte es zuerst gar nicht glauben wollen, dass es das alte Römerkastell gar nicht mehr gab, doch Sivard war diesbezüglich ganz sicher. Ein Kölner Erzbischof namens Heribert habe schon vor fast zweihundert Jahren die Bernhardiner ins Land gerufen, die das alte Kastell in einen Konvent verwandelt hätten.

Für unser Vorhaben kam diese Tatsache wie gerufen. Wenn wir mit den Gauklern in die Stadt einzogen, konnten wir das natürlich nicht mit unseren Pferden tun, denn wie sollten schon nichtadelige Sänger an solch wertvolle Statussymbole der Oberschicht gekommen sein? Andererseits waren wir für die bevorstehende Flucht nach der Befreiungsaktion sehr wohl auf unsere Reittiere angewiesen. Was also lag näher, als diese für die Dauer des Unternehmens im Bernhardinerkloster zu Deutz unterzubringen. Zur Bewachung der Tiere würden wir Udalrik dort zurücklassen. Wir brauchten nur den Mönchen vorzugeben, dass wir unsere Reise in mein Heimatland unterbrechen wollten, um vor dem Schrein der Heiligen drei Könige beten zu können und bei der Gelegenheit den Krönungsfeierlichkeiten beizuwohnen. Die Bernhardiner würden einem heimkehrenden Kreuzritter eine derartige Bitte bestimmt nicht abschlagen, zumal er den Ordensbrüdern aus Rücksicht auf ihr Seelenheil nicht zumuten mochte, seine ungläubige Gemahlin und deren Schwester beherbergen zu müssen. Nach Ablauf von zwei Tagen sollte unser Sergent mit den Pferden rheinabwärts reiten, um uns an der Fähre von Neuss zu treffen.

Da ich natürlich das Kloster aus den genannten Gründen nicht mit Phei Siang und Pui Tien betreten konnte, würden die beiden mit Udalrik und dem Packpferd vor dem Tor warten und die bunten Gewänder der Spielleute bereithalten. Danach brauchten wir uns nur noch im nahen Wald umzuziehen und unsere Ausrüstung zu verstauen. Wenn unser Sergent anschließend mit meinem Kettenhemd und dem magischen Schwert des Zwerges in den Konvent einzog, wären die Bernhardiner sicher endgültig von unseren friedlichen Absichten überzeugt. Unterdessen würden Siang, Pui Tien und ich in unseren bunt gescheckten Spielmannskleidern auf die Jokulatoren warten und im geeigneten Moment einfach zu ihnen stoßen.

Der Plan war gut, und eigentlich konnte dabei überhaupt nichts schief gehen, doch nur wenige Kilometer vor den Klostermauern geschah genau das, was wir die ganze Zeit über befürchtet hatten, aber womit wir so nah vor den Toren Kölns nun wirklich nicht mehr rechnen konnten: Wir tappten in einen Hinterhalt.

Eine Viertelstunde zuvor war unser Pfad, der aus den Bergen des Sachsenlandes kam, auf die breite Fernstraße gestoßen, die von Süden her am Rhein entlang nach Kaiserswerth im Norden führte. Wir befanden uns gerade in den lichten Auen des Dhünnwaldes, als es plötzlich vor uns im Gebüsch zu rascheln begann und eine große Buche quer über den Weg stürzte.

Mein Pferd stieg vor Schreck, und ich hatte Mühe, es zu bändigen. Gleichzeitig stürmten Dutzende von bewaffneten Schergen von allen Seiten auf uns zu und kreisten uns ein. Rein intuitiv riss ich mit der freien Hand den Topfhelm vom Sattelbaum und stülpte ihn mir über. Noch bevor ich das Schwert des Zwerges aus der Scheide ziehen konnte, dröhnte eine laute, dunkle Stimme über die Lichtung:

„Ergebt Euch, Kreuzritter!" befahl diese kompromisslos auf Sächsisch.

Der Schock des Erkennens lähmte mich augenblicklich und ließ mir das Blut in den Adern gefrieren. Verzweifelt versuchte ich, Phei Siang durch die engen Sehschlitze des Helms zu erspähen, aber sie befand sich wohl noch immer hinter mir. Ich konnte nur hoffen, dass auch sie wusste, wer unser Gegner war. Gleichzeitig schossen mir tausend Gedanken durch den Kopf.

Bereits in den ersten Tagen nach unserer Versetzung in diese äußerst gefährliche Zeit hatte ich mir ausgemalt, was geschehen würde, wenn wir unvermutet auf einen jener Menschen trafen, die wir von unserem ersten Abenteuer in jener Epoche kannten, die von unserer augenblicklichen Realität ja nur zwanzig Jahre in der Zukunft lag. Und dabei hatte ich mir nichts Schlimmeres vorstellen können, als meinem künftigen Lehrmeister und guten Freund Ritter Bernhard von Horstmar zu begegnen. Und nun war ausgerechnet diese Befürchtung wahr geworden. Allerdings hatte ich bislang geglaubt, Bernhard hätte sich Erzbischof Adolf und damit der staufischen Sache verpflichtet gefühlt. Nun aber stellte er sich uns offenbar mit einem welfischen Kriegstross in den Weg. Also hatte ihm auch schon zu dieser Zeit seine Treue zu König Otto mehr bedeutet als seine obligate Lehnsverbundenheit zum Kölner Erzbischof.

Da wir gezwungen waren, zwischen den Fronten zu agieren, verbesserte das unsere Situation natürlich in keiner Weise, es führte lediglich dazu, dass uns beide Seiten als Gegner betrachteten. Der bevorstehenden Konfrontation mit einem der fähigsten und besten Ritter des gesamten Mittelalters konnte ich jedenfalls nicht mehr ausweichen. Zum Glück hatte ich wenigstens frühzeitig mein Gesicht unter dem Topfhelm verbergen können.

Leng Phei Siang

Als Freds Pferd stieg, griff ich unwillkürlich nach meinem Bogen, doch die Söldner hatten uns bereits umstellt, und eine Vielzahl von Pfeilen war auf uns gerichtet. Ich zog meine Hand langsam zurück und hörte, wie die dröhnende Stimme des Mannes im Kettenpanzer erklang. Obwohl Freds Rücken die Gestalt vor uns verdeckte, wusste ich sofort, dass es Bernhard von Horstmar war.

„Ni yin tsang tou, Nü er!" (Bedecke deinen Kopf, Tochter), rief ich Pui Tien geistesgegenwärtig zu, während ich mir selbst mit einer hastigen Bewegung den Schleier vor das Gesicht zog.

„Lasst das Schwert lieber stecken, Kreuzritter!" erklang Bernhards mahnende Stimme. „Die Pfeile meiner Leute würden Euch durchbohren, bevor Ihr Eure Waffe gezogen habt!"

Fred gehorchte und richtete sich stolz im Sattel auf. Dann deutete er provozierend auf die Gestalt im Kettenhemd.

„Der schreitende Löwe auf Eurem Rock verrät mir, dass vor mir der edle Ritter Bernhard von Horstmar steht!" behauptete Fred dreist. „Habt Ihr es denn wirklich nötig, einen englischen Kreuzfahrer zu überfallen, der nichts weiter will, als mit seiner Gemahlin und deren Schwester in sein Heimatland zurückzukehren?"

Die hünenhafte Gestalt unseres späteren Freundes näherte sich zögernd und kam langsam auch in mein Blickfeld. Er musterte mich und Pui Tien mit unverhohlenem Interesse. Doch Fred ließ ihn gar nicht erst zu Wort kommen.

„Ihr habt doch Seite an Seite mit meinem früheren König Richard gekämpft!" fuhr Fred ihn respektlos an. „Was ist geschehen, dass Ihr so ehrlos geworden seid, harmlose Reisende zu überfallen, die noch dazu unter dem Schutz des Kreuzes stehen?"

Ritter Bernhards Hand fuhr zum Griff seines Schwertes und verkrampfte sich.

Mir blieb fast das Herz stehen. Was hatte Fred vor? Wollte er etwa seinen eigenen späteren Lehrmeister fordern?

„Ich habe nichts gegen Euch, falls Ihr kein staufischer Vasall seid", lenkte Bernhard zögernd ein.

Täuschte ich mich, oder hatte seine Stimme etwas unsicher geklungen?

„Ich habe eigentlich Wolfger, den Bischof von Passau, und dessen Gefolge erwartet", fuhr Bernhard fort. „Der Ritter, den er vorausgeschickt hat, war so unvorsichtig, in unsere Falle zu laufen."

Während Bernhard sprach, deutete er lässig mit dem Daumen über die Schulter. Dort am Waldrand stand ein gefesselter Mann zwischen zwei Schergen mit aufgepflanzten Spießen. Soweit ich sehen konnte, trug dieser zwar einen kostbaren, mit Fehfellen gefütterten Mantel, aber sonst keinerlei Zeichen oder Wappen, die auf seine adelige Abstammung oder Herkunft schließen ließen. Der Mann war barhäuptig, er hatte einen markanten, kurz geschnittenen Bart, und sein blondes, halblanges Haar war im Nacken gewellt. Irgendwie kam mir sein Gesicht bekannt vor, aber ich wusste es nicht zuzuordnen. Fred zuckte zusammen, und ich bemerkte deutlich, dass er bemüht war, seine Fassung zu bewahren. Offensichtlich hatte er den Fremden nicht nur erkannt, sondern fürchtete auch die Konsequenzen, die sich aus der Begegnung ergeben mochten.

„Shenme?" (was), flüsterte ich unterdrückt.

„Ta sse Walther, ta sse tschang ge!" (er ist Walther, der Sänger), antwortete Fred bestürzt.

„Ah, ich höre, Ihr wisst, wer mein Gefangener ist!" lachte Bernhard. „Es war doch sein Name, den Ihr Eurer Gemahlin zugerufen habt, nicht wahr? Aber Ihr redet nicht türkisch oder arabisch mit ihr, denn diese beiden Sprachen sind mir bestens vertraut."

Bernhards Stimme hatte einen lauernden Tonfall angenommen, doch Fred reagierte sofort:

„Es ist ein seldschukischer Dialekt! Euer Spion, der alte Sivard, hat Euch wohl doch nicht alles über uns berichten können!"

Bernhard lachte noch lauter.

„Ich gebe zu, Ihr seid dafür ein wenig zu schnell geritten!", tönte Bernhard fast fröhlich. „Aber ich muss sagen, Ihr seid beileibe kein Dumpfkopf, Kreuzritter! Das gefällt mir! Wollt

Ihr wirklich Euren Schwager aus den Fängen des Erzbischofs befreien?"

„Im Gegensatz zu den meisten, denen wir in diesem Lande begegnet sind, spreche ich die Wahrheit!", entgegnete Fred gereizt.

„Nun, es ist Krieg!", antwortete Bernhard versöhnlich. „Da hat die Aufrichtigkeit einen schlechten Stand, wenn man überleben will. Aber mir scheint, dass auch Ihr nicht davor zurückschreckt, die Menschen zu täuschen, um Euer Ziel zu erreichen."

„Immerhin muss ich mich nicht an Wehrlosen vergreifen, die nicht einmal eine Brünne tragen!", gab Fred zurück.

„Oh, da urteilt Ihr ein wenig vorschnell!", behauptete Bernhard vehement. „Mein Gefangener ist ein ziemlich bekannter Mann im Römischen Reich, und er weiß seine Waffen sehr gut zu gebrauchen. Allerdings kämpft er nicht mit dem Schwert, sondern mit der Zunge, doch darin ist er ein großer Meister, das kann ich Euch versichern. Er reist durch die Lande und hetzt so geschickt gegen die Welfen, dass immer mehr für den Staufer Philipp in den Krieg gegen König Otto ziehen!"

„Was wollt Ihr denn mit ihm tun, wenn Bischof Wolfger Euch nicht in die Hände fällt?"

„Ich habe den Auftrag, meinem Herrn ein wertvolles Pfand zu bringen, aber wenn mir das mit dem Pfaffen nicht gelingt, muss ich wohl den fahrenden Sänger zu meinem Herrn nach Brunswick schaffen, wo man ihn sicher peinlich befragen wird, warum er seine gewichtige Stimme stets gegen den rechtmäßig gesalbten Römischen König erhebt!"

„Euch muss doch klar sein, dass der Mann so etwas nicht überlebt!", fuhr Fred zu meinem großen Erschrecken wütend auf.

Ich biss mir verzweifelt auf die Lippen, denn ich kannte meinen ritterlichen Gemahl. Sein angesichts unserer nicht gerade beneidenswerten Lage nun wirklich törichter Gerechtigkeitssinn ging wieder mal mit ihm durch. Damit brachte Fred uns in eine gefährliche Situation, und ich vermochte nichts dagegen zu tun.

„Ich verstehe nicht, warum Ihr Euch so sehr für den fremden Ritter einsetzt", meinte Bernhard lächelnd. „Wenn ich ihn laufen lasse, ist er in Köln auch für Euch eine große Gefahr. Bedenkt doch, er ist ein hoch angesehener Sänger und ein unverbesserlicher Parteigänger der Staufer. Philipp und der Erzbischof werden ihn bestimmt empfangen, und was ist, wenn er Euch dann verrät? Glaubt Ihr, er würde es Euch danken, falls Ihr hier und jetzt sein Leben rettet?"

Ich nickte unwillkürlich, denn Bernhards Argumente klangen in meinen Ohren durchaus vernünftig. Aber mein Fred blieb hart und ging sogar noch einen Schritt weiter. Ich hatte es nicht anders erwartet.

„Ich bin bereit, mit Euch um die Freiheit des fahrenden Ritters zu kämpfen, Bernhard von Horstmar, und wenn Ihr ein Mann von Ehre seid, dann werdet Ihr Euch darauf einlassen!"

Bernhard zog die Augenbrauen hoch und schmunzelte gelassen.

„Ihr habt wirklich Mut, Kreuzfahrer! Wie lautet Euer Name?"

„Win..., äh, Willehalm von Buckholt!"

„Also gut, dann gilt es!", rief Bernhard. „Da ich gefordert werde, bestimme ich auch die Art des Kampfes und die Waffen. Wir treten mit Schwert, Axt und Schild gegeneinander an, und wer den anderen zuerst zu Boden zwingt, bestimmt, was mit dem gefangenen Ritter geschieht!"

Fred nickte zustimmend und stieg vom Pferd. Mir dagegen wurde ganz flau vor Angst, und ich schaute mich Hilfe suchend nach unserer Tochter um. Udalrik blieb wie erstarrt an seinem Platz. In seinen Augen loderte Panik.

„Herrin, warum macht er das?", flüsterte unser Sergent fassungslos. „Er kann unmöglich den besten Ritter des Landes besiegen!"

Pui Tien lenkte ihr Pferd an meine Seite und legte ihre Hand beruhigend auf meinen Arm.

„Ni dsuo da yüä!" (Tu was), zischte ich unter meinem Schleier.

Für einen winzigen Moment lüftete sie den Mantelzipfel, mit dem sie ihr Gesicht bedeckte, so dass ich ihr in die Augen schauen konnte. Pui Tien lächelte still vor sich hin, und ich verstand die Welt nicht mehr.

Fred Hoppe

Was hatte ich bloß getan? Welcher Teufel hatte mich geritten, dass ich mich dazu hinreißen lassen konnte, ausgerechnet Bernhard herauszufordern? War es nur die Eitelkeit des Schülers, seinem Lehrer zeigen zu wollen, dass er besser war als dieser? Aber was machte das für einen Sinn? Der Bernhard dieser Zeit war ein überaus kräftiger und äußerst gewandter Berufskrieger im besten Mannesalter von etwa fünfunddreißig Jahren und nicht der gütige ältere Gefährte, als den ich ihn erst in zwei Jahrzehnten kennenlernen würde. Und doch konnte ich es nicht mit meinem Gewissen vereinbaren, den fahrenden Ritter und Sänger Walther von der Vogelweide so einfach seinem Schicksal zu überlassen. Aber irgendwie trieb mich auch die unbestimmte Ahnung, dass sich alles zum Guten wenden würde.

Also nahm ich in aller Ruhe das Schwert des Zwerges und meinen Schild vom Sattelbaum, steckte die Streitaxt in den Gürtel und schritt auf meinen Gegner zu, der sich von seinem Knappen den klobigen Nasalhelm reichen ließ.

Ich hatte mich Bernhard gerade bis auf zwei Meter genähert, als dieser sich unvermittelt nach vorn warf und mit aller Kraft auf mich einhieb. Von der Wucht der Schläge wurde ich zurückgedrängt, und ich hatte große Mühe, sie zu parieren. Schon bald ächzte und knirschte mein Schild bedenklich, doch bis jetzt war es mir noch nicht gelungen, einen einzigen Streich gegen meinen Kontrahenten zu führen.

Das ist ein Test, durchfuhr es mich in Gedanken. Er will wissen, wie ich mich verteidige und wie lange es dauert, bis ich ermüde. Ich musste schleunigst zum Angriff übergehen, sonst war mein Schild gleich völlig dahin. Auch das hatte Bernhard mir selbst beigebracht. Nein, er wird es mir erst noch beibringen, dachte ich verbissen.

Daher nahm ich alle meine verbliebenen Kräfte zusammen und stemmte mich nach vorn, in die Arme meines Gegners hinein. Der Erfolg blieb nicht aus, denn Bernhard wankte zwei Schritte zurück. Sofort nutzte ich die Gelegenheit und hieb nun meinerseits auf ihn ein. Das Schwert des Zwerges krachte in schneller Folge auf seinen Schild. Schon zeichneten sich Risse im ledernen Überzug ab.

Bernhard wich blitzschnell zur Seite aus, aber damit hatte ich gerechnet und konnte nachsetzen. Wieder prasselten meine Schläge auf seinen Schild.

„Zum Henker! Wer hat Euch das beigebracht?", keuchte Bernhard überrascht.

Du selbst, dachte ich nicht ohne Stolz.

Trotzdem gelang es ihm schließlich, sich mit vehement geführten Schwertstreichen aus der Bedrängung zu befreien, und ich hatte große Mühe, diese zu parieren. Dabei ermüdeten meine Arme immer mehr. Schon floss mir der Schweiß in Strömen und drohte, meine Augen zu benetzen. Ich musste dem unbedingt ein Ende setzen, denn wegen des sperrigen Topfhelms vermochte ich nichts dagegen zu unternehmen. Immerhin war mir nun ziemlich klar, warum Bernhard den offenen Nasalhelm bevorzugte. Ein Schüler lernt eben nie aus.

Um meinem nächsten Hieb noch mehr Gewalt zu verleihen, drehte ich mich blitzschnell um meine eigene Achse. Tatsächlich traf das Schwert des Zwerges mit solcher Wucht auf die Waffe meines Gegners, dass es den Stahl kurz über der Parierstange wie Butter durchschnitt.

Mit einem Ausruf des Erstaunens warf Bernhard den unbrauchbar gewordenen Stumpf weg und riss stattdessen die Axt aus seinem Gürtel. Das alles geschah so schnell, dass ich nur noch den Schild hochziehen konnte, bevor die scharfe Schneide knirschend in diesen fuhr und stecken blieb. Ich taumelte zurück, strauchelte und stürzte, während gleichzeitig mein Schild mitsamt Bernhards Axt zur Seite geschleudert wurde.

Der Hüne lachte schallend, hob kurz seine nun waffenlosen Arme und streckte mir die Hand entgegen, um mir aufzuhelfen.

„Ich glaube, bei diesem Händel haben wir beide verloren, Willehalm von Buckholt, oder sehe ich das falsch?", meinte er dabei versöhnlich.

Ich ergriff seine Hand und ließ mich von ihm hochziehen.

„Wollt Ihr den Zweikampf denn nicht fortsetzen?", fragte ich erstaunt.

„Nein, Kreuzfahrer, ich denke, das ist nicht nötig", entgegnete Bernhard lächelnd. „Ihr habt mir soeben sehr deutlich bewiesen, dass Eure Absichten ehrenhaft sind. Ihr könnt den fahrenden Ritter haben, doch müsst Ihr unbedingt sein Wort einfordern, dass er weder Euch noch uns verrät."

„Das werde ich!", versicherte ich feierlich.

Zur Bekräftigung schüttelten wir uns noch einmal die behandschuhten Hände.

Bernhard nahm den Nasalhelm ab und fuhr sich nachdenklich mit der Rechten über den blonden Bart.

„Sagt, Ritter Willehalm, wollt Ihr nicht Euren Helm abnehmen, denn ich wüsste schon gern, wie derjenige aussieht, der mich fast besiegt hätte."

„Oh, unter anderen Umständen würde ich Euch selbstverständlich diesen Wunsch erfüllen", erwiderte ich geistesgegenwärtig. „Doch wenn der staufische Sänger vielleicht doch sein Versprechen bricht, dann kennt er wenigstens nicht mein Gesicht. Auch meine Gemahlin und deren Schwester werden sich ihm nicht zu erkennen geben."

Bernhard nickte.

„Ihr seid ein vorsichtiger Mann, Ritter Willehalm", meinte er überlegend. „Das verstehe ich gut. Doch verratet mir wenigstens, wer Euch so gut kämpfen lehrte. Ich bin zuvor noch keinem begegnet, der so schnell meine Art, das Schwert zu führen, durchschaut hat."

Ich schluckte, und mir stiegen Tränen der Rührung in die Augen.

„Es war ein weiser alter Mann auf der Burg meines Vaters, der nie in den Diensten von König Richard oder König John gestanden hat", beeilte ich mich zu versichern.

„Hm, auf jeden Fall möchte ich Euch nicht zum Gegner haben, Ritter Willehalm!", betonte Bernhard eindringlich. „Doch da Ihr ein englischer Kreuzfahrer seid, stehen wir ja wohl letztlich auf derselben Seite..."

Ich winkte lachend ab.

„Oh nein, Bernhard von Horstmar!", unterbrach ich ihn sofort. „Ich habe mein Gelübde im Heiligen Land erfüllt, und das hat mich schon fast das Leben gekostet, weil die Venediger uns verraten haben. Ich bin des ewigen Kämpfens für die Interessen anderer müde und möchte nur noch mit meiner Gemahlin nach Haus."

„Ich kann es Euch nicht verdenken", entgegnete Bernhard nachdenklich. „Schon zu viele ehrenhafte Ritter haben in diesem unseligen Krieg ihr Leben gelassen, und um König Ottos Sache ist es nicht gut bestellt. Ich hoffe nur, dass Ihr Euren Schwager befreien und sicher heimkehren könnt."

Ich schwieg betreten.

Bernhard gab seinen Leuten das Zeichen zum Aufbruch und ließ sich sein Pferd bringen. Er stieg auf und hob noch einmal zum Gruß die Hand.

„Auf ein Wort, Edelherr von Horstmar!", rief ich ihm noch zu, bevor er seinem Tier die Sporen gab. „Hättet Ihr den fahrenden Sänger wirklich nach Brunswick gebracht?"

Bernhard lachte laut auf.

„Natürlich nicht, was denkt Ihr von mir?", entgegnete er entrüstet. „Ich liefere niemandem seinem sicheren Ende aus, auch nicht jemanden, der gegen meinen König ist!"

Leng Phei Siang

Ich wartete, bis Ritter Bernhard und seine welfischen Söldner verschwunden waren, doch dann glitt ich vom Pferd, riss den Schleier zur Seite und lief zu Fred.

„Was hast du dir dabei gedacht?", fauchte ich ihn an, sobald er den schweren Topfhelm abgenommen hatte. „Du könntest jetzt tot hier im Schnee liegen!"

Doch Fred legte einfach beide Hände auf meine Schultern und lächelte mich auf seine unnachahmliche Weise an. Ich spürte bereits, wie mein Zorn zu verrauchen begann.

„Vielleicht hast du ja recht, Siang", flüsterte er beschwichtigend. „Vielleicht war ich wirklich eitel und vermessen, aber ich glaube noch immer, dass Bernhard genau diese Reaktion von mir erwartet hat."

„Du hättest sterben können, Fred Hoppe!", erwiderte ich leise, aber immer noch wütend. „Und alles nur wegen diesem idiotischen Starke-Männer-und-Ehre-Scheiß!"

„Eh, Siang, du hast gerade zum ersten Mal in deinem Leben echt geflucht", merkte Fred völlig überflüssigerweise und mit einem süffisanten Grinsen an.

Ich holte aus und trat ihm vor sein Schienbein, aber dann warf ich mich schluchzend in seine Arme. Fred tat so, als hätte er nichts gespürt, denn er streichelte sanft mein Haar.

Unterdessen waren Pui Tien und Udalrik zu uns geeilt.

„Herr, ich kann es kaum glauben!" rief Letzterer fassungslos. „Ihr habt dem unbesiegbaren Bernhard von Horstmar widerstanden!"

„Das schon, Udalrik, aber im Grunde war er besser als ich", gab Fred unumwunden zu. „Trotzdem hat er den Kampf von sich aus beendet und den fahrenden Ritter freigegeben."

„Diese Sache habe ich überhaupt nicht verstanden, Herr!", klagte unser Sergent kopfschüttelnd. „Der Sänger ist doch ein Anhänger der Staufer, und jetzt, da er frei ist, kann er uns verraten."

„Das glaube ich nicht, Udalrik!", widersprach Fred entschieden. „Er verdankt mir sein Leben und wird uns schon deshalb nicht schaden. Aber er könnte uns helfen, wenn es hart auf hart kommt und wir geschnappt werden, denn sein Ansehen und Einfluss bei den Staufern ist sehr groß."

Unwillkürlich richteten sich unsere Blicke auf den noch immer gefesselten Ritter, der nach wie vor am Waldrand stand. Er mochte sich bereits gebührend über unsere zur Schau gestellte Vertrautheit gewundert haben. Es wurde Zeit, dass wir uns um ihn kümmerten. Allerdings sah ich der bevorstehenden Begegnung mit ziemlich gemischten Gefühlen entgegen. Nur allmählich konnte ich mich daran gewöhnen, gleich dem Mann gegenüberzustehen, der mich während unseres ersten Aufenthaltes in dieser Epoche so sehr in Schrecken versetzt hatte.

Es war auf unserer heimlichen Reise nach Rom geschehen, wo wir nach dem Mord an Erzbischof Engelbert die Loslösung unseres Freundes Friedrich vom Kirchenbann erreichen wollten. Nein, eigentlich würde es erst geschehen, und zwar in etwas mehr als 21 Jahren. Wir hatten in der Reichsburg Trifels um Unterkunft gebeten, und diese wurde uns auch gewährt. Zu unserer Überraschung stellte sich heraus, dass der angesehene Sänger Walther von der Vogelweide ebenfalls dort weilte, um seinem adeligen Publikum die Zeit mit Liedern und Vorträgen zu vertreiben. Fred war sofort Feuer und Flamme gewesen, denn damit hatte sich ihm die einmalige Chance geboten, dem berühmtesten aller Minnesänger gegenüberzustehen. Doch Walthers Auftritt wurde für Fred und mich zu einem Desaster, denn mit seinen Versen vermittelte er den Eindruck, dass er uns durchschaute. Damals konnten wir nur vermuten, dass dieser ungewöhnliche Mann das Zweite Gesicht besitzen musste. Aber jetzt erschien plötzlich alles in einem ganz anderen Licht, und meine Ehrfurcht vor den unbegreiflichen Mächten, die unser Schicksal bestimmen, wuchs ins Unermessliche.

„Jetzt wissen wir, warum Walther uns auf der Trifels erkannte", flüsterte Fred mir zu und nahm damit unbewusst meine eigenen Gedanken auf. „Er hatte uns bereits einmal gesehen, und zwar hier und jetzt, also über zwei Jahrzehnte vor unserer Begegnung mit ihm auf der Reichsburg."

„Und natürlich waren wir für ihn nicht gealtert", ergänzte ich bestürzt. „Aber es bedeutet auch, dass unser Anblick sich über all die Jahre hinweg tief in sein Gedächtnis eingraben wird. Demnach werden wir wohl bald etwas tun, was er niemals vergessen kann."

„Darüber mache ich mir ehrlich gesagt die wenigsten Sorgen, Siang", meinte Fred nachdenklich. „Aber ich beginne zu ahnen, dass alles, was wir tun, bereits irgendwie schon so geschehen ist. Normalerweise merkt man nichts davon, doch scheinbar ist es uns beiden vergönnt, einen kleinen Zipfel der Wahrheit zu erfassen."

„Frank würde ganz nüchtern darauf verweisen, dass dies nicht mehr und nicht weniger als eine perfekte Zeitschleife ist", merkte ich spöttisch an.

„Und was glaubst du?"

„Das, was ich immer sage, Fred: Nichts geschieht ohne Grund!"

In diesem Augenblick drängte sich Pui Tien zwischen uns. Es war unglaublich. Unsere Tochter kicherte wie ein kleines Schulmädchen, als sie sich bei uns unterhakte.

„He, Mama und Papa! Habt ihr euch wieder vertragen?"

„Ich habe große Angst um Papa gehabt, Nü er!" rechtfertigte ich mich sofort. „Warum hast du nichts unternommen?"

„Ach, Mama, das war doch gar nicht nötig! Ich habe ganz deutlich gespürt, dass der große fremde Ritter ein wahnsinnig lieber und gütiger Mann ist. Er hätte Papa und uns niemals etwas getan."

Walther von der Vogelweide, Trifels, Juni 1226

Owe war sint verswunden alliu miniu jar!
Ist mir min leben getroumet, oder ist ez war?
Daz ich ie wande es waere, was daz alles iht?
Dar nach han ich geslafen und enweiz es niht.

(Oh weh, wohin sind verschwunden alle meine Jahre!
Hab` ich mein Leben geträumt, oder ist es wirklich wahr?
Das, von dem ich wähnt`, es wär` geschehen, war das alles wirklich?
Vielleicht hab' ich geschlafen und weiß es nicht.)

Ich lege die Laute beiseite und schaue sinnend aus dem schmalen Fenster meines Gemachs. Vom Burghof steigt der laue Abendwind an den Mauern empor und vertreibt des Tages Schwüle, aber meine wirren Gedanken vermag er nicht zu zerstreuen. Immer wieder kehren sie zu den Ereignissen des gestrigen Abends zurück, und zum wiederholten Male versuche ich vergeblich zu begreifen, was nicht zu begreifen ist.

Ich kann ihr Bild nicht mehr aus meinem Kopf verbannen, stets erscheinen diese fremdartige, schöne Frau und ihr blonder Ritter wieder vor meinen Augen. Ich habe sie beide sofort erkannt, als sie den Saal des Palas betraten. Wenn ich wirklich mein Leben geträumt haben sollte, dann habe ich zwanzig lange Jahre geschlafen.

Wie sollte ich auch jemals ihren Anblick vergessen? Der blonde Ritter hat mein Leben gerettet, als ich damals in jenen unseligen Wirren vor Köln in die Hände eines welfischen Kriegstrupps geriet. Ich wäre unweigerlich verloren gewesen, wenn er sich nicht mutig dem hünenhaften Recken mit dem schreitenden Löwen im Wappen entgegengestellt hätte. Seine Gemahlin war eine Augenweide, ganz anders als die Mädchen und Frauen dieses Landes. Und ich erinnere mich, dass deren jüngere Schwester das Paar begleitete, die jener schwarzhaarigen Schönheit mit den dunklen Augen wie aus dem Gesicht geschnitten war. Der blonde Ritter hatte vorgegeben, ein Kreuzfahrer aus dem Angellande zu sein, und seine Gemahlin sei die Tochter eines Khans der Seldschuken. Vielleicht hätte ich im Laufe der vielen Jahre, die inzwischen vergangen sind, doch irgendwann das Antlitz der beiden vergessen, aber alles, was hernach in Köln geschah, hat sich so sehr in mein Gedächtnis eingebrannt, als wäre es erst gestern gewesen. Der blonde Ritter mit seiner Gemahlin und deren Schwester haben damals mein Bild von der Welt und ihrer Ordnung so gründlich erschüttert, dass ich selbst nicht mehr länger vermochte, das Loblied auf den Staufer Philipp zu singen.

Owe war sint verswunden alliu miniu jar?

Vieles hat sich seitdem ereignet, und mein Land, in dem ich ein Leben lang herumgezogen und gesungen, scheint meinen Augen so entfremdet, dass ich es kaum wiederzuerkennen vermag. Unzählige Fürstenhöfe habe ich besucht, sah reichlich Knaben wachsen und zu Rittern werden, wie auch manch holde Jungfrau zum edlen Frouwelin erblühen. Doch alle sind sie mit der Zeit gealtert, denn nichts und niemand kann sich dem entziehen. Das wenigstens glaubte ich bis gestern.

Ist mir min leben getroumet, oder ist ez war?
Daz ich je wande ez waere, was daz alles iht?

Nie hätte ich gedacht, dass ich dem Ritter aus dem Angelland und seiner fremden Schönheit jemals wieder begegnen würde. Und falls doch, dann hätte ihr Antlitz von der Zeit genauso gezeichnet sein müssen wie mein eigenes.

Aber genau das war es nicht! Beide sahen noch genauso aus wie damals, ja vielleicht sogar noch jünger. Wie ist das möglich, das ist doch gegen die Natur und den Lauf der irdischen Dinge? Oder habe ich mir das alles nur eingebildet und mein Leben wirklich geträumt?

Dar nach han ich geslafen und enweiz es niht.

Nein, nein und nochmals nein! Das kann nicht sein, denn ich weiß, dass mich die beiden auch erkannt haben. Das Erschrecken stand überdeutlich in ihren Gesichtern geschrieben. Aber halt...!

Zuerst war nur ich allein überrascht. Der blonde Ritter und die fremdhäutige Schönheit maßen mich lediglich mit neugierigen, erwartungsvollen Blicken, so als ob sie mich nicht kennen würden. Vielleicht hatten beide unsere erste Begegnung vor den Toren Kölns vergessen? Und der große alte Edelherr, der sie begleitete, war er nicht derjenige, der mich damals gefangen nahm?

Doch nun saßen sie dort zusammen in der großen, vom Reichsvogt geladenen Runde im Palas dieser Burg, als ob sie die besten Freunde seien. Und schlimmer noch: In ihrer Begleitung befanden sich der geächtete Mörder des edlen Erzbischofs von Köln und dessen Brüder.

Ich hatte auch den unglückseligen Grafen von Isenberg sofort erkannt, denn ich selbst war seinerzeit Zeuge gewesen, wie der Ruchlose nur wenige Jahre zuvor sein Siegel unter ein Dokument unseres großen Kaisers Friedrich gesetzt hatte, als er noch zu den angesehensten Fürsten des Landes zählte.

Natürlich hätte ich sofort aufspringen müssen und die Mörderbande entlarven sollen, aber ich tat es nicht. Irgendetwas hielt mich zurück – ein vages Gefühl nur, geboren aus der leidvollen Erfahrung, die ich vor so langer Zeit durch die Begegnung mit dem blonden Ritter gewonnen hatte, nämlich, dass oftmals die Dinge nicht so sind, wie sie scheinen.

Wer weiß, vielleicht war es auch nun wieder so. Vielleicht gab es einen guten Grund, der den Blonden und seine mandeläugige Gemahlin an die Seite des von allen gesuchten Mörders geführt hatte. Denn eines wusste ich genau: Der angelsächsische Ritter und seine Gefährtin waren keine gewissenlose Schurken, die aus verbrecherischer Absicht heraus gemeinsame Sache mit dem Isenberger machten. Also nahm ich mir vor, sie zu warnen, und sang ihnen das Lied von meinem vorübergezogenen Leben:

Owe war sint verswunden alliu miniu jar?

Und das Erschrecken in ihren Blicken bewies mir, dass ich sie erkannt und durchschaut hatte. Hernach aber trug ich offen meine Klage über den ruchlosen Mord am edlen Fürsten von Kölne vor.

Mehr konnte und wollte ich nicht für sie tun, aber es war wohl auch schon genug, denn gleich darauf verließ die Gruppe überstürzt den Saal und flüchtete alsbald aus der Burg. Wahrscheinlich habe ich damit dem blonden Ritter und seinen Begleitern das Leben gerettet und somit meine alte Schuld ihm gegenüber beglichen.

Doch warum narrt mich dann noch immer der Spuk seines jugendlichen Gesichts?

Es ist und bleibt wohl für immer ein Rätsel, das ich sicher bis zum Ende meines Lebens nicht mehr zu lösen vermag.

Ist mir min leben getroumet, oder ist ez war?
Daz ich je wande ez waere, was daz alles iht?

Pui Tien, Mitte Dezember 1204

Ich beäugte den fremden Ritter mit unverhohlener Neugier, während Papa dessen Fesseln durchschnitt. Auch bei der folgenden gegenseitigen Vorstellung vermochte ich nicht, meine Blicke von ihm abzuwenden.

So sah also ein adeliger Sänger aus, der es sich zur Berufung gemacht hatte, auf den Burgen des Landes sein höfisches Publikum mit mehr oder minder abstrakten Weisen über die platonische Liebe zu höhergestellten Frauen zu unterhalten oder mit lehrreich mahnenden Versen des Reiches Glück und Wehe zu beeinflussen.

Das Erste, was mir gleich auffiel, war, dass dieser Angehörige des Ritterstandes im Gegensatz zu anderen Vertretern der Kriegerkaste offenbar ganz bewusst darauf verzichtete, ein Kettenhemd und einen Helm zu tragen, was angesichts des augenblicklich herrschenden Bürgerkrieges entweder einfach nur dumm oder ausgesprochen mutig war. Lediglich ein für meine Begriffe ziemlich klobiges Schwert war am Sattelbaum seines Pferdes angebracht.

Stattdessen trug er einen Hut, dessen Krempe hoch geklappt war, so dass diese mit ihrer kostbaren Fellfütterung und ihrem wellenförmigen Schnitt wie eine Art Krone aussah. Über dem weiten roten Oberkleid trug der fahrende Sänger einen überaus wertvollen hellbraunen Mantel, der mit Fehfellen gefüttert war. Falls er sich wirklich kein standesgemäßes Panzerhemd leisten konnte, musste dieses Kleidungsstück das Geschenk eines einflussreichen und wohlhabenden Gönners sein. Anders war ein solcher Gegensatz einfach nicht zu erklären.

Der adelige Sänger schien meine fragenden Blicke tatsächlich bemerkt zu haben. Jedenfalls bestätigte er nach einer umständlichen Dankesbekundung unumwunden meine diesbezügliche Vermutung:

„Es stimmt schon, was der welfische Ritter über mich gesagt hat", merkte er lächelnd an. „Ich bin ein gern gesehener Gast auf allen staufischen Burgen und ein treuer Anhänger König Philipps. Auch haben meine Worte bei Hof ein gewisses Gewicht. Trotzdem bin ich kein Dienstmann, der ein eigenes Lehen vorweisen könnte, und dieser kostbare Mantel hier ist das Geschenk jenes Bischofs Wolfger von Passau, den der staufische Kriegstrupp so gerne in seine Hände bekommen hätte."

„Aber warum reist Ihr allein zur Krönung Eures Königs und nicht in dessen Gefolge?" hakte Papa nach.

Der fahrende Ritter, dessen Name Walther war, breitete vielsagend seine Hände aus.

„Ich sagte es schon, ich stehe in niemandes Diensten und kann daher auch nicht den Schutz eines Fürsten beanspruchen."

„Dann muss Euer Gottvertrauen wahrhaftig groß sein", erwiderte Papa mit einem leichten Anklang von Spott in der Stimme. „Immerhin müsst Ihr gewusst haben, dass Eure Reise nach Köln ein gefährliches Unterfangen sein würde."

Ritter Walther zuckte nur mit den Schultern.

„Oder Eure Stimme ist wirklich eine weit schärfere Waffe als Brünne und Schwert, wie es Bernhard von Horstmar andeutete!" fuhr Papa ein wenig gereizt fort. „Auf jeden Fall muss ich von Euch verlangen, dass Ihr über all das, was Ihr eben gehört habt, schweigt wie ein Grab!"

„Darauf gebe ich Euch mein Ehrenwort!", beeilte sich Walther zu versichern. „Wenn es Euch gelingt, Euren jungen Schwager vor dem Strick zu bewahren, schadet das sicherlich nicht der Sache meines Königs."

Papa nickte zustimmend.

„Aber sagt, wie wollt Ihr es schaffen, überhaupt in die Stadt hineinzugelangen?", fragte Walther. „Man wird doch sicher das Aussehen Eurer edlen Damen sofort mit dem Eures jungen Schwagers in Verbindung bringen."

„Warum wollt Ihr das wissen?", erkundigte sich Papa misstrauisch.

„Nun ja, vielleicht kann ich Euch helfen", entgegnete Walther freimütig. „Mein Ansehen ist immerhin so groß, dass auch meine Begleiter über jeden Zweifel erhaben sind."

„Große Worte, Sänger!", stellte Papa spöttisch fest. „Doch was werdet Ihr dem Erzbischof und Eurem König Philipp sagen, wenn diese erkennen, dass Ihr ihnen ein Kuckucksei ins Nest gesetzt habt?"

„Ich werde mich natürlich von Euch fernhalten, sobald wir in der Stadt sind, und niemand wird sich erinnern, dass Ihr mit mir durch das Tor geritten seid."

Papa machte ein nachdenkliches Gesicht.

„Das Risiko scheint mir zu groß", meinte er schließlich. „Ich denke, wir werden wie geplant mit den sächsischen Jokulatoren in die Stadt gelangen."

„Wollt Ihr Euch wirklich so weit herablassen und mit den dahergelaufenen Gauklern gemeinsame Sache machen?", entfuhr es dem angesehenen Minnesänger.

„Was habt Ihr gegen die einfachen Spielleute?", mischte sich Mama plötzlich ein.

Der fahrende Ritter starrte sie erstaunt und mit offenem Mund an. Offensichtlich hatte er nicht damit gerechnet, dass Mama die Unterhaltung überhaupt verstehen konnte, geschweige denn sogar in der Lage war, aktiv an dem Gespräch teilzunehmen.

„Eure Gemahlin kennt die höfische Sprache dieses Landes?", fragte er völlig perplex.

„Wir hatten auf unserer langen Reise mehrfach Gelegenheit, bei einigen Fürsten im Süden des Reiches zu Gast zu sein", warf Papa schnell ein. „Und meine Gemahlin besitzt eine besonders gute Auffassungsgabe, zumal die hohen Herrschaften nichts lieber wünschten, als von ihr selbst zu erfahren, wie die Menschen in ihrer morgenländischen Heimat leben."

Walther nickte versonnen vor sich hin, doch ich hatte längst erspäht, dass Papa Mama einen warnenden Blick zuwarf. Natürlich ließ sie sich von ihm nicht in die Schranken weisen.

„Trotzdem schuldet Ihr mir noch eine Antwort auf meine Frage, Ritter Walther!", drängte sie folgerichtig.

„Ist es in Eurem Lande denn nicht üblich, dass man adelige Sänger und einfache Gaukler unterscheidet?", entgegnete der Minnesänger schlagfertig. „Hier gelten die Letzteren nicht ohne Grund als rechtlose Vagabunden."

„Also glaubt Ihr, die Kunst dieser Leute sei nichts wert?", hakte Mama unerbittlich nach. „Was mögen die Jokulatoren wohl über Eure gespreizte Art der Verehrung verheirateter Damen denken?"

Walther winkte missmutig ab. Diese offene Kritik an der hohen Kunst der Kriegerkaste hatte ihn sichtlich verärgert. Ich wendete mich schnell ab, damit er mein heimliches Grinsen nicht sah.

„Nun, die einfachen Spielleute erfreuen mit ihren volkstümlichen Weisen sicherlich ihresgleichen", räumte Walther ein. „Wir Ritterblütigen dagegen singen von Ehre, dem höfischen Frauendienst und angemessenen Taten!"

Ich schwang mich demonstrativ auf mein Pferd und nickte Udalrik auffordernd zu. Wahrscheinlich hatte er dem größten Teil der Unterhaltung sowieso nicht folgen können. Das einmal begonnene und meiner Meinung nach völlig überflüssige Streitgespräch über den sittlichen und gesellschaftlichen Wert adeliger oder nichtadeliger Sänger würde sich vielleicht noch stundenlang hinziehen, wenn ich nichts unternahm. Auf jeden Fall mussten wir uns beeilen, wenn wir, wie ursprünglich vorgesehen, noch rechtzeitig zum Kloster der Benediktiner nach Deutz kommen wollten.

Fred Hoppe

„Wenn ich es recht verstehe, liegt Euch das Wohl des Reiches besonders am Herzen", unterbrach ich die unaufhörlichen Tiraden unseres Begleiters gegen die einfachen Sänger. „Warum setzt Ihr Euch dann überhaupt für eines der widerstreitenden Geschlechter ein? Der jahrelange Krieg erschüttert doch nur die heilige Ordnung Eures Staates und schwächt dessen Stellung in der Christenheit."

„Der Staufer Philipp ist eben der rechtmäßige Nachfolger des großen Kaisers Friedrich!", betonte Walther unerbittlich. „Aber das kann ein Edelherr aus dem Angelland natürlich nicht begreifen. Ihr tut nur gut daran, Euch nicht in den Händel einzumischen, Ritter Willehalm!"

„Das Gleiche könnten die Welfen auch behaupten!", entgegnete ich ein wenig spöttisch. „Ich kann da beim besten Willen keine großen Unterschiede erkennen. Wir haben die bittere Erfahrung machen müssen, dass keine der beiden Parteien das Kreuz auf meinem Rock besonders achtet!"

Entgegen meiner Erwartung erwiderte der angesehene Minnesänger darauf eine ganze Weile lang nichts.

„Da habt Ihr leider nicht ganz Unrecht, Ritter Willehalm", meinte Walther schließlich nachdenklich. „Der schreckliche Krieg spaltet nicht nur das Land der tiuschen Zunge, er zerstört auch alle guten Sitten und ritterlichen Tugenden."

„Wohl wahr, wenn gar ein hochgestellter Mann Gottes, der einst der größte Gegner der Staufer war, die Gunst der Stunde nutzt und nun auf einmal die Seiten wechselt, weil er sich vielleicht mehr davon verspricht, demjenigen zu dienen, der, wie es aussieht, den Streit gewinnen wird."

„Ihr sprecht von Erzbischof Adolf, Ritter Willehalm, nicht wahr?"

„Ich spreche von einem sehr mächtigen Fürsten und Vertreter seiner Heiligkeit, der nicht davor zurückscheut, unschuldige Menschen hinrichten zu lassen, um seinem neuen Herrn zu gefallen!", erläuterte ich bitter.

Walther nickte und schwieg betreten, was mir die Gelegenheit bot, mein Pferd anzutreiben und einer Fortsetzung des Gespräches zu entgehen. Innerlich hoffte ich dabei, den berühmten Sänger so sehr ins Grübeln gebracht zu haben, dass er uns wirklich nicht verraten würde, wenn wir in Köln in Bedrängnis geraten sollten.

In diesem Augenblick kamen die Mauern des großen Benediktinerklosters in Sicht. Ich hielt mein Pferd an und wartete, bis die anderen aufgeschlossen hatten. Die erste Phase unseres gefährlichen Unternehmens konnte beginnen.

Leng Phei Siang

Ich schaute Udalrik mit gemischten Gefühlen nach, bis er mit dem Packpferd und unseren Sachen zwischen den großen Flügeltoren des Klosters verschwunden war. Auch Fred schien sich in seinem roten Oberkleid, das von großflächigen weißen und schwarzen Karos durchsetzt war, nicht allzu wohl zu fühlen. Pui Tien dagegen hatte sich letztlich strikt geweigert, das von den Gauklern für sie bestimmte schmucklose graue Mädchenkleid zu tragen. Stattdessen bestand sie darauf, sich ihr altes schneeweißes Fell überzuziehen. Soviel dazu, dass wir eigentlich um keinen Preis mehr als nötig auffallen wollten. Aber Fred hatte mit einem lächelnden Kopfschütteln meinen beginnenden Protest einfach beiseite gewischt.

„Lass sie doch, Siang!", meinte er jovial. „Sie fühlt sich wahrscheinlich in dieser Zeit damit wohler als mit jedem anderen Kleidungsstück. Außerdem wird ihr Freund sie darin sofort erkennen, wenn man ihn vor die Menge zerrt."

Ich unterdrückte ein verschämtes Grinsen und zog einen länglichen, mit Tüchern umwickelten Gegenstand unter meinen Mantel hervor. Mein ritterlicher Gemahl schaute erstaunt zu.

„Wenn sie machen kann, was sie will, dann darf ich das schon lange, Fred Hoppe!" behauptete ich lässig.

Fred nickte ergeben und nahm das verpackte Wehrgehänge mit dem magischen Schwert des Zwerges entgegen.

„Ich finde nämlich, wir sollten nicht ohne diese Waffe nach Köln gehen!" bekräftigte ich mit fester Stimme.

„Was ist, wenn sie uns durchsuchen?"

„Ich verberge es wieder unter meinem Mantel, und wenn sie mich anfassen, muss Pui Tien eben eingreifen!"

Fred zuckte resigniert mit den Schultern und gab mir wortlos das Paket zurück. Unser neuer Gefährte, der als Einziger noch sein Pferd samt ursprünglicher Ausrüstung besaß, sah dem Schauspiel offenbar höchst amüsiert zu. Er hatte die hochdeutsch geflüsterten Worte bestimmt nicht verstanden. Trotzdem begriff er natürlich, was da vor sich ging.

„Eure Gemahlin scheint den rechtlosen Gauklern auch nicht zu trauen, Ritter Willehalm!", merkte er zufrieden lächelnd an.

„Es ist wohl eher so, dass wir nicht wissen können, was uns in der heiligen Stadt Eures neuen Stauferfreundes erwartet!", gab Fred bissig zurück.

Die sächsischen Spielleute nahmen uns laut johlend in Empfang. Wie verabredet hatten wir sie auf der breiten Auenwiese neben dem Benediktinerkloster angetroffen, die wegen der ständigen Hochwassergefahr nicht besiedelt oder landwirtschaftlich genutzt werden konnte. Weiter vorn am Ufer stand bereits eine ständig anwachsende Menschenmenge, die auf die Fährmannschaft wartete.

Die Gaukler beäugten misstrauisch unseren adeligen Begleiter, der seinerseits die Gruppe des fahrenden Volkes mit recht hochmütigen Blicken musterte. Walther hatte es nicht für nötig erachtet, zur Begrüßung unserer vermeintlichen Verbündeten von seinem Pferd zu steigen. Pui Tien dagegen wurde sogleich von den Frauen der Jokulatoren umringt und in Beschlag genommen, während Fred und ich den alten Sivard beiseite nahmen, um mit ihm ein ernstes Wörtchen zu reden.

„Besser du sagst mir sofort, welchen Auftrag dir der Edelherr von Horstmar gegeben hat!", herrschte Fred den Musikanten an.

Sivard erbleichte und sah sich vorsichtig um.

„Sprecht leise, Herr", erwiderte Sivard erschrocken. „Oder wollt Ihr, dass wir neben Eurem jungen Schwager am Galgen enden?"

Fred packte das Schulterteil der Gugel des alten Mannes und zog ihn barsch zu sich heran.

„Jedenfalls hast du keine Sekunde gezögert, einen Boten zu eurem Anführer zu schicken, um uns zu verraten!", brauste Fred auf.

„Ich hatte keine Wahl, Herr!", verteidigte sich Sivard kleinlaut. „Ihr hättet ein staufischer Spion sein können."

„Wie du siehst, haben wir die Begegnung mit eurem Kriegstrupp überlebt!", fuhr Fred gereizt fort. „Und jetzt will ich genau wissen, was ihr in Köln machen sollt, denn ich habe keine Lust, wegen euch im erzbischöflichen Kerker zu landen!"

„Beruhigt Euch, Herr!", versuchte ihn der alte Musikant zu beschwichtigen. „Wir stehen auf derselben Seite! Das hat mir der Edelherr von Horstmar ausdrücklich versichert.

Doch der fremde Ritter ist eine ständige Gefahr. Er darf keine Gelegenheit bekommen, uns allen zu schaden..."

„Jetzt hör mir gut zu!", unterbrach Fred den plötzlichen Redefluss seines eingeschüchterten Gegenübers. „Meine Gemahlin und ich stehen auf gar keiner Seite in diesem Krieg! Wir wollen lediglich meinen jungen Schwager vor dem Galgen retten! Und was den fremden Ritter angeht: Er wird uns nicht verraten, dafür haben wir sein Ehrenwort!"

„Das Ehrenwort eines staufischen Hetzers!", ergänzte Sivard verächtlich.

„Es ist mindestens soviel wert wie das eines jeden welfischen Ritters!", konterte Fred. „Und nun sag mir endlich, was ihr in Köln zu tun beabsichtigt."

„Wir sollen nur beobachten, was geschieht!", versicherte Sivard.

Fred sah mich einen Augenblick lang sprachlos an.

„Was?", fragte er verblüfft. „Das ist alles? Und dafür riskiert ihr euer Leben?"

„Nun ja", ereiferte sich der alte Gaukler. „Danach werden wir eine Abordnung von welfischen Fürsten nach Rom begleiten, die vor seiner Heiligkeit Klage gegen Erzbischof Adolf führen will. Wenn wir als Augenzeugen von den Vorgängen in Köln berichten, wird der oberste Hirte der Christen gezwungen sein, Adolf von Altena abzusetzen, und die staufische Partei verliert ihren wichtigsten Unterstützer."

Fred Hoppe

Es dauerte noch bis zum Abend, ehe wir endlich zusammen mit den Spielleuten und unserem Minnesänger Walther in den breiten Nachen steigen konnten.

Die ganze Zeit über, während der wir in der Menge vor dem Flussufer warten mussten, hielt der fahrende Ritter soweit wie eben möglich Abstand von den anderen Mitgliedern unserer Gruppe. Natürlich war mir klar, dass er seinen Standesdünkel wohl nicht überwinden konnte, aber er würde uns bestimmt irgendwie helfen, in die Nähe von Pui Tiens Freund zu gelangen.

Während sich Phei Siang in dem Gedränge eng an meiner Seite hielt, war unsere Tochter längst aus meinem Blickwinkel verschwunden. Das Letzte, was ich von ihr sehen konnte, war, dass sie von einem Pulk junger Mädchen aus der Gruppe der Spielleute umringt wurde. Wir hatten keine Gelegenheit mehr gehabt, über ihr trotziges Ansinnen zu sprechen, unbedingt das weiße Fellkleid tragen zu wollen, und nun war es dafür definitiv zu spät. Dabei hätte es mich schon interessiert, warum Pui Tien das offensichtliche Risiko in Kauf nahm, noch mehr aufzufallen, als sie dies schon durch ihr fremdartiges Aussehen tat. Es musste einen bestimmten Grund dafür geben, denn unsere Tochter war eigentlich alles andere als eitel.

Doch im Augenblick wurde meine Aufmerksamkeit von etwas völlig anderem in Anspruch genommen. Es war die Funktionsweise der Fähre, die mich unweigerlich in Bann gezogen hatte. Der überbreite Nachen war nämlich durch ein dickes Seil mit einem Pfahlgerüst verbunden, das ein Stück flussaufwärts fest im Strom verankert worden war. Kurz vor dem Boot teilte sich das Seil in zwei Stricke auf, von denen einer am Bug und der andere am Heck befestigt waren. Mit Hilfe von Winden konnten die Fährleute jeweils einen der Stricke so verkürzen, dass der Kahn sich in den Fluss drehte, von der Strömung erfasst wurde und mit deren Unterstützung praktisch wie ein überdimensionales Pendel zum anderen Ufer hinüberschwang. Von den Fährleuten erfuhr ich, dass man das Eindrehen des Bootes um seine Achse als „Gieren" bezeichnete. Dieses spezielle System der Fährschifffahrt nannten sie „fliegende Brücke". Die angewandte Technik war so einfach wie genial, aber ich konnte mich nicht daran erinnern, jemals zuvor so etwas gesehen zu haben. Auf jeden Fall bekamen wir wieder einmal eindrucksvoll vor Augen geführt, dass die Menschen im Mittelalter über erstaunliche Fähigkeiten verfügten.

Walther, der adelige Sänger aus dem Süden des Reiches, stand in der Mitte des Bootes und hielt das Zaumzeug seines Pferdes fest umklammert. Er redete ununterbrochen auf das Tier ein, damit es nicht unruhig wurde. Insgeheim bezweifelte ich, dass er in einem solchen Falle Herr der Lage bleiben würde. Sollte das Pferd ausbrechen, war es um das Gleichgewicht des Nachens geschehen. Im Geiste ertappte ich mich bereits dabei abzuwägen, wie groß unsere Chancen wären, durch das eiskalte Wasser schwimmend das Ufer zu erreichen, falls der Kahn kentern würde. Aber zum Glück passierte nichts dergleichen, und mein Respekt gegenüber dem fahrenden Ritter stieg enorm. Unsere drei

Fährleute hievten den überladen Nachen sicher an die Anlegestelle unterhalb einer Gasse, die meines Wissens nur zum Altmarkt führen konnte.

Dort wurden wir von einer Garde Stadtsoldaten in Empfang genommen, die man hier, soweit ich mich erinnern konnte, „Büttel" nannte. Unter deren misstrauischen Blicken mussten wir durch ein Spalier aufgepflanzter Lanzen gehen.

Besorgt schaute ich mich nach Pui Tien um und konnte sie etwa zehn Meter vor Siang und mir entdecken, wie sie singend ihre Bälle jonglierend mit aufreizenden Bewegungen an den Söldnern vorbeizog. Die lüsternen Blicke, mit denen die Soldaten sie ungeniert maßen, schienen unsere Tochter nicht im Mindesten zu stören. Verdammt, welcher Teufel hat sie denn jetzt geritten, dachte ich voller Panik und hielt unwillkürlich den Atem an.

Inzwischen hatte Walther sich wie selbstverständlich an die Spitze unseres Zuges gesetzt und redete unablässig auf den Anführer ein. Dabei wies er mit einer gebieterischen Geste zu dem ungeordneten Haufen der Spielleute, unter denen wir uns befanden. Trotzdem rechnete ich jeden Moment mit einer peinlichen Befragung oder Durchsuchung. Schließlich musste den Stadtsöldnern doch Pui Tiens Aussehen auffallen. So vorsichtig wie möglich tastete meine Hand nach dem Wehrgehänge unter Siangs Mantel. In diesem Moment drehte sich unsere Tochter zu uns um, und ich bemerkte erstaunt, dass sie eine einfache Gesichtsmaske trug, durch deren Schlitze lediglich ihre dunklen Augen zu erahnen waren. Ich hätte wetten mögen, dass sie meine panische Unruhe längst erkannt hatte und diese nun mit einem stummen, schelmischen Grinsen quittieren würde.

„Es macht ihr scheinbar immer noch Spaß, wenn es ihr gelingt, dich zu überrumpeln", flüsterte Siang mir unter dem Schutz der Kapuze ihrer Gugel zu.

Ich nickte grimmig, konnte mir aber ein Lächeln nicht ganz verkneifen. Als ich mich damals in den Wäldern oberhalb Altenas verbergen musste, um Siang aus den Händen des Grafen Everhard zu befreien, hatte sich Pui Tien unbemerkt an mein Pferd herangeschlichen und praktisch unter meinen Augen die Schuhe ihrer Mutter aus den Satteltaschen gestohlen. Auf jeden Fall hatte ich auch diesmal meine Lektion gelernt.

Tatsächlich durften wir danach ungehindert in die Stadt Köln einziehen.

Pui Tien

Ich lachte die fremden Soldaten an, tänzelte auffällig dicht vor ihren grabschenden Händen her und ließ mich sogar einige Male absichtlich von ihnen berühren. Die Abscheu, die ich jedes Mal dabei empfand, wenn sie mit schnalzenden Zungen nach meinen Brüsten griffen, musste ich hinter der gesichtslosen Maske verbergen. Zum Glück war mein weißes Fellkleid so dicht, dass die lüsternen Söldner meistens nur den dicken Stoff erwischten. Trotzdem blieb ihre Aufmerksamkeit auf mich und die vermeintliche Hoffnung konzentriert, vielleicht eine willige Kurtisane für die Nacht zu erhaschen, und dies lenkte sie bestimmt davon ab, dass es ja noch andere weibliche Opfer unter den Spielleuten geben könnte, bei deren näherer Betrachtung sicher dem einen oder anderen aufgefallen wäre, dass zumindest eine Frau dem verurteilten Welfen-Spion ziemlich ähnlich sah. Außerdem hätte eine Durchsuchung von Mama zutage gebracht, dass sie Papas Wehrgehänge mit dem magischen Schwert des Zwerges unter dem Mantel trug.

Doch tief in meinem Inneren war ich bei Weitem nicht so ausgelassen wie ich mich vor den Augen der Söldner gab. Mein Herz pochte vor Angst, und hinter der aufgesetzten Fassade frivoler Fröhlichkeit verbargen sich widerstreitende Gefühle von verzehrender Sorge, Verzweiflung und blinder Wut.

Letztere richtete sich eindeutig gegen keinen Geringeren als den Herrn dieser Stadt selbst, nämlich den mächtigen Erzbischof von Köln. Nicht einmal Mama und Papa wussten, dass ich Adolf von Altena persönlich kannte, und zwar aus den fernen Tagen, als jener noch ein Knabe und ich die von seinem Vater verfolgte Hexe Snäiwitteken gewesen war. Er würde und sollte mich erkennen, das hatte ich mir geschworen. Nur deshalb wollte ich unbedingt das weiße Fellkleid tragen, damit ihm im entscheidenden Moment bewusst wurde, wer seine perfiden Pläne zu durchkreuzen gewillt war. Adolf von Altena würde meinen unbändigen Zorn über all das zu spüren bekommen, was seine Schergen meinem Freund angetan hatten.

Doch dann hatten wir plötzlich das Spalier der Stadtsoldaten durchschritten und tauchten in den ungewohnten Lärm eines großen Marktes ein. Dabei schlug mir eine Wolke bestialischen Gestanks entgegen. Ich streifte mir mit einer hastigen Bewegung die Maske ab und hielt mir unwillkürlich die Nase zu.

Walther, der fahrende Ritter, zügelte sein widerstrebendes Pferd und stieg ab. Sogleich stellten sich ihm zwei freche Gassenjungs feixend in den Weg und machten übertriebene Verbeugungen. Einige umherstehende Marktfrauen lachten schallend, und ich registrierte aufmerksam, dass der Respekt der Kölner Stadtbewohner vor dem herrschenden Adel offenbar nicht besonders ausgeprägt war. Vielleicht konnte uns diese Tatsache noch von Nutzen sein.

Inzwischen hatte sich Mama an meine Seite gedrängt. Sie hatte sich die Kapuze ihrer Gugel tief ins Gesicht und den Mantel eng um den Körper gezogen.

„Sivard sagt, dass wir heute Nacht in den Ställen der Gildehalle schlafen dürfen", flüsterte sie mir auf Hochdeutsch zu. „Da unser fahrender Ritter das mit den Stadtwachen so vereinbart hat, befürchtet der alte Gaukler eine Falle. Was denkst du, Nü er?"

„Ich glaube, wir können ihm trauen", gab ich ebenso leise zurück. „Wahrscheinlich haben sich die Schergen darauf eingelassen, weil sie glauben, sie könnten sich dafür mit mir und anderen Mädchen der Spielleute vergnügen."

Mama fuhr erschrocken zurück.

„Keine Sorge, ich werde schon mit den Kerlen fertig!", versicherte ich ihr schnell. „Wahrscheinlich sind sie dann sowieso viel zu betrunken, um überhaupt aufzutauchen."

„Mach keine Dummheiten, Nü er!", ermahnte sie mich mit unterdrückter Stimme. „Wir dürfen kein Aufsehen erregen, sonst laufen wir Gefahr, vorzeitig entdeckt zu werden."

Ich lachte kurz auf.

„Ich locke sie von den anderen weg an die Mauer unten am Rhein", entgegnete ich betont gelassen. „Dort können sie dann ihren Rausch ausschlafen."

„Du weißt, dass du dich da auf eine gefährliche Sache einlässt!"

„Wenn ich es nicht tue, werden sie auf jeden Fall die anderen Mädchen vergewaltigen. Oder glaubst du wirklich, der alte Sivard würde das verhindern wollen? In Wahrheit schickt er sie sogar selbst oft zu den Kaufleuten, wenn sie in den Städten sind. Glaub mir, Mama, unter den Gauklern findest du kein einziges Mädchen in meinem Alter, das noch unberührt ist."

„Haben sie dir das gesagt?"
„Ja, das haben sie!", gestand ich bitter.
„Ich werde mir diesen Mistkerl vorknöpfen!", zischte Mama wütend unter ihrer Kapuze.
Ich legte ihr beruhigend die Hand auf den Arm.
„So traurig wie es ist, Mama, so etwas gehört zu ihrem Leben. Es stimmt schon, was Udalrik und auch dieser Ritter Walther sagen: Die einfachen Spielleute hier sind rechtlos und müssen nehmen, was sie bekommen können, selbst, wenn sie manchmal ihre Töchter an reiche Händler und Soldaten verkaufen."
Mama nickte resigniert. Sie wirkte niedergeschlagen, und ich verspürte den Wunsch, sie in meine Arme zu schließen, aber das hätte sicher zuviel Aufmerksamkeit erregt, und darum unterließ ich es. Wir waren hier, um eine wichtige Mission zu erfüllen, nicht um die Gesellschaft dieser Epoche zu ändern.

Leng Phei Siang

Der flackernde Schein des offenen Feuers tauchte den schneebedeckten Hof der Gildehalle in ein blasses, unwirklich anmutendes gelbliches Licht. Der alte Sivard kauerte zitternd und in betont devoter Haltung vor meinen Füßen. Meine Lippen bebten vor Zorn, und ich musste ihm wohl wie eine Unheil verkündende Rachegöttin seiner fernen heidnischen Vorfahren erscheinen. Die anderen Mitglieder seiner Gauklergruppe hatten sich im engen Kreis um uns und die schwach wärmende Feuerstelle geschart, um nur ja keine Sekunde meines theatralischen Auftritts zu verpassen.

„So ist nun mal unser Leben, Herrin!", beeilte sich der Anführer der Spielleute kleinlaut zu versichern. „Und was ist schon dabei, wenn unsere Mädchen frühzeitig Erfahrungen sammeln, wie sie ihren späteren Ehegatten fleischliche Freuden bereiten können? Außerdem helfen sie uns so, in schweren Zeiten wie diesen zu überleben."

„Es ist ein Verbrechen, die eigenen Töchter als Huren auf die Straße zu schicken, damit die anderen genug zum Fressen haben!", brauste ich auf.

„Ihr könnt das nicht verstehen, Herrin!", verteidigte sich Sivard mit wehleidiger Stimme. „Euresgleichen wächst wohlbehütet in warmen Kemenaten auf, während wir rechtlosen Spielleute draußen in der bitteren Kälte verhungern und erfrieren, wenn wir nicht alle Möglichkeiten nutzen, um an Geld, Kleider und Unterkunft zu kommen. Und ist es nicht so, dass Euresgleichen nie müde wird, unsereins zu versichern, dass dies Gottes selbst gewollter Ordnung entspricht?"

Ich schwieg betreten und wandte mich verschämt ab, denn das, was Sivard da vorbrachte, entsprach leider den Tatsachen, selbst, wenn es offensichtlich grausam und unmenschlich war. Ganz entgegen meiner asiatischen Erziehung zur Zurückhaltung hatte ich mich wieder einmal hinreißen lassen, gegen Zustände aufzubegehren, die zu ändern nun mal einfach nicht in meiner Macht lagen. Obendrein erntete ich dafür einen vorwurfsvollen Blick von Fred.

„Wie sollen wir den Spielleuten erklären, dass du auf einmal ihre Sprache verstehst, Siang?", flüsterte er mir im Vorbeigehen zu.

Stimmt, daran hatte ich im Eifer des Gefechts nicht gedacht. Aber dieser Sivard hatte es offensichtlich überhaupt nicht bemerkt. Jedenfalls stand er nun ziemlich geknickt inmitten seiner Leute und musste sich deren Schmähungen gefallen lassen. Also hatte ich doch etwas erreicht.

In diesem Moment betraten mehr als zwanzig Bewaffnete den Hof. Einige der Stadtsoldaten erkannte ich gleich wieder, doch die meisten von ihnen hatte ich noch nie zuvor gesehen. Fred reagierte sofort und packte den alten Sivard am Kragen. Dann schob er ihn den Schergen entgegen.

„Los, sag ihnen, dass wir unsere Mädchen nicht hergeben!", befahl er unmissverständlich.

Aus den Reihen der Spielleute-Frauen erhob sich beifälliges Gemurmel. Deren Männer hielten sich vornehm zurück und schauten betreten zu Boden. Ich wechselte einen bedeutungsvollen Blick mit Pui Tien, um die sich die anderen jungen Mädchen der Gaukler scharten. Unterdessen winkte der Anführer der Schergen mit einem kleinen Geldbeutel.

Sivard schaute sich unsicher um, doch Fred blieb unerbittlich. Er versetzte dem alten Musikanten einen kräftigen Stoß ins Kreuz. Sivard stöhnte auf und räusperte sich.

„Es tut mir leid, Ihr Herren, unsere Mädchen können nicht mit Euch gehen", brummte er leise.

„Was sagst du da?", erwiderte der Söldner mit dem Geldbeutel missmutig. „Du bist doch der Pater Familias dieser Leute, oder nicht?"

Sivard nickte zaghaft. Der Soldat deutete wütend auf Fred.

„Du lässt dir doch nicht von diesem Hanswurst da vorschreiben, was du sagen sollst!"

Der Mann schleuderte den Geldbeutel vor Sivards Füße. Die Lederhülle platzte auf, und die Denare rollten nach allen Seiten davon.

„Da, sammele die Münzen auf und verdrück dich! Wir nehmen uns selbst, was uns dafür zusteht."

Noch bevor Fred es verhindern konnte, bückte sich der alte Sivard geschwind und grabschte nach den am Boden liegenden Geldstücken. Daraufhin schritt der Anführer auf unsere Tochter und die Gruppe der Mädchen zu. Fred stellte sich ihm sofort in den Weg. Der Scherge hob die behandschuhte Hand und holte weit aus.

„Verschwinde, du geschleckter Nichtsnutz!", brüllte er ihn dabei an.

Fred zögerte keinen Augenblick und schlug dem Mann die geballte Faust ins Gesicht. Der Soldat wankte kurz und kippte nach hinten um. Doch im nächsten Moment waren mehr als zehn lange Speere auf Fred gerichtet. In den Augen der Soldaten flackerte blanke Mordlust auf.

Voller Panik rief ich nach unserer Tochter:

„Pui Tien!"

Als mein schriller Aufschrei über den Platz gellte, blitzten die Speere hell auf, und Flammen züngelten in Windeseile an den Schäften entlang auf die Hände ihrer Träger zu. Die Soldaten ließen brüllend die Waffen fallen und stürmten auf den Domvorplatz. Die Mädchen kreischten und stoben auseinander, während die Frauen und Männer der Spielleute wie gelähmt und mit entsetzten Gesichtern zu unserer Tochter starrten. Der greise Sivard ließ vor Schreck die eingesammelten Münzen fallen.

„Teufelswerk! Das ist Teufelswerk!", stammelte er immer wieder mit zitternder Stimme.

Ich hole das bis dahin unter meinem Mantel verborgene Wehrgehänge hervor und hielt es Fred entgegen. Geistesgegenwärtig nahm er es an sich, packte mein Handgelenk und zog mich fort.

„Siang, Tien! Schnell! Wir müssen verschwinden!"

Inzwischen hatten Fred und ich unsere Tochter erreicht, die noch immer seelenruhig an ihrem Platz stand. Das irisierende Leuchten in ihren Augen erstarb, und sie schaute uns ein wenig verwirrt an. Doch dann besann sie sich und folgte uns nach. Wir rannten, so schnell wir konnten aus dem Hof des Gildehauses hinaus, blieben kurz stehen, um uns zu orientieren und tauchten kurzerhand in eine der schmalen Gassen ein. Auf der anderen Seite des Domvorplatzes öffneten sich bereits knarrend die großen Tore des Bischofspalais, und es ertönte lautes Hufgetrappel. Nur wenige Sekunden später vernahm ich das rhythmische Geklapper nur noch wenige Meter hinter uns. Begleitet wurde es von einem seltsam surrenden Geräusch. Es war fast genauso, wie bei unserer verzweifelten Flucht vor dem herangaloppierenden Ritter auf der Lichtung im Wald.

„Wir müssen uns trennen!", rief Fred atemlos und schubste mich gleichzeitig in eine dunkle Hofeinfahrt hinein.

Das Surren wurde lauter, dann sauste plötzlich etwas durch die Luft an mir vorbei. Ich hörte Pui Tiens Aufschrei und das dumpfe Poltern eines stürzenden Körpers. Reiter hielten abrupt ihre Pferde an, und Soldaten liefen an meinem Versteck vorbei. Sie mussten Pui Tien gefangen haben, aber warum wehrte sie sich nicht?

Vorsichtig tastete ich mich bis zur Straßenecke zurück und lugte in die Gasse hinaus. Unsere Tochter lag regungslos auf dem schneebedeckten Pflaster. Um ihre Beine hatten sich mehrere zusammengeknüpfte Schnüre mit ledernen Kugeln gewickelt. Eine Bola, dachte ich erleichtert. Also war sie nicht von einem Speer getroffen worden. Pui Tien war wahrscheinlich gestürzt und hatte das Bewusstsein verloren.

Während die Söldner sie aufhoben, sicherten die gepanzerten Ritter die Umgebung ab. Eines der Pferde kam mir dabei so nah, dass ich seinen Reiter spielend hätte abwerfen können, aber ich zögerte. Wo war Fred? Ohne seine Unterstützung würde ich nichts gegen die Übermacht ausrichten können. Immerhin gaben die Soldaten die Suche auf und begnügten sich scheinbar mit ihrem Erfolg. Mit Pui Tien auf ihren Armen zogen sie sich alsbald in Richtung des Domplatzes zurück, und mir dämmerte langsam, dass sie offenbar von Anfang an das Ziel dieser Operation gewesen war.

Ich wartete noch eine Weile lang ab, bis sich das Hufgetrappel entfernt hatte, dann schlich ich aus meinem Versteck und begab mich auf die Suche nach Fred. Ich fand ihn schließlich keine fünf Meter vom Ort des Überfalls entfernt in einer engen Seitengasse liegend. In der Dunkelheit war er über einen hervorstehenden Stein gestolpert und hatte sich den Kopf an der Hauswand angestoßen. Das Wehrgehänge mit dem Schwert des Zwerges lag nur ein paar Meter weiter auf den Pflastersteinen. Ich hob es auf und eilte zu ihm zurück, um seine Verletzungen zu untersuchen. Da schlug Fred die Augen auf und stöhnte unterdrückt. Zum Glück hatte er nur eine große Beule zurückbehalten.

„Was ist geschehen?", murmelte er benommen.

„Sie haben Pui Tien!", flüsterte ich zurück. „Unser Problem ist damit noch größer geworden."

Fred Hoppe

Mein Schädel brummte wie ein ganzer Bienenschwarm, während die Bedeutung dessen, was Siang gesagt hatte, allmählich durchsickerte.

„Mein Gott!", fuhr ich wie von der Tarantel gestochen hoch. „Wir müssen sie sofort da rausholen, bevor sie anfangen, sie zu foltern!"

Der Schmerz in meinem Kopf fühlte sich an wie ein Stich mit einer heißen Nadel, und ich sank aufstöhnend zurück. Phei Siang kniete neben mir und presste ihre eiskalte Hand sacht auf meine Stirn.

„Du musst dich erst von dem Stoß gegen die Wand erholen", erwiderte sie leise. „Vielleicht hast du eine Gehirnerschütterung. Auf jeden Fall können wir jetzt rein gar nichts unternehmen."

Ich kämpfte gegen die Kopfschmerzen an und versuchte, einen klaren Gedanken zu fassen.

„Weißt du, wo sie Pui Tien hingebracht haben?"

„Ich denke, dahin, wo sie herkamen, nämlich aus dem Bischofspalais", antwortete sie nach kurzer Überlegung. Mich durchfuhr ein eisiger Schrecken.

„Walther!", stieß ich hervor. „Er ist heute Abend dorthin geritten, nachdem er uns im Hof der Gildehalle abgesetzt hat. Hat er uns doch verraten?"

„Nein, das glaube ich nicht!", meinte Phei Siang bestimmt. „Wenn es so wäre, hätte man uns und nicht Pui Tien gejagt, denn sie haben sofort aufgegeben, nach uns beiden zu suchen. Wir waren offensichtlich nicht wichtig genug."

„Bist du sicher?"

„Ja, ganz sicher. Die Aktion hat eindeutig nur unserer Tochter gegolten. Aber was ich nicht verstehe, ist, wie die Soldaten so schnell reagieren konnten. Die Schergen waren kaum aus dem Hof entflohen, da kamen schon die Ritter aus dem Palais geritten. Als ob sie nur auf den Einsatz gewartet hätten."

„Hm, aber wer sollte es sonst auf Pui Tien abgesehen haben?"

„Ich sage es nicht gern, aber ich fürchte, es ist jemand aus Sivards Gruppe gewesen."

„Das macht keinen Sinn, Siang."

„Ich weiß, aber es ist die einzig schlüssige Erklärung."

Ich schüttelte unwillig den Kopf und verspürte sogleich wieder diesen bohrenden Schmerz.

„Fred, du brauchst Ruhe!", behauptete Phei Siang entschieden. „Wir müssen schnellstens aus der Kälte heraus und dich auf ein warmes Lager verfrachten."

„Oh ja, gern, aber wo sollen wir hin? Erzbischof Adolf hat uns, soweit ich bisher mitbekommen habe, nicht in seinen Palast eingeladen. Dafür haben sich seine Dienstleute unsere Tochter geholt!"

Phei Siang legte beruhigend ihre Hand auf meinen Arm.

„Ich denke, wir sollten uns darüber jetzt nicht allzu viele Sorgen machen, Fred. Unsere Tochter kann sich notfalls selbst helfen, wenn es für sie zu gefährlich wird. Wir müssen möglichst nur in ihrer Nähe bleiben, um eingreifen zu können. Ansonsten baue ich darauf, dass Walther sie vorerst vor dem Schlimmsten bewahren wird."

„Ich hoffe, dass du recht hast, Siang", entgegnete ich müde. „Dann bleibt uns eigentlich nichts anderes übrig, als zu den Spielleuten zurückzukehren."

Sie nickte zustimmend und half mir auf. Dabei dachte ich im ersten Moment, mein Kopf würde zerplatzen, aber schließlich gelang es mir, einigermaßen sicher zu stehen. Ich stützte mich auf Siangs Schultern und machte ein paar Schritte auf den Ausgang der Gasse zu. Die ersten Meter waren eine Tortur, doch dann klappte es immer besser. Trotzdem fühlte ich mich, als ob ich mit einem Bullen auf der Weide zusammengestoßen wäre. Jeder nur mögliche Gegner hätte jetzt ein leichtes Spiel mit mir gehabt.

Die Spielleute musterten uns mit einer seltsamen Mischung aus Scheu und Bewunderung. Immerhin protestierte keiner von ihnen offen gegen unsere Rückkehr. Der alte Sivard gab sich besonders zuvorkommend und bot uns sogar an, sein eigenes Nachtlager zu benutzen. Mir war hundeelend zumute, und ich hätte es gar nicht fertiggebracht, sein Angebot abzulehnen.

Drinnen im Stall ließ ich mich einfach auf das aufgeschichtete Stroh fallen, während Siang mich zudeckte.

„Die Ritter des Erzbischofs haben Eure junge Schwester gefangen, nicht wahr?", erkundigte sich der alte Musikant mit besorgter Stimme bei ihr.

„Ja, aber ich wundere mich, warum sie so schnell aus dem Palais kommen konnten", antwortete Phei Siang lauernd.

Dabei schaute sie Sivard abwartend an. Der Anführer der Spielleute vermochte ihrem durchdringenden Blick nicht lange standzuhalten.

„Wir haben gesehen, dass Eure junge Schwester über geheimnisvolle Kräfte verfügt, Herrin", begann er zögerlich. „Sonst hätte sie schon das Kunststück mit den Bällen bestimmt nicht zuwege gebracht."

„Und...?!", erwiderte Phei Siang schneidend.

„Nun, ja...", druckste der Musikant verlegen herum.

„Nun, ja, was?", bestand Phei Siang.

Sivard zuckte hilflos mit den Schultern, doch dann gab er sich einen Ruck:

„Ich gehe und hole die kleine Irmgard", kündigte er zerknirscht an und wandte sich ab. „Sie wird es Euch erklären, Herrin!"

Phei Siang und ich wechselten bezeichnende Blicke. Ein paar Minuten später erschien Sivard wieder und schob ein sich sträubendes, weinendes Mädchen vor sich her. Es war eines der jungen Dinger, die sich von Anfang an immer wieder um unsere Tochter geschart hatten. Schließlich stand diese Irmgard in Tränen aufgelöst und am ganzen Körper zitternd vor uns.

„Ich war es, Herrin!", gestand sie schluchzend. „Ich habe den Schergen im Hafen zugeflüstert, dass Eure Schwester

eine Hexe wäre, die mithilfe des Teufels Kunststücke vollbringt, die kein normaler Mensch beherrschen kann."
Phei Siang nickte bedächtig und sah mich vielsagend an.
„Warum hast du das getan, Mädchen?", hakte ich an ihrer Stelle nach.
Irmgard begann wieder zu weinen.
„Meine Schwestern und Freundinnen haben sie so sehr bewundert, weil sie so schön ist und all diese Dinge kann…"
„Sie hat euch beschützt und vor den rohen Händen der Stadtsoldaten bewahrt, ist dir das eigentlich klar?", zischte Phei Siang mit bebender Stimme.
Irmgard fiel vor ihr auf die Knie.
„Bitte, vergebt mir, Herrin!", flehte sie. „Ich schäme mich so. Aber als Eure Schwester dies für uns tat, hatte ich sie ja schon verraten."
„Geh und bete zu deinem Gott, dass ihr nichts geschieht!", sagte Phei Siang.
Irmgard schaute sich unsicher um.
„Werdet Ihr mich denn jetzt nicht auspeitschen lassen?" fragte das Mädchen verwundert.
„Wozu?", entgegnete Phei Siang leidenschaftslos. „Was würde das ändern?"

Pui Tien

Ich war bereits vor der Treppe zum oberen Geschoss des Palastes erwacht, hatte mich aber dann trotzdem widerstandslos von den Schergen nach oben tragen lassen. Da meine Bewacher vermuten mussten, dass ich noch immer bewusstlos war, legten sie mich anschließend vor dem Portal auf dem Boden ab.
„Zieht der Hexe das weiße Fell aus und legt ihr ein Büßergewand an!", befahl eine laute, herrische Stimme.
Offenbar gehörte sie einem der Ritter, die mich mit jenen seltsamen, von ledernen Kugeln beschwerten Schnüren zu Fall gebracht hatten. Natürlich würde ich es zur Ausführung dieses Befehls nicht kommen lassen. Daher sprang ich blitzschnell auf und starrte die verblüfften Soldaten wütend an.

„Herr! Ihre Augen glühen wie Feuer!", rief einer aus ihrer Mitte mit entsetzter Stimme. „Sie wird uns noch alle in Brand setzen!"

Ich zwang mich zu äußerster Ruhe und Gelassenheit, denn ich durfte sie auf keinen Fall provozieren. Wenn die Soldaten oder vielmehr die sie befehlenden Ritter den Eindruck gewinnen sollten, dass sie ihre Waffen gegen mich einsetzen müssten, dann hatte ich keine Chance. Mithilfe meiner unheimlichen Kräfte konnte ich vielleicht fünf oder zehn Speere und Schwerter auf einmal abwehren, aber sicher keine zwanzig oder gar noch mehr. Also setzte ich alles auf eine Karte und versuchte es auf die sanfte Tour. Ich lächelte meine Widersacher offen an und hielt ihnen meine Hände entgegen.

„Die Hexe ergibt sich in ihr Schicksal!", kommentierte der Ritter selbstbewusst. „Dann soll sie in Gottes Namen ihr Fellkleid anbehalten. Fesselt sie und führt sie hinein!"

Ich grinste den Mann im Kettenhemd breit an, während man mir die Hände auf dem Rücken zusammenlegte und mit einem dicken Strick umwand.

„Herr, seid Ihr denn wirklich sicher, dass seine Erhabenheit, unser Metropolitus, die Hexe selbst in Augenschein nehmen will?", erkundigte sich der Söldnerführer bei dem Adeligen.

„Wenn dem nicht so wäre, hätte ich euch befohlen, sie gleich in die Hacht zu werfen!", brummte der Angesprochene missmutig.

Die Schergen rissen die Flügeltüren auf und schubsten mich in einen großen, von Säulen getragenen Saal. Ich senkte den Kopf und ließ mich bereitwillig durch die Halle geleiten. An den Seitenwänden sowie um sämtliche Säulen herum waren Fackeln angebracht, deren flackernder Schein den riesigen Raum fast taghell erleuchtete. Wie ich aus den Augenwinkeln erkennen konnte, hatten sich offenbar alle möglichen Würdenträger hier versammelt. Es mussten über hundert Personen sein, die meinen Einzug verfolgten. Meine mit Speeren bewaffneten Begleiter packten mich an den Armen und zerrten mich vor einen erhöhten Scherenstuhl, auf dem eine Gestalt in kostbaren purpurnen Gewändern auf mich zu warten schien. Das musste Erzbischof Adolf sein, aber er hatte sein Gesicht von mir abgewandt und schien mit einem Ritter in Kettenhemd und gelbem Waffenrock zu tuscheln. Auf der anderen Seite des Kölner Oberherren stand der fahrende Ritter Walther. Bei meinem Anblick entglitt ihm vor Überraschung die Laute, und das Instrument polterte scheppernd auf den steinernen Hallenboden. Seine Augen waren vor Schrecken geweitet, und er starrte mich fassungslos mit offenem Mund an. Also hatte er mich nicht verraten.

Von dem plötzlichen lauten Geräusch unterbrochen fuhren nun auch der Erzbischof und sein Gesprächspartner hoch und schauten in meine Richtung. Gleichzeitig zwangen mich meine Bewacher niederzuknien und drückten mir den Kopf auf die Brust.

„Nun, Edelherr Hugo von Godesburg!", ertönte die durchdringende Stimme des Bischofs durch den Saal. „Ist das die schlitzäugige Hexe, von der Ihr mir erzählt habt, dass Ihr sie im Land meines Bruders getötet hättet?"

Ich versuchte krampfhaft einen Blick auf den fremden Ritter zu erhaschen. In diesem Moment erkannte ich das Wappen auf seinem Rock. Es war das gleiche, das der Anführer des staufischen Kriegstrupps am Goldberg getragen hatte.

Adolf von Altena, 23. Dezember 1204

Ich bedachte den Hauptmann der Städtischen Büttel mit einem süffisanten Lächeln, als dieser vor mir niederkniete und den prall gefüllten Lederbeutel mit Denaren entgegennahm. Natürlich würden er und seine Spießgesellen die fürstliche Belohnung noch am gleichen Abend versaufen und für bezahlte Liebesdienste verschleudern. Wahrscheinlich würden sie sich sogar an den jungen Mädchen der gleichen Gruppe von Spielleuten vergreifen, die sie mir gerade eben noch ans Messer geliefert hatten.

Nun gut, ich würde diese armen sächsischen Teufel verschonen, denn immerhin war es ja wohl eine ihrer eigenen jungen Mägde gewesen, die unsere Wachen im Hafen auf die fremdhäutige Hexe mit den geschlitzten Augen aufmerksam gemacht hatte. Demnach konnten sich die Gaukler wohl kaum mit ihr verbündet haben. Wahrscheinlich hatte sie die Jokulatoren nur benutzt, um ungehindert in die Stadt zu gelangen. Und beinahe wäre ihr das auch gelungen.

Natürlich war mir klar, was das fremde Mädchen vorgehabt hatte. Sie wollte sicher diesen welfischen Gefangenen, den Ritter Hugo von seinem erfolgreichen Überfall am Goldberg mitgebracht hatte, vor dem Strick bewahren, denn auch der konnte nur jenem seltsamen, wilden Volk aus den Steppen des Ostens entstammen, von dem die polnischen und reußischen Legaten nun immer öfter berichteten. Warum die beiden aber so fern ihrer Heimat ausgerechnet für König Otto gekämpft hatten, blieb mir ein Rätsel. Doch wie dem auch sei, dann würde ich eben zu Philipps Empfang gleich zwei Welfen vor dem Hahnentor hängen lassen.

Bei diesem Gedanken regte sich auf einmal wieder mein alter anerzogener Argwohn gegenüber dem Geschlecht der Staufer. Wenn ich mich damals nicht von Anfang an Philipps Bruder, dem verstorbenen Kaiser Heinrich, entgegengestellt hätte, als jener darauf drängte, die Krone des Reiches für alle Zeiten stets in die Hände seiner Söhne und Enkel zu geben, wären bald alle anderen Fürsten und ihre Geschlechter allmählich entmachtet worden. Trotzdem hatten mich letztlich die politischen Umstände in diesem langen Krieg dazu bewogen, die Seiten zu wechseln. Das Amt des Erzbischofs von Köln war nun einmal zu wichtig, um es einer so verlorenen Sache wie der des welfischen Königs zu opfern. Mein Bruder würde das niemals verstehen können, denn er fühlte sich auch weiterhin der alten unbedingten Gefolgschaftstreue verpflichtet, die unser Haus mit dem längst untergegangenen sächsischen Herzogtum verband. Später, nach dem Sieg der staufischen Partei, würde er mir sicherlich noch dafür danken, dass ich unsere Familie vor der Bedeutungslosigkeit bewahren konnte.

Dabei war es mir bestimmt nicht leichtgefallen, für diesen arroganten und hochnäsigen Philipp von Schwaben mit meinem Bruder Arnold zu brechen. Auch hatte ich nur schweren Herzens dem Angriff auf das Bergwerk über dem Tal der Volme zugestimmt, denn immerhin handelte es sich hierbei um mein eigenes Lehen, das ich ihm nur wenige Jahre zuvor übertragen hatte. Aber es musste zerstört werden, um König Ottos Kriegskasse entscheidend zu schwächen. Die Zeiten änderten sich eben.

Ein Anflug von Wehmut ließ mich einen Moment lang innehalten. Wie einfach war doch unsere Welt gewesen, als ich in jungen Jahren noch meinen Bruder zur Jagd in die Bergwälder begleiten durfte. Damals gab es zwischen uns keinen Zwist und keine hohe Politik, die unser Handeln bestimmte...

Urplötzlich stieg vor meinem geistigen Auge das Bild jener Lichtung im Tal des Steinbaches auf, wo wir eine Hatz auf Wölfe geplant hatten. Und dann erinnerte ich mich auf einmal wieder an die unheimliche Begegnung mit diesem geheimnisvollen Mädchen, zu dem Arnold sogleich in Liebe entbrannt war. Hatte sie nicht auch eine braune Haut und schlitzförmige Augen gehabt, und war sie nicht ebenfalls eine Hexe mit unbegreiflichen Fähigkeiten gewesen?

Unsinn! schalt ich mich selbst. Das alles war vor fast 35 Jahren geschehen. Wenn dieses Mädchen heute noch lebte, dann musste aus ihr eine runzelige alte Frau geworden sein. Trotzdem ließ mir die damalige Geschichte keine Ruhe. Sobald meine Ritter und Söldner die braunhäutige Hexe gefangen hätten, wollte ich sie selbst in Augenschein nehmen. Daher gab ich die Order aus, das fremde Mädchen noch heute Abend in den großen Saal des Bischofspalastes zu bringen. Dass dort zur gleichen Zeit ein festliches Bankett mit allen meinen Ministerialen stattfinden würde, störte mich nicht. Absagen konnte ich es keinesfalls, denn immerhin wurde dazu sogar der im ganzen Reich bekannte Sänger Walther erwartet, um uns sein jüngstes Loblied auf den Staufer Philipp vorzutragen.

Die Gäste hatten sich bereits eingefunden, und Walther, der fahrende Sänger, wollte gerade mit seinen Weisen beginnen, als das Portal zum Saal mit viel Getöse aufgestoßen wurde. Ich hatte zuvor noch extra den Edelherrn von Godesburg zu mir gebeten, da ich aus seinem eigenen Mund erfahren wollte, ob jenes Mädchen tatsächlich dem Überfall am Goldberg entkommen war, was dieser vehement verneinte.

„Ich habe ihr noch selbst in die Seite getreten, doch sie rührte sich nicht mehr und lag nur da in ihrem eigenen Blut!", versicherte er mir.

Inzwischen zerrten die Schergen das Mädchen durch den Saal und ließen sie vor uns niederknien. Bis zu diesem Zeitpunkt hatte ich ihre Gegenwart nur beiläufig wahrgenommen, ohne auf ihr Äußeres zu achten. Außerdem hielt sie den Kopf gesenkt, so dass ich ihr Gesicht nicht sehen konnte. Doch dann gab es auf einmal ein schepperndes Geräusch, denn der Sänger Walther ließ seine Laute fallen. Ich schrak hoch, deutete auf die fremde Jungfrau und fragte

Ritter Hugo rundheraus, ob dies die schlitzäugige Hexe sei, die er am Goldberg getötet haben wollte. Erst, als der Edelherr von Godesburg aufstand und sich dem zusammengekauerten Mädchen näherte, bemerkte ich, dass es statt des vorgeschriebenen Büßergewandes ein weißes Fellkleid trug. Das Mädchen hob den Kopf und starrte mich mit unheimlich leuchtenden Augen an.

Die Erkenntnis traf mich wie ein Schlag, und meine Augen weiteten sich vor Entsetzen. Gleichzeitig schien mich eine unsichtbare Kraft in meinen Stuhl zu pressen.

„Snäiwitteken!", brachte ich gurgelnd hervor und sank in meinem Sitz zusammen.

Nur schemenhaft nahm ich wahr, wie Ritter Hugo seine Hand nach ihr ausstreckte.

„Sie ist es tatsächlich, Eure Erhabenheit!", rief er noch aus, dann wurde er plötzlich von einer unfassbaren Gewalt gepackt und zur Seite geschleudert.

Unter den Gästen entstand ein unbeschreiblicher Tumult. Alle schrien durcheinander und drängten dem Ausgang zu. Ich wollte den Schergen befehlen, die gefährliche Hexe auf der Stelle zu töten, doch der Druck auf meiner Brust war so groß, dass nur ein leises unverständliches Krächzen meinem Mund entwich.

Pui Tien

Ich konzentrierte meine Kräfte auf die Fesseln, bis der Strick um meine Hände riss und auf den Boden fiel. Danach sah ich mich gehetzt um, denn mir war klar, dass ich eigentlich nicht entkommen konnte. Auch wenn es mir gelungen war, soviel Verwirrung zu stiften, dass ich einen Moment lang Luft bekam, würden sicher die Schergen jeden Augenblick mit ihren Speeren zustoßen. Da kam auf einmal der fahrende Ritter auf mich zu und zog seinen Dolch.

„Entwinde ihn mir und nimm mich als Geisel!" zischte Walther mir im Laufen zu.

Gleichzeitig vollführte er mit der Waffe einen ungeschickten Stoß in meine Richtung, so dass ich sein Handgelenk packen konnte. Wie von selbst glitt der Griff des Dolches in meine eigene Faust. Ich setzte ihn Walther an den Hals und benutzte seinen Körper als Deckung. Daraufhin senkten die

Söldner ihre bereits erhobenen Speere und schauten unschlüssig zu Erzbischof Adolf, der noch immer kraftlos und zusammengesunken in seinem Scherenstuhl saß. Ganz langsam bewegte ich mich mit meiner vermeintlichen Geisel dem Ausgang zu, von dem sich die anwesenden Ritter und Ministerialen panisch entfernten, je näher ich ihnen kam.

Inzwischen hatten sich die Schergen wieder gefangen, nahmen ihre Speere auf und formierten sich. Ich überlegte fieberhaft, wie ich meine Gegner ablenken konnte, damit sie mich nicht auf der Treppe angriffen. Dabei fiel mir Adolfs Scherenstuhl ein, denn der war schließlich aus Holz. Der Erzbischof saß zwar etliche Meter von mir entfernt am anderen Ende des Saals, aber ich hatte noch immer sein Bild überdeutlich vor Augen. Ich konzentrierte mich, und meine geheimnisvollen Kräfte fanden ihren Weg. Es gab ein zischendes Geräusch, als das Gebilde Feuer fing.

Schon der erste erschrockene Schrei des Würdenträgers veranlasste die meisten Söldner, ihre Speere fallen zu lassen, um ihrem Oberhirten zu Hilfe eilen zu können. Zudem fixierte ich die langen schweren Vorhänge an der Hofseite der großen Halle. Auch diese gingen fauchend in Flammen auf. Nun gab es auch unter den verbliebenen Schergen kein Halten mehr. In Panik versetzt, rannten sie zu den lodernden Wandbehängen und versuchten, diese herunterzureißen, um das Feuer am Boden auszutreten. In Windeseile verbreitete sich ein beißender Qualm im ganzen Saal, was nun auch die letzten Beherzten unter meinen Gegnern zur Aufgabe zwang. Auf einmal fanden sich auch immer mehr Ritter und andere Adelige bereit, den einfachen Soldaten beim Löschen zu helfen. Auf jeden Fall war der Weg über die Treppe frei. Ich drehte mich um, fasste Walther der Einfachheit halber an der Hand und zog ihn mit mir fort. Vor dem Portal begegneten wir den Wachen.

„Et briännt em Saal!", rief ich den unschlüssig Umherstehenden auf Sächsisch entgegen und eilte mit Walther im Gefolge einfach mitten durch die Gruppe der Schergen.

Bevor die verblüfften Söldner richtig begriffen, was geschah, hatten wir bereits den Domvorplatz erreicht und liefen auf die Gasse zu, die uns zum Hof der Gildehalle führen musste.

Wir trafen den alten Sivard am Eingang zum Stalltrakt. Offenbar hatte der erfahrene Spielmann dem Frieden sowieso nicht getraut und sich dort auf die Lauer gelegt, wo er den gesamten Hofbereich am besten übersehen konnte. Er musterte mich mit scheuem Blick, wandte sich dann aber gleich dem fahrenden Ritter zu, der ihm schon von draußen aus zurief, dass seine Leute schnellstens verschwinden müssten.

„Sind mein Schwager und meine Schwester hier?", fragte ich schnell.

„Ja, junge Herrin, sie sind zu uns zurückgekehrt", antwortete der alte Musikant etwas verwirrt. „Aber wollt Ihr mir nicht erklären, was...?"

Ich bückte mich, um einen brennenden Scheit vom Feuer zu nehmen und ging tiefer in das Stallgebäude hinein.

Inzwischen waren die meisten Spielleute bereits erwacht.

„Ihr müsst so schnell wie möglich hier weg und euch auf die Stadt verteilen!", rief ich in die Runde. „Ich bin aus dem Palast am Dom entkommen, aber die Soldaten des Bischofs werden gleich hier sein, und diesmal könnt ihr nicht mit Schonung rechnen, denn man wird euch mit mir in Verbindung bringen!"

Plötzlich schälte sich Mamas Gestalt aus dem Dunkel des hinteren Gebäudes, und mir fiel ein Stein vom Herzen. Sicher hatte sie alles gehört und brauchte keine weitere Erklärung. Tatsächlich schien sie nicht einmal überrascht zu sein. Allerdings konnte ich ihr die Erleichterung regelrecht ansehen. Sie sprach mich auch gleich auf Chinesisch an:

„Lai, Nü er! Duäi bu tji tjing bang wo mang!" (Komm, Tochter, du musst mir helfen).

In ihrer Stimme hatte echte Besorgnis mitgeklungen, und ich hielt erschrocken inne.

„Ist was mit Papa?", fragte ich auf Hochdeutsch zurück.

„Er hat sich verletzt, als du gefangen genommen wurdest", antwortete sie leise. „Wir müssen ihn herausbringen."

Ich eilte sofort mit ihr zu dem Strohlager, auf dem Papa lag. Er war wach und sah wirklich ziemlich angeschlagen aus. Trotzdem leuchteten seine Augen erfreut auf, als er mich erblickte.

„Du bist ihnen entkommen, was?", empfing er mich lächelnd.

„Ja, Papa, aber wir sollten alle sofort verschwinden!", wiederholte ich aufgeregt. „Ich musste den Stuhl des Erzbischofs und die Vorhänge im Saal des Palastes in Flammen aufgehen lassen, weil ich nicht alle Schergen auf einmal abwehren konnte. Das wird sie zwar eine Weile beschäftigen, aber danach kommen sie bestimmt zuerst hierher!"

Papa richtete sich schwerfällig auf und fasste sich dabei stöhnend an den Hinterkopf.

„Stütz dich auf unsere Schultern!", befahl Mama unmissverständlich.

Sie nahm das Wehrgehänge mit dem Schwert des Zwerges und verbarg die Waffe unter ihrem Mantel. Dann halfen wir Papa gemeinsam hoch.

„Wo sollen wir denn hin?", erkundigte er sich mit schmerzverzerrtem Gesicht. „Wir sind bestimmt nicht schnell genug, um uns in Ruhe ein geeignetes Versteck suchen zu können."

„Mach dir darüber keine Sorgen!", beruhigte ihn Mama. „Ich weiß, wohin wir gehen können."

Während wir Papa in unsere Mitte nahmen, schaute er Mama zweifelnd an.

„Erinnerst du dich an die Mauer um den Garten des Dompropstes?", deutete Mama geheimnisvoll an.

„Mein Gott! Das ist es!", rief Papa erfreut. „Wir tauchen in die alten Katakomben hinab und kommen in Sankt Gereon wieder heraus."

Ich schüttelte verständnislos den Kopf, denn ich verstand nun gar nichts mehr.

„Falls es den geheimen Eingang in der alten Römermauer noch gibt", schränkte Mama vorsichtig ein.

„Seit damals sind hier nur 50 Jahre vergangen, Siang!", meinte Papa zuversichtlich. „So genau wird wohl noch keiner nachgeschaut haben."

„Hoffen wir das Beste!", erwiderte Mama. „Auf jeden Fall müssen wir noch einmal in die unmittelbare Nähe des Bischofspalastes, und das könnte gefährlich werden."

In diesem Augenblick erreichten wir Walther, der noch immer versuchte, den misstrauischen Sivard zu überzeugen, dass er wirklich auf unserer Seite stand. Papa schaute überrascht auf.

„Er hat mich gerettet, indem er sich mir als Geisel anbot!", erklärte ich kurz. „Wir müssen den fahrenden Ritter mitnehmen, denn es wird ihm keiner glauben, dass ich ihn ausgerechnet hier so einfach freigelassen habe!"

„Natürlich!", bekräftigte Mama. „Kommt mit uns, Ritter Walther, wir wissen, wo wir uns vor den Schergen verbergen können."

Ich schaute besorgt über den Platz zu dem hell flackernden Lichtschein, der aus dem Bischofspalast drang und zuckte ergeben mit den Schultern.

Fred Hoppe

Zu unserem Glück war noch immer stockfinstere Nacht, sonst hätten wir es bestimmt nicht schaffen können, unbemerkt auf die Domseite des großen Platzes zu gelangen. So aber konnten wir uns dicht an den Fassaden der Häuser vorbeischleichen und ganz langsam vor dem Frankenturm an die kleine Kirche St. Maria ad Gradus herantasten, die direkt vor der Ostseite der großen Bischofskirche stand. Dahinter gelangten wir an die Mauer der einstigen römischen Stadtbefestigung.

Unterdessen ging es mir bereits besser, so dass ich nicht mehr der helfenden Unterstützung meiner beiden Lieben bedurfte. Phei Siang nutzte die Gelegenheit, um noch einmal zu der kleinen Kirche zurückzukehren, denn dort hatte eine ganze Reihe von Fackeln an den Wänden neben dem Tor gehangen. Ich zählte derweil die Schritte von einem der alten Türme bis zum nächsten und fand tatsächlich den halb niedergerissenen Mauerteil, vor dem ein unübersichtlicher Trümmerberg lag. Dahinter konnte man durch die Lücke eine umkränzte Gartenanlage ausmachen, die an einen Kreuzgang erinnerte. Hier musste es sein.

Als wir im Jahr 1149 endlich den verbrecherischen Pfalzgrafen Hermann von Stahleck und den grausamen Hagen in die Enge getrieben hatten, kam es zu einem folgenschweren Aufeinandertreffen mit der unheimlichen Gestalt aus der Sagenwelt. Im Zuge meines Kampfes mit Hagen zog dieser plötzlich ein netzartiges Gebilde hervor und warf es über uns in die Luft. Daraufhin blitzte es unnatürlich auf, es gab einen gewaltigen Donnerschlag, und wir verloren das Bewusstsein. Danach fanden Phei Siang und ich uns in einem stockdunklen zehneckigen Raum wieder, der voller Sarkophage war. Es stellte sich heraus, dass uns die magischen Gewalten in die unterirdischen Gewölbe der antiken Kölner Kirche Sankt Gereon verschlagen hatten. Schließlich konnten wir aus dieser Falle nur entkommen, indem wir in einen alten Brunnen stiegen, der in die römischen Katakomben mündete. Nach einigen vergeblichen Versuchen entdeckten wir endlich einen Lichtschein, der durch eine Lücke in der Ziegelmauer drang. Wir schlugen mit dem Schwert des Zwerges die Mauer ein und standen plötzlich in jenem Garten. Allerdings waren wir bei der plötzlichen räumlichen Versetzung auch noch gleichzeitig sechs Jahre in die relative Zukunft geschleudert worden.

Diese letzte Tatsache, der Siang und ich damals nicht allzu viel Bedeutung beigemessen hatten, war der eigentliche Grund, warum wir beide zögerten, unserer Tochter die Geschichte zu erzählen. Denn als wir schließlich im Mai des Jahres 1155 in der Klutert durch die Halle mit dem unheimlichen Tor in die Gegenwart heimkehrten, befand sich unsere kleine zweijährige Tochter bereits in der gleichen Epoche der Vergangenheit und irrte schon mutterseelenallein durch die gefährliche Wildnis. Die Gewissheit darüber schmerzte noch immer, denn rein theoretisch hätten wir sie vielleicht vor jenem grausamen Schicksal bewahren können, fünfzehn lange Jahre ohne ihre Eltern in einer feindlichen Umgebung aufwachsen zu müssen. Natürlich konnten wir zu diesem Zeitpunkt gar nicht wissen, dass sie überhaupt existierte, weil Siang ja erst später mit Pui Tien schwanger geworden war. Trotzdem belastete mich die Sache sehr.

Aber es half alles nichts. Wir mussten die Dinge so nehmen, wie sie nun einmal waren. Mit diesen Gedanken ließ ich mich vor dem großen Ziegelsteinhaufen nieder und begann, ihn vorsichtig abzutragen. Ritter Walther und unsere Tochter sicherten derweil das Gelände. Tatsächlich konnte ich in weniger als einer halben Stunde unseren alten Eingang zu den römischen Katakomben freilegen. Inzwischen kehrte auch Phei Siang mit zehn erbeuteten Fackeln im Arm zurück, so dass unserem Ausflug in die Kölner Unterwelt nun nichts mehr im Wege stand.

Trotzdem mussten wir uns beeilen, denn, wie Phei Siang beobachten konnte, hatten sich die Suchtrupps aus dem Bischofspalast bereits aufgemacht. Mindestens vier Gruppen von jeweils mehr als zwanzig Söldnern hatten damit begonnen, jeden Winkel in den Gassen um den Domvorplatz zu durchkämmen. Bevor wir endgültig hinabstiegen, tarnten wir daher unser Einstiegsloch noch besonders sorgfältig mit Büschen und Zweigen.

Leng Phei Siang

Es dauerte eine ganze Weile, bis wir uns in dem unterirdischen Labyrinth wieder einigermaßen zurechtfanden, aber schließlich stießen wir an einer der nächsten Verzweigungen auf unsere eigenen alten Zeichen, die wir damals zur Orientierung in die Ziegel geschlagen hatten. Von da aus war es ein leichtes, dem richtigen Weg bis zum verborgenen Märtyrer-Brunnen unter der Krypta von Sankt Gereon zu folgen.

Fred half mir auf seine Schultern. Danach kletterte Pui Tien an uns beiden hoch und erreichte erwartungsgemäß den in Stein eingefassten Rand des Brunnens. Wir reichten ihr eine der brennenden Fackeln hinauf, und sie warf sie in den Innenraum der Krypta, bevor sie sich selbst über das letzte Hindernis schwang. Bereits nach einigen Minuten kehrte sie mit zusammengeknoteten Stofftüchern zurück, die sie in dem zehneckigen Raum gefunden haben musste. Danach gelang es uns relativ mühelos, ebenfalls hinaufzuklettern.

Wenn ich mich auch schon über das Vorhandensein der Tücher gewundert hatte, so staunte ich erst recht über die Tatsache, dass die Krypta offenbar vollständig ihrer Goldverkleidung beraubt worden war. In den vergangenen 50 Jahren mussten also die mittelalterlichen Schatzräuber wohl fündig geworden sein. Doch meine Enttäuschung darüber hielt sich in Grenzen. Denn immerhin war der zuvor von der Oberwelt völlig abgeschottete Raum nun keine Sackgasse mehr, durch deren Wände wir uns sonst erst unter schweißtreibenden Mühen einen Ausgang hätten schlagen und graben müssen. Stattdessen führte nun eine neu angelegte offene Treppe direkt hinauf in das sogenannte Allerheiligste der Kirche. Tatsächlich hatte Pui Tien die Tücher kurzerhand direkt vom Altar genommen.

Ich schüttelte schmunzelnd den Kopf über diese offensichtliche Respektlosigkeit gegenüber den Symbolen einer mittelalterlichen Gesellschaft, deren Leben doch so sehr von der Religion geprägt war. Auf jeden Fall mussten wir unbedingt die Altartücher schnellstens entknoten und wieder ihrem ursprünglichen Zweck zuführen, sonst würde unser Fluchtweg sicher weitaus eher entdeckt werden, als uns lieb sein konnte. Natürlich fehlte uns dann das Hilfsmittel, um in den Brunnen zu gelangen, aber es musste doch möglich sein, in dieser Stadt ein entsprechend langes Seil aufzutreiben. Ritter Walther erbot sich sofort, das für uns zu erledigen. Wir selbst würden im Schutz der Kirche Sankt Gereon so lange auf ihn warten und uns derweil unter die Besucher des in wenigen Stunden beginnenden Frühgottesdienstes mischen. Außerdem wollte der fahrende Sänger sich so bald wie möglich bei Erzbischof Adolf zurückmelden, damit nicht länger nach seinem Verbleib und vor allem nach seinen Entführern gesucht würde. Ich hoffte nur, dass die Spielleute sich ebenfalls rechtzeitig in Sicherheit bringen konnten.

Sobald wir allein waren, hielt unsere Tochter es nicht mehr länger aus. Sie drängte Fred und mich, ihr endlich zu erzählen, wieso wir die unterirdischen Katakomben so gut kannten. Also berichteten wir ihr schweren Herzens, unter welchen Umständen wir in das Jahr gelangen konnten, in das sie seinerzeit selbst als zweijähriges Kind durch die Mächte der Höhle verschlagen worden war. Natürlich musste dabei auch zur Sprache kommen, dass Fred und ich uns offensichtlich in ihrer unmittelbaren Nähe aufgehalten hatten, bevor wir in unsere eigene Zeit zurückkehrten.

Pui Tien schwieg danach einige Minuten lang betroffen. Sie wandte sich ab und senkte ihren Kopf, um zu verbergen, dass sie weinte. Fred nahm Pui Tien sacht in den Arm und führte sie zu mir. Dann umschlang er uns beide.

„Wir haben dir bislang dieses letzte Geheimnis verschwiegen, weil es für uns alle drei besonders schmerzhaft ist", flüsterte er mit Tränen in den Augen.

Pui Tien schluckte und nickte.

„Als ich in der kalten und feuchten Höhle aufwachte, habe ich geweint und so lange nach euch gerufen, bis ich keine Stimme mehr hatte", bekannte sie stockend. „Ich..., ich habe immer wieder unseren Zauberspruch aufgesagt, aber niemand war da, um mich zu trösten. Endlich bin ich hinaus gekrochen und habe mich unter einem Busch versteckt, um zu schlafen. Es hat geregnet, ich hatte Hunger und habe so sehr gefroren. Irgendwie ist es mir plötzlich gelungen, meine Gabe zu entdecken. Ich verspürte den unbändigen Wunsch zu trinken, und war tatsächlich in der Lage, eine Wölfin zu zwingen, mir ihre Milch zu geben. Dann..., dann bin ich bei ihr und ihren Jungen geblieben. Sie haben mich gewärmt... Später haben wir uns einem Rudel angeschlossen und sind umhergezogen. Es war nicht leicht..."

Ich schloss die Augen und versuchte mir vorzustellen, wie verzweifelt und einsam meine kleine zweijährige Tochter gewesen sein musste. Sie hatte noch nie zuvor so offen über ihre ersten Tage in der Wildnis gesprochen.

Doch es war müßig, darüber zu spekulieren, was geschehen wäre, wenn wir sie damals gefunden hätten. Fred war sogar davon überzeugt, dass dies gar nicht möglich gewesen wäre, weil Pui Tien zu jenem Zeitpunkt für uns überhaupt nicht existent war. Immerhin hatten wir sie erst einige Wochen später in einer unheimlich intensiven und verzauberten Liebesnacht am Karakurisee gezeugt. Schließlich offenbarte uns Pui Tien, sie habe bereits auf dem Weg von Heidelberg zur Burg Stahleck erfahren, dass wir praktisch gleichzeitig an der Klutert gewesen waren.

„Die Mächte des Berges haben nicht gewollt, dass wir uns begegneten, weil sonst das Gefüge der Welt zerbrochen wäre!", schloss sie traurig aber folgerichtig.

„Wir drei scheinen für immer dazu verdammt zu sein, als ihre Erfüllungsgehilfen zu fungieren!", ergänzte Fred bitter.

Pui Tien schaute uns beide an und schüttelte langsam den Kopf.

„Nein, Papa!", meinte sie bestimmt. „Du darfst nicht mit dem Schicksal hadern, denn es hat dir doch Mama zugeführt, und ohne sie und eure Liebe gäbe es auch mich nicht. Wenn du dich wirklich gegen die Fügung auflehnen könntest, müsstest du ohne uns leben. Das willst du doch gar nicht, und ich will es auch nicht."

Fred nickte und lächelte Pui Tien und mich versonnen an.

„Ich gebe mich geschlagen, Tochter", entgegnete er sanft und drückte uns beide fest an sich.

In diesem Augenblick knarrte die große Flügeltür, und Ritter Walther kam zurück. Sofort ließen wir einander los und blickten erstaunt auf.

„Habt Ihr etwas vergessen, es wird doch gerade erst hell?", erkundigte sich Fred unumwunden.

„Nein, Willehalm!", antwortete der fahrende Sänger ernst. „Aber da draußen laufen die Herolde durch alle Gassen und verkünden, dass der welfische Spion schon heute Mittag hingerichtet werden soll!"

Kapitel 9
Flucht in die Wildnis

Her keiser, sit ir willekomen!
Der küneges name ist iu benomen,
des schinet iuwer krone ob allen kronen.
Iur hant ist krefte und guotes vol:
Ir wellet übel oder wol,
so mach si beidiu rechen unde lonen.
Dar zuo sag ich iu maere:
Die fürsten sint iu undertan,
sie habent mit zuhten iuwer kunft erbeitet;
und ie der Missenaere derst immer iuwer ane wan:
von gote wurde ein engel e verleitet.
(Walther von der Vogelweide)

Herr Kaiser (gemeint ist Otto IV.), wie sehr seid Ihr willkommen!
Den Königstitel habt Ihr abgenommen,
nun leuchtet Eure Krone über alle Kronen.
In Eurer Hand möge Macht und Reichtum wohnen:
Wenn Ihr glaubt, dass Unrecht geschehen sei,
so könnt Ihr richten oder auch belohnen.
Dazu sage ich Euch Folgendes: Die Fürsten sind Euch untertan,
sie haben mit Ehrfurcht Eure Ankunft vorbereitet;
und hier, der Markgraf von Meißen, der stets Euer Galan:
er wurde von Gott wie ein Engel zu Euch geleitet.
(Übertragung aus dem Mittelhochdeutschen)

Erzbischof Adolf von Altena, 24. Dezember 1204

Heute Abend ist Vigil, die Feier der Heiligen Nacht, und meine Gedanken sollten sich eigentlich längst mit der Vorbereitung des festlichen Hochamtes im Dom befassen. Stattdessen stehe ich noch immer unter dem Bann jener unheilvollen Begegnung mit der jungen schlitzäugigen Hexe Snäiwitteken, die ich seit Jahrzehnten verschollen glaubte.

Mehr noch als damals im Tal des Steinbaches, wo sie die Bogen unserer Schergen verbrannte und das Herz meines Bruders Arnold in Flammen setzte, fürchte ich nun ihre magischen Zauberkräfte. Ich war noch ein Junge, und auch ich habe ihre außergewöhnliche Schönheit bewundert. Doch heute weiß ich, dass der Blick aus ihren glühenden Augen gefährlicher ist als alles andere in dieser Welt. Unser Vater Everhard hatte immer recht daran getan, sie zu verfolgen, denn sie ist die Wurzel allen Übels, das seitdem über unsere Familie gekommen ist.

Sie muss einfach mit dem Teufel im Bunde stehen. Wie sollte es sonst möglich sein, dass sie in den vergangenen fünfunddreißig Jahren nicht gealtert ist? Allein diese Tatsache ist es, die mich schaudern lässt. Und nun ist die Hexe verschwunden, als ob sie sich in Luft aufgelöst hätte. Aber aus Erfahrung mit jenem Snäiwitteken weiß ich, dass sie genauso überraschend wieder auftauchen kann.

Über ihre Absichten hege ich keine Zweifel. Natürlich will sie den fremdhäutigen welfischen Spion befreien, bevor dieser am Galgen sein Leben aushaucht. Wenn ihr das gelingen sollte, könnte mein brüchiger Pakt mit dem Staufer Philipp gefährdet sein. Möglicherweise würden die aufgebrachten Massen hier in der Stadt die Situation ausnutzen und gar einen Aufstand vom Zaune brechen. Die reichen Kaufleute und die Zünfte warten nur auf eine solche Gelegenheit, denn sie stehen auch weiterhin zu König Otto, weil sie um ihre guten Handelsbeziehungen zu England fürchten. Selbst ein Großteil meiner eigenen Geistlichkeit sympathisiert offen mit dem Welfen, weil seine Heiligkeit sich nun mal auf diesen festgelegt hat. Immerhin steht die Kölner Kirche im Ruf, stets ein treuer Anhänger der Kurie in Rom gewesen zu sein.

Pah! Als ob ich nicht wüsste, dass sogar Papst Innozenz heimlich Verhandlungen mit dem Staufer Philipp aufgenommen hat. Und mir droht er mit der Absetzung!

Aber ich werde mich zu wehren wissen. Mein Dompropst Engelbert sammelt bereits seine Kriegsscharen und wird, falls es zum Äußersten kommt, den Pöbel in seine Schranken weisen. Leider ist er der Einzige meiner nahen Anverwandten, die noch zu mir stehen, während mein eigener Neffe Friedrich, den ich gerade zum Domherren ernannt habe, nicht von seiner Treue zum Welfenkönig lassen will. Er ist genauso ein Dickschädel wie sein Vater, und nur die

Pfründe, die er durch seine Position erhält, werden ihn wohl davon abhalten, offen gegen mich zu rebellieren.

Fest steht, dass ich umgehend handeln muss, und zwar sofort. Die Hinrichtung des schlitzäugigen Jungen soll noch heute vollzogen werden. Ich brauche unbedingt dieses unübersehbare Symbol meiner Gefolgschaftstreue, denn zweimal stand Philipp schon mit seinen Truppen vor den Mauern meiner Stadt. Ich muss ihm einfach beweisen, dass ich es Ernst meine mit seiner Krönung. Deshalb werde ich gleich nach dem Greve schicken, damit er alles Nötige in die Wege leitet. Die Hexe Snäiwitteken darf keine Gelegenheit mehr bekommen, meine Pläne zu vereiteln!

Pui Tien

Eine fast unüberschaubare Masse von neugierigen und sensationslüsternen Menschen stand um die steinerne Stele, in der jener geheimnisumwitterte „Blaue Stein" eingefasst war, so dass ich bereits nach wenigen Metern nicht mehr weiter kam. Es musste sich schnell herumgesprochen haben, dass die Hinrichtung des angeblichen welfischen Spions um einen Tag vorgezogen worden war.

Verzweifelt schubste ich die vor mir stehende Frau zur Seite und versuchte, mir ein wenig Luft zu verschaffen, um wenigstens Blickkontakt zum Henker und seinen Schergen herstellen zu können, doch die Nachdrängenden keilten mich abermals so dicht ein, dass ich mich kaum noch zu bewegen vermochte. In diesem Augenblick dröhnten Trommelschläge über den Domvorplatz und die laute Stimme des Greve übertönte die schnatternde Menge:

„Ich stüssen dich an dä blaue Stein, du küss din Vader un Moder nit mih heim!"

Ich erstarrte vor Schreck und erlebte vor meinen geistigen Augen noch einmal die grausame Szene, die ich bereits in meinem Traum gesehen hatte. Doch obwohl mir die direkte Sicht auf das Geschehen verwehrt wurde, vernahm ich nun überdeutlich die gequälten Schmerzensschreie meines Freundes, als die Schergen unter lautem Gejohle der umherstehenden Massen brutal mit Stöcken auf ihn einschlugen und ihm die Kleider in Fetzen vom Körper rissen.

Ich war wie gelähmt und unfähig, einen klaren Gedanken zu fassen. Erst nach einem dumpfen Geräusch, was nur bedeuten konnte, dass die Söldner Didi auf den Karren geworfen hatten, erwachte ich aus meiner Starre und zuckte unter dem Knallen der Peitschenschläge zusammen, mit denen die Pferde angetrieben wurden, um den nun rechtsgültig Verurteilten zur Hinrichtungsstätte zu bringen.

Gleichzeitig kam Bewegung in die Menge. Die Leute schoben sich an mir vorbei, aber ich blieb wie angewurzelt auf meinem Platz stehen und versuchte krampfhaft, mich blind auf den Henkerkarren zu konzentrieren, um diesen irgendwie aufzuhalten, in Brand zu setzen oder wenigstens umstürzen zu lassen, doch es wollte mir nicht gelingen.

Entmutigt streifte ich kurz die Kapuze der grauen Gugel ab, die ich mir noch von den Spielleuten ausgeliehen hatte. Immerhin konnte ich mich so besser umschauen. Irgendwo im Getümmel der dem Hahnentor zu treibenden Masse mussten Mama und Papa sein. Vielleicht schaffte ich es noch, eine Nebengasse zu entdecken, durch die ich schneller vorankam. Unterdessen leerte sich der Domvorplatz zusehends, und ich stülpte mir hastig die Kapuze über. Doch es war schon zu spät. Die vor dem Portal zum Bischofspalais postierten Büttel hatten mich bereits erspäht.

„Da ist die Hexe!" rief einer von ihnen aus. „Ergreift sie!"

Fred Hoppe

Ich stand neben Phei Siang auf einem Mauersockel am Rand des Domvorplatzes und schirmte meine Augen gegen die aufgehende Sonne ab. Der glitzernde Schnee blendete mich noch zusätzlich. Gut zweihundert Meter von uns entfernt spielte sich derweil exakt die Szene ab, die uns Pui Tien bereits aus ihrem Traum geschildert hatte. Wie erwartet gab es natürlich nicht die geringste Chance, in das Geschehen einzugreifen, und innerlich verfluchte ich die Tatsache, dass wir uns von unserer Tochter hatten überreden lassen, überhaupt hierher zu kommen. Ich sprang von meinem erhöhten Standort zu Phei Siang hinab und zog sie in die Straße hinein, die zum Hahnentor führen musste.

„Was ist, Fred?", fragte sie mich aufgeregt. „Konntest du etwas erkennen und hast du gesehen, wo Pui Tien ist?"

„Sie haben den Jungen gegen den Blauen Stein gestoßen und ihm die Kleider vom Leib gerissen!", zischte ich ihr grimmig zu, während wir durch die enge Gasse hetzten. „Danach haben sie ihn nackt auf den Karren geworfen und werden sich gleich in Bewegung setzen. Alles ist genauso abgelaufen, wie es uns Pui Tien schon geschildert hat. Allerdings habe ich sie selbst nicht entdecken können."

„Hoffentlich lassen uns die Wachen am Tor ohne Probleme durch!", entgegnete sie gepresst. „Wenn sie das Schwert des Zwerges bei mir finden, ist alles verloren."

Ich biss mir auf die Lippen, erwiderte aber nichts. Tatsächlich überlegte ich schon fieberhaft, wie wir die Aufmerksamkeit der Büttel von uns ablenken konnten. In diesem Moment erschallten weit hinter uns laute Rufe, die Menge geriet in Bewegung und stob auseinander. Gleichzeitig kündete vielfältiges Hufgetrappel davon, dass etwas Unvorhergesehenes geschehen war. Ich unterdrückte den aufkeimenden Impuls zur augenblicklichen Flucht und zwang mich dazu, ganz ruhig zu bleiben.

„Sie müssen Pui Tien entdeckt haben!", kombinierte Phei Siang blitzschnell. „Lass uns einfach weitergehen, damit wir nicht auffallen. Sie haben sie bestimmt nicht erwischt, sonst hätte es keinen derartigen Aufruhr gegeben."

„Du hast sicher recht", pflichtete ich ihr leise bei. „Vielleicht bekommen wir dadurch unsere Chance."

Wir schauten noch ein paar Sekunden lang in Richtung der aufgebrachten Menge, bevor wir uns wieder unserem eigentlichen Ziel, dem Hahnentor, zuwandten. Nach einigen Schritten wurde das Hufgetrappel lauter, aber wir ließen uns nicht mehr dazu hinreißen, uns umzublicken. Der unbekannte Reiter holte auf und zügelte neben uns sein Pferd. Ich sah verstohlen zur Seite, und mir fiel ein Stein vom Herzen. Es war Walther. Die Schultern des fahrenden Sängers umgab der prächtige Mantel, den er als Belohnung für seine Dienste am Hof des Passauer Bischofs erhalten hatte.

„Ritter Willehalm, Prinzessin!", rief er erleichtert aus. „Folgt mir dicht auf! Ich will versuchen, Euch zum Hinrichtungsplatz zu bringen!"

Wir überlegten nicht lange und taten, was er verlangte. Phei Siang reichte ihm noch schnell das Wehrgehänge mit dem Schwert des Zwerges, das Walther sogleich an seinem Sattelbaum befestigte.

„Gebt es mir wieder, wenn wir draußen vor dem Tor sind!", rief ich, während wir bereits im Dauerlauf hinter ihm herpreschten.

Fünf Minuten später näherten wir uns dem geschlossenen Hahnentor. Bei seinem Anblick sank meine Zuversicht fast ins Bodenlose, denn was wir da vor uns sahen, erinnerte eher an eine Burg als an ein einfaches Stadttor. Das überaus wuchtige zweitürmige Gebäude war zwar noch lange nicht vollendet, aber schon jetzt erschien die massige Barriere nahezu unüberwindbar. Die Wachen stellten sich vor die mit Eisen beschlagenen Türflügel und kreuzten demonstrativ ihre Speere.

„Öffnet das Tor, aber schnell!", befahl Walter unmissverständlich. „Die junge Hexe ist entdeckt worden und versucht zu fliehen! Im Augenblick werden alle Bewaffneten benötigt, um sie zu finden! Euer aller Herr, seine Erzbischöfliche Exzellenz, hat mir persönlich aufgetragen, mit meinen treu ergebenen Spielleuten hier den Platz für die Hinrichtung zu bewachen, bis der Greve mit seinem Gefolge eintrifft!"

Die Schergen blickten sich unsicher um, doch zum Glück hatte offenbar der Wachhabende oben im halb fertigen Torhaus mehr Respekt vor dem fremden Ritter. Er gab seinen Untergebenen ein entsprechendes Zeichen, und die inneren Torflügel wurden knarrend aufgezogen. Anschließend mussten wir noch warten, bis die Büttel in der Wachstube das schwere Fallgitter aus Eichenholz hochgewuchtet hatten. Erst danach öffneten die beiden Soldaten auch das äußere Tor und begannen, die Zugbrücke herabzulassen.

Ich schaute mich unauffällig um. Weit hinter uns in der Gasse konnte ich bereits den Zug mit dem Ochsenkarren, auf dem Pui Tiens Freund lag, ausmachen. Er wurde von einem Reiter im Panzerhemd angeführt und von mindestens zehn Söldnern begleitet. Hoffentlich hatten sie noch nicht bemerkt, dass die Tore gerade für jemand anderen geöffnet wurden. Auch Walther schien langsam nervös zu werden, denn er ließ ungeduldig sein Pferd hin- und hertänzeln. Endlich hatten wir freie Bahn und konnten über den Graben vor der Mauer setzen.

Ein paar Dutzend Schritte weiter war am Wegesrand ein hölzernes Gerüst mit einem Galgen errichtet worden. Während Walther auf seinem Pferd demonstrativ das Gebilde umrundete, kletterten Phei Siang und ich auf das Podest und gaben vor, das vom Galgenbaum herabhängende Seil zu überprüfen. Zwischendurch ließen wir wie zufällig unsere Blicke zum Tor zurückschweifen. Ich schickte ein Stoßgebet zum Himmel. Wie weit war der Zug mit dem nun rechtskräftig verurteilten Didi noch entfernt? Würden die Wachen das verdammte Ding noch einmal schließen? Es verstrichen einige bange Minuten, doch dann wurde die Zugbrücke tatsächlich wieder hochgezogen.

Walther warf mir seinen Dolch zu, und ich begann damit hastig, das Seil anzuschneiden. Der verdammte Hanfstrick war dick und zäh. Die Fasern ließen sich nur schwer durchtrennen. Außerdem musste ich den Dolch rundherum ansetzen und mich allmählich nach innen vorarbeiten, sonst wäre die Sabotage sofort aufgefallen. Ob das Hanfseil aber wirklich reißen würde, sobald es das Gewicht eines Körpers tragen musste, vermochte ich nicht vorauszusagen.

Phei Siang beobachtete derweil gespannt das noch immer geschlossene Stadttor. Als sich die Zugbrücke nach vorn bewegte, sprangen wir schnell vom Gerüst und stellten uns hinter dem fahrenden Ritter auf. Walther übergab mir das Wehrgehänge, und ich gürtete es mir um. Schon rollte der von zwei Ochsen gezogene Karren auf die Hinrichtungsstätte zu, und die Söldner verteilten sich wortlos um das Schafott. Die neugierige Menge folgte der Prozession wie eine blökende Schafherde nach, und bald waren wir von einer großen Menschenmasse umringt.

In meiner Magengegend machte sich ein flaues Gefühl breit. Selbst wenn es uns mit der Manipulation des Seils gelingen sollte, Didi vor dem sicheren Tod durch Erhängen zu bewahren, würden wir wohl kaum mit ihm entkommen können. Ich traute mir zwar zu, die zehn Söldner in Schach zu halten, doch gegenüber dieser Masse von aufgebrachten Leuten würden wir keine Chance haben. Trotzdem waren wir fest entschlossen, es wenigstens zu versuchen.

Schen Diyi Er Dsi

Ich hatte endgültig mit dem Leben abgeschlossen. Die heftigen Schläge, mit denen mich der Henker immer wieder gegen den blauen Stein in der Stele stieß, spürte ich dagegen kaum noch. Mein Bewusstsein versank in eine Art halbwachen, gleichgültigen Dämmerzustand, wofür ich eigentlich sogar dankbar war. Andernfalls hätte ich die aufkommende Todesangst wohl nicht ertragen können. Selbst, als sie mir die Kleider vom Leib rissen und mich splitternackt auf den bereitstehenden Ochsenkarren warfen, nahm ich die dabei einhergehenden körperlichen Misshandlungen nur am Rande wahr, obwohl meine Glieder vor Kälte zitterten wie Espenlaub.

Aufgrund meiner Erziehung hätte ich mich in meiner gewohnten Umgebung in der Gegenwart sicherlich fürchterlich geschämt, unbekleidet vor all den gaffenden Menschen zur Schau gestellt zu werden, aber hier in dieser für mich immer noch unwirklichen Realität des Mittelalters war mir auch das inzwischen egal. Meine einzig verbliebene Hoffnung konzentrierte sich auf die vage Möglichkeit, dass meine Großeltern vielleicht doch recht haben könnten und mir bald ein neues Leben bevorstehen würde. Denn mein jetziges verkorkstes Dasein würde in weniger als einer Stunde definitiv beendet sein, und das fast achthundert Jahre, bevor ich überhaupt geboren werden könnte. Lediglich diese an sich völlig unmögliche Tatsache beschäftigte mich noch in meinen letzten wirren Gedanken.

Deshalb registrierte ich zuerst auch nur beiläufig, dass plötzlich eine gewisse Unruhe in der Menge aufkam. Irgendetwas, das nichts mit mir und meinem Schicksal zu tun hatte, versetzte die Leute offensichtlich in Panik. Hufgetrappel erklang und einzelne Stimmen, die das erschrockene Geschrei der Massen übertönten, drangen an meine Ohren. Dabei schnappte ich auch das Wort „Hexe" auf.

Ich war auf einmal wie elektrisiert. Trotz meiner Fesseln versuchte ich krampfhaft, mich in dem Karren aufzurichten, doch dann ruckte das Gefährt wieder an, und ich fiel auf die Bretter zurück. Aber während der wenigen Sekunden, in denen es mir gelungen war, einen Blick in die Runde zu werfen, hatte ich eindeutig erkennen können, dass die Söldner des Erzbischofs fieberhaft auf der Suche nach jemandem gewesen waren. Selbst in meinem derzeitigen Zustand benötigte ich keine besondere Eingebung, um mir den Grund dafür zusammenzureimen: Pui Tien war hier! Sie war also doch noch gekommen, um mich zu retten.

Ich fragte mich erst gar nicht, ob diese spontan gewonnene Schlussfolgerung doch vielleicht nur die Ausgeburt meiner konfusen, kreatürlichen Angst vor dem unvermeidlichen Ende war. Ich klammerte mich einfach an das bisschen

Hoffnung wie an einen Strohhalm und sammelte verzweifelt alle meine verbliebenen Kräfte, um nicht im letzten Augenblick noch zusammenzubrechen.

   Die Ernüchterung kam erst, als sich trotzdem weiterhin nichts tat, während der Karren, auf dem ich lag, scheinbar unaufhaltsam dem Hahnentor entgegenrollte. Die Söldner hatten sich um ihn herum formiert, und der Henker ritt an der Seite des Greven zielstrebig voraus. Allmählich dämmerte mir, dass meine Freundin trotz ihrer unheimlichen Gaben wohl doch nicht in der Lage sein würde, zu meinen Gunsten in das Geschehen einzugreifen. Aber auch, wenn mein Schicksal nun endgültig besiegelt sein sollte, so würde ich mit der Gewissheit sterben, dass Pui Tien mich nicht im Stich gelassen hatte.

Pui Tien

   Die Soldaten kamen aus allen Richtungen auf mich zu, und vom Bischofspalais hatte sich sogar eine ganze Schar Berittener aufgemacht, um mich in die Enge zu treiben. Ich blickte mich hastig um und entschloss mich zu fliehen. Schon nach den ersten Metern blies mir der eisige Wind die Kapuze vom Kopf, so dass meine flatternden schwarzen Haare überall weithin erkennbar waren. Trotzdem erreichte ich noch unangefochten die abziehende Menge, um in deren Schutz unterzutauchen. Aber die Büttel waren mir schon dicht auf den Fersen. Sie trieben mit ihren Speeren hinter mir die Leute auseinander und bahnten sich brutal ihren Weg durch die Massen. Im Gegensatz zu ihnen kam ich selbst nur langsam voran. Es konnte nur noch eine Frage von Sekunden sein, bis sie mich stellen würden.

   Plötzlich packte jemand einen Ärmel meines Fellkleides und stieß mich mit einem heftigen Ruck zur Seite. Ich verlor das Gleichgewicht, stolperte über eine Treppe und wurde geradewegs durch die geöffnete Tür in ein Haus hineingedrängt. Im selben Moment huschten andere Gestalten an mir vorbei nach draußen und begannen wie wild zu tanzen. Flöten, Schalmeien und Trommeln ertönten, während die Pforte, durch die ich in das Gebäude gelangt war, von außen zugezogen wurde.

Neben mir stand die junge Irmgard aus der Gruppe unserer Spielleute und legte ihren Zeigefinger auf die Lippen.

„Psst! Sei ganz still!", ermahnte sie mich. „Unsere Musikanten versuchen, die Schergen abzulenken."

Ich schaute das junge Mädchen verblüfft an und nickte nur. Dann ergriff sie meine Hand und zog mich durch die Diele des Hauses bis zum Ausgang auf der anderen Seite.

„Wenn du hinausgehst, wende dich nach rechts und lauf, so schnell du kannst, bis zum Ende der Gasse!", riet sie mir. „Sie mündet auf den Platz vor dem Hahnentor. Dann brauchst du dich nur noch unter die Leute zu mischen und gelangst so mit ihnen vor die Mauer zur Hinrichtungsstätte. Wenn ihr alle zusammen durch das Tor geht, wird euch niemand genauer kontrollieren. In der Zwischenzeit werden die anderen Mädchen sich Haarbüschel aus schwarzen Pferdeschwänzen aufsetzen und die Soldaten verwirren."

Ich war gerührt und umarmte Irmgard stumm.

„Danke!", murmelte ich. „Danke, dass ihr das für mich tun wollt. Ich werde euch das nie vergessen!"

Irmgards Augen füllten sich mit Tränen.

„Das war ich dir schuldig!", schluchzte sie auf. „Ich war neidisch auf dich und habe dich an die Schergen verraten. Deshalb haben sie dich gefangen und vor den Erzbischof gebracht."

Ich umarmte sie noch einmal.

„Du hast es mehr als gutgemacht!", versicherte ich ihr. „Ich hätte besser nicht so angeben sollen mit meinen Kunststücken."

Irmgard schüttelte den Kopf und schob mich dem Ausgang zu.

„Geh jetzt!", wiederholte sie eindringlich. „Vielleicht schaffst du es noch, deinen Bruder vorm Galgen zu retten!"

Ich zog mir die graue Kapuze über den Kopf und trat hinaus. Die Gasse war fast menschenleer. Trotzdem bemühte ich mich, nicht allzu schnell zu laufen. Schließlich wollte ich meine plötzliche Glückssträhne nicht überstrapazieren. Allerdings würde es auch so schon schwer genug werden, im entscheidenden Moment einzugreifen.

Ich hatte zuvor meine ganze Hoffnung auf den Augenblick jener zeremoniellen Handlung an diesem blauen Stein konzentriert, weil ich ja schon aus meinem Traum wusste, was geschehen würde. Aber dann war ich mit einem Mal doch unfähig gewesen, meine unheimlichen Gaben einzusetzen.

Ich vermochte mich nicht zu konzentrieren und hatte kläglich versagt. Wenn mir dort draußen vor dem Hahnentor das Gleiche wieder passieren sollte, müsste Didi unweigerlich sterben, und ich wäre schuld daran.

Nein, das durfte auf keinen Fall geschehen! Außerdem waren Mama und Papa bestimmt ebenfalls in der Nähe und würden nur darauf warten, dass ich den entscheidenden Schritt unternahm. Allein konnten auch sie gegen den Henker, die Schergen des Greve und die sensationslüsterne, aufgebrachte Menge nichts ausrichten. Das war mir völlig klar. Aber ich würde den richtigen Zeitpunkt abwarten müssen, und davor hatte ich die meiste Angst.

Ich betrat den Platz vor dem Hahnentor und befand mich augenblicklich auf gleicher Höhe mit der johlenden Masse der Neugierigen, die alle Zeugen der Hinrichtung sein wollten. Diesmal war es ein Leichtes, zwischen den Leuten in die wogende Menge einzutauchen, die sich nun durch das offene Stadttor zwängte. Ich ließ mich einfach treiben und wurde praktisch ohne mein Zutun unter der Torhalle durchgeschoben. Nach der Zugbrücke wandte ich mich gleich nach rechts und stieg auf den Wall vor dem breiten Graben. Einige Wenige taten es mir nach, und ich zog mir vorsichtshalber die Kapuze noch tiefer ins Gesicht. Auf jeden Fall hatte ich von meinem Standort einen guten Überblick. Nur ein paar Dutzend Meter entfernt befand sich das hölzerne Gerüst mit dem Galgen. Direkt davor stand der Ochsenkarren, auf den sie Didi geworfen hatten, und neben diesem hielten sich Mama und Papa bereit. Unser fahrender Ritter Walther saß ein Stück abseits auf seinem Pferd und verfolgte stillschweigend das Geschehen. Mir war nicht ganz klar, warum er überhaupt dem grausamen Ereignis beiwohnen wollte, denn weit und breit konnte ich bis auf den Greve keinen anderen Vertreter aus der führenden Gesellschaftsschicht der Adeligen entdecken.

Ich schloss für einen Moment meine Augen, um die ganze Szenerie in mich aufzunehmen. Fast gleichzeitig mit der ungeheuren Wut, die in mir zu brodeln begann, spürte ich, wie mich die unbegreifliche Kraft meiner Gabe durchströmte. Diesmal würde ich bestimmt nicht versagen.

Dann bückten sich zwei der Schergen zu dem Karren und zerrten Didi heraus. Ich öffnete vor Entsetzen den Mund zu einem stummen Schrei, denn der Anblick des abgezehrten, gequälten Körpers meines Freundes versetzte mich in

Schrecken. Natürlich hatte ich ihn so bereits in meinem Traum gesehen, aber das hier war nun die Realität.

Während die Söldner Didi auf das Gerüst hoben, wo er von den Gehilfen des Henkers in Empfang genommen wurde, überschütteten die Umherstehenden ihn mit lauten Hohn- und Spottrufen. Zusätzlich bewarfen ihn manche sogar mit verfaultem Gemüse und aufgeweichten Brotresten. Anschließend stülpten die beiden Schergen auf dem Gerüst ihrem Opfer eine dunkle Kapuze über den Kopf, und der Henker legte ihm geradezu feierlich die Schlinge um den Hals. Alle Blicke richteten sich nun auf den Delinquenten. Für mich war der Moment zum Handeln gekommen.

Ich warf das Kopfteil meiner Gugel zurück und konzentrierte mich mit aller Macht auf den Scharfrichter und seine Gesellen. Vor meinen Augen verschwamm die Umgebung zu schlierenartigen Konturen. Gleichzeitig spürte ich, wie die unbeschreiblichen Kräfte in mir auflloderten. Um mich herum wichen die Menschen entsetzt zurück. Verängstigte Schreie erklangen, der Henker ließ vor Schreck den Knoten der Schlinge fahren und wich zurück. In diesem Augenblick wurden sowohl der Greve als auch alle Übrigen auf dem Schafott von den entfesselten Gewalten erfasst und in hohem Bogen vom Gerüst geschleudert. Nur mein Freund stand noch auf seinem Gestell unter dem Galgen. Mit einem blitzschnellen Satz hechtete Papa mit dem Schwert des Zwerges in der Hand zu diesem hinauf, doch bevor er Didi erreichen und den Strick um dessen Hals durchtrennen konnte, gelang es den übrigen Söldnern, ihn an den Beinen festzuhalten, so dass er auf die Planken stürzte. Bei dem verzweifelten Versuch, Papa zu befreien, wurde Mama von den Soldaten an den Armen gepackt und überwältigt.

Ich wirbelte herum und versuchte, mich erneut zu konzentrieren, doch da fuhren bereits die ersten Pfeile neben mir in den hart gefrorenen Boden. Die Schützen standen auf der halb fertigen Brüstung des Hahnentores und spannten erneut ihre Bogen. Es gelang mir gerade noch, zur Seite zu springen, um den gefiederten Todesboten zu entgehen.

Inzwischen waren die Schaulustigen wieder mutiger geworden und rückten bedrohlich auf mich zu. Schließlich hatten sie gerade gesehen, dass die gefürchtete Hexe wohl doch nicht unverwundbar war. Zu alledem drängte in diesem Moment auch noch eine ganze Horde von Söldnern und weiteren Bogenschützen durch das weitgeöffnete

Stadttor und über die Zugbrücke. Wenn jetzt kein Wunder geschah, waren wir mit absoluter Sicherheit verloren.

Ich schaute mich gehetzt um. Papa hatte seine Gegner mit den Füßen weggestoßen und trat ihnen nun mit dem Schwert des Zwerges in der Hand entgegen. Um ihn brauchte ich mir eigentlich keine weiteren Sorgen zu machen. Dafür setzte einer der anderen Schergen gerade Mama seinen Dolch an den Hals, um meinen Vater zur Aufgabe zu zwingen. Also musste ich ihr zuerst beistehen. Aber wie sollte ich das anstellen, wenn mich sowohl die Meute der aufgebrachten Schaulustigen als auch die Bogenschützen bedrohten?

Plötzlich wurde in der Mitte der Menge ein Mann in bunt gescheckter Gewandung auf die Schultern seiner Nachbarn gehoben. Als er mit lauter Stimme zu reden begann, richtete sich augenblicklich die Aufmerksamkeit aller auf ihn. Es war der alte Sivard, wie ich mit großem Erstaunen feststellte. Trotz der äußerst gefährlichen Situation, in der wir uns befanden, musste ich anerkennend lächeln. Der betagte Spielmann hatte offenbar seine Angst überwunden.

„Hört mich an, Bürger und Büttel des heiligen Kölns!", rief er mit fester Stimme. „Wollt ihr wirklich zulassen, dass euer Herr, der Erzbischof, einen welfischen Gefolgsmann hängt, damit ihm der Staufer Philipp seinen Seitenwechsel glaubt? Das ganze Spektakel nützt doch nur ihm selbst, während ihr dafür büßen müsst und auf euren Handel mit England verzichten sollt!"

Das war nicht nur mutig, sondern auch ziemlich schlau. Der alte Sivard hatte kaum ausgesprochen, als er bereits vielstimmige Zustimmung erntete. Der aufgestaute Zorn der Leute, die allesamt seit Monaten um ihre reichen Erträge fürchteten, richtete sich umgehend gegen die eigene bischöfliche Gerichtsbarkeit. Schon war es ihnen offenbar völlig egal, was mit dem zum Tode verurteilten Welfen geschah, denn sie wandten sich gleich massenhaft von mir und dem Galgen ab, um nun den Stadtsoldaten entgegenzutreten. Die Horde der Schergen auf der Zugbrücke und die Bogenschützen, die gerade noch auf mich gezielt hatten, gerieten zusehends in Bedrängnis und traten bereits den Rückzug durch das Tor an. Das ersehnte Wunder war wirklich geschehen.

Mit einem eiskalten Lächeln auf den Lippen schritt ich auf den Galgen zu. Papa hatte zwar seine Gegner entwaffnen können, hielt aber angesichts Mamas schwieriger Lage das Schwert gesenkt. Trotzdem schienen die Söldner, die diese bedrohten, unsicher zu werden. Das musste ich ausnutzen.

Ich konzentrierte mich auf das Messer an Mamas Hals, bis der hölzerne Griff in Flammen aufging. Der Söldner ließ es erschrocken fallen und flüchtete. Doch in diesem Moment sank Didi vor Erschöpfung langsam nach unten, und die Schlinge um seinen Hals zog sich zu. Ich schrie entsetzt auf und rannte zum Gerüst. Sekunden vergingen, und ich war noch immer mehr als zehn Meter vom Galgen entfernt. Wie in Zeitlupe bemerkte ich, wie Mama und Papa herumfuhren, ihre Gesichter waren kalkweiß. Schließlich erreichte ich das Gerüst, und wieder vergingen wertvolle Sekunden, bis ich es endlich erklommen hatte.

Da riss plötzlich der Strick. Didis Körper stürzte erschlafft auf die Planken und rührte sich nicht. Verzweifelt warf ich mich auf ihn und versuchte hektisch, die Schlinge um seinen Hals zu lösen, aber ich konnte den verdammten Knoten nicht lösen. Endlich kniete Mama neben mir, und mit vereinten Kräften gelang es uns, Didi von der Schlinge zu befreien. Dann fühlte sie seine Halsschlagader und nickte mir zu.

„Ta sse huo dsche, Nü er!" (er lebt, Tochter), sagte sie erleichtert und richtete sich auf.

Mama nahm meine Hand, half mir hoch und schloss mich in ihre Arme. Laut schluchzend verbarg ich mein Gesicht an ihrer Schulter, während sie mir sacht über das Haar strich. Ich trocknete meine Tränen und schaute mich scheu um, ob es irgendwelche unerwünschte Zeugen meiner so offen gezeigten Schwäche gegeben hatte.

Inzwischen war auch Papa auf das Gerüst geklettert. Da er zuvor noch misstrauisch den kläglichen Abzug unserer letzten Gegner beobachtet hatte, war anzunehmen, dass augenblicklich keine Gefahr mehr für uns bestand. Mama und er wechselten nur kurz einen bezeichnenden Blick, dann wandte sich Papa zu dem fahrenden Ritter, der noch immer einige Meter entfernt auf seinem Pferd saß.

„Nun, Herr Walther!", rief er diesem zu. „Wollt Ihr nicht in die Stadt zurück, um Eurem Stauferkönig zu huldigen?"

Der Angesprochene zögerte, doch dann gab er sich einen Ruck und lenkte sein Pferd in unsere Richtung.

„Ich glaube, das hat sich erledigt", meinte Walther mit wehmütigem Blick auf das Hahnentor, wo gerade die letzten Schaulustigen ihren Einzug hielten. „Ich denke, dass Ihr meine Hilfe benötigt, um Euren Schwager hier wegzubringen, bevor die Schergen des Erzbischofs die Verfolgung aufnehmen können."

Zu meinem Erstaunen ritt er so nah wie möglich an das Gerüst heran und löste das Tasselband seines wertvollen Mantels. Dann überreichte er Papa lächelnd das mit kostbaren Fehfellen gefütterte Kleidungsstück.

„Am Besten wickelt Ihr den armen nackten Jungen darin ein, sonst wird er noch erfrieren, nachdem Ihr ihn vom Galgen gerettet habt."

Leng Phei Siang, 25. Dezember 1204

Ich streckte meine Arme über die spärlich züngelnden Flammen und rieb mir die kalten Hände. Trotz der bleiernen Müdigkeit, die uns alle nach dem langen Marsch durch die eisige Nacht befallen hatte, wollten wir hier in den zugefrorenen Sümpfen des Rhein-Auenwaldes nur eine kurze Rast einlegen, um uns ein wenig aufzuwärmen. Schließlich konnten wir keineswegs sicher sein, dass man uns nicht verfolgte. Doch selbst wenn sich erweisen sollte, dass diese Befürchtung unbegründet war, hätte das Einschlafen im Freien bei derart frostigen Temperaturen den Tod bedeuten können. Immerhin war der noch immer bewusstlose Freund meiner Tochter als Einziger von uns allen durch einen ausreichend gefütterten Mantel geschützt.

Pui Tien hatte sich sofort schweigend an seine Seite gesetzt, sobald wir den gerade vom Galgen geretteten Didi von Ritter Walthers Pferd nehmen und so nah wie möglich am Lagerfeuer auf die Erde betten konnten. Allerdings war Fred zuvor noch eine ganze Weile mit dem Anfachen des Lagerfeuers beschäftigt gewesen, denn die eiskalten Zweige, die mit verkrustetem gefrorenem Schnee überdeckt waren, ließen sich nicht so einfach entzünden. Als es ihm endlich doch gelang, zitterte ich bereits an allen Gliedern und konnte meine Füße kaum noch spüren. Fred und Ritter Walther mochte es kaum besser gehen. Nun spendeten uns die lodernden Flammen zwar ein wenig Wärme, aber auch das würde spätestens dann vorbei sein, wenn die wenigen verbliebenen Zweige heruntergebrannt waren.

„Wo de dschang fu!" (mein Ehemann), sprach ich Fred etwas umständlich auf Chinesisch an, um zu vermeiden, dass Walther uns verstand. „Women bi ßü dsou kai he guo yä gen nung ming!" (wir müssen weiterziehen und bei einem Bauern übernachten)

„Ni you li!" (du hast recht), antwortete er mit einem Seitenblick auf den fahrenden Ritter und unsere Tochter.

Walther rieb sich zitternd die Hände und machte sich auf, um noch ein paar Zweige zu suchen.

„Wir müssen auch an den Jungen denken", nahm Fred auf Hochdeutsch flüsternd das Gespräch wieder auf. „Er ist völlig entkräftet und war schon unterkühlt, bevor sie ihn an den Galgen stellten. Ich mache mir ernsthaft Sorgen, weil er noch nicht aus der Bewusstlosigkeit erwacht ist."

Pui Tien maß ihn mit einem angstvollen Blick.

„Walther wird nicht zu den Bauern gehen wollen", gab sie zu bedenken.

Ich nickte zustimmend.

„Wisst ihr, wir werden es einfach tun!", entgegnete ich entschlossen. „Es ist auch zu seinem Besten, denn nachdem er für deinen Freund seinen Mantel abgegeben hat, friert er genauso wie wir."

„Warum wacht Didi nicht auf?", fragte unsere Tochter verzweifelt, während sie mit der Hand über seine Stirn strich.

„Er ist in der Yin-Welt, Nü er", antwortete ich und versuchte, meiner Stimme einen beruhigenden Klang zu geben. „Dort ist es bestimmt warm, und vielleicht spricht er mit den Geistern. Wenn er wieder bei uns ist, wird es ihm bestimmt besser gehen."

„Das bedeutet, du hast keine Medizin, die ihm helfen könnte, nicht wahr, Mama?", vermutete Pui Tien leise.

Ich schüttelte bedauernd den Kopf.

„Was ist, wenn die Geister der Toten ihn nicht mehr aus ihrem Reich hinauslassen wollen, Mama?"

Ich öffnete den Beutel an meinem Gürtel und zog das alte vergilbte Foto heraus, das mir Xiuhey einige Tage vor unserer Versetzung heimlich zugesteckt hatte. Fred blickte erstaunt auf, als ich es an unsere Tochter weiterreichte.

„Ich habe es von seiner Mutter bekommen", begann ich meine Erklärung. „Sie möchte, dass ich es ihrem Sohn gebe, damit er weiß, dass daheim alle an ihn denken und dass seine Großeltern für ihn beten wollen. Das Bild ist vor Jahren am Flughafen von Shanghai aufgenommen worden, als dein Freund noch ein kleiner pausbäckiger Junge war. Ich glaube, du solltest es ihm nun in die Hand drücken, Nü er. Vielleicht finden seine Ahnen in der Yin-Welt dann leichter zu ihm und können ihm helfen, wieder zurückzukehren."

Pui Tien tastete unter der Decke nach Didis Hand, schloss seine Finger um das kleine Foto und bettete den Arm ihres Freundes auf dessen Brust. Anschließend kniete sie sich neben ihn in den Schnee und betete stumm.

„Wie machst du das, Siang?", fragte Fred flüsternd. „Ich wünschte, ich hätte auch soviel Vertrauen in meine Religion, dass ich in der Lage wäre, allein mit einer solch kleinen Geste Zuversicht zu verbreiten."

Ich lächelte ihn ein wenig verschämt an.

„Eigentlich möchte ich nur verhindern, dass sie merkt, wie viel Angst ich selbst um sein Leben habe", gab ich so leise wie möglich zurück.

Fred Hoppe

Am östlichen Horizont leuchtete bereits schwach das erste Licht des Tages, als wir endlich auf eine kleine dörfliche Gemeinschaft stießen, die aus nicht mehr als einem halben Dutzend Wohnhäusern bestand, von denen jedes einzelne mit einem fast mannshohen Flechtzaun umgeben war. Die ärmlichen Katen, denn mehr waren sie im Grunde genommen nun wirklich nicht, hatten einen rechteckigen Grundriss und standen auf grob behauenen Pfosten, deren Zwischenräume mit Lehmwänden ausgefüllt waren. Über diesem, höchstens zwei Meter hohen Sockel wölbte sich ein tief heruntergezogenes Walmdach aus Stroh, über dessen Mitte Rauch aus einem Rundloch entwich. Innerhalb der umzäunten Hofflächen standen jeweils noch kleinere Ausgaben der bereits erwähnten Gebäude, in denen vermutlich Vorräte und Gerätschaften aufbewahrt wurden. Das Vieh lebte demnach mit den Menschen unter einem Dach.

„Wollt Ihr wirklich in einer dieser ärmlichen Behausungen Unterschlupf suchen?", fragte Ritter Walther argwöhnisch.

„Uns wird wohl nichts anderes übrig bleiben", entgegnete ich verbissen. „Schaut Euch doch um. Mein verletzter junger Schwager wird in dieser Kälte kaum überleben können, wenn wir ihm keine Pause in einem warmen und geschützten Raum verschaffen. Außerdem sind wir alle durchgefroren und am Ende unserer Kräfte angelangt."

Der fahrende Ritter und Sänger rieb sich die steifen Hände und nickte bedächtig.

„Da mögt Ihr wahrlich recht haben, Willehalm", gab er zu. „Aber Ihr wisst auch, dass diese Leute hier selbst nichts besitzen, was sie mit uns teilen könnten."

Ich räusperte mich und bedachte ihn mit einem verschmitzten Lächeln:

„Ehrlich gesagt, rechne ich eigentlich damit, dass Ihr ihnen ein paar Münzen aus Eurem Beutel geben würdet."

Ritter Walther zog die Augenbrauen hoch und schüttelte grinsend den Kopf.

„Was Ihr meint, ist wohl, dass die Ehre unseres Standes fordert, wir sollten uns um die Armen und Schwachen kümmern", meinte er sinnend. „Allerdings gehöre ich selbst, wie Ihr Euch sicherlich denken könnt, bestimmt nicht zu den wohlhabenden Edlen des Reiches."

„Immerhin seid Ihr der Einzige von uns, der im Augenblick einen Beutel mit Münzen besitzt."

Walther winkte ab.

„Ich gebe mich geschlagen, Willehalm!", verkündete er lachend. „Zumindest verstehe ich jetzt, wie Ihr es mit Eurem Schwager und Euren beiden Frauen geschafft habt, den weiten Weg vom Orient bis hierher zu bewältigen."

Der hart gefrorene Schnee knirschte laut unter unseren Sohlen, als wir den Hof der Bauernkate betraten. Sofort sprangen einige wild bellende Hunde herbei, knurrten böse und bleckten die Zähne. Walthers Pferd scheute und wollte zur Seite ausbrechen. Nur mit Mühe vermochte der fahrende Ritter das Tier am Zügel zu halten, sonst wäre es unweigerlich mitsamt seiner kostbaren Last geflohen. Pui Tien schritt ungerührt auf die Meute zu und fixierte die Hunde mit den Augen. Unmittelbar danach ging das laute wütende Kläffen in ein klägliches Winseln über, wurde leiser und erstarb dann ganz. Mit eingezogenen Schwänzen wichen die Hunde in den hinteren Bereich des Hofes aus und ließen sich in gebührendem Abstand von uns nieder.

Von der halb geöffneten Tür der Kate her ertönte ein dumpfes Geräusch, als der Knüppel, den der Besitzer des Hofes in der Hand gehalten hatte, zu Boden fiel. Der Bauer hatte den Mund halb geöffnet und zitterte am ganzen Körper, was nach dem sich deutlich abzeichnenden Erschrecken in seinem Gesicht bestimmt nicht nur auf den klirrenden Frost zurückzuführen war. Er trug einen einfachen grauen Leibrock, der ihm bis über die Hüften reichte, und über den Kopf hatte er die Kapuze einer gleichfarbigen Gugel gezogen. Seine dürren Beine steckten in wollenen Beinlingen, die an mehreren Stellen löchrig und zerschlissen waren. Mit einem furchtsamen Blick maß der Mann zunächst den Ritter, den er natürlich für den Anführer dieser seltsamen nächtlichen Besucher halten musste, und er schrak danach nochmals sichtbar zusammen, als er Phei Siang und unsere Tochter musterte.

„Hab keine Furcht!", versuchte Walther den Bauern zu beruhigen. „Wir wollen uns nur an deinem Feuer etwas aufwärmen und unseren kranken Gefährten versorgen. Danach werden wir dein Haus wieder verlassen, aber es soll dein Schaden nicht sein."

Wie um unsere ehrlichen Absichten zu unterstreichen, nestelte Walther an seinem Geldbeutel, nahm ein paar Münzen heraus und zeigte sie dem eingeschüchterten Mann. Ich übersetzte die Worte unseres Gefährten ins Sächsische und schaute den Bauern erwartungsvoll an. Zuerst schien er mich nicht recht zu verstehen, doch als ich die wenigen Sätze ganz langsam und deutlich wiederholte, nickte er schließlich, vollführte eine einladende Geste und ließ uns hinein.

Ich half Walther, den bewusstlosen Didi vom Pferd zu nehmen. Vorsichtig trugen wir ihn zu der Feuerstelle in der Mitte des Raumes und legten ihn dort auf die Strohbündel, die unser Gastgeber mit seiner Frau inzwischen eilig zusammengetragen hatte. Danach führten wir Walthers Pferd in den angrenzenden Stallbereich, wo auch die beiden Ochsen standen, die offensichtlich im Frühjahr den Pflug ziehen mussten.

Der Bauer nannte sich Wigbert und seine Frau hieß Hiltrud, wie wir nach einigen umständlichen Erklärungen erfuhren. Die beiden und ihr kleines Dorf, das keinen eigenen Namen hatte, waren gegenüber dem Kloster Knechtsteden und dem Abt des dort ansässigen Prämonstratenserordens abgabepflichtig. Überhaupt entwickelte sich die Verständigung allmählich immer besser, denn Wigbert sprach ein Idiom, das dem uns gut bekannten Westfälischen Sächsisch der östlichen Bergwälder ziemlich nah kam. Allerdings hätte Walther ohne unsere Hilfe wohl kaum selbst mit den einfachen Leuten des Kölner Umlandes reden können.

Insgesamt gehörten vier Kinder zu dem kleinen Haushalt, und alles spielte sich in diesem einen Raum ab, dessen Wände und Decke rußgeschwärzt waren. Der Fußboden war aus festgestampfter Erde, und es gab auch nur ein einziges Fenster, das eigentlich aus einem mehr oder weniger runden, von einer Tierhautblase bedeckten Loch bestand. Die Feuerstelle war ein aus Lehm gefügter Kochofen, der nach oben offen blieb, damit der Rauch aufsteigen konnte, wo er unter normalen Umständen durch das Rundloch im Dach entweichen sollte. Doch nun ließ die klirrende Kälte die Luft nach unten sinken, und verhinderte so einen geregelten Abzug, so dass sich der gesamte Raum schnell mit beißendem Qualm füllte. Die Betten der Familienmitglieder waren flache Pritschen aus Brettern, die man mit Stroh aufgefüllt hatte. Als Mobiliar dienten lediglich ein paar Schemel und ein Tisch, der aus einer großen, von Schragen gehaltenen Holzplatte bestand, sowie eine grob behauene Truhe.

Über der Kochstelle hing ein Kessel, in dem eine weißliche Flüssigkeit brodelte. Bei näherem Hinschauen entpuppte sich diese als dicklicher Brei aus Mehl und Milch, wahrscheinlich die erste Mahlzeit des noch jungen Tages. Wie selbstverständlich lud uns die Bauersfrau Hiltrud ein, gemeinsam mit der Familie zu essen.

Ich deutete mit einer ausladenden Geste auf Walther, und der fahrende Ritter nickte mir kurz zu. Er öffnete den Beutel an seiner Gürteltasche und gab unserem Gastgeber drei Münzen in die Hand. Wigbert betrachtete staunend die blitzenden Geldstücke und fiel vor dem adeligen Sänger auf die Knie.

„Das ist viel zu viel, Herr!", brachte er stockend hervor.

Walther runzelte die Stirn und schaute mich fragend an. Während ich ihm das Gesagte in die höfische Verkehrssprache übersetzte, bückte ich mich zu Wigbert und schloss demonstrativ dessen Finger um die Münzen in seiner Hand.

„Das ist nicht nur für das Essen, und deine Gastfreundschaft, sondern auch dafür, dass niemand von euch etwas über unseren Besuch erzählt!", betonte ich ausdrücklich.

Inzwischen hatte Hiltrud bereits einige hölzerne Schalen mit dem heißen Brei gefüllt und auf den Tisch gestellt. Dann bedeutete sie uns, wir sollten uns setzen. Da ich sie nicht sofort verstand, drückte sie mir einen Holzlöffel in die Hand. Nacheinander bekamen auch Walther, Siang und unsere Tochter ein solches Gerät.

Wir hatten Hunger, das war schon klar, aber ich wusste natürlich auch, dass meine Siang normalerweise Speisen mit überwiegendem Milchanteil tunlichst mied, weil sie wie die meisten Asiaten aus tropischen Regionen solche nicht vertragen konnte. Natürlich hatten wir uns zuhause schon seit langem darauf eingestellt und Milchgerichte praktisch völlig aus unserem Speiseplan verbannt. Doch hier im Mittelalter waren Milchspeisen nun mal bei allen sozialen Schichten die hauptsächliche Ernährungsgrundlage, und Wigberts Familie machte dabei keine Ausnahme.

Trotzdem nahmen Phei Siang und Pui Tien die ihnen gereichte Holzschale widerspruchslos entgegen. Beide verzogen auch keine Miene, während sie ihre Löffel mit dampfendem Milchbrei zum Mund führten, aber nach einigen Minuten trat bei Siang die erwartete Wirkung ein. Sie schaute mich vielsagend an, wurde bleich und stürzte würgend nach draußen. Walther blickte verwundert auf.

„Meine Gemahlin ist nicht an unsere einfachen Speisen gewöhnt", erklärte ich ihm, während ich ebenfalls aufstand, um meiner leidenden Liebsten zur Hilfe zu eilen.

Kurz vor der Tür zögerte ich einen Moment und sah mich zu unserer Tochter um, doch Pui Tien aß ihre Portion munter weiter. Trotz der frappierenden Ähnlichkeit mit ihrer Mutter schien sie diese Unverträglichkeit nicht geerbt zu haben.

Im Hof wurde ich gleich von den nun friedlich schnuppernden Hunden begrüßt. Die Meute begleitete mich auch bis zu Phei Siang, die in gebückter Haltung an der Hausecke stand und sich gerade mit Schnee den Mund abwischte. Als ich sie sacht an der Schulter berührte, richtete sie sich auf und drehte sich zu mir um.

„Ich dachte, ich könnte wenigstens den Honig behalten, den die Frau unter den Brei gerührt hat", meinte sie mit einem zaghaften Lächeln. „Wir haben fast zwei Tage nichts gegessen und könnten schon etwas Nahrhaftes gebrauchen. Immerhin werden wir noch lange unterwegs sein."

„Hm, ich denke, wir sollten den Bauern bitten, uns seinen zweiten Kessel zu überlassen, den ich neben der Feuerstelle gesehen habe", erwiderte ich nachdenklich. „Dann wären wir endlich in der Lage, uns selbst zu versorgen, denn auf die Dauer gesehen, können wir schließlich nicht nur von erlegtem Wild leben."

Phei Siang nickte zustimmend.

„Wir müssen auch an Pui Tiens Freund denken, Siang", fuhr ich fort. „Der Junge ist völlig erschöpft und ausgezehrt. Es wird eine Weile dauern, ihn gesund zu pflegen, und ohne die Zufuhr von Vitaminen hat er nicht die geringste Chance, bis zum Frühjahr durchzuhalten."

„Das heißt, du glaubst nicht, dass wir vor Belthane versuchen sollten, durch das Tor an den Externsteinen zu gehen?" schloss Phei Siang daraus.

„Ehrlich gesagt, ich weiß es nicht", gab ich unumwunden zu. „Im Moment können wir froh sein, wenn er die Reise bis in unsere Wälder an der Klutert überlebt. Allerdings hast du recht, wenn du denkst, ich hielte einen früheren Versuch für zu gefährlich. Damals hatten wir an den Externsteinen einen Bezugspunkt, denn wir waren schließlich bereits durch das dortige Tor in diese Zeit gekommen."

„Der einzig sichere Weg wäre demnach die Klutert, aber dazu müssten wir fast noch ein ganzes Jahr lang warten", meinte Phei Siang nachdenklich.

Was das bedeutete, brauchte ich nicht mit ihr zu diskutieren. Zum einen würde es bei der augenblicklichen Kriegslage sicherlich nicht einfach sein, eine so lange Zeit im Verborgenen zu überstehen, und zum anderen hatten wir ja am eigenen Leib erlebt, was passieren konnte, wenn wir uns der Gefahr aussetzten, dass die unsichtbaren Fäden gekappt würden, die uns mit der Gegenwart verbanden. Die Erinnerung daran, dass wir nach unserer ersten Versetzung fast dreißig Jahre zu spät heimgekehrt waren, schmerzte noch immer. Ich schob die trüben Gedanken beiseite und legte meinen Arm um Siangs Schulter.

„Komm, lass uns hineingehen, es ist fürchterlich kalt!", forderte ich sie auf. „Ein paar Stunden sollten wir uns noch ausruhen, bevor wir zur Fähre nach Zons aufbrechen."

„Was ist eigentlich mit Pui Tien?", fragte Phei Siang nach ein paar Schritten. „Hat sie den Milchbrei etwa vertragen?"

„Tja, zumindest weiß ich nun endlich, dass unsere Tochter auch etwas von mir geerbt hat", antwortete ich feixend. „Daheim auf unserem Hof Buckholt dürften demnach wohl bald die Zeiten ohne Milch und Käse beim Frühstück der Vergangenheit angehören."

Pui Tien

Der lichte Auenwald schien kein Ende nehmen zu wollen. Wohin man auch blickte, überall waren nur kahle, mit Eis und Schnee überzogene Zweige zu sehen. Vom nahen Rhein gab es dagegen nicht die geringste Spur. Dabei konnte es bis zu den erzbischöflichen Fronhöfen Zuonozo (Zons) eigentlich nicht mehr weit sein. Zumindest hatte das der Bauer Wigbert behauptet, als er uns den Weg in dieses Gelände wies. Nun ja, ein richtiger Pfad war es eben nicht, auf dem wir uns durch das nicht enden wollende Gehölz bewegten, aber das hatten wir schließlich auch so gewollt. Auf der normalen Route wäre die Gefahr, doch noch erkannt und aufgehalten zu werden, viel zu groß gewesen.

Besorgt schaute ich mich zu Mama um. Ihr war der Brei aus Milch und Mehl nicht bekommen, was allerdings zu erwarten gewesen war. Bei uns zu Hause hatte ich dergleichen auch nie gesehen. Jedenfalls setzten ihr offenbar der Hunger und die Kälte gehörig zu, denn sie sah müde und erschöpft aus. Es wurde Zeit, dass wir bald die Anlegestelle für die Fähre fanden. Hoffentlich erwartete uns Udalrik an der verabredeten Stelle auf der gegenüberliegenden Rheinseite. Dann wären wir endlich wieder im Besitz unserer Pferde und der übrigen Ausrüstung. Als besonders wichtig würde sich dabei vor allem das kleine Turnierzelt erweisen.

Auch Ritter Walther machte nicht gerade den Eindruck, als könnte ihm die Witterung nichts anhaben. Er saß zwar auf seinem Pferd und hielt den in seinen Mantel eingewickelten Didi fest, wirkte aber ansonsten recht teilnahmslos. Mein Schulfreund war noch in der Bauernkate kurz aufgewacht und hatte mich zufrieden lächelnd angeschaut. Ich muss zugeben, ich hätte nie zuvor gedacht, dass mich solch eine kleine Geste einmal so glücklich machen würde. Ich wollte mich zu ihm setzen und ihm berichten, wie es uns gelungen war, ihn doch noch vom Galgen zu retten, doch da war Didi bereits wieder eingeschlafen. Er rührte sich auch nicht, als wir ihn nur wenig später mit vereinten Kräften wieder auf Walthers Pferd hoben und unsere Reise fortsetzten.

In Gedanken eilte ich bereits in die Berge voraus. Da wir nicht wussten, wann Sligachan soweit genesen sein würde, dass er sich auf den Weg zur heimatlichen Klutert aufmachen konnte, blieb uns als Ziel nur mein altes Versteck in den Wäldern. Dort gab es immerhin den grottenähnlichen Felsüberhang, der uns vor den Widrigkeiten des Winters schützen würde. Mithilfe des Turnierzeltes konnten wir uns wenigstens einigermaßen häuslich einrichten, bis die schlimmste Zeit überstanden war und Didi sich erholt hatte. Danach sollten wir uns in aller Ruhe überlegen, ob es eine Möglichkeit gab, die Zeitmauer zu durchschreiten, ohne noch fast ein ganzes Jahr warten zu müssen. Natürlich kam mir dabei sofort jener uralte magische Ort in den Sinn, der sich ein paar Tagesreisen weiter östlich auf der Passhöhe zwischen markant geformten Felsklippen befand. Mama und Papa hatten mich schließlich durch das dortige Tor zurück in die Gegenwart gebracht.

Als ich diese Überlegungen anstellte, überkam mich ein seltsames Unbehagen, das ich mir nicht erklären konnte. Es war, als spürte ich schon jetzt eine große Gefahr, die zwischen den unheimlichen Sandsteinfelsen auf uns lauern würde. Vielleicht hätte ich mich besser auf das unbestimmte Gefühl einlassen und eingehender darüber nachdenken sollen, dann wäre uns unter Umständen einiges erspart geblieben. Doch im Nachhinein bin ich davon überzeugt, dass alles, was später geschehen sollte, unvermeidlich gewesen ist. Damals jedoch wischte ich die offensichtliche Warnung unwirsch beiseite und hielt die schemenhafte Vorahnung künftigen Unheils lediglich für ein überdeutliches Anzeichen des seit langem herrschenden Chaos in meiner eigenen Gefühlswelt. Überdies kamen im selben Moment endlich die Häuser des Fronhofs von Zons in Sicht, was mich von einem Augenblick zum anderen jeglicher weiterer Gedankenspiele enthob.

Leng Phei Siang

Am liebsten hätte ich mich einfach auf den Boden gelegt und geschlafen. Meine Beine und Arme fühlten sich vor Kälte fast taub an, aber dafür war das bohrende Hungergefühl einer gleichgültig machenden Mattigkeit gewichen. Um wach zu bleiben, beschäftigte ich mein müdes Gehirn mit Belanglosigkeiten.

Soso, meine liebliche und mir äußerlich fast völlig gleichende Tochter war in Wahrheit also doch eine halbe Europäerin. Allein die Erinnerung daran, wie frech Fred mir diese Tatsache mit der Forderung nach Wiedereinführung von Milch und Käse zum Frühstück unterbreitet hatte, ließ mich still vor mich hin schmunzeln. Im Grunde genommen war ich eigentlich heilfroh darüber gewesen, wie sich auf etwas ungewöhnliche Weise herausgestellt hatte, dass Pui Tien neben ihrem starrköpfigen Eigensinn auch eine für diese Region der Erde ziemlich nützliche Eigenschaft von meinem ritterlichen Helden geerbt hatte.

Ich lachte laut auf, und Fred sah mich verwundert an.

„Ni hao ma, Siang?" (geht es dir gut, Siang), fragte er besorgt.

„Ni bu wäi dan ßin vou lü!" (mach dir keine Sorgen), gab ich glucksend zurück. „Ich habe mir nur vorgestellt, wie das sein wird, wenn ihr euch morgens mit einem Glas Kuhmilch zuprostet."

Fred schüttelte grinsend den Kopf.

„Wir könnten es ja auch mit Hühnerbrühe tun, wenn dir das lieber ist."

Ich verzog angeekelt das Gesicht, doch zu einer Antwort kam ich nicht mehr, weil unsere Tochter bekannt gab, dass die Häuser des Fronhofes zu sehen waren.

Die Fähre war eine kleinere Ausgabe jener sogenannten „fliegenden Brücke", die wir bereits in Köln kennen gelernt hatten. Zum Glück stellten die Schiffer keine überflüssigen Fragen, sondern verrichteten mürrisch und schweigsam ihre Arbeit. Trotzdem stellte Fred uns unaufgefordert als Begleiter des fahrenden Sängers vor und erkundigte sich möglichst auffällig nach dem Weg zur Reichsburg Kaiserswerth. Natürlich beabsichtigte er damit, eventuelle Verfolger auf die falsche Fährte zu locken. Am anderen Ufer gab Walther den Fährleuten die gleiche Anzahl an Münzen, die er dem Bauern Wigbert in die Hand gedrückt hatte. Danach hellten sich die bis dahin finsteren Mienen der drei Männer sofort sichtbar auf, denn wahrscheinlich überstieg die Summe bei Weitem den Zins, den sie für die Überfahrt an den Erzbischof abführen mussten.

Während die Fährleute nun mit sich und der Welt zufrieden ihr Gefährt wieder über den Fluss manövrierten, machten wir uns zum Schein in Richtung Norden auf. Sobald wir jedoch außer Sichtweite waren, kehrten wir in einem weiten

Bogen zurück, um in Deckung der Ufergebüsche auf Udalrik zu warten. Unterdessen teilte uns Ritter Walther mit, dass er beabsichtige, nach Ankunft unseres Sergenten allein seines Weges zu ziehen.

Zwei Stunden später traf unser Gefährte wie verabredet ein. Ich traute meinen Augen kaum, denn Udalrik brachte nicht nur unsere Pferde und Ausrüstung mit, sondern er saß auf einem vierrädrigen Karren, vor den er sein eigenes Reittier sowie das Packpferd gespannt hatte.

Wir kamen aus dem Staunen nicht heraus. Unser braver Sergent hatte bereits im Kloster der Benediktiner daran gedacht, dass Pui Tiens Freund von der langen Kerkerhaft geschwächt und wahrscheinlich sogar ernsthaft erkrankt sein könnte. Daher hatte er kurzerhand eine unserer Taschenlampen aus dem Rucksack genommen und diese bei einem fahrenden Händler gegen den Karren eingetauscht. Ich erinnerte mich schwach, dass wir Udalrik und dessen Vater in unserem gemeinsamen Versteck die Funktionsweise der geheimnisvollen Leuchtstäbe erklärt hatten. Den beiden waren ob des vermeintlichen Wunders schier die Augen übergegangen. Da wir mehrere solcher Zaubergeräte besaßen, hatte Udalrik wohl gedacht, dass wir sicher eines davon entbehren konnten. Seine Sorge, dass wir ihm die Eigenmächtigkeit übel nehmen würden, war nun wirklich nicht begründet. Im Gegenteil, wir dankten ihm überschwänglich, dass er dazu den Mut aufgebracht hatte. Pui Tien trat sogar zu Udalrik und umarmte ihn stumm, was unseren eifrigen Sergenten sehr verlegen machte.

Walther hatte von alledem nur wenig mitbekommen, weil unsere Unterhaltung natürlich auf Sächsisch vonstatten ging. Doch nun, da wir offensichtlich mit allem Nötigen für unsere eigene Weiterreise versorgt waren, drängte er darauf, sich zu verabschieden. Wir betteten den Freund unserer Tochter auf eine weiche Unterlage aus Schafsfellen in den Karren und hüllten ihn in unsere Decken, während Walther sichtlich froh war, endlich wieder seinen kostbaren Mantel anlegen zu können. Anschließend stieg er auf sein Pferd.

„Es war eine ereignisreiche Zeit mit Euch und Euren Damen, Ritter Willehalm", schloss er mit einer Spur Sarkasmus auf den Lippen. „Seid mir bitte nicht gram, aber mir deucht, dass es für mich weniger gefährlich ist, wenn ich meinen Weg ohne Eure geschätzte Begleitung fortsetze.

Aber seid versichert, ich bereue nichts und werde dieses Abenteuer bestimmt nicht vergessen."

„Wollt Ihr denn Eurem Stauferkönig weiterhin die Treue halten?", fragte Fred rundheraus. „Oder hat Euch die Erfahrung mit der Politik des Erzbischofs eines Besseren belehrt?"

„Ich kann nun wahrlich nicht behaupten, dass Adolf von Altena sich ehrenhaft verhalten hätte", entgegnete der fahrende Sänger mit einem süffisanten Lächeln. „Welche Entscheidung ich getroffen habe, mögt Ihr daraus entnehmen, dass ich mich jetzt nach Osten begebe. Vielleicht reite ich nach Brunswick, um König Otto zu sehen; vielleicht werde ich aber auch bis nach Thüringen weiterziehen, denn Landgraf Ludwig soll, wie ich gehört habe, ein großer Förderer des höfischen Gesangs sein."

Fred nickte bedächtig und lächelte verstehend.

„Dort, wo Eure hohe Kunst geehrt wird, seid Ihr sicher stets ein gern gesehener Gast", merkte er vieldeutig an.

„Ihr sagt es, Willehalm!", bekräftigte Walther. „Euch wünsche ich jedenfalls viel Glück bei Eurer Heimreise."

Der fahrende Sänger hielt nach wenigen Metern noch einmal kurz an und rief uns zu:

„Übrigens, Willehalm, wenn Euer Ziel wirklich das englische Königreich ist, dann müsst Ihr wieder über den Strom zurück und Euch nach Westen wenden!"

Er lachte schallend und gab seinem Pferd die Sporen.

Wir schauten ihm verdutzt nach, bis er zwischen den Bäumen verschwand.

„Meinst du, er hat uns durchschaut?", fragte ich meinen Gemahl, der noch immer versonnen in die Ferne blickte.

„Na ja, zumindest kauft er mir wohl den englischen Kreuzritter nicht mehr ab", meinte Fred gelassen.

Fred Hoppe, 27. Dezember 1204

Wir benötigten fast zwei Tage, um mit dem Karren ins Tal der Ennepe zu gelangen. Und dabei hatten wir noch Glück, dass uns auf den ausgetretenen Pfaden zwischen Elverveld und Schwelm weder ein Kriegstross noch eine Patrouille einer der beiden verfeindeten Parteien begegnete. Trotzdem war ich froh, das bunt gescheckte Gauklerkleid gegen meinen gesteppten Gambeson, das Kettenhemd und den Waffenrock des englischen Kreuzfahrers tauschen zu können. Damit fühlte ich mich in diesen unsicheren Zeiten nicht nur besser gewappnet, sondern auch ausreichend gegen die beißende Kälte geschützt. Auch Siang fror nun in ihren eigenen, viel dichteren Gewändern und ihrem mit Fehfellen gefütterten Mantel bei Weitem nicht mehr so wie in den dünnen Tuchkleidern der Spielleute.

Pui Tiens Freund war mehrmals urplötzlich schreiend aufgewacht, und es dauerte jeweils eine ganze Weile, ihn wieder zu beruhigen. Schließlich band unsere Tochter ihr Pferd an den Karren und schlüpfte kurzerhand in den Wagen, um ständig bei ihrem Kameraden zu sein. Während wir unterwegs waren, ernährten wir uns von Dörrfleisch und getrockneten Früchten, die Udalrik praktischerweise gleich mit dem Gefährt gegen die Taschenlampe eingetauscht hatte. Endlich erreichten wir den altbekannten Hohlweg des Fernhandelspfades, der uns hinunter zur Ennepe brachte.

Das letzte Stück vom Fuß des Gevelberges durch die weglose Wildnis der Kruiner Schlucht zum Eisentransportweg an der Altenvoerder Furt hielt uns noch einmal stundenlang auf, weil wir uns die Schneise für den Karren durch das Dickicht der sumpfigen Flussaue schlagen mussten.

Inzwischen hatte bereits die Dämmerung eingesetzt, und ich dachte schon mit Schaudern an die nächtliche Durchquerung der dichten Bergwälder bis zu Pui Tiens altem Versteck. Natürlich konnten wir das nicht mit dem Karren bewältigen und waren praktisch gezwungen, Didi wieder auf eines der Pferde zu verfrachten. Allerdings wäre ein solches Unternehmen von unserem augenblicklichen Standort im Tal der Ennepe aus undurchführbar gewesen, da wir über die steilen Flanken der dicht bewachsenen Hänge hätten aufsteigen müssen. Also entschlossen wir uns, dem Eisenpfad durch das Tal des Loher Baches bis zum Dorf Voerde zu folgen, um danach den Weg über die Höhe in Richtung der Siedlung Breckerfeld zu nehmen. Mit etwas Glück würden wir vielleicht nach einigen weiteren Kilometern eine Stelle finden, von der aus wir das Seitentälchen und Pui Tiens Felsensee von oben her erreichen konnten.

Udalrik war zunächst zutiefst erschrocken über unsere Absicht, trotz der kalten Witterung den Winter in den Bergwäldern verbringen zu wollen, aber er ließ sich letztlich davon überzeugen, dass dies wohl für alle das Beste sei. Wir konnten nun mal nicht ihm und seinem Vater mit so vielen Personen weiter zur Last fallen. Immerhin hatten die beiden bestimmt selbst nicht genug, um die kalte Jahreszeit zu überstehen, und außerdem mussten sie sich um den Wiederaufbau ihres Hofes kümmern. Unserem treuen Sergenten war natürlich klar, dass damit sein mit uns verabredetes Dienstverhältnis viel früher als vorgesehen beendet sein würde, und er fragte vorsichtig an, ob er wohl trotzdem mit dem versprochenen Lohn rechnen könne.

„Darüber brauchst du dir keine Sorgen zu machen", beruhigte ich ihn. „Du darfst die Ausrüstung behalten und kannst sie verkaufen, wann immer du willst. Es tut mir leid, dass wir dir keinen richtigen Sold zahlen können, aber für das Kettenhemd, den Waffenrock und das Schwert wirst du sicher weit mehr bekommen, als du sonst hättest verdienen können. Der Karren und dein Pferd gehören dir obendrein. Du bist nun kein armer Mann mehr, Udalrik."

Unser Gefährte strahlte uns freudig an.

„Wolltet Ihr mich nicht bis zum Frühjahr behalten, Herr?"

„Nun ja, wie du selbst erlebt hast, haben sich nicht alle Dinge so entwickelt, wie wir zuvor erhofft hatten, Udalrik", erklärte ich ihm. „Und jetzt, da es uns wenigstens gelungen ist, unseren jungen Freund vor dem Galgen zu retten, wollen wir, sobald er genesen ist, nur noch heim in unsere Welt."

Udalrik nickte versonnen.

„Ich glaube, darüber sollte ich besser gar nichts Genaueres wissen, nicht wahr, Herr?", meinte er schmunzelnd.

Pui Tien

Natürlich wusste ich genau, an welcher Stelle wir den Karrenpfad nach Breckerfeld verlassen mussten, um auf möglichst direktem Weg durch den Wald zu meiner Grotte am Bergsee zu kommen. Als wir das Packpferd ausspannten, schien bereits die helle Sichel des Mondes durch die kahlen Wipfel der Bäume. Da wir von nun an sowieso gezwungen waren, die Tiere am Zügel zu führen, konnten wir unsere gesamte Ausrüstung ohne Bedenken auf alle übrigen Pferde verteilen, weil das ansonsten für die Lasten vorgesehene ja schließlich meinen Freund tragen musste.

Danach verabschiedeten wir uns endgültig von Udalrik. Während Mama und Papa ihm noch viel Glück wünschten, lächelte ich unserem Sergenten verstohlen zu. Wahrscheinlich würde er nun mit seinem neu gewonnenen Reichtum tatsächlich die Mittel haben, um seine angebetete Irmingtrud zu freien. Ich gönnte es ihm von Herzen.

In meinem eigenen Gefühlsleben sah es weitaus chaotischer aus. Gut, wir hatten Didi retten können, aber normalerweise hätte er mir niemals durch das Zeittor in der Klutert folgen dürfen. Dass er überhaupt in jene missliche Lage geraten war, schrieb ich meiner Unfähigkeit zu, ihn daran zu hindern. Doch das war nur ein weiterer Punkt auf der langen Liste meines Versagens. Den eigentlichen Zweck meiner Rückkehr in diese Epoche hatte ich nicht erfüllen können. Aber wenn Oban das alles in seiner vorausschauenden Weisheit bereits gewusst hatte, bevor er mich rief, warum war ich dann überhaupt hier? Um Sligachan vor dem gleichen Schicksal zu bewahren und ihn auf den rechten Weg zu bringen, wie es mein alter Lehrmeister gefordert hatte, bevor er starb? Dabei war ich mir nicht einmal sicher, ob mir dies überhaupt gelungen war. Wie ich es auch drehte und wendete, das konnte nicht alles gewesen sein.

Bei dem Gedanken beschlich mich wieder jenes seltsam vage Gefühl bevorstehenden Unheils. Aus irgendeinem, mir nicht erschließbaren Grunde keimte in mir die Überzeugung, dass wir unser Abenteuer noch lange nicht überstanden hatten. Allerdings würde ich Mama und Papa nichts davon erzählen, weil ich sie nicht beunruhigen wollte. Schließlich hatte ich doch schon vor geraumer Zeit geschworen, eine brave Tochter zu sein.

Ein weiteres Problem war mein ungeklärtes Verhältnis zu Didi. Wenn ich ganz tief in mein Herz hineinhorchte, musste ich mir eingestehen, dass ich tatsächlich dabei war, mich in ihn zu verlieben. Also hatte Sligachan doch recht gehabt! Aber wie sollte so etwas möglich sein? Ich musste genau prüfen, ob meine Gefühle für ihn nicht nur auf Mitleid zurückzuführen waren. Das wäre sowohl ihm als auch mir selbst gegenüber nicht ehrlich und sicherlich keine gute Grundlage für eine Beziehung. Aber ich würde es herausfinden! Zeit genug hatte ich ja nun dafür, denn vor dem Frühling würden wir wohl kaum diese Welt verlassen. Auf jeden Fall würde ich mich nicht in seine Arme stürzen, sobald er wieder auf seinen eigenen Beinen stehen konnte.

Pah, das wäre ja noch schöner! Vielmehr würde ich ihn ärgern und zappeln lassen, bis ich selbst… Ich brach meinen Gedankengang verschämt ab. Wollte ich wirklich so grausam sein? Welche Beweise brauchte ich denn noch?

Ich schüttelte energisch den Kopf, und meine Haare flatterten im kalten Nachtwind wie die Schwingen eines Raubvogels, der im Begriff ist, in die Lüfte zu steigen. Im selben Moment zuckte ich wie unter einem Peitschenschlag zusammen, als Mama mir ihre Hand auf die Schulter legte.

„Du verrätst mit deinen Gesten mehr von dem, was du denkst, als wenn du sprechen würdest, Nü er", ermahnte sie mich mit sanfter Stimme. „Vielleicht solltest du lernen, mehr auf dein Herz zu hören, als immer wieder darüber zu grübeln, ob das, was du zu empfinden glaubst, richtig ist."

Ich lehnte vertrauensvoll meinen Kopf an ihre Schulter.

„Mama, wie soll ich wissen, ob mein Herz die Wahrheit spricht?", flüsterte ich. „Ich will mich nicht noch einmal täuschen, denn das tut so weh!"

„Weil es ehrlicher ist als deine Augen, Nü er", antwortete sie nachdenklich. „Manchmal sind wir geneigt, ihnen mehr Glauben zu schenken, nur weil uns jemand gut gefällt. Doch mit dem Herzen kannst du tiefer sehen und erkennen, ob dich ein Junge wirklich liebt oder ob er dir nur schmeichelt, weil er dich begehrt."

„Wie du das sagst, hört es sich so einfach an, Mama."

„Das ist es nicht, Nü er. Auch ich habe mich getäuscht, als ich so alt war wie du. Und danach wollte ich meinem Herzen niemals mehr erlauben, einen anderen zu lieben…"

„Aber dann bist du Papa begegnet, nicht wahr?", unterbrach ich sie.

„Ja, doch er musste lange um mich kämpfen, und wenn die Mächte des Berges uns nicht in diese fremde gefährliche Welt geschleudert hätten, wäre ich wahrscheinlich auch standhaft geblieben und hätte wohl irgendwann jemanden geheiratet, den ich nicht zu lieben vermochte, weil Opa Kao glaubte, dass es für mich das Beste wäre."

„Aber das ist grausam, Mama!", protestierte ich vehement. „Ich kann nicht glauben, dass Opa Kao so etwas tun würde."

„Nun, so etwas war damals üblich, Nü er. Du darfst deinen Opa deswegen nicht verurteilen. Ich bin noch nach den alten Traditionen in unserer Heimat erzogen worden, und die sahen eben vor, dass Ehen von den Eltern geschlossen wurden, ohne die Kinder um ihre Meinung zu fragen. Ich hätte gar nicht anders gekonnt, als zu gehorchen. Liebe war höchstens ein schöner Traum, der nur in Märchen und Legenden wahr werden konnte."

„Dann war es in unserer alten Heimat China ja gar nicht anders als hier in dieser Epoche."

„Richtig, Nü er. Deshalb war ich auch eigentlich im Gegensatz zu Papa gar nicht so verzweifelt darüber, dass ich unserer Gegenwart entkommen war. So bot sich für mich auf einmal die Möglichkeit, allein auf die Stimme meines Herzens zu hören."

„Dann warst du also ungehorsam und hast dafür das Glück deines Lebens finden dürfen", schloss ich daraus. „Aber wie war das, als du später zurückkehrtest? War Opa Kao dir nicht böse?"

„Als wir heimkehrten, waren schließlich dreißig Jahre vergangen, Nü er, und Opa Kao hatte unterdessen aus lauter Gram Oma Liu Tsi verlassen, weil er glaubte, ich wäre tot. In der ersten Zeit habe ich dann auch gedacht, alles wäre gut, doch auf Dauer gesehen vermochte ich nicht ohne seinen Segen glücklich zu sein. Das ist der Grund, warum wir nach China gereist sind, um Opa Kao zu suchen."

„Ich weiß, das hast du mir erzählt, als wir uns wiedergesehen hatten, aber ich habe damals noch nicht alles verstanden, Mama", erinnerte ich mich. „Jedenfalls hast du seinen Segen bekommen, und er hat dir verziehen, sonst wäre er ja nicht wieder zurückgekommen."

„Ja, Nü er, so ist es!", meinte Mama lachend. „Aber was ich dir damit sagen möchte, ist, dass ich gelernt habe, wie wichtig es ist, auf die Stimme des Herzens zu hören, denn nur sie kann dich zur inneren Zufriedenheit in deinem Leben führen."

„Darüber muss ich noch viel nachdenken, Mama!", versicherte ich ihr.

Ich führte meine Eltern und unsere Pferde mit schlafwandlerischer Sicherheit noch vor Mitternacht zu dem grottenähnlichen Felsüberhang an meinem geheimen See. Wenig später hallten bereits schnell aufeinanderfolgende Axtschläge durch die klare Winternacht und kündeten davon, dass Papa schlanke Eschenstangen für unser kleines Turnierzelt fällte. Unter dem Felsen, wo Mama und ich ein provisorisches Lager errichtet hatten, loderte inzwischen ein wärmendes Feuer, in dessen unmittelbarer Nähe mein Freund Didi lag. Nach weiteren zwei Stunden schlummerten wir endlich alle gemeinsam im Schutz der mit Fellen verstärkten, dicken Leinenplanen.

Irgendwann fanden die hell glitzernden Sonnenstrahlen ihren Weg in mein Gesicht. Ich blinzelte und schlug die Augen auf. Das Feuer war bereits geschürt worden, und es verbreitete eine angenehme Wärme nach der frostkalten Nacht. Mir gegenüber lag Didi unter seinen Decken. Soweit ich feststellen konnte, atmete er regelmäßig und ruhig.

In diesem Moment huschte Mama fast lautlos ins Zelt und hockte sich vor die züngelnden Flammen. Auf einem Stock hatte sie drei bereits ausgenommene Fische gespießt. Sie rammte den Stab schräg vor das Feuer in die Erde. Erst danach wendete sie sich mir zu und begrüßte mich mit einem stummen Augenaufschlag. Ich lächelte zurück und ließ mich wieder auf mein Lager sinken.

Gegen Mittag hielt mich endgültig nichts mehr auf meiner Schlafstatt, und ich erhob mich gähnend. Mama saß neben Didi, der zu meinem Erstaunen mit dem Rücken an einem Holzgestell lehnte, und reichte ihm gerade ein paar zerkleinerte Brocken Fisch. Mein Freund schaute mich aus großen Augen an.

Mein Herz wollte schier zerspringen vor Freude, aber ich unterdrückte fast krampfhaft jegliches Anzeichen von Überraschung.

„Wo sse biän dschi dä" (ich bin faul), murmelte ich stattdessen entschuldigend und grinste dabei verschämt zurück.

Es sollte betont lässig klingen, doch ich ärgerte mich sofort maßlos über meinen unbeholfenen Versuch, meine wirklichen Gefühle zu überspielen. Didi schluckte mühsam die Bissen hinunter und räusperte sich mehrmals vernehmlich. Als er zu sprechen begann, klang seine Stimme rau und heiser.

„Ich nehme an, ich lebe noch!", stellte er trocken fest.

Mama nickte ihm lächelnd zu und wies auf mich.

„Ich glaube, ihr habt einiges miteinander zu bereden", meinte sie schlicht, bevor sie aufstand und aus dem Zelt verschwand.

Didi und ich schauten ihr wehmütig nach, als ob es uns beiden unangenehm wäre, dass sie uns ausgerechnet jetzt allein ließ. In der Tat fühlte ich mich peinlich berührt, weil ich nicht wusste, wie ich alles, was mich bewegte, in Worte fassen sollte. Plötzlich hatte ich Angst davor, offen mit ihm zu sprechen und ihm ehrlich zu sagen, dass ich nicht mehr die Pui Tien war, die ihn noch vor einigen Monaten so schroff abgewiesen hatte. Ich kam mir auf einmal ungemein feige vor. Gleichzeitig schämte ich mich abgrundtief für alles, was ich ihm an den Kopf geworfen hatte, bevor wir am Goldberg getrennt wurden; aber ich fühlte mich nicht in der Lage, ihn dafür um Verzeihung zu bitten, geschweige denn ihm endlich zu gestehen, dass ich mittlerweile etwas für ihn empfand. Und so stand ich einfach da, hielt meinen Kopf gesenkt und traute mich nicht einmal, ihm in die Augen zu sehen. Stattdessen heftete sich mein Blick auf seine entblößten, knochig gewordenen Schultern und die blutroten Striemen, die quer über die ansonsten glatte braune Haut seiner Brust verliefen.

Didi beobachtete mich eine ganze Weile schweigend, und ich fragte mich, wieviel er von dem unbeschreiblichen Chaos, das in mir herrschte, bereits aus meiner Körperhaltung herauslesen konnte. Schließlich gab er sich einen Ruck und sprach mich an:

„Ich kann es noch immer nicht glauben, dass ihr es geschafft habt, mich da rauszuholen. Ich hatte bereits mit der Welt und dem Leben abgeschlossen."

Seine Stimme stockte, und er schluckte.

„Weißt du, da auf dem Domplatz, als ich hörte, dass sie riefen, sie hätten die Hexe entdeckt, fasste ich Hoffnung, doch da draußen vor dem Tor war wieder alles vorbei. Ich sagte mir, ich hätte mir das alles nur eingebildet, doch dann warst du plötzlich da, der Henker wurde von mir weggeschleudert, aber ich war zu entkräftet, ich konnte nicht mehr, sackte zusammen und die Schlinge zog sich zu…"

„Du sollst nicht so viel reden!", brachte ich mit tränenerstickter Stimme hervor.

Didi schaute mich verwundert an.

„He, du weinst ja!", meinte er jovial. „Ist nicht schlimm, Pui Tien! Mir ist auch zum Heulen zumute. Es scheint ja fast so, als ob wir endlich mal einer Meinung wären."

„Du Idiot!", fauchte ich auf, und doch klang es fast zärtlich.

Wie von selbst bewegten sich meine Beine auf ihn zu, und ich ließ mich an seiner Seite nieder. Ohne zu überlegen, was ich tat, ertasteten meine Hände sein Gesicht, und meine Lippen berührten seinen Mund. Didi zuckte zusammen wie unter einem erneuten Peitschenhieb, doch dann wagte er es, mich vorsichtig zu umarmen.

„Du bist und bleibst ein Idiot", wiederholte ich flüsternd, während ich ihn an mich zog und immer wieder aufs Neue liebkoste, bis Didi schmerzerfüllt aufstöhnte. Besorgt und ein wenig verwirrt entließ ich ihn aus meiner Umklammerung. Didi fuhr sich mit verzerrter Miene über die Rippen.

„Ich glaube, ich bin wohl doch noch etwas angeschlagen", teilte er mir lächelnd mit. „Aber sag mal ehrlich: War das jetzt so etwas wie Mitleid, oder erwägst du etwa doch ernstlich, mich zu erhören?"

Ich zog einen Schmollmund, und zwar mit solcher Vollendung, wie ich ihn nur bei Tante Phei Liang gesehen hatte.

„Würdest du mich denn nach allem, was ich zu dir gesagt habe, noch wollen?", entgegnete ich vorsichtig.

Didi blickte mich entgeistert an.

„Das fragst du noch?", sagte er mit seltsam belegter Stimme.

„Ich..., ich glaube, ich...", stammelte ich, doch da wurde plötzlich die Zeltwand aufgeschlagen und Papa schlüpfte hinein.

„Oh, unser Patient ist aufgewacht!", stellte er erstaunt fest.

Einen Augenblick lang stand ich wie erstarrt da. Ich fühlte mich ertappt, mir wurde heiß, und ich bekam einen hochroten Kopf. Beschämt stürzte ich aus dem Zelt und lief zu den Pferden. Mit einem gewaltigen Satz sprang ich auf, ritt an Mama vorbei, die mich verdutzt ansah, und verschwand zwischen den Bäumen.

Leng Phei Siang

„Sligachan hat schon recht! Du bist und bleibst ein unbeschreiblicher Tölpel, Fred Hoppe!", empfing ich meinen ritterlichen Helden, als er überstürzt das Zelt verließ, um nach dem Verbleib unserer Tochter zu forschen.

Er blieb vor mir stehen und breitete hilflos die Arme aus. Dabei schaute er mich auf diese unnachahmliche Weise an, die mich schon immer hatte schwach werden lassen, und setzte überdies auch noch sein entwaffnendes Lächeln auf.

„Ach Siang, wie soll ich denn ahnen, dass sich da drinnen zwei verhinderte Turteltauben beschnuppern?"

So, wie er es sagte, klang es nicht nur entschuldigend, sondern auch logisch. Trotzdem konnte ich ihn nicht einfach so davonkommen lassen.

„Ein klein wenig mehr Respekt vor der Intimsphäre deiner Tochter stände auch dir gut an", argumentierte ich schwach.

„Hm, und jetzt? Soll ich versuchen, sie wieder einzufangen?"

„Nein, du tumber Tor!", widersprach ich lachend. „Das würde dir sowieso nicht gelingen. Sie muss jetzt eine Weile mit sich allein sein. Aber hüte dich, sie dumm zu fragen, was sie den ganzen Tag gemacht hat, wenn sie am Abend zurückkommt!"

Fred zuckte mit den Schultern.

„Weibliche Psyche, ja? Woher willst du eigentlich wissen, was in ihr vorgeht?"

„Aber Fred! Das solltest du mittlerweile gemerkt haben. Pui Tien ist wie ich!"

Mein liebender Gatte quittierte meine Äußerung mit einem frechen Grinsen.

„Dann sollte ich vielleicht wieder hineingehen und diesen Didi warnen. Der arme Kerl weiß ja gar nicht, auf was er sich da einlässt."

Meinem gezielten Tritt vor sein Schienbein wich Fred geschickt aus. Dafür verhedderte er sich in meinen ausgelegten Angelschnüren, stolperte und stürzte mit einem grellen Aufschrei in das eiskalte Wasser des Teiches. Ich ließ vor Schreck meinen aufgesammelten Holzstoß fallen und rannte zu unserem Packpferd. In Windeseile zerrte ich eine zusammengebundene Schnur heraus und begann diese zu entwirren, doch bevor ich das lange Ende in den kleinen See werfen konnte, kam Fred bereits auf allen Vieren aus dem Wasser gekrochen. Er richtete sich mühsam auf und blieb triefend vor mir stehen. Der ganze Vorgang sah so urkomisch aus, dass ich mich nicht mehr beherrschen konnte. Ich prustete los und hielt mir den Bauch vor Lachen. Zitternd vor Kälte verzog Fred missmutig das Gesicht, doch dann fiel er lauthals mit ein. Erst nach Minuten konnten wir uns beide wieder beruhigen. Endlich schubste ich ihn scherzhaft vorwärts, damit er schnell ins Zelt kam. Natürlich musste er sofort aus dem völlig aufgeweichten Gambeson sowie den klatschnassen Unterkleidern heraus. Unterdessen beeilte ich mich, meine Stöcke und Äste aufzusammeln, um das Feuer wieder anfachen zu können.

Als wir beide nacheinander das Innere des Turnierzeltes betraten, starrte Pui Tiens Freund uns entsetzt mit offenem Mund an.

„Sag jetzt besser gar nichts!", empfahl Fred ihm mit unverhohlenem Sarkasmus. „Nimm einfach an, ich hätte gerade ein Bad genommen, klar?"

„Aber Herr Hop...", begann Didi, doch Fred schnitt ihm sofort das Wort ab.

„Regel Nummer eins, junger Freund: ich bin kein Herr, sondern Fred! Wenn wir uns draußen in dieser Welt bewegen und Leuten begegnen, solltest du Winfred zu mir sagen. Und außerdem gibt es dieses dämliche Siezen im Mittelalter sowieso nicht."

Didi schrak zuerst regelrecht zusammen, aber mein unterdrücktes Glucksen überzeugte ihn schnell, dass die Ansprache meines ritterlichen Helden nicht ernst gemeint war, und auf seinen Lippen zeichnete sich ein zaghaftes Lächeln ab.

„Also Fred! Sie..., Entschuldigung! Du hast ein Bad genommen, ja?"

Fred nickte und versuchte dabei krampfhaft, eine grimmige Miene aufzusetzen, was ihm aber auf Dauer nicht gelang. Ich prustete abermals los, und Fred fiel wieder mit ein.

„Ich meine ja nur", fuhr Didi todernst fort. „Ich will das mit dem Bad gern glauben, aber gibt es denn hier einen See?"

Fred und ich verstummten verdutzt, doch dann dämmerte es uns.

„Meine letzte Erinnerung ist der Galgen vor dem Kölner Stadttor", erläuterte Didi bereits. „Soll heißen, ich weiß gar nicht, was danach geschehen ist und wohin ihr mich gebracht habt."

Die folgenden Stunden verbrachten wir damit, Pui Tiens Freund zu erzählen, was wir bisher erlebt hatten und wie seine Befreiung vonstatten gegangen war.

„Wir sehen nun keinen Zweck mehr darin, noch länger als unbedingt nötig in dieser Epoche zu verweilen", schloss Fred unseren gemeinsamen Bericht. „Allerdings können wir nicht sicher sein, ob die Versetzung durch das Tor an den Externsteinen vor dem Ersten Mai wirklich funktioniert. Außerdem solltest du dich zunächst einmal richtig erholen, denn wir wollen doch nicht riskieren, dass deine Eltern uns steinigen, weil wir dich ausgezehrt und krank nach Hause bringen."

Didi, der bis dahin schweigend zugehört hatte, nickte zustimmend. Trotzdem hatte ich den Eindruck, dass ihn noch etwas bedrückte. Nach einer Weile rückte er zögernd damit heraus.

„Ich habe Sie, äh, euch durch meine Dummheit in eine ziemlich unangenehme Lage gebracht."

„Das stimmt so nicht!", betonte ich ausdrücklich. „Pui Tien wird dir erzählt haben, dass Fred und ich seit Jahren immer wieder von den Mächten des Berges gerufen werden. Nun, diesmal war es auch so, und wir wären sicherlich auch ohne dich jetzt hier. Aber nur durch deine Gefangenschaft konnte es geschehen, dass wir nach Köln gehen mussten, und diese Tatsache hat sich als besonders wichtig für den vorgesehenen Verlauf künftiger Ereignisse herausgestellt. Du siehst also, alles ist Bestandteil eines großen Plans. Deshalb hättest du deinen Aufenthalt in dieser Zeit auch gar nicht vermeiden können, selbst, wenn du es gewollt hättest. Mach dir also keine Vorwürfe!"

Didi dachte darüber ein paar Minuten lang nach.

„Meine Großeltern sind immer davon überzeugt gewesen, dass unser Schicksal vorbestimmt ist", meinte er schließlich. „Aber meine Eltern glauben nicht mehr an die alten Weisheiten, und in dieser Überzeugung haben sie auch mich erzogen. Jetzt denke ich, dass ich noch eine ganze Menge von euch und Pui Tien über die Vorstellungen unserer Ahnen im alten China lernen muss."

„Willkommen im Club, denn da bist du nicht der Einzige, Didi!", entgegnete ich jovial. „Meine Patenschwester Phei Liang ist nämlich zu der gleichen Überzeugung gelangt. Die Gesellschaft meiner Familie scheint langsam auch auf andere abzufärben, nicht wahr, Fred?"

Mein bibbernder Gemahl zog sich grinsend die Decke enger um seine nackten Schultern.

„Siang hat recht!", bestätigte er, ohne auch nur einen Augenblick zu zögern. „Ich bin mit dem Verständnis unseres christlichen Weltbildes aufgewachsen, aber heute sehe ich viele Dinge in einem anderen Licht."

Didi lächelte hintergründig.

„Ihr seid schon eine seltsame Familie - selbst für chinesische Verhältnisse. Ihr beide und ich, wir könnten vom körperlichen Alter her Geschwister sein, und Pui Tien ist nur neun Jahre jünger als ihr. Das allein ist eigentlich schon eine Ungeheuerlichkeit. Aber es ermöglicht mir auch, dass ich frei mit euch sprechen kann. Andererseits..., bitte seid mir nicht böse, aber es fällt mir schwer, euch den nötigen Respekt zu zollen, den ich vor euch haben sollte, weil..., weil ich..."

„... weil du unsere Tochter liebst", ergänzte ich einfach.

Didi errötete sichtlich.

„Mach dir nichts draus!", ermunterte Fred ihn zu meinem großen Erstaunen. „Selbst Pui Tiens Verhältnis zu ihrer Mutter ist eher so wie das zu einer großen Schwester. Deshalb solltest du meine Siang auch ruhig ins Vertrauen ziehen. Sie ist nämlich unheimlich gut in diesen Dingen!"

Ich bedachte Fred mit einem giftigen Blick.

„Viel wichtiger als dein überflüssiger Respekt vor uns ist es, ob Pui Tien deine Gefühle erwidert!", fuhr mein ritterlicher Gemahl schulmeisterlich belehrend fort. „Aber, wenn ich richtig verstanden habe, was meine holde Gemahlin mir seit einiger Zeit beizubringen versucht, dann scheinst du da gar nicht so schlechte Aussichten zu haben."

Pui Tien

Mit dem eiskalten Wind, der mir heftig ins Gesicht blies, kühlte nicht nur meine Haut, sondern auch meine aufgewühlte Stimmung ziemlich schnell ab, und ich fragte mich schon sehr bald nach meiner überstürzten Flucht, warum ich sie überhaupt angetreten hatte. Wäre Papa nicht so urplötzlich ins Zelt gekommen, hätte ich Didi beinahe tatsächlich gestanden, dass ich glaubte, mich in ihn verliebt zu haben.

Ich schüttelte vehement den Kopf und hieb wütend mit der Faust auf den Sattelknauf. Daraufhin blieb mein Pferd abrupt stehen, weil es wahrscheinlich nun gar nicht mehr wusste, was ich eigentlich von ihm wollte. Ich musste mich krampfhaft an der Mähne festhalten, um nicht über den Hals des Tieres hinweggeschleudert zu werden. Soweit war es also schon gekommen, dass ich auch nicht mehr reiten konnte. Allein der flüchtige Gedanke daran steigerte meinen grundlosen Zorn auf mich selbst und die ganze Welt ins Unermessliche. Mit einer grässlichen Verwünschung auf den Lippen ließ ich die Zügel fahren und sprang wutschnaubend ab. Natürlich rutschte ich gleich auf dem schneeglatten Waldboden aus und purzelte den steilen Hang hinab, bis mich ein paar Dutzend Meter weiter unten der Wurzelteller eines umgestürzten Baumriesen unsanft stoppte.

Etwas benommen fuhr ich mir mit der Hand über die schmerzende Nase und strich mir das wirre Haar aus dem Gesicht. Ich schaute nach oben, wo mein Pferd gerade laut wiehernd stieg und Reißaus nahm. Durch den wabernden Schleier der aufsteigenden Tränen sah ich mein stolzes Ross zwischen den Bäumen entschwinden.

„Echt geil, Pui Tien, wie du das wieder hingekriegt hast!", schrie ich so laut wie ich konnte in den schweigenden Winterwald hinein.

„Heil Pui Tien…, heil Pui Tien…!", hallte das seelenlose Echo vielfältig zurück.

Während meine Augen nicht aufhören wollten, wegen des stechenden Schmerzes in meiner Nase zu tränen, lachte ich laut schallend los und ließ mich langsam mit dem Rücken gegen den Wurzelteller sinken. Da meine Nase zu bluten begann, legte ich meinen Kopf in den Nacken und betrachtete die weißen Baumkronen und den azurblauen Himmel. Dieser Tag war zwar bitterkalt, aber wunderschön.

Ich schloss die Augen und versuchte, mich noch einmal an die Szene im Zelt zu erinnern. Dabei kamen mir nun im Nachhinein so manche Details viel deutlicher zu Bewusstsein. Didi war zu einem abgemagerten Knochengerüst geworden, seine Wangen waren eingefallen, und seine Haare hatten die Form eines dichten halblangen Schopfes angenommen, die ihm wie bei einem Pagen oder Knappen im Halbrund bis über die Ohren hingen. Nichts an ihm erinnerte mehr an den unbeholfenen, pummeligen Jungen, von dem ich mich in den ersten Tagen seit unserer Versetzung so genervt gefühlt hatte. Tatsächlich hatte ich ihn anfangs kaum wiedererkannt. Nur seine Augen bewahrten den gleichen treuen Hundeblick, den ich noch vor einigen Monaten fast hätte hassen können, weil er mich ständig an meine eigene Ungerechtigkeit erinnerte.

Aber da war noch etwas gewesen, etwas Seltsames und eigenartig Vertrautes, das mich unwiderstehlich zu ihm hingezogen hatte und mich schließlich praktisch zwang, ihn zu umarmen und zu küssen. Jenes aufregende, prickelnde Gefühl in meinem Bauch war mir nur allzu gut bekannt von den innigen Umarmungen mit Arnold und Tom. Ich hatte es beiseite geschoben wie eine unangenehme Erinnerung, die man am besten schnell vergisst, doch jetzt in diesem Augenblick, wo ich das gerade Geschehene in Gedanken noch einmal durchlebte, vermochte ich es wieder deutlich zu spüren. Es hatte mit dem Berühren seiner Haut zu tun, die so glatt war und zart, trotz der noch nicht verheilten Wunden. Meine Hände waren wie elektrisiert gewesen, sie wollten immer mehr davon berühren, meine Lippen wollten das Salz darauf schmecken, und ich wollte ihn selbst auf meiner eigenen Haut spüren - ja alle meine Sinne sehnten sich nach dieser Zärtlichkeit. War das der Vorgeschmack auf das Verlangen nach körperlicher Lust, die zwei Menschen dazu antrieb, miteinander zu schlafen?

„Natürlich, Pui Tien, du dummes Huhn!", schimpfte ich laut mit mir selbst.

Und genau dabei fühlte ich mich von Papa ertappt. Deshalb hatte ich mich so sehr geschämt und war davongelaufen, und nicht, weil ich etwas getan hatte, was ich eigentlich gar nicht wollte.

Die Mädchen in meiner Klasse hatten mich nicht umsonst wegen meiner offenkundigen Ahnungslosigkeit auf dem Sektor der körperlichen Liebe milde belächelt. Die meisten von ihnen hielten mich für ausgesprochen prüde, was ihrer Meinung nach wohl auf eine, ihnen völlig weltfremde asiatische Erziehung zurückzuführen war, die ich ja nun in Wirklichkeit überhaupt nicht genossen hatte. Manche meiner ach so erfahrenen Mitschülerinnen waren allerdings am Anfang meiner Schulzeit auch nur neidisch auf mein Aussehen und die entsprechende Wirkung, die ich auf die Jungs ausübte. Doch diese mir eigentlich eher schmeichelnde Ansicht änderte sich schlagartig, als ich eines Tages während eines entsprechenden Gespräches zugeben musste, dass ich mit der Bedeutung des Ausdrucks „Sex haben" überhaupt nichts anfangen konnte. Natürlich machte mein Bekenntnis sofort die Runde, und fortan wurde ich nicht nur als hoffnungslos rückständig, sondern auch als verschroben und irgendwie verkorkst abgestempelt. Vielleicht war das der Grund, warum es mir in dem halben Jahr, das ich in der Schule verbracht hatte, nicht gelingen wollte, eine einzige richtige Freundin zu finden.

In der Sache lagen meine Klassenkameradinnen schon richtig, denn aus meinem Gefühlsleben hatte ich aus gutem Grund, wie ich selbst glaubte, jegliche Gedanken an eine engere Beziehung zu einem Jungen, die zwangsläufig irgendwann zu dem führen würde, was mir als „Liebe machen" bekannt war, verbannt. Erst die Begegnung mit Tom brachte meine diesbezügliche Überzeugung ins Wanken. Wenn uns das Schicksal nicht auseinandergebracht hätte, wäre ich sicherlich bald bereit gewesen, mit ihm zu schlafen. Zumindest war meine tot geglaubte Neugier wieder erwacht, und ich hätte mich bestimmt gern in den Armen dieses hübschen Jungen fallen gelassen.

Mit Didi verhielt es sich dagegen vollkommen anders. Erst seine unverbrüchliche Liebe, die weit über alles hinausging, was ich bisher vom anderen Geschlecht kannte und nicht einmal vor der Selbstaufgabe halt machte, hatte während der letzten Monate mein widerstrebendes Herz zum Schmelzen gebracht. Aber während der gesamten langen Zeit, in der sich jener Wandlungsprozess in meinen Gefühlen zu ihm vollzog, hätte ich nicht in meinen kühnsten Träumen daran gedacht, dass ich ihn jemals anziehend finden würde. Doch genau das war offensichtlich heute Morgen geschehen. Ich vermochte es noch immer nicht zu begreifen, aber allein sein Anblick hatte in mir Empfindungen ausgelöst, die ich nur als inniges Begehren nach körperlicher Liebe deuten konnte.

Diese Tatsache fand ich zwar erstaunlich, aber nichtsdestotrotz auch irgendwie überaus reizvoll. Immerhin hatte ich nichts weiter getan, als Mamas Rat zu befolgen, nämlich auf die Stimme meines Herzens und meiner Empfindungen zu hören. Warum um alles in der Welt sollte ich mich also dafür schämen?

Bei diesem Gedanken lächelte ich still vor mich hin. Der arme Didi ahnte bestimmt nicht einmal, dass ich ihn in meiner Fantasie bereits zum erotischen Wunschpartner für meine erste richtige Liebesnacht auserkoren hatte, bevor ich ihm überhaupt meine Gefühle für ihn gestehen konnte. Da ich davon ausgehen durfte, dass er in dieser Hinsicht genauso unerfahren war wie ich selbst, sollte ich aber wohl besser nichts überstürzen. Außerdem empfand ich die ständige Gegenwart meiner Eltern als peinlich. Aber vor allen Dingen musste ich unbedingt vorher mit mir selbst ins Reine kommen, denn mir war noch sehr gut in Erinnerung, was der Ausbruch meiner unterbewussten Kräfte in der Höhle angerichtet hatten, während ich von Didi träumte. Nicht auszudenken, was passieren würde, wenn ich die geballte Gewalt, die mit meinen Empfindungen gekoppelt zu sein schien, nicht mehr kontrollieren konnte. Also beschloss ich feierlich, mein Bedürfnis nach ausgiebigen Zärtlichkeiten zunächst zurückzustellen, vielleicht sogar, bis wir diese Epoche verlassen konnten und wieder in der Gegenwart angekommen waren. Zumindest wollte ich unsere Mission von nun an nicht mehr als Fehlschlag auf ganzer Linie betrachten, denn immerhin würde ich mit dem berauschenden Gefühl heimkehren, das Glück meines Lebens gefunden zu haben. Wahrscheinlich war das sogar der eigentliche Sinn, der sich hinter den Erscheinungen von Agnes verbarg. Vielleicht wollte sie mir zeigen, dass ein Leben für die Liebe wirklich möglich war.

Innerlich gelöst und durch und durch zufrieden stand ich auf und betastete meine Blessuren. Gut, dass ich keinen Spiegel zur Hand hatte, denn meine geschwollene Nase würde wohl keinen besonders hübschen Anblick bieten. Egal, meinen künftigen Geliebten würde das bestimmt noch am wenigsten stören. Mein störrischer Eigensinn würde ihm sicher mehr zu schaffen machen. Und dass ich ein gemeines zickiges Biest sein konnte, wusste er sowieso schon lange. Überhaupt, welche Wahl hat er schon? dachte ich schnippisch. Schließlich gab es hier nur zwei Frauen aus der Gegenwart, und von denen war eine bereits vergeben.

Einen Moment lang betrachtete ich versonnen die unübersehbaren Spuren im Schnee, die ich bei meinem unfreiwilligen Sturz hinterlassen hatte, dann zuckte ich gleichgültig mit den Schultern und machte mich an den mühsamen Aufstieg.

Die Hufabdrücke meines Pferdes waren deutlich zu erkennen. Sie führten ein Stück weit den Hang entlang, um danach steil nach oben abzubiegen. Kurz vor der Kuppe war die Flucht des Tieres von einem umgestürzten Baum gestoppt worden. Mein Pferd stand seelenruhig davor und zupfte an den wenigen verbliebenen Blättern in seinem weitverzweigten Geäst. Trotzdem wollte ich es lieber nicht darauf ankommen lassen, dass mein Reittier wieder ausbrach, bevor ich es erreichen konnte. Deshalb blieb ich einfach stehen und fixierte das Pferd mit den Augen. Schon nach wenigen Sekunden gelang es mir, die Kontrolle über das Bewegungszentrum zu erlangen, und ich zwang die Stute, zu mir zu kommen.

Als ich mich in den Sattel schwang, registrierte ich auf einmal, dass ein ausgewachsener Hirsch unter dem Baumstamm begraben lag. Das Tier war offenbar von dem stürzenden Riesen erschlagen worden. Neugierig geworden trieb ich das Pferd zu seiner Futterstelle zurück, um den toten Hirsch zu untersuchen. Tatsächlich hatte es diesen erst vor wenigen Tagen erwischt, als der Baum unter seiner Schneelast zusammengebrochen sein musste.

Kurzentschlossen zog ich mein Messer aus dem Gürtel und begann damit, den Hirsch an Ort und Stelle auszuweiden. Anschließend hievte ich den Rumpf über den Hals des Pferdes und warf die übrigen Teile in verschiedene Richtungen, damit die Wölfe sie leichter wittern konnten. Zusammen mit meiner unverhofften Beute ritt ich auf der anderen Seite des Berges das kurze Stück zum Hohenstein hinab. Dort angekommen, kniete ich wie automatisch neben Obans Grab auf dem steil zur Ennepe abfallenden Vorsprung, um Kernunnos, dem gehörnten Tier- und Waldgott aus der Anderswelt für meinen glücklichen Fund zu danken, so wie es mir mein alter Lehrmeister aus längst vergangenen Tagen beigebracht hatte. Erst danach machte ich mich auf den Weg zurück zu unserem Versteck.

Schen Diyi Er Dsi

Seit Pui Tiens überstürztem Aufbruch waren bereits mehrere Stunden vergangen, und allmählich setzte die Dämmerung ein. Trotzdem glaubte ich auch jetzt noch, den Zauber ihrer plötzlichen Umarmung sowie die Berührung ihrer Lippen spüren zu können. Zwischendurch redete ich mir zwar ein, das alles nur geträumt zu haben, doch im Grunde meines Herzens wusste ich seit meinem Erwachen aus dem Dämmerschlaf, dass sich zwischen uns alles geändert hatte. Ich konnte mein Glück kaum fassen. Es war, als hätte sich ein gnädiger Liebesgott erbarmt und die Sterne meines Schicksals neu geordnet. Und damit nicht genug, ich brauchte meine Gefühle nicht länger zu verbergen, denn ihre Eltern hatten mir praktisch zu verstehen gegeben, dass sie es akzeptieren würden, wenn ihre Tochter sich für mich entscheiden sollte. Jetzt musste ich nur noch gesund werden, dann konnten wir im wahrsten Sinne des Wortes in eine glückliche Zukunft heimkehren.

Doch gerade, als ich an diesem Punkt meiner Überlegungen angekommen war, regten sich im hintersten Winkel meiner euphorischen Gedankenwelt gleich wieder die ersten Zweifel. Soviel Glückseligkeit auf einmal für einen einzigen Menschen konnte es gar nicht geben, dem widersprach schon meine asiatische Erziehung. Und die basierte immerhin auf einer Jahrtausende alten Lebenserfahrung. Aber wo war der sprichwörtliche Haken an der Sache?

Fred und Phei Siang, die ich bislang nur ehrfurchtsvoll aus der Ferne betrachtet und sozusagen als unnahbar angesehen hatte, waren nun plötzlich zu Freunden geworden, die mir so offen und natürlich begegneten, dass ich mich praktisch als Mitglied ihrer Familie fühlen konnte. Tatsächlich waren die beiden ja auch kaum zehn Jahre älter als ich, und ihre kumpelhaften Scherze im Umgang mit sich und ihrer Umgebung verstärkten in mir noch den Eindruck, dass sie meiner eigenen Generation weitaus näher standen als der meiner Eltern. Fast war ich versucht, mich selbst zu kneifen, um sicherzustellen, dass ich nicht doch bloß träumte, aber die Angst, danach wieder im feuchten, stinkenden Kerker der Hacht aufzuwachen, hielt mich davon ab. Lieber wollte ich die wunderbare, aber vollkommen unwirklich erscheinende, grandiose Vision genießen, so lange es noch möglich war. Aber ich wachte nicht auf, ich befand mich in der realen Wirklichkeit, auch wenn diese sich ganze acht Jahrhunderte vor meiner Geburt abspielte.

„Nun, wie geht es dir, erster Sohn meiner Freundin Xiuhey?", erkundigte sich Phei Siang, während sie sich an meine Seite setzte und mit ihrer Hand über meine Stirn strich. „Fieber hast du jedenfalls nicht, das ist ein gutes Zeichen!"

Ich blickte auf und sah sie erstaunt an.

„Du hast dir meinen richtigen Namen gemerkt?", stellte ich verblüfft fest.

„Natürlich!", antwortete sie lächelnd und mit sanfter Stimme. „Diyi Er Dsi (erster Sohn), ich bin eine Chinesin, schon vergessen? Und ich weiß, wie sehr unsere Namen das Glück unserer Mütter über unsere Geburt widerspiegeln. Manchmal sind es die Schmerzen, manchmal aber auch die Freude über unser lang ersehntes Erscheinen in dieser Welt. Und wir Kinder tragen unsere Namen wie ein geheimes Zeichen, das seine Bedeutung verlieren würde, wenn unsere Eltern und Geschwister uns ständig damit ansprächen. Ich sage zu Pui Tien auch immer ‚Nü er' (Tochter), weil ich die Kostbarkeit ihres wirklichen Namens bewahren möchte, denn für Fred und mich ist sie wahrhaftig ein Kind des Himmels."

Ich nickte stumm und bedeckte dabei kurz meine Augen, als ob ich von dem hellen Feuerschein geblendet würde, konnte aber doch nicht verhindern, dass sie sah, wie mir die Tränen kamen. Phei Siang zog mir die Hand vom Gesicht und schaute mir in die Augen.

„Diyi Er Dsi", flüsterte sie kaum hörbar. „Willst du auch mein Erster Sohn werden und zugleich wie mein jüngerer Bruder sein?"

„Ja, das möchte ich, aber glaubst du denn wirklich, dass Pui Tien mich auch haben will?"

„Da bin ich mir mittlerweile ziemlich sicher!", behauptete sie ernst. „Aber es kann schon sein, dass sie dich das nicht immer spüren lässt. In dieser Beziehung ist sie genau wie ich."

In diesem Moment betrat Fred das Zelt. Er hielt den gefütterten Mantel eng um seine Schultern gezogen, denn ohne den Gambeson musste er die strenge Kälte noch mehr spüren.

„Ich wollte euch nur Bescheid geben, dass unser holdes Snäiwitteken kommt", meinte er lässig. „So wie es ausschaut, hat sie uns etwas zu essen mitgebracht."

Er huschte sofort wieder hinaus, wahrscheinlich um Pui Tien beim Hereintragen ihrer Beute zu helfen. Ich lehnte mich erwartungsvoll zurück an mein Gestell. Daran, dass meine Angebetete ohne mit der Wimper zu zucken wilde Tiere töten und ausweiden konnte, hatte ich mich unterdessen schon fast gewöhnt. Schließlich war ich während meiner Kerkerhaft selbst gezwungen gewesen, nicht allzu zimperlich zu sein. Doch was die beiden da mit vereinten Kräften vor der Feuerstelle abluden, war der Rumpf des größten Hirsches, den ich bis dahin gesehen hatte. Und während Fred und Phei Siang den kapitalen Fleischberg bestaunten, schenkte mir Pui Tien für einen winzigen Augenblick das schönste Lächeln der Welt.

Fred Hoppe

„Ich dachte, ihr möchtet auch mal etwas anderes essen als immer nur Fisch!", kommentierte Pui Tien lächelnd ihren Fang.

Auf ihre überstürzte Flucht aus unserem Lager ging sie dagegen mit keinem einzigen Wort ein. Im Gegenteil, sie tat so, als sei ihre Abwesenheit den ganzen Tag über das Selbstverständlichste der Welt. Natürlich lag mir eine entsprechende Erwiderung auf der Zunge, aber Siangs warnender Blick überzeugte mich umgehend, die bereits fertig gefasste bissige Bemerkung hinunterzuschlucken. Stattdessen rieb ich mir nachdenklich das Kinn und schaute meine Tochter fragend an.

„Ich weiß ja nicht, wie es euch geht", meinte ich schmunzelnd, „aber ich würde schon gern ein großes Stück Fleisch verdrücken. Doch bis wir den Brocken gehäutet, zerteilt und auf einen Spieß gesteckt haben, vergehen sicher noch Stunden. Wenn wir das Fleisch dann auf diesem kleinen Feuer braten wollen, können wir es erst zum Frühstück verspeisen. Ein größeres Feuer dürfen wir ja leider im Zelt nicht machen, sonst brennt uns die Plane ab."

„Aber Papa!", entgegnete Pui Tien entrüstet. „Hast du denn noch nie Fleisch in der Grube gebraten?"

„Wie, braten in der Grube?", fragte ich perplex. „Was für eine Grube?"

Ich sah Hilfe suchend zu Phei Siang, aber meine Prinzessin zuckte nur verständnislos mit den Achseln. Pui Tien lachte fröhlich auf.

„Die Altvorderen haben das früher sehr oft gemacht, weil wir vermeiden wollten, dass die Sachsen das große offene Feuer bemerkten", erklärte sie uns. „Aber ich konnte es auch einige Male bei Händlern beobachten, wenn sie auf dem Pfad durch die Wälder campieren mussten."

„Sicher, um ihnen den Festschmaus zu stehlen, was?", fügte ich grinsend an.

Unsere Tochter schaute kurz, wie um Entschuldigung bittend, zu ihrem Freund, und als sie sich wieder uns zuwandte, blinzelte der Schalk aus ihren Augen.

„Ich war schließlich eine Hexe, Papa, von der man nichts anderes erwartete!", erläuterte Pui Tien belustigt. „Aber im Ernst, ich habe ganz bestimmt keine armen Leute beklaut!

Außerdem hatten die Händler zuvor ja auch die Tiere gestohlen, indem sie gejagt hatten, obwohl es ihnen verboten war."

Sie sah noch einmal zu Didi, wohl um sich zu vergewissern, ob er Verständnis für ihre Handlungsweise zeigte, und schloss ihre Rechtfertigung mit einem bezeichnenden Satz:

„Wir selbst hatten manchmal monatelang nichts und mussten Hunger leiden!"

„Hm", meinte ich nachdenklich. „Wenn du es sagst. Aber wie funktioniert das denn nun mit der Grube?"

„Das ist eigentlich sehr einfach!", ereiferte sich Pui Tien. „Wir bereiten ein großes Stück Fleisch zu und würzen es entsprechend. Danach sollte es gut in Blätter eingewickelt werden. Na gut, die haben wir nicht, aber wir können ja die abgezogene Haut nehmen. Inzwischen musst du eine Grube ausheben, in die alles hineinpasst. Die kannst du dann mit Steinen aus dem See auslegen. Unter Mamas Holzstapel finden sich sicher auch einige dünne Stöcke, die wir in die Grube legen und anzünden müssen. Der Trick dabei ist, dass dadurch die Steine stark erhitzt werden. Wenn die Flammen heruntergebrannt sind, legen wir das verpackte Fleisch hinein und schütten die Grube wieder zu. Danach haben wir mindestens drei bis vier Stunden Zeit, etwas anderes zu tun, während sich das Fleisch praktisch selbst brät. Ich garantiere euch, es wird sehr lecker schmecken und butterzart sein."

Nach dieser Lehrstunde in Sachen mittelalterlicher Kochkunst gingen wir gleich ans Werk. Während meine beiden Prinzessinnen den Hirsch geschickt enthäuteten und zerteilten, nahm ich das Schwert des Zwerges und stach die Ränder der Grube aus. Anschließend hackte ich wie ein Wilder mit der Axt auf dem gefrorenen Boden herum. Die schweißtreibende Arbeit hatte zumindest den Vorteil, dass ich nicht mehr fror. Trotzdem schwor ich mir, dafür zu sorgen, dass wir einen besseren Schutz vor der Kälte bekamen. Wenn wir vor dem Felsüberhang eine Wand aus behauenen Holzstämmen errichteten und sie danach abdichteten, hätten wir mit einem Schlag einen größeren windgeschützten Raum für uns und die Pferde gewonnen, den man bestimmt besser heizen konnte als das kleine Zelt aus Leinentüchern. Vielleicht war Pui Tiens Freund ja bald soweit genesen, dass er uns bei den entsprechenden Arbeiten helfen konnte. In ein bis höchstens zwei Wochen könnten wir die einwandige Blockhütte fertig haben und brauchten uns um die Witterung keine Sorgen mehr zu machen.

Beim Warten auf das Ende des Garprozesses teilte ich den anderen meine Idee mit, und sie stimmten zu, schon gleich am nächsten Morgen mit der Arbeit zu beginnen. Auch Didi schien begeistert, bald etwas Sinnvolles für unsere Gemeinschaft tun zu können. Natürlich wiesen wir ihn sofort darauf hin, dass er sich noch schonen sollte, aber das hielt ihn nicht davon ab, sich bereits an den Plänen für das Projekt lautstark zu beteiligen. Dann war die Wartezeit vorbei, und wir konnten den Braten aus der Grube holen.

Pui Tien hatte durchaus recht mit ihrer Behauptung, denn das Fleisch war einfach köstlich. Allerdings wunderte ich mich darüber, dass wir bei all unseren bisherigen Aufenthalten im Mittelalter nichts über diese Art des Bratens erfahren hatten.

Tatsächlich konnten wir uns bereits um Mitternacht zur Ruhe begeben, und ich war gespannt, wie Pui Tien sich wohl verhalten würde. In der Tat erwarteten Phei Siang und ich bereits, dass sie sich noch zu ihrem Freund gesellen würde, doch nichts dergleichen geschah. Wie eh und je kroch Pui Tien gleich unter unsere Decke und beanspruchte den gewohnten Platz in unserer Mitte.

Leng Phei Siang, Ende Januar 1205

„Männer sind wie junge Wolfsrüden, Mama!", teilte mir meine Tochter lachend mit. „Wenn es nichts anderes zu tun gibt und es ihnen langweilig wird, tollen sie dauernd herum und prügeln sich zum Spaß!"

„Da ist bestimmt was dran, Nü er!", bestätigte ich lächelnd und wendete meinen Blick von unseren beiden Helden ab, die sich gerade mal wieder mit langen Stöcken im „Schwertkampf" maßen.

„Der Junge muss ein paar Tricks und Kniffe lernen, wenn er Pui Tien beschützen will", hatte Fred mir gegenüber vor einigen Tagen als Begründung angeführt.

Ich hatte sein plötzliches Engagement zur Steigerung der kämpferischen Fähigkeiten von Pui Tiens Freund nur mit einem grinsenden Kopfschütteln quittiert. Auch mein holder Gatte sollte eigentlich wissen, dass unsere Tochter schließlich ihre gesamte Kindheit in dieser gefährlichen Epoche verbracht hatte und mithilfe ihrer übernatürlichen Gaben bestimmt in der Lage war, wesentlich wirkungsvoller sowohl für ihren eigenen als auch für Didis Schutz zu sorgen. Doch nach seiner Genesung und der Fertigstellung unseres Blockhauses schien unser junger Gefährte regelrecht darauf zu brennen, endlich richtig zu lernen, wie man sich mit der wichtigsten Waffe dieser Zeit verteidigte. Seitdem nutzten die beiden jede sich bietende Gelegenheit, um ihr Vorhaben in die Tat umzusetzen. Immerhin war ihnen dabei auch seit gut einer Woche das Wetter mehr als hold, denn während es in den Tälern weiterhin bitterkalt und frostig blieb, stieg die Temperatur auf unseren Höhen auf ganz respektable Pluswerte an.

So saßen Pui Tien und ich denn auch an diesem herrlichen Morgen vor unserer neuen Behausung auf einem der Baumstämme, die bei der Errichtung der Blockhauswand nicht mehr zum Einsatz gekommen waren, und genossen gemeinsam die relativ warmen Sonnenstrahlen dieses Wintertages. Überall um uns herum versickerte glucksend das Schmelzwasser des tauenden Schnees.

Seit unserem denkwürdigen ersten Erwachen unter dem markanten Felsüberhang waren bereits mehr als drei Wochen vergangen, und es wurmte mich schon, dass Pui Tien noch immer nicht mit mir über ihren eigenartigen Ausbruch gesprochen hatte. Was war bei der ersten Aussprache mit ihrem Freund vorgefallen, dass sie hernach fluchtartig unser Versteck verlassen hatte?

Bei ihrer Rückkehr hatte sie sich nichts anmerken lassen, doch danach war sie irgendwie verändert, auch wenn sie peinlich darauf achtete, dass Fred und ich es nicht merken sollten. Viel mehr noch als wir beide schien ihr Freund darunter zu leiden, denn die wenigen Sätze, die sie seitdem mit Didi gewechselt hatte, ließen darauf schließen, dass sie jeden unnötigen Kontakt mit ihm vermeiden wollte.

Dabei war ich mir absolut sicher, dass sie sich während der letzten Monate unsterblich in den Jungen verliebt hatte. Wie ernst die Sache war, entnahm ich schlicht und einfach der Tatsache, dass Pui Tien sich praktisch mit Händen und Füßen gegen ihre eigenen, immer stärker werdenden Empfindungen gewehrt hatte. Doch nach der Befreiung ihres Freundes schien der Bann endgültig gebrochen zu sein, so dachte ich zumindest. Warum also verhielt sie sich Didi gegenüber jetzt so abweisend? Wenn ich der Sache auf den Grund gehen wollte, musste ich sie schon direkt darauf ansprechen, und es nutzte auch nichts, vorsichtig darum herumzureden.

„Warum bist du eigentlich weggelaufen, Nü er?", fragte ich sie rundheraus.

Pui Tien zuckte unwillkürlich zusammen, als ob ich sie geschlagen hätte. Vielleicht hatte ich das ja auch, denn sie schien auf einmal intuitiv vor mir zurückweichen zu wollen, aber mein erwartungsvoller Blick bannte sie auf der Stelle. Ihre Augen wichen mir aus und hefteten sich an einen imaginären Punkt auf ihren eigenen Zehenspitzen.

„Weil ich auf die Stimme meines Herzens gehört habe", flüsterte sie kaum hörbar.

Ich legte meinen Arm um ihre Hüfte und zog sie zaghaft an mich. Wie automatisch lehnte sie ihren Kopf an meine Schulter.

„Aber deshalb springt man doch nicht auf und läuft davon, Nü er", entgegnete ich mit sanfter Stimme. „Das musst du mir schon näher erklären. Was ist geschehen?"

„Ach Mama!", seufzte meine Tochter unschlüssig. „Ich habe vor mir und meinen eigenen Empfindungen Angst bekommen. Außerdem habe ich mich vor Papa und vor dir so sehr geschämt. Seitdem will ich lieber vorsichtig sein, damit es nicht wieder geschieht."

„Hm", machte ich nachdenklich, während ich wie abwesend über ihr herrliches Haar strich, denn allmählich ahnte ich, worauf diese mysteriöse Umschreibung hinauslief. „Du hast deinen Freund berührt und geküsst."

Pui Tien nickte kaum merklich und hielt ihren Kopf gesenkt.

„Und dabei hast du etwas in dir gespürt, was dir sagt, dass du mit ihm zusammen sein willst."

„Ja, Mama, aber ich fürchte mich davor, dass...", begann sie und brach ab.

„Das brauchst du nicht, Nü er", antwortete ich. „Ich kann dir helfen. Weißt du, ich kenne da gewisse Kräuter, aus denen kann man eine Paste machen, die..."

„Mama!", fuhr Pui Tien empört auf. „Wo bu jiao sse ting!" (Das will ich nicht hören).

„He, du musst dich nicht schämen!", versuchte ich sie zu beschwichtigen. „Aber wir sind nun mal nicht in der Gegenwart, wo du zum Arzt gehen kannst, um dir..."

Pui Tien stand plötzlich auf, nahm meine Hände und schaute mich lächelnd an.

„Mama, das ist es doch gar nicht!", betonte sie ausdrücklich. „Ich habe Angst davor, dass ich meine Gaben nicht mehr kontrollieren kann, wenn ich mich allein meinen Empfindungen überlasse. Ich muss erst lernen, die Kräfte auch unbewusst zu beherrschen, sonst geschieht noch ein Unglück!"

Und dann erzählte sie mir von der Begebenheit, als sie mit Sligachan in der Höhle im Tal der Milsepe gewesen war und in ihren Träumen fast eine Katastrophe ausgelöst hätte. Zuerst war ich ziemlich erschrocken darüber, denn das mochte sehr wohl bedeuten, dass meiner Tochter unter Umständen jegliche intensivere Beziehung zum anderen Geschlecht verwehrt sein könnte. Doch in letzter Konsequenz wollte ich das einfach nicht glauben. Es musste doch einen Weg geben, der es ihr erlaubte, die gefühlsabhängige Unberechenbarkeit ihrer unheimlichen Gabe zu beherrschen, ohne ständig gezwungen zu sein, alle ihre Empfindungen im Zaum zu halten. Während ich noch fieberhaft überlegte, um wenigstens einen Ansatz zur Lösung des Problems zu finden, sah mir Pui Tien von der Seite her verstohlen zu.

Sie hat also doch noch was auf dem Herzen, dachte ich dabei, denn genauso hatte ich mich selbst als junges Mädchen immer verhalten, wenn ich etwas Bestimmtes von meiner Mutter wollte, aber nicht genau wusste, ob ich mich wirklich trauen sollte, sie danach zu fragen. Tatsächlich rückte sie nur Sekunden später mit ihrem Anliegen heraus:

„Mama?", begann sie vorsichtig und mit verhaltener Stimme. „Kannst du mir trotzdem im Frühling die Kräuter zeigen und mir beibringen, was man damit macht?"

Kapitel 10
Deirdres Reif

Her keiser, swenne ir Tiuschen fride
gemachet staete bi der wide,
so bietent iu die fremeden zungen ere.
Die sult ir nehmen an arebeit,
und süenent al die kristenheit:
Daz tiuret iuch, und müet die heiden sere.
(Walther von der Vogelweide)

Herr Kaiser, erst, wenn Ihr den Deutschen Friede
gegeben habt mit der Rute starkem Triebe,
dann erweisen Euch auch die fremden Völker Ehr.
Ihr sollt sie an Euch binden mit heil'gem Eid,
und zum Heile führen die ganze Christenheit:
Das bringt Euch Ruhm und verdrießt die Heiden sehr.
(Übertragung aus dem Mittelhochdeutschen)

Pui Tien, Anfang April 1205

Ich saß ganz still auf einem Felsen dicht unterhalb des Hohensteins am Ufer der Ennepe und lauschte versonnen auf das vielstimmige Gezwitscher der Vögel, die sich nach dem zeitigen Ende des Winters bereits um die besten Nistplätze stritten. Getragen vom lauen Wind des beginnenden Frühlings trafen die schon recht warmen Sonnenstrahlen des noch jungen Tages auf die lichthungrige Pflanzenwelt und bewirkten an den Zweigen der Bäume das zaghafte Öffnen der ersten Knospen ihrer neuen Blätter. Damit fügten sie dem frischen Grün des Grases, das bereits überall zwischen den Stämmen spross, eine weitere Nuance hinzu. Fast überall um mich herum konnte ich das unaufhaltsame Vordringen des neuen Lebens spüren. In den Nächten war es zwar immer noch kalt, doch seit der Frost sich endgültig verabschiedet hatte, murmelten die vom Eis befreiten Bäche wieder ihr munteres, altbekanntes Lied.

Wir hatten jetzt mehr als drei Monate in unserer provisorischen Behausung unter dem Felsüberhang in meinem alten Versteck zugebracht, und ich konnte es kaum noch erwarten, endlich nach Osten aufzubrechen, um durch das Tor an den Externsteinen in unsere eigene Zeit heimzukehren.

Unsere eigene Zeit…? Wie glatt mir doch dieser Begriff mittlerweile in Gedanken über die Lippen ging. Tatsächlich erschien mir schon seit Wochen die Vorstellung, meine eigene Zukunft nun endgültig in der Welt meines Freundes und meiner Eltern gestalten zu wollen, nicht mehr so fremd und unheimlich wie noch vor einem halben Jahr. Hier in der Welt des beginnenden 13. Jahrhunderts herrschte ein grausamer Bürgerkrieg, der bereits in der kurzen Phase unserer Anwesenheit alles, was mir früher lieb und teuer war, so gründlich zerstört hatte, dass ich nicht mehr vermochte, mich in dieser Epoche heimisch zu fühlen. Ich wollte im wahrsten Sinne des Wortes nur noch nach Hause und mit meiner neu gefundenen Liebe glücklich sein. Doch dazu musste ich zunächst das Problem mit meinen unerklärbaren Kräften in den Griff bekommen.

Natürlich hatte ich in den vorausgegangenen Monaten, in denen wir praktisch auf engstem Raum miteinander auskommen mussten, meine selbst gewählte Zurückhaltung gegenüber Didi nicht ganz aufrechterhalten können. Einigen wenigen Abenden, an denen ich ihm ganz nah war und in seinen Armen liegend am Lagerfeuer träumte, folgten wiederum Tage, wenn nicht gar Wochen, in denen ich stundenlang mutterseelenallein und ohne ersichtlichen Grund durch die Wälder streifte. Und manches Mal, wenn er mir erwartungsvoll in die Augen schaute, ließ ich ihn einfach stehen und lief davon, während ich mich andererseits auch schon mal heimlich von hinten an ihn heranschlich, um ihn überraschend auf die Wange zu küssen. Für meinen Freund war diese Zeit ein einziges Wechselbad der Gefühle gewesen, und er hegte nun wohl die Befürchtung, dass er sich meiner Liebe nie völlig sicher sein könne.

„Bitte, Pui Tien, spiel nicht mit mir!", hatte er mich eines Tages angefleht. „Sag mir doch, woran ich mit dir bin!"

Ich aber hatte ihn nur verschämt angelächelt und war gleich zu den Pferden entfleucht, anstatt ihm endlich ehrlich meine inneren Ängste zu gestehen. Als ich mich in den Sattel schwang, glühten plötzlich meine Augen, und wie aus dem Nichts fegte ein ungemein heftiger Windstoß über das stille Wasser des kleinen Sees. Von Panik ergriffen trieb ich danach meine Stute an und galoppierte außer Sichtweite.

Im Nachhinein musste ich unwillkürlich über meine unbeholfene Reaktion lächeln, denn in Wirklichkeit war mir schon seit geraumer Zeit klar geworden, dass jene unkontrollierte Entfesselung meiner geheimnisvollen Kräfte ursächlich mit meiner Angst vor dem Ungewissen gekoppelt war. Schlicht gesagt, war ich offenbar nur noch nicht bereit, meinem inneren Drang zu mehr als gestenhaften Zärtlichkeiten nachzugeben. Meine unbewusste Angst vor der letzten Konsequenz, nämlich der Hingabe in Form körperlicher Liebe, verursachte ganz einfach das Chaos in meinem Kopf, welches sich dann in spontanen Ausbrüchen der unerklärlichen Gewalten manifestierte. Daraus folgerte unweigerlich, dass ich nichts weiter tun musste, als zu warten, bis ich diese Bereitschaft zum letzten Schritt tatsächlich spüren würde. Aber konnte ich Didi das auch begreiflich machen?

Er würde es sicher verstehen, wenn ich nur den Mut aufbrachte, es ihm zu erklären, aber genau das hatte ich bisher nicht gewagt. Wie sollte er auch wissen, dass seine bloße Nähe in mir schon das Verlangen auslöste, vor dem ich mich eigentlich fürchtete? Wie ich ihn kannte, würde er mir dann selbst aus dem Weg gehen, und das wollte ich natürlich nicht. Irgendwie drehten wir uns hier im Kreis.

Also schlich ich weiter um ihn herum wie die Katze um den heißen Brei, aber immerhin hatte ich bereits Vorsorge getroffen. Gestern war ich allein mit Mama unterwegs gewesen, und sie hatte mir die Keimlinge jener Kräuter gezeigt, mit deren Hilfe man eine Substanz herstellen konnte, die man bei der Verhütung verwenden konnte. Ihr gesamtes Wissen darüber hatte sie bei ihrem eigenen ersten Aufenthalt in dieser Epoche von einer Kräuterfrau vermittelt bekommen. Allerdings war das unter äußerster Geheimhaltung geschehen, denn solcherart Kenntnisse galten im gesamten Mittelalter als sehr gefährlich. Weise Frauen, die dieses „alte Wissen" verbreiteten und sowohl sich als auch anderen dazu verhelfen konnten, selbst zu bestimmen, ob und wann sie ihre Kinder bekommen wollten, galten als Ketzerinnen und gefährliche Hexen, die man tunlichst auf dem Scheiterhaufen verbrannte.

Didi und Papa ahnten natürlich nichts von alledem. Wie sollten sie auch? Die beiden waren seit Monaten viel zu sehr damit beschäftigt, sich im Umgang mit Schwert, Lanze und Streitaxt zu üben. Doch obwohl mein Freund in diesen zweifelhaften Künsten durchaus große Fortschritte machte, hielt ich das ganze Getue für Unsinn, denn schließlich würden wir bald das 13. Jahrhundert verlassen und in die Zukunft heimkehren. Und ich war keinesfalls gewillt, noch einmal in diese grausame Epoche zurückzukehren. Aber mit Mama stimmte ich schon überein, dass es allemal besser war, als uns aus lauter Langeweile gegenseitig auf die Nerven zu gehen.

Seltsamerweise hatten wir nicht ein einziges Mal darüber diskutiert, ob wir den Vorstoß durch das Zeittor an den Externsteinen nicht doch schon vor dem heiligen Tag meiner Göttin Bel (1. Mai) wagen sollten. Immerhin war Didi nun vollständig genesen und mittlerweile auch körperlich so fit wie nie zuvor in seinem Leben.

Ich muss zugeben, dass ich bei diesem Gedanken genüsslich vor mich hin lächelte. Mein Freund hatte sich schließlich nicht nur erstaunlich schnell von seiner Kerkerhaft erholt, sondern sich auch in Bezug auf sein Erscheinungsbild gehörig verändert. Sein ursprünglich pummeliger und behäbig wirkender Körperbau war einer recht muskulösen, ja fast durchtrainierten Gestalt gewichen, und sein Gesicht zierte nun anstelle der vollen, pausbäckigen Wangen ein markantes, scharf geschnittenes Antlitz. Mit seinen mittlerweile nackenlangen, dichten und pechschwarzen Haaren sah er in meinen Augen ungemein süß aus und konnte sich durchaus mit dem hübschen Bild messen, das ich noch von Tom in meinen Erinnerungen bewahrt hatte. Dabei war es keinesfalls so, dass ich mich nicht in ihn verliebt hätte, wenn er weiterhin so ausgesehen hätte wie früher. Doch als unsere beiden Recken sich gestern während ihrer schweißtreibenden Übungen ihrer Oberbekleidung entledigten, um sich in dem kleinen See abzukühlen, vermochte ich einfach nicht mehr, meine Blicke von ihm abzuwenden. Natürlich war Mama das sofort aufgefallen, und sie hatte mich scherzhaft in die Seite gestoßen.

„He, Nü er, was tust du da?", hatte sie mich mit einem schelmischen Grinsen angefahren. „Das schickt sich aber nicht für ein scheues Reh, das seinem Liebsten nicht zeigen will, wie sehr es ihn liebt!"

„Vielleicht habe ich ja doch nicht mehr ganz so viel Angst vor mir selbst", hatte ich kleinlaut entgegnet.

Mama war daraufhin abrupt aufgestanden und hatte mich aufgefordert, sie zu begleiten. Dann hatten wir uns nach den Kräutern umgeschaut. Noch im Nachhinein spürte ich das seltsame Kribbeln in meinem Bauch, wenn ich an diese Szene dachte. Deshalb konzentrierte ich mich lieber auf etwas anderes.

Warum sollten wir nicht versuchen, so bald wie möglich durch das Tor zu gehen? Schließlich besaß ich doch Obans Reif, der die Legende der Deirdre symbolisierte, und damit den benötigten Schutz, der verhindern würde, dass ich von den unbegreiflichen Mächten zermalmt werden konnte...

Der Schock traf mich wie ein körperlicher Schlag, und ich wäre sicher unweigerlich vor Schreck vom Felsen gefallen, wenn ich mich nicht sofort mit zitternden Händen abgestützt hätte. Bei allen Göttern der Anderswelt, wie hatte ich das nur vergessen können? Deirdres Reif war mir an der Klutert von Söldnern des Grafen Everhard vom Kopf gerissen worden, und ich hatte es nicht geschafft, ihn mir zurückzuholen!

Das Herz schlug mir bis zum Hals, und mir wurde speiübel. Was sollte ich nur tun? Niemand konnte wissen, wohin der verdammte Dieb den kostbaren Stirnreif gebracht hatte. Es gab nicht die geringste Chance, das jetzt noch in Erfahrung zu bringen. Das Schmuckstück war unwiederbringlich verloren. Die grausame Konsequenz lag auf der Hand: wenn ich nicht sterben wollte, musste ich für immer hier bleiben! Aus lauter Verzweiflung warf ich mich auf den Boden und weinte hemmungslos.

Fred Hoppe

Mit einem Anflug von Wehmut warf ich noch einen letzten Blick auf unsere stattliche Ansammlung wertvoller Felle, bevor ich mich von dem kunstfertigen Schmied verabschiedete. Der geschäftstüchtige Mann rieb sich derweil die Hände, denn mit den erstandenen Waren konnte er wahrscheinlich auf dem Kölner Markt Höchstpreise erzielen. Schließlich war im Zuge der andauernden Kriegshandlungen der Nachschub aus Osteuropa fast zum Erliegen gekommen. Zwar hatte er den zahlungskräftigen Kölner Kunden, die ohne Weiteres aus den großen Adelshäusern des Reiches stammen konnten, keine der begehrten sibirischen

Fehfelle zu bieten, aber immerhin befanden sich unter unserer reichhaltigen Jagdbeute aus den Wäldern des südlichen Sachsenlandes auch solch überaus wertvolle Stücke wie Luchs- und Biberpelze. Mein ganzer Stolz aber war das einzigartige Prachtstück eines weißen Wisents. Den struppigen Kopf mit seinen mächtigen gebogenen Hörnern hatte ich dem Schmied mitsamt einem Großteil des Fleisches bereits vor Wochen als Anzahlung nach Schwelm geliefert. Für meine Schätze konnte ich nun ein fertiges Panzerhemd, lederne Gürtel, einen gesteppten Gambeson, einen Topfhelm und ein gutes Schwert samt Leder umwickelter Scheide in Empfang nehmen, außerdem farbige Tuche, Gewürze sowie eingelagertes Gemüse.

Natürlich hatten unsere diesbezüglichen Geschäftsbeziehungen, in die fraglos auch einige besonders mutige Händler miteinbezogen waren, in aller Heimlichkeit stattfinden müssen, denn sowohl meine eigene Herkunft als auch die meiner angepriesenen Jagdbeute durfte keinesfalls bekannt werden, sonst wären wir sicher ziemlich bald mit der Gerichtsbarkeit des streitbaren Grafen von Altena-Isenberg konfrontiert worden. Doch wie ich richtig vermutet hatte, war der fremde englische Kreuzritter, der sich bis zum Ende des Winters in den Wäldern versteckt halten musste, den von Kriegswirren beeinträchtigten Händlern und Handwerkern in dem kleinen Dorf an der wichtigen Fernstraße gern als willkommener Partner erschienen. Immerhin bot er ihnen die einmalige Gelegenheit, trotz der Unruhen im ganzen Land ihre Geschäfte fortführen zu können.

Die entsprechenden Tiere hatten wir während der vergangenen Monate mit Pui Tiens Hilfe aufgespürt und erlegt. Das dabei anfallende Fleisch konnten wir sowieso nicht allein verbrauchen Und so war die Idee entstanden, die überzähligen Mengen gegen vitaminreiche Gemüsefrüchte und Gewürze einzutauschen. Die prächtigen Felle und Pelze, die dabei zwangsweise anfielen, wollten wir nicht der Verwesung überlassen. Außerdem wären solcherart Überreste verbotener Jagden sicher irgendwann aufgefallen. Also hatten wir aus der Not eine Tugend gemacht, sie sauber geschabt und mit den Gärsäften bestimmter Bäume behandelt. Zeit für derartige Arbeiten hatten wir ja genug. Eines Tages war ich dann darauf verfallen, die Felle planmäßig zu sammeln, um Didi eine standesgemäße Ausrüstung beschaffen zu können. Ich fand, der Junge hatte sich so etwas redlich verdient. Pui Tien und Siang waren von meinem Vorhaben allerdings weniger begeistert. Abgesehen davon, dass wir ja sobald wie möglich aus dieser Epoche verschwinden wollten, hielten sie das Risiko, dass man uns auf die Spur kommen könnte, für zu groß.

„Was ist, wenn ein Kriegstross des Grafen oder auch nur der Meier des Oberhofes oder der Kastellan den Schmied beim Anfertigen der Rüstung erwischt?", hatte Phei Siang zu Bedenken gegeben.

Aber ich ließ mich nicht von meinem Plan abbringen. Der Schmied und auch der Kürschner würden bestimmt dafür sorgen, dass niemand etwas von ihren heimlichen Tätigkeiten erfuhr. Außerdem konnten wir nichts über die Gefahren wissen, die auf einer Reise bis zu den Externsteinen in diesen schlimmen Zeiten auf uns lauern würden. Immerhin war der Freund unserer Tochter mittlerweile so gut in ritterlichen Kampftechniken geübt, dass wir bei unserem Vorhaben ohne Weiteres auf ihn zählen konnten. Schließlich stimmten meine beiden Prinzessinnen zu.

Und so verschnürte ich die erstandene Ausrüstung nebst den anderen Utensilien auf dem Packpferd und machte mich auf den Rückweg in die Wälder. Über den Gevelberg bis hinunter zur Ennepe nahm ich den alten Handelspfad zur Reichsstadt Dortmund, um mich dann durch die Kruiner Schlucht zu schleichen. Wenn alles glatt verlief, konnte ich noch vor dem Abend wieder in unserem Versteck eintreffen.

Ein paar Neuigkeiten hatte ich ebenfalls noch aufschnappen können. So tuschelten die wenigen Reisenden, die jetzt noch von Köln kamen, darüber, dass Erzbischof Adolf tatsächlich vom Papst abgesetzt werden sollte, weil er den gebannten Staufer Philipp gekrönt hatte. Die Boten seiner Heiligkeit seien mit der entsprechenden Weisung schon seit Wochen nach Köln unterwegs. Also hatten es Sivard und seine Leute offenbar wirklich geschafft, in Rom Gehör zu finden. Für uns persönlich bedeutete diese Nachricht vor allem, dass unsere Gefährten heil aus der Bischofsstadt herausgekommen sein mussten.

Die Information, dass Erzbischof Adolf abgesetzt, exkommuniziert und künftig keine Rolle mehr im politischen Ränkespiel des Reiches spielen würde, war für mich dagegen überhaupt nicht neu. Schließlich hatte ich sie längst meinem kleinen Geschichtsatlas entnommen. Nur hatte ich ihr bisher keine besondere Aufmerksamkeit geschenkt.

Doch jetzt, nachdem wir selbst in diese Geschehnisse unmittelbar verwickelt worden waren, sah ich ihre Bedeutung für die weitere Entwicklung der Ereignisse plötzlich in einem ganz anderen Licht. Immerhin wurde durch die Absetzung Adolfs von Altena erst der Grundstein für den unaufhaltsamen Aufstieg unseres späteren Gegenspielers Engelbert von Berg gelegt, und je intensiver ich darüber nachdachte, desto deutlicher wurde mir, wie eng alle unsere oberflächlich betrachtet so wahllos erscheinenden Versetzungen in diese Epoche mit dem Schicksal jener Grafenfamilie zusammenhingen.

Gerade, als ich in Gedanken versunken dabei war, die Furt an der Ennepe zu überqueren, sah ich drüben eine schemenhafte Bewegung zwischen den Bäumen.

Sofort ließ ich die Zugleine des Packpferds fahren und riss meinen Schild vom Sattelbaum. Gleichzeitig gab ich meinem eigenen Tier die Sporen, um so schnell wie möglich aus dem Wasser zu kommen. Trotzdem wäre es eventuellen Armbrustschützen ohne Weiteres möglich gewesen, mich auszuschalten, wenn sie nur auf meine Beine oder mein Pferd gehalten hätten. Immerhin gelangte ich unangefochten ans andere Ufer. Dort sprang ich ab, zog mein Schwert und stürmte in der Deckung des Schildes den Hang hinauf. In diesem Moment trat der alte Bauer Hinnerik hinter einem Baum hervor. Sichtlich erleichtert blieb ich stehen und senkte meine Waffen.

„Du hast mir einen gewaltigen Schrecken eingejagt!", gab ich keuchend zu. „Ich dachte schon, ein Kriegstrupp des Grafen Everhard hätte mir eine Falle gestellt."

Hinnerik ließ nicht erkennen, ob ihn meine ungestüme Attacke geängstigt hatte. Auf seinen Lippen erschien ein gequältes Lächeln.

„Ich habe Euch nicht gleich erkannt, Herr, denn meine Augen sind nicht mehr so gut", entschuldigte er sich ohne Umschweife. „Allerdings habe ich auch nicht damit gerechnet, dass Ihr noch immer in unserer Zeit weilen würdet."

„Hat dir dein Sohn denn nicht berichtet, dass wir den Winter über in den Wäldern bleiben wollten?", fragte ich.

Hinnerik senkte traurig den Kopf.

„Das ist es ja, Herr!", entgegnete er niedergeschlagen. „Er hat überhaupt nicht viel gesagt, sondern ist gleich nach Eurer Rückkehr nach Boele zum Hof des Gutsverwalters aufgebrochen, um seinen Anspruch auf die Witwe Irmingtrud geltend zu machen. Aber es bringt nur Unheil, wenn einer aus unserem Stand versucht, sein von Gott gegebenes Schicksal zu ändern."

Ich nickte nur, denn natürlich hatte uns Pui Tien längst an einem dieser langen und ungemütlichen Winterabende die Geschichte von der unglücklichen Liebe unseres Sergenten erzählt. Allerdings waren wir schon davon ausgegangen, dass es Udalrik wohl gelingen könnte, sein Glück doch noch zu machen. Hinneriks Bemerkung schien jedoch auf das Gegenteil hinzuweisen.

„Sprich weiter!", forderte ich ihn auf. „Was ist geschehen?"

„Nun, am Anfang sah es so aus, als ob alles sich zum Guten wenden würde", fuhr der alte Bauer fort. „Mein Sohn hat dem Verwalter des Grafen erzählt, was damals beim Überfall der Staufer auf das Bergwerk am Goldberg geschehen ist, und meine Familie wurde fortan wieder geachtet. Ich sollte sogar Hilfe beim Wiederaufbau unseres Hofes bekommen. Udalrik berichtete auch, dass er in die Dienste eines heimkehrenden englischen Kreuzfahrers getreten war, dessen junger Schwager versehentlich zwischen die Fronten geraten und nach Köln verschleppt worden war. Nach der Befreiung des jungen Mannes durch Euch am Vorabend des Empfangs für den Staufer Philipp sei Udalrik in Ehren entlassen worden und habe zum Dank seine gesamte Ausrüstung als Sergent behalten dürfen. Sogar der Abt des Klosters Werden schien froh darüber zu sein, dass er dem Meier vom Oberhof Schöpplenberg nun doch nicht den Dispens für eine zweite Ehefrau erteilen musste. Ha, das fiel ihm sicher leicht, nachdem ihm mein Sohn einen großen Teil aus dem Erlös für die Ausrüstung zukommen ließ. Wir haben sogar schon alles für die bevorstehende Hochzeit vorbereitet, denn sie sollte am Tag der heiligen Walpurgis gefeiert werden. Doch dann hat der Meier vom Schöpplenberg Udalrik beschuldigt, ein Verräter zu sein. Er hätte die Staufer selbst zum Bergwerk geführt, und seine fürstliche Belohnung stamme auch von ihnen. Euch, Herr, gebe es überhaupt nicht, und die Geschichte von Eurem gefangenen Schwager wäre eine Lüge!"

„Hm, ich nehme an, der Meier hat die Beweise für seine Behauptungen gleich mitgeliefert", vermutete ich.

„So ist es, Herr!", meinte Hinnerik bitter. „Seine eigenen Leute haben einen Wegeplan vorgelegt, den sie angeblich im Wald an der Stätte des Überfalls gefunden hätten, was beweisen sollte, dass der staufische Kriegstross nur von einem Ortskundigen geleitet worden wäre. Da Udalrik der einzige Überlebende war, könne nur er und kein anderer der Verräter sein."

Ich konnte mir denken, dass der durchtriebene Meier damit Erfolg gehabt hatte. Immerhin hatten viele der zum Frondienst im Bergwerk verpflichteten Bauernfamilien bei dem Überfall ihre Angehörigen verloren, und nun wurde ihnen auf einmal ein Schuldiger präsentiert, an dem sie ihren Schmerz und ihre Wut auslassen konnten. Eine genaue Prüfung der seltsamen Umstände, wie der Meier in den Besitz des Planes gekommen war, hatte bestimmt nicht mehr stattgefunden.

„Vor zwei Tagen haben die Schergen des Kastellans meinen Udalrik geholt und ihn in Ketten zum Goldberg gebracht", bestätigte Hinnerik meine Vermutung. „Schon morgen soll er an der Stätte seines angeblichen Verbrechens auf dem Scheiterhaufen sterben. Ich habe mich sofort aufgemacht, nachdem ich dies erfahren hatte, um zur Isenburg zu gehen, um meinen früheren Herrn, den Grafen Arnold, um Hilfe anzuflehen. Ich war ihm stets treu ergeben, und er wird wissen, dass meine Familie ihn nicht verraten würde."

„Glaubst du wirklich, dass dein alter Herr ein Urteil seines eigenen Kastellans aufheben wird, Hinnerik?", erkundigte ich mich zweifelnd. „Und was ist, wenn Graf Arnold gar nicht auf der Isenburg weilt? Vielleicht triffst du dort nur seinen Sohn Everhard an, aber der scheint sich nach allem, was wir über ihn wissen, nicht allzu viel darum zu scheren, was seine Bauern betrifft."

„Dann ist es Gottes Wille, was geschieht!", seufzte Hinnerik ergeben. „Mehr kann ich nicht für meinen Sohn tun, denn Ihr könnt ihm doch auch nicht helfen, weil Ihr Euch vor allen hier verbergen müsst."

„Dann werden wir uns eben zeigen müssen, Hinnerik!", antwortete ich entschlossen. „Schließlich können nur wir beweisen, dass dein Sohn die Wahrheit spricht, wenn alle sehen, dass es uns wirklich gibt!"

„Das wollt Ihr für mich tun, Herr? Ihr setzt Euch damit einer großen Gefahr aus, das muss Euch doch klar sein! Wenn der Kastellan von Wetter erfährt, dass Ihr ohne sein Wissen in die Wälder seines Herrn eingedrungen seid, dann wird er Euch mit seinen Häschern zu Tode hetzen!"

„Wir haben Udalrik viel zu verdanken und werden ihn selbstverständlich jetzt nicht im Stich lassen!", betonte ich. „Aber es ist schon besser, wenn du jetzt nach Hause gehst und nicht zur Isenburg, weil es sicher für uns noch gefährlicher wäre, wenn der Graf mit einer ganzen Streitmacht am Goldberg auftaucht."
Der alte Bauer wirkte unentschlossen.
„Du musst uns vertrauen, Hinnerik!", beschwor ich ihn. „Ich verspreche dir, morgen schicken wir deinen Sohn wohlbehalten zu dir zurück!"

Leng Phei Siang

Es war schon fast eine typische Situation: Monatelang ereignete sich so gut wie gar nichts, und mit einem Mal überschlugen sich die Ereignisse. Ich hätte es natürlich auch philosophischer formulieren können: Wenn wir nicht mehr oder weniger unbewusst so lange in den Wäldern ausgeharrt hätten, wäre es für uns nicht möglich gewesen, den Plan des Schicksals zu erfüllen, das ein Eingreifen unsererseits längst vorgesehen hatte. Oder kurz gefasst: nichts geschieht ohne Grund. Allerdings gebe ich offen zu, in der Hektik des Augenblicks an alles Mögliche gedacht zu haben, aber sicher nicht an eine besonders weise Beurteilung unserer Lage.

Schon als Pui Tien tränenüberströmt und völlig verzweifelt ins Innere unserer Blockhausgrotte stürzte, um sich schluchzend in meine Arme zu werfen, fühlte ich mich zuerst hilflos. Auch der herbeigeeilte Didi wurde angesichts ihres stockend vorgetragenen Berichtes leichenblass. Doch irgendwann, nachdem es mir gelungen war, meine Tochter so gut wie nur eben möglich zu beruhigen, versuchte ich mich zu zwingen, einigermaßen nüchtern über den Verlust des Reifs nachzudenken.

Nun gut, sie hatte Obans Reif dazu benutzt, um unbeschadet in diese Epoche zu gelangen, resümierte ich für mich. Aber sie hatte auch noch etwas anderes getan, um Fred und mir die Möglichkeit zu geben, ihr in die richtige Zeit folgen zu können. Dazu hatte Pui Tien das Schwert des Zwerges mit in die Vergangenheit genommen und es in einem Spalt versteckt. Auf diese Weise überdauerte es dort all die Jahrhunderte, die zwischen dieser Zeitebene und unserer Gegenwart lagen, bis wir es wenige Tage vor unserem Aufbruch bergen konnten. Gleichzeitig existierte die Waffe aber mindestens noch einmal, denn als Fred sie vom Zwerg Sligachan im Jahre 1250 erhielt, hätte sie ja eigentlich bereits schon 45 Jahre lang im Felsspalt liegen müssen. Man konnte die Sache mit dem Schwert natürlich auch noch viel komplizierter betrachten, aber das schenkte ich mir. Tatsache war doch wohl, dass schon unser Schwert allein genau die Bedingung erfüllte, die der Geist des alten Kriegers für Pui Tiens gefahrenloses Durchschreiten der Zeitmauer gefordert hatte: „Wenn du etwas mit dir führst, was sowohl in der einen als auch in der anderen Zeit existiert…", so hatte es doch geheißen. Und in unserem speziellen Fall hatte unsere Tochter auch noch selbst dafür gesorgt, dass dies geschehen konnte. Wozu brauchte sie dann noch den Reif? Ohne ihn wäre ein sicheres Durchschreiten der Pforte für sie nicht möglich gewesen, aber für den Rückweg hatten wir schließlich das Schwert. Allerdings sähe die Sache für Pui Tien bedeutend schlechter aus, wenn sie nicht daran gedacht hätte, es in der Vergangenheit in der Höhle zu deponieren. Bevor ich den verzweifelten jungen Leuten das Ergebnis dieser Überlegungen mitteilte, ging ich meine gedankliche Beweiskette noch einmal durch. Hoffentlich hatte ich auch wirklich nichts übersehen.

Natürlich gab es für mich nichts Schöneres als zusehen zu dürfen, wie sich die Miene meiner Tochter erhellte und das gewohnte anmutige Lächeln ihre Lippen zu umspielen begann. Uns allen war eine zentnerschwere Last vom Herzen gefallen. Als Didi sich schließlich zu ihr setzte und zaghaft ihre Hand ergriff, ließ sie es widerstandslos geschehen.

In diesem Augenblick kam Fred mit der eingetauschten Ausrüstung für unseren jungen Freund zurück. Trotz seines Erfolges war seine Miene todernst, und mir schwante sogleich neues Unheil.

Pui Tien

Eigentlich wollten wir an diesem denkwürdigen Abend meinen 18. Geburtstag feiern, doch was zuvor als kleines festliches Beisammensein in der Familie geplant war, artete nun in einer Art strategische Krisensitzung aus. Immerhin hatte ich ja wohl selbst ausreichend dazu beigetragen, dass unsere Feierlaune ins Bodenlose gesunken war. Geschenke erhielt an jenem Abend sowieso nur Didi, und der überschlug sich natürlich fast vor Dankbarkeit. Nicht, dass ich selbst mit irgendwelchen liebenswürdigen Gaben gerechnet hätte, denn mit diesem späteuropäischen Brauch war ich schließlich nie vertraut gewesen, aber nichtsdestotrotz hatte ich mich schon auf meine erste Feier dieser Art gefreut. Stattdessen redeten wir uns die Köpfe heiß, auf welche Weise wir Udalrik helfen konnten, ohne gleich die ganze Meute des Grafen Everhard auf uns zu ziehen, und ahnten dabei nicht im Geringsten, dass wir damit praktisch auf dem besten Wege waren, dem unausweichlichen Schicksal direkt in die Hände zu spielen.

Ich mache Mama keine Vorwürfe, dass sie in der Not, die ich ja selbst heraufbeschworen hatte, weil ich nicht in der Lage gewesen war, Deirdres Reif wiederzubeschaffen, voreilige Schlüsse zog, denn dafür liebe ich sie zu sehr. Aber ich klage die unbegreiflichen Mächte an, die unbeeindruckt von allen menschlichen Empfindungen ihre Ziele verfolgen und dabei keinerlei Rücksicht auf die Seelen ihrer Handlanger und Opfer nehmen. In diesem Sinne konnte ich Papas Haltung bestens verstehen und war fast geneigt, der asiatischen Komponente in mir, die das Hinnehmen allen Leidens fordert, das uns ein allgegenwärtiges Schicksal beschert, eine verzweifelt aufbegehrende Absage zu erteilen.

Doch an jenem Abend war ich nur heilfroh, dass der Verlust des Reifs mir keinen Schaden zufügen würde. Zumindest wollte ich das nur allzu gern glauben und bildete mir wahrscheinlich schon allein deshalb ein, dass alles in Ordnung sei. Auch Papa ließ sich von Mamas Argumenten überzeugen, und so widmeten wir uns alsbald dem viel ärgeren Problem mit Udalrik.

Dabei kamen wir ziemlich schnell überein, dass wir unser Versteckspiel vorzeitig aufgeben mussten. Denn sobald wir am Goldberg aufgetaucht waren, gab es nur noch die Flucht nach vorn. Und das bedeutete, wir würden sofort nach der erfolgten Entlastung unseres ehemaligen Sergenten zu den Externsteinen aufbrechen. Die einzige Sache, die wir noch irgendwie meistern mussten, war eher logistischer Natur, denn für Didi besaßen wir eigentlich kein eigenes Pferd.

„Zur Weidegrotte hinter der Klutert dürfen wir nicht mehr gehen, weil sich Sligachan bereits wieder hier aufhalten könnte", fügte ich resigniert an. „Außerdem haben wir nicht einmal einen Sattel für unseren jungen Ritter."

„Und Felle, die wir für beides eintauschen könnten, sind auch nicht mehr da", ergänzte Mama mit einem schelmischen Seitenblick auf Papa. „Dafür hat sich unsere Ausrüstung fast verdoppelt."

Didi schaute betreten zu Boden, aber Papa ließ sich nicht aus der Reserve locken.

„Ich stehe immer noch dazu!", behauptete er ungerührt. „Ich schlage aber vor, die Lasten so gut wie möglich zu verteilen und später nach einer Lösung zu suchen."

„Wie stellst du dir das vor, Fred?", erwiderte Mama etwas gereizt. „Mit uns allen samt der Ausrüstung und euren beiden Panzerhemden machen die Tiere nach ein paar Kilometern schlapp."

„Dazu wird es nicht kommen, wenn wir zu Fuß auf dem Goldberg erscheinen!", präsentierte Papa eine neue Idee.

„Meinst du nicht, wir wären besser dran, wenn wir auf Pferden sitzen?", warf Mama ein. „Was ist, wenn wir Udalrik gewaltsam befreien müssen?"

„Dafür haben wir Pui Tien!", entgegnete Papa enthusiastisch.

„Und wer sorgt dafür, dass uns die Pferde nicht in der Zwischenzeit gestohlen werden?", hielt Mama entgegen.

„Natürlich unser frischgebackener junger Ritter, wer sonst?", konterte Papa sofort. „Passt auf, es ist nicht unbedingt nötig, dass Didi sich ebenfalls auf dem Goldberg zeigt. Wir sagen einfach die Wahrheit, nämlich, dass er unten im Tal bei den Pferden geblieben sei. Oben am Bergwerk haben wir es höchstens mit dem Kastellan und einem Dutzend Soldaten zu tun. Die können wir notfalls in Schach halten…"

„Hast du auch an die aufgebrachten Bauern gedacht, Fred?", fuhr ihm Mama noch einmal in die Parade.

„Hm, das ist der einzige Schwachpunkt!", gab Papa unumwunden zu. „Aber ich hoffe einfach, dass wir sie letztlich auf Udalriks und damit auf unsere Seite ziehen können, wenn es brenzlig wird. Immerhin ist er einer von ihnen, und ein bisschen Glück gehört natürlich auch dazu."

Papa lächelte Mama entwaffnend an, und ich wusste genau, dass er damit praktisch gewonnen hatte. Er macht das schließlich immer so!

Fred Hoppe

Ich gebe zu, dass mir bei der Sache auch nicht ganz wohl war, aber welch andere Möglichkeit hatten wir denn schon? Natürlich hatte Siang vollkommen recht, dass ich mit der fixen Idee, unserem Didi unbedingt eine vollständige ritterliche Ausrüstung verpassen zu wollen, unsere Bewegungsfreiheit unnötig einschränkte, aber aus irgendeinem Grund, den ich selbst nicht erklären konnte, wollte ich um alles in der Welt daran festhalten. Sicher, der Junge hatte in den vergangenen Monaten erhebliche Fortschritte gemacht, doch was sollte er mit dem ganzen Krempel in der Zukunft anfangen? Und selbst, wenn wir auf dem Weg zu den Externsteinen ernsthaft in Bedrängnis geraten sollten, durfte ich eigentlich nicht darauf bauen, dass er uns eine große Hilfe sein würde. Im Gegenteil, wenn ich ehrlich war, brachte ich den Freund meiner Tochter damit nur unnötig in Gefahr, denn er hatte seine neu erworbenen Fähigkeiten schließlich nicht ein einziges Mal im Kampf mit einem wirklichen Gegner testen können. Warum also hatte ich nur so hartnäckig auf seine ritterliche Ausbildung bestanden? Ich kann es nicht erklären, aber vielleicht war es in Wirklichkeit eine Art Eingebung, die mich so offenkundig irrational handeln ließ. So musste ich noch eine ganze Weile mit Siangs unausgesprochenem Vorwurf leben, gegen jede Vernunft gehandelt und nur meinen westfälischen Dickkopf durchgesetzt zu haben.

Letztendlich hatten wir meinen spontanen Plan doch noch ein wenig modifiziert, um das offenkundige Risiko geringer zu halten, und das war auch gut so, denn unsere Glaubwürdigkeit hätte schon im Vorfeld arg gelitten, wenn wir tatsächlich zu Fuß auf dem Goldberg erschienen wären. Also blieb Didi lediglich mit dem Packpferd und unserer Ausrüstung an dem kleinen Passeinschnitt oberhalb des Kettelbaches zurück, an dem in späterer Zeit das Restaurant Hinnenwiese stehen würde. Dorthin musste Pui Tien uns bereits in der Nacht zu Fuß durch die unwegsamen Wälder am Schöpplenberg führen. Mit den Pferden am Zügel war allein das schon ein ziemlich anstrengendes Unterfangen, aber es hatte den Vorteil, dass wir von da aus in weniger als einer Stunde das Bergwerk am Goldberg erreichen konnten. Phei Siang und mir war die Umgebung in der

Gegenwart zwar bestens bekannt, aber in dieser Zeit hätten wir beide uns bestimmt hoffnungslos verirrt. Unsere Tochter hingegen fand mit geradezu schlafwandlerischer Sicherheit auch in der Dunkelheit die verschlungenen Wildpfade durch das schier undurchdringliche Dickicht.

Im Morgengrauen verstauten wir alles, was wir nicht unmittelbar gebrauchen konnten, auf dem Packpferd, das wir ein paar Hundert Meter oberhalb des Einschnitts im dichten Gestrüpp versteckten. Danach legte ich meinen eigenen Ringpanzer an, zog den Waffenrock darüber und gürtete mir das Schwert des Zwerges um. Pui Tien schlüpfte in das kostbare Brokatgewand, das Oban ihr zum Abschied geschenkt hatte und hielt ihrem Freund das zusammengelegte Bündel ihres weißen Fellkleides hin.

„Pass gut darauf auf, denn es ist der Schlüssel zur Geschichte meines Lebens", riet sie ihm feierlich, um danach lächelnd anzufügen: „Damit hältst du praktisch mich selbst in deinen Armen. Aber in dieser Form bin ich bei Weitem nicht so zickig wie sonst."

Didi schaute sie etwas irritiert an und nahm das Paket entgegen.

„Damit willst du ja nur verhindern, dass ich dich zum Abschied umarme!", entgegnete er grinsend.

Pui Tien rümpfte die Nase und stieg betont würdevoll auf ihr Pferd. Ich warf Phei Siang einen bezeichnenden Blick zu, schüttelte den Kopf und gab meinem Pferd die Sporen.

Von der Passhöhe führte ein kaum sichtbarer Pfad zur Selbecke hinab. Wir folgten ihm noch bis in eine kleine Senke, lenkten unsere Pferde nach links und trieben sie einen steilen Hang hinauf. Von da an übernahm Pui Tien wieder die Führung. Wie sie uns beiläufig erzählte, hatte sie bei ihrem ersten Befreiungsversuch mit Didi zusammen den gleichen Weg genommen. Und dann waren sie vom Überfall der Staufer überrascht worden.

Wir konnten das Bergwerk und seine hölzerne Schachtanlage erst sehen, als wir bereits in seiner unmittelbaren Nähe waren. Während Pui Tien uns den Aufbau und das Gelände beschrieb, versuchte ich mir vorzustellen, wie es hier in der Gegenwart aussah. Dabei wurde mir schnell klar, dass die Bergkuppe, vor der wir uns gerade befanden, später vom weithin sichtbaren Bismarckturm geprägt werden würde. Ein wenig unterhalb davon war die eigentliche Grabungsstätte, aber auch das angrenzende Waldgebiet war von lang gezogenen Rinnen und trichterförmigen Löchern regelrecht durchfurcht. In achthundert Jahren würden von alledem keine Spuren mehr zu sehen sein.

Über der Einfassung des Schachtes war ein offener Holzturm errichtet worden, von dem ein Seilzug ins Innere des Berges führte. Gleich daneben hatte sich eine recht große Menschenmenge versammelt. Auf der höchsten Stelle der freigeschlagenen Bergkuppe stand ein regelmäßig aufgeschichteter Holzhaufen mit einem Pfahl in der Mitte. Das war also die vorgesehene Hinrichtungsstätte. Zum Glück waren wir nicht zu spät gekommen. Ich zog mir die Kettenhaube über den Kopf und setzte mein Pferd in Bewegung. Phei Siang und Pui Tien folgten mir mit einigem Abstand nach.

Ich erkannte den Ritter gleich an dem Wappen auf seinem Waffenrock wieder. Es konnte nur der Kastellan von Wetter sein, der mir bei unserer ersten Begegnung auf der Meininghauser Höhe beinahe den Arm zertrümmert hätte. Während ich langsam und in betont lässiger Haltung auf ihn zuritt, ließ der gepanzerte Mann im Kettenhemd plötzlich von dem gefesselt vor ihm knienden Udalrik ab, den er gerade noch am Kragen gepackt und geschüttelt hatte. Die mit eisernen Schuppen auf ihren Wamsen bewehrten Schergen griffen demonstrativ zu ihren Speeren, und durch die Reihen der versammelten Bauern ging ein vielstimmiges Gemurmel. Der Kastellan zog sein Schwert und stellte sich mir entgegen.

Unbeeindruckt brachte ich mein Pferd erst unmittelbar vor dem grimmigen Ritter zum Stehen und schob mir anschließend ganz ruhig die Kettenhaube vom Kopf.

„Herr, ich bin so froh, Euch zu sehen!", rief Udalrik aus. „Ich habe schon nicht mehr glauben können, dass Ihr noch..."

„Schweig, du elender Verräter!", brüllte der neben ihm stehende Söldner dazwischen und schlug Udalrik mit der behandschuhten Faust ins Gesicht.

Ich hob warnend meine Hand.

„Was fällt dir ein, meinen Sergenten zu schlagen?", brauste ich wütend auf und ließ mein Pferd steigen.

Der Kastellan wich zurück, und seine Schergen brachten ihre Speere drohend in Anschlag. In diesem Augenblick griff Pui Tien in das Geschehen ein. Die Spitzen der auf mich gerichteten Lanzen fuhren urplötzlich nach oben, und den

Männern wurden die Schäfte aus den Händen gewunden. Einen winzigen Moment lang blieben die Speere aufrecht in der Luft stehen, doch dann flogen sie in hohem Bogen nach hinten weg. Die Söldner und ihr Kastellan starrten mich mit entsetzten Augen an.

„Wer in Gottes Namen seid Ihr, und wie habt Ihr das gemacht?", donnerte mir die Stimme des fremden Ritters entgegen.

„Mein Name ist Winfred von Rotherham", antwortete ich mit ruhiger Stimme. „Ich befinde mich mit meiner Gemahlin und deren Schwester auf dem Rückweg vom Kreuzzug in meine englische Heimat."

Wie auf ein Zeichen nahmen Phei Siang und Pui Tien gleichzeitig die Kapuzen ihrer Gugeln ab und präsentierten sich der verschreckten Menge mit der vollen Pracht ihrer langen schwarzen Haare. Ich wies mit ausgestrecktem Arm auf Udalrik.

„Ich habe diesen Mann als Sergenten angeworben, nachdem er aus der Gefangenschaft des Kriegstrosses entkommen konnte, der zuvor euer Bergwerk überfallen hatte. Ohne seine Hilfe wäre es mir nicht gelungen, meinen jungen Schwager ebenfalls zu befreien. Und jetzt fordere ich Euch auf, ihn sofort freizulassen, bevor meine junge Schwägerin noch einmal die Zauberkünste ihres Clans anwenden muss!"

Der Kastellan von Wetter schluckte hörbar, fasste sich aber erstaunlich schnell.

„Wir haben Beweise, dass der Bauer, den Ihr Euren Sergenten nennt, unseren Feinden den Weg zum Bergwerk verraten hat!", rief er trotzig.

Von den Bauern kam zustimmendes Gemurmel. Schon reckte sich die eine oder andere Faust drohend in den Himmel. Ich wurde langsam nervös und schaute mich Hilfe suchend zu meinen beiden Frauen um. Gut, dass wir doch mit den Pferden gekommen waren.

„Und überhaupt, wie konntet Ihr diese Stelle finden, und was macht Ihr in den Wäldern meines Lehnsherrn?", schob der Kastellan nach.

„Der Vater meines Sergenten hat mich um Hilfe gebeten und uns gezeigt, wo wir Euch finden würden!", behauptete ich dreist.

Inzwischen drängte die Menge der aufgebrachten Bauern immer näher heran. Mistgabeln, Äxte, Knüppel und vereinzelte Speere bedrohten uns zusehends. Zu allem Überfluss schien einer der Älteren auch noch zu glauben, er habe unsere Tochter wiedererkannt.

„Seht euch alle vor! Das ist die Hexe Snäiwitteken, von der ich euch immer erzählt habe!", rief der Mann mit zittriger Stimme.

Ich ließ mein Pferd abermals steigen, um uns etwas Luft zu verschaffen und zog mein Schwert. Sobald die Hufe des Tieres den Boden berührten, wollte ich es vorpreschen lassen und auf Udalrik zustürmen, um ihn zu mir hochzureißen. Dass ich dabei den Kastellan glatt niederreiten und wahrscheinlich schwer verletzen, wenn nicht gar umbringen würde, war ich bereit, in Kauf zu nehmen. Allerdings musste ich mich zuvor noch einmal zu Phei Siang umdrehen, damit ihr klar wurde, dass ich jetzt handeln würde, denn nach meiner Aktion blieb uns sicher nur die schnelle Flucht. Aber im gleichen Moment sprang Pui Tien einfach ab und schritt seelenruhig auf die Menge zu. Ich konnte mein Pferd gerade noch zügeln und verharrte voller Panik auf meinem Platz.

Unsere Tochter ging zielstrebig zu einem Mann in der vordersten Front und blieb vor diesem stehen. Ich hielt unwillkürlich die Luft an. Was hatte sie vor? Auch der Kastellan und seine Söldner starrten ungläubig auf das unerhörte Geschehen, das sich da vor ihren Augen abspielte. Die Geräuschkulisse verstummte.

Langsam und wie in Zeitlupe streckte Pui Tien ihren Arm aus und riss dann auf einmal mit einer blitzschnellen Bewegung dem völlig Überraschten das Kapuzenteil seiner Gugel vom Kopf.

„Das ist der Mann, den ich an der Klutert gesehen habe, als er mit dem Kriegstross dort vorbeizog!", sagte sie mit einer Grabesstimme, die ich ihr nie zugetraut hätte. „Er hat die staufischen Söldner zum Goldberg geführt. Sie haben überhaupt keine Karte gebraucht!"

Für einen Augenblick blieb alles mucksmäuschenstill. Der beschuldigte Bauer wurde leichenblass und schaute sich gehetzt nach allen Seiten um. Niemand fragte, was unsere Tochter zu der angegebenen Zeit überhaupt an der Klutert zu suchen hatte.

„Der Meier vom Schöpplenberg ist der Verräter!", brüllte eine ältere Frau wütend und brach damit die bisherige Stille. „Ergreift den Kerl, der meine Söhne auf dem Gewissen hat!"

Der von Pui Tien so plötzlich Entlarvte wollte fliehen, wurde aber gleich von den umstehenden Bauern ergriffen und zu Boden geworfen. Es entstand ein ungeheurer Tumult, und der Kastellan hatte große Mühe, die Leute insoweit zu beruhigen, dass sie den Überführten seinen Söldnern übergaben. Wir selbst waren auf einmal vergessen. Niemand kümmerte sich mehr um unsere Anwesenheit. Doch als ich ebenfalls vom Pferd stieg, stellte sich der Kastellan mir in den Weg. Ich machte ein grimmiges Gesicht, und meine Hand fuhr unwillkürlich zum Knauf meines Schwertes, denn ich konnte nicht vergessen, wie er uns auf Meininghausen gejagt und mir mit seinem Morgenstern beinahe den Arm gebrochen hatte. Der Ritter registrierte natürlich meine abrupte Bewegung, hielt mir aber sofort die bloßen Hände entgegen.

„Ich will nicht mit Euch kämpfen, Kreuzfahrer!", betonte er beschwichtigend. „Schließlich ist durch Eure junge Schwägerin der wahre Verräter entdeckt worden. Ich will auch nicht wissen, was Ihr und Eure Gemahlin dort oben bei Hinneriks niedergebranntem Hof gemacht habt oder wie Ihr damals verschwinden konntet. Genauso wenig will ich erfahren, wieso Eure junge fremdhäutige Schwägerin an der Heimstatt der Zwerge war, als der staufische Tross dort vorbeizog, noch woher sie ihre geheimnisvollen Zauberkünste wirklich hat. Lasst uns also in Frieden auseinandergehen, Kreuzfahrer!"

Ich hatte schon bei seinen ersten Worten meine Hand vom Griff des Schwertes genommen und ihm danach lächelnd zugehört. Meine Wut auf den fremden Ritter war längst verraucht. Stattdessen rieb ich mir demonstrativ den Ellenbogen.

„Ihr habt mir damals arg zugesetzt", gab ich unumwunden zu. „Ich möchte Euch nicht unbedingt als Gegner haben, Kastellan!"

„Ganz meinerseits!", antwortete der Ritter galant. „Üblicherweise entkommt niemand dem Schlag meines Morgensterns. Tut mir nur einen Gefallen, Kreuzfahrer aus dem Angelland: Verlasst mit Euren Damen das Gebiet meines Lehnsherren, denn ich möchte Euch nicht noch einmal jagen müssen."

Ich nickte ihm grinsend zu und schritt wortlos an ihm vorbei, um Udalriks Fesseln durchzuschneiden. Der Kastellan wandte sich ab und ging zu seinen Schergen, die nun den überführten Meier vom Schöpplenberg in Gewahrsam genommen hatten.

Sobald Udalrik befreit war, lief er zu Pui Tien und warf sich vor ihr auf die Knie. Unserer Tochter war diese Geste sichtlich peinlich.

„Ich weiß gar nicht, wie ich dir danken soll, Snäiwitteken!", brachte er unter Tränen hervor. „Du hast nicht nur mein Leben, sondern auch meine Liebe gerettet."

Pui Tien sah ihn verlegen an und wehrte ab:

„Ach, Udalrik, du hast für mich etwas Ähnliches getan!"

Unterdessen wendete Phei Siang bereits ihr Pferd und sah mich auffordernd an.

„Ich denke, wir sollten unser ‚bisschen Glück', wie du es genannt hast, nicht allzu sehr strapazieren und schnellstens hier verschwinden!", meinte sie zu mir gewandt.

Ich setzte eine möglichst schuldbewusste Miene auf und stieg ebenfalls auf mein Pferd. Phei Siang wartete, bis ich an ihrer Seite war.

„Eh, du weißt schon, dass wir ohne Pui Tiens zufällige Entdeckung ziemlich alt ausgesehen hätten, ja?", fügte sie jovial an.

Ich maß meine Gemahlin mit einem verwunderten Blick.

„Die Ausdrucksweise kannst du nur von Achim haben", stellte ich belustigt fest.

„Irrtum!", gab Phei Siang lachend zurück. „Ich habe sie nämlich von Pui Tien!"

Leng Phei Siang

Nachdem Udalrik sich von uns verabschiedet hatte, wollten auch wir endlich diese ungastliche Stätte verlassen. Pui Tien hatte sich gerade zu uns gesellt, als doch noch etwas Unheimliches und völlig Unerklärbares geschah: Es begann damit, dass plötzlich aus heiterem Himmel die Erde bebte und wir beinahe aus den Sätteln geworfen wurden.

Natürlich sprangen wir sofort ab und versuchten, unsere Pferde zu beruhigen, was uns aber kaum gelang. Nur mit Mühe vermochten wir die verängstigten Tiere zu bändigen und in Richtung des Scheiterhaufens auf die baumfreie Kuppe zu ziehen. Gerade, als wir dort angekommen waren, stürzten auch schon die ersten Baumriesen mit unfassbarem Getöse und Krachen auf den freien Platz beim Bergwerk. Die Bauern und Soldaten liefen laut schreiend aufgeregt und ziellos durcheinander. Innerhalb von Sekunden herrschte ein unbeschreibliches Chaos. Die Pferde der Schergen und des Kastellans stürmten mit verdrehten Augen und Schaum vor den Nüstern wie wild umher. Bald ertönte ein unheimliches Grollen, das aus den Tiefen des Berges zu kommen schien. Mehr als mannshohe Felsen zersplitterten und stürzten polternd zu Tal. Das turmähnliche Gerüst über dem Schacht brach knisternd und berstend auseinander. Bretter, Äste und ganze Baumstämme flogen durch die Luft und bohrten sich überall da in die Erde, wo sie auftrafen. Auf einmal schien es, als ob in der Umgebung des Schachtes der gesamte Untergrund in Bewegung geraten wäre. Die Erdoberfläche sackte urplötzlich weg, und der neu entstandene Schlund schluckte alles, was sich in seiner unmittelbaren Nähe befand.

Wir hatten die Pferde noch eben dazu bewegen können, sich mit uns zusammen niederzulegen. Die Zügel straff in den Händen haltend, kauerten wir zitternd am Boden, während Fred geistesgegenwärtig aufsprang und Pui Tien und mich mit dem großen Schild bedeckte.

Über den längst zerstörten und ineinandergefallenen Schächten und Gängen stieg eine dicke Staubwolke auf, die sich rasch über die gesamte Bergkuppe verbreitete. Damit war uns fast völlig die Sicht auf die Bauern und Soldaten genommen. Niemand von uns vermochte zu sagen, ob sie noch lebten oder allesamt umgekommen waren.

Auf einmal kristallisierte sich keine fünfzig Schritte von uns entfernt eine kleine schemenhafte Gestalt aus dem dunklen Qualm. Mit ihren ausgebreiteten Armen und der tief ins Gesicht gezogenen Gugelhaube wirkte sie inmitten all der Zerstörung wie ein Fanal. Pui Tien bemerkte sie zuerst und deutete fassungslos auf den Zwerg, dessen Augenbinde noch immer seine Stirn bedeckte:

„Sligachan!", flüsterte sie entsetzt. „Er hat die Verbrechen an den Hütern der Klutert doch noch gerächt!"

Für den Bruchteil einer Sekunde hatte ich das Gefühl, als lausche der Letzte der Zwerge auf die leisen Laute, die aus unserer Richtung an sein Ohr gedrungen waren, dann sprach er selbst, und ich wunderte mich über seine durchdringende Stimme. Ich war sicher, dass man ihn bestimmt weit und breit hören konnte:

„Ich verfluche auf ewige Zeiten das Gold und die Gier, die euch dazu trieben, das Geschlecht der Altvorderen auszulöschen! Von Stund an sollen euch und allen euren Nachkommen die Geheimnisse dieses Berges für immer verschlossen bleiben!"

Schlieren von Rauch und Staub zogen vorbei, und wir starrten gebannt auf die Stelle, wo Sligachan gerade noch gestanden hatte, doch der Zwerg war wie vom Erdboden verschluckt. Stattdessen tauchten aus dem sich allmählich lichtenden Nebel zwei reiterlose Pferde auf.

Pui Tien sah mich an, und auf ihre Lippen stahl sich ein zaghaftes Lächeln. Ich nickte ihr wortlos zu, und in ihren Augen entstand fast übergangslos ein irisierendes Leuchten. Die beiden Pferde hielten gleichzeitig an und schauten sich unsicher um. Dann setzten sie sich zögernd wieder in Bewegung, wieherten kurz und kamen direkt auf uns zu. Pui Tien sprang auf und lief ihnen entgegen. Kurzentschlossen ergriff sie deren Zügel und führte sie her. Fred schüttelte lächelnd den Kopf.

„Sieh an, da haben wir die Lösung für unser Transportproblem!", meinte er schelmisch in meine Richtung.

„Ich hätte nicht gedacht, dass so edle Ritter wie du auch Pferdediebstahl gutheißen würden!", merkte ich ätzend an.

„Sei froh, dass wir nicht im Wilden Westen gelandet sind. Da würde man solche Leute nämlich aufhängen, habe ich mir sagen lassen."

„Hat dir das auch Pui Tien erzählt?", erkundigte sich mein treusorgender Gatte scheinheilig.

„Nein, diesmal war es tatsächlich Achim!", beschied ich ihm schnippisch.

Fred kümmerte sich darum, dass unsere eigenen Pferde aufstanden und besah sich dann die beiden erbeuteten Tiere. Eines davon trug sogar einen Rittersattel.

„Hm, Siang", meinte er grinsend zu mir. „Ich würde dir ja gern zustimmen, dass es Unrecht ist, wenn wir die beiden Klepper behalten, aber der eine hier gehört mit Sicherheit unserem alten Gegenspieler von Meininghausen, dem Kastellan von Wetter. Findest du nicht auch, wir hätten da eine kleine Entschädigung verdient?"

Diesmal stimmte ich ihm sofort zu.

Pui Tien

Didi staunte nicht schlecht, als wir plötzlich mit zwei weiteren Pferden im Schlepptau zurückkehrten.

„Kleine Planänderung!", verkündete Papa meinem verblüfften Freund in betont lässigem Tonfall. „Der Kastellan von Wetter war so besorgt um unser Wohlergehen, dass er uns zum Abschied sein eigenes Streitross und ein zweites Packpferd mitgegeben hat. Ist doch fürchterlich nett von ihm, nicht wahr?"

Didi starrte ungläubig auf das unverhoffte Geschenk. Er hatte natürlich das Beben gespürt und war in großer Sorge gewesen. Wenn wir nicht bald erschienen wären, hätte er es wohl nicht mehr länger ausgehalten und wäre uns auf eigene Faust gefolgt. Ich wagte gar nicht daran zu denken, was geschehen wäre, falls er seinen Entschluss in die Tat umgesetzt hätte.

Selbstverständlich brannte mein Freund darauf zu erfahren, was sich am Goldberg zugetragen hatte, aber Papa drängte unerbittlich zum Aufbruch. So verteilten wir eiligst unsere Sachen auf die beiden Packpferde und machten, dass wir aus dem Einflussbereich des Kastellans herauskamen. Erst während wir dem Kleinen Kettelbach ins Tal hinab folgten, erzählte ich Didi ein wenig ausführlicher, was geschehen war. Anschließend versuchte ich ihm zu erklären, was mich im Zusammenhang mit all diesen Geschehnissen bewegte.

Als wir das vollkommen zerstörte Bergwerksgelände am Goldberg verließen, hatten Mama, Papa und ich noch unter den beängstigenden Eindrücken der Ereignisse gestanden, deren Zeugen wir dort geworden waren. Natürlich hatten wir uns darüber unterhalten und waren dabei zu erstaunlichen Ergebnissen gekommen. So stand für uns ziemlich schnell außer Frage, dass wir die machtvolle Zerstörung der Anlage nur deshalb unbeschadet überstehen konnten, weil Sligachan offenbar extra so lange gewartet hatte, bis wir außer Gefahr gewesen waren. Die entfesselten Gewalten hätten uns sonst sicherlich mit in den Abgrund gerissen. Bedeutete diese Tatsache aber nun auch, dass ihm bereits jetzt schon viel mehr über die Zusammenhänge mit meiner Familie bekannt war, als er zu dieser Zeit überhaupt wissen durfte?

Allein die Ungewissheit darüber beunruhigte uns doch sehr, denn falls unsere Befürchtung zutraf, war ein sogenanntes Zeitparadoxon vorprogrammiert. Ich musste mir zwar erst von Papa erklären lassen, was mit diesem Begriff gemeint war, aber danach konnte ich ihm nur zustimmen. Trotzdem riet Mama davon ab, sich verrückt machen zu lassen. Ihrer Meinung nach konnten wir in der Vergangenheit überhaupt nichts verändern, selbst wenn wir das wollten. Doch wenn ich an die seltsame Begebenheit mit den beiden Pferden zurückdachte, lief mir schon ein kalter Schauer den Rücken hinunter. Es konnte kein Zufall gewesen sein, dass beide Tiere genau in dem Moment vor unserer Nase auftauchten, als die Gestalt des Zwerges so urplötzlich verschwand. Für mich persönlich stand fest, dass Sligachan auch hier seine Finger im Spiel gehabt hatte.

Was weiter mit dem Bergwerk am Goldberg geschehen würde, blieb wahrscheinlich für immer im Dunkel der Geschichte verborgen. Wahrscheinlich aber würde es im Laufe der nächsten Jahrhunderte immer mehr in Vergessenheit geraten, denn die Zerstörungen, die Sligachans Vergeltungsschlag angerichtet hatten, dürften wohl kaum noch einmal zu beheben sein. Der Welfenkönig Otto und seine sächsischen Vasallen aus dem Hause der Grafen von Altena-Nienbrügge würden künftig ihren Krieg gegen den staufischen Widersacher ohne das Gold und die Erze der Zwerge weiterführen müssen. Ich wusste nicht, wie der Zwist letztendlich ausgegangen war, und ehrlich gesagt interessierte es mich auch nicht im Geringsten. Denn ganz gleich, welche Seite auch immer für sich in Anspruch nahm, im Recht zu sein, die Grausamkeit, mit der dieser Bürgerkrieg geführt worden war, hatte meine unschuldigen Freunde ins Verderben gerissen und damit auch die letzten unsichtbaren Fäden zerschnitten, die mich noch mit jener Epoche verbanden, in der ich so unglaublich naiv gewesen war, mich in einen jungen Grafensohn zu verlieben. Wenn ich es genau betrachtete, war mein goldener Reif das letzte Stück des einstigen Schatzes vom Goldberg, das noch existierte, doch selbst er blieb für mich unwiederbringlich verloren. Und falls ich wirklich darüber traurig war, dann sicherlich nicht wegen seines unschätzbaren Wertes, sondern weil ich nun nichts mehr besaß, was mich an meinen gütigen alten Lehrmeister Oban erinnerte.

Didi hörte sich meine diesbezüglichen Überlegungen und Schlussfolgerungen schweigend an. Ich kann nur sagen, dass ich regelrecht froh war, mit jemand anderem als Mama und Papa sprechen zu können und ihm mein Herz ausschütten zu dürfen. So verging die Zeit wie im Flug, und ehe wir uns versahen, hatte bereits die Dämmerung eingesetzt. Wir waren gut vorangekommen und befanden uns schon ein ziemliches Stück hinter der Reichsstadt Dortmund auf dem Hilinciweg. Papa schlug daher vor, für die kommende Nacht ein Stück weit abseits des Pfades unser kleines Turnierzelt aufzustellen. Nur wenig später saßen wir alle gemeinsam um das leise knisternde Lagerfeuer und ließen uns eines unserer letzten größeren Bratenstücke schmecken. Zum ersten Mal fühlte ich mich in Didis Gesellschaft richtig geborgen und verstanden, so dass ich meinen Kopf ohne Scheu verträumt an seine Schulter lehnte und die sanfte Berührung seiner Hand an meiner Hüfte genoss. So kam es, dass wir diesmal wirklich zusammen sitzen blieben, als Mama und Papa sich zum Schlafen niederlegten.

„Dieser goldene Stirnkranz", begann Didi leise flüsternd nach einer Weile behaglichen Schweigens, „warum nennst du ihn ‚Deirdres Reif'?"

„Weil er ein Symbol für deren Geschichte ist", antwortete ich ebenso leise. „Oban hat sie mir in meiner Kindheit oft erzählt, denn sie ist eine uralte Legende seines Volkes. Deirdre war ein wunderschönes Mädchen, und ein König freite um sie. Aber Deirdre floh mit ihrem Liebsten Naoise und dessen Brüdern in das Land Albion. Nach vielen Jahren dort versprach ihnen der König, sie dürften in ihre Heimat zurückkehren, und es würde ihnen nichts geschehen. Aber nachdem sie sich darauf eingelassen hatten, ließ der König Naoise umbringen und zwang Deirdre, ihn doch zu heiraten. Aber sie blieb traurig und abweisend, so dass der König ihrer überdrüssig wurde und das Mädchen dem Mörder seines Geliebten übergab. Als dieser es zwingen wollte, ihm zu Willen zu sein, sprang Deirdre aus dem Fenster der hochgelegenen Burg und ihr Körper zerschellte auf den Felsklippen. Nachdem man sie neben ihrem erschlagenen Geliebten beerdigt hatte, sprossen zwei Pinien aus deren jeweiligen Gräbern, und nach einer gewissen Zeit umwanden sich die Schösslinge und wuchsen zu einem einzigen Baum zusammen. Erinnerst du dich an die ineinandergedrehten Stränge an der Vorderseite meines Stirnreifs? Es ist das Zeichen der Deirdre, und es soll besagen, dass wahre Liebe sogar stärker ist als der Tod."

„Ich finde die Geschichte sehr ergreifend", meinte Didi gerührt. „Die Liebe siegt über Neid, Missgunst und Tod. Aber überleg doch, sagen die Christen das nicht auch?"

„Nicht nur die Christen. Es scheint, als ob es diese Erkenntnis oder meinethalben auch Hoffnung in allen Religionen der Welt gibt. Weißt du, Mama hat mir eine ähnliche Legende aus unserer alten Heimat China erzählt, in der zwei Seelen, die für einander bestimmt sind, in jedem neuen Leben versuchen, zueinander zu finden."

Didi dachte einen Moment lang darüber nach.

„Sag mal, Tien, glaubst du nicht auch, dass du eine besondere Beziehung zu diesem Reif und seiner Botschaft hast?"

„Ich weiß nicht", erwiderte ich unsicher. „Aber nachdem Oban ihn mir geschenkt und ich ihn mit in die Zukunft genommen hatte, ist er zu meinem Anker in der Zeit geworden, der mich davor bewahrt, von den unerklärbaren Mächten des Berges zermalmt zu werden. Und seine Botschaft ist mir in Agnes Geist wiederbegegnet, denn sie hat schließlich ihr ganzes Leben für die Liebe geopfert."

„Bist du wirklich sicher, dass du ohne den Reif durch das Tor an diesen Externsteinen gehen kannst?"

Ich schrak zusammen und zitterte leicht. Ich spürte das Verlangen, aufzuspringen und abermals wegzulaufen, aber Didi ließ mich nicht los. Er zog mich zärtlich an sich, und ich beruhigte mich wieder.

„Du machst mir Angst mit dem, was du da sagst", gab ich offen zu.

„Das will ich bestimmt nicht!", versicherte er mir. „Aber findest du nicht, wir sollten alles bedenken und abwägen, bevor wir uns auf das Experiment einlassen?"

„Was Mama über das Schwert sagte, klingt doch einleuchtend", gab ich zu bedenken. „Ich habe es schließlich selbst mit in die Vergangenheit genommen und in dem Spalt dort versteckt, wo es in der Zukunft von den beiden gefunden wurde. Damit bin ich geschützt und gehe also kein Risiko ein."

„Hm, ich habe auch nicht gemeint, dass dir etwas Schlimmes geschehen würde", erklärte Didi feierlich. „Doch deine persönliche Beziehung zu dem Reif und seiner Botschaft scheint mir so offensichtlich, dass ich mir nicht vorstellen kann, dass du ihn so einfach zurücklassen kannst. Nach allem, was du über deinen Lehrmeister erzählt hast, wird er sicherlich mit diesem Geschenk etwas bezweckt haben."

„Damit könntest du tatsächlich recht haben", entgegnete ich nachdenklich. „Aber was soll ich denn nun tun? Ich kann ihn mir nicht zurückholen. Das habe ich schon verbockt, als ich die Chance dazu hatte."

„Vielleicht findet er ja zu dir, wenn du durch das Tor gehst", vermutete Didi einfach.

Ich schaute meinen Freund zuerst entgeistert an, doch dann konnte ich mich eines Lächelns nicht erwehren.

„Was ist?", fragte Didi erstaunt. „Habe ich jetzt etwas völlig Blödsinniges gesagt?"

Ich schüttelte grinsend den Kopf.

„Nein, Didi, du bist total lieb und ungemein süß. Wenn wir allein wären, würde ich dich jetzt küssen!"

Fred Hoppe

Ich half dem Freund meiner Tochter beim Anziehen seines Ringpanzerhemdes, und nachdem dieser auch den Waffenrock übergezogen hatte, gürtete ich ihm noch persönlich das Schwert um. Es war fast so wie bei der Zeremonie des Ritterschlags, und irgendwie erfüllte mich der feierliche Akt mit einem gewissen Stolz. Siang und Pui Tien dagegen hielten sich ein Stück weit abseits und kicherten halblaut vor sich hin.

„Eh, sagt ihr Europäer nicht: ‚Kleider machen Leute'?", merkte meine holde Gemahlin höhnisch an.

„Selbst, wenn es ein Eisenkleid ist", ergänzte Pui Tien spöttisch, aber der verliebte Blick, mit dem sie ihren Freund dabei anschaute, sagte mir etwas völlig anderes.

Während der arme Didi einen hochroten Kopf bekam, ignorierte ich einfach die ironischen Bemerkungen und betrachtete nachdenklich das aufgenähte Fantasiewappen auf dessen Waffenrock. Es stellte einen gelben Halbmond auf rotem Grund dar. Pui Tien hatte noch gelästert, dass Didi so die Erinnerung an sein früher eher rundliches Gesicht auf der Brust zur Schau stellen würde, aber ich verfolgte damit schon eine gewisse Absicht. Schließlich konnte er mit seinem unleugbar asiatischen Aussehen wohl schlecht als mitteleuropäischer Adeliger durchgehen, und so sollte der Halbmond auf seinem Wappen schon rein optisch auf eine sarazenische Abstammung hindeuten, was ohne Weiteres zu unserer Tarnung passte. Für den Fall, dass er gezwungen war, sich allein vor einer ritterlichen Runde auszuweisen, konnte er vielleicht mit etwas Glück einfach behaupten, er sei ein sizilianischer Edelmann in normannischen Diensten. Dazu hatte ich ihm bereits vor einigen Tagen einen Crashkurs in süditalienischer Geschichte verpasst.

Das Königreich Sizilien war vor gut zweihundert Jahren von Normannen gegründet worden, nachdem diese die dort eingedrungenen Sarazenen besiegt hatten. Später kam es unter die Herrschaft der Staufer, deren jüngster Spross der kleine Sohn des verstorbenen Kaisers Heinrich VI. war. Augenblicklich stand Sizilien unter der Lehnshoheit des Papstes, und für den jungen Friedrich führten Regenten die Regierungsgeschäfte. Wegen des andauernden Bürgerkrieges konnte sich zurzeit keiner der beiden Kontrahenten dort um die brachliegenden Reichsrechte an diesem Land kümmern, und so schien es mir zumindest nicht völlig unglaubwürdig, wenn sich ein junger Gefolgsmann des noch unmündigen Königs im Norden nach dem Stand der Dinge erkundigte. Da Papst Innozenz peinlich darauf bedacht war, dass ihm kein deutscher König die Oberhoheit an Sizilien streitig machte, stand ein solcher Gesandter zudem noch ausdrücklich unter dessen Schutz.

Soweit so gut, doch welchen Sinn das aufwendige Getue jetzt noch machen sollte, war mir selbst auch jetzt noch nicht ganz klar. Immerhin würden wir spätestens in zwei Tagen endgültig aus dieser gefährlichen Epoche verschwinden. Vielleicht hoffte ich einfach, endlich jemanden gefunden zu haben, der meine eigenen Vorlieben teilte. Dass dieser Jemand gute Aussichten hatte, irgendwann sogar mein Schwiegersohn zu werden, erfüllte mich schon mit einem gewissen Stolz.

Leng Phei Siang

Ich fand, dass Fred maßlos übertrieb. Zu allem Überfluss nötigte er den armen Didi sogar, den Namen „Berengar von

Ragusa" anzunehmen, um seine fiktive mittelalterliche Identität komplett zu machen. Wie mein übereifriger Gemahl überhaupt auf den Namen jener südsizilianischen Provinzhauptstadt gekommen war, blieb mir ein Rätsel. Was der Freund meiner Tochter selbst über all den Unsinn dachte, behielt er lieber für sich. In zwei Tagen war der ganze Spuk sowieso vorbei, und wir konnten uns höchstens schon jetzt Gedanken darüber machen, wie wir in der Gegenwart den über unser plötzliches Erscheinen verschreckten Besuchern der Externsteine erklären sollten, was wir in unserer ziemlich befremdlichen Aufmachung dort zu suchen hatten.

Natürlich kam es während der gesamten restlichen Wegstrecke zu keinem einzigen Zwischenfall, bei dem Didi seine adelige Abstammung erklären oder gar seine neu erworbenen Fertigkeiten unter Beweis stellen musste. Und so schwitzten unsere mannhaften Recken völlig umsonst in ihren schweren Kettenpanzern und machten ihren leidgeplagten Pferden nur das Leben schwer.

Doch als wir schließlich zwischen den hochaufragenden nackten Kalksteinwänden auf beiden Seiten des Einschnitts am Pass von Horn hindurchschritten, breitete sich schon ein mulmiges Gefühl in meiner Magengegend aus. Der dichte Wald um uns herum verstärkte noch den Eindruck der düsteren Stimmung, die uns mehr und mehr umfing, je näher wir den Sandsteinklippen der Externsteine kamen. Schon seit geraumer Zeit war das heiter-fröhliche Geplänkel, das uns fast die gesamte Strecke über vom Haarstrang her bis zum Fuß des Osnings begleitet hatte, völlig verstummt und einer beinahe schwermütig-dumpfen Erwartung nahen Unheils gewichen. Ich selbst vermochte mir diese Wendung nicht zu erklären, denn schließlich trennten uns nur noch wenige Stunden von der ersehnten Rückkehr in unsere eigene Epoche. Als wir dann endlich den breiten Handelsweg verließen und unter dem dichten Blätterdach eines uralten Buchenhains unser eigentliches Ziel ansteuerten, klopfte mir das Herz bis zum Hals.

Dann tauchten auf einmal die ersten turmhohen Klippen vor uns auf, und ich konnte bereits ein seltsam bekanntes Kribbeln zwischen meinen Fingerkuppen spüren, das davon kündete, wie nah wir schon dem magischen Ort gekommen waren. Ich blickte unwillkürlich zum Himmel auf und stellte fest, dass drohend dunkle Gewitterwolken inzwischen auch die letzte blaue Lücke verdrängt hatten. Schon bald danach ertönte ein dumpfes, rollendes Grollen.

Fred, der bis dahin unsere kleine Gruppe angeführt hatte, brachte sein Pferd abrupt zum Stehen und schaute sich nervös um.

„Es ist und bleibt ein unheimlicher Ort", sagte er leise zu mir gewandt. „Ich bin froh, wenn alles vorbei ist und wir wieder in unserer Zeit sind."

Ich lenkte mein Pferd an seine Seite und nahm seine Hand. Sie war eiskalt.

„Lasst es uns schnell hinter uns bringen!", brachte ich hervor.

Auch Pui Tien schien die verstörend wirkende Gegenwart der unheimlichen Mächte und Gewalten zu schaffen zu machen. Sie zitterte am ganzen Körper, während ihr Pferd, das die plötzliche Unsicherheit ihrer Reiterin spürte, aufgeregt zu tänzeln begann. Nur Didi merkte offenbar nichts von alledem. Er sah uns fragend an und streckte seinen Arm nach unserer Tochter aus, die seine angebotene Hand dankbar ergriff. Wie auf ein Zeichen trieben wir alle gemeinsam unsere Tiere an und lenkten sie bis vor das riesige Steinrelief, das die Abdinghofer Mönche vor mehr als achtzig Jahren in den harten Sandstein gemeißelt hatten. Fred ließ die Zügel seines Pferdes fahren und zog mit der freien Hand das magische Schwert des Zwerges aus der Scheide, um es dem steinernen Bildnis entgegenzustrecken.

Von einem Augenblick zum anderen fuhr ein gleißender Blitz in den massigen Felsen, und für den Bruchteil einer Sekunde schloss ich geblendet die Augen. Bevor nach einem ohrenbetäubenden Donnerschlag alles um mich herum in seelenloser Finsternis versank, nahm mein Bewusstsein noch den unauslöschbaren Eindruck auf, dass der vom Kreuz genommene tote Christus sein Gesicht zu einer mitleidsvollen Miene verzogen hatte.

Pui Tien

Ich hielt noch immer Didis Hand fest umklammert, als ich die Augen öffnete und wir im Halbdunkel einer gewaltigen Grotte das schummrige Licht eines gerade erwachenden

Tages erblickten. Der Schock über das, was ich sah, stellte sich erst allmählich ein.

Wir saßen wie zuvor auf unseren Pferden, doch die massigen Felsen, die sich hoch über unseren Köpfen zu einem riesigen Bogen wölbten, konnten niemals die Externsteine sein. Neben uns rauschte ein Fluss durch das Innere des höhlenartigen Gebildes. Verwundert stieg ich vom Pferd und zog es an den Zügeln zum nahen Eingang hin, wo ich feststellen musste, dass wir uns am Grund einer tiefen Schlucht befanden. An beiden Seiten stiegen die Felswände über mindestens 30 Meter senkrecht empor. Im gleichen Moment traf mich die ungewohnte Wärme der aufgehenden Sonne fast wie ein körperlicher Schlag. Das konnte unmöglich der beginnende Frühling in unseren kühlen und feuchten Bergen sein. Ich wischte mir über die schweißnasse Stirn und drehte mich verwirrt zu Didi um, doch erst als ich meinem Freund bei seinen vergeblichen Versuchen beobachtete, sein Pferd zum Weitergehen zu bewegen, fiel mir auf, dass Mama und Papa nicht bei uns waren.

In diesem Augenblick wurde mir endlich klar, dass unsere Versetzung durch die Zeit fehlgeschlagen war. Die unbegreiflichen Mächte hatten uns in eine völlig fremde Region der Erde geschleudert. Oder war dies vielleicht sogar eine der vielen parallelen Anderswelten, zu denen wir Sterblichen normalerweise keinen Zugang hatten? Ich schluckte und kämpfte mit den Tränen, aber was würde das nützen? Gleichzeitig kam mir zu Bewusstsein, dass ich im Grunde meines Herzens schon eine ganze Weile lang das Gefühl gehabt hatte, dass etwas Ähnliches passieren würde.

Inzwischen hatte Didi es aufgegeben, weiterhin sein Pferd mit den Fersen zu bearbeiten. Er stieg aus dem Sattel und kam schwerfällig auf mich zu. Ohne es eigentlich zu wollen, musste ich lächeln, als ich an die Überraschung dachte, die meinem Freund noch bevorstand, wenn er den Ausgang erreichte. Diese unscheinbare Vorfreude auf den Moment, in dem ihn die flirrende Hitze fast umhauen würde, bewahrte mich letztlich davor, vollends über unsere vertrackte Situation zu verzweifeln. Das tat mir gut, denn ich wusste, dass ich jetzt stark sein musste. Tatsächlich blieb Didi wie vor den Kopf geschlagen stehen, als er in die Sonne trat.

„Wo um alles in der Welt sind wir hier gelandet, Pui Tien?", stieß er keuchend hervor. „Und wo sind deine Eltern abgeblieben?"

Ich zuckte ratlos mit den Schultern.

„Irgendetwas ist total schiefgelaufen!", antwortete ich. „Ich kann dir nicht einmal sagen, wo oder wann wir aus dem Zeittor gekommen sind."

„Was mag das nur bedeuten?", fuhr Didi fort. „Ich dachte, das magische Schwert deines Vaters würde dich beschützen."

„Das hat es auch, Didi, sonst wäre ich sicher zu Staub und Asche zermalmt worden. Aber es hat uns auch nicht an den gewünschten Ort und in die richtige Zeit gebracht, soviel steht fest."

„Was meinst du, sind deine Eltern wohl angekommen?"

„Ich weiß es nicht, Didi. Und falls sie die Gegenwart erreicht haben sollten, dann können sie nicht mehr in Erfahrung bringen, wo wir sind."

„Das heißt, wir sind auf uns allein angewiesen", stellte Didi mit einem traurigen Unterton in der Stimme fest. „Was mit anderen Worten bedeutet, wir sitzen wahrscheinlich fest."

„Wolltest du nicht schon immer mit mir allein sein?", fragte ich schnippisch, um ihn ein wenig aufzumuntern. „Jetzt hättest du deine Chance, denn wenn wir noch immer im Mittelalter sind, würde ich deine Gesellschaft bestimmt der aller anderen echten Ritter vorziehen."

„Mach dich ruhig lustig über mich, Pui Tien", schmollte Didi zerknirscht, um danach gleich ein verstohlenes Grinsen aufzusetzen. „Aber im Ernst, hast du eine Idee, was wir tun sollen?"

Ich dachte einen Moment lang angestrengt nach.

„Ich glaube, wir müssen zuerst herausfinden, wo wir sind und in welches Jahr es uns verschlagen hat", resümierte ich. „Und danach werden wir uns wohl auf die Suche nach meinem verlorenen Stirnreif machen müssen, selbst wenn der sich auf einem anderen Kontinent befindet als wir. Denn ohne ihn werde ich wohl niemals heimkehren können."

Fred Hoppe

Im gleichen Moment, als es geschah, wusste ich mit untrüglicher Gewissheit, dass etwas schiefgegangen sein musste. Durch die wesenlose Schwärze, die uns umgab, wallten auf einmal schemenhafte Gestalten. So etwas war uns zuvor noch bei keinem Gang durch das Zeittor passiert, ganz egal, ob der Vorgang in der Kluterthöhle oder hier an den Externsteinen stattgefunden hatte. Deshalb war ich danach auch einigermaßen auf die unleugbare Tatsache gefasst, dass die Umgebung überhaupt nicht verändert war. Da ich den aufgestauten See, der sich in der Gegenwart unterhalb des Felsens erstreckte, nicht erblicken konnte, war mein erster bewusster Gedanke, dass die Versetzung durch die Zeit nicht geklappt hätte. Wahrscheinlich, so kam es mir gleich in den Sinn, mussten wir doch noch bis zum Tag „Belthane" warten. Nun gut, überlegte ich gerade, das sind ja nur ein paar Tage. Doch dann riss mich urplötzlich Phei Siangs panische Stimme aus dieser Illusion:

„Fred! Wo sind Pui Tien und Didi?"

Ich blickte mich verwirrt nach allen Seiten um, aber unsere Tochter und ihr Freund waren samt ihren Pferden wie vom Erdboden verschluckt. Siang und ich dagegen saßen noch immer wie zuvor auf unseren Reittieren vor dem schweigenden steinernen Relief.

„Vielleicht sind sie auf der anderen Seite gestrandet", argumentierte ich schwach, doch Siang schüttelte nur traurig den Kopf.

„Nein, Fred, das sind sie sicher nicht!", behauptete sie mit einer Grabesstimme, die mich durch und durch frösteln ließ. „Der Sprung durch die Zeit ist fehlgeschlagen, und dabei sind wir von ihnen getrennt worden."

„Meinst du, die beiden hätten es geschafft und wären in der Gegenwart angekommen?"

Etwas in mir weigerte sich noch immer, das wahre Ausmaß der Katastrophe zu akzeptieren. Phei Siang schüttelte den Kopf und begann zu weinen. Ich steckte endlich das Schwert wieder zurück in die Scheide und stieg resigniert vom Pferd. Mit einer hastigen Bewegung glitt auch Siang aus dem Sattel und warf sich schluchzend in meine Arme.

„Fred, versteh doch! Sie sind im Zeitstrom verschollen, und wir haben die beiden verloren!"

Erst ganz allmählich dämmerte mir, welche Konsequenzen damit verbunden waren. Der Schreck darüber fuhr mir mit Macht in die Glieder, und meine Knie wurden weich.

„Oh, Gott!", murmelte ich verzweifelt. „Wir haben das Schwert und sie haben keinen Anker, der sie zurückbringen kann! Pui Tien wird sterben, wenn sie es so probiert!"

„Das wird sie nicht tun!", behauptete Siang erstaunlich gefasst.

Sie trocknete ihre Tränen und nahm meine Hand.

„Wir müssen uns zwingen, vernünftig und in aller Ruhe darüber nachzudenken, was passiert ist!", fuhr sie fort. „Es hilft nichts, wenn wir hier trauern oder aus lauter Verzweiflung etwas Unsinniges tun."

„Wir könnten bis zum Tag Belthane warten und es noch einmal versuchen", schlug ich vor. „Wahrscheinlich würden wir dann reibungslos in die Gegenwart gelangen. Aber dann müssten wir noch einmal von vorn anfangen, und wir stünden vor der gleichen Situation wie damals, als sie zum ersten Mal verschwand."

„Nur mit dem Unterschied, dass sie jetzt erwachsen ist und weiß, was mit ihr geschah!", widersprach Phei Siang. „Dir ist doch klar, dass sie eigentlich nur eine einzige reelle Chance hat, aus der Vergangenheit wieder zu entkommen?"

Ich dachte einen Moment lang nach. Dann fiel es mir wie Schuppen von den Augen.

„Natürlich, sie muss diesen verdammten Reif finden, ganz gleich, wo der in der Zeit, in die es die beiden verschlagen hat, wohl sein mag!"

Phei Siang starrte mich entgeistert an. Dann schlug sie sich plötzlich mit der Hand vor die Stirn.

„Fred, ich fürchte, ich habe da einen gewaltigen Fehler gemacht!", bekannte sie erschrocken. „Ich war überzeugt, dein Schwert würde ausreichen, uns alle sicher nach Hause zu bringen, und dabei habe ich vergessen, wie eng ihre Beziehung zu dem Stirnband wirklich ist, das Oban Deirdres Reif nannte."

„Du meinst, das goldene Ding hätte sie und vielleicht auch uns aus dem Zeitstrom gerissen?"

Phei Siang nickte vehement. Sie war sich ihrer Sache scheinbar vollkommen sicher.

„Wenn der Reif sie tatsächlich geholt hat, ist sie mit Didi auch dort gelandet, wo er jetzt ist. Wir beide haben dagegen uns selbst an den Händen gefasst, also sind wir hier geblieben."

„Das würde aber bedeuten, dass sich unsere Tochter noch in der gleichen Epoche befinden muss wie wir", schloss ich daraus.

„Zumindest sollten wir das in Erwägung ziehen, bevor wir uns in zwei Wochen in Richtung Gegenwart davonmachen!", betonte Phei Siang ausdrücklich.

Ich musste das Ganze zwar erst noch verarbeiten, aber ich war froh, dass meine geliebte Siang offenbar ihr seelisches Gleichgewicht wiedergefunden hatte. Damit half sie natürlich auch mir, mich auf die neue Situation einzustellen.

Unterdessen waren wir unsere Pferde am Zügel führend ein Stück weit zurück in den Wald gegangen. Dabei fiel mir auf, dass die jungen Blätter noch lange nicht so weit entwickelt waren wie vor unserem Versuch, durch das Tor zu gehen. Umgehend machte ich Siang darauf aufmerksam.

„Also haben wir uns doch durch die Zeit bewegt!", stellte sie fest. „Die Frage ist nur, in welchem Jahr wir gelandet sind. Weit kann es ja nicht gewesen sein, denn bis auf die Blätter hat sich hier schließlich kaum etwas verändert."

In diesem Moment kamen drei, selbst für das Mittelalter schäbig gekleidete Männer auf uns zu, und meine Hand fuhr fast automatisch zum Knauf meines Schwertes. Doch die drei ließen gleich erkennen, dass sie keine bösen Absichten verfolgten. Sie blieben nebeneinander stehen und verbeugten sich tief. Die größte Überraschung für uns beide war jedoch, dass die wie Bettelmönche aussehenden Männer offensichtlich nur auf unser Erscheinen gewartet hatten.

„Ein englischer Kreuzfahrer und seine Gemahlin aus dem Morgenland!", stellte der Ältere unter den dreien wie selbstverständlich fest. „Genauso hat sie der Zwerg aus den südlichen Bergen beschrieben. Das müssen die angekündigten Boten sein. Sie werden das Allerheiligste finden und sicher zum Montsalvat bringen!"

Phei Siang und ich schauten uns verwundert an. Obwohl keiner von uns beiden in diesem Augenblick auch nur die leiseste Ahnung hatte, was der Sprecher der Bettelmönche gemeint haben könnte, wusste ich genau, dass unser eigentliches Abenteuer in dieser Epoche gerade erst begonnen hatte.

Anmerkungen des Autors

Die Geschichte, die in diesem Buch erzählt wird, klingt natürlich ebenso fantastisch wie unwahrscheinlich, aber der Sage vom Hagener Goldberg, um die sie sich rankt, scheint wirklich ein wahrer Kern zugrunde zu liegen. Tatsächlich gibt es jene Urkunde, auf die schon das Gevelsberger Autorenpaar Renate Schmidt-Voigt und Gustav Adolf Schmidt hinweist, und sie bezeugt eindeutig, dass vor achthundert Jahren in den Wäldern oberhalb der Volme nach edlen Metallen gegraben wurde. Jedenfalls hat Artur Pollack-Hoffmann, der Vorsitzende der Ritterschaft der Wolfskuhle, entsprechend zu deutende Hinweise in der Abschrift einer Urkundensammlung gefunden, die sich auf Erzbischof Adolf von Altena bezieht:

Am 22. Juli des Jahres 1200 bekundet Adolf von Altena, *„dass sein Bruder Arnold, Graf von Althena, seinen Anteil an der Burg zu Althena, den er schon früher dem Erzbischof Philipp für 400 Mark und eine Rente von 5 carratae Wein zu Lehn aufgetragen hatte, nunmehr ihm und dem Erzstift zu Lehn aufgetragen habe, und er gelobt dafür, sowie für ihr gemeinsames Burghaus zu Volmodesteyne und als Ablösung der genannten Weinrente statt der 400 M. 600 M. zu zahlen. Bis zur Entrichtung dieser Summe (in recompensationem, que vulgo orsata dicitur) gibt er Arnold die erzbischöfliche curtis in Hagen mit allen Zugehörungen zu Lehen, abgesehen von den Pfründen, welche die (Kölner) Goldschmiede und Hugenote (Münzerhausgenossen) von seinen Vorgängern her dortselbst besitzen."*

Demnach darf man davon ausgehen, dass sich damals der Abbau von edlen Metallen tatsächlich insoweit gelohnt hat, dass Goldschmiede und Münzschläger in Hagen ansässig waren und Pfründe erwirtschaftet haben. Im Zusammenhang mit der politischen Situation des zehnjährigen Bürgerkrieges um die Deutsche Krone, den namhafte Historiker übrigens als „die größte Katastrophe des Mittelalters" bezeichnet haben, ist die im vorliegenden Roman beschriebene Schlussfolgerung, dass hier dringend benötigte Finanzmittel für die Kriegskasse der Welfen erschlossen worden sind, sicherlich nicht von der Hand zu weisen.

Auch von der geologischen Beschaffenheit des Gebietes um den Goldberg her lässt sich das Vorkommen von Gold und anderen Edelmetallen zweifelsfrei nachweisen. Aber bevor sich nun Scharen von selbsternannten Glücksrittern in die Wälder oberhalb der Volme und unteren Ennepe aufmachen, möchte ich doch betonen, dass dort ganz bestimmt nicht wie in Alaska ein zweites Klondyke auf seine (Wieder-)Entdeckung wartet. Bei dem auch heute noch zu findenden Gold handelt es sich lediglich um sogenanntes „Seifengold", das in solch geringen Spuren vorhanden ist, dass es höchstens unter dem Mikroskop sichtbar gemacht werden kann. Der Stadt Hagen wird leider auch weiterhin nichts anderes übrig bleiben, als ihre derzeitige Finanzkrise mit herkömmlichen Mitteln zu lösen.

Uwe Schumacher
im November 2008

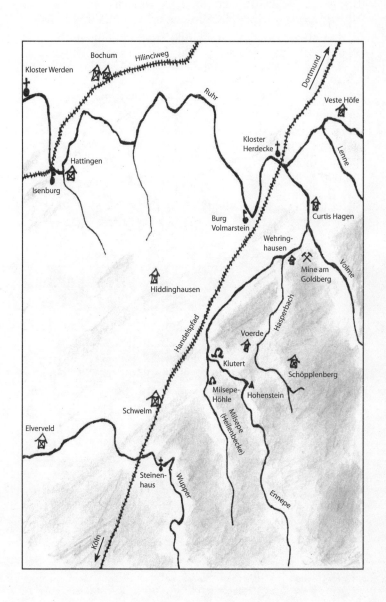

Umgebung des Goldbergs um 1200 nach Chr.

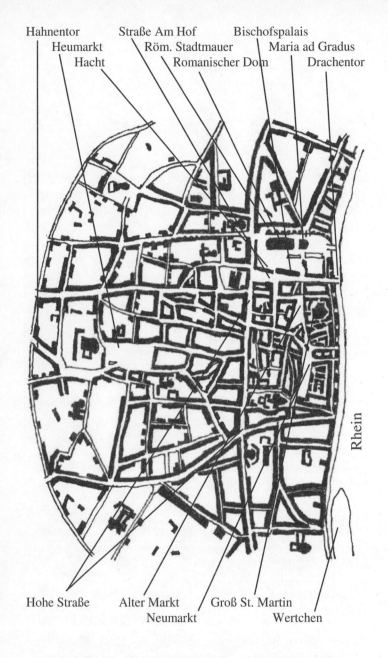

Das Kölner Stadtzentrum um 1200 nach Chr.

Begriffserklärungen

Allodialbesitz: (althochdeutsch) Vollgut, freies Eigentum im Gegensatz zum Lehen; auch Familienerbgut.

Angstloch: enge Öffnung im Boden zum →Verlies, durch die Gefangene in den Kerkerraum hinabgelassen wurden; oft mit einer Klappe verschlossen.

Bauernlegen: planmäßiges Töten von Bauern, Zerstören von deren Hofstätten und Vernichten der Ernte bei kriegerischen Auseinandersetzungen, um dem gegnerischen Adeligen die Ernährungsgrundlage zu entziehen.

Bergfried: größter Turm einer Burg, in der Regel auch das älteste Bauwerk.

Blauer Stein: ein großer flacher Stein auf dem erzbischöflichen Domvorplatz in Köln, der in eine Säule eingelassen war. Zum Tode Verurteilte wurden dreimal dagegen gestoßen, erst dann war das Urteil rechtskräftig und konnte vollzogen werden.

Brünne: ursprünglich aus dem Keltischen, mittelalterliches Panzerhemd.

Bruoch / Bruche: mittelalterliche Unterhose aus weißem Leinen in unterschiedlicher Länge, ursprünglich knöchel- oder wadenlang und auf der Rückseite bis zum Knie geschlitzt.

Chainse oder **Cotte**: (franz.) hemdähnliches, T-förmig geschnittenes Untergewand für Frauen und Männer, im Deutschen „roc" genannt.

Edelherr: Angehöriger des niederen Adels, zum Beispiel ein →Ritter.

Edeling (germanischer): Abkömmling eines germanischen Adelsgeschlechts.

Fehpelz: auch „Grauwerk" genannt; Futter für Mäntel, Oberbekleidung und Kopfbedeckungen aus dem grau-weißen Winterfell des sibirischen Eichhörnchens, das zu einem regelmäßigen Muster verarbeitet wurde, d. h. die einzelnen Eichhörnchenfelle wurden im Wechsel von grauen Rücken- und weißen Bauchfellen schachbrettartig angeordnet. Da Fehfelle extrem teuer waren, konnten sie sich nur Angehörige des Hochadels leisten.

Gambeson: unter dem Kettenpanzer getragenes, knielanges Unterkleid, das mit Wolle, Werg oder Baumwolle (aus dem Orient) gepolstert und gesteppt wurde; von altfranzösisch gambaison / gamboison oder hauqueton von Arabisch Al cotn = Baumwolle.

Gebende: mittelhochdeutsch, Gimpel, bezeichnet ein weißes Leinengebinde, das straff am Kopf angelegt Kinn und Wangen bedeckte; es behinderte die Frauen beim Essen, Sprechen, Lachen und Küssen und wurde zum Symbol weiblicher Züchtigkeit.

Gottesurteil: Beweis von Schuld oder Unschuld vor altertümlichen Gerichten, angeblich durch Gottes Eingreifen beim Zweikampf.

Graf: (althochdeutsch gravio) vielleicht aus dem griech. grapheus – Schreiber; ursprünglich aus der Gefolgschaft eines Königs hervorgegangener Stellvertreter des Herrschers (königlicher Beamter). Im Mittelalter gehörten die Grafen zum Hochadel. In England wird der Graf des Distrikts zum „Shire-Gerefa" und später zum Sheriff.

Greve: Burggraf und weltlicher Richter im erzbischöflichen Köln.

Grundruhrrecht: bezeichnet im Mittelalter das Recht von Grundbesitzern und Stadtbewohnern, alle Transportwaren aufzusammeln und zu behalten, die den Boden „berührten", wenn ein Wagen oder ein Lasttier fiel oder eine Achse brach.

Gugel / Gugelhaube: kapuzenartiger Wetterschutz mit überstehendem Schulterteil und langem Kapuzenzipfel; bei der einfachen Bevölkerung aus schlichtem Wollstoff bestehend, bei der Oberschicht mit kontrastfarbigem Stoff oder →Fehpelz gefüttert. Adelige trugen die Gugel oft turbanartig aufgekrempelt, wobei das nun sichtbare Pelzfutter zusätzliches Volumen gab. Das in Falten zusammengeschobene Schulterteil fiel seitlich herab. Diese Tragweise ist oft in der Manessischen Liederhandschrift abgebildet.

Halsgraben: kerbartiger Einschnitt im Bergrücken, der die Burg vom eigentlichen Berg trennt, er dient zur Sicherung der Anlage von der Bergseite her.

Herzog: ursprünglich althochdeutsch „herizogo" = der mit dem Heer auszieht; bei den germanischen Stämmen ein nur für die Dauer eines Krieges gewählter Heerführer; später die Oberhäupter der Stämme, die im Mittelalter dem König Gefolgschaft leisten mussten; im Hoch- und Spätmittelalter wurden aus den Herzogtümern stammesunabhängige Fürstentümer.

Jokulatoren: nichtadelige Spielleute, die neben ihren vielfältigen Instrumenten auch artistische Kunststücke beherrschten.

Kemenate: von Kamin abgeleitet, Raum in der Burg, der nur den Frauen vorbehalten war, oft sogar der einzige Raum, der beheizt werden konnte.

Knappe: Edelknabe, Sohn eines Adeligen, der ritterliche Ausbildung und Erziehung bei einem Ritter genoss und dem er bei dessen Tätigkeiten zur Hand ging.

Königspfalz: (von Pfalz = lat. Palatium = Palast) burgähnliche Anlage zur zeitweisen Beherbergung und Hofhaltung der fränkischen und später auch der mittelalterlichen Könige und Kaiser. Wegen des Fehlens einer festen Residenz waren die Königspfalzen die eigentlichen Stätten der Regierung, Verwaltung und Gerichtsbarkeit.

Kreuzzüge: von den christlichen Völkern des Abendlandes unternommene Kriegszüge zur Eroberung des Heiligen Landes. Anlass war die Eroberung Jerusalems und damit des Grabes Christi durch die türkischen Seldschuken (1070). Zwischen 1095 und 1270 gab es insgesamt sieben solcher Kreuzzüge, die jeweils von europäischen Monarchen angeführt wurden, aber allesamt letztlich scheiterten. Später richteten sich andere, ebenfalls Kreuzzug genannte, internationale militärische Unternehmungen gegen Abweichler von der Römischen Kirche, wie 1209 gegen die Sekte der Albigenser, 1232 gegen die Stedinger Bauern und 1260 gegen die heidnischen Pruzzen.

Lai: (auch Leich) im Mittelalter besonders beliebte Melodieabfolge, bestehend aus zwei paarig gereimten Versen, die nach dem Schema aa, bb, cc jeweils musikalisch gleichlautende Abschnitte ergeben. Der französische Lai und der deutsche Leich gehören zu den Glanzstücken der Dichtermusik bereits des 12. und 13. Jahrhunderts.

Lehen: (lat. Feudum beneficium) ein vom Lehnsherren (Kaiser, König, Herzog, Graf, Bischof) an einen Lehnsmann (Vasallen) gegen Dienst und Treue verliehenes Gut. Ursprünglich fiel das Lehen nach dem Tod des Vasallen an den Lehnsherren zurück, später wurde es auch für den niederen Adel erblich.

Leibeigenschaft: im Mittelalter persönliche Abhängigkeit eines Menschen von seinem Herrn – mit vielfältigen Geld-, Sach- und Dienstpflichten gegenüber diesem verbunden. In der Regel benötigte ein Leibeigener auch die Einwilligung seines Grundherren, wenn er heiraten wollte.

Mansen: kleinere Bauernhöfe im Eigentum eines Klosters oder eines adeligen Grundherren, meist einem Oberhof zugeordnet.

Ministeriale: in frühen Zeiten (Karl der Große) vom König oder den Fürsten zu Diensten herangezogene Unfreie, die meist mit Dienstgütern entlohnt wurden. Im 11. Jahrhun-

dert begann ihr Aufstieg zum niederen Adel (Ritterstand).
→Ritter

Minne: das Wort Minne stammt aus dem Mittelhochdeutschen und bedeutete ursprünglich soziales Engagement. Später wurde es im Lehnswesen zur Bezeichnung für das gegenseitige Treueverhältnis zwischen Lehnsherrn und Lehnsmann. Der Begriff wurde im 12. Jahrhundert auf die besondere Liebe zwischen Ritter und Dame übertragen.

Minnesänger: in der höfischen Gesellschaft verehrte der Ritter eine hochgestellte, meist verheiratete Dame (Frouwe) als das Ideal aller Frauen, und er vollbrachte für sie Heldentaten (Aventiure). Direkter Ausdruck dieser Verehrung war der Minnesang, den fahrende Ritter (Troubadoure) auf Burgen und an Fürstenhöfen vortrugen.

Pfalzgraf -schaft: ursprünglich die Bezeichnung des vom König eingesetzten Grafen über verschiedene Besitzungen der fränkischen Salier am Mittelrhein. Im Sachsenspiegel taucht daher die Bezeichnung „Pfalzgraf bei Rhein" auf. In staufischer Zeit war der Pfalzgraf eine wichtige Stütze des Herrscherhauses, und das Amt wurde ausschließlich an nahe Verwandte vergeben. Später ging die Pfalzgrafschaft an die Wittelsbacher über und erlangte in der Goldenen Bulle (1356) die Kurwürde.

Die **Reichsacht** aussprechen: eine für das gesamte Reichsgebiet geltende besondere Form der Ächtung, die die betroffene Person zu Freiwild erklärt, d. h., jeder konnte sie töten, sie war „vogelfrei"; wurde anfänglich nur vom König (Kaiser) oder vom Reichshofgericht ausgesprochen.

Reisige, Schergen, Söldner: bewaffnete Soldaten in einer Burg, oft aus den Reihen der leibeigenen Bauern stammend, deren nachgeborene Söhne dem Grundherren dienen mussten.

Ritter: bis ins 11. Jahrhundert der adelige, voll gerüstete Vasall oder Kämpfer, seit dem 12. Jahrhundert auch der in gleicher Weise Kriegsdienst leistende, aber unfreie Dienstmann. →Ministeriale.

Rittersaal: größter Raum oder Saal in einer Burg, in der Burgherren und Dienstleute zusammenkamen.

Schildmauer: besonders hohe und verstärkte Außenmauer zur besseren Verteidigung der am wenigsten geschützten Seite einer Burg.

Eine Burg **schleifen**: eine Burg nach Eroberung oder Übergabe zerstören.

Schwertleite: zeremonielle Aufnahme eines Knappen in den Ritterstand durch den Ritterschlag, den der König, später auch andere Fürsten erteilten (durch sachte Berührung mit dem Schwert).

Sergent: nicht adeliger Reiterkämpfer unterschiedlicher sozialer Abstammung. Im militärischen Bereich wurde die Unterscheidung zwischen →Rittern und Sergenten in erster Linie nach der Anzahl der Pferde vorgenommen. Ein Ritter besaß gegen Ende des 13. Jahrhunderts mindestens drei Pferde, während sich ein Sergent meist mit einem einzigen begnügen musste. Da die Sergenten oft mittellos waren und auch aus der Bauernschicht stammen konnten, erhielten sie das Geld für die Beschaffung von Pferd und Ausrüstung von ihrem Dienstherren. In der Manessischen Liederhandschrift sind mehrere Sergenten mit Armbrüsten oder Spießen abgebildet.

Siepen: niedersächsisch / altwestfälische Bezeichnung für ein kleines steiles Seitental nebst Bach.

Surcot: Obergewand adeliger Personen beiderlei Geschlechts, das über dem Unterkleid (→Chainse oder Cotte) getragen wurde.

Trappe: ein in den Fels gehauener, treppenartiger Weg, der bei Höhenburgen vom tiefergelegenen unteren Burghof in den oberen führt, um Reitern zu ermöglichen, die entsprechende Steigung zu Pferde zu meistern.

Turnier: Ritterkampfspiel zu Pferde, bei dem die Gegner in voller Rüstung mit stumpfen Lanzen aufeinander treffen, um sich gegenseitig aus dem Sattel zu heben. Ursprünglich im 10. Jahrhundert bei den Normannen in Sizilien entstanden, entwickelte es sich im Spätmittelalter zum reinen „Tjosten", d. h., zum bloßen adeligen Spiel oder Vergnügen, weil die Ritterkaste als solche ihre militärische Bedeutung verloren hatte.

Verlies: (von verlassen sein, im Französischen auch Oubliette genannt, von oublier = vergessen) finsteres Gefängnis, oft nur durch eine Öffnung in der Decke (→Angstloch) zugänglich, meist im Bergfried angelegt.

Vogt: (lat. Advocatus) Person, deren Aufgabe Schutz und die Vertretung des eigentlichen Herren war.

Zimier: plastischer Helmschmuck eines Ritters wie etwa das Wappentier aus Holz oder auch ein Federbusch, der beim Turnier oder zu sonstigen festlichen Anlässen einen prächtigen Anblick des Trägers garantieren sollte. Im Krieg wurde auf diese Ausrüstung meist verzichtet, da sie hinderlich war.

Literatur

Brunhilde Arnold, M. A., Dr. Barbara Berewinkel, Birgit Erben, Dr. Jochen Gaile u. a. (Hrsg.): „Ereignisse, die Deutschland veränderten", Stuttgart 1995

Margit Bachfischer: „Musikanten, Gaukler und Vaganten", Augsburg 1998

Andreas Bergmann, Hilde Konrad, Erich Kirsch u. a. (Hrsg.): „Altdeutsches Lesebuch" Frankfurt 1968

Helmut de Boor, Roswitha Wisniewski: „Mittelhochdeutsche Grammatik", Berlin/New York 1973

Helmut de Boor: „Die höfische Literatur – Vorbereitung, Blüte, Ausklang 1170 – 1250", München 1969

Arno Borst (Hrsg.): „Das Rittertum im Mittelalter", Darmstadt 1976

Karl Bosl: „Frühformen der Gesellschaft im mittelalterlichen Europa", München 1964

Joachim Bumke: „Studien zum Ritterbegriff im 12. und 13. Jahrhundert", Heidelberg 1964

Carlo Cipolla, Knut Borchardt: „Bevölkerungsgeschichte Europas", München 1971

Arthur Cotterell, Rachel Storm: "The ultimate Encyclopedia of Mythology", London 2004

Ernst Dossmann: „Auf den Spuren der Grafen von der Mark", Band 5 der Schriftenreihe „Veröffentlichungen des Heimatbundes Märkischer Kreis", Iserlohn 1983

Odilo Engels: „Die Staufer", Stuttgart 1977

Dr. Heinrich Eversberg: „Graf Friedrich von Isenberg und die Isenburg 1193 – 1226", 20 Jahre Forschung, Ausgrabung, Restaurierung 1969 – 1989, Hattingen, 1990

Josef Fleckenstein (Hrsg.): „Herrschaft und Stand", Göttingen 1979

Paul Frischauer: „Weltgeschichte in Romanen", Band 2, Das Mittelalter, Gütersloh 1961

Heiner Jansen/Gert Ritter/Dorothea Wiktoria/Elisabeth Gohrbrandt/Günther Weiss: „Der historische Atlas Köln", Köln/Hamburg 2003

Liliane und Fred Funcken: „Rüstungen und Kriegsgerät im Mittelalter (8. – 15. Jahrhundert)", München, 1979

Hermann Kinder/Werner Hilgemann: „dtv-Atlas zur Weltgeschichte", Band I, Von den Anfängen bis zur Französischen Revolution, München 1977 (13. Auflage)

Lutz Koch (Hrsg.): „Das Klutert-Buch", Altes und Neues über einen der höhlenreichsten Berge Deutschlands, Hagen 1992

Erich Köhler: „Ideal und Wirklichkeit in der höfischen Epik", Tübingen 1956

Thomas R. Kraus: „Die Entstehung der Landesherrschaft der Grafen von Berg bis zum Jahre 1225", Solingen 1981

Ulrich Lehnart: „Kleidung und Waffen der Früh- und Hochgotik 1150 – 1320", Wald-Michelbach 2001

Werner Meyer: „Deutsche Burgen", Frankfurt 1969

Werner Meyer, Erich Lessing: „Deutsche Ritter – Deutsche Burgen", München 1976

Heinrich Pleticha (Hrsg.): „Deutsche Geschichte in 12 Bänden", Band 1, Vom Frankenreich zum Deutschen Reich, Gütersloh 1982

Heinrich Pleticha (Hrsg.): „Deutsche Geschichte in 12 Bänden", Band 3, Die staufische Zeit, Gütersloh 1982

Wilhelm Pötter: „Die Ministerialität der Erzbischöfe von Köln vom Ende des 11. Jahrhunderts bis zum Ausgang des 13. Jahrhunderts", Historisches Archiv des Erzbistums Köln, Band 9, 1967

C. Rademacher/Th. Scheve: „Bilder aus der Geschichte der Stadt Köln", Köln 1900

Günter Rosenboom: „Oberes Märkisches Sauerland", Landschaftsführer des Westfälischen Heimatbundes, Münster 1995

Kurt Ruh: „Höfische Epik des deutschen Mittelalters", Berlin 1967

Werner Schäfke: „Köln – Zwei Jahrtausende Geschichte und Kultur am Rhein", DuMont Kunst-Reiseführer, Köln 1998

Frank Schätzing: „Tod und Teufel", Köln 2003

Renate Schmidt-Voigt und Gustav Adolf Schmidt: „Die Schwarzen Führer – Westfalen", Freiburg 1997

Rolf Schneider: „Alltag im Mittelalter – Das Leben in Deutschland vor 1000 Jahren", Augsburg 1999

Elsbeth Schulte-Goecke: „Germanische und deutsche Sagen", Paderborn 1957

Arnold Stelzmann/Robert Frohn: „Illustrierte Geschichte der Stadt Köln", Köln 1958, 10. Auflage 1984

Prof. Hans-Erich Stier, Dr. Ernst Kirsten, Prof. Dr. Heinz Quirin, Prof. Dr. Werner Trillmich, Dr. Gerhard Czybulka: „Großer Atlas zur Weltgeschichte", Braunschweig 1985

Johanna Maria van Winter: „Rittertum, Ideal und Wirklichkeit", München 1969

A. Wolff (Hrsg.): „Der gotische Dom in Köln", Köln 1986

Wie alles begann:

Das dunkle Geheimnis der Klutert
Von Uwe Schumacher

Fred Hoppe, Sohn einer alteingesessenen Bauernfamilie aus dem Märkischen Sauerland, ist seiner Heimat, der an Wald und Talsperren reichen Stadt Ennepetal, sehr verbunden. Besonders stolz ist er natürlich auf deren Wahrzeichen, die Kluterthöhle, eine der längsten Naturhöhlen Deutschlands. Als der 22-jährige Student Fred im Jahre 1972 Leng Phei Siang, der Tochter eines chinesischen Dissidentenehepaares, begegnet, verliebt er sich unsterblich in sie. Natürlich drängt Fred darauf, seiner neuen Freundin die Höhle zu zeigen, die wegen ihrer Heilwirkung bei Atemwegserkrankungen weltweit bekannt ist. Doch gleich bei ihrem ersten Besuch in dem unterirdischen Reich verschlagen geheimnisvolle Kräfte das junge Paar weit in die Vergangenheit.

Völlig auf sich gestellt, müssen sich die beiden in der fremden Welt des Mittelalters zurechtfinden, zu einer Zeit, in der sich ein tödlich endender Konflikt zwischen dem Grafen Friedrich von Isenberg und seinem Großvetter Engelbert, dem mächtigen Verweser des Deutschen Reiches, Erzbischof von Köln und Graf von Berg, zu entwickeln beginnt...

Dieses Buch ist im April 2004 im Klutert Verlag erschienen. Es ist beim Verlag oder im Buchhandel zum Preis von 9,95 € erhältlich. (240 Seiten, ISBN 3-9809486-0-9)

Was danach geschah:

„Der rote Stein der Macht"
Das dunkle Geheimnis der Klutert
Band II
Von Uwe Schumacher

Auf mysteriöse Weise erreicht Phei Siang und Fred in der Ruine der Isenburg bei Hattingen ein Auftrag des Zwerges Sligachan. Sie sollen den „roten Stein der Macht" finden und an seinen angestammten Platz zurückbringen. Die beiden Studenten aus dem westsauerländischen Ennepetal werden in das Jahr 1250 zurückversetzt und müssen sich mit den Widrigkeiten des sogenannten „Interregnums", also der kaiserlosen Zeit, auseinandersetzen.

Daraus entwickelt sich ein fantastisches Abenteuer, das unser Paar nicht nur auf die Spur des Geheimnisses um die „Schwarze Hand" von Hohenlimburg sowie auf eine mittelalterliche Reise bis nach Schottland führt, sondern auch ihre junge Liebe auf eine schwere Probe stellt...

Dieses Buch ist im Januar 2005 im Klutert Verlag erschienen. Es ist beim Verlag oder im Buchhandel zum Preis von 12,95 € erhältlich. (480 Seiten, ISBN 3-9809486-1-7)

Wie es weiterging:

„Der Schatz der Nebelinger"
Das dunkle Geheimnis der Klutert
Band III
Von Uwe Schumacher

Mitten hinein in das Chaos am Ende der Völkerwanderungszeit bis hin zu den Wirren am Anfang der Stauferherrschaft führt der Autor seine Leser im dritten Band der Reihe „Das dunkle Geheimnis der Klutert".

Bei einer Abenteuerführung durch die Kluterthöhle verschwindet plötzlich eine Jugendgruppe. Andererseits tauchen in Ennepetal Menschen auf, die offensichtlich nicht in diese Welt gehören. Ein Krisenstab organisiert die Suche nach den Vermissten. Doch nur der Bürgermeister zieht die richtigen Schlüsse und bittet seinen alten Freund Fred und dessen Frau Leng Phei Siang um Hilfe. Die beiden setzen alles daran, die Kinder wiederzufinden, doch die Ursache des Problems wurzelt tief in der Vergangenheit. Um den drohenden Zusammensturz des Gefüges der Welt zu verhindern, müssen sich Phei Siang und Fred an die Fersen eines ungemein gefährlichen Mannes heften, von dessen Existenz bislang nur uralte Mythen und Sagen kündeten...

Dieses Buch ist im Mai 2006 im Klutert Verlag erschienen. Es ist beim Verlag oder im Buchhandel zum Preis von 9,95 € erhältlich. (480 Seiten, ISBN 3-9809486-2-5)

Was sich dann zugetragen hat:

„Snäiwitteken und das magische Schwert"
Das dunkle Geheimnis der Klutert
Band IV
Von Uwe Schumacher

Nach einem lebensgefährlichen und kräftezehrenden Abenteuer, das Fred und Phei Siang quer durch das spätmittelalterliche Asien führt, ist dem jungen Paar eine gewisse Zeit der Ruhe gegönnt.

Doch als drei Jahre später ihre kleine Tochter spurlos in der Kluterthöhle verschwindet, stehen die verzweifelten Eltern vor einem schier unlösbaren Rätsel: Wie sollen sie jemals herausfinden, in welche Epoche die Mächte des Berges Pui Tien verschlagen haben, und wie können sie selbst noch rechtzeitig dorthin gelangen, um ihr Kind vor den Gefahren einer unbarmherzigen Wildnis zu schützen, bevor es zu spät ist…?

Dieses Buch ist im Oktober 2007 im Klutert Verlag erschienen. Es ist beim Verlag oder im Buchhandel zum Preis von 14,95 € erhältlich. (720 Seiten, ISBN 3-9809486-4-1)

Die Geschichte über die Abenteuer von Fred und Phei Siang sowie deren Tochter Pui Tien geht weiter:

„Gralsritter"
Das dunkle Geheimnis der Klutert
Band VI
Von Uwe Schumacher

Nach dem fehlgeschlagenen Versuch, durch das geheimnisvolle Tor an den Externsteinen die Gegenwart zu erreichen, sind Fred und Phei Siang völlig unerwartet im Jahr 1209 gestrandet. Gleichzeitig haben die unbegreiflichen Gewalten Pui Tien und Didi in ein fernes, fremdes Land versetzt, wo diese bei der verzweifelten Suche nach Deirdres Reif in einen grausamen Vernichtungskrieg unvorstellbaren Ausmaßes hineingeraten.

Um noch rechtzeitig ihre Tochter und deren Freund aufspüren zu können, bevor das riesige Heer der Kreuzritter auch deren Leben bedroht, müssen Fred und Phei Siang im Auftrag der im Verborgenen wirkenden Gemeinschaft der Katharer ein ominöses Bündel mit dem sogenannten „Allerheiligsten" finden und unerkannt zu seinem Bestimmungsort im Süden Frankreichs bringen…

Dieses Buch wird voraussichtlich im Laufe des Jahres 2009 im Klutert Verlag erscheinen. Lassen Sie sich beim Buchhandel oder beim Verlag unverbindlich vormerken.